吉本隆明全集

8

1961−1965

晶文社

吉本隆明全集8　目次

凡例 3
言語にとって美とはなにか
角川ソフィア文庫版まえがき 5
角川選書のための覚書 10
序 13
第Ⅰ章　言語の本質 19
1　発生の機構 21
2　進化の特性 33
3　音韻・韻律・品詞 46
第Ⅱ章　言語の属性 59
1　意味 61
2　価値 75
3　文字・像 86
4　言語表現における像 95
第Ⅲ章　韻律・撰択・転換・喩 101
1　短歌的表現 103
2　詩的表現 117

3　短歌的喩　128
4　散文的表現　140
第Ⅳ章　表現転移論　147
第Ⅰ部　近代表出史論（Ⅰ）　149
1　表出史の概念　149
2　明治初期　156
3　「舞姫」・「風流微塵蔵」　167
4　「照葉狂言」・「今戸心中」　176
5　「武蔵野」・「地獄の花」・「水彩画家」　181
第Ⅱ部　近代表出史論（Ⅱ）　185
1　自然主義と浪漫主義の意味　185
2　「それから」・「ヰタ・セクスアリス」　195
3　「網走まで」・「刺青」・「道草」　204
4　「明暗」・「カインの末裔」・「田園の憂鬱」　217
第Ⅲ部　現代表出史論　222
1　新感覚の意味　222
2　新感覚の安定（文学体）　232
3　新感覚の安定（話体）　244
4　新感覚の尖端　252

第Ⅳ部　戦後表出史論　258
1　表現的時間　258
2　断絶の表現　262
3　断絶的表現の変化　286
4　断絶的表現の頂点　299
第Ⅴ章　構成論　305
第Ⅰ部　詩　307
1　前提　307
2　発生論の前提　309
3　発生の機構　317
4　詩の発生　328
5　古代歌謡の原型　337
第Ⅱ部　物語　362
1　問題の所在　362
2　物語の位相　367
3　成立の外因　371
4　折口説　375
5　物語のなかの歌　379

6　説話系　382
7　歌物語系　385
8　日記文学の性格　389
9　『源氏物語』の意味　393
10　構成　396

第Ⅲ部　劇　399

第Ⅰ篇　成立論　399
1　劇的言語帯　399
2　舞台・俳優・道具・観客　405
3　劇的言語の成立　411
4　劇的本質　418
5　劇の原型　422
6　劇の構成　428

第Ⅱ篇　展開論　435
1　「粋」と「俠」の位相　435
2　劇の思想　447
3　構成の思想（Ⅰ）　452
4　構成の思想（Ⅱ）　458
5　展開の特質　468

第VI章　内容と形式　477
1　芸術の内容と形式　479
2　文学の内容と形式　489
3　註　498
4　形式主義論争　502
第VII章　立場　511
第I部　言語的展開（I）　513
1　言語の現代性　513
2　自己表出の構造　523
3　文学の価値（I）　532
第II部　言語的展開（II）　543
1　文学の価値（II）　543
2　理論の空間　545
3　記号と像　551
あとがき　557
角川文庫版のためのあとがき　559
角川ソフィア文庫版あとがき　561

凡例

一、本全集は、著者の書いたものを断簡零墨にいたるまですべて収録の対象とし、ほぼ発表年代順に巻を構成した。

一、一つの巻に複数の著作が収録される場合、詩と散文は部立てを別とした。散文は、長編の著作や作家論、書評、あとがき類など形がそろうものは、さらに部立てを別にしたが、おおむね主題や長短の別にかかわらず、発表年代順に配列した。

一、巻ごとに、収録された著作の発表年代を表示した。

一、語ったものをもとに手を加えたものも、書いたものに準じて収録の対象としたが、構成者や聞き手の名前が表示されているものは収録しなかった。

一、原則として、講演、談話、インタヴュー、対談は収録の対象としなかったが、一部のものは収録した。

一、収録作品は、『吉本隆明全著作集』に収められた著作については『全著作集』を底本とし、そのうち『吉本隆明全集撰』に再録されたもの、あるいはのちに改稿がなされた著作は、『全集撰』あるいは最新の刊本を底本とした。また『全著作集』以後に刊行された著作については最新の刊本を底本とした。それぞれ他の刊本および初出を必要に応じて校合し本文を定めた。また単行本に未収録のものは初出によった。

一、漢字については、原則として新字体を用いた。芥川龍之介など一部の人名について旧字に統一したものもあるが、人名その他の固有名詞は当時の表記を底本ごとに踏襲した。また一般的には誤字、誤用であっても、著者特有の用字、特有の誤用とみなされる場合は、改めなかったものもある。

一、仮名遣いについては、原則として底本を尊重したが、新仮名遣いのなかにまれに旧仮名遣いが混用されるような場合、詩以外の著作では新仮名遣いに統一した。

一、新聞・雑誌・書籍名の引用符は、二重鉤括弧『 』で統一したが、作品名などの表示は底本ごとの表記を踏襲した。

一、独立した引用文は、引用符の一重鉤括弧「 」を外し前後一行空けの形にして統一した。

吉本隆明全集8

1961
|
1965

表紙カバー＝「佃んべえ」より
本扉＝「都市はなぜ都市であるか」より

言語にとって美とはなにか

角川ソフィア文庫版まえがき

この本が書かれて以後、わたし自身の言語についての考えがすすんだ点について単純に申し述べて新しい読者にも旧くからの読者にも参考になる入口の扉を開いておきたいとおもう。

文学の作品や、そのほかの言葉で表現された文章や音声による語りは、一口にいえば指示表出と自己表出で織り出された織物だと言っていい。わたしはやっと今頃になって表現された言葉は指示表出と自己表出の織物だ、と簡単に言えるようになった。この本を書いた頃は新しい言語の理論を創りあげて、そこから文学作品を解き明そうと張りつめていて、ゆとりがなかったのだ。今では少し余裕をもって、さまざまな形で言葉を自分なりに説明できるようになったというわけだ。

たとえば「花」とか「物」とか「風景」とかいう言葉を使うとき、これらの言葉は指示表出のヨコ糸が多く、自己表出のタテ糸は少ない織物だ。別の言い方をすると何かを指さすことが一番大事な言葉である感覚と強く結びついている。文法からいえば、「名詞」というのが指示表出が一番強いということになる。文法上で代名詞とよばれている「僕」とか「君」とか「私」や「あなた」という言葉も、指示表出性が強いが、「名詞」ほどはっきりとした限定作用はないから、「名詞」よりやや指示表出性が弱い。まったくこれと逆に、いわゆる「てにをは」つまり助詞をとりあげてみると、これらに指示表出性はきわめて微弱だが、自己表出性はなかなかのものだと考えられる。たとえば「私はやった」という文章の「は」という助詞と「私がやった」の「が」という助詞とは、おなじように指示表出性は微弱だが、自己表出性を一番重要とする言葉だといえる。けれどこの微弱な指示表出性でも何かを指さす作用に違いがあることはわかるだろう。

「私はやった」というときの「は」は他人はやった人もやらない人もいただろうが、とにかく自分はやったのだという意味を指している。「私がやった」という場合の「が」は、或る事柄を自分だけは確かにやったというように受けとれるので、この二つの助詞「は」と「が」とは微弱な指示表出性だが、明らかにどちらを使うか指示するものの意味が違うことがわかる。この微妙な違いを識別することは、文学作品の創造や読解にとても大切なもので、わたしたちは意識的にも無意識的にも作品にたいして、この繊細さを行使している。

ここで言語のタテ糸、自己表出性について少し深入りしてみる。いま眼のまえの絶景（たとえば松島）を眺めて、あまりのいい風景に「松島やああ松島や松島や」と芭蕉の句のように感嘆するばかりだったとする。このばあい「ああ」は文法的には感嘆詞と呼ばれている。指示性はきわめて微弱で、何よりも自分が感嘆のあまり他人に意味を指し示すより先に、自分が感嘆のあまり、思わず「ああ」と口走ってしまったことを文字であらわしたものだ。このばあいの「ああ」はほとんど自分が思わず自分で感嘆をもらしたもので、他人に伝えようとしたり、伝わることを願ったりすることは二の次で、自己にもらしたことが一番強いことになる。これを自己表出性と呼べば「ああ」という感嘆の言葉は大きな自己表出性と微弱な指示表出性の織物だといえよう。

もう少し先まで立入ってみると、たとえば胃がきりきり痛んで思わず「痛い！」と口に出てしまったとする。これも自分が自分に言いきかせたことが一番強い根拠で、べつに他人に胃の痛さを伝える目的よりも思わず口に出てしまった「痛い！」だから、一番大きな自己表出性と微弱な指示表出性から成り立った言葉である。「痛い」という言葉は本来は状態をあらわす動詞に近い形容詞、あるいは形容詞に近い動詞に分類される言葉だが、この場合は、胃がきりきり痛くなったので、口に出てしまったものだから、感嘆詞に近い自己表出性を持った言葉ということになる。この「痛い！」はある場合には口に出ずに心のなかで無声の言葉とし内向するだけのときもある。また「ううん」といううめき声だけで痛い状態をあらわすこともある。このように、さまざまなヴァリエーションがあるが「痛い」はこのばあい擬制的な感嘆詞になぞらえられるといえよう。あまり深入りして混乱を与えたくないのだが、たとえば眼前の風景をみて「美しい風景だ」と言ったとする。この「美しい」は指示表出性と自己表出性が相半ばしているといえる。風景の状態を「美しい」と指し示しているとともに、じぶんの心が美しいと感じている自己表出性もおなじ位含んでいるからだ。

このようにしてすべての言葉は指示表出性と自己表出性とを基軸に分類することができる。言葉を文法的にではなく、美的に分類するにはわたしの考え方のほうが適しているとおもう。言いかえれば文学作品などを読むにはこの方がいいとおもっている。

もう一つ申し述べておきたいことがある。

指示表出性が一番大切な言葉は人間の感覚器官との結びつきが強い言葉だ。それは感覚が受入れたものを神経によって脳（大脳）につたえ、それによって了解する。自己表出性の強い言葉は、内臓の働きの変化、異変、動きなどに関係が深い。もちろん脳に伝えられ、了解が起ることは人間全部がそうなのだが、指示表出性の強い言葉ほど大脳に伝えられる神経は強い働きをしない。たとえば熱いお茶を飲むと強く「熱い」と感じる。しかしその熱さは「咽喉元（のどもと）すぎれば」という俚諺（りげん）に似ていてノドボトケを過ぎて内臓に入ると熱さは口腔の中よりも感じない。これは熱いお茶がさめてきたからではなくノドボトケより下の食道、胃、腸などの内臓では感覚が口腔の中よりも鈍く第二義的になっているからだと言える。もちろん心臓や肺臓などでもおなじで、植物性神経系で自動的に運動している内臓器官ではすべてそうだと考えられる。この内臓器官の動きや感覚器官に比べて鈍く第二義的になった感覚は、自己表出性が一番大切な言葉（感嘆詞や助詞）の発生と深くかかわっている。わたしはこれを解剖学者三木成夫の遺された業蹟と、わたし自身の言語論の骨組とを関連づけることで考えるようになった。言語のタテ糸である自己表出性は内臓の動きに、ヨコ糸である指示表出性は感覚（五感）の動きと関係が深いと見做されると言っていい。

たとえば「わたしは学校へ行く」という表現がある。これは「わたし　学校　行く」のように助詞を抜いても、ほぼおなじ意味の文意だと他人に伝えられる。これは助詞（てにをは）の発生に示唆を与える。ある民族語が当初は助詞なしに名詞や代名詞と動詞だけでカタコトのように表現されていたが、リズムを整えるため、とか意味の流れをよくして心に適切なものにするために助詞を付け加えた。あるいは名詞、代名詞のような指示表出を一番手とする言葉を補うように、名詞を崩して助詞化した。これは充分考えられることだとおもう。たとえば「山辺の道（やまのべ）」というのは「山辺」という三輪山ふもとの地名の場所にある道のことだ。ところで「山の辺の道」とすると「辺」は「ほとり」とか「山際にある道」という意味にもうけとれる。このばあい「辺」は地名の一部ではなく、一個の名詞になり、この名詞はさらに何々の方向へ、というばあいの方位をあらわす助詞「へ」に転化する。これは今考えついた即興的なものだが、地名の一部「辺」から、ほとりという意味の名詞「辺」になり、これは方向をあらわす助詞「へ」にまで転化できる。これはたぶん荒唐無稽ではない。

本書の成立以後に、わたしの言語面で考えがすすんだ点は、簡単に言えばここに述べたことに尽きると言ってよい。いつか読者が、表現された言葉は指示表出をヨコ糸に自己表出をタテ糸にして織られた織物だというわたしの言語論の骨格を検証し、発展させてくれたら、と考えないでもないが、それは虫がよすぎると言うべきだろう。ただこの本の言語論は先達の知慧を借りながらわたし自身で築いたものだから、巨匠たちの言語学や文芸理論を読む折があったら、この本を片すみで追ってみて欲しいとおもう。たぶんインド・アジア・オセアニア語の一つである日本語を基礎にした言語表現理論としては珍らしいものだとおもっている。

二〇〇一年八月十四日

吉本　記

角川選書のための覚書

こんど『言語にとって美とはなにか』が選書にはいることになって、文庫版の旧稿をひさしぶりにていねいに読みかえした。そして気づいたかぎり、いまならこういう言葉づかいをするにちがいないふうに、言いまわしを改めた。文体は一種のリズムだから、読むことにのめりこんでゆくと、いずれにしろじぶんのリズムだから、これはこれでいいということになってしまう。そこで、できるかぎり冷静に読みかえしながら、眼に視えない架空の読者と対話しながら、この架空の読者の意見も容れるかたちで文章をかえていった。ときどきうかつにわたしだけの納得のリズムに入りこんでしまっては、これはいけないと内省的にまた文体を開きはじめる。この繰返しだった。結果としては文庫版よりもすこしは読みやすくなったのではないかとおもう。

このさい読みかえしてみて感じたことを、二、三書きとめておきたい。その折は無我夢中だったが、わたしはこの論稿をかなり気負って書いていることがわかる。その気負いはふたつあって、ひとつはじぶんはいま新しい文学の理論をつくりつつあり、しかもたしかにうまく地平をきりひらいているというおもいからきている。もうひとつはじぶんが社会主義リアリズムに収束してゆくマルクス主義文学理論を、確かに超えつつあるという気負いのようなものだ。こんど読みかえしてその高揚した気分がまだとてもよく伝わってきた。それといっしょにそんなにりきんだことが、旧稿を稚拙なものにしていると、あらためておもった。その稚拙な気負いの余燼はこんどいく分、中和されたのではないかとおもう。おわりにいや味になるので小さな声でいわなくてはならないが、そのときは夢中でわからなかったが、こんど読みかえしてみて、無意識だったがじぶんはじぶんがそのときおもっていたよりも、ずっと重要なことをやったなと感じて、すこし興奮しながら旧稿を読みおえた。いまおなじことをやれと言われれば、ちがうやり方をするだろうし、すこしは成熟しているだろうが、旧稿のこころがおどるような発見の手ごたえは、なかなか獲得できないとおもう。読者に知識といっしょにそのこころおどりが提供できたら、なによりだとおもっている。

一九九〇年二月二十四日

著者

序

もうかなりまえのことになるが、少数の仲間でやっていた雑誌『現代批評』に、「社会主義リアリズム論批判」という文章をかいたころから、わたしは数年のあいだやってきたプロレタリア文学運動と理論を批判的に検討する仕事に、じぶんで見きりをつけていた。そこで生みだされた少数の作品をのぞいては、この対象から摂取するものがなく、批判的にとりあげることが、いわば対象として不毛なことに気づきはじめたのだ。もうじぶんの手で文学の理論、とりわけ表現の理論をつくりだすほかに道はないとおもった。プロレタリア文学運動とその理論の検討という課題は、わたしにとってたんに文学の問題だけではなく、思想上のすべての重量がこめられていたので、ついにじぶんのやってきたことは空しい作業だったということに目覚めたのはつらいことであった。だから思い込みからいえば、じぶんの手でつくりあげてゆく文学の理論は、とうぜん思想上の重荷を背負うはずだった。その時期が、わたしの文学上のいちばんの危機であり、わたしは少数の言語理論上の先達にたすけられながら、まるで手さぐりで幾重にもたちふさがった壁をつきぬけるような悪戦をつづけた。そして本稿によって、わたしは思想上の責任をはたしながら、その作業をおえることができた。

そのころ、少壮の才能ある批評家江藤淳が『作家は行動する』というすぐれた文体論を公刊した。この著書は、すくなくともわが国の文芸批評史のうえでは劃期(かっき)的なものであることを、批評家たちはみぬいてはいなかった。おそらく、いちばんこの著書に関心をもって読んだのは、おなじ問題を別様に展開しようとおもっていたわたしではないかとおもう。

そのころ、わたしは、まず〈言語〉とはなにか、というはじめての問題にぶつかっていた。そんな関心のなかで三浦つとむの『日本語はどういう言語か』という小冊子にであい、哲学者として知っていたこの著作家が、年期のはいった言語学者であることをはじめて知った。この著者からはたくさんの啓発をうけた。わたしは、言語学関係の手にはいる著書をあつめて、〈言語〉とはなにかについて、明瞭な像をつくりあげようと腐心した。頭脳的な理解ではなく〈言語〉の像をじぶんの手にしっかりとにぎることができるのが理想だった。これはことのほか難しく、ながびいたが、どうやら〈言語〉というとわたしなりの像がうかぶようになった。文学が言語でつくられる以上は、この像からはじまり、具体的作品にいたるすべての問題は解けるはずだ。そこではじめて、本稿に着手したのだ。

わたしは、かつてのわたしのようにプロレタリア文学理論の延長線に彷徨し、その範囲にある読者が、わたしの試みを誤読することについて、あらかじめ封じ手をうっておくことはいらないとおもう。ただ、わたしの知っているかぎりでは、現在〈社会主義〉諸国で流布されている文学理論よりも、本稿の試みの方がはるかにさきんじているはずだ。もちろん、わが国の進歩派文学理論は、いつも世界の後を追うだけだから、ここでは問題にならない。ただ断っておかねばならないが、理論的先駆性ということは、本稿の出来ばえということとおなじではない。わたしはじぶんの力量を、いいかえればじぶん自身をよく知っており、それについては読者の評価如何にかかわらず、自惚れも卑下ももっていない。本稿の特長は、何よりも誤謬があれば、どんな読者にも論理的にそれを指摘することができ、どんな読者も、本稿を土台にして、それを改作し、修正し、展開できる対象としての客観性をもっていることだ。どんな文学理論も政策論か、あるいは、個性的な独白であるという現状で、わたしが企図したことのひとつはその点にあり、それは誇ってもいいことだとかんがえている。わたしが、本稿を理解してくれ、これくらいのところは自明の前提として踏まえてほしいとかんがえている種類の読者は、政策文学論の因襲や、自惚れや、過去の栄光をわすれかねて、本稿のモチーフをほんとうに理解するのにあと十年くらいかかるだろう。だが、あまりとらわれない読者は、すなおに評価してくれそうな予感がする。こういう逆説や不毛は、わたしには親しくなっている。本稿をかんがえノートしてきたあいだわたし個人が体験してきた苦労についてかくのはおっくうになっているが、わたしを文学的に、政策的に非難してきた連中は、本稿の出現によって文学理論的に〈死〉ぬことは確かだ。歴史の審判を、その程度には、わたしも信じている。

文学は言語でつくった芸術だといえば、芸術といういい方に多少こだわるとしても、たれも認めるにちがいない。しかし、これが文学についてたれもが認めうるただひとつのことだといえば人は納得するかどうかわからぬ。いったん、言語とはなにか、芸術とはなにか、と問いはじめると、収しゅうがつかなくなる。まして文学とはどんな言語のどんな芸術なのかという段になると、たれもこたえることができないほどだ。文学のいくらかでもまともな考察が文学者の個性的な体験の理論となるか、政策からおっかぶせた投網のような政治的文学論とならざるをえないゆえんである。こういった厄介な問題の性格を熟知していたポール・ヴァレリイは『文学論』でたれでも吐きたくなる名言を吐いている。

芸術にあって、理論は大して重要でないという説があるが、これは讒誣も甚だしい。これは、理論が、ただ世界的に共通する価値をもたないということでしかない。理論はいずれもただ一人のための理論なのである。一人の道具なのである。彼のために、彼にあわせて、彼によって作られた道具なのである。理論を平気で破壊する批評には個人の欲求と傾向とが分かっていない。X氏の道具である理論は、X氏には真理であるが、一般的には真理でないと理論自身が宣言しないのが理論の欠点なのである。（堀口大学訳）

名言が名言であるゆえんは、多数の人間の胸にすみつくことだ。今日、保守的な文学者にとって、理論はいずれもただ一人のための理論で、一般的に真理であるような理論なぞはありえないというヴァレリイのことばは、うたがいようもない常識にしかすぎまい。いや、政治的文学論の網にかかった文学者にとっても、かれが創造を体験しているかぎり、頭はばたばたしながらヘソのあたりで秘かにおしかくしている禁忌であるかもしれない。

ヴァレリイの言葉には、一般的にいってつぎのような問題がかくされている。

政治的に自由でなくとも、また現実的に苦しめられていても、文学の表現の内部では自由だということがありうること。そして、この表現内部での自由は、恣意的でありうる社会のなかでの〈仮象〉であること。それゆえ、社会の外で、いいかえれば文学表現の内部では、どのような政治的な価値も、現実的な効力もかんがえられないこと。そして一般に、わたしたちは、二つ以上の至上なものをじぶんの意識のなかで同時にもつことはできないこと、などだ。

だから、ヴァレリイの言葉は、この場合、一般的に真理であるような二つ以上の対象の意識を、人間は同時にもつことはできないといいいなおせば通用するはずだ。

ヴァレリイの名言とまるで対照的なところに、文学芸術は典型的な情勢における典型的なキャラクターを描かねばならないというリアリズム論と、文学芸術によって人民を革命的に教育しなければならないとする政策論を二本の足にした社会主義リアリズム論がある。

そして、ヴァレリイの名言の範囲にも、倫理主義もあれば、美の純粋主義もあるように、社会主義リアリズム論の範囲でも、アヴァンガルドもあれば、典型論もあり、ドキュメンタリズムもあるといった具合だ。もっと微細にうがってゆくと、ヴァレリイのいうとおり「X氏には真理」である「X氏の道具である理論」が、文学者や芸術家の数だけ氾濫している。

これらは相乱れ対立しているようにみえる。しかし、じっさいは対立などという高級なことをしているのではない。文学者たちは自己主張しているにはちがいないが、ひとつの本質が他の本質と相容れずに角逐（かくちく）しているのではなく、ある現象が他の現象と、ときにはむき出しの感情をまじえてあらそっているにすぎない。

文学をひとつの円錐体にたとえてみれば、じぶんは古典主義者である、ロマン主義者である、リアリストである、超現実主義者である、社会主義リアリストである、アヴァンガルドである……というのは、円錐の底円周の一点を占めているだけなのに、文学そのものを占めているように錯覚して、おなじ円周の他の点と対立しているだけだ。

こういう文学の理論をすべて個体の理論とよぶことができる。現在、文学の創造がいぜんとして個性の仕事であるという意味で、たれもヴァレリイの名言を否定することができない。おなじように、現在この社会に階級の対立があり疎外があるかぎり、ペンをもって現実にいどもうという文学者の倒錯した心情もしりぞけるわけにはいかない。ただし、いずれのばあいも人が頭のなかになにをえがこうと、たれにもおしとどめることはできないという意味からであり、どんな普遍性としてでもない。こういう個体の理論はどんな巨匠の体験をもってしても、どんな政治的な強制をもってしても、文学の理論として一般化することがゆるされないだけである。

わたしが文学について理論めいたことを語るとすれば巨匠のように語るか、あるいは普遍的に語る以外にないことをプロレタリア文学理論を検討する不毛な日々のはてが体験的におしえた。わたしはまだ若く巨匠のように語ることができない。そうだとすれば後者のみちをえらぶよりほかにないのだ。

文学の理論が、文学そのものの本質をふくまなければならないとすれば、現在まで個体の理論として提出されたすべての理論とちがったものとならざるをえない。ただこれを、ひとが理解するかどうかは、またべつもんだいだ。

わたしは、文学は言語でつくった芸術だという、それだけではたれも不服をとなえることができない地点から出発し、現在まで流布されてきた文学の理論を、体験や欲求の意味しかもたないものとして疑問符のなかにたたきこむことにした。難しいのは言語の美学について一体系をつくることではない。まして、〈マルクス主義〉芸術論といわれているルカーチやルフェーヴルの芸術論やソヴィエト芸術認識論や日本のプロレタリア芸術論やその変種を批判するという容易なわざにつくことではない。一方で体験的な文学論に手をかけることもべつになんの意味もない。もんだいは文学が言語の芸術だという前提から、現在提出されているもんだいを再提出し、論じられている課題を具体的に語り、さてどんなおつりがあがるかという点にある。わたしがなしたことを語るまえに、なぜ、いかになそうとしたかというモチーフをのべておきたかった。

第Ⅰ章　言語の本質

1　発生の機構

言語とはなにかを問うとき、わたしたちは言語学をふまえたうえで、はるかにとおくまで言語の本質をたどってゆきたいという願いをこめている。

言語の解剖理論が最終の目的ではなく、たんなるはじまりであり、言語の表現理論が最終の目的であるばあい、この欲求はやみがたいものだ。そこで、わたしたちは言語学者が終ったところからはじまり、言語学者は、わたしたちが終ったところからはじまるという関係が成立つだろう。わたしたちは言語の像を駆使した経験をもっているが、言語を解剖したことはない。言語学者は解剖の経験をもっているが、言語の像を駆使したことはない。そこで言語の実証的な探索と解析は学者たちにまかせ、ただその精髄を手に入れようとすれば、どこかで体験を交換しなければならない。もしうまくいけば、わたしたちは言語の像と理論とをふたつともつかむことができるはずだ。

フロイトの『精神分析入門』につぎのようなところがある。

ウップサラのスペルベルという一言語学者が――この人は精神分析とは無関係に研究をしているのですが――次のような主張を立てました。すなわち、性的欲求は言語の発生と発達に最大の関与をして来た。言語の最初の音声は伝達の用をなし、性欲の相手を呼び寄せた。原始語は原始人の労働作業に伴って発達した。これらの労働は共同のそれであって、言葉をリズミカルに発しながらおこなわれた。その際、性的関心は場違いである労働の上におかれた。原始人は労働を性的活動と等価値のものでそれを代理するものとしてとり扱い、以て労働を謂わば快適ならしめた。共同の労働をする際の言葉は普通二つの意義をもっていた。すなわち性的動作を言い表わすと共にそれと同一視せられる労働活動を言い表わした。時と共に、その語は性的意識を離れてかかる労働の上に定着せしめられた。幾世代ののち、新語も同様の運命を閲し、初め性的意義をもっていたのが或る新しい種類の労働に適用せられた。かようにして多数の原始語が造られたというわけであるが、それらはすべて性的由来を有し、その性的意義を発揮していたのであった。以上がスペルベルの主張であります。もしここに素描したことが正鵠を得ていますならば、たしかに夢の象徴的表現を理解する可能性は我々に開けてまいります。すなわち、この原古の事情の幾分を保蔵する夢の中に、なぜ性的なものを表わす象徴がかく法外に多く存在するのか、また、なぜ一般に武器と道具が男性的なものを代表し、原料と加工物とが女性的なものを代表するのか、という理由がわかることになってくるのであります。象徴関係は語の同一であったことの遺風といってもよろしいでしょう。嘗て生殖器を指す語と同じ語で呼ばれていた物が、いま夢の中で生殖器の象徴となって出現することになるのです。（豊川昇訳）

フロイトの方法は、ほんとうの意味で、言語観なしにはかんがえられないものだ。〈夢〉のなかにあらわれる像は、言語の表現とある対応性があるとかんがえられる。そしてあるひとつの〈夢〉の像は、それに対応する一対一ではない多義的な言語の表象になっている。また〈なぜなら〉とか〈しかし〉とかいう副詞的な表現は〈夢〉の像のなかでは省略される。

また助詞的な表現は〈夢〉の場面の交替や代理、序列などによってあらわされる。しかも〈夢〉の像自体の内部では、明暗とか分割とかいうような〈像〉に特有な表現があらわれる。また古語では反対の意味がおなじひとつの言語であらわされ、それが身振りや強弱やアクセントや絵にたすけられて、いずれか一方の意味をあらわしたように〈夢〉の像のあいだにも、兎が猟師を射ったり、階段や梯子の登りと降りが反対にあらわれたり、水から出ることが、水に入る像であらわされたりする。

〈夢〉の像はあきらかに、言語で理解されている潜在的思想が、像におきかえられたものだが、そのあいだの対応関係は通俗的にかんがえられているよりも、はるかに複雑なものとしてあらわれる。この複雑さは像と言語との象徴の対応関係の複雑さに還元される。そのうえもうひとつは〈夢〉の像が、思想の退行を表象し、この退行のうちで偶然なあたらしい言語表象の意味ははがされて、原古の状態だけに左右されるようになる。精神分析の実際的な方法が難解なように、フロイトの〈夢〉と言語との象徴についての思想はかなり難解だ、ということを忘れるべきではない。

たとえばフロイトの引用した個所でも、原始人が労働を性的活動と等価値のものとして、その代同物としてあつかった、というのは興味ある見解だし、夢のなかに原古の事情の幾分が保存されるという見解は、人間の意識発生いらいの意識体験のつみ重なりの面がよくつかまえられていて、ほんとであるようにみえる。けれど太初に性ありき、というフロイトの原理がある真理とわかちがたくむすびつけられたとき、蟹の甲らに似せてほられた穴にちかいものだといっていいのではないか。それでもここにいたるまでの手続きは、とうてい通俗的な性学者などの手に負えるものではない。フロイトがここで言語の象徴についてぶつかったのは、たとえば実在の〈猿〉をみたとき、人間が〈猿だ〉とよぶか〈小さな猿だ〉というか、〈手がながい猿だ〉というか、〈かわいい猿だ〉というか、……といったことが、まったく任意で、多義的でありうるという点だった。眠りのなかの〈夢〉の像が、どんな意味かを解こうとするばあい、言語表現の作用について事情は、まったくおなじようにあらわれる。だから条件をかんがえたうえで、紆余曲折をへて解析することは、とても難しい。精神分析学がいちばん基礎的なこととしてきめていったのはこの条件だった。それはひとつの決定的な哲学、言語観、人間観を必要としたのだ。

言語のもんだいを問おうとすると、わたしたちはいつでも、この言語哲学ともいうべきものの多様さにぶつかる。それは著者の数とおなじだけあるといっていいのだ。いまそこに深入りしているわけにはいかないし、またおなじように、それを無視して言語を機能としてあつかうわけにもいかない。わたしが言語について、ここでつきあたっている難しさは、つづめてみればこの取扱いの難しさに帰着してしまう。

ひとはよく、言語をもつのは人間だけだという。また、ちゃんとした言語をもつのは人間だけだというものもいる。まえのばあい言語活動は人間に特有のものだという考え方をあらわしているが、あとのばあい人間以外の動物も不完全な言語はもっているのだという考えかたをふくんでいる。一見するとこのふたつは、空腹をうったえるときの猫や犬の啼き声や、いたずらされて歯をむきだして怒る猿のうなり声や、集団のなかのちがった鳴き声のようなものを、言語のはんいに入れるかいれないかのちがいにすぎないようにみえる。でもまったくちがった意味がある。

いちばんおおきなちがいは、人間だけが言語をもつという考え方は、人間のある本質力と言語とのあいだにひとつの関係があるという見解を暗示していることだ。人間以外の動物も言語をもっているが、発達した言語をもつのは人間だけだという考え方は、人間が人間に近似した動物から、進化した集団と労働の様式をもつようになったとき、社会的交通の手段として言語も進化した様式をもつようになったのだという考えを暗示している。ここには、いくぶんか言語の発達を社会的交通の進化にむすびつける立場がふくまれている。

言語学者たちが言語発生の機構をとりあげるとき、大別してこのいずれかにかたむくようにおもわれる。それぞれ、未開人種の言語観察、類人猿の生活の観察、幼児の成長過程と言語の関係の観察などから、言語学者の結論しているところは、決め手をあげられないままいずれかに傾いている。

たとえば、第一の見解として、手近にS・K・ランガー『シンボルの哲学』（矢野万里・池上保太・貴志謙二・近藤洋逸訳）がある。

ランガーは言語の実用説がまちがいだということをしめす決定的な証拠として、アヴェイロンの蛮人ヴィクターを研究し、教育したイタールという医師の報告をあげている。

イタールはヴィクターが水を欲しいときは〈水〉という語をサインとして使用させようとしたが、音声によるサインを使用しようとせず、さればとていつまでも水をやらないわけにもいかず実験に失敗する。つぎに〈牛乳〉という語をつかって同じことを試みた。ところで蛮人ヴィクターが差出した茶碗の中へ実際に牛乳を注いだとき、はじめて〈牛乳〉という語を喜びの表情で洩らした。二度目にも牛乳を注ぎ終わった後はじめてその表現をくりかえした。

蛮人ヴィクターが〈牛乳〉ということばを有節的に発したのは、欲求のサインではなく、単に喜びの叫び声であることを意味している。〈牛乳〉ということばが、欲求している牛乳が与えられない前に発せられたのではなく、その物を与えられた後に発せられたのは、たんに喜びの表現であるとかんがえるべきだ。

この実験を決定的な証拠にあげていることからわかるように、ランガーがとても執着をもって引証している見解群には、言語発生を非実用的に非実用的にとかんがえようとする特徴が鋭くあらわれている。たとえば、音声が実効的でなく、聴覚が手などとちがって受動的であるからこそ、音声は有節化され、言語となることをたすけたというような見解に典型的なように。

まず、無言語の原始人が、特定の好適な社会・自然条件にめぐまれて、祭式や夢や迷信のようなシンボル化のつよい傾向をもつようになり、祭式のような集団行動のなかで、高低強弱の音声をえらびはじめ、その場面をはなれたあとも象徴的な音声としての機能をもつことになり、つぎには、自発的に特定の対象とむすびつけられ対他の機能をもつようになって言語になる。

ランガーがえがいているこういう一連の経路は、原始的な音声がじぶんを抽出されて言語の形になったという一方のかんがえを代表している。原始的な音声は、いわば個々の感情的な体験を生理的感覚の機能にしずめこむとともに、共通の感情的な体験を、個々の祭式や集団行動の場面から抽出して象徴と表示にかえてゆく。こういう見地から言語発生の機構をみることは、人間の意識の自発的な表出の過程として言語の成立をみることを意味していて、意識の実用化の過程として言語をみることとまったく位相がちがうことに注目しなければならない。

ランガーの見解と一見対照的なところに、たとえば『ドイツ・イデオロギー』の言葉が位置しているようにみえる。

> 『精神』は元来物質に『憑かれ』てゐるといふ呪はれたる運命を担つてゐる。現に今、物質は、運動する空気層として、音といふ形をとつて、要するに言語の形をとつて現はれる。言語は意識とその起源の時を同うする。——言語とは他人にとつても私自身にとつても存在するところの実践的な現実的な意識であり、また、意識と同じく、他人との交通の欲望及び必要から発生したものである。一個の関係が存在するといふ場合、それは私にとつて存在する。動物は何物に対しても『関係』しないし、一体、関係といふものを持たないのである。動物が他のものに対する関係は、動物にとつては関係として存在するのではない。故に意識は、元来一種の社会的産物であり、そしてこのことは、一般に人間が存在する限り変らない。言ふまでもなく意識は最初は、最も手近かな感性的な環境に就ての意識にすぎず、意識化しつつある個人の外部に横はる他人や事物とのごく局限された関連の意識たるにすぎない。それは同時に自然に就ての意識である。云々（唯物論研究会訳）

言語、文学、芸術などは、マルクスがまともにとりあげなかったテーマのひとつだが、幸か不幸かそのため通俗マルクス主義者たちは、こういう見解から言語実用説、道具説をみちびきだす歴史的誤解をつみ重ね流布してきたのだ。たとえば、スターリンは「言語学におけるマルクス主義について」（知識文庫『自然科学とスターリン言語学』）のなかで、言語が存在し、創造されたのは、全体としての社会に、人間の交際の手段として奉仕するためであり、社会の成員にとっては共通のものとなり、社会にとっては単一のものとなり、社会の成員の階級的地位のいかんにはかかわりなく、彼らに平等に奉仕するものとなるためである、というようにのべている。

なぜ、かれらは「他人にとつても私自身にとつても存在するところの実践的な現実的な意識」（他の人々にとって存在するとともに、そのことによってはじめて私自身にとってもまた実際に存在するところの現実的意識）というような、捨てるには惜しい微妙ないいまわしを投げすてて、言語は人間の交際の手段として奉仕するために存在し、創造されたと改ざんするのだろうか。フォイエルバッハ論のなかにあるこの見解は、けっして完全な云い方をしているわけではないが、つまらぬ見解ではない。かれが〈意識〉とここでいうとき、じぶんに対象的になった人間的意識をもんだいにしており、〈実践的〉というとき、〈外化〉された意識を意味している。こういう限定のもとで、外化された現実的な意識としての〈言語〉は、じぶんにとって人間として対象的になり、だからこそ現実的人間との関係の意識、いわば対他的意識の外化になる。

もしわたしたちが、さきにあげたランガーとのちがいを、ここで抽出するとすれば、「他人との交通の欲望及び必要から発生したものである」という見解だけであるといえる。しかしこの見解は、「人間の交際（交通）の手段として奉仕するために存在し」というスターリンのような改作をゆるすものではない。『ドイツ・イデオロギー』は、言語についてもスターリンなどよりずっと上等であって〈自己自身との交通の欲望及び必要から発生した〉といいかえても一向さしつかえない〈外化〉の概念としてこれをつかっていることは、その思想形成の過程をたどったことのあるものには、誤解の余地はない。ブイコフスキーの『ソヴェート言語学』（高木弘訳編）はこうかいている。

彼（マルクス―註）の規定によれば、言語わ意識ほどに古いものであり、意識の「分けることのできない同行者」である。「精神」（意識）のうえに、はじめから、「物質の重みがかゝるとゆう呪がついている」、その物質わ与えられた場合に、空気の重い層の形で、音声の形で――言語の形で表された。人間と動物との固有な相異わ、マルクスの規定によればよく知られているよーに、人間が生産手段お生産することにある。人間自身、「生存のために自分に必要な手段お生産し（傍線わマルクス―著者）はじめるときに、自分お動物と区別しはじめる」。すなわち、物質的生産わ「すべての社会的生活の基礎」なのである。言語わ必要から、人間同志の交通における緊急の必要から、のみ生じる。動物わ誰とも「関係」しない、とマルクスわ説明している、動物にとつて、他のものにたいするその関係わ関係としてわ存在しないのである。このよーに、人間のあいだの交通の手段として、言語わ、物質的生産の発展と密接にむすびついた特殊的社会的現象として、マルクスの規定のうちに現れる。

ブイコフスキーは、せっかく人間が、じぶんの生存のために必要な手段を生産しはじめるときに、じぶんと動物とを区別しはじめるという『ドイツ・イデオロギー』の概念を引用しながら、どうして馬鹿の一つおぼえのように、言語は社会的な交通の手段だ、言語は物質的生産の発展とむすびついているというようなことをくりかえしてしまったのだろうか。

ブイコフスキーの引用したフォイエルバッハ論を、言語の発生についていいかえれば、人間は、現実的意識としての音声表出を、人間的な意識の自己表出として行なうようになったとき、はじめて自分を動物と区別しはじめた、ということをたやすくみちびきだせたはずだ。スターリンをはじめ、マルクス主義的と称する言語（文学、芸術）の理論は、言語（文学、芸術）の本質を、本質としておいたうえでそれを実用に供せられたる意識とかんがえるのではなく、その本質を社会的な交通の手段、社会的な交通への奉仕の道具という断面できりとる。実用、交通としての言語はでてくるが、自己表出

（Selbstausdrückung）としての言語はここからはでてこないのだ。

こういう言語観で言語発生の機構をかんがえればつぎの経路が想定されることになる。はじめに無言語原始人が、動物社会よりも複雑な生産関係をもったより高次な共同社会をいとなむようになったとき、甲が乙を労働にさそったり、共通の利害に呼応したり、男女がもとめあったりする叫びごえの音声も、高次な網目をもつようになり、そのため器官への固定作用が高度になって、特定の有節音が、特定の信号としての機能をもち、ついに共同社会の約定のようなものとして、特定の音が特定の事物を指示するものとしてあらわれる。そうかんがえることになる。ここではさまざまな行動や生存のための労働の共通の用具として言語の発生がかんがえられる。

たとえばブイコフスキーは、マルクス主義における言語の起源の理論は、エンゲルスによってサルの人間化についての彼のちいさな研究でいちばんくわしく展開され基礎づけられている、とのべている。だがエンゲルスは「猿の人類化への労働の関与」のなかで、かならずしもこういった見解をうらづけてはいない。

> 手の発達、労働とともに開始された自然の支配は、新らしい進歩がなされるたびに、人類の視野を拡めた。人類は、自然物において、ひきつづいて、新らしい従来不知の特質を発見した。他方、労働の発達は、必然的に、相互扶助、共同的な協力の場合を増加せしめこの協力の有用なることの自覚を各個人に明ならしむることによつて社会成員を相互に近接せしむることに貢献した。概言すれば、成立しつつありし人類は、相互に何事かを言はなくてはならぬまでになつた。かゝる欲望はそれのための機関をつくつた。猿の未発達の喉頭は、つねにより発達せる抑揚をなさんとする抑揚法によつて徐々にしかし着々と変化し、口腔の機関は、漸次、明確に発音せらるる文字（Buchstaben）を次から次へと話すことを覚へるに至つた。（石浜知行訳）

これが、エンゲルスが言語の起源についてのべたいちばんまとまった個処だが、ここから労働が言語の起源をなすというもんだいをひき出すことは、エンゲルスが微妙な不確実なことばでいわねばならなかったこと、すなわち「何事かを言はなくてはならぬまでになつた」というもんだいを無視するにひとしい。何ごとかをいわなくてはならぬまでになったとは、人間的な意識の自己表出の欲求をもつようになったということを意味している。エンゲルスはもちろん、このもんだいをはっきりとつかまえてはいないし、またつかまえる必要もない個処だった。かれはここでは、労働の発達が、いきおい相互扶助、共同的協力の場面をふやし、それが器官の進化をつうじて言語の発生をうながしたことを指摘すればよかったのだ。しかし、労働の発達が言語の発生をうながしたことと、うながされて言語を人間が自発的に発することとのあいだには、比喩的にいえば千里の径庭(けいてい)がある。このへだたりは、あたかもエンゲルスの「何事かを言はなくてはならぬまでになつた」といういいまわしや、『ドイツ・イデオロギー』の「他人にとつても私自身にとつても存在するところの実践的な現実的な意識」(他の人々にとって存在するとともに、そのことによってはじめて私自身にとってもまた実際に存在する現実的意識)といういいまわしに対応している。

この人間が何ごとかをいわねばならないまでになった現実の条件と、その条件にうながされて自発的に言語を表出することのあいだにある千里の距たりを、言語の**自己表出**(Selbstausdrückung)として想定できる。自己表出は現実的な条件にうながされた現実的な意識の体験がつみ重なって、意識のうちに幻想の可能性としてかんがえられるようになったもので、これが人間の言語が現実を離脱してゆく水準をきめている。それとともに、ある時代の言語の水準をしめす尺度になっている。言語はこのように、対象にたいする指示と、対象にたいする意識の自動的水準の表出という二重性として言語本質をつくっている。

ここでつきあたっていることは、たんに遊戯や祭式の行動をもとにして言語の発生をかんがえるべきか、労働や交通の用具として言語の発生をかんがえるべきか、ということではない。たとえば、ランガーの見解も、そういう意味では労働の発達が、言語発生に寄与したということを排するものではないし、マルクスやエンゲルスの見解も、祭式が言語発生に寄与したというもんだいを排除するものではない。それなのに、言語の発生について二つに大別され、またいずれかを混こうしている見解群は、言語の本質からその実用性と自発的な表出のいずれかを切りとり、その断面をひろげて、ついに対照的な彼岸にまで達してしまった。

言語学者たちの専門的な努力は、これについていずれははっきりした実証的な根拠をあたえるだろうが、そのばあいでも、この二様の説のどちらかに軍配はあがるというように、問題があるわけではない。エンゲルスのいうように労働の発達は、相互扶助や、共同的な協力の場面をふやし、社会の成員を相互にちかづかせるようになる。この段階では、社会構成の網目はいたるところで高度に複雑になる。これは人類にある意識的なしこりをあたえ、このしこりが濃度をもつようになると、やがて共通の意識符牒を抽出するようになる。そして有節音が自己表出（selbstausdrücken）されることになる。人間の意識の自己表出は、そのまま自己意識への反作用であり、それはまた他の人間との人間的意識の関係づけになる。

言語は、動物的な段階では現実的な反射であり、その反射がしだいに意識のさわりをふくむようになり、それが発達して自己表出として指示機能をもつようになったとき、はじめて言語とよばれる条件をもった。この状態は、「生存のために自分に必要な手段を生産」する段階におおざっぱに対応している。言語が現実的な反射であったとき、人類はどんな人間的意識ももつことがなかった。やや高度になった段階でこの現実的反射において、人間はさわりのようなものを感じ、やがて意識的にこの現実的反射が自己表出されるようになって、はじめて言語はそれを発した人間のために、また他のためにあるようになった。

たとえば狩猟人が、ある日はじめて海岸に迷いでて、ひろびろと青い海をみたとする。人間の意識が現実的反射の段階にあったとしたら、海が視覚に反射したときある叫びを〈う〉なら〈う〉と発するはずだ。また、さわりの段階にあるとすれば、海が視覚に映ったとき意識はあるさわりをおぼえ〈う〉なら〈う〉という有節音を発するだろう。このとき〈う〉という有節音は海を器官が視覚的に反映したことにたいする反映的な指示音声だが、この指示音声のなかに意識のさわりがこめられることになる。また狩猟人が自己表出のできる意識を獲取しているとすれば〈海〉という有節音は自己表出として発せられて、眼前の海を直接的にではなく象徴的（記号的）に指示することとなる。このとき、〈海〉という有節音は言語としての条件を完全にそなえることになる。

こういう言語としての最小の条件をもったとき、有節音はそれを発したものにとって、じぶんをふくみながらじぶんにたいする音声になる。またそのことによって他にたいする音声になる。反対に、他のためにあることでじぶんにたいする音声になり、それはじぶん自身をはらむといってよい。

なぜなら、他のためにあるという面で言語の本質をひろげてゆくと交通の手段、生活のための語りや記号は発達してきたし、じぶんにたいしてあるという面で言語の本質をひろげると言語の芸術（文学）の発生になったからだ。このどちらのばあいも言語が本質としてはたらくかぎり即自も対他も対自もふくんでいる。この意味は、たとえばランガーが『シンボルの哲学』でかんがえたものからも、スターリンやマルクス主義言語学者がかんがえたものからも、このふたつの大別される傾向やその混こうとして言語をかんがえることからも、とおくへだたっている。

さきにのべたように、言語の美として文学（芸術）をかんがえるばあいに直面するもんだいは、もとのところはこれとちがったものではない。通俗的な〈マルクス〉主義者の理論は、うわべは対立する一方の極を代表するし、美の純粋論者は他のひとつの極を代表する。このあいだに「X氏」の数だけニュアンスをもったさまざまな理論が分布している。ヴァレリイはたまりかねて名言をはくし、通俗〈マルクス〉主義者は、ブルジョワ文学者、言語学者の半畳をうけとめかねて、いわゆるブルジョワ文学理論を密輸入して硬直をただそうとする。しかし一切のびほうの策は実をむすばない。現象を追い流行をつみ重ねるだけだ。

けれどこれらの流布された文学（芸術）の理論が折衷策や経験論にすぎないことを指摘することはたやすいし、言語の本質を位置づけすることもけっしてむつかしくない。ほんとうにむつかしいのは、ここから現実の文学にわたる経路をみつけることだ。

2　進化の特性

言語発生の機構についてわたしたちは、ちがった色の絵具でぬられた二枚の画布にむきあっていた。そして色をひとつにぬりなおすこと、画布を一枚にただすことがふたつとももんだいとなった。混乱はそれぞれの言語観の個性的なちがいをこえた何かをふくんでいたのだ。これにくらべれば、言語進化の過程についての諸説はただ哲学のちがい、解釈の相違がよこたわっているだけのようにみえる。それぞれ勝手な色の絵具でぬられた一枚の画布を、あるひとつの色にぬりなおせばよい。

カッシラアは『言語』のなかで、言語が現実から離れてゆく過程を三つの段階にわけ、擬態的、類推的それから象徴的と名づけている。擬態的というのは擬声的というのとほぼおなじで、たとえば猫をさしてニャーンとよぶたぐいである。カッシラアが原始擬態的段階とよんでいるものは、幼児がじぶんの猫をさしてオニーと命名し、カエルが泳ぐさまをニゴニゴという擬音で形容する段階とすこしもちがわない。まだ音声の意識は、現実のものとうまくはなれることができないで、いわば対象とつるんでいる。この段階では意識からみられた世界は、まだなにもない薄明だ。原始林や山々がとりかこみ、そこに霧の流れがまつわりついている光景のように、意識は現実界の対象にまつわりつき、そして対象のないところは暗い空無が占めている。

類推的とよんでいるのは、音声形式と事象の関係形式とのあいだに類推がなりたつ段階で、カッシラアはそのいちばん直截な例として音楽的アクセントをあげている。またたくさんの言語で、母音a・o・uが遠方を、e・iが近い場処をあらわし、おなじように子音d・tまたはb・k・gなどが遠方を、m・nなどが近い場処をあらわすとのべている。これは音声と対象とが面をつきあわせている段階とかんがえることができる。

原始人たちが現実界に意識の網目をめぐらし、薄明のなかにいくすじかの光が縦横にはしりはじめたところを想定すれば、カッシラアの意にかなうことになる。そしてつぎの象徴的段階にきて意識からみられた対象的現実界は、奥行きも厚さもある立体的な世界としてはじめてあらわれるのだ。

象徴的段階はいわば比喩的で、カッシラアは自然民族の言語では、抽象的な前置詞後置詞のかわりに具体的な身体部分の名詞が空間の表現としてもちいられているとのべている。マンデ語では、前に、後に、上に、中に等印欧語の前置詞のかわりに眼、背、項、腹などの名詞がつかわれ、他のアフリカ土語や南洋土語でもおなじように顔、背中、頭、口、腰、股などの名詞がつかわれる例をのべている。

カッシラアの三段階の当否を実証的にたしかめることはむつかしい。言語の進化について法則性をみつけることはできないとかんがえるからだ。しかし、たとえば幼児は擬声によって名づけることをしっているし、また、すでに固定した意味をもったことばでさえ、音声の強弱や高低で意味をかえることもしっている。〈どうしたんだ〉を、抑揚を平坦に発声すれば、なにをしたのかを訊ねている意味になるし、はじめにアクセントをつければ、非難の意味になるというような例は、たくさんある。また相手をかるくあしらうことを、鼻のさきで云々といういい方をすることもある。カッシラアの擬態的、類推的、象徴的ということが、けっして無意味でもないし、架空でもないことは手易く理解できる。

言語進化の過程をもっと確実にあとづけるには、ある原理のほうへ身をよせて、その移行をかんがえるほうがたしかだ。この意味では、オグデン＝リチャーズの三角形を原理として適用したマリノウスキーの原始言語の考察は、はるかに暗示的だといえる。

マリノウスキーは「原始言語における意味の問題」（オグデン＝リチャーズ『意味の意味』石橋幸太郎訳所収）で、初期言語の象徴・指示・指示物の関係の変化過程をつぎのようにわけてかんがえている。

第一段階において、表出が単なる音声反応で、表現的で、有意義で、場と相関してはいるが、思考活動を含まないときには、三角形はただ底辺だけになって、それは真の結合――音声反応と場との結合――を表わす。前者はまだ象徴とはいえないし、後者も指示物とはいえない。

分節的な言葉の発端において、それの出現とともに指示物が場から遊離しはじめるときには、その言語はまだ事実上の相関関係を表わす実線一本で表示されねばならない（第二段階）。音声はまだ象徴ではない。というわけは、それはその指示物から引き離してもちいられていないからである。

場　（直接に結合する）　音声反応

第一段階

指示物　（相関する）　行動的音声

第二段階

第三段階では言語の三大基本用法、すなわち行動的、物語的および儀式的用法を区別せねばならない。

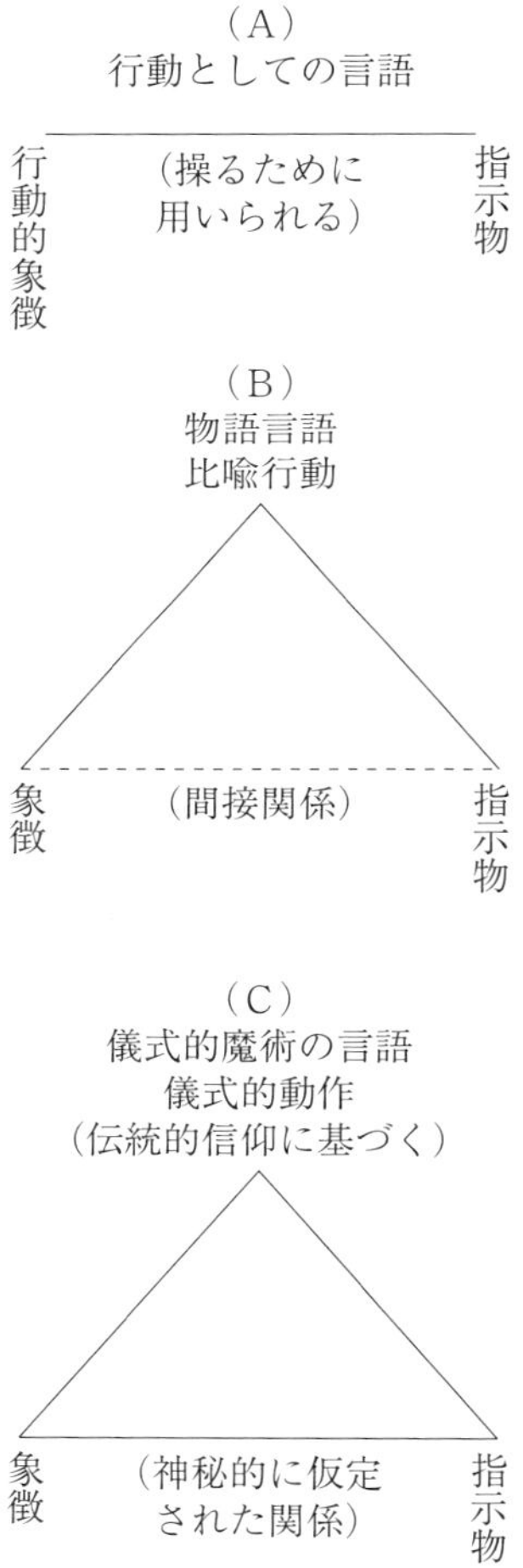

発達した言語の最後の段階はオグデン＝リチャーズ両氏の三角形で表わされる。

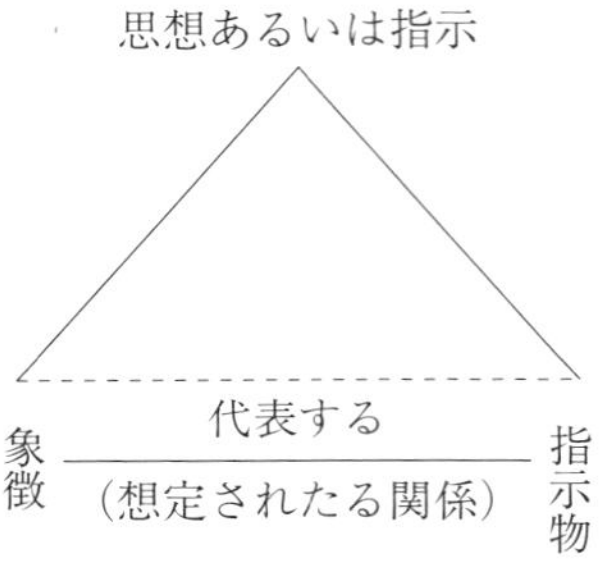

言語構造は、子供や、原始人、すなわち自然人の周囲の世界に対する実際的態度に起原する事実範疇を反映する。

カッシラアが擬態的、類推的、象徴的とよんでいる三段階は、マリノウスキーの象徴、指示、指示物の関係がオグデン＝リチャーズの三角形としてなりたってゆく過程とおきかえることができる。それはただ発達段階のとりかたのズレとかさなりのちがいだといえる。またカッシラアが音声と対象との関係で言語成立の過程をみているものを、マリノウスキーは指示と指示物と象徴というオグデン＝リチャーズの関係でみているちがいだけだ。

マリノウスキーは第三段階で行動としての言語、いいかえれば指示物を操るための言語と、物語言語、儀式言語のようにシンボルとしての言語を区別して、わたしがさきにのべた言語本質としての自己表出性と指示表出性とをはっきりとふまえているようにみえる。しかしその意味はまったくちがっている。マリノウスキーは、言語がこの段階で、あるばあいには実用的につかわれ、あるばあいには儀式的、物語的につかわれるといっているので、言語の本質が対自であることによって対他（ここでいう儀式的、物語的に相当する）か、対他であることによって対自（ここでいう行動としての言語）かという構造としてみるべきだと云っているわけではない。言語の本質は、マリノウスキーのいうように、行動としての言語と儀式、物語としての言語にわけられるのではなく、ただ指示表出の面を拡大するか、自己表出の面を拡大するかによって、行動としての言語、祭式または物語としての言語があらわれることになるのだ。マリノウスキーでは、社会的共同、相互扶助の必要がさきか、祭式がさきかという通俗的な対立をさけられない。

わたしはここで、言語が人間の意識の指示表出であることによって自己表出であるか、自己表出（対自）であることによって指示表出（対他）としてあらわれるものとして、その発達の段階を原理的にかんがえてみた。

(1)　無言語原始人の音声段階で、音声は現実界から特定の対象を意識することができず、ばくぜんと反射的に労働、危機、快感、恐怖、呼応などの場面で叫び声を発するものとする。この段階では、人間の現実にたいする言語的な関係は、つぎのようにしめされる。

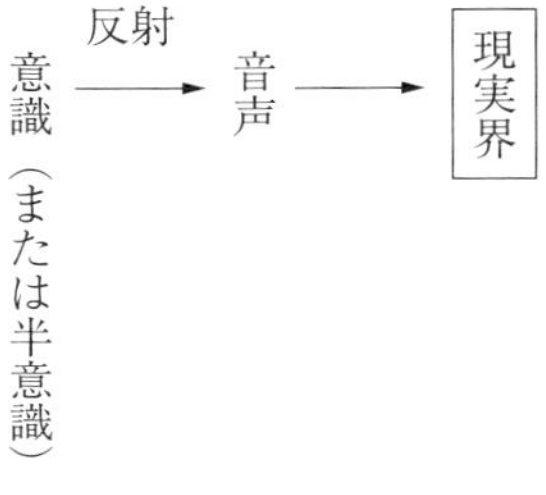

音声は現実界（自然）をまっすぐに指示し、その音声のなかにまだ意識とはよびえないさまざまな原感情がふくまれることになる。

(2) 音声がしだいに意識の自己表出として発せられるようになり、それとともに現実界におこる特定の対象にたいして働きかけをその場で指示するとともに、指示されたものの象徴としての機能をもつようになる段階がくる。（第1図参照）

ここで現実対象というのは、図式化のためにやむをえずそうよんだが、かならずしも原始林の木の実だとか、海だとか、獲物だとかを意味するだけではなく、祭式や儀式であってもまた、合図であってもさしつかえない。ここではじめて現実界は立体的な意識過程にみたされる。この自己表出性がうまれるといっしょに、有節（半有節）音声は、たんに眼のまえにある特定の対象をその場で指示するのではなく、類概念を象徴する間接性といっしょに、指定のひろがりや厚さを手にいれることになる。

(3) 音声はついに眼のまえに対象をみていなくても、意識として自発的に指示表出ができるような段階だといえる。たとえば、狩猟人が獲物をみつけたとき発する有節音声が、音声体験としてつみかさねられ、ついに獲物を眼のまえにみていないときでも、特定の有節音声が自発的に表出され、それにともなって獲物の概念がおもいうかべられる段階である。（第2図参照）

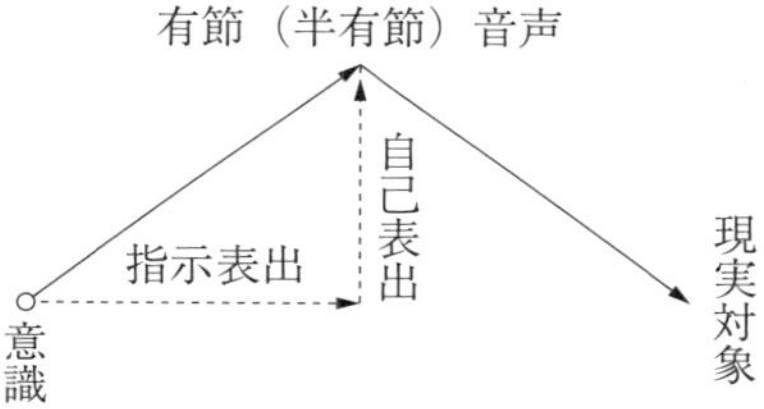

第 1 図

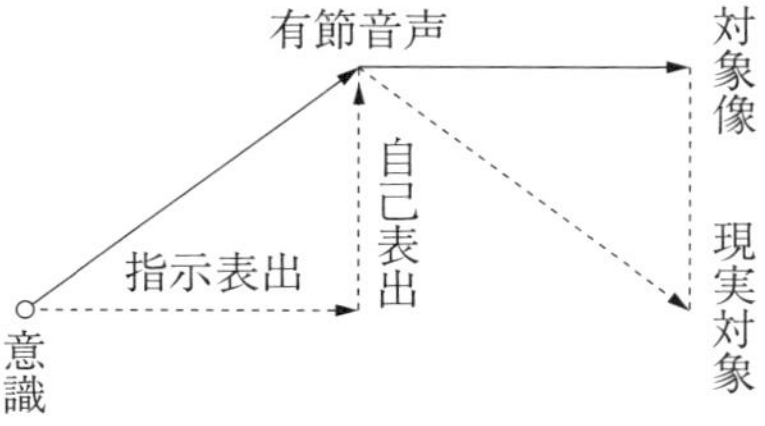

第 2 図

ここで有節音声は、はじめて言語としてのすべての最小条件をもつことになる。

有節音声が言語としての条件をみたすようになる(3)の段階は、どうして可能になるのだろうか。

これはエンゲルスからも、ランガーからも、カッシラアからもオグデン＝リチャーズからもはっきりとしることができない。エンゲルスの「相互に何事かを言はなくてはならぬまでになつた」という漠然としたことば、そのままでは解答とはいいがたい。ランガーは感情的な体験が抽出されて言語をつくってゆく過程をしめし、オグデン＝リチャーズはたんに場にたいする反射であった音声が有節化され、それが象徴としての機能を獲取する過程をあきらかにしている。しかし、この外化過程がとりもなおさず未明の人類の意識にとって、それを強固にし意識的な体験として脳髄や神経系の構造をととのえてゆく過程であることをはっきりとしめしていない。

もちろん、エンゲルスは前記の論文で、はじめに労働が、つづいて言語が、〈本質的な衝動〉によって、猿の脳髄からすべての相似点でそれよりはるかに大きく、はるかに完全な人間の脳髄にしだいにうつってゆき、それにつれて感覚機関が発達してきた、とのべている。しかしこの〈本質的な衝動〉とよんだものが、人間的意識の自己表出（Selbstausdrückung）であることをはっきりとしめしていない。現実的な反射が自己表出としてはじまるようになると、音声は意識に反作用をおよぼし心の構造を強化していった。

ここには、ひとつのたいせつなもんだいがよこたわっている。エンゲルスがもともと意識の自己表出としてかんがえられるべきものを〈本質的な衝動〉というあいまいな言葉でしかしめしえなかったため、身体の生理感覚器官の発達（これは労働の発達にともなう、自然としての人間存在の発達である）と、意識の強化・発達（これは意識の自己表出性の発達にともなう自己を対象化しうる能力の発達である）とを区別してあつかうべき言語問題を、大脳生理的機能（いわゆる第二信号系）と言語の本質とを（したがって言語、文学、芸術と労働とを）そのまま短絡させる理論をおびきだした。

あるところまで意識は強い構造をもつようになったとき、現実的な対象にたいする反射なしに、自発的に有節音声を発することができるようになり、それによって逆に対象の像を指示するようになる。こんなふうに有節音声は言語としての条件をすべてそなえてくる。有節音声が言語化されていく過程は、人間の意識がその本質力のみちをひらかれる過程にほかならない、といえる。

有節音声が自己表出として発せられるようになったとき、いいかえれば言語としての条件をもつようになったとき、言語は現実の対象と一義的（eindeutig）な関係をもたなくなった。たとえば原始人が海をみて、自己表出として〈海（う）〉といったとき〈う〉という有節音声は、いま眼のまえにみている海であるとともに、また他のどこかの海をも類概念として抽出していることになる。そのために、はんたいに眼の前にある海は〈海（う）〉ということばでは具体的にとらえつくせなくなり、ひろびろとしているさまを〈海（う）の原〉なら〈うのはら〉といわざるをえなくなった。これは〈蒼き海の原〉といっても、もっと具体化して〈さざなみのたつ蒼き海の原〉といっても、眼のまえの海のすべてをつくすことができない。

この過程をどれだけふんでも、視覚にうつる眼のまえの海のすべてを言語はまるごとあらわせない本性をもつようになる。

しかし、自己表出性をもつことによって有節音声はべつの特徴をも手にいれた。海を眼のまえにおいて〈海の原〉という有節音声を発しても、また住居の洞穴にいながら〈海の原〉という有節音声を発しても、おなじように、現実にいくつもある海を類概念として包括することができることだった。これは、音声が現実にたいして反射的音声という視覚的反映との一義的な結びつきをすこしずつながい時間をかけてはなれてゆく過程で、手にいれた特性だった。

有節音声は自己表出されたときに、現実にある対象との一義的なむすびつきをはなれ、言語としての条件をぜんぶそなえた。表出された有節音声はある水準の類概念をあらわすようになった。また自己表出はつみかさねられて意識をつよめ、それはまた逆に類概念のうえに、またちがった類概念をうみだすことができるようになる。おそらくながい年月のあいだこの過程はつづくのだ。

S・I・ハヤカワは『思考と行動における言語』（大久保忠利訳）のなかで、言語の抽象の過程をかんがえている。

まず〈ベッシー〉という名の一匹の牝牛がいるとする。この牝牛は実在の生物体としての牝牛で、究極には細胞・分子・原子・電子等からできている。それは人間の意識の外にそれと独立に存在する生体としての牝牛〈ベッシー〉である。この牝牛は、つぎに知覚対象としての牝牛となる。つぎにこの牝牛に固有名称として〈ベッシー〉という名をあたえる。この固有名称は、すでに生体〈ベッシー〉とも、知覚対象〈ベッシー〉ともちがう。

つぎに〈牝牛〉という類称をあたえる。この類称は、固有名称〈ベッシー〉のほかにたくさんの類牝牛をもつつむ。つぎに〈家畜〉という名称をあたえる。これは豚やニワトリや小羊などもつつむひとつの抽象類称だ。

つぎに〈農場資産〉というもっと高い抽象類称で呼べるし、そのうえに〈資産〉というもっと高次の抽象類称があたえられる。また〈富〉というときさらに高次になる。

これとちがった意味で、コーズィブスキィの言語の抽象段階のはしごがある。〔ピエール・ギロー『意味論』佐藤信夫訳〕

はじめの段階にたとえば具体的な対象〈おじいさんのひじかけいす〉がある。第二段階に概念〈それは一つのひじかけいすである〉がある。第三段階には記述〈それは大きくて深いひじかけいすである〉がある。第四段階に推論〈それは心地よい、上等な、美しいひじかけいすである〉がある。そしてこの推論はまたあたらしい推論をうむ。

ハヤカワの抽象の過程は、実在の物からはじまって、よりひろく類概念をふくむ言語が、実在にたいしてはせのぼってゆく過程をかんがえ、言語の次元が知覚反映とも実在反映ともちがうという特徴をはっきりさせている。ただこの過程は、発生の順序をいっているわけではなく、牝牛という言語から家畜という言語がうまれ、家畜という言語から農場資産という言語がうまれたことを意味しているわけではない。コーズィブスキィの抽象段階は、これにたいし具体的な対象から概念としての言語がつくられ、つぎに対象をよりよく記述（表現）しようとする欲求がうまれ、この欲求から主観的推論がうまれるという対象と主体とが言語をメヂュムとして運動するひとつの経路をえがいている。わたしがここで展開しようとする主題からすれば、後者のほうがはるかに興味ぶかいものだ。

しかし、このコーズィブスキィの抽象段階のようなものが、言語の展開される時代的な様相や、あるひとつの言語があるとき生みだされる複雑なメカニズムについてなにも語りかけないことはいうまでもない。ハヤカワやコーズィブスキィの抽象段階は、いわば言語のもつ特性をしるための便覧の役目をはたしている。

個々の具体的な言語が、どこに語源をもち、それが各時代をへてどんなふうに派生し展開されて現在にいたったかは、語源学者の実証的な研究にまつほかないし、しいてたちいる必要もないとおもえる。しかしそれにもかかわらず、なぜ人間は実在の牝牛を〈牝牛〉という言葉（名称）でよぶようになったか？ という問いを仕かけることは無意味ではない。

人間が、じぶんを〈人間〉として意識の対象にできるようになったことと、人間が実在の牝牛を、〈牝牛〉という名称でよべるようになったこととは、別のこととはおもえない。人間が、まだじぶんを個体としてしかじぶんの意識の対象にできなかったとき、牝牛は、人間にとって視覚的な存在であっても、〈牝牛〉という言葉でよぶべきすべがなかった。それはあるとき、ある場所でみたある種の動物であり、つぎのとき、つぎの場所でみたおなじ種の動物との関連は、じぶんの意識のなかになかったのだ。そこでは〈牝牛〉という名辞はありえなかった。言語が知覚とも実在ともちがった次元に属するのは、人間の自己意識が、自然意識とも知覚の意識とも対象としてちがった次元にあることの証左だといえる。このように言語は、ふつうのとりかわされるコトバであるとともに、人間が対象にする世界と関係しようとする意識の本質だといえる。この関係の仕方のなかに言語の現在と歴史の結び目があらわれる。

この関係から、ある時代または社会には、言語の自己表出と指示表出とがあるひとつの水準を、およびのようにひろげているさまが想定される。そしてこの水準は、たとえばその時代の表現、具体的にいえば詩や小説や散文のなかに、また、社会のいろいろな階層のあいだにかわされる生活語のなかにひろがっている。

ある時代のひとつの社会の言語の水準は、ふたつの面からかんがえられる。言語は自己表出の面から、わたしたちの意識にあるつよさをもたらすから、それぞれの時代がもっている意識は言語が発生した時代からの急げきなまたゆるやかなつみかさなりそのものにほかならない。また、逆にある時代の言語は、意識の自己表出のつみかさなりをふくんで、それぞれの時代をいきてゆく。しかし指示表出としての言語は、あきらかにその時代の社会、生産体系、人間のさまざまな関係、そこからうみだされる幻想によって規定される。しいていえば、言語を表出する個々の人間の幼児から死までの個々の環境によっても決定的に影響される。またちがったニュアンスをもっている。こんなふうに言語にまつわる永続性と時代性、または類としての同一性と個性としての差別性、それぞれの民族語としての特性などが、言語の対自と対他のふたつの面としてあらわれる。言語の表現である文学作品のなかにわたしたちがみるものは、ある時代に生きたある作家の生存とともにつかまえられて、死とともに亡んでしまう何かと、人類の発生からこの方、つみかさねられてきた何かの両面で、これは作者が優れているか凡庸であるかにかかわらないものだ。

みやすいことだが、このばあい言語の表現を自己表出の面でつよめた文学表現と、指示表出の面でつよめた生活語との水準をひとつの線でつなぐことはできない。

現在の言語の水準で〈絶望〉ということばをかんがえてみる。たとえば魚屋の主人が〈今月は魚がすこしも販れずに絶望しました〉と客にしゃべっているところはなかなか想像できない。しかし、知識人が仲間どうしの会話のなかで〈もはや事態は絶望的だね〉という会話をかわすのは手やすくかんがえられるし、文学作品がこのことばを何のこだわりもなく常用するのはたれでもしっている。そこで〈絶望〉ということばは、専門的な言語表現である文学作品の水準では、現在にぞくしているかもしれないが、生活語としては熟していないし、生活語がこのことばをくりいれるかどうかは未確定だといえる。これにくらべれば、〈希望〉ということばははるかに一般的である……といった区別があるということだ。

わたしがここで想定したいのは、言語の特性を理解させるためのハヤカワやコーズィブスキィの抽象段階のようなものではない。言語が発生のときから各時代をへて転移する水準の変化ともいうべきもののことだ。

言語は社会の発展とともに自己表出と指示表出をゆるやかにつよくし、それといっしょに現実の対象の類概念のはんいはしだいにひろがってゆく。ここで、現実の対象ということばは、まったく便宜的なもので、実在の事物にかぎらず行動、事件、感情など、言語にとって対象になるすべてをさしている。こういう想定からは、いくつかのもんだいがひきだされてくる。

ある時代の言語は、どんな言語でも発生のはじめからつみかさねられたものだ。これが言語を保守的にしている要素だといっていい。こういうつみかさねは、ある時代の人間の意識が、意識発生のときからつみかさねられた強度をもつことに対応している。

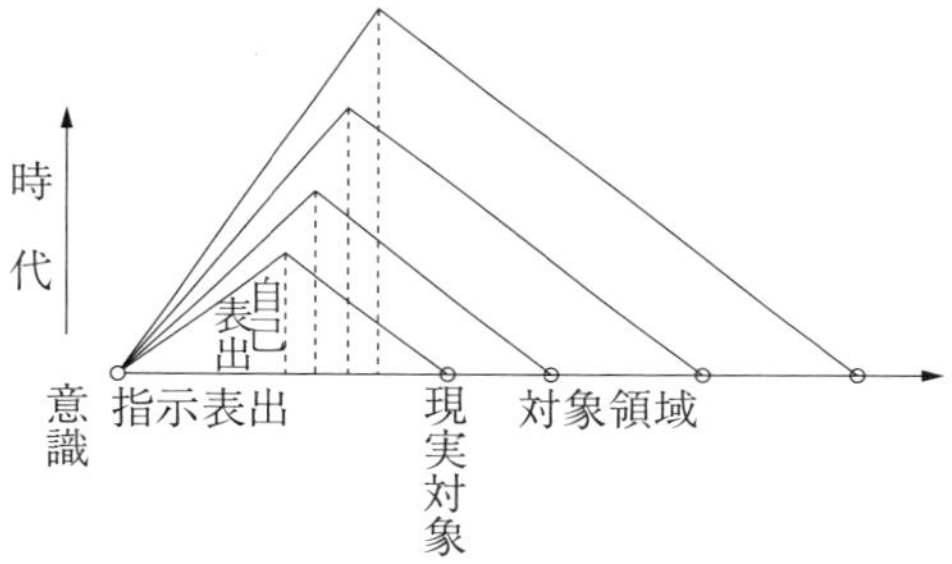

第　3　図

もちろんある時代の個々の人間は、それぞれちがった意識体験とそのつよさをもっていて、天才もいれば白痴もいる。それにもかかわらずある時代の人間は、意識発生いらいその時代までにつみかさねられた意識水準を、生まれたときに約束されている。これとは反対に、言語はおびただしい時代的な変化をこうむる。こういう変化はその時代の社会のさまざまな関係、そのなかでの個別的な環境と個別的な意識に対応している。この意味で言語は、ある時代の個別的な人間の生存とともにはじまり、死とともに消滅し、またある時代の社会の構造とともにうまれ死滅する側面をもっている。これが言語の対他的な側面にほかならない。

カッシラアは『言語』のなかで、原始言語でいちばん分化発達をとげ、発達言語のなかでいちばんよくのこるのは「行く」「来る」「歩く」「走る」等、さらに「食う」「打つ」「見る」「話す」のような人間生活にいちばん意義ふかい動詞だとかいている。わたしがここでいう言語のつみかさねと変化は、人間の本質力とかかわるもので、たんにある時代のある言語がどれだけの頻度をもち、あとにのこるかというもんだいとはすこしちがう。

カッシラアのいう人間生活に意義ふかい言語というのは、現象的にはある時代がべつに意識の強度体験をしないで、ふつうに発せられる言語で、ふつう死語とよばれるものもこれにふくまれる。こういう言語は、その時代の人間によって新しい概念像をあたえられると生きのびることになる。たとえば、カッシラアのあげた〈見る〉ということばは、〈視る〉〈凝視する〉〈観る〉といった文字をあてられるように、じっとみること、観賞すること、ちらっとみること……といったようなさまざまな概念に対応する。それによってあたらしい意味をあたえられる。だからカッシラアのいう「行く」「来る」「歩く」「走る」などの生きのこった語が、原始言語とおなじ概念に対応したままのこっているとはいえない。

3 音韻・韻律・品詞

原始人の叫びごえが特定の律動をもち、意識の自己表出をもつようになって、言語の条件が完成するまでに、その経路がカッシラアのいう擬態的・類推的・象徴的な段階をへたかどうかが確証されないとしても、特定の音の組合せが、特定の対象にむすびつき、その象徴としてあらわれたことは、たれも否定することができない。

この過程は個々の原始人の音声が、どうま声もあり、かすれ声もあり、金切り声もあり、男性や女性の音程のちがいがあるにもかかわらず、そのなかから個別的な音の響きをききわけて個別的なちがいをみとめるとともに、抽出された音声の共通性をみとめるようになったことを意味している。こういう有節音声の抽出された共通性を**音韻**と名づけようと名づけまいと、有節音声が、そのなかから音声として抽出された共通性を音の組合せとしてみとめることとなしには、言語としての条件を完成できなかったことはたしかだ。

有節音声が**音韻**としてみとめられたことは、器官としての音声が、意識の自己表出としての音声に高められたことと対応している。これによってはじめて指示性を手にいれたといっていい。三浦つとむが『日本語はどういう言語か』のなかで、音韻は、表現上の社会的約束にむすびついている音の一般的な面であり一族であるという云いかたでさしているものは、これに対応している。

だが、一般的にいえば言語の**音韻**とか**韻律**とかいうものは、言語にとっていちばん基本的なものなのに、その本質について言語学者の見解をきくことは稀だ。どんな理由によるのかはしらないが、言語についで語りながら、これをさけてとおれない。

時枝誠記は『国語学原論』のなかで**韻律**について、わたしの知っているかぎりほとんど唯一のまとまった見解をひれきしている。

私の今の問題は、言語に於けるリズムの本質如何の問題である。リズムを内的発動性に求めることは、リズムの心理的側面の研究であり、又リズムの形式を調査することは、リズムの客観的側面を研究することとであつて、未だリズムの具体的経験そのもの、言語に於けるリズムの本質を明かにしたものではない。私はリズムの本質を言語に於ける場面であると考へた。しかも私はリズムを言語に於ける最も源本的な場面であると考へたのである。源本的とは、言語はこのリズム的場面に於いての実現を外にして実現すべき場所を見出すことが出来ないといふことである。宛もそれは音楽に於ける音階、絵画に於ける構図の如きものである。かく考へて来る時、音声の表出があつて、そこにリズムが成立するのでなく、リズム的場面があつて、音声が表出されるといふことになる。音声の連鎖は、必然的にリズムによつて制約されて成立するのである。

時枝言語論の性格がここでもゆきわたっていて興味ぶかい。ここでわたしたちが想像するのは、路上にロウ石や白墨でかかれた円のなかに、ビイドロ石をうまく蹴りこんで遊ぶ子供の遊戯だ。かかれた円はリズムで、言語は蹴りこまれるビイドロ石だ。日本語のような等時拍音の言語では、かかれた円はおなじ大きさの等間隔の群をなす。時枝誠記が、五・七音を進行的リズム形式の単位とみるよりも、建築的構成的美の要素だとかんがえるのは、いわば必然的だ。まず意識に表出すべき場面の波がおこり、それにのっとって言語が表出される。そしてこの場面がリズムであると、ここでは主張されている。

三浦つとむは、詩や歌のリズムが言語の意味や対象と直接つながりをもたないことから、これを形式的な創造とかんがえるべきものではなく、作者の思想が一面では本来の言語表現として、一面では感性的な表現として二重性をもってあらわれたものと理解すべきだというかんがえをのべている。ふたつに共通しているのは、言語の韻律が意味のような機能と直接かかわりのない特性だと指摘していることだ。時枝誠記が場面というばあい、意識の外化されないまえの場面とかんがえていることは、表現というのは極言すれば主観が自己を場面にまで拡充することであり、場面は表現に先立って存在し、つねに表現そのものを制約するといっていることからもあきらかだ。この韻律観は、とても興味ぶかいが、わたしたちを満足させない。表出された言語のほかに、韻律をかんがえることはできないし、すでに表出された言語を、えがかれた円とビイドロ石、器と内容、場面と言語にわけることもできないからだ。

わたしたちは、原始人が祭式のあいだに、手拍子をうち、打楽器を鳴らし、叫び声の拍子をうつ場面を、音声反射が言語化する途中にかんがえてみた。こういう音声反応が有節化されたところで、自己表出の方向に抽出された共通性をかんがえれば**音韻**となるだろうが、このばあい有節音声が現実的対象への指示性の方向に抽出された共通性をかんがえれば言語の**韻律**の概念をみちびけるような気がする。だから言語の**音韻**はそのなかに自己表出以前の自己表出をはらんでいるように、言語の**韻律**は、指示表出以前の指示表出をはらんでいる。

対象とじかに指示関係をもたなくなって、はじめて有節音声は言語となった。そのためわたしたちが現在かんがえるかぎりの韻律は、言語の意味とかかわりをもたない。それなのに詩歌のように、指示機能がそれによってつよめられるのはそのためなのだ。リズムは言語の意味とじかにかかわりをもたないのに、指示が抽出された共通性だとかんがえられるのは、言語が基底のほうに非言語時代の感覚的母斑をもっているからなのだ。これは等時的な拍音である日本語では音数律としてあらわれているようにみえる。

ここでひとつの仮定をおいてみる。

原始人がはじめて現実の対象を有節音声としてえらびとったとき、発したその音声は意識に反作用をおよぼした。それは一連の意識の波紋をえがいたにちがいない。こういった一連の意識の波紋は、また一連の音声波紋として表出せられたかもしれない。これを、不完全な言語の段階での**文**だとかんがえれば、わたしたちは、カッシラアにならって、言語の世界でいちばん簡単なのは、常識的にかんがえるような単語ではなく、むしろ文だとおもわれる。

しかし、こういう仮定にそれほど固執するわけではない。原始人たちは、海を眼のまえにはじめてみて〈海〉といっただけかもしれない。ただこう仮定したのは、一連の音声波紋の表出が完結するためには、有節音声は、よりおおく意識の自己表出としてのアクセントで発せられるものと、指示表出として発せられるもののどちらかに傾かざるをえないことをいいたかったからだ。もちろん、言語の本質はこのふたつの面をもっているから、いずれのばあいも他を含んであらわれるといえる。

時枝誠記が『国語学原論』で詞・辞として分類し、三浦つとむが『日本語はどういう言語か』で、客体的表現と主体的表現として大別したものは、これにかかわっている。

わたしたちはこのふたつの傾向にわけられる言語が、さまざまの意識上の波紋としてくりかえされるとき、ある特定の意識体験には、特定の音韻をもった語が対応し、それが習慣化されることをしる。文法上の品詞のべつは、すでに意識的な類別化がおこなわれるより比べものにならないはるか以前にかたちをもつようになった。

意識の自己表出としてアクセントをひいてあらわれる言語について、三浦つとむはさきの著書で主体的表現とよび、この種の品詞として、助詞、助動詞、感動詞、応答詞、接続詞をあげている。時枝誠記は『国語学原論』のなかで、助詞、助動詞、感動詞を辞（観念語）としてあげている。

こういった言語は、自己表出にアクセントをひいてあらわれることで、はじめて指示性をもったといえる。

助動詞

多摩川にさらす手づくりさら〳〵に何ぞこの子のここだかなしき（よみ人知らず）
桜ばな咲きかも散ると見るまでに誰かもここに見えて散りゆく（柿本人麿）
いで如何に我がここだ恋ふる我妹子が逢はじといへる事もあらなくに（よみ人知らず）

我が心焼くも我なりはしきやし君に恋ふるも我が心から（よみ人知らず）
我はもよ安見児得たり皆人の得難てにすとふ安見児得たり（藤原鎌足）
家にあれば笥（け）に盛る飯を草まくら旅にしあれば椎の葉に盛る（有間皇子）
巌すら行き通るべき益荒男も恋とふことは後悔いにけり（柿本人麿）
恋ふること心遣（や）りかね出でて行けば山も川をも知らず来にけり（柿本人麿）
いにしへの倭文（しつ）機（はた）帯を結び垂れ誰とふ人も君にはまさじ（よみ人知らず）
新羅へか家にか帰る壱岐（ゆき）の島行かんたどきも思ひかねつも（六鯖）
秋田苅るかりほもいまだ壊たぬに雁が音寒し霜も置きぬがに（忌部首黒麻呂）
雨晴れて清く照りたるこの月夜又さらにして雲なたなびき（大伴家持）
人言を繁み言痛み逢はざりきこころある如な思ひそ吾背（高田女王）
否と言へど強ふる志斐のが強ひ語りこのごろ聞かずて我恋ひにけり（持統天皇）
憶良らは今は罷らむ子泣くらむその彼（か）の母も吾（わ）を待つらむぞ（山上憶良）
春草は後は移ろふ巌なす常磐にいませたふとき我君（市原王）
時々の花は咲けども何すれぞ母とふ花の咲き出来（でこ）ずけむ（丈部真麻呂）
海原のゆたけき見つつ葦が散る難波に年は経ぬべく思ほゆ（大伴家持）
我のみや夜船は漕ぐと思へれば沖辺の方に梶の音すなり（使人某）
霞立つ野の上（へ）の方（かた）に行きしかば鶯啼きつ春になるらし（丹比真人乙麿）
夏山の木末（こぬれ）の繁（しゞ）にほと、ぎす鳴き動（とよ）むなる声の遥けさ（大伴家持）

助詞

ほと、ぎす鳴きし即ち君が家に往けと追ひしは到りけんかも（大神女郎）

夕されば小倉の山に鳴く鹿の今宵は鳴かず寝にけらしも（舒明天皇）
八百日（やほか）行く浜の真砂もわが恋に豈まさらじか沖つ島守（笠女郎）
皆人を寝よとの鐘は打つなれど君をし思へば寝がてぬかも（笠女郎）
君により言の繁きをふる里の飛鳥の川にみそぎしに行く（八代女王）
桜田へ鶴（たづ）啼きわたる愛知潟（あゆちがた）しほ干にけらし鶴啼きわたる（高市連黒人）
酒の名を聖と負せしいにしへの大き聖の言のよろしさ（大伴旅人）
田子の浦ゆ打ち出でてみれば真白にぞ富士の高根に雪は降りける（山部赤人）
ふる雪の白髪（しろかみ）までに大君につかへまつれば貴くもあるか（橘諸兄）
我が母の袖もち撫でて我がからに泣きし心を忘らえぬかも（物部乎刀良）
海原のゆたけき見つつ葦が散る難波に年は経ぬべく思ほゆ（大伴家持）
あも刀自も玉にもがもや頂きて鬟（みづら）のなかにあへ纏（ま）かまくも（津守小黒栖）
難波門（なにはと）を漕ぎ出て見れば神さぶる伊駒高根に雲ぞたなびく（大田部三成）
松が枝の土につくまで降る雪を見ずてや妹が籠もりをるらむ（石川色婆）
何所（いづく）にか舟泊（ふなは）てすらんあれの崎漕ぎたみ行きし棚無し小舟（をぶね）（高市連黒人）
難波びと葦火焚く屋の煤したれどおのが妻こそ常めづらしき（よみ人知らず）
窓越しに月押し照れりあしびきの嵐吹く夜は君をしぞ思ふ（よみ人知らず）
沫雪か斑（はだれ）にふると見るまでに流らへ散るは何の花ぞも（駿河采女）
恋ひ恋ひて逢へる時だにうるはしき言つくしてよ長くと思はば（大伴坂上郎女）
武庫の浦を榜ぎたむ小（こ）舟粟島を背に見つつともしき小舟（山部赤人）
軽の池のうらま往きめぐる鴨すらに玉藻の上に独り寐なくに（紀皇女）
百伝（もゝづた）ふ磐余（いはれ）の池に啼く鴨を今日のみ見てや雲隠りなむ（大津皇子）

あしびきの山さへ光り咲く花の散りにし如き我が大君かも（大伴家持）
駒つくる土師の志婢麻呂白なれば宜欲しからむその黒色を（巨勢豊人）
我が欲りし雨は降り来ぬかくしあらば言挙げせずとも年は栄えむ（大伴家持）
時々の花は咲けども何すれぞ母とふ花の咲き出来ずけむ（丈部真麻呂）
忘らむと野行き山行きわれ来れどわが父母は忘れせぬかも（商長首麻呂）
大君の御言かしこみ出で来ればわぬ取りつきて言ひし子なはも（物部龍）
霰ふり鹿島の神を祈りつつ皇御軍にわれは来にしを（大舎人部千文）
潮舟の舳越す白波俄しくも仰せたまほか思はへなくに（丈部直大麿）
我が妹子がしぬびにせよと附けし紐糸になるとも我は解かじとよ（朝倉益人）
あら玉の年の経行けば今しはとゆめよ我背子わが名宣らすな（笠女郎）
我が主のみたま賜ひて春さらば奈良の都へ召上げたまはね（山上憶良）
わたつみの豊旗雲に入り日さし今宵の月夜明らけくこそ（天智天皇）
（窪田空穂『万葉集選』）

『万葉集』から任意にとりだしてみた。こういった自己表出語は、いまの分類によって助動詞、助詞とよんだとしても、本質的には傾向性としてしか区別できない。また、助詞のある部分〈こそ〉〈ね〉〈に〉〈かも〉〈とも〉を、感動詞と区別することもそう容易とはおもえない。〈まで〉〈だに〉〈すら〉〈からに〉などの助詞は、ほとんど助動詞の役とみなすことさえもできそうだ。自己表出語であるこれらは、意識の体験のつみかさなりと対応して、ある法則ににた約定によって分離され、それにはまたはんたいに表出を規定するようになったといえよう。

たとえば、助詞の〈ゆ〉は現代語では〈より〉とか〈から〉とかいう語にあたる。助動詞〈なり〉は〈である〉、〈らむ〉は〈であろう〉と分解しているように、初期古典語の自己表出はさらに分解の過程をふんでいる。したがって、古典語の助詞・助動詞・感動詞などは、それ自体のなかに分化されない意識体験がふくまれており、たとえば〈君が〉の〈が〉は、現代語における〈が〉よりはるかに感情がこめられていたとおもえる。

大野晋は『日本語の起源』のなかで、『万葉集』『枕草子』『源氏物語』『徒然草』のなかから、共通の単語をえらびだし、この文学語としての片寄りをただしたうえ、得られた七百十二語の単語が、現代でそのままの意味でつかわれている率をしらべたところ、もっとも数多く、ながく使われてゆくのは、動詞で、形容詞・名詞がそれにつぎ、副詞・感動詞は約半分がつかわれなくなり、助詞と助動詞のすべてをあつめて使用の状況をみると、助詞は約半数、助動詞はわずか十八パーセントしかのこらず、大部分ははなはだしい音変化をこうむるか、あるいはべつの単語にかわってしまった、とのべている。ここで自己表出語としての傾向のおおきいものが、おびただしい変化をうける傾向があるのは興味がある。これらは言語の類概念の増加や、社会的な諸関係の変化や進展などにつれて、対象にたいして意識の位相のちがいが、よりおおくくわわるためであるかもしれない。

たとえば、「桜田へ鶴啼きわたる」という表現を、現代語になおせば〈桜田（地名）のほう へ鶴が啼きながらとんでゆく〉というようになる。ここで助詞の「へ」は、〈のほうへ〉という方位の意識をはっきりあらわした表現にとってかわられる。さらにつきつめていえば「へ」が〈のほうへ〉というふうにかわったことは、「桜田（地名）」と表出者とのあいだの位置的な関係が意識されていることを意味する。すくなくとも黒人がこの短歌をつくった時代には助詞の「へ」は、方位の関係意識がぼんやりしたままに、自己表出語としての対象指示性をもって存在していた。

これは助詞の「へ」をそのまま、現代語の助詞〈へ〉におきかえて、〈桜田（地名）へ鶴が啼きながらわたってゆく〉としてみればはっきりする。このばあいは、鶴がじぶんの意志で桜田という場所へ飛んでゆく、という意味にしかとれない。それは、古典助詞としての「へ」から、方位のふくみをとりさってしまうことになるため、桜田という場所へ鶴がじぶんで、でかけてゆく意味にとらざるをえないからである。こういう例は、人間の意識が現実との関係で多様になるにつれて、自己表出としての言語は、分化してくるし、分化によってしか適確なこまかい指示性をもてなくなってきたことを意味している。

指示表出にアクセントをおいてあらわれる言語も、またいくつかに類型づけられる。

名詞

橘の蔭踏む路の八衢にものをぞ思ふ妹に逢はずて（三方沙弥）

青駒の足掻を早み雲居にぞ妹があたりを過ぎて来にける（柿本人麿）

たらちねの母が手離れてかくばかり術なきことは未だ為なくに（柿本人麿）

代名詞

たまさかに我が見し人を如何ならん由（よし）を持ちてかまたひと目見ん（柿本人麿）

動詞

うち日さす宮路を人は満ち行けど我が思ふ君はただ一人のみ（柿本人麿）

山科（やましな）の強田（こはた）の山を馬はあれど徒歩（かち）より我が来汝を思ひかねて（柿本人麿）

言（こと）に出でていはゞ忌々（ゆゆ）しみ山川のたぎつ心を塞きあへにけり（柿本人麿）

形容詞

道の辺のいちしの花のいちじろく人皆知りぬわが恋ひ妻は（柿本人麿）

副詞

秋風に大和へ越ゆる雁はいや遠ざかり雲がくれつつ（よみ人知らず）
鳥じもの海に浮きゐて沖つ浪さわぐを聞けばあまた悲しも（よみ人知らず）
世の中は常なきものと知る時しいよよますます悲しかりけり（大伴旅人）
我が壮りいたくくだちぬ雲に飛ぶ薬食むとも又をちめやも（山上憶良）

これら指示性によって意識の自己表出としての意味をもつ言語も、類別してみるとまえとまったくおなじことがわかる。

「橘」とか「八衢（やちまた）」とかいう現世の実体をあらわす名詞は、とおく視覚的な反映を意識としてとりだすことができたときから、はっきりと実体をあらわしたにちがいない。これは「妹」という恋人の女をあらわす言語のばあいもおなじで、女性を恋愛関係にあるという面からとらえた言語としてきまった。「こと」はさらに綜合性がたかい。代名詞は、ここに関係の意識が導入されたものとしてあらわれる。「我が見し人」の「我が」は、表現するものが自己自身との関係を意識したときはじめてうまれた。

カッシラアは『言語』のなかでつぎのようにかいている。

自我感情は言語構成の過程に於て根源的意義を有するにも拘はらず、それに対して独立的な言語的表現が与へられるためにはフンボルトも指摘したやうに相当困難な事情が存すると云ふことを見逃すことができない。何となれば自我の本質は主観であると云ふところに存するのに、一方に於て思考乃至言語過程に於ては凡ゆる概念が思考する主観、言語する主観に対して一つの客観でなければならぬからである。この矛盾を克服するために言語はその初期に於ては主観たる自我を客観たる対象的概念のうちに表現する。その最も著しい例証として人称代名詞が初め所有格的代名詞として発生すると云ふ事実を挙げることができる。所有の概念がこの意味に於て主観と客観との媒介的位置にあることは見易きところである。（矢田部達郎訳）

さらに、所有の表現ははじめ異質な個の直観から出発して、しだいに一般的な所有概念をつくり、さらにそこからより一般的な関係の概念にまで発展するとのべている。カッシラアにしたがえば、じぶんが所有した女性を「妹」と表現するまでと、「妹」を我が得しものとかんがえそれを代名詞にできるまでには段階があることになる。

こんなふうに名詞と代名詞とのあいだには、ある段階のちがいが想定されることになる。動詞と形容詞とのあいだにも、ちょうど助動詞と助詞とのあいだとおなじような差別と混合が想定される。

ふたつはどちらもある動態をあらわす。〈忌々し〉といえば、まがまがしいという感情の動態を固定して指示するし、これが人麿の短歌のように〈忌々しむ〉となれば、そのような感情をもった動態をあらわす。人麿の短歌で「たぎつ心」は形容詞をつかえば〈忌々し〉という状態にあり、動詞としていえば〈忌々しむ〉という心の動きの表現になる。

この区別は薄明のようなものだ。そして、わたしたちは形容詞のなかに動詞よりもつよい自己表出性のアクセントを、したがって指示表出のよりちいさくみえる状態を想定できる。

副詞となるとさらにこの両者より自己表出性のアクセントはつよく、指示性はすくなくみえる。ここでは、言語はある作動の概念の表現というよりも、自己表出がわずかに〈いや〉のような強調や〈あまた〉〈いよよ〉〈ますます〉〈いたく〉のように量指示をしめしているようにおもわれ、助詞や助動詞の本質に近接してくる。

わたしたちはこうして、品詞のもつ位相を自己表出性と指示表出性とによって、いいかえれば言語の構造を軸にして概括ができそうだ。

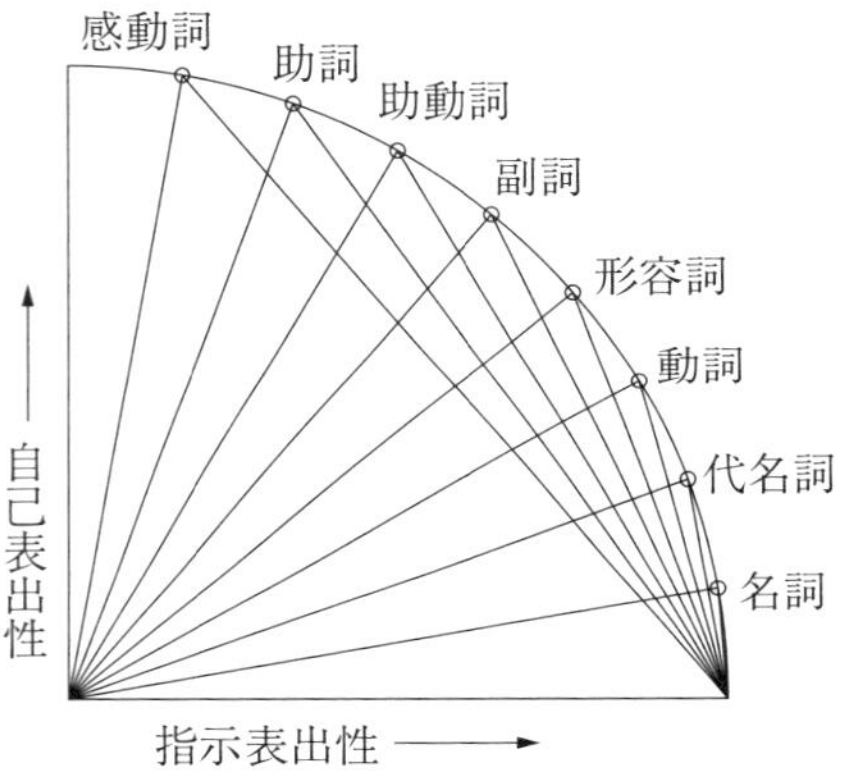

第 4 図

言語における辞・詞の区別とか、客体的表現や、主体的表現といったものは、二分概念としてあるというより、傾向性やアクセントとしてあるとかんがえたほうがいいことになる。また、文法論の類別はけっして本質的なものではなく、便覧または習慣的な約定以上のものを意味しない。品詞の区別もまったくおなじで、品詞概念の区別自体が本質的にははっきりした境界をもたないものだとみられる。

言語の品詞が、表現としてえがく波紋のつづきぐあいによって、いいかえれば表出意識の位置や、言語の時間的な継続によってどんな変化をしめし、またしめさないかは、個々の具体的なもんだいについて、言語学者や語源学者の研究にゆだねられる。わたしたちはここで、ただ言語の美のもんだいにしっかりした仕方で近づきたいと試みているだけだ。

第Ⅱ章　言語の属性

1　意味

　わたしたちは空気を呼吸して生きている。そしてあるばあいは空気を呼吸していることをまったく意識さえしていない。おなじようにわたしたちは言葉をしゃべり、書き、聴き、読んで生きている。しかし、あるばあいには言葉をまったく意識さえしていないのだ。これはとても健康な状態だというべきだ。言葉を言葉としてとりだして考察するという一種の不毛な病は、言葉をかくという作業がとめどなくすすみ、袋小路にはいってしまった文化の段階を示唆するもので、ふたたび古代人とはべつな意味で、言葉が物神にまでおしあげられたことの証左なのだ。だから、わたしたちは、やむをえず、という意味と、必然的にという意味のふたつを背負って、言葉を言葉そのものとしてとりあげるのである。

　言葉の美にふみこむまえに、まだ言語が流布しているいくつかの通念を疑ってみなければならない。これは、いままで身体を意識したこともなかった健康体が、大患にかかったあげく身体とはなにか、と問うことににている。問うならば根柢的なほどよいのだ。病気は意識にとっては、まず身体の意識としてはじまる。胃に意識がおかれるとき、大なり小なり胃病のハンチュウにはいりこむように、また心臓がしきりに意識されたとき心臓病のなかにはいりこむように、言語を意識するとき通念がつくっている言語体は、疑わしい病体にかかわる。**意味**とは何かという問いが根柢的なものになるのだ。

　ひとは、きみのいう意味はわかるとか、そんなことを云っても意味がないとかしばしば口にしている。しかし言語の**意味**とはいったい何だと問われると、健康だとおもっていた身体のどこかに病患をみつけられたときのようにとまどってしまう。あわてて、意味論の著書をめくってみると、まさに著者の数だけの意味の定義にぶつかる。ひとつの病患に医師の数だけちがった診断がくだったとすれば、相手はすべて藪医者だとおもうよりほかない。言語の**意味**もまったくおなじで、さいごは自己診断をたよることになる。

　診断の武器は、いままでにかんがえてきた言語の理解だけであり、また、おそらくはそれだけで充分だ。言語の**意味がわからない**というとき、どんなことがふくまれているか、という逆のもんだいから**意味**に接近してみる。

(1)天飛む　軽嬢子
　いた泣かば　人知りぬべし
　波佐の山の　鳩の
　下泣きに泣く
　　　　　　（『古事記』武田祐吉訳註）

　この約一千年ばかりまえの古典詩で、いま、まったくわからない言葉は「天飛む　軽嬢子」と「鳩の」における「の」の使いかただけだ。「いた泣かば」の「いた」は、現在でも〈いたく〉というコトバがときどきつかわれているから〈ひどく〉〈はげしく〉の意味であることは推定できるし、「下泣き」が〈しのび泣き〉の意味であろうこともなかば察することができる。

　しかし「天飛む」が〈雁〉の枕詞的なつかいかたで〈雁〉の音が「軽」にかかっているから「軽嬢子」の枕詞としてつかわれているというようなことは、まえもって調べなければ推定できない。また、「鳩の」が、現代語でいえば、〈鳩のように〉という意味でつかわれていることは、やはり奇異に感ぜられる。

　この古典詩で〈軽嬢子よ、あまりひどく泣くと人にしられてしまうだろう、それだから波佐山の鳩のようにしのび泣きで泣いていろな〉の意味がわからないとすれば、現在まったくつかわれていない死んだ語法や、死語があるためだ。いままでかんがえてきたところでは、死語というのは自己表出としてある過去の時代的な帯のなかにあり、指示表出として現存性が死んでしまった言語をさしている。この古典詩の意味がわからないのは指示表出として現在死んでいて、言葉の流れがたどれないからだといえる。それでもこの詩の情感が、いまも何かをあたえるのは、自己表出面から現在に連続する流れが感じられるからだといえる。

(2) 私は胃の底に核のようなものが頑強に密着しているのを右手に感じた。それでそれを一所懸命に引っぱった。すると何とした事だ。その核を頂点にして、私の肉体がずるずると引上げられて来たのだ。私はもう、やけくそで引っぱり続けた。そしてその揚句に私は足袋を裏返しにするように、私自身の身体が裏返しになってしまったことを感じた。頭のかゆさも腹痛もなくなっていた。ただ私の外観はいかのようにのっぺり、透き徹って見えた。(島尾敏雄「夢の中での日常」)

死語はどこにもつかわれていないし、わからないコトバもないが、じぶんの胃のなかに右手をつっこんで、胃のなかの核のようなものをつかんでひっぱると、肉体が足袋を裏かえしにするように裏かえっていかのようにのっぺりとすきとおってしまった、という文章の指す事柄が、じっさいにありえないし、また、いつかありうるものでもないため、ある不明晰の印象がのこる。しかし、作品の文脈にはめこんでみると、事実としてありえない意味が、かゆさの感覚、またはかゆさに耐えられないで、それを逃れたいという欲求の感覚の暗喩になっていることがわかる。

こういう例は、たとえば明治時代の、泉鏡花のたくさんの作品のなかにもみつけだすことができる。「高野聖」のなかの馬に変えられてしまった富山の反魂丹売(はんごんたんうり)の描写のように。

これはもちろん死語のもんだいではなく、また、言語が明晰にさしている事実がじっさいにはありえないことから、幻想や空想のもんだいとかんがえるべきでもない。また、想像力によってつくられた表現のリアリティのもんだいでもなく、超現実主義の教義をひきだすのに都合のいい創作方法の一例としてかんがえるばあいでもない。ただ言語本質からこれが理解されることが望ましい。

危い目にあった人間がとっさに〈畜生!〉と叫んでも、〈助けて!〉とわめいても〈畜生〉や〈助けて〉というコトバに意味があるのではなく、ただその状態で発せられた叫びとして意味があるように、これを自己表出の励起にともなう指示表出の変形とかんがえ、いわば、言語が、自己表出を極度につらぬこうとするために、指示表出を擬事実の象徴に転化させたものとしてみるのがいいのだ。

「夢の中での日常」の作家の想像力は、この文章の直前の、頭の瘡(かさ)をかきむしるというところまでは、どうやらかゆさの表現を対象の指示によってつらぬいてきた。しかしもはや、事実指示の限界にきたにもかかわらず、なお、かゆさとそれから逃れる感覚を熔接するには、胃袋のなかに自分の右手をつっこんで身体をうらがえしにし、さらさらとした清流のなかに身を沈めているという擬事実を指す表現へふみこまざるをえなかった。この擬事実はかゆさの感覚の自己表出の励起にうらうちされて、リアリティを獲取することができている。この文章が、誇張や逆説とうけとられず対象の事実と擬事実との熔接がとても自然なのは、もちろん作者の手腕による。でもこの手腕のいわば核は、この種の擬事実ににたズレの感覚がしばしば生活の体験としてあることを作者が信じているからだとおもえる。

(3)朝

きみの肉体の線のなかの透明な空間
世界への逆襲にかんする
最も遠い
微風とのたたかい

(清岡卓行「氷つた焰」)

これがいまのところ**意味がわからない**最後のもんだいだといえる。すでに**意味**は擬事実をさすことさえ拒んでいて、拒むことにひとつの当為がみとめられる。これを詩脈全体のなかにもどしても**意味**がよみがえってくる可能性はない。だが**意味がない**のではなく、ひとつの緊張した表出感が完結されているのをよむことができる。この詩人のなかで、したしい女性の裸身のイメージが、やわらかい愉楽ではあるが、たしかなたたかいでもある生活についての思想とむすびついて表現されていることが了解できる。言葉の指示性を仕掛け花火にたとえてみれば、この詩はいわば打上げられて、頂きに火粉を散らして消える打上花火のように言葉をつかっている。仕掛け花火は、滝や人形や家の形を火粉によって描いて消えるが、打上げ花火はうちあげられた高みで飛散すればよいのだ。

言語はここでは、指示表出語でさえ自己表出の機能でつかわれ、指示性をいわば無意識にまかせきっている。言語はただ自己表出としての緊迫性をもっているだけだ。

これらの**意味がわからない**例がおしえるものは、逆に**意味**という概念がじつにたくさんのものをつつみこんでいなければならないということだ。なぜならば、意味がわからないということが、異種類のたくさんのわからなさをふくんでいるからだ。言語の意味という概念を、こういったすべてをふくんでいるように示せれば、はじめて**意味**はわたしたちのものになる。

(1)の例は言語の自己表出の歴史としては了解できながら、指示表出として死滅していることを、(2)の例は、自己表出の励起にともなう指示表出の擬事実への変形を、(3)は自己表出のひろがりによって指示表出がつつまれていることを示す。**意味**がわからない理由はすべて、この中にかくされている。

ここからみちびきだせる共通性は、指示表出が、何らかのかたちで死滅したり、歪められたり、また覆われたりしていることが、**意味がわからない**こととかかわりがあることだ。

また逆に、言語の**意味**の本質について暗示がうけとれるとすれば、たれにもあきらかなように、**意味**が言語の指示表出とふかくつながっていることだ。ここであげた**意味がわからない**実例は意味論学者がかんがえているよりもひろい領域をふくんでいると確言できるが（すべて文献をあさったわけではないとしても）、しかし言語の美のもんだいにちかづくために、現在ぜひともとりあげられなければならないものだ。

現象学の方法をほとんど完璧に国語研究に土着させた時枝誠記の『国語学原論』には、言語の**意味**についてつぎのようにかかれている。

> 若し意味といふものを、音声によつて喚起せられる内容的なものと考へる限り、それは言語研究の埒外である。しかしながら、意味はその様な内容的な素材的なものではなくして、素材に対する言語主体の把握の仕方であると私は考へる。言語は、写真が物をそのまゝ写す様に、素材をそのまゝ表現するのでなく、素材に対する言語主体の把握の仕方を表現し、それによつて聴手に素材を喚起させようとするのである。絵画の表さうとする処のものと同様に素材そのものでなく、素材に対する画家の把握の仕方である。意味の本質は、実にこれら素材に対する把握の仕方即ち客体に対する主体の意味作用そのものでなければならないのである。

まず、主体の意味作用に**意味**の根源をもとめた時枝言語学の一貫性と本質性とを賞讃しなければならないとおもう。わたしの読みえた範囲では、どんな言語学者も、これだけ本質的に**意味**の規定をできていないからだ。対象にたいして主体の内部にきまった把握の仕方があらわれ、この把握の仕方が言語に表出されて**意味**をなすと、ここではかんがえられている。プラグマチズムのコミュニケーション論によってアトマイゼイションをうけ、スターリンのような通俗〈マルクス〉主義者や亜流によって、社会的〈奉仕〉にまでねじまげられた現代の言語主体を掘りだしていることだけでも、一服の清涼剤というべきだ。たとえば、つぎのような松浦河の歌二首をもってきて、わたし流に時枝のかんがえを説明する。

松浦がは河の瀬光り鮎釣ると（立たせる妹が裳の裾ぬれぬ）（『万葉集』五巻八五五）
松浦がは七瀬の淀はよどむとも（我はよどまず君をし待たん）（『万葉集』五巻八六〇）

時枝のかんがえにしたがえば、松浦河を対象にして〈河の瀬が光り鮎を釣ろうとして〉と詠むか〈たくさんの瀬がよどんでいようとも〉とよむかは、作者の対象にたいするつかみ方、いいかえれば松浦河にたいする意識の意味作用のちがいからくることになる。はたしてそうであろうか。

わたしたちが詩歌や文章をつくるさいの体験を内省してみると、まず主体のなかに対象にたいする意味作用があって、それがつぎに言語にあらわれる、とはかんがえにくい。まず、おぼろ気な概念か、像か、ひとつの意識のアクセントがあって、かかれる言語の意味は、かいてゆく過程につれてはじめて決定されてゆく。主体が意識としてまったく空っぽであって言語が表現されることもなければ、〈シュルレアリストの自動記述のばあいでさえも〉また、主体に意味作用の根源があってそれが言語にうつされることもないとおもえる。

こういう過程をもんだいとする難しさは別に論ずるとして、時枝誠記の**意味**の考察にはたくさんの示唆がかくされている。**意味**が内容的な素材的なもの自体ではなく、また、言語は写真が物をそのまま写すように、素材をそのまま表現するのではないというかんがえによく象徴されているように、俗説をやぶって主体のはたらきと言語の**意味**とのあいだに橋をかけようとする意図がはっきりとかたちをとっている。しかし、欠陥はつぎのようなばあいにすぐにあらわれるようにみえる。たとえば〈馬鹿だなあ〉というような言葉が、ある場面では、愛情やいたわりの意味をもち、ある場面では非難の意味をもつというような、わたしたちがしばしば日常語の世界で体験する事実にたいし、時枝のように、主体の意味作用に**意味**をもとめるとすれば、ちがった表現とならずおなじ〈馬鹿だなあ〉となる理由をうまく解くことができない。また、時枝のいう主体の意味作用を〈馬鹿だなあ〉という外形的な表現とかかわりない愛情、いたわり、非難という内在的な意味作用と解すれば、なぜこういうちがった内在的な作用が、おなじ言葉としてあらわれるかを了解するのが難しくなる。

三浦つとむは『日本語はどういう言語か』で、時枝のかんがえを修正している。

> 認識を基盤にして音声が語られ文字が書かれたとき、それまでは単なる空気にすぎなかったものが音声になりペンの上にあるインクの一滴にすぎなかったものが文字となったとき、そこに意識的に創造されたかたちはその背後にある認識とつながっています。この創造されたかたちに結びつきそこに固定された客観的な関係が、言語の「意味」なのです（傍点——吉本）。録音や印刷物にかたちが複製されたとき、この関係はさらに多くのものに延長されたことになります。聞き手や読者はこのかたちに接し、そこにある関係を逆にたどって、かつて背後にあった認識をとらえようとします。これが「意味をたどり」「意味をとらえ」「意味を理解する」ことです。
>
> 概念そのものは意味ではなくて、意味を形成する実体です。概念そのものの消滅は、これによって形成された意味の消滅を意味しません。意味は話し手書き手の側にあるのではなく、言語そのものに客観的に存在するのであって、音声あるいは文字の消滅とともに、すなわち表現形式の消滅とともにそこに固定された関係が消滅し意味も消滅します。

主体の意味作用は言語に固定された客観的な関係に修正され、その関係には背後にある認識が対応することが、しめされた。三浦つとむの言語論のなかに、あたうかぎり正確にされた**意味**の考察があるといえる。

しかし、けっして満足すべきものではないことは、こういう意味概念だけからは、わたしがはじめに指摘した〈意味がわからない〉のもんだいを説明できない点にあらわれてくる。⑴言語に固定化された客観的な関係が、**意味**としてたどれないばあい、⑵またその客観的な関係以外の**意味**をしめしているようにみえるばあい、⑶客観的関係自体をたどるのが難しいようなばあい……、これらの実例で、言語の表現はいぜんとしてある**意味**をしめしているようにみえるのはなぜか。このもんだいをはっきりさせなければ、言語の美にちかづくことはできない。

そして、必要なのは、現在のどんな文学的な表現の尖端をもつつむことができる意味概念だ。意味がわからないとみえるものも**意味**としてとりだされなければならない。

現在流布されている言語論のうち、時枝誠記の言語理論を現象学的または実存主義的なものとし、三浦つとむをその唯物論的な修正者とかんがえれば、たとえば、S・I・ハヤカワの『思考と行動における言語』は、プラグマチズムに立つということができる。ハヤカワの意味論には、いわばプラグマチズムの立場からするもっとも典型的な見解がつらぬかれている。

ハヤカワは、コトバを通じてわたしたちに達する世界を、言語的世界とよび、体験的にしりうる世界を外在的世界とよび、これから外在的意味と内在的意味との区別をもうけている。

即ち、外在的意味はコトバでは言い表わせないあるものである。それはコトバが代表しているものだから。これを記憶するやさしい方法は、外在的意味を言えと言われた時は、いつでも、自分の口を手でふさいで、指でさせばいい。

ある語の表現の内在的意味はこれと反対に、人の頭の中に想起しているものである。簡単に言えば、ある語の意味を他の語を使って言えば、われわれはその内在的意味または内包を言っていることになる。これを記憶するには、自分の眼を手でふさいで、その語を頭の中で転がせばいい。（大

久保忠利訳）

言語の**意味**は、知覚された実在物にたいする命名と、その言葉のあらわす概念とにわけられている。ハヤカワの内在的意味は三浦つとむの〈概念〉、時枝誠記の〈主体の意味作用〉にほぼひとしいし、外在的意味は、対象の知覚的体験というにひとしい。知覚とも実在ともちがったところに、言語的世界をえがくハヤカワにとって、言語の意味は内在的と外在的とに、二極化（dipolarization）されるようになるのはきまっている。

哲学のちがいは、必然的に言語の**意味**についてちがった規定をみちびいている。これほどちがった規定にみちびかれるものを、何気なくつかって疑わない日常世界にもまだたくさんの陥穽がしかけられていることをしる。おそらく言語学者たちは、たれも言語の**意味**の当体を誤解してはいないので、〈意味だって？　意味は意味じゃあないか〉という同義的な反覆でわたしたちが直覚的におし流しているものを、ちがった哲学によってあらためてつかみなおしているのだ。言語の**意味**というひとつの当体にたいして、ただひとつの本質的な理解が対応し、他のすべてをそのなかに包括しなければならないという立場を信ずることにしよう。すると、言語学者たちはさまざまな立場から、**意味**の考察をたすけている。

カッシラアは『言語』のなかで、**意味**についてつぎのようにのべている。

かくて感性的象徴なるものは一方には又そのうちに客観性乃至価値性の要求をも包含する。単なる心的内容は一度意識から消失すれば二度と再度帰来しない。象徴はかゝる意識的転変に対して一つの拠点を呈供するのである。象徴によつて始めて内容の多様に対する形式の一様性が、又前者の個別性に対する後者の一般性が確立される。かゝる一様性一般性を我々は記号によつて象徴せられる意味と名づけるのである。（矢田部達郎訳）

むろんカッシラアは哲学をのべているのだ。心の内容の多様さは象徴によって形式の一様性をえ、また心の内容の個別性にたいして象徴の一般性がえられるというのは、象徴としての言語というカッシラアの基本的な理念のあらわれにほかならない。そしてこの一様性、一般性を言語によって象徴される**意味**だというとき言語そのものを**意味**という袋でまるごとつつんでいる。

言語の**意味**について、これ以上言語学者たちにきいても、それぞれの言語観をきくことになるだけだろう。言語の**意味**のもんだいは、いぜんとして、たとえばわたしがいおうとねがっていった言葉は、対手にそのとおりつたわるものであろうか？　わたしがいおうと欲したのはそのことでなかったのに、別のことをいってしまったとき、わたしのいおうと欲した真実は対手につたわっているだろうか？　わたしたちの意識に言葉にはならないが、いおうと欲しているかたまりがあるようにみえるのは何だろうか？　というようなはじめにある問いのなかにひそんでいる。言語の**意味**とはなにか、をきめようとするとき、言語の本質からきめなければならないのはそのためだ。

a　見渡せば春日の野べに霞立ち咲きにほへるは桜花かも（よみ人知らず）

『万葉集』の一首から、たれでも春日野（地名）に霞がたなびいており、そこに咲きみだれている桜の木立ちがあり、その光景をひとりの人物（作者の対象化されたもの）が見渡している、という情景をうけとることができる。最小限これだけをうけとることには個別性がないので、甲も乙もこういうことだけはたしかに了解できているはずだ。なぜであろうかと問うところに言語の**意味**をたずねる発端があらわれる。

こまかにみてゆけば、はじめに「見渡せ」という動詞の已然形があり、つぎに「ば」という助詞があり、そのあとに「春日の野べ」という実体をあらわす名詞がやってきており……というように、それぞれの概念と動きと対象をあらわす言葉が、この一首に固有な（eigentlich）順序と関係にしたがってつづいている、ということが、共通の情景をうけとれる理由だ。これを、一首の**意味**といえば、**意味**とは表現された言語の関係にほかならないということになる。

しかし文学の表現では、しばしばこういった言語の関係をたどれないのに、なおなにごとかを意味しているとおもわれるばあいにぶつかる。

三浦つとむが言語の**意味**を包括的にしめしていないとおもわれるのは、意味概念をつくるばあい言語を指示表出性としてみているからだとおもえる。さきの一首で、たとえば「ば」とか「に」とか「は」とかのような他の言語との関係のなかでしか意味をもちえない言語、また、ハヤカワのいう外在的意味をもたない言語と、「春日の野べ」とか「霞」とかいうコトバのように、それ自体が対象を象徴的に指示している言語とを、主体的表現と客体的表現とにふりわけるところに、おそらく意味について矛盾がおこりうる理由がある。

言語の本質は、どのようなものであれ、自己表出と指示表出とをふくむものとかんがえればこれらの矛盾をなくすことができる。言語の**意味**とはなにか、をかんがえるばあい、頼りになるのは言語の本質だけだ。そして、わたしたちはつぎのように言語の**意味**を定義する。**言語の意味とは意識の指示表出からみられた言語の全体の関係だ。**

たとえば、さきの『万葉集』の一首の**意味**は、三浦つとむの意味概念からいえば、〈見渡すと春日の野べに霞が立ち、咲きにおっているのは桜の花であるぞ〉という概念が言葉の客観的な関係として固定されているものをさすことになる。これはちょうど、こういう風景をただ見わたしてなぞったような無内容な短歌が、芸術といえるか、というような近代主義批評家たちの観点とおなじものとなる。こういう見方をすると、古典詩はすべて幼稚な無内容なことを五・七調でならべたものにすぎなくなる。その理由は、自己表出性をまったく考慮しないで**意味**をかんがえているところからきている。

いま、一人の〈よみ人知らず〉の作者がやっている自己表出という面をふくめて、言語の本質からこの一首の**意味**をかんがえてみると〈見渡せば〉で、作者の視線は眼のまえをさ迷い、〈春日の野べ〉で眼のまえの風景が春日野であることを確かめ、〈霞立ち〉で、その野に霞がたなびいているのを視線にやどしている。そして〈咲きにほへるは桜花かも〉で、その霞のなかに鮮やかに咲き乱れている桜の花に驚嘆している。……というような作者主体の視線と関心の移しかたの動きをもふくめて、この一首の**意味**とよぶべきであることがわかる。だから言語の**意味**をかんがえることは、指示性としての言語の客観的な関係をたどることにちがいないのだが、このように指示表出の関係をたどりながら、必然的に自己表出をもふくめた言語全体の関係をたどっていることになる。

ここでおこりうべき誤解は、ふた種類ある。

ひとつは、この〈よみ人知らず〉のうたが、かならずしも眼の前に春日野の霞のなかに咲く桜の花を視ながらうたわれたとはかぎらず、記憶のなかの印象の風景であるかもしれず、極端なばあいには、過去の詠唱によってつみかさねられた語彙をつかって創られた修辞的な歌作にすぎないかもしれない、ことだ。だがそれにもかかわらず**意味**は、観念の指示する運動として、おなじように理解すればよい。

もうひとつは、げんみつにいえば人間の意識の表出という概念は、言語概念ではあっても、言語概念の範囲をでられない。だがこの〈よみ人知らず〉の歌、一般には文学芸術は表現であり、したがって表出という概念は、表出と表現という二重の分化としてかんがえるべきではないかということだ。そしてたしかに、文学芸術の表現は、狭い意味での表出（ausdrückung）ではなく、この二重分化をふくんだ表出（produzieren）という概念なしには、かんがえることができない。だが、わたしたちは、ここでは対象になった意識としての言語を俎上にのぼせている。言語表現としての表出は、げんみつにいえば文学の成立によって、はじめて成立する。文学の成立によって、表出は、表出と表現とに分化するのだが、この本質はけっしてちがったものではないことを、後にとりあげることができるだろう。

b　辰男は物をも云はず、突如(だしぬけ)に起上つた。（正宗白鳥「入江のほとり」）

ふたたび、**意味**の微妙なちがいを、たどってみる。「辰男」、「は」、「物」、「をも」、「云は」、「ず」……という言葉の指示表出性がこのような順序でつくっている関係を**意味**とかんがえると、「辰男」という固有名詞が、「は」という助詞の指示性によって停滞の感じをあたえられ、つぎに「物」という名詞でコトバという指示性をあたえられ、「をも」で「物」の指示性がある強調をふくんでうけとめられ、「云はず」で沈黙している動態の指示性にうけとめられてつながり……という関係によって、辰男という人物が無言で突然たちあがったという概念が、言語の客観的関係として**意味**をつくっている。

でもこの文章からえている**意味**は、たんにこういう概念の意味だけでないことを、すこし注意すれば手易く理解できるはずだ。わたしたちは、この文章からあきらかにひとりの人物が無言のまま、つと立ちあがるイメージを無意識のうちに思いうかべ、そのイメージによって各語の指示性の関係づけをたすけられている。このイメージはもちろん各語の自己表出の関係にささえられてはじめて生まれるから、たんに言語表現にむすびついた客観的関係が**意味**であるということはできない。言語の本質からは指示表出としてみた表現の全体の関係を**意味**としなければならない。

「辰男は物をも云はず、突如に起上つた」という文章では、わたしたちは、ただたんに各語の指示表出としてみられた関係が、この文章の意味であるといってもそれほど不都合を生じないが、この関係がうねりをうみ、ついには指示表出としてたどることができなくなるというばあいに、しばしばつきあたることは、はじめに実例をあげたとおりである。こういった意味のうねりや、指示性の関係としてははたどれないのに、なお、なにかを意味しているようにぶつかるとき、言語の**意味**がたんに指示性の関係だけできまらず、自己表出性によって言語の関係にまで綜合されているのを、はじめて了解するのだ。

言語の指示表出性は、人間の意識が視覚的反映をつとに反射音声として指示したときから、他と交通し、合図し、指示するものとしてきまった。言語の**意味**は、意識のこういう特性のなかに発生の根拠がある。言語を媒介として世界をかんがえるかぎり、わたしたちは**意味**によって現実とかかわり、たたかい、他者との関係にはいり、たえずこの側面で、変化し、時代の情況のなかにいる、といってよい。

2 価値

文学者たちは、あるとき、じぶんがつくっている作品にどんな意味があるのか、あるいはどんな価値があるのか、という深刻な疑問につきあたる。このおびただしい精神上の消耗にくらべて、眼のまえの紙にならべられているのは文字だけであり、また必要なものを欲求するときの日常世界では平気でとびだしてきた言葉が、いまは空しいものを構築するためにゆきなやんでいるようにみえるからだ。なぜなんのためになにを消耗して〈書き〉、そしてなにが結果としてえられたのか。こういう疑問をつきつめてゆくとき文学・芸術の本質につきあたっている。幼少のころ欲求があって好きだから書いていたとき、〈書く〉ことはなによりも自己にたいする慰めであった。この作業は迷路ににており、どこまでもわけ入りたい好奇心と、わけ入ればわけ入るほど困難がふえてゆくという矛盾がつきまとい、もはや退くこともすすむこともならないはざまに位置するようになる。すくなくともこれは〈書く〉ということにまつわる普遍的な最小の条件である。そこでさまざまな当為がみつけられる。卑小とおもわれるものから崇高とおもわれるものにいたるさまざまな当為が。しかし、かれは当為よりもさきに〈書く〉もの、表現者だった。それは自己の資質であるとともに、自己の資質にたいする問いであった。かれが、おびただしい心労と紙の上にかかれた文字という空しい結果とを交換してしまうのは、なによりも表現者という資性においてである。この資性は、表現の内部ではやぶることはできない。表現者がじぶんを破壊するのは、外部の情況によるだけだ。この種の疑問は、詩や小説をつくることと、物をつくることとの根柢的なちがいにゆきつく。ここでルフェーヴルが『美学入門』のなかで、しかつめらしくかいている、芸術は特殊な労働だという俗説をおもいうかべるのは、無意味ではないはずだ。

> 芸術における創造活動は、観念的、理論的活動でも、また独自の sui generis 孤立した活動でもないし、またありえない。それは、人間労働の総体の上によって立つ、また自然を変革する民衆の辛苦の上によって立つ、特定の高度に特殊化されたひとつの労働である。
> 芸術作品は、労働のうむ生産（独自の、例外的な）であって、その労働の過程において、創造者は、道具や技術的手段をもって自然の素材を征服するのだ。（多田道太郎訳）

こういうつまらぬ著作をよんだひとびとは、短歌や俳句より長篇小説のほうが価値があるとか、〈ざら紙〉という素材に〈鉛筆〉という道具で〈手でかく〉という技術的手段でつくった文学より、〈フィルム〉という素材に〈カメラ〉という道具で〈さつ影する〉という技術的手段でつくった映画のほうが価値があるなどという結論をみちびかないようにしてもらいたいものだ。

文学、芸術をつくることが、たいへん労力をともなうし、つくった作品が商品としてうれたりすると、たしかに、芸術も労働にはちがいない。しかし、そうかんがえてもなにも意味しないし、また、これで芸術、文学の本質をいくらかでもかたっているつもりならば、まったくの誤解でなければならない。こんなことをいうのは、もちろん、俗流〈マルクス〉主義者にかぎるのである。『経哲手稿』でマルクスは、「人間的本質が対象的に展開されて出来あがった富」というような言葉をつかって、芸術活動の本質が精神的活動であることをはっきりさせている。また、だいいちに常識が芸術活動を観念的な活動とし、観念的な表現とすることを疑いようもなく支持している。だから、原稿用紙に高価なペンをつかってかいても、ざら紙に鉛筆でかいても、三日間徹夜で労働してかいても、一時間でかきあげても、できあがった文学作品の価値とはなんのかかわりもないのだ。

ルフェーヴルの芸術論には、おもわぬ寄り道をさせるだけの考察がばらまかれているが、またとても読んではいられない愚かしい結論を、力のいれどころを誤ってかきとめているのにもつきあたる。この愚かしさが、たんにルフェーヴルだけのものであれば、とりあげることもいらないはずだ。しかしこのような謬見は、たれよりもだましてはならないひとびとをだますようにできあがっているのだ。しかつめらしい貌をして、虚偽を説教する人物ほどくだらぬものはない。

わたしは、ここで言語の**価値**を問わねばならないのだが、つまりは、たくさんの俗流のやまをかきわけて文学にはどんな意味があるのか、どんな価値があるのかというもんだいに里程標をたて、もはや疑う余地のない仕方で目的にちかづきたいとかんがえるからだ。

ピエール・ギローの『文体論』(佐藤信夫訳)は、「ありがとうございます」という言葉を例にあげて、この表現には、音声的な面から三つの相がある、とのべている。

第一は、特殊な抑揚をまったく無視した音声そのもので、これは純粋なコミュニケーションの価値をもつ。第二は、自発的な無意識の〈アクセント〉で、これによって、社会的、地方的な生いたちがあらわされ、また、心理生物学的な傾向や性格があらわれる。第三は、意志的な抑揚で、相手に特定の印象をうえつけようともくろむものだ。

ギローは、まったくおなじように言語の語彙、形態、統辞の水準にも、この三つの相があらわれ、感謝の気持をあらわすのに〈一筆御礼申しあげます、敬具〉、〈まことにありがとうございます〉、〈ありがとう〉、〈やあ、ありがとう!〉、〈おめえはいいやつだなあ〉というようないくつもの方法がかんがえられるとして、ここから表現に三重の価値を描きだしている。
——概念的、すなわち知識的な価値。表現の論理学的な面。
——表現的、つまり、多かれ少なかれ無意識的な価値。表現の社会＝心理＝生理学的な面。
——印象的、すなわち意図的価値。表現の、美学、倫理学、教育学などの面。

あとのふたつ、表現的価値と印象的価値とをまとめて文体的価値とよんでいる。『意味論』（佐藤信夫訳）では、このかんがえは拡張されていて、ここで文体的価値とよんでいるものをふたつにわけて、ひとつを表現者の情動、欲望、意向、判断を表現している面の価値、もうひとつは、その言語表現が連合づけられている集団や社会的な文脈の価値としている。

プラグマチズム系の意味論に共通したものだが、ギローは、あたかも投網をなげかけるように、言語の価値という概念のしめすすべての範囲に手ぬかりなく触手をのばし、ひろいあげているようにみえる。だが、ここに言語の価値がある深度をもって語られているという印象をうけない。あまりに網の目がこまかく分類的で、広告のペンキ絵の印象をあたえるばかりでなく、ただひとつのこと——言語の本質から価値が語られていないためだ。

ギローの見解を検討するために例をとってみる。

この他人たちをかんじると、わたしの表皮は旱魃の土地よりも堅くこわばり、多くのひびわれのあいだからわたしの存在が流れでていく。わたしは稀薄になり、ふかいめまいにおそわれた。（倉橋由美子「貝のなか」）

ギローによれば、この文章は、
——概念的、すなわち知識的な価値として、〈わたしの皮膚は他人を感じるとこわばってきて、めまいにおそわれた〉という意味をもつことになる。

――表現的、つまり多かれ少なかれ無意識的な価値として、他人の視線によってこわばってゆく女性の皮膚感覚、このこわばった皮膚のあいだからじぶんのこころがぬけだしてゆくような感じ、そして生理的なめまいの感覚をもつことになる。

――印象的、すなわち意図的な価値として、皮膚のこわばった感じを「旱魃の土地よりも堅く」と比喩し、皮膚のあいだから「わたしの存在」が流れてゆくといういいかたで、皮膚のこわばりや失神感にイメージのアクセントをあたえようとしていることになる。

ギローのいう集団や社会的な文脈の価値は、ここでは、ひとりの鋭い神経と思考をもった「わたし」という女性が、ある任意の場所で、たくさんの視線や敵意にかこまれてすくんでいる場面を暗示しているところにあらわれる。

ちょっとかんがえると、矢は的にあたっているようにみえるが、けっして、的を射ぬいてはいない。ギローは意識の自己表出としての言語をまったく考えにいれてないため、言語が指示表出としてつたえる概念的な意味からはみだすものを、無意識的な価値や意企的な価値としてつぎつぎにつけくわえるという近似策をとっているからだ。分類は壁画のようにふえてゆくが、そこからどんな統一的な像もえられない。コミュニケーションとしての言語という立場にたつギローの実証的ではあるが本質を欠いたかんがえがよくあらわれている。

ソシュールの『言語学原論』は、言語の**価値**にふれている。

価値は必ず次のものから成る。

1、その価値の決定を要するものと交換しうる性質の相似ざるもの。

2、その価値が当面の問題たるものと比較しうる幾つかの相似たるもの。

ある価値が存在するためには、以上二つの要因が必要である。かくて五円貨が値するところのものを決定するには、1、それは、何か別の物、例へば米の一定量と交換することができること、2、それは、同じ体系に属する一つの相似た価値、例へば一円貨と、或は他の体系に属する貨幣（一ドル、等）と比較することができること、を知らねばならぬ。同様にして、語もまた何か相似ざる物、即ち観念と交換されることができ、その上、何か同じ性質の物、即ち他の語と比較されることができる。それゆゑ語の価値は、それがなにがしかの概念と「交換」されうること、いひかへればなにがしかの意義をもつこと、を認証しただけでは、定まるものではない。なほ進んでそれを相似た価値と、即ちそれと対立するやうな他の語と、比較しなくてはならぬ。それの内容は、それの外にあるものとの協力によつてのみ真に決定される。体系の一部をなすとき、それは只に意義をつけるのみならず、又とりわけ価値を具へる。これは全く別のことである。（小林英夫訳）

ソシュールは、かんたんにいえば言語の価値を意味の含みというほどにみている。たとえば、

A　わたしの表皮は旱魃の土地よりも堅くこわばり、（「貝のなか」原文）

B　わたしの表皮は堅くこわばり

AとBとは、人間の皮膚が旱魃の土地と意味のうえで、むすびつかない以上、文章のしめす概念的な意味としては、まったくおなじことになる。しかし、その文章の**価値**はちがっている。Aで、「旱魃の土地よりも」は、たとえば〈象の背中よりも〉、〈足の裏よりも〉、〈木像のきめよりも〉……というような同一の意味の含みでつかわれるさまざまの表現ととりかえることができる。いいかえれば、「旱魃の土地よりも」という表現は、文脈のなかで多数の意味のふくみを代表していること

になり、したがってAの文章とBの文章の価値をいうばあい、AはBよりも**価値**があるとしなければならない。ソシュールの言語価値の概念は、つまりここに帰着するようにおもわれる。ソシュールは、語音、文字などを資料の角度からみた言語価値としてこれにくわえる。

ここにあげたギローとソシュールとは、ちょっとかんがえるとちがった価値概念をもつようにみえるが、それほどちがったものではない。一方は、やや文体論的に、一方はやや意味論的にほぼおなじことをいっている。ちがいといえば分類が密であるかどうかというところにつきる。矢は的に当っているが、的を射ぬいてはいないという点もおなじだ。言語の考察でもっとも体系的にもっともすすんだ地点まで、強固な理論をつくりあげていったのは、言語実証主義的な立場からする学派であろうが、この学派をもってしても、分類の密度は増加しても、ソシュールなどがとうたつしたところをあまり出られていない。本質的にはかんがえを転換するほかはない。

ここで当面していることは、ソシュールともギローともちがっている。指示表出と自己表出を構造とする言語の全体を、自己表出によって意識からしぼり出されたものとしてみるところに、言語の**価値**はよこたわっている。あたかも、言語を指示表出によって意識が外界に関係をもとめたものとしてみるとき言語の**意味**につきあたるように。

ここでいくらか注意すべきは、ソシュールのように、言語の**価値**が、等価概念と交換概念なしには成り立たないということではない。すでに言語の表出が、人間の意識の自己表出と指示表出の構造であるとみてきた段階で、ことさらその必要はない。ただ、人間の意識がこちらがわにあるのに、言語の**価値**は、あちらがわに、いいかえれば表現された言語にじっさいにくっついて成り立つということだけだ。〈海〉という言葉を、意識の自己表出によってうちあげられた頂きで、海の象徴的な像をしめすものとしてみるとき、**価値**として〈海〉という言葉をみている。逆に〈海〉という言葉を、他にたいする訴え、対象の指示として、いいかえれば意識の指示表出のはてに、海の像をしめすものとしてみるとき、〈海〉

という言葉を**意味**としてみている。

言語の**価値**を問われたとき、壁画のような分類にしたがって、×的価値、××的価値を追加するひつようなどまったくない。そういった方法で**価値**概念が完璧さにちかづくとかんがえるのは虚妄でしかない。言語の**価値**とはなにか、と問われたら、ただつぎのようにこたえればよい。**意識の自己表出からみられた言語の全体の関係を価値とよぶ**。

言語学者たちは、こんな定義の仕方に異論をもつかもしれない。これをある種の手続きをへて言語の芸術としての文学の価値にひろげたら、おおくの文学理論家は、とうてい納得しないにちがいない。たとえばギローならば、表現的価値と印象的価値とにわけ、文体的価値とよぶべきだというかもしれないし、これをさらにこまかにわけて、無意識的な価値も、社会、集団的な価値も、倫理的な価値もくわえるべきだというにちがいない。また、通俗〈マルクス主義〉文学者だったら、社会的な伝達価値も、革命的教育価値も、倫理的な価値もかんがえるべきだと主張するかもしれない。しかし、そういったとらえかたは、どんなに精緻をつくしても、ついに一個の俗論にしかすぎない。あたかも、商品の価値は、需要、供給の関係からも、人間の心理的な原因からも、稀少性からもきまるし、そのほか数えあげれば無数の原因をさがしだすことができる……といった迷路にさまようのとおなじように。今日、論理実証主義や通俗〈マルクス主義〉の言語、文学、芸術の理論は、おしなべて経済学上の限界効用説や心理学派の理論とおなじようなもので、言語は交通の手段として社会に奉仕するとか、文学、芸術をもって人民を革命的に教育するとかいえば、いかにも聞えがよく、革命的なことが主張されているような気がするだろうが、ほんとうは、なにもいってないのとおなじだ。それはちょうど経済学上の効用説とちぎりをむすぶのがふさわしい俗説にすぎない。

わたしのかんがえからは、言語の**意味**と**価値**との関係はつぎのようになる。つまり、言語の**意味**は第5図のaの径路で言語をかんがえることであり、言語の**価値**はbの径路で言語をかんがえることだ。

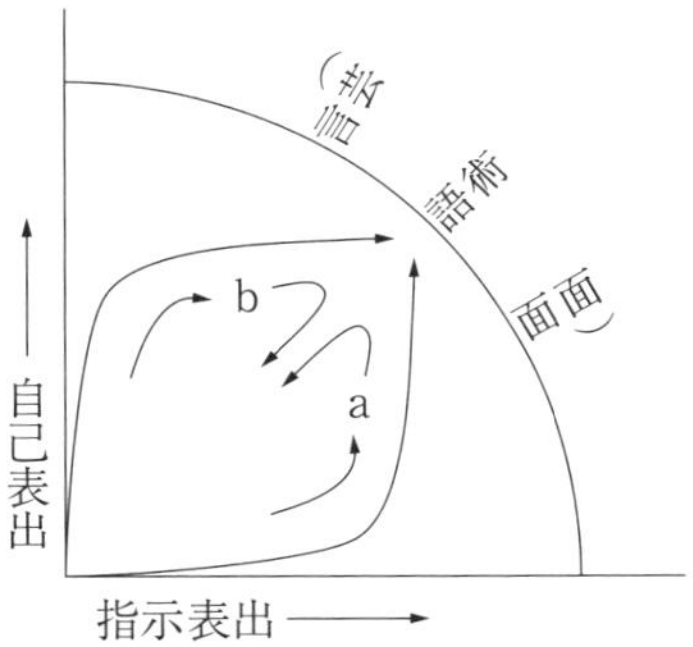

第　5　図

あとでもっとくわしく触れられるが、言語表現を『経哲手稿』のマルクスのように「人間の本質力の対象化された富」といってみれば、この対象化された表現をbの径路でかんがえるとき言語表現の**価値**を問うているのであり、aの径路でかんがえるときその**意味**を問うているのだ。そして、そのうえでさまざまの効果のさくそうした状態を具体的にもんだいにすべきだということになる。

マルクスならば、わたしがここで径路として図示した言語の**価値**を、あたかも商品の価値についてのべたとおなじように、指示表出価値と自己表出価値との二重性をあらわすと云うところかもしれない。じじつ、指示表出からみられた言語の関係は、それがどれだけ云わんとする対象を鮮明に指示しえているかというところの有用性ではかることができるが、自己表出からみられた言語の関係は、自己表出力という抽象的な、しかし、意識発生いらい連続につみかさねられた性質をもって現在にいたったひとつの力能を想定するほかはない。しかし、それにもかかわらず、わたしたちは、**意味**としての言語も、**価値**としての言語も、こういう規定から比較してあやまることはありえない。

A　わたしの表皮は旱魃の土地よりも堅くこわばり、（「貝のなか」原文）

B　わたしの表皮は堅くこわばり

Aという文章の言語価値は、「わたし」という代名詞の自己表出（もちろん「わたし」は自己表出と指示表出をもつ言語構造だ。以下の品詞でも同様である）と、「の」という助詞のもつ自己表出、「表皮」という名詞のもつ自己表出、「は」という助詞のもつ自己表出、「旱魃」という名詞のもつ自己表出、「の」という助詞の自己表出、「土地」という名詞、「よりも」という副詞……の自己表出の関係からみられたこの言語の総体をさしていることになる。

したがって、「旱魃の土地よりも」という表皮が堅くこわばるという意味の自己表出を高める表現によって、AとBとは文章の言語**価値**がちがうことになり、そのことから**意味**は、ちがった影響をうける。

一般に、ある言語を**価値**としてみるか、**意味**としてみるかは、ソシュールのいうようにまったくちがうが、でもたがいに相補的（komplementär）なものだといえる。文学作品を、たんに意味を伝達する非芸術としてみることができる（芸術を鑑賞する一定の諸感覚をもたないものにはいつもそうみえる）とともに、ある哲学論文、科学論文を表現の価値としてみる（すぐれた哲学者や科学者の論文はそうみえる）ことができるのはそのためだ。

Aの文章で、「わたしの表皮は」という語の自己表出の関係は、ひびわれた土地のイメージをしめす「旱魃の土地よりも」という語の自己表出にくらべられ、そのあとで、「堅くこわばり」という状態をしめす自己表出にうつる。Bでは、「わたしの表皮は」は、ただちに「堅くこわばり」という状態をしめす自己表出にうつる。Aではひびわれた土地の像（イメージ）に表皮が連合されて、それだけ自己表出とそれにともなう像の指示性は影響され、つよめられ、したがって意味もまた変化をうける。AはBよりも言語の価値があるとすべきだから、ソシュールのように価値を考察したばあいとおなじ結論になる。しかし、その論拠はまったくちがっていて、おそらくソシュールのプログラムには自己表出としての言語はないのだ。

さきに、それぞれの時代はある言語水準をもっており、それは、各時代とともに、またそのなかの個々の人間とともにうまれ、変化し、亡びる側面と、意識発生いらいの意識体験のつみかさなりという面をふたつながらもつとかんがえた。

とうぜん、いままでのべてきた言語の意味と価値の概念は、時代的な水準で当為をかえることになる。たとえば古典語や古典文学の意味や価値が、その時代に観念のうえで移ってゆくことなしには、死語の世界であったり、まったく価値のないものにみえたり、また、意味が亡んでしまったものとして、ちんぷんかんぷんであったりすることは、これにもとづいている。

古典語や古典文学は、その**意味**を理解するために、意識的に予備知識をさぐることがひつようにもかかわらず、その**価値**はわたしたちになお生々しく通じるのは、**価値**が、意識発生いらいのつみかさなりとして連続した意識の自己表出にかかわり、しかもそのつよさにかかわる側面をもつからだといえる。

サルトルは『存在と無』（松浪信三郎訳）のなかで、価値について「さらに価値は、その存在において、『欠如を蒙むる全体』であり、個々の存在はそれへ向かって自己を存在させる。価値は、一つの存在にとって、この存在がまったくの偶然性として『あるところのものである』かぎりにおいてではなく、この存在が自己自身の無化の根拠であるかぎりにおいて、出現する。その意味で、価値は、この存在が存在するかぎりにおいてではなく、この存在が自己を根拠づけるかぎりにおいて、この存在につきまとう。要するに、価値は『自由』につきまとう。」とかいているが、もしも、サルトルの哲学観を、ほんとの意味でふんでおくとすれば、この価値概念はおおきな、示唆をあたえている。わたしが言語の価値を意識の自己表出からみられた言語の全体とかんがえてきたものは、サルトルの「欠如を蒙むる全体」にあたっている。わたしたちは、サルトルが存在という哲学に固執するほど、言語という哲学に固執しているわけではない。だからここで言語と存在のあいだを架橋するために立ちどまることはしない。だがこれは存在と価値とをじかにむすびつけようとするサルトルの価値概念を肯定することを意味しない。言語の価値という概念が、欠如の存在する世界の全体にたいして、もどかしく感じているとすれば、サルトルの存在と価値の概念はひとつの空無をわたしたちに与える。そしてわたしたちの言語の価値概念は、さしあたってじぶんに耐えなくてはならない個所にたっている。

各時代といっしょに連続して転化する自己表出のなかから、おびただしく変化し、断続し、ゆれうごく現在的な社会と言語の指示性とのたたかいをみているとき、**価値**をみているのである。そして、言語にとっての美である文学が、マルクスのいうように「人間の本質力が対象的に展開された富」のひとつとして、かんがえられるものとすれば、言語の表現はわたしたちの本質力が現在の社会とたたかいながら創りあげている成果、または、たたかわれたあとにのこされたものなのだ。

3　文字・像

いままで、言語の美にふみこむのに必要なおおよその手続きをふんできた。同伴し、架空の一方的な討論に応じてくれた言語学者の諸説（それは精神的にも物質的にも物臭なわたしの手の届く範囲にかぎられたが）に感謝しなければならない。ともかくも、まったくずぶの素人に、ここまで同伴してくれるというのは、たいへんなことだからだ。しだいに、言語学者との別れを体験しなければならない段階にきたが、もし、わたしに表現の理論を創りだすというモチーフがなかったら、ここまでさえ言語学者とつきあえなかったとおもう。

たまたま、近年、表音論者と表意論者のあいだに〈国語改革〉論争がおこなわれている。その全貌をあたってみたことはないし、論争に関心をもたなければ、国語をだいじにしないものだ、などという論争者の言い草をまったく信用しないが、これらの論争から福田恆存の『私の国語教室』という著書が目についている。この著書は、言語論におけるランガーや時枝の著書とおなじように**文字**について興味ある考えをのべている。

文字が音にではなく語に仕へるといふ事実は、もちろん表記といふ行為がおこなはれはじめたときからのことで、ただ定家はその観念を最初に意識した人といふに過ぎません。が、意識させられて、あるひは意識させられるやうな事態が起つて、始めてかな文字は新しい目で見られ使はれだしたのであります。厳密に言へば、新しい目にも何も、人の意識に照されて「見られた」といふのが、おそらくこの時をもつて始めとするやうであります。では、なぜそれまでは「見られなかつた」のか。かな文字が表音文字であるからです。それがなかなか表音文字であるために、音を写すといふ文字の即物的能力にのみ、人の意識が向けられていて、語を志向するといふ観念的可能性が見えなかつたのであります。が、それはあくまで見えなかつたといふだけのことで、無かつたのではない、最初からあつたものです。たとへ表音文字であるかな文字といへども、文字である以上、それはあつたのです。

まだ、**文字**（絵文字は別として）をもたなかった時代の古代人が、**文字**（たとえば万葉仮名）をつかって言語を記そうとするようになったのは、どんな意味があるのか。それは語音をとどめ、保存しようとするよりも、言語の意味を表記しようとするにあった。表音的なカナ文字（万葉仮名）といえども、いったん表記されたうえは、音字ではなく、言語の意味の表記だ。言語は意味と音から成っているから、カナ文字は、とうぜん傾向として表意文字をくりこまざるをえない。こんなふうに**文字**の本質は音につかえるのではなく、言語そのものにつかえてかわるものであり、いいかえれば表音から表意へというのは言語表記の必然的な方向だ……。

福田恆存の**文字**論のたいせつな部分は、時枝誠記が『国語学原論』でのべた**文字**論がつかわれている。そういうより言語哲学として、論の基礎になっている。この考察はこのかぎりでは正当だとおもえる。書記行為としての文字は、意味、音声の表現としての文字の部分的な過程をなすという時枝のかんがえは、とてもよくくりひろげられている。

しかし、福田恆存の歴史かなづかい論の基礎になっている言語観は、本人が自負するほど妥当だとはいえない。歴史かなづかい論者と、現代かなづかい論者との論争は、こっけいでまた悲惨なことに、言語は社会的交通の手段か、または自己表出か、というわたしがすでにとりあげてきた論議とわだちをひとつにした通俗的な対立にすぎないのだ。

たんなる遊吟であり、謡いであり、語りつたえであり、また対話であった言語が、**文字**としてかきとめられるようになったとき、言語の音声が共通に抽出された音韻の意識にまで高められたことを意味した。同時に、その意味伝達の意識がはっきりと高度になったことを意味している。おそらく**文字**は、たんに歌い、会話し、悲しみをのべていた古代人が、言語についてとても高度な抽出力を手に入れたとき、はじめて表記された。語り言葉、歌い言葉との分離と対立と滲透との最初のわかれは、**文字**の出現からはじまったといっていいほどだった。

ここで、もうすこし**文字**の成立がなにを意味したのかはっきりさせておきたいとおもう。

文字の成立によってほんとうの意味で、表出は意識の表出と表現とに分離する。あるいは表出過程が、表出と表現との二重の過程をもつようになったといってもよい。言語は意識の表出であるが、言語表現が意識に還元できない要素は、**文字**によってはじめてほんとうの意味でうまれたのだ。**文字**にかかれることで言語の表出は、対象になった自己像が、じぶんの内ばかりではなく外にじぶんと対話をはじめる二重のことができるようになる。

書き言葉は、福田恆存のいうように語につかえるのではなく、言語の自己表出につかえるほうにすすみ、語り言葉は指示表出につかえるほうにすすむ。かなづかいの歴史的な変遷は、文学を頂点にする書き言葉の進化と、生活語を頂点にする語り言葉との対立と滲透の複雑な過程がひとりでにきめる。また、書き言葉の専門家である文学者でさえも、生活語の世界に生きているという内的な矛盾をもち、この矛盾に内発されてじぶんの文学的な語法をきめざるをえない。そういうところにしか、かなづかい問題の本質はありえない。歴史かなづかい論と、現代かなづかい論の対立は、まさに、それぞれの論者の言語観の対立であり、また言語とはなにか、**文字**とはなにかを本質的につかみださないところに、論争の空しさはあらわれている。

文字には、時枝、福田のいうように表音文字と表意文字の区別があるのではない。こういう区別は〈さらさら〉というのは水の流れる擬音からうまれた表音文字であり〈死〉というのは、生きものが死ぬことを意味する表意文字であるというような、つまらぬ区別からうまれたものにすぎない。

言語には、自己表出にアクセントをおいてあらわれる自己表出語と、指示表出にアクセントをおいてあらわれる指示表出語があるように、言語本質の表記である**文字**にも自己表出文字と指示表出文字の区別があるだけで、これが本質的なのだ。

たとえば〈恋人〉という文字は、指示表出文字だ。これを表意的にではなく、表音的に〈こいびと〉または歴史かなづかいで〈こひびと〉とかいても、その指示表出にかかわりはない。〈恋人〉と表意文字でかけば、恋愛関係にある男、または女をさすが、〈こいびと〉とかな文字でかけば、それを指示しないということはありえない。なぜならば、それは言語本質によってきまるもので、**文字**によってきまるものではないからだ。

しかしたとえば〈理性〉という指示表出文字を、〈りせい〉というかな文字でかくとき、わたしたちが、あるためらいをおぼえるのは、現在の言語水準で、〈りせい〉は、ひとたび《理性》という表意を頭におもいうかべたうえで、〈理性〉のことだと納得するほかないからだ。その手続きをはんざつとかんがえるなら、〈りせい〉という文字をつかって〈かれはりせいがある〉というような文章をかかずに、〈かれはものごとをよくかんがえてきめるたちだ〉というようにあらわすほかはない。これは、漢字を意味形象としてつかうという伝統のなかに、わたしたちが身をひたして、書き言語の発達と伝達言語の発達のあいだにひき裂かれているからで、急激にこれを断絶させようとすれば、〈りせい〉→《理性》→〈理性〉という二段の手つづきをふむことになる。

　こういう問題がほんとにやっかいな点は、わたしたちが指示表出語に、意味や、対象の概念のほかに、それにまつわる**像**をあたえているし、またあたえうることにある。表意文字でかくことができるのは、もちろん指示表出語にかぎられる。現在では万葉仮名で、助詞や助動詞をかくことはなくなっている。そして、指示表出語だけでなく、言語の指示表出へのアクセントは大なり小なり**像**をあたえるという点に、言語表記の性格にとって最後のもんだいであり、また言語の美にとって最初のもんだいがあらわれる。

　たとえば〈石〉という名詞は、石の概念を意味するとともに、表現の内部では任意の石の像を表現し、また喚びおこす。この石の像は、甲という人間にとっては、かつて海岸で遊んだときの浜辺にあった石の像であるかもしれないし、乙という人物にとっては、いまさき蹴つまずいてころんだ石の像であるかもしれない。

　おなじように、たとえば代名詞〈わたし〉は、自己概念をあらわすとともに〈わたし〉の具体的な像をあらわすということができる。この具体的な像は、甲なる〈わたし〉と、乙なる〈わたし〉とではちがっているし、さまざまでありうる。おなじように、たとえば〈眠る〉という動詞は、〈ねむること〉の概念をしめすとともに〈眠る〉という像をあらわし、また喚びおこし、それは甲にとっては子供の寝姿の像であるかもしれないし、乙にとっては恋人の寝すがたの像であるかもしれない。

おなじように、たとえば〈悲しい〉という形容詞は、その概念とともに、悲しいという像をあらわすことができる。たとえば、甲という人物はこの語から恋人と訣れたときの情景を像とするかもしれないし、乙は肉親の死にあったときの像を描くかもしれないとしても。たとえば〈とても〉という副詞は、その量概念とともに、像を喚起する。甲は〈とても〉という語を連発するくせのある友人の像をおもいうかべるかもしれないし、乙にとっては、両手をひろげた身振りの像が〈とても〉につきまとうかもしれない。

これをかりに品詞区分にかりていいなおせば、名詞から副詞のほうへ、いいかえれば、指示表出からしだいに自己表出へアクセントをうつしてあらわれる言語ほど、この像の表象力や喚起力は弱まってゆくことが手やすく了解される。助詞とか助動詞とか、感嘆詞のような自己表出語は、それ自体で像を表現したり喚びおこしたりする力をもたない。

言語が意味や音のほかに**像**をもつというかんがえを、言語学者はみとめないかもしれない。しかし〈言語〉というコトバを本質的な意味でつかうとき、わたしたちは言語学をふり切ってもこの考えにつくほうがよい。言語学と言語の芸術論とが別れなければならないのは、おそらくこの点からであり、言語における**像**という概念に根拠をあたえさえすれば、この別れはできるのだ。

言語における**像**が、言語の指示表出の強さに対応するらしいことは、わたしがいままで無造作にのべてきたところからも、推定できるはずだ。

しかし言語の**像**が〈意味〉とちがうことは、あたかも事物の〈概念〉と、事物の〈象徴〉とがちがうのとおなじようなものだ。

言語は発生したはじめに、視覚が反映したものにたいして反射的に発した音声という性格をはやくからすててしまった。わたしたちの考えてきたところでは、音声が自己表出を手にいれたためだ。これによって言語は、指示表出と自己表出とのないまぜられた網目になったといいうる。

もしも言語が**像**を喚び起したり、**像**を表象したりできるものとすれば、意識の指示表出と自己表出とのふしぎな縫目に、その根拠をもとめるほかはない。

ここで、ふたたび言語進化のところでかんがえたものを、あたらしい眼でたどってみなければならぬ。音声は、現実の世界を視覚が反映したときの反射的な音声であった。そのときにはあきらかに知覚的な次元にあり、指示表出は現実に指示していた。しかし、音声が意識の自己表出として発せられるようになると、指示は現実世界にたいするたんなる反射ではなく、対象とするものにたいする指示にかわった。いわば自己表出の意識は起重機のように有節音声を吊りあげた。

こうして言語は、知覚的な次元から離れた。**像**は、人間が現実の対象を知覚しているときにはありえない意識だ。これはたとえばサルトルが『想像力の問題』のなかで、指摘したとおりだ。言語に**像**をあらわしたり喚び起したりする力があるとすれば、言語が意識の自己表出をもつようになったところに起動力をもとめるほかない。

しかしそれとは逆に言語の**像**をつくる力は、指示表出のつよい言語ほどたしかだといえる。この意味で言語の**像**は、言語の指示表出と対応している。いいかえればつよい自己表出を起動力とするよわい指示表出か、あるいは逆によわい自己表出を起動力にしたつよい指示表出に起因するなにかだというべきだろうか。

わたしがいま、机の上の緑色の灰皿を眼でみながら〈ハイザラ〉という言葉を発したとする。このとき灰皿の**像**をひきおこすことはない。じかに灰皿を眼にうつしているのだから。しかしいま眼をとじて〈ハイザラ〉といったとすれば、灰皿の**像**を喚びおこすことができる。ただ眼のまえで灰皿を眼でみた直後に眼をとじて〈ハイザラ〉という言葉を発したときには、その灰皿の視覚像に**像**は制約されるのを感じる。これはまったく眼をとじて、まったく突然に〈ハイザラ〉という言葉を発したときうかんでくる灰皿の**像**の自由さとはちがっている。それは視覚像と言葉のあいだに喚びおこされる**像**と言葉と意識のあいだに喚びおこされる**像**とのちがいだといっていい。ここで原始人たちが、海を眼のまえでみながら、はじめて〈海〉といったとき、この語は反射音声だが、住居の洞穴にいながら〈海〉といって、なお海の概念をうることができるようになったとき、言語の条件は完成したことを想起しよう。**像**とはなにかが、本質的にわからないとしても、それが対象となった概念とも対象となった知覚ともちがっているという理解さえあれば、言語の指示表出と自己表出の交錯した縫目にうみだされることは、了解できるはずだ。あたかも、意識の指示表出というレンズと自己表出というレンズが、ちょうどよくかさなったところに**像**がうまれるというように。

対象としてつくられた像意識とはなにかについて、ここは深入りする場所ではない。言語という理念がとくに文字表記のばあい禁欲を強いるからだ。それについて知ろうとすれば、たとえばサルトルが、まずこれ以上の緻密さはないといえるほど言及している。言語の表現が、この対象的な像意識と合致するためには、ある領域が限られなければならない。それだけがここではもんだいだ。そしてある領域内では表出された言語は、あたかもそれ自体が〈実在〉であるかのように像意識の対象でありうるのだ。それは、もともと言語にとってべつに得手な領域でないため、指示表出の強弱と自己表出の強弱とが、縫目で冪乗(べきじょう)されるときにだけありうるといっておくべきだとおもう。それは言語がたんになにか物象を対象に指示したことによっても、いわねばならぬ必然で思わずいってしまったことだけでもうみだせない。じぶんに対象的になったじぶんの意識が、〈観念〉の現実にたいして、なお対象的になっているといった特質のなかで、言語として表出されるときに、はじめて像的な領域をもつといえる。

カントの『判断力批判』といえば、いまでは古ぼけた美の哲学としてひとびとの記憶の棚にしまいこまれているかもしれないが、その想像力論は一種の力をもっている。

即ち想像力は吾々に取りて全然不可解なる仕方に於て、概念に対する符号をば、時に応じて遠い過去からしてさへも喚起せしめるばかりでなく、異種類或は更に同種類に属する諸対象の名状し難き多数の中からして、一定の対象の姿及び形をさへも再生せしめることが出来る。更に又、心意が比較を事とする際には、想像力は、仮令その過程が十分に意識にあらはれないにしても、あらゆる点から推して恐らくは実際に、形像を形像の上に言はば重ね合はして、そして数多くの同種類の形像の合致からして、其等総てに対する共通の尺度たるべき平均的なるものを作り出すことも出来るのである。例へば或人が千人の成人の男子を見たとする。ところで彼がその比較の上から評価せらるべき、規準的大きさに就て判断を下さうとするならば、其場合即ち想像力は（私の見解に従へば）まづかの形象の大多数を（恐らくはかの千人の悉くを）相互に重ね合はすのである。そして——視覚的表現からしての類推が此所で私に許されるならば——かの形象の最大多数が重なり合ふ所の空間に於て、そしてまた色が最も強く塗り重ねられてゐる個処に当る所の輪廓の中に、高さに於ても幅に於ても最大の体格と最小のそれとの両極端からして、同一距離に在る所の平均的大きさが認められる。これが即ち美しき一個の成年男子の体格なのである。（同じ結果に吾人は、例へば千人全体の高さと幅（及び厚さ）とを測り、之をそれぞれ総計した和を、千を以て除するならば、器械的に到達することもできるであらう。しかし想像力は正にこの事を、かの諸形態の複合的把握からして、内的感覚の器官の上に生起する所の力的効果に依りて成し遂げるのである。）（大西克礼訳）

まるで、羃乗されて解くべき想像力の本質を、加算で解いたような古典性を感ずるが、すぐれた洞察力であることにはかわりない。カントが、形象の最大多数が重なりあうところ、また色がもっとも強く塗りかさねられるところとよんでいるものに、言語の意識の指示表出と自己表出の縫目を対応させてみる。わたしたちは、もっとも古典的な意味で充分に根拠がある言語における**像**の概念に到達したのだといえる。

わが国の文学者にはよく知られているように、サルトルは、識知がおとろえてゆく方向にむかう下位極限と、感情性がじぶんを認識しようとする上位極限との綜合として、意識の知覚作用と概念作用とのあいだに**像**を設定した。いわば、カントが形象の最大多数が密集するところとかんがえたものに、構造をあたえたことを意味している。

言語の**像**は、もちろん言語の指示表出が自己表出力によって対象の構造までもさす強さを手にいれ、そのかわりに自己表出によって知覚の次元からははるかに、離脱してしまった状態で、はじめてあらわれる。あるいはまったく逆であるかもしれない。言語の指示表出が対象の世界をえらんで指定できる以前の弱さにあり、自己表出は対象の世界を知覚するより以前の弱さにあり、反射をわずかに離れた状態で、像ばかりの言語以前があったというように。言語の**像**がどうして可能になるか、を共同体的な要因へまで潜在的にくぐってゆけば、意識に自己表出をうながした社会的幻想の関係と、指示表出をうながした共同の関係とが矛盾をきたした、楽園喪失のさいしょまでかいくぐることができる。

自己表出語である感動詞、助動詞、助詞などは、**像**を喚起することはできない。たとえば、〈ああ〉ということば、〈に〉という助詞、〈……である〉という助動詞は、具体的な**像**をよびおこさないし、具体的な**像**を表現もしない。これらのことばは、意識の自己表出であることが、ただちに指示性であるため、表出が意識それ自体に直接に反作用をおよぼし、他との関係を喚びおこさないからであるとかんがえられる。

4　言語表現における像

言語の**意味**、**価値**というところまでは、言語学と会話をかわしながらあゆんできた。けれど言語の**像**

という概念で、おそらく、言語学そのものと訣れたのだ。訣れの意味はやがてあきらかになってくる。もしも、この訣れによってひらかれるみちが、いわゆる文学理論の具体的なもんだいにまで行きつき、文芸批評家たちがあつかっている課題にたどりつけないとしたら、ただたんに言語にたいする嗜好をのべ、嗜好に倒れたものとして、言語学と文学の中間で討死したといわれても仕方がない。もちろんわたしたちは、文学、芸術は理くつではわからないとか、文学の理論は、作品そのものに触れることはできないとかいう俗論を信じてはいないが、信じてはいないことと、それを実現できるかどうかとはまったくべつの問題だということを決して知らないわけではない。ただ確実に攻めのぼるよりほか方法はない。いままで、あるばあいに表出せられた言語を、文学的な表現と、無造作に同一にあつかってきた。それは、言語の現実的な属性をあつかうばあいにも、書かれた表現（文字表現）を例にとらざるをえなかったという理由によっている。

言語の**意味**、**価値**、**像**などの概念から言語の芸術にふみこもうとするいま、言語の表出（ausdrücken）を、表出（ausdrücken）と表現（produzieren）のふたつを分離してふくむとかんがえるのが適切だとおもう。もちろん、文学の表現もまた、意識の表出であるが、この表出はその内部で、〈書く〉という文字の表現が成り立つとともに、表出と表現とに分裂する。言語の美のもんだいは、あきらかに意識の表出という概念を、固有の表出意識と〈書く〉ことで文字に固定せられた表現意識との二重の過程にひろげられる。もちろんその本質的な意味はすこしもかわらないのだ。

このことは、人間の意識を外にあらわしたものとしての言語の表出が、じぶんの意識に反作用をおよぼすようにもどってくる過程と、外にあらわされた意識が、対象として文字に固定されて、それが〈実在〉であるかのようにじぶんの意識の外に〈作品〉として生成され、生成されたものがじぶんの意識に反作用をおよぼすようにもどってくる過程の二重性が、無意識のうちに文学的表現（芸術としての言語表出）として前提されているという意味になる。それは文字が固定され〈書く〉という文学の表現が成り立ってからは、文学作品は〈書かれるもの〉としてかんがえられているからだ。もちろん、語られる言語の表現もまた文学、芸術でありうるし、現在もありつづけている。けれど、おこりうる誤解をさけるためにいえば、現在まで流布されている文学理論が、いちように〈文学〉とか〈芸術〉とか以上に、その構造に入ろうとはせず、芸術と実生活とか、政治と文学とか、芸術と疎外とかいいならわせば、すんだつもりになるのは、表出という概念が固有の意識に還元される面と、生成（produzieren）を経て表現そのものにしか還元されない面とを考察しえなかったがためだ。俗流〈マルクス〉主義者によって提起されている〈マルクス〉主義芸術理論などというものは、ルカーチやルフェーヴルや、初期マルクスの〈疎外〉概念を誤解したわが国のその亜流によって、どれだけ流布されてもこの域を脱けでることはできなかった。

A　彼はまだ年若い夫であった。（庄野潤三「静物」）

B　その部屋で二人はウィスキーを飲んでいた。（同）

ふたつは、どちらもひとつの文学作品のなかの文章で、意味はたれの眼にも、とても単純なものとしてみえる。

Aは「彼」という人物が年の若い夫であったという意味で、Bはあるひとつの部屋でふたりの人間がウィスキーを飲んでいたという意味になる。「静物」という作品のなかでは、「彼」は主人公であり、作者と作品の主人公とが微妙にべつなひととともおなじひとともつかないように設定されている。また、Bの文章で「二人」というのは、作品のなかでは主人公と医者であるが、ここではべつにもんだいにすることはいらない。

ここでいまはじめてぶつかっているのは、これらの文章を言語の表現としてよむとは、どういうことを意味するのかということだ。それをやりたいために、言語の**意味**、**価値**、**像**の概念をとりあげてきた。わたしたちは、言語の**価値**を自己表出からみられた言語の全体的な関係としてかんがえた。だからAという言語の表現の**価値**は、「彼」という代名詞の自己表出、「は」という助詞の自己表出、「まだ」という副詞、「年若い」という形容詞、「夫」という名詞……の自己表出の関係からみられた文章全体である。

Aという文章で、たんに文法的にみれば「彼」ということばは、第三者を意味する代名詞にすぎない。しかし、作者の意識の自己表出としてみるとき、この代名詞「彼」は作者との関係をふくむことになる。この文章をよんで「彼」ということばが、作者がじぶん自身を第三者のようにみたてた表現のようにもとれるし、また、作者とある密接な関係にある他人ともうけとれるような含みを感ずるのは、作者の自己表出として「彼」ということばをかんがえたうえで「彼」という**意味**をうけとっているからだということがわかるだろう。Aの文章で**価値**として「彼」ということばをかんがえるとは、このことをさしている。

「年若い」という形容詞のばあいもまったくおなじで、たんに〈若い〉と表現しても意味にはかかわりないが、作者の意識に年齢としての強調があって〈年〉という名詞とむすびついたあらわし方をしたといえる。「夫」という名詞もおなじで、〈男〉とか〈亭主〉とかで意味としては代置できるのだが、作者の自己表出が「夫」という語感をえらばせたのだ。

このように、「彼」という人物が、まだ若い妻をもった男だったという意味の文章Aがふくんでいるニュアンスが、それぞれの語の自己表出の関係からきていることが、たやすく了解できるとおもう。このときわたしたちは、たんに**意味**としてではなく、**価値**としてこの表現をたどっているので、文章を言語の表現としてみるとは、このことを意味している。

たとえば〈彼〉とか〈夫〉とかいう言葉の意味をしったばかりの小学生を想定してみれば、かれはこの文章を意味としてしかうけとれないにちがいない。だが一定の水準をもった読者を想定すれば、「彼はまだ年若い夫であった。」という単純な文章を、本人が意識しているかどうかにかかわりなく、含みのある文章として、いいかえれば、文法的にではなく、自己表出をふくんだ**価値**としてよんでいると確言できるとおもう。おそらく言語の表現の価値は、価値ということを、言語の価値のところでのべた本質的な意味でうけとれば、こんな単純な文章のなかに基本的なもんだいのすべてをふくんでいる。

C　しかし彼は、二三歩ふらふらと右に動き、左に動き、休むでもなく、上の岩を調べるでもなく、ぼんやりと佇み、それからいきなり岩にとりついた。（北杜夫「岩尾根にて」）

この文章から、あるはなれたところの岩にかこまれた場所で、ひとりの男が、なんの目的もなさそうに、だが、なにか意味ありげに岩の壁のしたをうろうろしたり、佇ちどまったりしていたかとおもうと、やがて岩に手足をかけて登ろうとした、という情景の**像**を、しかもかなり遠方の感じでおもいうかべることができよう。

そしてこの**像**をうかべるとき、わたしたちは、この表現をたんに**意味**としてではなく、**価値**としてたどっているのである。これは「ふらふら」とか、「ぼんやり」とか、「いきなり」とかいう副詞のたくみな用法に助けられているだろうが、何よりもこの文章を、作者の意識の自己表出としてみるとき、その場面転換がすばやくおこなわれているところに、**像**をひきおこす原因がかくされている。たとえば「右に動き、左に動き」というばあい、それは作者の意識との関係において右に動いたり、左に動いたりしているということであり、「休むでもなく、上の岩を調べるでもなく」というとき、作者の意識の判断との関係で休むのでもなく、調べるのでもなく、ということになっている。

こんなふうに作者の自己表出からみられた指示表出は、よくうごき、転換し、その縫目に**像**があらわれている。

D　私が進むと、彼等（蠅―註）はだるそうに飛びあがり、すぐに舞いおりた。（北杜夫「岩尾根にて」）

この文章は、ちょっとかんがえると作者である「私」が路をすすんでゆくと、路のあたりにいた蠅が、にぶくとびあがって、またすぐ路のあたりにとまった、というようにうけとれるかもしれない。しかしじっさいは、この文章の「私」は、作者の自己表出された**像**としての「私」であるから、**像**としての「私」が路をあるいてゆくという文章と、作者の自己表出としての「彼等」（蠅）がとびあがって、まいおりたという文章とが、作者の意識の表現として二重に因果的にとらえられ、むすびつけられている。

この文章の含みは「私」がすすむという表現が、途中で「彼等」（蠅）がとびあがり、まいおりるという表現に転換し、それが「た」という助動詞でしめくくられる、その転換のめまぐるしさからきている。いわば、文章のなかの「私」や「彼等」（蠅）と作者との関係の転換の複雑さが、この表現の価値をたかめている。

言語の美にふみこむ道は、こんな単純な表現からより複雑な過程へ、言語本質をみうしなうことなく、ひろげてゆく道だといっていい。

第Ⅲ章　韻律・撰択・転換・喩

1　短歌的表現

言葉の表現を、ややつきつめてみてゆくと、表現のうちがわにいくつかの共通の基盤が抽出できることにすぐに気づく。この共通性は言語の表現のながい歴史が体験としてつみかさねたものだ。結果としていえば歴代の個々の表現者がそれぞれ自由に表現したものが偶然につみかさねられて、全体としてはあたかも必然なあるいは不可避なものとしてつくりあげた共通性だといえる。この共通性は、いったん共通性として意識されると、こんどは個々の表現者によって自覚的に使われたりする。こういう過程は、人間が対象にたいして行なうどんなことにもいつもつきまとうもので、言語の表現にだけ特有なものではない。

この言語表現のうちで抽出される共通の基盤は、表現としての**韻律・撰択・転換・喩**に分類すれば現在までの言語の表現のすべての**段階**をつくすことができる。

わたしたちはいままでに、意識の表出としての言語を、言語の表現にまでひろげることで、文学の表現をあつかう前提をとりあげている。書くという行為で**文字**に固定すると、表出の概念は表出と表現とに分裂する。具体的には語りのような、音声による文学の表現と文字に書かれた文学とが分裂するようになる。ここまでひろげることで、文学の表現論はすべての文学理論とちがった道に一歩ふみこんだことになる。たんに表出としての言語のいろいろな特性から、そのまま文学的表現の特質にまでおしひろげても、**文字**が固定化されていることをとくに強調する必要があるばあいのほかは、共通性に誤解をうむことはないとおもえるからだ。げんみつにいえば芸術としての言語表現の半歩くらい手前のところで、表現としてもんだいになることをとりあつかおうとしているわけだ。この半歩くらい手前というのは言語を文学の表現とみなしながら、芸術としてではなく言語表出としてあつかうということだ。なぜこんな態度がいるのかといえば、言語表現を文学芸術とみなすにはまだ**構成**ということを、取扱っていないからだ。**構成**を扱わなければ反復、高揚、低下、表現のはじめとおわりが意味するものをしることができない。

感動詞のように意識の自己表出がそのまま、指示性として意識に反作用をおよぼし、文字に固定されないかぎり対他的な関係をよびおこさない言語を例にとるとする。たとえば感動詞〈うわあ〉を、〈ウ〉〈ワア〉とわけて発音すると、何かを視たり、きいたりして感嘆している意味になるが、〈ウワア〉とひと息に発音すれば、うなり声や叫びごえそのものを反射していることになる。〈ウ〉〈ワア〉と〈ウワア〉が、もしちがった意味をあらわすとすれば、ふたつの**韻律**のちがいにその理由がなければならない。すでに、**韻律**がふくんでいるこの指示性の根源を、指示表出以前の指示表出の本質とみなしてきた。これについて、ヘーゲルの『美学』（第一巻の中、竹内敏雄訳）には、つぎのようにかかれている。

> 詩は韻文で書かれることを本質的要件とする。そうして韻文の様式はまさに韻律を有することを要件とし、この感覚的側面における区分が音や言葉に強制を加えることをまってはじめて成立する。これによってかような材料は同時に感覚的領域から離脱したものとなる。韻文を聴くひとには、それが通常の意識において気ままに語られたものとは別種のものなのだということがすぐにわかる。それに固有の効果は内容にあるのではなく、対象面にあるのではなくて、これにつけられた規定にあるのであり、この規定はこの内容にではなくてもっぱら主観に帰属することを直接に明示している（傍点―吉本）。ここに存する統一性・均等性によってこそ、規則的な形式は自我性に諧和するひびきを発するのである。

注目すべきなのは、意味としての言語も、価値としての言語も、対他―対自的なものだが、韻律としての言語が内容とも対象とも異なった「主観に帰属するもの」、いいかえれば意識それじたいにねばりついてはなれないもの、完全に対象として固定化されないものとみている点だ。これをヘーゲルのように「強制を加える」ものとかんがえるかどうかはべつに論じなければならない。たとえば、日本語の韻文詩人である歌人に、七・五調、三十一文字は強制であるか、またはあらかじめ保証された形式の自由とかんがえるかたずねたばあい、どちらの答えが得られるか、まったくわからない。散文家が制約とみるかもしれない音数律が、歌人にはあらかじめ保証された無限の許可とみえることはありうる。

日本語の韻律が音数律となることについて言語学者は、充分な根拠をあたえているようにみえる。

金田一春彦の『日本語』は、

日本の詩歌の形式で、七五調とか、五七調とか音数律が発達しているが、これも、拍がみな同じ長さで単純だからにちがいない。ただし、四や六がえらばれず五とか七とか奇数が多くえらばれたのはなぜか。日本語の拍は、先にのべたように点のような存在なので二拍ずつがひとまとまりになる傾向があるからだろう。つまり二拍からなるものが長、一拍からなるものが短と意識され、そういう長と短との組合せで詩を作り出そうとするためであろう。いわゆる都々逸のリズムが、単なる三・四・四・三……でなくて一・二・二・二、二・二・二・一、……というふうに、一と二との組合せでできているのは、そのあらわれにちがいない。

時枝誠記の『国語学原論』は、

若しこのリズム形式を、等時的拍音形式と称するならば、国語に於いて観取されるもの、そして国語の音声的表現の源本的場面となるものは、正しくこの等時的拍音形式のリズムである。それは強弱型、高低型リズム形式に対立するものであつて聴覚的には音色の変化に伴ふ知覚の更新感により、生理的には調音の変化による運動感覚によつて、回帰が知覚される処のリズム形式である。

ふたりの言語学者は、等時的な拍音が日本語の特質であることをみとめている。短歌や俳句のような定型詩は、この特質が日本語の指示性の根源と密着しているために、どうしても七・五律になったものだといえる。日本語の散文や自由詩は、言語の表現が、指示性の根源としての韻律と、表出の特性として分離したものにほかならない。

たとえば短歌みたいな古典詩形がなにかを問いかえせば、古典詩の一種だとか、五・七の音数律をもとにした三十一文字の短詩形だとかいうこたえは、はねかえってくる。でも本質から問われ、本質からこたえられたことはない。短歌は言語が指示性の根源である韻律と不可分のかたちで表出されたものだ。だからどうしても五・七の音数律になった。そんな詩形のひとつとして、あらためてよく考察されなければならないものだ。

ここではまず、短歌的な表現をつかって**韻律・撰択・転換・喩**をかんがえることにする。これはたんに例としてみるだけで、音数律をもったすべての詩型に共通したところから、短歌固有のあらわれ方をみてゆきたい。たとえば、近代定型詩や俳句について考察しても、共通さと、それぞれの詩形に固有なもんだいがあらわれるはずだ。

まず、短歌の表現の原型をさだめてみる。ここでは自然物や事実を客観的な表出体でうたっているかたちを原型にえらぶ。語り事の核が抒情になり、やがて自然物のような景物を触目のなかからえらびとってうたう純粋叙景によって、短歌としての表現が完成されていったという発生史的な理由からも、またそのばあいが短歌的な表出はいちばん特質をするどくあらわす理由からも、これを原型としていいとおもう。

(1)国境追はれしカール・マルクスは妻におくれて死ににけるかな　（大塚金之助）
(2)隠沼の夕さざなみやこの岡も向ひの岡も松風の音　（藤沢古実）

国境を追われたカール・マルクスは妻にさき立たれ、そのあとから死んだとか、隠沼に夕さざなみがたち、こちらの岡も向い側の岡も松風の音がしている。そういう叙述だけで、それがどうしたとか、だからどうなのだ、という作者の主意がのべられていない。この作品がただ事実をのべたとか、景物をみたとかいうだけなのに、詩としての自立感や完結感をあたえるのはなぜか。こういう問いに短歌の詩形としての秘密の原型が、かくされている。

伝統詩形としての安定感というような言葉で、ぼんやりとかんがえているものは、韻律が音数律として七・五の三十一文字に定着していくまでに封じこめられた、しかも必然的な推移の過程がつみかさねられた言語表出を意味している。そして**韻律**の必然にのっかってかなり複雑な**転換**をなしとげている。作品を自己表出の面から、具体的に分析してみれば、よく理解される。

「国境追はれしカール・マルクスは」

「国境追はれし」までは、作者の表出意識は、マルクスになりすまして国境を追われている。そして「カール・マルクスは」で、作者と、それをある歴史的事件としてうたっている対象の表現は分離する。

「妻におくれて」

ここでマルクスに観念のうえで表出を托した作者は、じぶんにかえって、マルクスは妻が死んだあとも生きのびて亡命者としての生涯をとじたな、とおもっていると解してよい。

「死ににけるかな」

のところへきて、作者は表出の原位置にかえり、マルクスの死の意味に感情をこめている。ちょっとかんがえるとある歴史上の事実を客観風にのべただけのような一首が、高速度写真的に分解して、表出としてみるとき、作者がいったんマルクスになりすまして国境を追われたかとおもうと、マルクスになりすました感懐にふけり、また、作者の位置にかえってその死の意味に感情をこめているといったような、かなり複雑な主客の**転換**をやってのけていることがわかる。もちろん、この**転換**が作者にとって意識的であるか無意識的であるかはどちらでもよい。無意識のばあいは、表出の伝統、または指示性の根源である音数律の伝統にのってやっているだけで、いわば伝統が自覚の代償になっているからだ。

「隠沼の夕さざなみや」

作者は夕べの隠沼の水面にたっているさざ波を視てある感情をよびさましている。

「この岡も向ひの岡も」

さざ波をみていた作者の対象へむく視線は近くの岡に移り、つぎに向う側の遠い岡にうつる。

「松風の音」

で、作者は、岡の松にふく風の音を聴いている。

一首の時間的な構成としては一瞬にすぎない作品のなかで、作者の視覚や聴覚の移りかわりの時間や**転換**の仕方はかなり複雑であり、それがこの作品に言語表現としての価値をあたえている理由だ。素朴な誤解をさけるためにあえていえば、この作品が写実的なものか、記憶にたよったフィクションであるかは、価値としての表出にかかわりをもたない。また、ふたつの作品が言語の表出としておおくの価値があるか、あまりおおきな価値がないか、また芸術として価値があるかどうかは、いまの段階では、すぐにおなじではないとしておかねばならない。

こういった短歌的な原型をもちながら、よりおおくの表現**価値**をもつ作品の例をしめせば、

(3)畳の上に妻が足袋よりこぼしたる小針の如き三月の霜（山下陸奥）

「畳の上に」

で、表出としての言語の視線は、たたみの上におかれている。

「妻が」

で、作者は作者である一般性から突然妻にたいする〈夫〉という特殊な位置に転換する。この転換は巧みで重要である。

「足袋よりこぼしたる」

作者は妻の位置にうつって、同時に夫である立場からその足袋を視て、何かがこぼれおちるのをうたっている。「足袋」というコトバが生々しいのは〈夫〉という特殊な二重性をもった位置のきめ方が巧みだからだ。

「小針の如き三月の霜」

小針の如きというのは、作者が視ている霜のかたちの直喩であるとともに、じぶんを〈夫〉という特殊な立場においたために妻にたいする情感がひとりでに喚び起した縫針の連想になっており、その情感が春めいてきた三月の季節感につながっている。

たんに客観的な述意にすぎないようなこの作品が、複雑な表出としていかに視覚や観念の**転換**や連合をつくっているかは、こういう分析からはっきりする。

もちろんこの作品が記憶によっているかどうかは、ここで視線とか、観念とかをじぶんの意識の内部で問題にすればよいので、別段ちがった意味はない。

短歌的にとられた音数律が、こういった転換や連合を変り身はやくおこなわねばならないという宿命をあたえ、その宿命は逆に独特な表現の性格をかたちづくっている。

もちろん変形した型は、いくつもかんがえられる。とられる態度は、言語→日本語、韻律→音数律という線をうしなわずに、言語の表現にとって**韻律**があたえるもんだいをかんがえてゆくことだ。言語本質をはずすこともできなければ、日本語の特殊性をはずすこともできないのは、たとえば、猫について語りながら、動物一般をはずすことができないのとおなじことだ。

(4)人間の類を逐はれて今日を見る狙仙が猿のむげなる清さ（明石海人）

骨格はさきに短歌的な原型としてかんがえたものとかわらない。だがすぐに像をあたえるコトバは「狙仙」とか「猿」とかにかぎられる。「人間の類」や「今日」は、表出として具体的ではなく抽象的なものだ。おそらく、言語の帯としてとても現在にちかい時代をかんがえなければ、こういうコトバがあたえる複雑な思想的意味が流通しないことは確かにおもえる。

「人間の類を逐はれて」

客観的な事実をのべたようにおもわれながら、じつは、人間の仲間を逐われた（ハンセン氏病で）のは、作者である〈わたし〉なのだという含みをもっている。日本語の人称省略を逆手に活用したものというべきで「人間の類を逐はれて」をすぐに作者じしんの表現とかんがえることは誤りであろう。表出としてみれば、あくまでもだれかが人間の仲間を逐われたので、そのだれかはこの作品では〈わたし〉なのだという関係とみなされるべきだ。

「今日を見る」

「今日を」という時間指示は複雑で、昨日も一昨日もみたし、明日もみるかもしれないが、ことさら今日みるのだという含みをあらわしている。その今日は人間の仲間を逐われた（この場合、ハンセン氏病の宣告をうけた）今日なのだ。

「狙仙が猿の」

狙仙の猿の図は、この作品で具体的な像をあたえる唯一のものだ。これは作者の位置からも、作中の〈わたし〉からも視ることができるため、作者からと作中の〈わたし〉からの二重の視覚的な対象表出になりえている。「狙仙が猿の」は、この二重性によって作品にある普遍的な展開の感覚をあたえる効果をもっている。この「狙仙が猿の」という具象的な像をあたえるコトバがなかったら、たとえ思想的な意味としてはもっと緊迫したコトバを想定しても、これだけ優れた作品とならなかったはずだ。

さらに、

「むげなる清さ」は、前句の二重性によってはじめて鮮やかな印象をあたえる。「むげなる」という形容動詞は、作品の〈わたし〉が狙仙の猿をみた印象であるが「清さ」はおそらく作者と作中の〈わたし〉からの印象を二重にうけている。だから、昨日も一昨日も、明日も、狙仙の猿は清しいのだが、人間の仲間を逐われて今日みた印象は、「むげなる清さ」としてうつる。年少のころ歌集『白描』でこの作品をよんだとき、「狙仙が猿のむげなる清さ」を、狙仙の猿がむげなる清さをもっているという印象が前から作者にあり、それをたまたまハンセン氏病の宣告をうけた日に見た心情というふうにかんがえていた。いま、あらためて分析してみると「清さ」だけが前からの印象で「むげなる」という形容の清さが、ハンセン氏病を宣告された日の印象ととるべきだという見解にかたむく。もちろん、「狙仙が猿」は、ふだんなんの印象もないつまらぬものとおもっていたのが、ハンセン氏病の宣告をうけた日、あらためて「むげなる清さ」を感じたともうけとれるが。わたしたちは、自己表出としての「人間の類」という言葉に、昭和の転向期以後の時代的な感覚を感じとる。それは〈隣人〉であってもならぬし〈親族縁者〉であってもならなかったことを、言語の水準として納得するのだ。

短歌的原型から転化した型として、つぎに、音数律が指示性の根源として短歌の表現に密着しているため、対句をつくれないはずのものが対句になり、喩をつくれないはずのものが、短歌的な喩になっているような型をかんがえることができる。現代になって抽象的な言語がある程度生活語にはいりこんで、なじめるようになったため、歌人たちはある自在さで抽象語をとりさばくことができるようになった。そんなところからおこった転化とみることができる。おそらく、現代の歌人たちは、抽象語がそのまま流通する世界を、定型として意識しはじめているのだ。

(5)肉うすき軟骨の耳冷ゆる日よいづこにわれの血縁あらむ（中城ふみ子）
(6)山の宿にをとめのままに老いむとす蒼き乳房をひとに秘めつつ（大野誠夫）

これらの作品には、短歌に独特な**喩**が成立ってゆく過程がかたちをあらわしはじめている。ふつう言語の喩は、喩としての役割のほかには無用で、ただ指示表出か自己表出のいずれかにアクセントをおいて、言語を連合させたのち、言語の価値の増殖をはたしてきえるものだが、短歌のばあいに特殊な喩は、二重の意味をになってあらわれる。もともと喩としてあるわけでない言語が、同時に喩を重ねて背負うのだ。

「肉うすき軟骨の耳」

「肉うすき」が視覚的な形容だから、作者からは誰かわからぬものの耳をみている位置になり、つぎの「軟骨の」は触覚的だから作中の〈誰か〉がじぶんの耳を触った形容とうけとれる。このふたつの感覚としてちがった「耳」の形容によって、即物的なようにみえるこの句がじつは、即物性をはなれた構成的なものであることを暗示しえている。そしてつぎの

「冷ゆる日よ」

「冷ゆる」という自動詞で作中の〈誰か〉は作者とおなじものとしてせばめられる。

「いづこにわれの血縁あらむ」

この下句は上句とはかかわりないから、一首を流れる意味は、耳が冷たくひえてくるようにおもわれて触れてみたある日、じぶんの血縁はどこにいるのだろうか、どこにもいないのだ、ということをふと

かんがえたというほかはない。自由な現代詩だったらこれ以外の理解はできないはずだ。

しかし、この作品ではちがった二重の意義があらわれている。すくなくとも、そのきざしはあらわれている。「肉うすき軟骨の耳冷ゆる日よ」は「いづこにわれの血縁あらむ」の暗喩の役割をおっている。作品の思想的な意味は「いづこにわれの血縁あらむ」だけに在り「肉うすき軟骨の耳冷ゆる」はその暗喩をはたしている。まったく即物的な耳の形容ととれるものが、即物的な意味のほかに、暗喩の役を二重に演じられるのは、この形容が視覚的と触覚的表出をすばやく**転換**して重ね合わせるという構成をもっているからである。

大野誠夫の作品で「蒼き乳房をひとに秘めつつ」は、乳房をひとにかくしながらという動作の即物的な意味のほかに、「山の宿にをとめのままに老いむとす」の暗喩をはたしているとみるべきだ。作品の思想は「山の宿に……」のほうにだけ秘されているのだが、ちょっとかんがえると視覚的にみえる「蒼き乳房」が、作者の自己表出としては構成的な形容であり、また「ひとに秘めつつ」も、作中の〈をとめ〉が他人に乳房をかくす動作のようにみえながら、同時に、作者が山の宿の女にあたえた意味（狙い）をも重複させているからである。

こういう短歌に特殊な喩が、二重性にあるとすれば、この二重性を分離するために一首の全体をおおきく客観体と主観体に分離し、その対照性にかろうじて短歌的な性格をたもっている作品が、現在意外にたくさんあらわれている。

(7)噴水は疾風にたふれ噴きゐたり凜々たりきらめける冬の浪費よ　（葛原妙子）
(8)暗渠の渦に花揉まれをり識らざればつねに冷えびえと鮮しモスクワ　（塚本邦雄）
(9)言ひつのる時ぬれぬれと口腔見え指令といへど服し難しも　（岡井隆）
(10)マッチ擦るつかのま海に霧ふかし身捨つるほどの祖国はありや　（寺山修司）

いずれも上句は短歌的な原型ともいうべき事物を客観の表出体でのべたものだ。下句は作者の主観体につらぬかれている。ここには言語の転換や連合のすばやい変り身はないが、上句と下句の対比の深さと、そのあいだをつなげる飛躍と粘りとが最大限に発揮されており、これ以上対比の飛躍がすすめられれば上句と下句のつながりはたちきられてしまい、短歌的な表現としては分解するほかはないことがわかる。じじつ、この種の作品のうち失敗したものは、判じ物というほかはない作品になっている。こういう作品が現在の実験的な歌人のあいだにつくられるのは、伝統的な短歌の美の特質である変り身のはやい転換や連合にあきたらず、下句または上句を主観的な述意として自立させたいという欲求があらわれているからではなかろうか。短歌的な喩が二重性をうしない、そのかわり対比の深さとして分離されたものとみることができる。

これらはいずれも一首の思想的な意味（狙い）をはっきりと下句に集中している。さきの中城ふみ子や大野誠夫の作品⑸、⑹で下句または上句が対句の暗喩としての役割を重複させているのとはちがって、まったく、意識的に集中と対立がおこなわれているのだ。そのため、上句は短歌的な原型よりも単純に構成されている。たとえば葛原妙子の作品では

「噴水は疾風にたふれ」

これは噴水のさまを客観的な体でのべたもので「疾風」というコトバに主観のふくみがあるだけで「噴きゐたり」につづく。転換はただ客→主のひとつきりで、短歌的な原型の複雑な転換とはくらべものにならない。しかし、こういう単純な上句が、下句の主観的な体の集中された表現にたいして、あたかも漏斗（ロート）のうえの呼び水のように、導入と暗喩の役割をはたしており、この役割はけっして単純ではない。塚本邦雄の作品では

「暗渠の渦に花揉まれをり」

もっとも単純な文語のセンテンスにすぎないが、これがつくりだす暗渠にすいこまれてゆく花の像が、下句「識らざればつねに冷えびえと鮮しモスクワ」の思想的な意味（狙い）をもたすける暗喩の役をはたしている。岡井隆の作品では転換はやや複雑で短歌的な性格はわりあいよく保たれている。

「言ひつのる時」

作者から作中の〈誰か〉にのりうつって〈言ひつのる〉ところからはじまっていて、作者と作中の〈誰か〉の位置を二重にふくんでいる。

「ぬれぬれと」

で、二重性は消えて作者の位置から作中の〈誰か〉の口のなかを副詞的に形容し「口腔見え」ではっきりと作者の位置から作中の〈誰か〉の口腔をみているものとなる。

この上句は、作者と作中の〈誰か〉が分離してない懸垂の状態から、しだいにこの二重性がわかれてつぎに作者からの表現にしめくくられる。これが下句の「指令といへど服し難しも」の思想的な意味（狙い）を暗喩としてたすけているのだ。

寺山修司の作品では、

「マッチ擦るつかのま」

作者と作中のマッチを擦るものとの関係はまだはっきりとわからない状態にある。

「海に霧ふかし」

ここでも、作中の〈誰か〉がマッチを擦るつかのまに霧のふかい海をみたのか、作者の位置から海のふかい霧をみたのか定かではなく、二重の含みをたもっている。そして、おそらく「ありや」ではじめて作者の位置からの表出に集約され、作中の〈誰か〉という含みはきえる。この作品では、上句は下句の暗喩になっていない。作品の意味は、霧のふかい夜の海辺でマッチを擦ったとき、たまたま、じぶんに身を捨てるにたりる祖国はあるのだろうか、という考えが浮んだという程のものでしかありえない。それにもかかわらず、上句が下句にたいして言語の連合性を印象づけるのは、作者が、いちばんあとの「ありや」まで、作者の位置と作中の〈誰か〉とを分離せずに懸垂させ、最後の「ありや」で、作中の〈誰か〉という含みをいっぺんに消失させているからである。

2 詩的表現

あるひとつの言葉やそれにつきまとう**意味**や**価値**や**像**が無造作につかわれるばあい、かならず、それがひとりでに流通する部分的な〈社会〉が想定されている。そしてこの部分性をうちこわし、ひとつの全円的にひらかれた〈社会〉へ、言葉そのものを流通させたいという欲求がおこるとき、わたしたちは言葉そのものの流通されている形を疑わなければならなくなる。そして根柢から疑うということは流通する〈社会〉を根柢から意味づける（狙う）こととひとしいことになってくる。

たとえば、いままで喩という言葉や暗喩というコトバを無造作につかってきたが、それは無意識のうちに詩の世界、散文の世界の住人をあてにしてきたからだ。しかもあてにした住人が、それに応じてくれるものかどうかは、あらかじめはっきりわからない。すでに流通している喩の概念は文体論の世界にいくつか定着している。それと角逐するにしても包みこむにしても、もともと流通している喩の概念をはっきりさせておかなくてはならない。

ピエール・ギロー『文体論』（佐藤信夫訳）は、**喩**についてつぎのようにのべている。

語のあやすなわち**転義法**（比喩）は、意味の変化であり、そのうちでいちばんよく知られているものは、隠喩である。そのほかたとえば提喩は、白帆といって船を意味するように、部分を全体とみなすものだ。また換喩は、酒のかわりにお銚子をつけるというように、容器を内容とみなすものである。

転義法のおもなものは、隠喩〔メタフォール〕、諷喩〔アレゴリィ〕、引用喩〔アリュジョン〕、反語法〔イロニィ〕、皮肉〔サルカスム〕、濫喩〔カタクレーズ〕、代換〔イパラージュ〕、提喩〔シネクドク〕、換喩〔メトニミィ〕、婉曲法〔ウーフェミスム〕、換称〔アントノマーズ〕、転喩〔メタレプス〕、反用〔アンチフラーズ〕などである。

喩が意味の変化だというのをのぞいては、またしても壁画的分類をみている。欲しいのは壁画ではなく言語本質から**喩**を理解することだ。言語学者の言語観にたいして破壊するのも、独走するのもなれてしまっているし、感覚的な曲芸にも食傷しているため、こういう分類には耳をかたむけるものは、なにもふくまれていない。

日本現代詩のすぐれた理論家である鮎川信夫の『現代詩作法』は、はるかに実際的に**喩**について語っている。

ところが、詩の表現に必要な言語の特性のひとつとして、その代表的なものに比喩があります。

比（譬）喩は、直喩（シミリ）と隠（暗）喩（メタフォー）に分けるのが普通であり、もしこの意味の範囲を広くとれば象徴（シンボル）も寓意（アレゴリー）も映像（イメージ）も、すべて比喩的表現のうちに含まれると思いますが、ここではいちおう直喩と隠喩を、その標準単位として考えてゆくことにします。

詩の隠喩は、直喩の場合と同様、やはり対象に私たちの注意をひきつけ、同時にそれを新しく価値づけるものでなければならないのです。

一つのものと他のものとの類似した関係を把握する能力は、隠喩の場合、ほとんど想像力の働きによるものであり、詩人はかぎられた言葉で無限に変化する自分の観念を示すために、広い想像の領域をもつこの方法を用いるのです。

シュルレアリストの隠喩的表現は形のうえでは「隠喩」であっても詩の「隠喩」ではなく、そこには「一つの言葉を、通常の意味から別の意味に移す」という働きがありません。そこには、異質のもの、あるいは異質の「観念」を同時的平面的に並置しただけの、一種の型（パターン）があるだけなのです。

隠喩法には、〈もの〉と〈もの〉との対照の観念とともに調和の観念も含まれており、それ自体が独立した表現として一つの全体性を形づくる傾向があります。それは言葉のスピードと経済を本旨とし、すくない言葉で、ある事柄を言いつくそうとする心であるとも言えましょう。

隠喩についてのすべての定義に共通している観念は、「一つの言葉を通常の意味から別の意味に移す」ということです。そして、この「別の意味に移す」という働きが、直喩と隠喩を区別する最も大切な点なのです。

いま、野原にいちめん白いクローバの花が咲いていたと仮定する。それを視て、ある者はただ〈クローバ〉といい、ある者は〈白い〉といい、ある者は〈たくさん〉といい、ある者は〈きれい〉といい、ある者は〈いい香りがする〉という。こういう可能性が無数なことはたやすくわかる。しかし、どんなに言葉をつみ重ねても、現に眼のまえにその光景を視ながら、それをそのまま言語で再現できないことは先験的にきまっている。言語は自己表出を手に入れたときから知覚の次元を離脱してしまったからだ。もし、あるひとつの文章が野原いちめんにさいた白いクローバの像をほうふつとさせることができたとすれば、その文章は視覚的な印象のつみ重ねによらず、言語の像をよびおこす力をくみあわせた想像的な表出の力によっている。

こういうところに言語の**意味**と**像**との深淵がよこたわっている。もし、深淵の一端に**意味**だけをひらいている言語をかんがえ、他の一端に**像**だけをひらいている言語をかんがえれば、わたしたちが**価値**としてみている言語の表現は、すべてこの両端をつなぐ球面のうえに、この二端の色に二重に染めあげられて存在している。人間は、じぶんの〈恋人〉の現身を眼のまえにして、無限に多数の文章でそれを飾れるが、逆に、〈恋人〉というコトバから無限に自在な恋人の像をよびおこせるのは、そのためだといえる。言語は、現実世界とわたしたちとのあいだで故郷をもたない放浪者ににている。

言語は故郷をもたない放浪者であるため、ひとつの言語とべつの言語とをむすびつける唯一つの本体――つまり人間が、そのあいだに存在しさえすれば、その社会のなかで社会とたたかい、矛盾している根拠から、どんな言語と言語のあいだでも自由に、しかしその人間の現実社会での存在の仕方にきめられて連合させることができる。**喩**はそんな言語の質があるからはじめて可能となるのだ。

ギローは、**喩**を隠喩、諷喩、引用喩……というように壁画的に分類している。しかし、わたしたちは、ただ**像的な喩**と**意味的な喩**の両端があり、価値としての言語の**喩**はこの両端をふまえた球面のうえに大なり小なりそのいずれかにアクセントをおいて二重性をもってあらわれてくるといえば充分だとおもう。これが**喩**の本質で、この本質をふまえたうえは、修辞学的な迷路にさまようひつようはまったくない。

さきに鮎川信夫は、シュルレアリストの隠喩的な表現は、形のうえでは隠喩であるが、そこには「一つの言葉を、通常の意味から別の意味に移す」という働きがないから**喩**とはいえず一種の型（パターン）だとのべている。いままで考察してきたところでは、シュルレアリストは、ただ、指示表出と自己表出のないまぜられた言語を、自己表出の機能を極端に緊張させてつかっているのだから、このばあいの**喩**は（自己表出としての）**意味喩**または**像的な喩**とよぶことができる。**喩**は言語をつかっておこなう意識の探索であり、たまたま遠方にあるようにみえる言語が闇のなかからうかんできたり、たまたま近くにあるともおもわれた言語が遠方に訪問したりしながら、言語と言語を意識のなかで連合させる根拠である現実の世界と、人間の幻想が生きている仕方が、いちばんぴったりと適合したとき、探索は目的に命中し、**喩**として成り立つようになる。

(1)運命は
屋上から身を投げる少女のように
僕の頭上に落ちてきたのである
（黒田三郎「もはやそれ以上」）

(2)美しく聡明で貞淑な奥さんを貰ったとて
飲んだくれの僕がどうなるものか
新しいシルクハットのようにそいつを手に持って

持てあます
それだけのことではないか　（黒田三郎「賭け」）

(3)きみの心のなかには
先月の部屋代や
月末の薬代が溜まっていたので
ちょっとした風圧にも
きみの重心は崩れてしまったのだ　（木原孝一「コンクリイトの男」）

ここにあげたいわゆる直喩や暗喩は意味にアクセントをおいてあらわれた**意味的な喩**だ。運命がじぶんの身上をおとずれたという意味を、現実的にうらづけるために、「屋上から身を投げる少女のように」という直喩的なおきかえがつかわれる（(1)）。これは意味のアクセントでつかわれているから、屋上から身を投げる少女の像ではなくて、恋か生活苦かなにかいわば失意によって屋上から投身自殺した少女の行為の意味にアクセントをおいて、「僕」におとずれた「運命」と連合されているとみることができる。

(3)では、これがいわゆる暗喩になっている。滞納した部屋代や薬代が、〈きみ〉の心にのしかかって気分を重たくしていたという意味を、部屋代や薬代が心に滞まっていたという意味的な**喩**としてむすびつけている。〈心が重い〉とか〈気にかかる〉とか〈愁いがたまる〉とかいう日本語のいいまわしを、部屋代や薬代がたまるという意味とつなぎあわせた典型的な**意味喩**であるといっていい。

これがなぜ成り立つかは言語の本質にかかっている。たとえば(1)では、じぶんにあるさけられない運命のめぐりあわせがやってくるという思想的な意味は、屋上から身を投げる少女とも、工事場でとつぜん落下してくる鉄槌とも、また、雪山でおちてくる雪崩とも意味としてむすびつくはずだ。また(3)では、部屋代や薬代がなくても、本代でも遊興費でも〈滞る〉という意味として心が重たい状態とむすびつく。だがこの詩人はじぶんの幻想と現実世界とのかかわりあいの仕方の固有性によって、意識の闇のなかの無数の可能性のうちからこういった**喩**をえらんだのだ。

(4) 靄は街のまぶた
　夜明けの屋根は山高帽子
　曇りガラスの二重窓をひらいて
　ぼくは　不精髭の下にシガレットをくわえる
（北村太郎「ちいさな瞳」）

(5) かなしみの夜の　とある街角をほのかに染めて
　花屋には花がいっぱい　賑やかな言葉のように
（安西均「花の店」）

(4)はいわゆる暗喩で、(5)は直喩だが、これらが**像的な喩**であることに、**喩**としての特質がある。(4)で「靄」と「まぶた」とは〈意味〉として結びつくことができないから、意味的な**喩**としては、ふたつはむすびつきそうもない。靄が、地面や家々のあいだを白くたれこめている像は、あたかも上まぶたをとじる像とむすびつくことができるため、像的な**喩**としてはじめてむすびつく。第二行の「屋根」と「山高帽子」もまったくおなじで〈意味〉としてだけかんがえれば、どんな自在な意識の暁闇も、このふたつをおなじ表出に連合させることはできない。でも夜明けのまだ薄明りの街の屋根屋根の像は、くろい山高帽子の像とむすびつくことで、ふたつの言語はまねきよせられて**喩**をつくっている。

夜明けの「屋根」と「山高帽子」のあいだの像的な**喩**はこの詩人の西欧的な像の嗜好をしめしている。

また「まぶた」と「靄」との像的な連合は、「まぶた」がすぐに実体をしめすとともに〈まぶたの母〉というように観念的な意味をあたえられることをかんがえると、おそらくこの詩人の心の体験の深いところからよびよせられている。

(5)のばあいでは、「賑やかな」という形容詞（形容動詞）が、「花がいっぱい」の「いっぱい」という副詞とともに量を指示するから、意味的な**喩**ともかんがえられないことはない。そのばあい「賑やかな言葉」というのは多弁とか饒舌とかいう意味に解されるはずだ。

ここで像的な**喩**としたのは「賑やかな言葉」を、賑やかな場所（レストラン・盛り場等）で、てんでに交されている大勢の人間の会話の言葉とうけとって、それが、花屋の店先にいっぱいに投げ入れられた花の像とむすびつけられたものとみなしたためだ。前行に「かなしみの夜の……」というコトバがあり、孤独な精神状態で花屋の店さきの花を賑やかな言葉のように感じたとおもえるからだ。

(6)ぼくがぼくの体温を感じる河が流れ
その泡のひとつは楽器となり
それを弾くことができる無数の指と
夜のちいさな太陽が　飛び交い
ぼくのかたくなな口は遂にひらかず
ぼくはぼくを恋する女になる

（清岡卓行「セルロイドの矩形で見る夢」）

修辞的にいえば「ぼくがぼくの体温を感じる河が流れ」、「その泡のひとつは楽器となり」、「夜のちいさな太陽が　飛び交い」などは、暗喩になっているし、本質的には像的な**喩**をつくっている。しかし暗喩とかんがえても、像的な**喩**とかんがえても、言語と言語との連合に一義的な必然のむすびつきが感じられない。いいかえれば、こういった喩は詩人が現実の世界に生活している仕方とぴったりと対応するようにつくられていない。またそれを意図してるわけでもない。それなのにひとつの像的な持続が言語の転換のあいだをスムーズに流れて、作者の好んでいる意識の光景が、あたかも外に実在するかのような体験を感じさせる力がある。

このばあいにつきあたっている喩のもんだいは、おそらく、**意味**の考察でぶつかったものとおなじで、言語が極度に自己表出をつらぬこうとして使われているため、指示表出としての関係をたどることができないほど、言語の対他面がよじれていることを意味している。意味的な喩としても像的な喩としても、時間的な統一をもってはいない。像または意味的な喩が成り立つためには、感覚的な意識が、言語表出に場所を、いわば空間性をあたえなければならないのだが、言語はこのばあい指示表出の統一をなくして自己表出としてだけ統御されているため、空間としての構成をあたえられないとかんがえられる。〈ぼくの体温のような温い水が流れている河〉という意味には必然性はないが、いったん〈ぼく〉の現実世界での存在の仕方を、この河の流れの幻想のなかに封じこめれば、そのなかで、泡のひとつが楽器になるという喩は、必然性をおびてくるようになる。そして、「ぼくはぼくを恋する女になる」という表現も、自己表出（幻想）のなかに現実世界で存在している〈ぼく〉を封じこめた（言語構造からはその指示性を封じこめた）じぶんの存在の仕方を暗示することができている。もちろん、こういう表現は、自己表出としての言語を、表出の意識自体が空間化できないような奥の、薄明のようなところからひきだしていることで成り立っている。像としても意味としても対他性を欠いているが、その欠落は自己表出のほうへ飴のようにのびているのだ。

価値としての言語について、わたしたちは、現在までの言語の水準では、本質的にはいままでみてきた以外の喩の段階に出あうことはない。ただ、ひとりの詩人がうまれるごとに類型をふやし、喩としての多様さを壁画みたいにひとつずつ加えていくだけだ。言語自体はこれ以上に次元をすすめることはできない。また、これ以上の喩の形をかんがえるひつようはない。じっさいの文学（詩）作品でわたしたちがぶつかるのは、いままであたってきた喩がつぎつぎに繰りだされる波のようなうねりであり、また、それによる共鳴（Resonanz）や相乗（Synergie）の効果にほかならないといえる。たとえば、

(7)葬列のように
ゆるやかに
無数の黒い小さな蝙蝠傘が
流れてゆく

（黒田三郎「白い巨大な」）

「葬列のように」は、ゆるやかに、にかかる像的な喩であり、「無数の黒い小さな蝙蝠傘」はある場所から見られた雨の日の人の群の像的な喩であるが、さきに「葬列のように」があるため「黒い」という形容が「葬列」の意味につながり、また、黒い小さな蝙蝠傘ののろのろした移動が葬列を連想させる像をあたえている。これらの連続している喩の表出は、あたかも羞恥のように言語のひだにおしかくされたじぶん自身を〈社会〉から奪回したいという詩人の欲求を暗黙のうちにかたっているようにおもえる。作者が意識的であるにしろ、なかば無意識の表出であるにしろ、ここには波のようにかさなりあった喩の効果があらわれている。

(8)どこか遠いところで
夕日が燃えつきてしまった
かかえきれぬ暗黒が
あなたの身体のように

重たくぼくの腕に倒れかかる

（鮎川信夫「淋しき二重」）

「かかえきれぬ暗黒」は、それじしんが像的な喩であるが「あなたの身体のように」は「暗黒」の意味的な喩をなし、またもとにもどって「かかえきれぬ暗黒が」は、「重たくぼくの腕に倒れかかる」の意味的な喩としてつみかさねられている。

(9) ひとつのこだまが投身する
村のかなしい人達のさけびが
そして老いぼれた木と縄が
かすかなあらしを汲みあげるとき
ひとすじの苦しい光のように
同志毛は立っている

（谷川雁「毛沢東」）

「ひとつのこだまが投身する」はそれじしんが像的な喩であり、しかも、つぎの行「村のかなしい人達のさけびが」の意味的な喩にもなっている。「老いぼれた木と縄」は意味的な喩で「かすかなあらしを汲みあげるとき」はそれ自体が意味的な喩でありながら、まえの行の像的な喩になっている。「苦しい光」は意味的な喩であるとともに「ひとすじの苦しい光のように」は、次行「同志毛」の像的な喩として相乗されている。

(10)二十世紀なかごろの　とある日曜日の午前
愛されるということは　人生最大の驚愕である
かれは走る
かれは走る
そして皮膚の裏側のような海面のうえに　かれは
かれの死後に流れるであろう音楽をきく

（清岡卓行「子守唄のための太鼓」）

「皮膚の裏側のような」は「海面」の意味的な**喩**をなし、「そして皮膚の裏側のような海面のうえにかれは　かれの死後に流れるであろう音楽をきく」は、全体として自己表出としての**喩**をかたちづくっている。

おそらく、**喩**は言語の表現にとって現在のところいちばん高度な撰択で、言語がその自己表出のはんいをどこまでもおしあげようとするところにあらわれる。〈価値〉としての言語のゆくてを見きわめたい欲求が、予見にまでたかめられるものとすれば、わたしたちは自己表出としての言語がこの方向にどこまでもすすむにちがいないといえるだけだ。そして、たえず〈社会〉とたたかいながら死んだり、変化したり、しなければならない指示表出と交錯するところに**価値**があらわれ、ここに**喩**と**価値**とのふしぎななめにおかれた位相と関係があらわれている。

3　短歌的喩

ここで試みたいのは言語の表現のはしごをどこまでもかけのぼることではない。螺旋運動のように旋回しながら、現在の水準でいちばん高度な撰択とかんがえられる**喩**を頂点としてみながら、言語の表現の螺旋のような実体をはっきりとたどることだ。

昭和二十一年に、桑原武夫は「第二芸術論」をかいて、短歌とおなじ音数律の短詩型である俳句の性格を論じた。俳句のもんだいは大なり小なり短歌的なばあいに当てはまるものだ。またこの論文は批評家の常識線をしめしているため、論のすすめ方をしらべてみよう。桑原武夫は著名な俳人十人の句を無名あるいは半無名の人々の句五つとつきまぜて、署名をはずし、㈠優劣の順位をつけ、㈡優劣にかかわらず、どれが名家の誰の作品であるか推測をこころみ、㈢専門家の十句と普通人の五句との区別がつけられるかどうかを、読者に設問し、また周辺の数人の知識人に試みた結果を記している。

その結果から「作品を通して作者の経験が鑑賞者のうちに再生産されるというのでなければ芸術の意味はない」、「そもそも俳句が、附合の発句であることを止めて独立したところに、ジャンルとしての無理があったのであろうが、ともかく現代の俳句は、芸術作品自体（句一つ）ではその作者の地位を決定することが困難である」などの理由をあげて、俳句には近代芸術としての性格がなく第二芸術とでもよばれるほかはないとのべた。

桑原のような古典詩型の評価は、短歌のばあいにも大なり小なりあてはめることができる。より客観的な体であるか主観的な体をまじえているかということをのぞけば、短歌と俳句とはおなじ音数律がたどりついた詩型だが、歳月によって淘汰された定型詩のもんだいをふくんでいる。桑原の第二芸術論がみおとしているのは、指示性の根源である韻律が日本語では音数律にみちびかれることが、なにを意味し、なにをあたえるかの本質的な理解だといえる。まず現実を模倣したり写したりするリアリズムの概念は、はじめから音数律のなかでは成立しない。作者の現実の経験はどんな意味でも、そのまま再現されることはなく、あらかじめ構成的な音数のなかに封じこまれてしまう。散文のように作品のうしろに、作品をつうじて作者の体験をさぐるという評価の仕方は、音数律の構成の意味を本質的に解明することなくしてははじめから不可能になる。これは短歌よりも俳句のほうがはなはだしいはずだ。

短歌や俳句の一首から作者の地位をきめようとする近代西欧の散文的リアリズム観が、そもそもはじめから歯がたたないのだ。日本の古典詩型のもんだいをこういうところからとりあげるのは見当ちがいで、その論議は詩としての本質にふれることができない。このことは、桑原が考えているよりも先験的なのだ。このことはただ本質的な文学観からとらえられるだけだといっていい。定型の古典詩が、作者の実人生を反映せず専門家と素人のちがいもきめ難いのは〈省略〉の美的なもんだいであり、この〈省略〉をむすびつけ作品としての自立性をあたえているのは、音数律となってあらわれている指示意識の根源としての韻律なのだ。〈省略〉は定型の作品を懸垂の状態におく。俳句を読むことは作者の実体をあらわす言語にゆきつく以前の懸垂状態のまま、音数律に美的構成を感じるかどうかという特殊な詩型の問題なのだ。これは短歌のばあいでも別ではない。

現代の短歌の**喩**の実体がどうなっているかをみるばあい、わたしたちは音数律としてあらわれた日本語の指示性の根源が、ふつうかんがえられる**喩**をどれだけ変形させ、どれだけ多方面につれさるかというもんだいにゆきつかざるをえない。このばあいには原型はふつうの詩の**喩**におくことができる。直喩的なものをみれば、

(1)いちはやく英雄となる犠牲死のおみなの如き膚さらせり（近藤芳美）
(2)あたらしく冬きたりけり鞭のごと幹ひびき合ひ竹群はあり（宮柊二）
(3)病歴をききてゐるときかすかなる何か眩暈のごとき過去あり（福田栄一）
(4)大空を風わたるとき一枚の紙鳴るごとくわが胸も鳴る（五島美代子）
(5)かへがたき祈のごとき香こそすれ昼のくりやに糠を炒り居る（佐藤佐太郎）

詩の**喩**としてはありふれたもので、しかも近藤芳美のものをのぞけばそれほどよい出来でもない。し

かし、短歌にこういう**喩**がつかわれることは、おおきな意味をもつといえる。〈省略〉や転換の変り身のはやさを身上とする短歌のなかで、この役割は二重化されるからだ。(3)で、「眩暈のごとき」は、「過去」の意味的な**喩**であるとともに、はじめの「病歴」というコトバにも像的にむすびついている。(4)でも「一枚の紙鳴るごとく」は「わが胸も鳴る」の像的な**喩**であるとともに「大空を風わたるとき」と像的にむすびつき、持続の感覚をひっぱっている。(1)では「おみなの如き」は「膚」の像的な**喩**であるといっしょに「英雄」に対照的にむすびつき、(2)では、「鞭のごと」は、「冬」にも像的にむすびつき、(5)では「祈のごとき」は「香」の意味的な**喩**であるとともに、はるかに「糠を炒り居る」にむすびついている。このようなありふれた詩的な**喩**の二重の連合の作用は、指示性の根源としての韻律──音数律の本質的な作用のひとつとみられるのだ。

(6) 落すべき葉は落しけむ秋空の疾風に揉まれさやぐ樫の木　（窪田章一郎）
(7) 一人身に病みてまどろみ日暮るれば吾を包みし空気優しく　（宮柊二）
(8) いくばくかわれの心の傾斜して日当る坂を登りつつあり　（宮柊二）
(9) 押され合う吾ら一瞬しずまれば何かさけべる鋭き英語　（近藤芳美）

修辞的にはなんの変てつもない。しかもそれほど巧みではない暗喩だが、わたしがかんがえるのはその役割である。これらは、短歌のばあい〈省略〉をたすけているとおもえる。(6)で、「疾風に揉まれ」は像的な**喩**だが、この「揉まれ」はひるがえってはじめの「落すべき葉は……」に意味的にむすびついているし、(7)では「空気優しく」は、やわらかく温もった空気の感触が、やさしい人間（女性）のムードとむすびついた像的な暗喩だが、この「優しく」はふたたびはじめの「一人身」にむすびあっているのだ。(8)でも、「心の傾斜して」は意味的な**喩**だが、遠く隔って「坂」にむすびついている。(9)の「鋭き英語」の「鋭き」は、はじめの「押され合う」と意味的にむすびつく。こういう重層した役割によってなんの変てつもない暗喩は、短歌のばあい一首の〈意味〉を圧縮させて、いわば〈省略〉の美をたすける。自由詩でも散文でも、こういった円環的な**喩**の役割をかんがえることができない。

⑽遠い春湖に沈みしみづからに祭りの笛を吹いて逢ひにゆく（斎藤史）
⑾わが頭蓋の罅を流るる水がありすでに湖底に寝ねて久しき（斎藤史）
⑿夕花のこずゑ重たきかげあたり掛けてあるのはわが仮面なり（斎藤史）

湖にしずんだ自分に笛を吹きながら逢いにゆくとか、頭蓋のヒビを水がながれるとか、夕花のこずえにじぶんの仮面がかかっているとかいうことは、じっさいにありえないことであるため、これをさきに自己表出をつらぬくためにとられた指示性の変位としてとらえてきた。だからここではただ自己表出につらぬかれた像または意味的な**喩**があらわれ、ほとんど短歌的な性格にだけつきまとうような**喩**の二重体も円環性もおこらない。きわめて自在な印象をあたえるのは、一首の〈意味〉が、現実世界で行われる行為の意味と対比する必要をはじめから放棄しているからだ。したがって、指示性の根源である韻律―音数律はその根源的な意味を断たれ、ただ自在な枠というよりほかに、短歌に特有な機能をつけくわえないものとかんがえることができる。

いままでとりあげてきたのは、ふつうの詩的な**喩**が短歌的な表現のなかにあらわれると、どんな特殊なべつな役割をもつかというもんだいだった。たとえてみれば、あらかじめ立方形につみかさねられた角砂糖を、円い器にいれたらどんなつみかさなりにかわるかというようなものだ。そして、つぎには、あらかじめ円い器で角砂糖を作ったとしたら、その形はどうなるかというもんだいにひとしい短歌的な喩がやってくる。西欧近代詩の喩の概念にはけっしてあらわれそうもないが、短歌にだけあらわれる喩について、無造作には、すでにいくらかふれてきたもんだいだ。

⒀たちまちに君の姿を霧とざし或る楽章をわれは思ひき　（近藤芳美）
⒁鷗らがいだける趾の紅色に恥しきことを吾は思へる　（近藤芳美）
⒂矢車草なれの紫紺やこのゆふべわらべとわれのこころ浄かれ　（坪野哲久）
⒃ジョセフイヌ・バケル唄へりてのひらの火傷に泡をふくオキシフル　（塚本邦雄）
⒄百鳥のこゑも絶えたる裾野ゆき民のすべての事件を感ず　（大野誠夫）
⒅灰黄の枝をひろぐる林みゆ亡びんとする愛恋ひとつ　（岡井隆）

短歌でしか出遇わない喩がいちばんあざやかに、またもっとも原型的にあらわれたものだ。そして短歌的な表現の現在の水準は、こういう上句と下句とがまったくべつべつのことをのべながら、一首としての持続と自立感をもっている作品にあらわれている。はじめの三首（⒀、⒁、⒂）では、上句はそれじしんで一首の価値をつくる欠くことのできない要素となっていながら、下句の像的な喩の役目をはたしている。つぎの二首（⒃、⒄）では、上句はそれじしんのすがたのほかに、下句の意味的な喩をはたしている。おわりの一首（⒅）は、はじめの三首とおなじように上句は下句の像的な喩としての二重性をもつ。

これらの作品では、あるいは、たちまちのうちに〈霧〉にとざされてしまった〈君〉の像（イメージ）だ、〈或る楽章〉の音的な像をよびおこし、むすびついているし、⒄は、さえずっていたたくさんの鳥のこえがと絶えてしまったさくばくとした裾野をあるいているという〈意味〉が、下句の「民のすべての事件」にたいして意味的な予兆をはたして、むすびついている。

さいごの一首⒅で、灰黄の枝をひろげている林を前にみたとき、じぶんの失われようとしている愛恋をおもいだした、ということだろうか。それとも、失われようとしている林の像のようだということだろうか。おそらく、いずれとも、いずれでないともいえる。作者にしてみれば灰黄色の枝をひろげている林のすてがたい像があり、その捨てがたく意識にたまり、また意識がえらびとっている像が、失われようとするじぶんの愛恋のころの状態とむすびつけられるべき当たりとしてあったのだ。そして、このふたつの結びつきを言語の表現として保証しているのは、指示性の根源としての音数律だといえる。

音数律が日本語のうみだしたいちばん強力な構成の枠ぐみだといえるため、上句と下句がまったくべつべつのことをのべているようにみえるときでも、一首としての統一はたもたれている。この統一にはしかし限界があるはずで、これ以上の異質さはたええないぎりぎりの上句と下句のむすびつきのすがたが、一首の緊張した美をつくっている。たとえば、塚本邦雄の作品⒃はその典型をしめしている。

ある種の鑑賞者からは、この作品は短歌的とはうけとられないのではないかとおもわれる。上句と下句とはほとんど絶対的といっていいほどかかわりがないのだ。それでもなお、短歌的とよべるとすれば、掌の火傷をオキシフルで手当てしながら（ラジオの）ジョセフィヌ・バケルの唄をきいている作者の像を、ふたつのかかわりない上句と下句とがむすびあってよびおこし、そこにとらえにくい日常の一瞬をとらえている独特の角度を感じることができるからだ。

上句と下句の〈意味〉をたどるかぎり、そこには、ジョセフィヌ・バケルが唄っている、ということと、てのひらでオキシフルが泡をふいている、ということが順序よくならんでいるだけだともいえる。ただ日本語の指示性の根源である音数律の構成する力の強さだけが、このふたつの像をむすびつけている。

もちろん、上句五・七・五と下句七・七との切れ目だけが、必然的な意味をもつものとはかんがえにくい。たとえば、連歌のつけあいがこんな切れ目をもつことからもいえるが、この切れ目は、音数律の息の切れ目と一致する。そのためふかい屈折と断絶の感じをあたえ、喩としての連合の意義をつよめるかもしれないが、短歌的な性格は、こういう切れ目をかならずしも必然とはしていない。歌人たちが発生的には純粋叙景歌にあらわれた短歌の原型がもっている場面転換のすばやい複雑な変り身からくる美的な根拠をたたれて、時代の言語の水準と思想の水準を短歌の表現にとりいれざるをえなくなったときから、短歌的な喩のかたちはどこまでもさまよいはじめたといいうる。

⒆向うからは見抜かれている感情と怖れて去りきその浄さゆえ（岡井隆）
⒇草に置くわが手のかげに出でて来て飴色の虫嬬を争う（岡井隆）
㉑ふるさとにわれを拒まんものなきはむしろさみしく桜の実照る（寺山修司）
㉒廻転木馬のひとつが空へのぼりゆくかたちに止まる五月の風よ（山口雅子）

形のうえからは短歌的な喩は、ここでは五・七・五・七と七とにわかたれている。そして上句と下句とのあいだは意味または像的な喩のひだをつくっている。このふかい屈折感は、とうてい古典的な切れ目におよばないようにみえるが、しかし、こういう切れ目をみていると、現在のあたらしい歌人の歌の欲求がどこにあるか、ひとりでに語っているとおもえる。歌人たちは同時代のおたがいの影響もふくめて、こういった詩の形をうみだしているのかもしれない。でもそれぞれの作品がこういったかたちをもつようになったモチーフは、すこしていねいにあたってみれば、まったくといっていいほどちがっている。

はじめの作品⒆では、じぶんの感情があい手からみぬかれていることを、じぶんが知っているというように、あい手にうつったじぶんの感情を、じぶんの感情がまた反映しているさくそうした自意識をうたいたい作者の欲求が、意味的な喩の転換を、おわりの七でやらざるをえなかったのだといえよう。第二首⒇は、美の欲求としては古典的なもので、〈省略〉による短歌的な懸垂を極端に最後の句までひっぱっている。作者はひとつの短歌の美の実験をやっているのだ。「草に置くわが手のかげに出でて来て飴色の虫」までは、この作品のモチーフははっきりとわからない懸垂状態におかれている。まだ未完結の予望の美をあたえられ、おわりの「嬬を争う」にきて一挙に作品のモチーフがひらけるとともに、意味的な転換がやってくる。

第三首㉑では、もっと自然で、古典的な理由から**喩**としての転換はおわりの七にやってきている。「ふるさとにわれを拒まんものなきはむしろさみしく」は、複雑な意味の転換があるわけではなく、また、とくに短歌的な屈折がひつようなのでもない。「むしろさみしく」は、古典的な意味で懸詞の役さえもつゆとりがあることからもそうおもえる。しかし、故郷が石をもってじぶんを追うものではないことが、むしろさびしいという陰えいは、生活思想としてそれほど単純ではないことに注意しなければならぬ。第四首㉒では、「五月の風よ」は、それ以前の句にたいして、げんみつには意味的にも像的にも**喩**としてつながってはいない。ただ、それ以前の句を像的に風呂敷のようにつつんでいるのだ。第一首から第三首までを分離のきわまった**喩**とすれば、第四首は包括的な**喩**であるということができる。

わたしたちはここで、まだ韻律—音数律が**喩**にあたえる働きのむつかしさのなかにさまよっている。おそらく、短歌的なものの単純な中味が、どうして音数律のなかでひとつの自立した美をあたえるかという問いには、それが日本の文学（詩）発生いらいの自己表出のいただきに連続したつみかさねをもつからだというかんがえをもってこなければとけない。たとえば、ひとびとが服装の流行や変遷をデザイナーの気まぐれな構想によるとかんがえていて、かならずしも当ってないわけではないとしても、じつは服装の専門家の尖端的な表出から必然的にうみだされ変遷したものだ、とかんがえ直さなければ解けないもんだいを含んでいるように。

現代の歌人たちがやっているのは、音数律の詩が発生いらいつみかさねてきた変遷の歴史からじぶんをつき出そうとすることだ。それが短歌的な**喩**を抽出し、またヴァリエーションをこしらえる。この過程は個々の歌人の自在な表出でありながら、また、必然だともいえる。

(23) 一瞬にからみ合い地に帰りゆく夜鷹のそれを見たり息づく（岡井隆）
(24) 母の内に暗くひろがる原野ありてそこに行くときのわれ鉛の兵（岡井隆）
(25) 眠られぬ母のためわが誦む童話母寝入りし後王子死す（岡井隆）
(26) 児を持たぬ夫の胸廓子を二人抱かむ広さありて夕焼（新井貞子）
(27) 冷えてゆく冬夜にてよどむ水槽の金魚も耐へつつあらん何かに（長沢一作）
(28) 翅のやうな下着も靴も帰りゆく手に渡したるのち孤独なり（大住杉子）
(29) メスふかく剖（き）りたる患部また灼きて体温ひくくなりしわが未知（大住杉子）
(30) 我が生（よ）にて終らむ父の母の血よ短かきことはいさぎよし何も（青木ゆかり）
(31) ホルマリンを射せば揚羽（あげは）蝶の脆かりし少年の日を憶えをり掌は（滝沢亘）

転換はおわりの数語においつめられる。よくみてゆくと、第四首(26)、第五首(27)、第八首(30)の「夕焼」、「何かに」、「何も」は**転換**の役目をはたしているが**喩**の役をしていないし、しかも、あまりに**転換**がおいつめられているため、風呂敷のようなつつむ**喩**の意味ももちえなくなっている。そのためたんに技巧的な倒置法のようにみせている。

だが、第一首(23)の「息づく」は意味的な**喩**に、第二首(24)の「鉛の兵」は像的な**喩**に、第三首(25)の「王子死す」は意味的な**喩**に、第六首(28)の「孤独なり」はかろうじて意味的な**喩**に、第七首(29)の「わが未知」はこれもかろうじて意味的な**喩**に、第九首(31)の「掌は」は、像的な**喩**に、それぞれなっている。これらの作品のできばえは転換がどれだけ**喩**となりえているかに、おおきく左右されているとみてよい。

若い歌人たちは、対象をじっくりとながめいり、観察のちみつなひだに自己移入する古典的な安定感からもはなれ、像と意味とのすばやい転換によって短歌的な調和をつくりだす世界からもはみだしているようだ。

たとえてみれば、散文脈によって内部世界の観察をつづけながら、あと数語になってにわかに短歌的に構成に完成感をあたえようとするのに似ている。わたしには、短歌への散文脈のはいりかたは、外形式としての五・七・五・七・七の破壊よりも、もっと本質的なところではじまっており、それはまず意味性をなんとかして現実の世界での思想の意味性にちかづけようとする欲求としてあらわれているようにおもえる。そして、その極限の表出はすでにあらわれているとかんがえたほうがよい。たとえば、

(32)はつなつのゆふべひたひを光らせて保険屋が遠き死を売りにくる　（塚本邦雄）

(33)ことごとに負けゆくわれの後方より熱きてのひらのごとき夕映　（柏原千恵子）

転換はあたかも一首の作品がおわった瞬間にはじまっているようにみえる。短歌的な**喩**としては、いわば空白形の**喩**であり、作品がおわった瞬間に、この空白の**喩**がその効果を一首ぜんたいにひびかせるのを感ずる。この空白の**喩**の効果はどこへゆくのか？　ふたたび一首のはじまりに円環するか、あるいはいつまでも完了しない自動的なひびきを作品全体にあたえつづけるのか。

もちろん、じっさいに一首のなかにない**喩**を想定するよりも、はじめから**喩**がない作品とかんがえたほうがいいではないか、という疑問が当然おこりうるのだが、そうするとこれらの作品が、一首がおわったあとにものこしている懸垂の感じを、うまくあらわすことができないのだ。

初夏の夕方、ひたいを光らせた生命保険屋がやってくるという一首がおわったとき、あたかもそれに接続するように、なぜ、作者はこんな作品をつくったのか、どういう作者の生活思想がこんな作品をつ

くらせるのだろう……といった想像をひとびとに強いるといった余効果を説明できない。また、じぶんはいつも負け犬だとかんがえながら、夕日を背にしているとおわったあとに、その情景の像が、ひとりでに作者の生活思想をかんがえさせる**喩**の効果を解することができない。

これをはっきりさせるには、つぎのような作品と比較すればよい。

(34)道のべの電線に来てとまりたる行々子はすぐに啼きはじめたり　（山口茂吉）

(35)ひさしく見てをりしとき檐の端のふかき曇りをよぎる鳥あり　（吉野秀雄）

これは、**喩**のない短歌である。ふたつの作品からわたしたちが感じるのは、ある瞬間のある情景とそれをみている心情の像を、かなり巧みに音数律のなかに封じたということで、一首がおわったときかえってくる喩的な効果はない。このふたつ(34)、(35)が叙景にたくした抒情という古典的な原型をたもっているのにたいし、さきの二首(32)、(33)は、意味転換を短歌的な構成のなかで現実の世界での意味にまでとどかせようとする構成的なモチーフをもとめて、短歌的な**喩**を一首のそとにまで追いつめるほかなかったものと、かんがえることができる。音数律の詩として、表出の次元はひとサイクルちがっている。

現在まで、短歌論は色あせた古典的な訓釈にゆだねられている。そうでなければ桑原武夫とおなじような発想から、短歌を〈意味〉としてうけとり、作品から作者の生活思想をひきだすに都合のよいものだけをえらんで作品論や歌人論をやってのける文芸批評家の手にゆだねられている。それは音数律の詩が、言語の韻律のもんだいをふまえてよく解かれていないためだ。こういう歌論には、たとえば思想的な〈意味〉をすぐにはぬきだすことができない叙景や叙事の作品が、きわめて個性的に存在しうるというもんだいから何もひきだすことができず、捨てさるほかはなくなる。すなわち散文的平面で音数律の詩を輪ぎりにしているにすぎないのだ。

4 散文的表現

わたしたちは、めぐるべき螺旋の段階をひとめぐりしてきたようだ。まえに、**価値**としての言語というように、散文作品の断片をとりあつかったときより、はるかによく視えるところから散文作品をあつかうことができるはずだ。わたしたちは、**喩**と**喩**のなかでの**韻律**のはたらきと、言語の**韻律**のはたらきをながめることで、つぎのようなことをみてきた。ひとつは、ある作品のなかで場面の**転換**はそのまま過程として抽出せられたとき**喩**の概念にまで連続してつながっており、また、**喩**はその喩的な本質にまで抽出せられない以前では、たんなる場面の**転換**にまでつながっているということだ。**喩**の抽出がすでに慣用されてふつうになったものが、たとえば、ギローが『文体論』であげているような隠喩・諷喩・引用喩・反語法……などといった修辞的な区別になる。そして、**喩**の概念が縮退した状態をかんがえれば、たんなる場面の**転換**というところにたっする。

それならば、場面の**転換**が縮退したところ、あるいはより混沌とした未分化なところを想定すれば、なにがのこるのだろうか？

これにはきわめて興味ある挿話を想いだしたほうがいい。以前にある文芸批評家が、「南極探検」の記録映画が公開されたとき、任意にとられたフィルムをつなぎあわせたようなその映画は、映画でなければとれない技巧が使われていないから記録映画であるかもしれないが、記録芸術ではないと評した。これにたいして、ある哲学者が、そんな馬鹿なことはない、赤ん坊や白痴は人間でなければできないような高度な活動をなしえないからとて、人間ではないということができようか、それは、芸術か非芸術かのもんだいではなく、いい芸術かそうでない芸術かのもんだいにすぎないと反駁した。

もちろん、哲学者のほうがまともにもんだいをとらえていたのだ。なぜならば、たんに任意にとったフィルムをつなぎあわせたにすぎないようなその「南極探検」の映画も、場面を意識的にしろ無意識的にしろ**撰択**したところにすでに初原的な美のもんだいが成り立っているからだ。なぜ、「宗谷丸」の背景に氷山と空をえらび、前景にペンギンの群れを、しかじかの角度からえらんだかというところには、すでに**撰択**の美があらわれている。

言語の表現も、自己表出の意識としてべつもんだいではない。言語の場面の**転換**の縮退したところには、場面そのものの撰択ということがのこるのだ。

(1) 黒い異様な臭気を放つ穴の近くで珍らしく通りかかった男が、今日は二十日ですか、二十一日ですかと彼にきいたが、彼がこたえようとする間もなくふうふうといいながら返事もきかずに通りすぎていき、そのときはじめて仲代庫男の眼の中に涙があふれた。(井上光晴「虚構のクレーン」)

「黒い異様な臭気を放つ穴の近くで」は、自己表出としてはへんな臭いのする穴をちかくで視ている位置をしめしており、そこへひとりの男がきて、つぎに作者は〈男〉になりすまして「今日は二十日ですか、二十一日ですか」と〈彼〉にたずね、ふたたび作者は〈彼〉に転換してなにかをこたえるコトバをこしらえようとし、そこでまた〈男〉にのりうつって「ふうふう」いいながら通りすぎてゆき、さいごに作者はじしんの位置にかえって、〈彼〉が仲代庫男であることをあきらかにしながら、その眼から涙をあふれさせる描写でむすんでいる。

じつに、複雑な場面の**転換**をひと息にかいているが、その構成は〈桜が咲いている〉というような単純なものとべつにかわらないのだ。

これが言語の美の表現になっているとすれば、異様な穴のそばで、通りかかった男が日付をたずね、返事もきかずに立去ってしまったとき、「彼」はなにかに駆られて涙をながした、という概念的な意味を、視覚や嗅覚や聴覚をよびおこすようなコトバをくみあわせて、あるときは文中の「彼」に、あるときは通行人の「男」に、あるときは作者の位置に**転換**しながら表現しているからで、いわば場面の**転換**がなにをもたらすかをよくしめしている。そして、この**転換**は像または意味の**喩**とよびうるまでに抽出される以前のかたちをもっている。

(2) 僕ら、村の人間たちは《町》で汚い動物のように嫌がられていたのだし、僕らにとって狭い谷間を見下す斜面にかたまっている小さな集落にあらゆる日常がすっぽりつまっていたのだ。(大江健三郎「飼育」)

「僕ら」というのは、「作者たち」ということではなく、もちろん、作者の表出からみられた作中の「僕ら」だ。

村の人間が〈町〉でいやがられていたという述意を、まず「村の人間たち」を「汚い動物」に意味的にむすびつけ、「汚い動物」にたいする嫌悪感を「嫌がられる」という動態をつよめるためにつかっている。意味的な**喩**だが、そこには像的なものをふくみ、さらにもし「汚い動物」を〈汚い豚〉とか〈汚い牛〉というようにかけば、像的**喩**としてのアクセントは、つよくなることはいうまでもない。「あらゆる日常がすっぽりつまっていたのだ」は、〈あらゆる日常生活がひっそりと孤立した集落をなしてたえまなく行なわれていた〉というほどの意味だが、日常生活というものへの作者の意味的なつかみかたが「つまる」という動詞の意味とむすびついてこの意味的な**喩**ができあがっている。

ここには、場面の**転換**の複雑さはないが、すでに散文における**喩**として抽出できるような意味的な連合があり、それはゆれうごくような動的なふくみを文章にあたえている。

(3)　僕も弟も、硬い表皮と厚い果肉にしっかりと包みこまれた小さな種子、柔かく水みずしく、外光にあたるだけでひりひり慄えながら剝かれてしまう甘皮のこびりついた青い種子なのだった。そして硬い表皮の外、屋根に上ると遠く狭く光って見える海のほとり、波だち重なる山やまの向うの都市には、長い間持ちこたえられ伝説のように壮大でぎこちなくなった戦争が澱んだ空気を吐きだしていたのだ。（大江健三郎「飼育」）

失望が樹液のようにじくじく僕の躰のなかにしみとおって行き、僕の皮膚を殺したばかりの鶏の内臓のように熱くほてらせた。（同右）

像的な喩を散文脈のなかへ大胆にみちびいたものといえる。「僕」や「弟」の心の像が、青い熟していない種子の硬い皮と厚い果肉をもったみずみずしく生臭い状態の像にむすびつけられ、また「戦争」にたいして作中の「僕」や「弟」が、山のなかの孤立した集落からなかば未知でありなかば途方もなくおおきく感じている心の像が、山むこうの未知の都市に感ずる不定感と結びつけられて、「戦争が澱んだ空気を吐きだしていたのだ」という像的な**喩**となってあらわれる。

また、失望感が「僕」をおおい、たかぶった心の状態になることが、像的な**喩**をつづけてつかうことで「失望が樹液のように……」とあらわされる。意味ははやくすすまずに停滞した感じになるが、像のうねりはおおきくひろがっている。

(4)　父の口から吐かれた瓦斯体のものを母の口から別の瓦斯体によつて、中和させるか何かしなければ、此の廃墟のただ中に奇妙に取残された或る地点を中心にしてこの国全体が崩壊しさうであつた。（島尾敏雄「夢の中での日常」）

やがて私はその家を出てゐた。口の中は歯がぼろぼろにかけてしまつてゐた。手でいくらつまみ出しても、口の中には歯の粉砕された粉がセメントの様に残つた。私は自分の口をまるでばつたかきりぎりすの口のやうに感じてゐた。（同右）

すこしくらいなところで読みすごしてしまえば、散文のばあいの意味的または像的な**喩**として、いままでふれてきたものとおなじようにおもえる。でもこれらの**喩**は対象にした現実の意味とむすびつかない次元に指示性が変位されている。たとえば「手でいくらつまみ出しても、口の中には歯の粉砕された粉がセメントの様に残つた」は事実そのままを指しているようにみえるが、じっさいにはありえないことの記述であることがわかる。もちろん、誇張でもなく、幻想でもなく、ましてフィクションをかいているのでもなく、ここには対象となった現実と、自己表出を極度につらぬくことで変位された非現実性とが像的な**喩**として、ほとんど継ぎ目がわからないほど巧みに熔接されているのだということがわかる。「私は自分の口をまるでばつたかきりぎりすの口のやうに感じてゐた」というのもおなじで、たんなる像的な**喩**のように自分の口の像をばったやきりぎりすの口の像とむすびつけたとはうけとれない。〈自分の口がばったやきりぎりすの口になってしまった〉というように、いわば現実と非現実を自己表出の変位によって熔接した**像的な喩**とみたほうがいい。

(5)　いいか、ここにあるものはなんでもかんでも持っていけ、アメ野郎にとられるよりは、みんな持っていけ、とわめく魚雷班兵曹のくしゃくしゃになった顔を踏みつけるように、突如ザッザッと銃剣をつけた水兵たちの一隊があらわれて何処にいくのか、軍需部の岸壁を速足で行進していき、なんだあいつら、戦争に負けたというのに、と鹿島明彦の背後で酔いつぶれていた兵曹がひどく血走った眼をあげて呟いた。（井上光晴「虚構のクレーン」）

これも場面の**転換**とかんがえていい。作者はまず「いいか、ここにあるものはなんでもかんでも持っていけ、アメ野郎にとられるよりは、みんな持っていけ」とわめく魚雷班兵曹に移行し、つぎに、とつぜん作者の位置にかえて銃剣をつけた水兵の一隊の行進を描写し、また、とつぜん「なんだあいつら、戦争に負けたというのに」とつぶやく兵曹に転換し、さいごの「ひどく血走った眼をあげて呟いた」で、その〈兵曹〉を対象に転化するため作者の位置にもどって描写したうえで、この文章はおわっている。その人称転換は複雑をきわめており、このめまぐるしい転換が**喩**として抽象できるまでになっていないが、像や意味のうねりをかたちづくっている。

言語の表現の美は作者がある場面を対象として**えらびとった**ということからはじまっている。これは、たとえてみれば、作者が現実の世界のなかで〈社会〉とのひとつの関係をえらびとったこととおなじ意味性をもっている。そして、つぎに言語のあらわす場面の**転換**が、えらびとられた場面からより高度に抽出されたものとしてやってくる。この意味は作者が現実の世界のなかで〈社会〉との動的な関係のなかに意識的にまた無意識的にはいりこんだことにたとえることができる。

そのあとさらに、場面の**転換**からより高度に抽出されたものとして**喩**がやってくる。そして**喩**のもんだいは作者が現実の世界で、現に〈社会〉と動的な関係にあるじぶん自身を、じぶんの外におかれたものとみなし、本来のじぶんを回復しようとする無意識のはたらきにかられていることににている。

こうかんがえてくると、わたしたちは現在、韻律をいちばん根のところにおいて、場面の**撰択**をつぎにやってくる表現の段階とし、さらに、場面の**転換**をへて、いちばん高度な**喩**のもんだいにまで螺旋状にはせのぼり、また、はせくだる表現の段階をもっているといっていい。そして、文学の表現として、言語がつみかさねてきたこれらの過程は、現在の水準の表現にすべて潜在的には封じこめられている。

そしてこれが、指示表出としての言語が〈意味〉としてひろがって交錯するところに、詩的空間・散文的空間の現在の水準がえがかれる。

また、唱うべき対象を**えらびとる**ことができないままに表現された記紀歌謡のような古代人の詩の世界から、すでに高度な**喩**をつかって現実に撰択している〈社会〉との関係を超えようとする欲求をあらわしている現在の文学の世界にいたるまで、言語がつみかさねてきたながい過程は、現在の言語空間を構成している。

第Ⅳ章　表現転移論

第Ⅰ部　近代表出史論（Ⅰ）

1　表出史の概念

ひとつの作品は、ひとりの作家をもっている。ある個性的な、いちばん類を拒絶した中心的な思想をどこかに秘しているひとりの作家を。そして、ひとりの作家は、かれにとってそれ以外にありえなかったぬきさしならない環境や生活をもち、その生活、その環境は中心的なところで一回かぎりの、かれだけしか体験したことのない核をかくしている。まだあるのだ。あるひとつの生活、ひとつの環境は、もっとも宿命的にある時代、ひとつの社会、そしてある支配の形態のなかに在り、その中心的な部分は、けっして他の時代、他の社会、他の支配からはうかがうことのできない秘められた時代性の殻をもっている。

こんなふうに、ある時代、ある社会、ある支配形態の下では、ひとつの作品はたんに異った時代のちがった社会の他の作品にたいしてばかりでなく、同じ時代、同じ社会、おなじ支配の下での他の作品にたいしてははっきりと異質な中心をもっている。そればかりでなく、おなじひとりの作家にとってさえ、あるひとつの作品は、べつのひとつの作品とまったくちがっているのだ。言語の指示表出の中心がこれに対応している。言語の指示意識は外皮では対他的な関係にありながら中心では孤立しているといっていい。

しかし、これにたいしては、おなじ論拠からまったくはんたいの結論をくだすこともできる。つまり、あるひとつの作品は、たんにおなじ時代のおなじ社会のおなじ個性がうんだ作品にたいしてばかりではなく、ちがった時代のちがった社会のちがった個性にたいしても、まったくの類似性や共通性の中心をもっているというように。この類似性や共通性の中心は、言語の自己表出の歴史として時間的に連続しているとかんがえられる。言語の自己表出性は、外皮では対他的関係を拒絶しながらその中心で連帯しているのだ。影響という意味を本質的につかうならば、いままでのべた両端はたとえばつぎのような言葉で要約される。

人は人に影響を与へることもできず、また人から影響を受けることもできない。（太宰治「或る実験報告」）


剽窃家というのは、他人の養分を消化しきれなかった者の謂である。だから彼は、元の姿の認められるような作品を吐き出すのだ。

つまりオリジナリテというのは、胃袋の問題でしかない。

もともとオリジナルな文人なぞは、在りはしないのだ。真にこの名に値いする人々は世に知られていないばかりでなく、知ろうとしても知り得ない。

しかし、わしはオリジナルな文人だぞ！　という顔をする人間はある。（ヴァレリー『文学論』堀口大学訳）

つまり、人間は現実にはばらばらにきりはなされた存在だと認識したとき、ほんとうは連環と共通性を手にいれ、また不幸にしてこの現実で連環のなかの存在だとみとめたとき孤立しているのだ。すぐれた創造者はひとつの文学作品が現実社会のなかで作者のどこからかやってきてつくられ、それが存在してしまうまでの経路を、疑いようもなく知りつくしているともおもえる。作品を原稿用紙や書物にかかれた具象物としてみるかぎり、ひとつの作品でさえそれを知りつくすために、作品から作家の性格へ、作家の性格から生活や環境へ、生活や環境から時代や社会へとのびてゆくすべての連環を解きほぐさなければならない。それには根もとをほりおこし、土壌をしらべ吸いあげられた養分を分析するといったおおきな労力のつみかさねがいる。文学の批評家たちがやっている仕事は、このおおきな連環の一部を拡大し、そこにじぶんの好みや関心が集中する中心を投げこんでいるわけだが、じっさいはそれ以外にはほとんど術がないといっていい。ただ批評家は、じぶんの批評方法こそが正当だなどと主張しさえしなければいいのだ。いいかえれば、文学の理論を具象物としての文学作品をもとにしてでっちあげようとさえしなければ。

さしあたってここで骨の髄まで克服しようとかんがえている文芸理論家としてのルカーチは、怪しげな三点法を客観的な方法のような貌でやっている典型だ。ルカーチは現実の時代のすがたをえがきだし、それと文学作品の歴史とをじかに短絡させる。スイッチの役割を担うのは作家のイデオロギーや思想傾向なのだ。こういうあまり立派でない短絡を優れた手腕でやってのけているところにルカーチの特色がある。優れた手腕のほうは驚嘆に価するし、克服するよりも鏡にしたほうがよさそうにみえるが、つまらぬ短絡のほうは徹底的にうちくだくほうがいいし、思ったほど難しいわけではない。

ルカーチは、文学作品を正確に生真面目によみ、そして愚かな別の断案をくだす。

大きな社会的諸事件によってゆり動かされるが、しかしそれらに受身でしか関係せず、けっして積極的・意識的闘争にひき入れられないひとびとの個人生活が、トルストイによってかれ以前の文学にはみられることのできないほど豊富にいきいきと描かれている。思想および感情の歴史的具体性、これらのひとびとの外的諸事件にたいする特殊な反応の歴史的真実さ、かれらの行為および経験の真実味は――異常に強烈である。しかしトルストイは考えている――偶発的にうごき、真の結果を予測しない個々人の人間的渇望が、一つにまとめられて国民の力を形成する。この力もまた偶発的にあらわれ、そして偶発的に全歴史をうごかすと。そしてこのひじょうに誤った反動的な思想は、かれの創作にとって有害な制約的な結果をもたらさずにはおかなかった。

トルストイのクトゥゾフはかれが人民の意志のたんなる遂行者であるという以外、他のなにものにもなろうと欲しない点でまさに偉大である。かれの率直な個人的な諸性質が、ひじょうにしばしば矛盾してはいるが、かれの社会的力のこの源泉の周囲にあつめられている。下層社会におけるクトゥゾフの人気、「上層社会」におけるかれのあいまいな立場は、かれのこれらの諸性質によって明確に説明される。「戦争と平和」のクトゥゾフの形象は多くの点でみごとに成功している。しかしトルストイによると、この偉大さの必然的内容は受動性と待機である。すなわち、人民の運動や歴史はなりゆきに委しておくべきだ、ひとびとの意識的干渉によってこれらの諸力の自由なあらわれを妨害してはならぬと。（ルカーチ『歴史小説論』山村房次訳）

正確な読みがひきだしているトルストイ観。クトゥゾフ観。かれは『戦争と平和』をこう読んでいるのだ。だが、どうして「かれの創作」にとって「有害な制約的な結果」をもたらした、というような結論がみちびきだされるのか。批評家は作中人物の思想や作者の思想から勝手な論議をひきだすことはできるし、やってもとがめられる理由はないが、それは作品について評価し、芸術として語り芸術としての効用を語っていることとはまったく別なことだ。ルカーチはたしかに『戦争と平和』を作品的全体として読みながら、語るときは部分を拡大する。もちろんここまでは誰もまぬかれることはできないのだが、これを「創作にとって有害な制約的な結果」にまでひきのばすとき、ルカーチは〈マルクス〉主義の俗物化に寄与している。

作品の歴史を、ルカーチのように時代の現実や社会との連環のうえに論じようとするときには、たんに作家のイデオロギーや思想的傾向をもって短絡させるのではなく、個的な環境や生活や個性の陰影や、その他の現実的な要素のひだをすべてこの連環のなかに繰りいれることは必須の条件だといえる。作品は花がじかに土壌にめりこんでいるわけではなく、幹から根によって土台にたっている。しかも花をさかせるのは幻想である。ルカーチは文芸の理論を構成するさいに、ほとんど最初から下手な撰択をやっている。作者や作中人物がどんな思想的な制約をもっていても、それはつくりあげられた作品の制約とはならない。作品はこういう三点法のなかでは、まるで生きた人格のようにべつの存在の根拠をもって自立する。また、逆も成り立つ。作者や作中人物がどんなに、制約のない思想をもっていようが、作品はべつの制約のなかで眼を伏せ、かじかんでいることがある。このばあいにも作品は生きた人格のようになにかを怖れているのだ。トルストイの『戦争と平和』は、べつにトルストイの歴史観や現実観によっても、クトゥゾフ将軍の思想によっても制約されずに生きている。これは、ルカーチの俗物化された理論では理解を超えたどうすることもできないものだ。

なぜルカーチのような見解が、流布されるのだろうか？

ここでは相当な鑑賞力をもった批評家や哲学者が、作中の一登場人物のイデオロギーや言動に、作者や作品の総体や、現実的な影響力があるかのように振舞う。よほどねばならぬ制約におかされているか、じぶん自身と乖離しているとかんがえるよりほかに術がないほどだ。しかし、それらにひとつひとつかかわっていても仕方がない。ここでは根本的な問題だけが重要だからだ。

ルカーチなどが〈芸術〉あるいは〈文学〉というとき、一般性としての芸術・文学しかほんとうはかんがえていない。芸術・文学が対象である意味あるいは、対象になった精神、あるいは対象としての観念生活が外にあらわれたものだとかんがえられているばあいでも、そこではいわゆる上部構造一般の性格を〈芸術〉・〈文学〉という概念にみているだけだ。それなのに論じている対象は、文字や音声によって定着された〈作品〉なのだ。この矛盾は〈作品〉のなかにあらわれた思想を、現実思想一般のように理解させるから「有害な制約的な結果」というような評言が疑われずにとびだす矛盾にさらされてしまう。

ある芸術・文学の〈作品〉は、上部構造一般ではなく、個性的な具象的な表現なのだ。この表現は、たとえば文字または音声によって対象として定着させることで表出の一般性から突出したものとなる。ここでは〈作品〉は、作者の意識、あるいは精神あるいは観念生活にそのまま還元（reduzieren）することはできなくなる。ここでは意識の表出が、産出（produzieren）されてそこにある表出に転化しているのだ。芸術・文学の作品が、意識性への還元も、また逆に土台としての現実社会への還元をもゆるされない性格を獲取するのは、ここにおいてだ。いわゆる〈マルクス〉主義芸術・文学理論と称するものと、その運動とが、マルクスの芸術・文学についての断簡にも、思想にもかかわりなく、ましてその展開ともなっていないわけはここにあるといっていい。ルカーチやルフェーヴルなどが、いわば〈マルクス〉主義の代表的哲学者、あるいは美学者として、このことを考え、修正をこころみたが、それらはほとんどものになっていない。これらの哲学者は、現在の世界でほかのことでは、第一級の力量をしめしているのだが、芸術・文学の分野にはいってくると、ただなにものかに理論外の禁制をこうむったはかない存在にみえる。それは能力や論理力の欠如ではないなにものかなのだ。この世には、なにかのために禁制を保たねばならないような至上物はどこにも存在しえない。凡庸であることのほんとうの意味をしらぬ人格のなかにすみついたおおきな思考力と論理の錯誤。こういった悲劇は、人間には演ずることをゆるされていない。

わたしがここでやろうとしていることも、やったことも、かれらとはまったく別のことだ。かれらはわたしよりも優れた哲学者かもしれぬが、子供にもわかるような愚かな見解をぬけぬけと語るときがある。しかしわたしは、そんな愚かさはただの一個所も示していないことだけは断言できる。

文学作品の歴史を本質をうしなわずにあつかえる方法は極端にいえばふたつに帰する。そのひとつは中心が社会そのものにくるような抽出であり、このばあいには個的な環境や生活史がその環のなかにはいってくることが必須の条件になる。もうひとつはその中心が作品そのものに来るような抽出であり、そのばあいには環境や人格や社会は想像力の根源として表出自体のなかに凝縮される。いまここでわたしがやろうとしているのは、ふつう文学史論があつかっている仕方とまったく逆向きのことだ。

ひとつの作品から、作家の個性をとりのけ、環境や性格や生活をとりのけ、作品がうみ出された時代や社会をとりのけたうえで、作品の歴史を、その転移をかんがえることができるかということだ。いままで言語について考えてきたところでは、この一見すると不可能なようにみえる課題は、ただ文学作品を**自己表出としての言語という面**でとりあげるときだけ可能なことをおしえている。いわば、自己表出からみられた言語表現の全体を、**自己表出としての言語**から時間的にあつかうのだ。

何だって？　個々の作家が自由につくりだした作品を、それだけで必然的な史的な転移としてかんがえられるはずがないではないか。いったいなにを基準にしてどんな具合にそれが可能だというのか？どの作品とどの作品をつなげることによってこの連鎖と転移をかんがえるのか？

もちろん、自己表出としての言語というところまで抽出することなしには、ただでさえ強烈な個性が自由にそれぞれの時代環境のなかでつくりあげた作品を、時間的な連鎖としてつなぐことはできない。具体的なままで文学史を必然としてとりあつかおうとすれば、ルカーチのようにただ土台史と作者のイデオロギーと作品とをとりだして短絡させるほかはなくなる。けだし、文学の理論の俗物化のはじまりは、社会の歴史のように文学の歴史を必然の連鎖としてつかまえようとする理論家としてはさけがたい欲求からはじまっている。しかも、それらがやれる条件を追求しようとはしないで、手ぶらで、いいかえれば社会史への考察方法をそのまま具象的な作品の歴史にあてはめようとするため、文学の歴史はせいぜい特有の肉体をもった、イデオロギー史に化けてしまう。わたしたちのいままでの考え方では、自己表出としての言語の表現史というところまで抽出することで、必然史は成り立つはずだ。なぜならば、言語の表出の歴史は、自己表出としては連続的に転化しながら、指示表出としては時代や環境や個性や社会によっておびただしい変化をこうむるものだからだ。

文学のような書き言葉は自己表出につかえるようにすすみ、話し言葉は指示表出につかえるようにすすむ。文学作品を表出の歴史としてあつかおうとするときつきあたる難しさは、作品が、ひとつには表出史の尖端の流れを無意識のうちにふんでいながら、同時に話体としても作品が成り立つために、また、話体の歴史として独特な流れをもつところからやってくる。たとえば江戸期でいえば前者は漢詩体や雅文であり、後者は戯作文学の流れである。ある時代のある作品は、表出史としてみようとするとき、いつも二重の構造をもっている。ひとつは**文学体**で、ひとつは**話体**だ。どちらか一方が潜在的であっても、ひとつの表出の体は、もうひとつの体を想定して成り立っている。ここでいう**文学体**というのは純文学で**話体**というのは大衆文学であるという意味ではない。そう簡単に文学作品の具体的な態様にすすまないのである。かりに、**文学体**と**話体**といっても、ここでは自己表出としての言語という抽象されたところで表出を史的にあつかいうる中心を指している。したがって、**文学体**と**話体**とからすぐに書きものの歴史と語りものの歴史を想定しようとすれば、表出史というわたしたちの観点をほとんど理解することができないし、また、きわめて奇異な抽象とかんがえるほかはない。

2　明治初期

直面している課題は、文学作品の流れのなかから自己表出としての言語の必然的な環をさがしだすこと、このきわめて抽象的な作業、そしてその必然性がどんな構造をもつかをあたることだ。

わたしはここで、素材として明治以後の近代文学の作品を対象にする。それは、現在からもっとも近い起源をふくみ、現在の問題に理論と順序をもってちかづきやすいというほかに、どんな理由もない。もちろん近代文学をあつかうことによって近代文学特有のもんだいが表現史のなかにあらわれるが、それは、どの時代の文学をあつかってもあらわれる〈現在性〉のもんだいの近代的なあらわれにほかならない。これとまったくおなじように、どの時代の文学も、またどこから輪切りにしても〈歴史的な累積〉のもんだいとしては連続的な性格をもっている。ここで〈現在性〉あるいは〈歴史的な累積〉というとき、本質のところでいっているので、うみだされた作品の作者が〈現在〉から眼をつぶって書いたかどうかにかかわらない。また作者が過去をたちきろうとおもって書いたかどうかともかかわらない。表現の中心に必然としてあらわれる〈現在性〉と〈歴史性〉をさしている。現在の文学批評や文学理論は、こんなことをいちいちことわらなくてすむ常識線にないため、いろんなところでいらざる労力をつかうことになる。近代表出史で、はじめにどうしてもさけることができないのは、たとえば坪内逍遥の「当世書生気質」（明治18年）あたりを頂点として、それ以前の開化期文学としてかんがえられている**話体**の文学と、それに対応するような**文学体**をさがしだすことだ。

　魯文の「西洋道中膝栗毛」（明治2年）や「安愚楽鍋」（明治4年）は、話体の表出とかんがえられる。円朝の「牡丹灯籠」（明治17年）や「真景累ケ淵」（作年?）に話体を象徴させてもいい。しかし、ほんとうにもんだいなのは、作品の外観や意味やテーマをはぎとり、自己表出として抽象したとき、これらの話体の表出に対応し、おなじ位置にあるのは、どんな**文学体**かをきめることだ。戯作の流れにたいする漢詩や雅文の流れというかんがえはここで役立つ。わたしは、たとえば東海散士の「佳人之奇遇」（明治18年）の生硬な漢詩体のようなものが、それに相当するとおもう。

(1)　**話体**　按摩「ヘエお痛みでござりますか。痛いと仰しやるがまだ〳〵中々斯んな事ではございませんからナ。新「何を、こんな事でないとは、是より痛くつては堪らん、筋骨に響く程痛かつた。按摩「どうして貴方、まだ手の先で揉むのでございますから、痛いと云つてもたかが知れてをりますが、貴方のお脇差でこの左の肩から乳の処まで斬う斬下げられました時の苦しみはこんな事では有りませんからナ。新「エ、ナニ。と振返つて見ると、先年手打にした盲人宗悦が、骨と皮許りに痩せた手を膝にして、恨めしさうに見えぬ眼を斑に開いて、斯う乗出した時は、深見新左衛門は酒の酔も醒め、ゾッと総毛だつて、怖い紛れに側にあつた一刀をとつて、新「己れ参つたか。と力に任して斬りつけると、按摩「アッ。と云ふその声に驚きまして、門番の勘蔵が駈出して来て見ると、宗悦と思ひの外奥方の肩先深く斬りつけましたから、奥方は七転八倒の苦しみ、新「ア、彼の按摩は、と見るともう按摩の影はありません。（円朝「真景累ケ淵」）

（2） **文学体**　時ニ金烏既ニ西岳ニ沈ミ新月樹ニ在リ夜色朦朧タリ　少焉アリテ皓彩庭ヲ照シ清光戸ニ入ル　幽蘭静ニ起チ窓ヲ開テ曰ク光景画クカ如ク郎君幸臨ス　欄外風清ク花香人ヲ襲フ　良夜空ク度リ難ク盛会再ヒ期ス可カラス　徒ニ相対泣スル亦何ノ益アランヤ　気ヲ鼓シ勇ヲ奮ヒ歌舞吟詠自ラ寛ニスヘシト　顧ミテ紅蓮ニ謂テ曰ク汝小琴ヲ奏セヨ我ハ大琴ヲ弾セント（東海散士「佳人之奇遇」明治18年）

近代文学の作品の歴史を明治の開化期からはじめることには、ほんとは必然の意味はない。これは吉田精一（『明治大正文学史』）などが指摘しているとおりだ。これは表出史にもあてはまる。どこから輪切りにしても連続的な側面を文学作品はかならずもつからだ。「佳人之奇遇」を支配しているのは前代からの雅文の流れとしての漢詩体であり、円朝の「真景累ケ淵」は戯作ものの流れに根ざしたやさしい話体だ。でも、表出を歴史としてあつかうときには、文学体と話体の外観的なちがいを捨象し、個性や主題の意味をはぎとった自己表出としての中心がえらばれる。そこでは、「佳人之奇遇」と「真景累ケ淵」とはおなじ位相にあるものとかんがえるのだ。

円朝の「真景累ケ淵」では、作品をおしすすめるもっともおおきな要素は、登場人物の対話であり、それを地の文がむすびつけている。ここでの対話は、作者の自己表出としてみるときもっともプリミティヴな撰択で、ただ無限に可能なやりとりのなかから任意のひとつを択んだものということができる。ここには劇的な要素もない。登場人物が対話によってかかわりあうところからうまれる心のうちの対立が、作品構成の時間の流れをつくっているといったことは、円朝には意識されていない。択ぶ原理はただまえの語りかけにたいして受けとしての意味しかもっていない。この位相は「佳人之奇遇」とひとしいとかんがえられる。「時ニ金烏既ニ西岳ニ沈ミ新月樹ニ在リ夜色朦朧タリ　少焉アリテ皓彩庭ヲ照シ清光戸ニ入ル」を口語に直せば〈そのとき日は西の山に沈んで新月が樹のところにかかって夜の気配がぼんやりとつつんでいました。しばらくして、明るい月の色が庭に射し、すがすがしい光が戸をもれてきました〉というふうになるだろうが、ここで、日が西の山に沈んで、とかいたあとで新月が樹のあたりにかかる描写にうつり、つぎに月の光が庭や戸内にさしこんでくるという対象のえらび方は、まったく任意な、いいかえれば必然というよりもその場の習性と直観の働きによるだけだ。

ここまで抽象してみると、円朝の話体と東海散士の漢詩体とは表出としておなじ位相にたつことが了解される。作品の歴史を必然の転移としてかんがえうるのは、ここまで抽象するかぎりにおいてだといえよう。それ以外にどんな方法によっても文学史をひとつの必然の過程としてあつかう方法はかんがえられない。ルカーチに代表される通俗〈マルクス〉主義の文学論が、表現の理論を具体的にとりだせないのは、表出史という抽出が、その理論からはうまれる余地がないからだ。理論の根柢でルカーチは、土台史の方法を、作者のイデオロギーを媒介にして、文学や芸術作品の歴史と連環させているにすぎない。

さきの円朝からも新左衛門の肩をもんでいる按摩が、いつのまにか、斬殺した盲人にかわり、新左衛門が斬りつけると盲人とみえたのは奥方であったという像をうかべることができる。このばあい像は話体言語の指示性が自己表出として励起される方向に描かれるから、読者は観念のたすけをあたえることで像をつくる。逆に「佳人之奇遇」でも、夕日が西山にしずみかけ、新月が樹にかかり、ぼんやりした夜気のなかで庭を照らす月光の像をうかべることができる。このばあいには漢詩体の言語は現実のほうへ下降的につき出されることで像をつくっている。

開化期の文学を近代文学の概念にちかづけるために、おおきな力を及ぼしたのは坪内逍遥であった。逍遥のこの影響が表現史の内部にあたえた意味がなにであったか、『小説神髄』(明治18年)はあきらかにしている。

夫れ美術といふ者は、もとより実用の技にあらねば、只管人の心目を娯ましめて其妙神に入らんことを其「目的」とはなすべき筈なり。其妙神に入りたらんには、観る者おのづから感動して、彼の貪吝なる慾を忘れ、彼の刻薄なる情を脱して、他の高尚なる妙想をば楽むやうにもなりゆくべけれど、こは是れ自然の影響にて、美術の「目的」とはいふべからず。いはゆる偶然の結果にして、本来の主旨とはいひ難かり。

これは開化期の表現、いいかえれば指示性と伝習された対句の意識をもとにした表現をはじめて否定したものとよむことができる。指示的な体験と対句的な習慣の意識が、中心のほうへ抽出されてあたらしい文学体をつくる。こういった文学作品の歴史でなんべんもくりかえされる過程について、あたらしい理論づけを逍遥がはじめたことを意味する。言語はまずこの過程を指示性と指示性とのぶつかりあいの密度をたかめることによって、はじめる。いっぱんに、話体は習慣的な美文とおなじように、かならず美的な中心を枝葉から抽出して、つぎの文学体にまで結晶しようとする。それといっしょに話体あるいは習慣的な成句の表現を、べつの流れとして保存しながらうつりかわってゆく。これは言語が指示性や習慣につかえる日常語の世界から、たえず自己表出につかえる文学体の世界へ凝縮するとともに、日常の会話としてべつの流れをつくってゆくことと対応している。

〈馬がいななく〉という表現はただしいが〈犬がいななく〉という表現はただしくない。言語はこのあとのほうをはじめから排除することをしっている。〈夕日がしずみ、月がのぼる〉という表現はただしい。しかし、〈夕日が西山にしずみ、月が樹の間をのぼる〉という表現がえられれば、あとのものを言語はひとりでに撰択する傾きをもっている。習慣的な言語の流れのなかで、はげしくぶつかりあった指示表出は慣用される成句を水蒸気のように蒸発させて、習慣的な指示性の体験からあたらしい体験へと上昇しようとするからだ。逍遥が美術は実用を目的としないというのは、表現としていえばこの過程をさしている。そして逍遥は対象の真髄を描写することで、これが可能であるといっている。

此人情の奥を穿(うが)ちて、〔所謂〕賢人、君子はさらなり、老若男女、善悪正邪の心の中(うち)の内幕をば洩す所なく描きいだして周密精到、人情を〔ば〕灼然として見えしむるを我が小説家の務めと〔は〕するなり。よしや人情を写せばとて其皮相のみを写したるものは、未(いま)だ之〔れ〕を真の小説とはいふべからず。

この逍遥の模写論は、一方では、開化期小説の文学体(たとえば「佳人之奇遇」にあるような)の対句や習慣的な美辞が、話体の根のほうへ下降してゆく過程を意味している。言語は、まずこの過程を自己表出の位置をはっきり分離することでなしとげる。『小説神髄』でのべた逍遥のもとの理念は、表現論としてみれば、ひとつは小説の実利論を排するという形でおこなわれた話体の否定、いいかえれば指示性としての言語の否定であり、もうひとつは模写説として、あたえられた習慣的な美文意識の否定、いいかえれば自己表出としての言語の位置をはっきりと分離させようとする意味があった。逍遥のこの小説理念は、もちろんかれの創作でじっさいにやられたのだ。

(3)　鼻高く眼清しく、口元もまた尋常にて、頗る上品なる容貌なれども、頬の少しく凹たる塩梅、髪に癖ある様子なんどは、神経質の人物らしく、俗に所謂苦労性ぞと、傍で見るさへ笑止らしく、其粧服はいかにといふに、此日は日曜日の事にてもあり、且は桜見の事なるから、貯の晴衣裳を、着用したりと見ゆるものから、衣服は屑糸銘線の薄綿入、たしかに親父からの被譲もの、近日洗張をしたりと見えて、襟肩もまだ無汚なり。鼠色になつた綿縮緬の屁子帯を、裾から糸が下りさうな嘉平の古袴で隠した心配、これも苦労性のしるしと思はる。羽織は糸織のむかしもの、母親の上被を仕立直したものか、其証拠には裾の方ばかり、大層痛みたるけしきなり。其服装をもて考ふれば、さまで良家の子息にもあらねど、さりとて地方とも思はれねば、府下のチイ官吏の子息でもあらん歟。とにかく女親のなき人とは、袴の裾から推測した、作者の傍観の独断なり。（「当世書生気質」明治18年）

ここには、「鼻高く眼清しく」式の習慣的な描写がまざっているし、円朝の語りものや、「佳人之奇遇」とすこしもかわらない性格ものこされている。この個所は逍遥が得意としたところにちがいないが、この無意味にちかいほどトリヴィアルな対象の描写は、逍遥が実利意識を排除しようとして、倫理的判断にわたる表出をさけたこととはっきりつながっている。さきに引用した円朝の「真景累ケ淵」や散士の「佳人之奇遇」とくらべてみればすぐにわかるが、じぶんがじぶんの表出とむきあっているという意識が、ややはっきりと形をとっている。けっして自在な描写ではないが、羽織の裾の方が痛んでいるというような眼のつけどころからすでに、月は東に日は西にといったような「佳人之奇遇」の描写からくらべれば、はっきりと作者が表出位置に目覚め、はじめてではあるが、作者の視覚的判断にわたる対象への意識とむすびついている。

円朝の「真景累ケ淵」の話体は、話の筋がきどおりの速さであゆむのべ板のような文体だし、散士の

「佳人之奇遇」は美辞の衣裳を着せかけているものだが「当世書生気質」には、人物や背景を作者の位置とはちがったところに描きだしたいという意図がはじめてあらわれる。不完全だが逍遥を近代小説の先駆者にさせているものは、この開化期小説からのわずかな表出の転移にふくまれている。

二葉亭の「浮雲」が「当世書生気質」の嫡子であることはおおくの文学史家がみとめている。内田魯庵が「二葉亭四迷の一生」でかいているところでは「浮雲」の最初の部分は逍遥の加筆がおおかった。逍遥は「書生気質」で容貌描写や服装描写の見本をつくっており、この見本はおそらく紅葉・露伴にまで影響をあたえた。「浮雲」のはじめ神田見附の内から歩いてくる二人のわか者の容姿の描写などは、逍遥の加筆ないしはつよい影響なしにはかんがえられないほどだ。だが「浮雲」が「当世書生気質」の嫡子だという意味は、こんなところにはない。「当世書生気質」が実用説を排し、模写をすすめるというかたちで、話体を抽出し、美文体をおしさげて作者を分離するという二面からすすめた表出の転移を、そのまま綜合的な形でおしだしたのは「浮雲」がはじめてであり、また自然主義前期だけをもんだいにすれば最後だった。

「浮雲」と同時期に美妙は「武蔵野」（明治20年）や「蝴蝶」（明治22年）をかき、逍遥じしんも「細君」（明治22年）をかいているのだが、表現のうえからは、「佳人之奇遇」を文学体の側面でだけおしすすめたという意味しかもっていない。その意味で「当世書生気質」とおなじ段階としかみなしえない。美妙の「武蔵野」や「蝴蝶」が口語体でかかれ、逍遥の「細君」が文語体でかかれているというようなことは、わたしがここで文学体とか話体とかいういい方でかんがえているものとは別のことだ。

魯庵は前著のなかでこういっている。

全体として評すれば『浮雲』の文章及び構作は共に未成品たるを免かれない。が、『浮雲』を評するものは今より殆んど四十年前の作、二十四歳の青年の作である事を記憶せねばならない。之より以後多くの文人が続出して、代る〴〵に文壇を開拓して仏露の自然主義まで漕付けるに凡そ二十年を費やしてゐる。少くも『浮雲』の作者は二十年、時代に先んじた先駆者であると云はねばなるまい。単に文章の一事だけでも、今日行はれてる小説文体の基礎を築いた功労者であると云はねばなるまい。何の道、春廼舎の『書生気質』や硯友社連の諸作と比べて『浮雲』が一頭地を挺んづる新興文芸の第一の曙光であるは争ふ事は出来ない。

魯庵のこの「浮雲」評は前半であたっており、後半では自然主義びいきのひき倒しに類している。硯友社連の文学は、おおく「浮雲」のあとに出現したためだが、表現として「浮雲」と同等またはそれをこえることによって存在理由をもっている。

「浮雲」の表現としての意味は「当世書生気質」によってぼんやりしたかたちでおこなわれた表出位置の分離を、はっきりした形にまでおしすすめたところにある。たとえば「書生気質」では、最大限にかんがえて作者の表出の位置は、対象にたいする判断が模写のあいだに混合するといったところにしかさだめられていない。羽織の裾が痛んでいるところから良家の子息でもなく、また田舎者とみえないから女親のない府下の小官吏の息子であろうとか、頰のくぼんだところとか、髪のくせのあるところから神経質な男であろうとかいう判断の描写は、現在からみてどんなに俗化した戯作調とかんがえられようとも、当時の表出の段階では精いっぱいの到達点だったのだ。

たどたどしくはあっても「浮雲」は、登場人物にこころのうちの独白をやらせるまでに表出の位置は分離された。作者の表出にたいする作者の距離が、いいかえれば対自的な距離が、はっきりと定着されている。免職になった内海文三がそれを叔母とお勢に告げようとしながら、叔母の冷たい眼とお勢の心がわりを予感していいだしえないときのたどたどしい独白の描写――

それはさうと如何しようか知らん。到底言はずには置けん事たから、今夜にも帰ツたら、断念ツて言ツて仕舞はうか知らん。嘸叔母が厭な面をする事たらうナア……眼に見えるやうだ……しかし其様な事を苦にしてゐた分には埒が明かない、何にも是れが金銭を借りようといふではなし、毫しも恥ケ敷事はない。チヨツ今夜言ツて仕舞はう……だが……お勢がゐては言ひ難いナ。若しヒヨツと彼の前で厭味なんぞを言はれちやア困る。是は何んでも居ない時を見て言ふ事た。ゐない……時を……見……何故。

これは「書生気質」からはとうてい予想できない高度な描写だった。この表現の内的なリアリティは二葉亭のなかで、ある外的な矛盾にであったときうちにおこるこころの動きは、その矛盾が外の現実的な尺度から些細なことでも重大なことでも、そとからの軽重とかかわりなく大切な〈意味〉の流れをもつことがはっきりとつかまれたことからきている。『小説神髄』でいわれた美術は実用の技でもないし「人文発育」という模型をつくってその範囲内で創るものでもないという逍遥の主張は、二葉亭によってさらに極限におしすすめられる。逍遥に痕跡をとどめている話体小説からの抽出過程は、もはや「浮雲」のもつこの内的描写の部分ではまったくとりはらわれる。話体をとどめていてはつぎのような描写はまったくできないはずだ。

(4) 眠られぬ儘に過去将来を思ひ回らせば回らすほど、尚ほ気が冴て眼も合はず、是ではならぬと気を取直し緊敷両眼を閉ぢて眠入ツた風をして見ても、自ら欺むくことも出来ず、余儀なく寝返りを打ち溜息を吻きながら眠らずして夢を見てゐる内に、一番鶏が唱ひ二番鶏が唱ひ、漸く暁近くなる。「寧そ今夜は此儘で」トおもふ頃に漸く眼がしよぼついて来て額が乱れだして、今まで眼前に隠見てゐた母親の白髪首に斑な黒鬚が生えて……課長の首になる、そのまた恐らしい鬚首が暫らくの間眼まぐろしく水車の如く廻転てゐる内に次第〳〵に小ひさく成ツて……軈て相恰が変ツて……

何時の間にか薔薇の花揺頭を挿して……お勢の……首……に……な……

二葉亭は独白・描写・独白・描写……のようすをくりかえすことで、さいごに文三が眠りにつくところを暗示しようとしている。「浮雲」一篇は文学の表現が話体から文学体へ美の体験の中心を抽出してゆく過程をとてもあざやかにつきつめたものだった。今日行なわれている小説文体の基礎をきずいたという魯庵の指摘は正確だった。しかし硯友社連の小説が「浮雲」をでないものとかんがえるのは魯庵の独断だといっていい。リアリズムをはじめから優位におく評家の定説とちがって「伽羅枕」以後の紅葉はもちろん、鏡花も眉山も「浮雲」に匹敵するすすんだ表現をしめしていることは、実地にあたってみれば、すぐにわかることだ。

「浮雲」をつくるさいに逍遥から円朝の話体を暗示されたことは、二葉亭じしんがみとめている。しかし円朝の話体から抽出して、当時として文学の表出の頂点にまでのぼりつめることができた二葉亭のちからは、その表現の意識が時代からそびえたつほどつよく、そして集中力をもっていたことをしめしている。かれはふつうの生活人でありながら思想者でもあるという二重の意識をかかえて、かつてない鮮やかな輪廓で生きたはじめての知識人だった。「浮雲」でつくりあげた表出の位置が立体感をもつことがそれをよくしめしているとおもう。現在でこそべつに苦痛はともなわない主題と表現にみえるかもしれないが、当時としては予想をこえるつよさで孤立感にたえなければならなかったにちがいない。

「書生気質」の登場人物はいずれもありふれた凡々たる人物だ。こういうなんでもない人物をえがいたところに逍遥の〈理想〉があった。こういう人物が映画のフィルムをみるように動きまわって喋言り、喰い、生活する。「浮雲」の文三もまた弱小な凡々たる人物だ。だが、映画のフィルムをみるように文三をみることはできない。いわば普遍的な拡大鏡をつきつけられたようにその表現は話体から突出する。

作者の位置が明晰であるためこころからじぶんを感情移入させることができている。

3 「舞姫」・「風流微塵蔵」

「当世書生気質」から「浮雲」へ表出がうつったことは、話体をもとにおいてその美的な中心を文学体の方へ抽出する過程をすすめたことになる。魯文の「安愚楽鍋」、「西洋道中膝栗毛」や、円朝の語り物のような典型的な開化期の話体は、（あいだに鉄腸の「雪中梅」や「花間鶯」をかんがえてもいいのだが）「書生気質」から「浮雲」への過程によって文学体へ上昇していったとみなされる。

ほぼこの過程とひとしいものは、おなじ時期露伴の「露団々」（明治22年）、「風流仏」（明治22年）のような初期作品や、紅葉の「色懺悔」（明治22年）などをへて鷗外の「舞姫」（明治23年）にいたる過程だった。これにより文学体から話体のほうへ下降していったとみられる。もちろん、このばあいにも美妙の「武蔵野」や「蝴蝶」のような作品をあいだにおいてかんがえてよいことになる。「佳人之奇遇」の漢詩的な美文がもっている不自由な対句の表現から、まず、美妙や初期の紅葉・露伴によってどれほどかわっていったかは、「時ニ金烏既ニ西岳ニ沈ミ新月樹ニ在リ」というような散士の景物描写を「はや下晡だらう日は函根の山端に近寄ッて儀式どほり茜色の光線を吐き始めると末野は些しづゝ薄樺の隈を加へて、遠山も、毒でも飲んだか段々と紫になり、原の果には夕暮の蒸発気が切りに逃水をこしらへて居る」という「武蔵野」の描写や、「里ならば初夜撞くほどに夜は更けて。山を吾物に暴らす風。夫に吹転けじと。松の梢に取附く梟の濁声。夫に呼吸を詰めらして。月に哮く狼の遠音。」というような「色懺悔」の描写とくらべてみればすぐにはっきりするだろう。

おなじように、露伴の「風流仏」の描写が、散士の漢詩体から、どのくらい緻密さと、凝視力をえているかは、一読すればわかる。

汽車もある世に、さりとては修業する身の痛ましや、菅笠（すげがさ）は街道の埃に赤うなつて肌着に風呂場の虱を避け得ず、春の日永き畷（なはて）に疲れては蝶うら〳〵と飛ぶに翼羨ましく、秋の夜は淋しき床に寝覚めて隣りの歯ぎしみに魂を驚かす。

漢詩調の習慣的な描写は、わずかではあるがそのなかから模写のリアリティをえらびとり、それによって表現者の存在をはっきりときめようとする形をとっている。これは話体へ漢詩的な美文から接近してゆく形にみえるが、もちろんこの話体は表現としての話体で「安愚楽鍋」や「真景累ケ淵」のもっている語り物の話体とは往きと還りほどちがっている。

表現のうつりゆきは時代によってそのあり方がちがうが、基本的に想定できるのは、**文学体**から**話体**への〈書く〉という手つづきによる下降と、**話体**から**文学体**への〈書く〉という手つづきによる上昇だといえる。この原理をしめせばつぎのようになる。

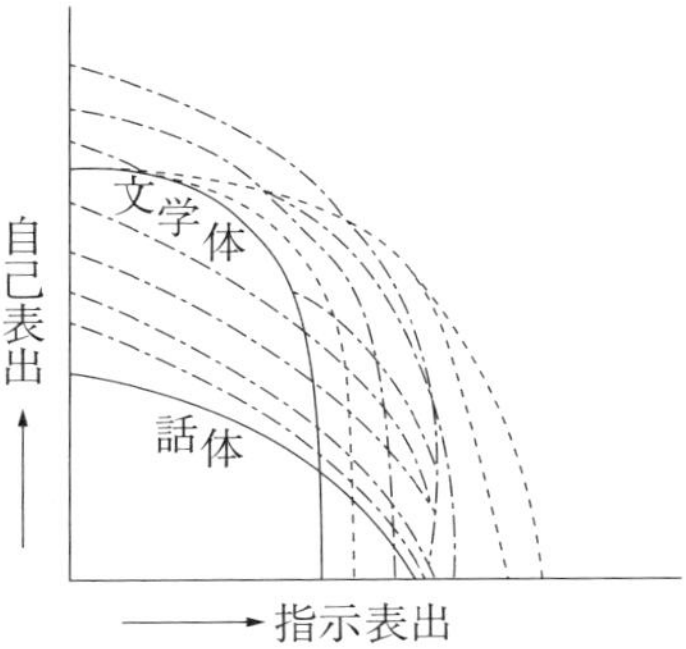

第　6　図

文学体から**話体**のほうへ下降してゆく抽出過程は、たとえていえば、ある固定した観念の水準からしだいに現実の場へおりてゆくことににている。まず、一歩おりてゆくと、ひとつの実体につきあたり固定観念はゆさぶられ、そのまわりに年輪をまとう。また、一歩おりるほうへふみだすとおなじような場面にぶつかり、そのたびごとに固定的な観念はかわってゆき年輪をこしらえる。しまいに対象とした現実の場へたどりつく。言語の表出もまたおなじような場面につきあたる。言語は自己表出の中心にある核をしだいにかえて、まわりに年輪をふやしながら話体的表出にたどりつく。そして言語の自己表出の中心にある核が、指示性の根源の意識と区別されなくなるようになれば、この過程はすくなくとも、あるひとつの自己表出の水準では完了することになる。そしてまたすぐにあたらしい表出の動きがはじまる。このような文学体から話体への下降は、表現の内部では作者に意識された過程だといえる。表現者がじぶんでそう意図しないかぎり、こういった下降はおこりえない。

これと逆に、話体から文学体への上昇過程は、表現の内部では作者にとって自然の過程だといえる。欲求があるなしにかかわらず表現の内部で体験が深まってゆけばゆくほど文学体への上昇、あるいは文学体の上昇は自然にすすんでゆかざるをえない。

文語でかかれていることにまどわされなければ「舞姫」は、美文調から表現の話体へ下降しながらちかづいてゆく過程を、ほとんど完全になしとげたものだった。この意味で「舞姫」は「浮雲」の位置に匹敵している。

(5)　或る日の夕暮なりしが、余は獣苑を漫歩して、ウンテル、デン、リンデンを過ぎ、我がモンビシユウ街の僑居(けうきょ)に帰らんと、クロステル巷(かうぢ)の古寺の前に来ぬ。余は彼の燈火(ともしび)の海を渡り来て、この狭く薄暗き巷に入り、楼上の木欄(おばしま)に干したる敷布、襦袢(はだぎ)などまだ取入れぬ人家、頬髭長き猶太(ユダヤ)教徒の翁が戸前(こぜん)に佇みたる居酒屋、一つの梯(はしご)は直ちに楼(たかどの)に達し、他の梯は窖(あなぐら)住まひの鍛冶が家に通じたる貸家などに向ひて、凹字(あふじ)の形に引籠みて立てられたる、此三百年前の遺跡を望む毎に、心の恍惚となりて暫し佇みしこと幾度なるを知らず。

(6) 一月ばかり過ぎて、或る日伯は突然われに向ひて、「余は明旦(あす)、魯西亜(ロシア)に向ひて出発すべし。随ひて来べきか、」と問ふ。余は数日間、かの公務に遑(いとま)なき相沢を見ざりしかば、此問は不意に余を驚かしつ。「いかで命に従はざらむ。」余は我耻を表はさん。此答はいち早く決断して言ひしにあらず。余はおのれが信じて頼む心を生じたる人に、卒然ものを問はれたるときは、咄嗟の間、その答の範囲を善くも量らず、直ちにうべなふことあり。さてうべなひし上にて、その為し難きに心づきても、強(しひ)て当時の心虚なりしを掩ひ隠し、耐忍してこれを実行すること屢〻なり。

(7) 彼人々は余が倶に麦酒(ビイル)の杯をも挙げず、球突きの棒(キユウ)をも取らぬを、かたくななる心と慾を制する力とに帰して、且は嘲り且は嫉みたりけん。されどこは余を知らねばなり。嗚呼、此故よしは、我身だに知らざりしを、怎(いか)でか人に知らるべき。わが心はかの合歓(ねむ)といふ木の葉に似て、物触(さや)れば縮みて避けんとす。我心は処女に似たり。余が幼き頃より長者の教を守りて、学(まなび)の道をたどりしも、仕(つかへ)の道をあゆみしも、皆な勇気ありて能くしたるにあらず、耐忍勉強の力と見えしも、皆な自ら欺き、人をさへ欺きつるにて、人のたどらせたる道を、唯だ一条(ひとすぢ)にたどりしのみ。余所(よそ)に心の乱れざりしは、外物を棄てゝ顧みぬ程の勇気ありしにあらず、唯外物に恐れて自らわが手足を縛せしのみ。

(5)は景物描写の典型を、(6)は会話を、(7)はこころのうちの動きを描写している。「舞姫」の景物描写にはひとかけらも習慣的な語法はのこっていない。文語調をよそおっていても、作者がじぶんからえらびとった対象のしっかりした環がつらねられている。会話とそのあいだの地の文をみてもはっきりとわかる。円朝の「累ケ淵」では、新左衛門はこんな具合にじぶんのこころの動きをとりだすことはできない。主人公のこころのうちの世界の描写も、一人称小説だという利点をのぞいても「浮雲」の文三の独白に匹敵している。

ここに実現されているこころのうちの描写は、いってみればじぶんの内心のうごきをとりだして、そのこころのうごきを分析している内心のうごきをも描写するという二重性から成り立っている。逍遥がかんがえた模写概念からいえば、描写の描写、描写の冪(べき)がなしとげられている。こういうことは作者の表出の位置があるはっきりした遠近感で定着されていることを意味する。

鷗外の「舞姫」は、前代江戸期いらいの伝統的な**文学体**をもとにしてみるかぎり、ほとんど達しられる頂きまでのぼりつめている。(7)にみられるように美文調はここではただ文語がつかわれているという点にのこっているだけで、鷗外の表出の底にある意識と、美文調を話体のほうへ近づけようとするモチーフとの十字路に「舞姫」の文体がつくられる。美妙の「武蔵野」や「蝴蝶」が口語体をつかうことで表出の意識の底辺をウルトラモダンなところに設定しながら、ほんとのリアリティに達していないことと対照的だといえる。

あるいは、つぎのようにいうべきだ。美文調を、前代的な伝統の文体をじぶんにゆるしている鷗外の意識を象徴するものとし、そこから表現の話体へちかづこうとする「舞姫」の意図は、さきどりされた文体の意識にたいして自己否定を象徴しているというように。**話体**は、根源的意識として生活であり、**文学体**は幻想のとりうるある水準だ。「書生気質」や「浮雲」では話体の美的中心がどこまで文学体のほうへ抽出せられたかがもんだいとなるが、露伴の「風流仏」や鷗外の「舞姫」では美文調からどこまでじぶんの意識を下降させ、突出させたかがもんだいになる。自己表出としての言語が前代までつみかさねられた尖端にある美文体を、難なくうけいれることで「舞姫」はいわば伝統のたすけをかりて「浮雲」にある要素のすべてを、それよりも完璧なかたちで具えることができた。話体を表出の底辺としてえらぶことで、根源的な意識を現実の外におこうとした二葉亭は鷗外にくらべれば困難をえらんで、その分だけ損をしたといえようか。

表現の歴史としてみれば、中期の露伴、紅葉や同時期の一葉は、鷗外が「舞姫」、「うたかたの記」、「文づかひ」などでやったことを鷗外とは対称の位置からやったといえよう。鷗外とは逆に話体から文学体へちかづく形をもったもので、その表出はリアリズムからイデアリズムの方向へ抽出されている。あるいは文学史家の定説とくいちがうかもしれないが、露伴の「一口剣」（明治23年）や紅葉の「伽羅枕」（明治23年）の表現は、そんなふうに理解すべきだとおもえる。魯庵は紅葉の文体がよくねられたこったものだったため、美文調の作家とかんがえたらしいが、紅葉は徹頭徹尾といってよいほど**話体**を底辺においた作家だった。露伴もまたそうだ。

中村光夫は『日本の近代小説』のなかで硯友社の文学運動についてつぎのようにかいている。

硯友社勃興の背景をなした国粋主義の運動が、未熟な欧化主義の浅薄な様相にたいする反動から起り、その復古的な外観にかかわらず、実際には国家の近代的（資本主義的）自覚の要請にこたえていたように、硯友社の文学も、逍遥二葉亭の主張した小説近代化の運動の主体的、客体的な条件の未成熟からきた挫折の反動として起り、一面においてそれを否定しながら、また独自な形で継承しているのです。

すなわちそれは一方において江戸文学のルネッサンスであると同時に、逍遥の主張した文学の自主性、芸術の非功利性の主張は明かに硯友社小説の根本性格をなしていたので、逍遥は思いがけない形で実現された彼自身の主張に小説家としての筆を折られたと云えます。

紅葉露伴の成功は、逍遥の唱道した写実主義小説の理想型とも云うべき西鶴を我国の古典のなかに見出し、その構想、文体ともにただちに取って模範とすることができたことにもとづきます。

実証的な根拠をもって主張されているのだろうが、表出史からはべつの見かたをとるべきだとおもえる。さきにものべたように、表出史をそれ自体としてとり出しうるのは、社会的な動向にともなう要素を捨象し、個々の作家が表現の粉本としてなにを択んだかということを捨象し、自己表出としての言語というところまで抽象されたときだけだからだ。

たとえば露伴の「一口剣」や紅葉の「伽羅枕」は、二葉亭の「浮雲」とおなじように、話体からの抽出過程として成り立ち、ほぼ「浮雲」とおなじ段階にあった。その表出がちょっとかんがえると天と地ほどの差異があるようにみえるのは、二葉亭の粉本が逍遥とロシア十九世紀文学にあり、紅葉、露伴の粉本が西鶴、也有その他江戸期の話体小説と詩文にあったというちがいにすぎない。表出の転移を必然として位置づけるものは、こういうことと無関係といっていい。むしろ、この時期の紅葉や露伴は「舞姫」に代表される鷗外の表出と対照的な位置にたったというべきなのだ。

文学史家は、二葉亭の「浮雲」を露伴の「一口剣」や紅葉の「伽羅枕」とおなじ範疇にかんがえ、むしろ鷗外の「舞姫」をこれと対照的な作品として位置づける方法になれていないかもしれない。しかし表現史は、もともとそういうものとしてしか成立しないので、主題やその主題に登場する諸人物や、物語りの展開を、現象としてではなく、根源にまでかいくぐったうえで考察するとき、かならずそうなるのだといえる。

紅葉の「伽羅枕」から「二人女房」、「心の闇」をへて「金色夜叉」にいたる全作品は、表出の段階としては二葉亭の「浮雲」以下でもなく、また、それをこえるものではなかった。また、露伴の「一口剣」や「五重塔」についてもおなじであった。ただ、露伴は「風流微塵蔵」（明治26年）でわずかに文学体からの下降的な過程と、話体からの抽出過程を融和させているようにみえる。「風流微塵蔵」が、鷗外の初期作品や二葉亭の「浮雲」と表出の意識としてちがっているとすれば、その点だった。

(8) 新三が泣いて待つてといへるを孰も耳に入れざるべき景色なりしが、お小夜といへるが立戻りて、妾は待つから一同もお待ちと優しき声して云ひ出づるに、お師匠さんのところの小夜ちやんが待てといふから待つて遣らう、と各自岸の小草の上に立ち居て少時息らふ間に、新三郎は返りて例の藪より葉を採らむとするを、お小夜は情らしくも懐中よりして、先刻に自己が此次の勝負の料にと取り置ける幅濶くして色美はしきを採り出して、さあ新ちやん此を進やう、これでお製作へと渡し遣りぬ。

(9) 精神安ければ怪異無く、精神乱るれば不思議の多くなるものにて、久四郎が身の周囲には不思議の事の多くなりぬ。其第一は番頭の当八が何かは知らねど底意ありげの眼稜して軽蔑む如く我を睨むと思はるゝこと、其第二にはお初の衣装の前々より小清潔して居たるは知りしが此頃取りわけ色もよく品も上りしものを着るやう見ゆることにて、是は特更に心の惹かるゝ疑団なり、其第三は主人の内儀がお初をはじめ皆の者を前ゝよりはひとしほ優しく待遇ふやうに見ゆる中にたゞ我のみをば今まで通りにするかと如何にも思はるゝこと、此の三つをば主にして其他の小き不思議さは一ゝ云ふに堪へぬながら、是皆自己が邪猜より思ひなすにはあらざるやと自己ながらも思ひ消して見ぬにはあらねど、其他のことは思ひかへしも随分成るべし、たゞお初めが身の衣装の美麗になりしといふ不思議は何とあつても解くべきやうなく絶えず胸にぞ残りける。

まえの引用は一葉のいくつかの作品にもよくまねされている手法で、話体からより微細にまたつよい撰択力によってえらばれた対象の環が成り立つ過程を、あとのものは「浮雲」の文三がお勢と本田との仲を気に病んでお勢にむける心の動きににた内の描写が、詩文体から下降的につき出される過程をしめしている。

現在からみてどうみえようとも、当時「風流微塵蔵」はまれな本格的な小説としてうけとられたにちがいない。露伴の表出のおおきな特質は対象にたいする撰択力がなみはずれてつよかった点にある。文体としてみればどこにもあたらしさはないし、その思想は正宗白鳥が皮肉をこめていっているように、思想などというに価するものをまったくもたなかったといえるかもしれない。しかし、その表現はふかいすぐれた撰択眼によってつよい像をあらわし、かならずしも描写を微細にすることを目あてにしていない。まるで鷲づかみのような特質をもっていた。

たとえば、「精神安ければ怪異無く、精神乱るれば不思議の多くなるものにて……」という(9)の文章は、円朝の「詰り悪い事をせぬ方には幽霊と云ふ物は決してございませんが、人を殺して物を取るといふやうな悪事をする者には必ず幽霊が有りまする。是が即ち神経病と云つて、自分の幽霊を背負つて居るやうな事を致します。例へば彼奴を殺した時に斯ういふ顔付をして睨んだが、若しや己を怨で居やアしないか、と云ふ事が一つ胸に有つて胸に幽霊をこしらへたら、何を見ても絶えず怪しい姿に見えます。」と巧をおなじにするかもしれないが、円朝の表出は話体から文学体の方へ向って自立しているのにたいし、露伴のこのところは文学体から話体の方へ向って自立しているものだ。露伴はすこし謎めいたところをもっている作家だ。その文体はきわめて論理的であり、紅葉などとくらべものにならないほどだが、同時にとても古風な情動を感じさせる。その理由をたずねることは、いまの追求の域をこえていて手がとどかない。その鷲づかみのおおきさとつよさは表出の時間的な流れにそっていえば論理的な像をあたえるが、空間的にはあまり拡がりをもたないのはなにによるのか。

このことは、話体から文学体への抽出過程にあたっている「五重塔」(明治24年)が、表出の段階として二葉亭の「浮雲」をこえるものではないが、たとえば次のような個所がほとんどコスミックな像をあたえるその根源的な表出の意識とふかくつながっている。

(10)　上りつめたる第五層の戸を押明けて今しもぬつと十兵衛半身あらはせば、礫を投ぐるが如き暴雨の眼も明けさせず面を打ち、一ツ残りし耳までも扯断らむばかりに猛風の呼吸さへ為せず吹きかくるに、思はず一足退きしが屈せず奮つて立出でつ、欄を握むで屹と睥めば天は五月の闇より黒く、たゞ囂々たる風の音のみ宇宙に充て物騒がしく、さしも堅固の塔なれど虚空に高く聳えたれば、どう〳〵どつと風の来る度ゆらめき動きて、荒浪の上に揉まるゝ棚無し小舟のあはや傾覆らむ風情、流石覚悟を極めたりしも又今更におもはれて、一期の大事死生の岐路と八万四千の身の毛竪たせ牙咬定めて眼を睜り、いざ其時はと手にして来し六分鑿の柄忘るゝばかり引握むでぞ、天命を静かに待つとも知るや知らずや、風雨いとはず塔の周囲を幾度となく徘徊する、怪しの男一人ありけり。

新派劇のひとこまのような、安っぽいがたしかな十兵衛の像が、塔のコスミックな像とかさなる。コスミックな像は露伴に骨のずいまでくいこんだ漢学と仏教の総和の意識であり、新派的な像は話体をもとにした表出からやってくる。ここにある言語は指示性を話体の次元においたまま自己表出として彫りの深さがつよく抽出されているため、その励起の高さが振幅のせまさとゆきちがってつよい像をみちびいている。

4　「照葉狂言」・「今戸心中」

わたしが、ここでおもいえがいていているのは、**話体**から上昇して**文学体**にむかおうとする傾向を一つの極におき、**文学体**から下降して**話体**にはいろうとする傾向を他の極として、このあいだに、**文学体**からさらに上昇して未知な**文学体**へと自己表出を高めようとする傾向と、**話体**からさらに**話体**を拡散しようとして通俗小説に入ってしまうものと、**話体**として持続的に芸術性をたもとうとするものとを、おりまぜて、ある時代的な言語表現の空間をつくっている総体の像だ。この空間は、文学が模倣の博物館であるという意味では、表現史の連続した表出力がつくりあげる文学表現史の帯だが、文学の表現が対他的なひろがりだという意味では、時代の現実のさまざまな条件がつくりあげるものということができる。それだから文学史という概念は、表出史のもとのところに身をかくしてくっついているのだが、表出史そのものとはちがう。そしてわたしたちは、ここで表出史という領域を文学芸術に固有なもので、この領域のうちがわでは、文学・芸術をそのまま現実の動きに還元したり、対応させたりできないものとかんがえるのだ。

泉鏡花といえば、すぐに紅葉の弟子であり、その系統をつぐものと文学史の記述では理解されやすいが、鏡花は、紅葉、露伴、一葉などと対照的に、ほんとうは鷗外の「舞姫」や「うたかたの記」の嫡子として出発している。鏡花はうたがいもなく**文学体**を底辺においているので、紅、露二家のような**話体**を底辺にした作家とちがっている。初期の「外科室」などには文体のうえからも鷗外の影響があらわれている。

しかし、鏡花が**文学体**から出発して下降したところで、時代の**話体**の上昇する過程とぶつかり、融和して「浮雲」や「舞姫」の表出の段階をこえて一時期を劃するのは、「照葉狂言」（明治29年）以後の「湯島詣」（明治32年）、「高野聖」（明治33年）などによってであった。この意義の深さは鏡花とはんたいに紅葉とおなじ過程をとおった広津柳浪の「今戸心中」と分配される。

鏡花について中村光夫（『日本の近代小説』）は紅葉などの写実小説にたいして観念小説とよんでいる。吉田精一（『明治大正文学史』）は、観念小説から出発して、浪漫的神秘的作風に移ったとしている。伊藤整は『小説の方法』で鏡花についてこうかいている。

もとから、怪奇趣味、支那的な幻想、歌舞伎的な純粋化された感覚を多分に持つてゐた鏡花は、その古風な義理人情の倫理観を、それ等の幻想風なイメージとつながる省略の多い飛躍的なスタイルで包んで、現実を感覚によつて抽象するやうな特殊な散文を作つた。鏡花の感覚把握は江戸末期の南北や黙阿弥のやうな題材の感覚性によるものではなく、それを雰囲気として、スタイルとして生かした。江戸期の諸芸術や支那文学に自然な結晶として出来てゐた純粋表現の方法を、鏡花はその現実逃避の性格や硯友社的な古典に通ずる発想から身近いものとして把握した。（中略）日本では詩歌の外に、謡と能、浄瑠璃と人形芝居、歌舞伎などが封建社会の現実から抽出したところの作られた美の効果である。その特色は人間性全体の抑圧、節度化によつて、論理を歪め、感覚的なものにのみ呼吸をゆるすといふ封建社会のあり方から生れた必然の歪みを持つてゐる。感覚への集中といふことは、鏡花以後の日本の方法的な文章家たちが共通して持つた特技である。

これを中村光夫の見解とかんがえあわせると興味ぶかい。鏡花の文学は反抗と憧憬の文学であり、そこにある一種の社会的正義感も周囲の近代社会の未成熟や封建的な義理人情をよろこぶ鏡花の職人気質などと考えあわせてとうてい社会小説にみちびくものではなかったと中村光夫はふれている。

表出史としてみれば、鏡花の文学をそう簡単に現実逃避の性格や周囲の社会の封建性や義理人情好み、神秘癖にむすびつけられない。「外科室」や「夜行巡査」は表現として「舞姫」や「浮雲」をこえるものをもっていないが、「照葉狂言」以後の作品は、劃然とそこからぬけでた高度な表現をみせている。「変目伝」から「今戸心中」にいたる柳浪の作品がべつに社会小説でも現実小説でもないが、話体の表出からでてすくなくとも「今戸心中」ではあたらしい段階にたっしているのとよく対応している。

(11)「向うなの、貢さんの家は。」
衣ずれの音立てて、手をあげてぞ指さし問ひたる。霞ケ峰の半腹に薄き煙めぐりたり。頂の松一本、濃く黒き影あざやかに、左に傾きて枝垂れたり、頂の兀げたるあたり、土の色も白く見ゆ。雑木ある処だんだらに隈をなして、山の腰遠く瓦屋根の上にて隠れ、二町越えて、流の音もす。東より西の此方に、二ならび両側の家軒暗く、小さき月に霜凍てて、冷たき銀敷き詰めたらむ、踏心地堅く、細く長き此の小路の中を横截りて、廂より軒にわたりたる、わが青楓眼前にあり。

(鏡花「照葉狂言」明治29年)

(12) 忍が岡と太郎稲荷の森の梢には朝陽が際立ッて映ッて居る。入谷は尚ほ半分靄に包まれ、吉原田圃は一面の霜である。空には一群々々の小鳥が輪を作ッて南の方へ飛んで行き、上野の森には鳥が噪ぎ始めた。大鷲神社の傍の田圃の白鷺が、一羽起ち二羽起ち三羽起つと、明日の酉の市の売場に新しく掛けた小屋から二三個の人が現はれた。鉄漿溝は泡立ッた儘凍ッて、大音寺前の温泉の烟は風に狂ひながら流れて居る。
一声の汽笛が高く長く尻を引いて動き出した上野の一番汽車は、見る〳〵中に岡の裾を繞ッて、根岸に入ッたかと思ふと、天王寺の森に其烟も見えなくなッた。(柳浪「今戸心中」明治29年)

このふたつの景物描写には、「変目伝」(明治28年)、「黒蜥蜴」(明治28年)のような**話体**から抽出してのぼりつめていった柳浪の頂きと、「外科室」や「夜行巡査」のような**文学体**から下降しておりつめた鏡花の頂きとが、おなじ表出の段階で象徴されているといっていい。対象のえらび方は自在で、それぞれの文体のもとにある話体と文学体の痕跡はきえてしまっている。柳浪の「今戸心中」は悲惨小説で「照葉狂言」は観念小説だといった区別はここではまったく意味がない。そのうえ、柳浪が話体小説からでた、鏡花は文学体からでたということも、ほとんど区別できないほどになっている。

その理由は、表現の刈りこみができるようなある段階が、文学の表現史としてこの時期にあったことに帰せられる。たとえてみれば、ひとがあまりおとずれない風物をひかえた往還路がある。しだいに往き来がはげしくなると、もはや路ばかりでなく、風物もまた当然のものにおもわれてくる。そのとき往還路は捨てられ、つぎの人の通らぬ路がたずねられる。「照葉狂言」や「今戸心中」の表出が象徴するのは、**文学体**から**話体**へ、**話体**から**文学体**への通路が飽和にたっしたある段階だ。そうなれば、いままで熱心にながめ入ったあたりの風物も眼にとめなくなり、ただ印象の極点の風物だけ眺めの対象になる。それとおなじように表出の対象はつよい撰択をうけてひとつの連環をつくるようになった。

これは、たとえば⑾で「向うなの、貢さんの家は。」と指さす女の描写から、貢がその指さす方の景物をながめるという説明を排除して、貢がみているという位相からの景物描写に転ずる省略の鋭さや、⑿で吉原田圃の景物を見事に描写しながら、最後の二行で上野から出る一番汽車を芸者吉里がそれにのって妻女のところへかえる千田との別れの虚ろな心情で眺めるという暗示の描写に転じているところなどにうかがうことができる。

二葉亭の「浮雲」や、露伴の「風流微塵蔵」のように、なみはずれた作品が、その時期の言語の表出の水準をこえてこんなふうな融和をなしとげてしまった、ということはあった。だが、ある時代的な契機として文学体と話体との融和が成し遂げられたとかんがえられるのは、この時期が初めてであった。わたしたちには文学の言語の対自と対他がある調和を遂げたものとみえる。作家たちがある表出の位置を占めたとき、生活と観念の水準とをうまく和解させることができたためだ、ということができる。現実との相剋の意識が現実からの疎外とつりあったといってもいいし、現実との和解の意識が現実の安定と見あっていたといってもいい。言語の表出史からみるとき、ほとんど悲惨小説とか観念小説とかいう文学史的な名称は信じられないのだ。それはただ素材または主題のもんだいにすぎないので、作家の表出意識はこの時期ある安定感に見舞われたとわたしにはおもえる。風葉の「恋慕ながし」（明治31年）や蘆花の「不如帰」（明治31年）や幽芳の「己が罪」のような**話体**が、**文学体**へと抽出されてゆく過程からはずれて**話体**のまま横すべりに安定してしまう小説の通俗化の傾向が、近代小説史のなかで、この時期はじめてたくさんあらわれたのはこれとかかわりがあるとおもえる。

露伴が小説の筆をおる最後の作品「天うつ浪」（明治36年）は、表出史としてはどうしてもこの段階の調和を出られなかったことは、ある象徴をなしている。だが同時期の若い独歩、花袋、藤村、荷風などの表現は、この段階をこえていた。露伴が小説をあきらめた文体からみた理由はそこにあったとおもえる。露伴はじぶんの表現が若い作家たちに及ばないことをよく知っていたはずだ。

5 「武蔵野」・「地獄の花」・「水彩画家」

鏡花が「照葉狂言」や「湯島詣」や「高野聖」によって、また、柳浪が、「今戸心中」によって手にいれた文学体と話体とのある段階での調和ははじめて独歩によって破られた。そして表出をつぎの段階にうつしたのは、若い独歩の「武蔵野」（明治34年）や「牛肉と馬鈴薯」（明治34年）だった。調和していた文学体はさらに下降するように抽出された。一方で話体の意識はさらに上昇する方向に抽出されてゆき、その矛盾が独歩の文体をそびえたたせた。これはまったく新しかったのだ。

(13) 若し君、何かの必要で道を尋ねたく思はゞ、畑の真中に居る農夫にきゝ玉へ。農夫が四十以上の人であつたら、大声をあげて尋ねて見玉へ、驚て此方(こなた)を向き、大声で教へて呉れるだらう。若し少女(をとめ)であつたら近づいて小声できゝ玉へ。若し若者であつたら、帽を取て慇懃に問ひ玉へ。鷹揚に教へて呉れるだらう。怒つてはならない、これが東京近在の若者の癖であるから。

教へられた道をゆくと、道が又た二つに分れる。教へて呉れた方の道は余りに小さくて少し変だと思つても其通りに行き玉へ、突然農家の庭先に出るだらう。果して変だと驚てはいけぬ。其時農家で尋ねて見玉へ、門を出るとすぐ往来ですよと、すげなく答へるだらう。農家の門を外に出て見ると果して見覚えある往来、なる程これが近路だなと君は思はず微笑をもらす、其時初て教へて呉れた道の有難さが解るだらう。(独歩「武蔵野」)

〈武蔵野〉の道の特長、武蔵野の景物の特長のひとつをいうために、この文章はかかれている。作者によって景物を描写することが、それ自体表出の意識の調和としてかんがえられたとき、突然のようにこういう転調がある。景物を支配しようとする判断がおこり、それを支配する。

じじつは、武蔵野の農夫はすべてこんなもの言いをするわけでもなく、その道はこんなふうに農家の庭をとおっていなければならないわけではない。それなのにすべてはこんなふうであるかのような普遍的な印象をあたえる。話体は急速に文学体のほうへはせのぼろうとし、文学体は急速に話体へ下降しようとしてその矛盾が意味をつよめているのだ。景物はえがかれた像ではなく、かんがえられた像をなしている。観念と現実のあいだをはげしくゆききしうる独歩の表現の意識をよくあらわしている。

天外の「はやり唄」(明治35年)や、独歩の「牛肉と馬鈴薯」から影響をうけたとおもわれる花袋の「重右衛門の最後」は、これと表出としておなじ位相にあって、表出の位置をはっきりさせ、つぎに表出主体を形成しようとする過程にあったといえる。ここでいう表出の主体の形成というのは作家の個我意識の形成ということとはちがう。それは前代からの表出史の流れにたいして、それと連続しながらそれを破りうる表出の位置をはっきりとつかんだことを意味している。この過程は、前代の表出からの位置を分離させたうえではじめて達成できるものだった。

独歩じしんは「富岡先生」(明治35年)、「酒中日記」(明治35年)、「運命論者」(明治35年)などの作品でこの過程をもっと煮つめていった。言語の対自と対他の意識の矛盾を、はげしく煮つめて文体の密度をたかめることを意味した。

荷風の「地獄の花」(明治35年)や、藤村の「水彩画家」(明治37年)が、ある意義をもってこの時期に登場したとすれば、こういう煮つめ方の濃度を、かつてないまで高めたということだった。

⒁ 黄昏の空は薄い微光を含んで、四辺(あたり)の光景(さま)を夢の如く曇らして居た。園子は亭(ちん)の腰掛に身を置いて、夜の暗さの蔽ひ掛からうとする空を打仰ぐと、何とも知らず悲しい淋しい心持になつて、訳もなく自分の身までが果敢(はかな)まれる様な気がする。名誉とか地位とか、それが果して何であるだらう。人生は矢張り詩人が歌ふやうに楽しいものでは無いかも知れぬ。何時となく深い哲学的の空想に耽りかけたが、折りから後の茂みの中に人の跫音と、続いて話声が聞えた。驚いて振返ると、夫人の縞子が秀男の子を引きながら、同じく夕飯(ゆふめし)前の散歩を試みて居るのであつた。(荷風「地獄の花」)

⒂ 日の光は風に送られて、岡の上をおもしろく黄ばんだ絵のやうに見せる。せめては心の痛みを忘れたさの熱心から、伝吉は眼前(めのまへ)の秋を写生する気で掛つた。絵筆を取上げて、さて激昂して写せない。手は瘧(ぎやく)を煩ふ人のやうにぶる〳〵と震へて、胸の中に病む深い苦痛を感ずるのであつた。

丁度、岡の上を鴉の群が騒しく鳴いて通る。忌忌敷(いま〳〵しい)。それは烈しい羽搏きの音を雑木の中に響かせて、暗い影をところ〳〵に落し乍ら、恐しい未来を知らずに居る人間の愚かしさを嘲笑ふやうに鳴いて行つた。

「あゝ、お初は死ぬかもしれない。」

と、不図、身の毛の弥立(よだ)つやうな恐ろしい聯想を起して、思はず画筆を投捨てゝ了つた。(藤村「水彩画家」)

現在からみて、どんなにぎこちない描写にみえても、景物と人物のこころの内の動きを、ある密度で連環させられるようになったのは、文学史のうえで自然主義の前期とみなされたこれらの作品がはじめてだった。これは表出の主体が立体感をもつようになったため、主体の対象への移入が、そのはんいだけ自在さをひろげたことを意味している。近代表出史で自然主義への入口の時期が劃期的だとすれば、前代の文学体と話体との分裂が、あとをもとどめないほど煮つめられた点にあった。

第Ⅱ部　近代表出史論（Ⅱ）

1　自然主義と浪漫主義の意味

文学史のうえで自然主義へふみこんだとかんがえられている明治三十年代の末期から、表出史としてふくみとひろがりのおおい時期にはいった。文学の表現の歴史を、自己表出としての言語が、時代をふんでつぎの未知へと励起されてゆくものだとかんがえるかぎり、この時期からあとはけっして進展のおおいときとはいえない。

文学史の常識とはちがって、藤村の「破戒」があらわれた明治三十九年から数年のあいだに、自己表出としての言語は、べつにあたらしいきざしをみせなかった。そして、自己表出として跳躍をはばまれた言語は、むしろ指示表出としてかつてない多様さとひろがりとをみせた。おそらく日露戦争後の社会のひろがりとかかわり方がこの時期の表現に特徴をあたえている。文学者たちは、さまざまにひろがった現実の社会の構成のあちこちにばらまかれ、いろいろな感受性をしいられた。そのために、言語と対象となる現実とのかかわりにいく重にもちがった側面があらわれた。文学者たちは自分の表出に思念をこらすまえに、外界の変貌にこころを奪われめまぐるしくそれを追ったにちがいない。たとえば漱石の「吾輩は猫である」（明治38年）と風葉の「青春」（同年）とのあいだは驚くほど無関係だといえるし、藤村の「破戒」と同年の漱石の「坊つちゃん」のあいだにもなんの類縁もない。かれらは、ちがった現実に、いいかえればちがった言語の指示意識にむきあった、それぞれ無関連の個性にほかならなかった。

文学者たちはおそらく、はじめて現実の社会のなかのじぶんの位置におどろき、社会のひろがりのすさまじさに目覚めたのだ。かりにかれらがこの現実の社会のかわりかたに無意識だったとしてみれば、明治の現実の社会ははじめてかれらの表出意識に多様さをしいたともいいなおせるにちがいない。漱石のような鋭敏な思想家が「全世界中、最も早く神経衰弱に罹るべき国民は建国最も古くして、人文最も進歩せる国ならざる可からず。彼等は自ら目して最上等の国民と思ふにも関らず実は一層毎に地下に沈淪しつつあるなり。然れども一たび廻転せる因果の車は之を昔に逆転するを得ず。アルコール中毒のものが禁酒家を羨みつつ昏睡して墓に入るが如し」というような感慨をもらすほかなかった事情は、すでにこの時期からあらわれたのだ。

平野謙は「破戒」論のなかでつぎのようにかいている。

日本自然主義文学運動が作品史的には『破戒』『蒲団』を以て開幕したとは通常明治文学史家の説くところである。このことはさまざまな意味を孕んでゐる。そのひとつを取りだしてみれば、『破戒』にはじまるとだけは言ひきれず、しかし、それを黙殺して『蒲団』に出発したとも断言し得ないところに、日本自然主義の特殊な性格と『破戒』一篇の負はねばならぬ史的評価とが暗々裡に浮びあがつてゐるのである。ひととほりの意味でいへば、自然主義文学全体の歴史からみても、藤村個人の制作発展の歴史からながめても、『破戒』は正統な史的位置づけの与へにくい作品にちがひない。この事実は重大である。管見によれば、日本自然主義の正統な発展のためには、『破戒』こそ絶対不可欠の出発点にほかならなかつた。

表出史としてみれば、日本自然主義が正統に発展するためには、かくかくの作品が出発点でなければならぬはずであったという評価は、はじめからもんだいにすることはできない。もしも、死児の齢をかぞえるとすれば、文学運動についてではなく、社会そのものについてもしもかくかくに変革しえたならという設問がくわえられねば、平野謙がここでいう意味の作品史のコースの変革が望めないことは自明だからだ。表出史的にみれば、自然主義の開幕の時期が、まさに文学者たちに多様な指示表出の意識を開花せしめた時期であったという点にこそ重要な意味があった。「破戒」と同年に漱石の「草枕」や二葉亭の「其面影」のような異質な作品が同在し、「蒲団」とおなじ年に、鏡花の「婦系図」や、漱石の「虞美人草」や、四迷の「平凡」のような、とうていおなじ対他意識からうみだされたとはかんがえられない異質の作品が、それなりの必然でいっせいに開花していた事実のなかに、文学史家のいう自然主義文学期の重要さのすべてがこめられていた。

日本自然主義の正統な発展のために、「破戒」が絶対不可欠の出発点であったという平野謙の意味づけは、作品史だけをとりだせば、死児の齢をかぞえているだけだ。が、「破戒」が正統な史的位置づけの与えにくい作品だという評言には、たんに「破戒」という作品にたいしてだけではなく、この時期の文学にたいしてすぐれた洞察がふくまれている。「破戒」は、表出の指示意識として文学史にあらたな意味をあたえた。しかし、自己表出の意識として明治二十年の「浮雲」をさえそれほど出るものではなかった。これを作品史としていえば平野のいうように位置づけをあたえにくい作品というほかはないのだ。

たとえば、

⒃　寝床に入つてからも、丑松は長いこと眠られなかつた。不思議な夢は来て、眼前（めのまへ）を通る。其人は見納めの時の父の死顔であるかと思ふと、蓮太郎のやうでもあり、病の為に蒼ざめた蓮太郎の顔であるかと思ふと、お妻のやうでもあつた。あの艶を帯（も）つた清（すゞ）しい眸、物言ふ毎にあらはれる皓歯（しらは）、直に紅くなる頬――その真情の外部（そと）に輝き溢れて居る女らしさを考へると、何時の間にか丑松はお

志保の俤を描いて居たのである。尤もこの幻影は長く後まで残らなかつた。払暁になると最早忘れて了つて、何の夢を見たかも覚えて居ない位であつた。（「破戒」明治39年）

「浮雲」の文三が、免職になったあと、過去や将来をおもいやって眠りきれない夜の描写から直接の影響をこうむっているかいないかのせんさくはべつとしても、この個処などとうてい「浮雲」をでるものでない。むしろ二葉亭の冴えた表現に及ばないというべきだ。「破戒」にもし「浮雲」とちがった表現の新しさがあるとすれば、藤村が主人公の丑松を一定の距離をもって相対的につくりだしながら、丑松のこころのうちの動きをはっきりとえがきえたことだった。「浮雲」の文三のこころのうちの独白は、二葉亭の対象への感情の移入によって、はじめてリアリティを保証されている。「破戒」ではこころのうちの告白をする丑松を、藤村は作者じしんの位置からひき離して描いているようにみえる。これは表出の対他意識のひろがりなしにはできないものだった。

⒄　あゝ、告白けるなら今だ。

丑松に言はせると、自分は決して一生の戒を破るのでは無い。是が若し世間の人に話すといふ場合ででも有つたら、それこそ今迄の苦心も水の泡であらう。唯斯人だけに告白けるのだ。親兄弟に話すも同じことだ。一向差支が無い。斯う自分で自分に弁解いて見た。丑松も思慮の無い男では無し、彼程堅い父の言葉を忘れて了つて、好んで死地に陥るやうな、其様な愚な真似を為る積りは無かつたのである。

「隠せ。」

といふ厳粛な声は、其時、心の底の方で聞えた。急に冷い戦慄が全身を伝つて流れ下る。さあ、丑松もすこし躊躇はずには居られなかつた。「先生、先生」と口の中で呼んで、どう其を切出したものかと悶(もが)いて居ると、何か目に見えない力が背後(うしろ)に在つて、妙に自分の無法を押止めるやうな気がした。

「忘れるな」とまた心の底の方で。

「瀬川君、君は恐しく考へ込んだねえ。」と、蓮太郎は丑松の方を振返つて見た。「時に、大分後れましたよ。奈何(どう)ですか、少許(すこし)急がうぢや有ませんか。」

斯う言はれて、丑松は其後に随(つ)いて急いだ。(「破戒」)

丑松を対象としじぶんの位置からひき離してとりだしながら、丑松のこころのうちの独白を追いえたことと、丑松の内的な独白が社会や環境にたいする直接の指示意識であることとは深くつながっていて、「破戒」の作品としての意義を物語っている。ここに「破戒」が〈社会〉小説としてもつあたらしさがあった。しかし「破戒」が、ともすれば風葉の「青春」などとおなじような通俗小説にながれる傾向をもち、一種の風化した面白さで読ませる危険性をはらんでいたことは、自己表出の意識としてあらたに藤村がつけくわえたものがほとんど無かったからだ。そして、このもんだいは藤村の作家的な力量よりも、よりおおく日露戦争の戦後社会そのものに普遍的な根拠をもつものとおもえる。作家の表出空間を固有な一定のものと仮定したばあい、表出の対自意識と対他意識とは逆立するとみてよい。この要因を根ぶかいところでつかさどるのは社会そのもので、これをつきくずすには、表出の水準がふたたび社会を呑みこむほど根をひろげるほかないのだといえる。

表出史としてみれば「破戒」は、旧代をぬきえない自己表出としての言語と、指示性の緊張によって内的なリアリティが保証されていた。それはあたらしい言語の段階へうつるきざしをふくんだものであった。文学史を文壇史としてみるのでなければ、この作品を同年の二葉亭の「其面影」にくらべて、とくにたかく評価すべき理由はないといわねばならない。「破戒」は表出史のうえで同時代の一極におきうる作品というにすぎない。

花袋の「蒲団」は、表現としての意味からは二葉亭の「其面影」はもちろん、花袋の影響下にかかれたとおもわれる「平凡」にくらべても、はるかに及ばないものだった。しかし、これらの作品は一群をなして、表出史をあらたな話体へ下降させる最初のきざしをつくった。この影響は、現在わたしたちが想像するよりもはるかに強力で徹底的なもので、鷗外や漱石でさえもこれをまぬかれることはできなかった。作品そのものとしては、同時代で特筆にあたいするとはいいえない「破戒」や「蒲団」が、もし表出史的に意義をもつとすれば、あたらしい段階で、話体小説へ下降する過程を、同時代にうながす原動力になった点にあった。

この時期に、藤村や花袋や二葉亭と表出史のうえで対照的な傾向をしめしたのは、「千鳥」をかいた鈴木三重吉や「婦系図」の鏡花だった。あたらしい段階の文学体へむかって上昇の過程をはじめにふみだしたのはこういった作品だといえる。一方の極に「破戒」や「其面影」や「蒲団」をおき、一方の極に「千鳥」や「婦系図」をおいてみると、日露戦争の戦後の時期の言語空間の幅と高さをおもいえがくことができる。そして、言語空間の幅としての指示表出のひろがりと多様さに、明治末の社会的なもんだいが文学のなかに反映される姿があった。

文学史家たちは、たとえば平野謙や中村光夫のように自然主義文学運動を中心においてこの時期を論ずるか、佐藤春夫のようにこれと対照的に浪漫的な傾向に中心をえらんでこの時期の文学を論ずるかいずれかになってくる。しかし、中心をどこに択ぶかは、好みや傾向や主張のもんだいではあっても文学の〈理論〉のもんだいではありえない。この意味の誤解は、まだ、しばらく日本の批評からけしさることはできないだろうが、一応はっきりとさせなければならない時期にきているとおもう。もちろん、わたしは、好み、傾向、主張としては自然主義系統の作品に中心を択びたいのだが、それは〈理論〉とはまたべつのもんだいになる。文学を現実の社会の基礎のうえにそびえる幻想の構造という見かたでみようとするなら「破戒」と「千鳥」というふたつの異質な表出のあいだに、また「蒲団」と「婦系図」という異質な極のあいだに、さまざまにひろがる指示表出のはば全体を、上部構造としてみるべきであって、特定の論者が傾向や好みでえらんだ文学運動を中心にして社会の土台のうつりゆきと照応させるのは、まったくの誤解でなければならない。わたしはここで文学の〈理論〉を提出しているので、文学論を主張しているのではないと、わざわざ断らなければならないとすれば、わたしの責任ではない。たんなる文学論を文学理論としておしつけてきた理念の負うべきものだ。

(18) 自分はそれを（赤い縮緬の帯上げのようなもの—註）幾つにも畳んで見たり、手の甲へ巻き附けたりしていぢくる。後には頭から頤へ掛けて、冠の紐のやうに結んで、垂れ下つたところを握つたまゝ、立膝になつて、壁の摺絵を見つめる。「ネイシヨンス・ピクチユア」から抜いた絵である。女が白衣の胸にはさんだ一輪の花が、血のやうに滲んでゐる。目を細くして見てゐると、女はだん〳〵と絵から抜け出て、自分の方へ近寄つて来るやうに思はれる。

するといつの間にか、年若い一人の婦人が自分の後に坐つてゐる。きちんとした嬢さんである。しとやかに挨拶をする。自分はまごついて冠を解き捨てる。（「千鳥」）

(19) 隔ての襖が、より多く開いた。見る〳〵朱き蛇は、其の燃ゆる色に黄金の鱗の紋を立てゝ、菫の花を掻潜つた尾に、主税の手首を巻きながら、頭に婦人の乳の下を紅見せて噛んで居た。

颯と花環が消えると、横に枕した夫人の黒髪、後向きに、掻巻の襟を出た肩の辺が露に見えた。

残灯は其の枕許にも差置いてあつたが、どちらの明でも、繋いだものの中は断たれず。……

ぶる〳〵震ふと、夫人はふいと衾を出て、胸を圧へて、熟と見据ゑた目に、閨の内を眗して、懵としたやうで、未だ覚めやらぬ夢に、菫咲く春の野を徜徉ふ如く、裳も畳に漾つたが、稍あつて、はじめて其の怪い扱帯の我を纏へるに心着いたか、あ、と忍び音に、魘された、目の美しい蝶の顔は、俯向けに菫の中へ落ちた。（「婦系図」）

たとえば、「婦系図」のこの個処は菫色の手巾のはしにむすんだ扱帯のはしが主税の手にあり、もういっぽうのはしが菅子の胸のところでとけかかっているという情景で、菅子が眼をさまして、起きあがり、手巾のうえに顔をおとすという表現だ。〈蛇〉は扱帯の比喩であり、〈菫の花〉は手巾の比喩であり、〈蝶〉は夫人の顔の比喩になっている。言語は事物を具象的に指示するものとしてはほとんどつかわれていない。情景の像概念があり、それを対象として指示表出さえ自己表出のほうへ変形させながら対象のほうへちかづこうとしている。

「千鳥」では「婦系図」ほど極端ではないとしても、おなじもんだいがあらわれる。

襖をへだてて寝ている男女が、扱帯に結びつけた手巾でたわむれるとか、壁にかけた女の画像を目を細めてみているとか画面から女の姿がぬけでてくるように感じたとかいうこころの体験は、これを現実のできごとにひきもどしてみれば、さ末事のうちのさ末事にしかすぎない。しかも、こういう心の体験を表出にまでもってゆく作者の意識も、現実にひきもどしてみれば、無意味なトリヴィアリズムにすぎない。これを「破戒」などの指示意識と対照させればほとんど生の現実性をもたないということができよう。しかし、針がおちる音が、万雷のおちるとどろきのようにきこえてしまう病的幻聴者のように、さ末な現実の環を、その現実の重さとかかわりなく自己表出としておしひろげ、緊迫させる表現の方法は、こういった作品によってこの時期にはじめて実現されたといってよい。これが明治三十年代末の現実の社会の動向を反映した一タイプだということを考察しないのは、俗流の反映論にしかすぎないのだ。藤村と三重吉の極のあいだに、また、花袋と鏡花の極のあいだに球面のようにひろがる言語空間ののびのなかに、文学の現実的理想はよこたわっている。漱石はすでにこの時期に、「吾輩は猫である」をかき、「草枕」や「虞美人草」をかいたが、表出史のなかにおどりだしたとはいえなかった。

表出史としてみれば、花袋は「一兵卒」（明治41年）ではじめて自然主義の礎石をうちたてた。〈一兵卒〉が野戦病院をでて原隊へ復帰してゆく途中でたおれて死んでゆくすがたを、〈一兵卒〉のこころのうちの独白としてえがき、景物の描写もこころのうちの眼からきりとる視角を設定したこの作品は、自然主義の方法がどれだけの言語空間を占められるものかをはじめて極限まで定着してみせた。それはとてもおおきな意味をもつものだった。作家の主体がフィクションの一兵卒を設定し、ここにじぶんを感情移入させながら兵卒のこころのうちの独白と、景物と、作家の主体からの描写とを、ひとつの〈意味〉の流れとして結合する方法がはじめてとられたといえる。

(20)　蟻だ、蟻だ、本当に蟻だ。まだ彼処に居やがる。汽車もあゝなつてはお了ひだ。ふと汽車――豊橋を発つて来た時の汽車が眼の前を通り過ぎる。停車場は国旗で埋められて居る。万歳の声が長く〱続く。と忽然最愛の妻の顔が眼に浮ぶ。それは門出の時の泣顔ではなく、何うした場合であつたか忘れたが心から可愛いと思つた時の美しい笑顔だ。母親がお前もうお起きよ、学校が遅くなるよと揺起す。彼の頭はいつか子供の時代に飛帰つて居る。裏の入江の船の船頭が禿頭を夕日にてか〱と光らせながら子供の一群に向つて吶鳴つて居る。其の子供の群の中に彼も居た。（「一兵卒」明治41年）

これは〈脚気衝心〉で倒れそうになった〈一兵卒〉の頭に、歩きながら浮んだきれぎれの妄想を描写している。注意してよめば、はじめの「蟻だ、蟻だ、本当に蟻だ。まだ彼処に居やがる。汽車もあゝなつてはお了ひだ」までは、作者が〈一兵卒〉に移行した位置でかかれたこころのうちの独白だとわかる。しかし、つぎの「ふと汽車——豊橋を発つて来た時の汽車が眼の前を通り過ぎる。停車場は国旗で……」以下の描写は、作者がじぶんの位置から〈一兵卒〉のこころのうちの動きを描きだしたものだ。こういう**転換**は眼まぐるしいほどこの作品でつかわれている。作者が〈一兵卒〉にうつって〈一兵卒〉のこころのうちの独白をやる方法は、花袋がそう意識していたかどうかはべつにして、鏡花や三重吉の達成をふまえなくてはできないことだった。また〈一兵卒〉のこころのうちの妄想のきれぎれなつながりを、作者がじぶんの位置からえがく方法は、「浮雲」このかたの達成をふまえているといってよい。「一兵卒」は、さまざまな偶然がさいわいしているかもしれぬが、花袋にとって前代の表出のふたつの特質を**転換**として綜合しえた唯一の機会だった。この作品の重要さについてふれた論のあるのをわたしは知らない。この年にかかれた花袋の「生」や藤村の「春」は、表出史からは「一兵卒」をこえるものをもっていなかった。「生」には知識人の生活を日常的断面でとらえた指示意識の働きがあたらしい〈意味〉として定着され、「春」には明治の青春が現実にたいしてもった漠然とした重圧感がとらえられていて、独特の〈意味〉をこしらえているが、自己表出の意識として、「生」や「春」より作品としては低いとみられる「一兵卒」に及ばなかったのだ。

この時期の作品を、たとえば花袋「一兵卒」、藤村「春」などを一極に、荷風「あめりか物語」、秋声「新世帯」などをべつの極にふりわけることができる。そして、すこしずつではあるが、あたらしい**文学体**と**話体**とがより高次な段階で分離される傾向を象徴した。注目すべきことは、この時期の**文学体**と**話体**とがふたつとも指示意識の差異によって分離をめざしたことで、作家たちは主題と構成すべき現実とのかかわりあいをどこにえらぶかをめぐって、それぞれの独自さを形づくっていった。それは、自己表出と指示表出とのいずれに重点をおいて作品を形成するかによって分離されたものではなかった。ここに、自然主義文学運動のあたえた普遍的な影響のもんだいがあり、また、言葉をかえれば、〈自然主義〉と名づけようが、何となづけようが、その影響のいちばんおおきな源泉は社会そのものの構成の変貌にあったといえる。

2 「それから」・「キタ・セクスアリス」

森田草平の「煤煙」は、この時期の**文学体**の表出の水準をかんがえるばあいとても重要だとおもう。この作家が、この一作のほかにみるべきものがなかったとすれば「煤煙」は、まさに表出をつぎの段階にすすめる触媒の役割をはたしてきえたものだった。たとえば漱石が「それから」によって**文学体**の表出史にはじめてはいりこんでくる。そのために「煤煙」は無形のおおきな影響をあたえたものとかんがえられる。「煤煙」は、藤村の「破戒」とおおきく結縁している。峰づたいだけをとってみれば「破戒」や「蒲団」によって代表される一極と「千鳥」や「婦系図」によって象徴される一極とは、ひとたび、花袋の「一兵卒」によって綜合され、ふたたび「煤煙」の表出に一極を分離したということができよう。「煤煙」と「破戒」の結縁のあいだにはこれらの峰々がよこたわっている。藤村が「破戒」をうみだした自己表出の根源には、親戚や他人の冷飯をくい、たえず感情を抑圧しながら生活しなければならなかった青春時代のじぶんの体験があったにちがいないように、「煤煙」には草平の生い立ちもふくめて、平塚雷鳥との恋愛をめぐるいわゆる煤煙事件からじかに鬱屈されたものがあった。これが「破戒」と「煤煙」とをつなぐ根源的な結縁であったことはうたがいない。

(21) その儘、二人は梯子段を駈下りて街上へ出た。再び馬場を抜けて中坂の上に立つた。日は沈んで、脚下の町の屋根から向ひの高台へかけて、一面に薄白い靄が懸つてゐる。その中からニコライの円(まる)蓋(やね)が黒く浮出して見える。大都会は今が埋葬の間際かと思はれた。この寂かな夕暮の空に彼方此方工場の煙突から幾条となく煤煙が立つ。遠いものは段々灰色にかすれて、靄と見分け難いのもあれば、近いものは盛に黒煙を上げる。中にも砲兵工廠の高い煙突から吐出すのは、三四町許り瑠璃色の空を模様に靡（なび）いて、凄じい勢ひで回転して行く。二人は立停つたまゝ、眼を放つた。（「煤煙」明治41年）

景物の表現は、一種の娑婆苦、世界苦の象徴をおびている。その表出のうえでの理由はつぎのような点にあるとおもう。

「その儘、二人は梯子段を駈下りて街上へ出た。再び馬場を抜けて中坂の上に立つた。」を自己表出としてみるとき、作者がじぶんの位置から直接〈二人〉が街上へでて、中坂の上に立ったことを描写したものだといいきれないふくみをもっていることがわかる。それといっしょに、じぶんの位置から一応〈二人〉へ移行して、〈二人〉が街上へ出て、中坂の上にたった動作を〈二人〉の位置からえがきだしたものだともいいきれない。花袋の〈一兵卒〉では、あきらかに表出の位置から〈一兵卒〉へ感情移入してこころのうちの独白をするか、表出の位置から〈一兵卒〉のこころのうちをえがくかのいずれかがえらばれている。その**転換**のきれのよさで作品はいきているといっていい。

だが「煤煙」の表出のよさは、対象についての描写と対象に移行してのこころのうちの描写とが同時にあって**二重性のふくみ**をもちこたえている。このふくみが景物描写をささえ、同時に表出の位置からの作者の意想を色濃くふくんでいる。「日は沈んで、脚下の町の屋根から向ひの高台へかけて、一面に薄白い靄が懸つてゐる。……」という景物は、〈二人〉からながめられた位置でえがかれているとともに、作者の位置から対象として描写されている。その二重性の含みをあらわしている。これが「破戒」から「一兵卒」へとわたる文学体の峰づたいの頂きを、さらにつきすすめている要素だといえよう。森田草平によってそれが意識されていたかどうかはべつとして、景物をえがいても作者の実生活のたたかいにあらわれた意想をふくんでいる自在さに「煤煙」のあたらしさがあった。これについてはいわゆる〈煤煙事件〉などは無縁にすぎなかったとさえ極論できる。森田草平は、不可解な行動をとるブルジョア娘との恋愛によって、じぶんの生涯の悩みや、屈折を照しだされ、夫婦の生活さえ鏡にうつしだされたのだ。この一種の自己覚醒にくらべれば、事件そのものはなにほどのことも意味しなかったといえる。漱石の「それから」は、自然主義運動によってなされた地ならしと、「煤煙」の直接の影響によって近代表出史にはじめてある意味をもって登場した。

(22) 一時間の後、代助は大きな黒い眼を開いた。其眼は、しばらくの間一つ所に留まつて全く動かなかつた。手も足も寝てゐた時の姿勢を少しも崩さずに、丸で死人のそれの様であつた。其時一匹の黒い蟻が、ネルの襟を伝はつて、代助の咽喉に落ちた。代助はすぐ右の手を動かして咽喉を抑へた。さうして、額に皺を寄せて、指の股に挟んだ小さな動物を、鼻の上迄持つて来て眺めた。其時蟻はもう死んでゐた。代助は人指指の先に着いた黒いものを、親指の爪で向へ弾いた。さうして起き上つた。(「それから」明治42年)

(23) 代助は夜に入つて頭の上の星ばかり眺めてゐた。朝は書斎に這入つた。二三日は朝から蟬の声が聞える様になつた。風呂場へ行つて、度々頭を冷した。すると門野がもう好い時分だと思つて、「何うも非常な暑さですな」と云つて、這入つて来た。代助は斯う云ふ上の空の生活を二日程送つた。三日目の日盛に、彼は書斎の中から、ぎら〳〵する空の色を見詰めて、上から吐き下す焱(ほのほ)の息を嗅いだ時に、非常に恐ろしくなつた。それは彼の精神が此猛烈なる気候から永久の変化を受けつゝあると考へた為であつた。(「それから」)

「吾輩は猫である」、「坊つちやん」、「草枕」などにはじまり、「三四郎」などにいたる遊びの文学をかいていた漱石が、なぜ、「それから」で、突然に表出をかえたのだろうか。これは「煤煙」の影響なしにはかんがえられないとおもう。もちろんこの影響は、森田草平が事件後、漱石の家に身をよせ、そこへ相手の女の母親がときどき訪ねてきて事後処理にあずかるといった身近さをかんがえずには、切実なものとはならなかったろう。だが、「煤煙」の影響は「それから」のなかで主人公代助に「煤煙」をからかわせているといったこととは別に、漱石にとって切実な響きをもっていたことはあきらかだとおもう。

ここに引用された個処は「それから」のなかで、いちばん緊迫した表現のひとつだ。そして、ここに「煤煙」の影響はあらわれているとわたしにはおもえる。

直接には、この引用された個処はもちろんのこと、「それから」という作物は「煤煙」とは異質の内容をもっている。それにもかかわらず、咽喉のところに落ちてきてとまった黒い蟻をおしつぶして、指ではじくというささいな描写や、書斎のなかから炎天をながめやる主人公の描写から、ある社会苦の象徴を感ずることができるとすれば、この表出の位置は「煤煙」から触発されたというほかはないのだ。それは「煤煙」とおなじように、作者がじぶんの位置と対象への位置の距たりの二重性からこころのうちの動きを指示性としてとらえられるようになっていたからだというほかない。

平野謙は「夏目漱石」のなかでこうかいている。

しかし、そういう意識的な男としてはじめからうまく設定されていないため、作者が言葉をついやせばついやすほど、主人公はどら息子じみてくるのである。代助はひそかに『煤煙』の主人公を軽蔑しているらしいが、要吉の方がまだしもリアリティがあったように思う。父親のすすめる見合い結婚をえらぶか、かつての恋人を友人から奪うかの二者択一を迫られた場合、代助がどうしても後者をえらばねばならなかったファクタアは、その生活態度からは汲みとりにくいのだ。一度は過去を抹殺したはずの男が、やはり過去の方で彼を見忘れなかったために「自然に復讐を取られ」て、ついに「已むなく社会の外に押し流されて行く」ところに、『それから』一篇の主題はあった。それがうまく描けていないので、あたかも自足したエピキュリアンがその火あそびに思わず破れてゆくように受けとられるのである。「門野さん、僕は一寸職業を探して来る」という代助の最後の台辞は滑稽である。平岡も最後にはありふれた卑劣漢になりさがってしまう。平岡が代助の父に密告のような恥しらずの手紙を書いたため、いまさらしく「一寸職業を探して来る」と代助が叫ばねばならなかったとしたら、『それから』全篇はやくざな道楽息子の喜劇以上を出ないのである。無論、作者が明治末年のインテリゲンツィアの諷刺劇を書こうとしたのではなくて、その新しい悲劇を描こうとしたことは明らかだ。とすれば、作者の異常な意気ごみと努力にもかかわらず、『それから』は成功作とはいいがたいだろう。

代助ははたして平野謙のいうようにどら息子にしかなっていないだろうか。もちろん、代助が金持ちの親からの送金で、書生をやとって定職もなくぶらぶらしている独身男として設定されているかぎりにおいて、どら息子にちがいない。平岡とその細君との三角関係の結果が、たかだか親からの送金を断わられて代助が職を探しにでかける破目におちいるという結末をまねいたにすぎない〈事実〉だけに眼をつければ、あほらしい小説といえるかもしれない。しかし「それから」は平野がいうような「ひとたびは過去を卒業したと思った男がやはり過去に復讐されて、その生涯のコースを変更せざるを得なかった一篇の主意」をもった作品であろうか。わたしにはまったくちがうようにおもえる。明治の文明開化が代助の父の世代を富裕な資産の持主に膨脹させ、おかげで代助は息子として父親からの送金で父親を侮るほどの教養を身につけ、なおも父親の資産に寄生して遊民の生活をしている。代助が鋭敏な生活倫理に目覚めなければこの安穏な生活はつづき、しかるべき富裕な家柄の娘をめとって、富裕者の末席くらいに生涯の生活をおくことは手やすくできたであろう。また代助にそんな優柔さに狃れたこころがないわけではない。作者はこの代助の位置を適確にえがいている。だが代助の生活者としてのあいまいさと不安さは、過去にじぶんがこころをよせ、いまは生活失意者になっている友人の妻になった貧しい三千代が眼のまえにあらわれたとき、いわば三千代への愛とともに生活の倫理に目覚め、富裕な父の送金に寄生する生活をやめ、富裕な父や兄夫婦や親族の温和でゆったりと居心地のよい生活の雰囲気を捨てようと決心するのだ。この一篇のモチーフはやくざなどら息子の喜劇などではない。文明開化の近代の膨脹に彷徨をよぎなくされた知識と生活の運命を象徴するドラマなのだ。なぜ、漱石がくらい三角関係に死ぬまでしつこくこだわったかの理由は、べつに立証し論じなければならないだろうが、そこに漱石の現実社会と相渉るくらい奥があり、「それから」のなかに自己表出の意識として中心的にこめられている。文体はそれを証明しているとおもう。「それから」の社会的意味を抽き出すとすれば、筋がきではなく、この漱石の根源的な現実性をこそ問題とすべきだ。

漱石の「吾輩は猫である」から「それから」のほうへ上昇する表出とまさに逆をさしたのは「舞姫」や「うたかたの記」から出発して「ヰタ・セクスアリス」にたどりついた鷗外だった。鷗外の**文学体**から**話体**のほうへ下降する過程は、また、漱石のばあいとは逆な意味で、自然主義文学運動の地ならしがどうしても必要だったとおもえる。はじめに言語の指示的な意識を生活そのものの範囲にまで下降させ、つぎに表出を話体のほうへ下降させるという自然主義文学運動の試みは、鷗外の文学体から話体への下降を平坦な路にしたといっていい。「そのうち自然主義といふことが始まつた。金井君は此流儀の作品を見たときは、格別技癢をば感じなかつた。その癖面白がることは非常に面白がつた。」と鷗外は「ヰタ・セクスアリス」のなかで主人公金井君の口をかりて自然主義にたいし余裕のあるからかい方をしている。でも「ヰタ・セクスアリス」の文体は、あきらかに自然主義そのものがつけた道路を、いちばん低いポテンシャルでふまえていったのだ。

「ヰタ・セクスアリス」は、そのまま「渋江抽斎」や「伊沢蘭軒」などの史伝小説のほうへゆく最初の礎石だった。鷗外は「ヰタ」ではじめて表出意識を解体の底から出発させる方法を手にいれた。これが鷗外の〈諦め〉と関係があるかどうかをここでは問うまい。官僚としての高い地位があり、教養として同時代の文学にたいする「技癢（ぎよう）」の感と力量があり、現実社会の事物にたいする〈冷たい関心〉がある、といった無数の条件がつみかさなって、なお自然主義がきりひらいた表出の路が鷗外に「ヰタ」の道をひらいたことは確実だ。

わたしは鷗外の文学を好まない。「舞姫」や「うたかたの記」は、まぎれもなく知識人の文学であるが「ヰタ・セクスアリス」にはじまり後期の史伝小説へじりじりとのぼってゆく過程は、教養人の文学であっても知識人の文学ではなかった。文体は話体をえらんで、それを底辺にした。観念の水準を生活そのものの水準にまで意識的にひきさげることで〈自然〉な教養人の文学をきずいたといえる。

(24) 古賀は此話をしながら、憤慨して涙を翻（こぼ）した。僕は歩きながら此話を聞いて、「なる程非道い」と云つた。さうは云つたが、頭の中では憤慨はしない。恋愛といふものの美しい夢は、断えず意識の奥の方に潜んでゐる。初て梅暦（うめごよみ）を又借をして読んだ頃から後、漢学者の友達が出来て、剪燈余話を読む。燕山外史を読む。情史を読む。かういふ本に書いてある、青年男女の naively な恋愛がひどく羨ましい、妬ましい。そして自分が美男に生れて来なかつた為めに、この美しいものが手の届かない理想になつてゐるといふことを感じて、頭の奥には苦痛の絶える隙がない。それだから安達はさぞ愉快だらう、縦令（たとひ）苦痛があつても、其苦痛は甘い苦痛で、自分の頭の奥に潜んでゐるやうな苦い苦痛ではあるまいといふ思遣（おもひやり）をなすことを禁じ得ない。それと同時に僕はこんな事を思ふ。

（「ヰタ・セクスアリス」明治42年）

この話体の表現はほとんど完全に底にとどいている。「それと同時に僕はこんな事を思ふ。」というようなセンテンスを挿みこみさえすれば、まるでかためられたアスファルト路をすべるように表現は持続される。わたしは、このかたいアスファルト路を鷗外のえらんだ表出の意識の底辺とみなすことができるとおもう。よくかんがえてみれば、文芸の文体としてこれ以上の解体はかんがえられないといってもいいかもしれぬ。もし、このかたいアスファルト路のしたに鷗外が意識して耐えたなにかがなかったとすれば、だ。

おそらく「ヰタ・セクスアリス」における鷗外の影響のもとに、荷風もまた知識人として最後のなりふりをすてて「冷笑」（明治42年）という話体小説へ下降した。「冷笑」にはなお文明批評家としての荷風が共棲しているが、「あめりか物語」以来の思想家荷風はここで挫折したといってもいいすぎではない。荷風は表出史としてみるとき、ついに「冷笑」の範囲をでられなかった。この時期に話体の小説として特異さをもつものをあげつらうとすれば、近松秋江の「別れた妻に送る手紙」（明治43年）をあげるのが適当におもえる。

(25) さうしながら心は種々に迷うた。何うせ他へ行かねばならぬのだから家を持たうかと思つて探しにも行つた。出歩きながら眼に着く貸家には入つても見た。が、婆さんを置くにしても、小女を置くにしても、私の性分として矢張し自分の心を使はねばならぬ。それに敷金なんかは出来やうがない。少し纏まつた銭の取れる書き物なんかする気には何うしてもなれない。それなら何うしようといふのではないが、唯何にでも魂魄が奪られ易くなつてゐるから、道を歩きながら、フト眼に留つた見知らぬ女があると、浮々と何処までも其の後を追うても見た。（「別れた妻に送る手紙」明治43年）

ここには、表現の対象になった〈私〉をすすんで対象にする表現へのうつりかわりがはじめてあらわれたといってよい。鷗外の「ヰタ・セクスアリス」は、あきらかに〈私〉小説のはしりだ。この場合、鷗外は対象になった〈私〉として金井湛を設定した。この意味は、たんに〈私〉とかくべきところを〈金井湛〉とかいたということではない。作者の表出の位置からはあきらかに〈金井湛〉は架空の人物として設定され、そこにじぶんを投げ入れるという二段の操作をみとめることができる。秋江が「別れた妻に送る手紙」でやったことは、作者自体を、そのまま文学的な対象へ昇華させるという操作だといえる。

平野謙は「私小説の二律背反」で「芸術家の場合、わけて日本の私小説家のような場合、その芸術家生活の持続と家庭生活の平穏とはしばしば一致しない。家庭の和楽は芸術家の情熱をなしくずしに沈滞させ、家庭の危機という餌食によって、はじめてその芸術衝動は切迫感を獲得する。」とかいている。秋江のように〈私〉をそのまま対象へ昇華させようとするかぎり、こういう作品をかきつづけるためには、実生活そのものをいつも日常の安定からたたきだすという倒錯にすすまないわけにいかなくなる。その最初の転機を秋江の「別れた妻に送る手紙」ははっきり語っている。森田草平の「煤煙」も、そこにえがかれた〈事実〉をとってくれれば、作者の〈私〉が〈要吉〉として設定されたものとかんがえられるかもしれない。けれど「煤煙」は、「ヰタ・セクスアリス」や「別れた妻に送る手紙」が〈私〉小説であるという意味では私小説ではない。それは、じぶんの体験を素材にしてあらわそうとする企図が、自己表出の励起そのものと合致した文学体として成り立っているからだ。「ヰタ・セクスアリス」や「別れた妻に送る手紙」は、じぶんの体験そのものを素材としながら、観念の水準を現実のほうへ下降させて合致させようとする話体として成り立っている。そこから〈私〉性があらわれたのだ。

3 「網走まで」・「刺青」・「道草」

つづいて漱石は「門」を、鷗外は「青年」を、藤村は「家」を、花袋は「縁」をかいた。これらの作品はそれぞれの作家の成熟を語っていて、作家論としては興味あるもんだいを提供している。しかし表出史のうえからは、ほとんどかれらがその前年に提出した意味をこえるものではなかった。中村光夫は『日本の近代小説』のなかで、「私小説が『蒲団』の刺戟によって急速に一般化した原因が何であるか」と問い、自然主義がヨーロッパにおけるロマン主義の役割である個人の感情の解放、人間の内面の尊厳などを〈事実〉の〈告白〉性のなかにあわせてはたしたためだとのべている。しかし、自然主義文学運動という意味をもうすこし根のところまでもんだいにすれば、「蒲団」によって急速に一般化したといったことはうわべだけだということがすぐ了解できるはずだ。すくなくともこの時期に社会の構成がきゅうにひろがってゆく契機があり、そのおおきくひろがった社会を認知することにあたらしい話体小説と文学体小説が分べんしてくる理由があった。そしてこの分べんを促すものは、作家たちの指示表出の意識が多様に分離してきたことであった。ほんとうの意味で〈自然主義〉が一般化されたということだ。こうかんがえてくれば「蒲団」によって私小説が急速に一般化したとはいえなかった。また、荷風や秋声はもちろん、漱石や鷗外や鏡花でさえ〈自然主義〉をうみだしたものの根拠から影響をうけないわけにはいかなかった。

このほんとうの意味での自然主義の一般化の主潮を若い志賀直哉が「網走まで」（明治43年）によって、また、若い谷崎潤一郎が「刺青」（明治43年）によって、あたらしい段階にうつした。「網走まで」はあたらしい**文学体**を、「刺青」はあたらしい**話体**をさしだした。

(26) 汽車は今、間々田の停車場を出た。近くの森から蜩の声が追ひかけるやうに聞える。日は入つた。西側の窓際に居た人々は日除け窓を開けた。涼しい風が入る。今しがた、母に抱かれたまま眠入つた赤児の一寸計りに延びた生毛が風にをののいて居る。赤児の軽く開いた口のあたりに蠅が二三疋うるさく飛びまはる。母はヂッと何か考へて居たが、時々手のハンケチで蠅をはらつた。少時して女の人は荷を片寄せ、其処へ赤児を寝かすと、信玄袋から端書を二三枚と鉛筆を出して書き始めた。けれども筆は却々進まなかつた。（「網走まで」）

おなじ汽車の箱に乗っている〈自分〉が眼のまえに腰かけている母子をみているという位置でかかれている。ちょっとかんがえると作者の肉眼が、母子を客観的に緻密に観察してかかれているようにみえるが、じつはそれとちがっている。たんなる観察ではこの後半の風にふかれてゆれる赤児の生毛や、赤児にとまっている蠅をおいはらう母親のハンケチや、赤児を座席にねかして、端書をとりだしてかきはじめる母親の手つきを、これだけの鮮やかな像で表出することはできない。この無造作な描写は、観察の位置にすわった作中の〈自分〉を、作者がじぶんの位置からはるかに高みにじぶんの意識の表出をうちあげているのだ。作者の〈私〉と、作中の〈自分〉との距りが、作者志賀直哉の観念の水準を語っているのだが、この水準は、同時代の文学体をこえるエトヴスをもつものといってよい。

〈自分〉が、眼のまえに腰かけた母子をみながら、その父親を想像する場面があるが、この場面は、作者の主体と作中の〈自分〉の水準の距りをよくしめしている。作中の〈自分〉はつぎのようにかんがえる。電車のなかなどで、両親にともなわれた子をみると、母と子によく似ている。父と子もよく似ている。しかし父と母をみくらべるとまったく似ていない。これは不思議な調和だ。いま眼のまえにいる網走までゆく母子の父親というのは、きっと学校時代の級にいた大酒飲みのいつでも大きなことをいっていた怠け者の男とおなじような人物ではないか。その男は大言壮語するだけで「気六ケしい」男ではなかったが、どんな男でも度々の失敗に会えば気むずかしく陰気になり、家の中で弱い妻に当りちらすといった人間にもなる。この眼のまえの母子の父親はそんな男ではないか……と。

眼のまえにみた母子の姿をもとにして父親の像をつくりあげて、それが〈運命〉のようなものの想像にまでいたるという作中の〈自分〉の水準が、作者によっていかによくつきつめられた高みに設定されているか眼にみえてくる。ちょっとそうみえないのは〈肉眼〉がよそおう力を作者が手ばなさないからだ。じぶんの体験を素材にしながら、作中の〈自分〉を高みにうちあげることができるという志賀直哉の表出力が、たとえば花袋のさまざまな作品の平板さにくらべて立体感をあたえている理由だといえる。しかも作者が〈肉感〉のよそおう力に固執すれば、対象を描写するつよい撰択力と転換の力にこの特徴はあらわれるほかない。これが「網走まで」の文体につよい像をあたえている原因になっている。志賀直哉はまれにみる動かない姿勢を貫いた作家だ。「網走まで」の文体は、かれの最大の長編「暗夜行路」にいたるまで持ち続けられた。けれど表出史のうえの意義は、漱石と有島武郎の仕事によってまずこえられた。極論すれば志賀直哉の表出史上の位置は、「網走まで」によってすでにさだまりそこでおわった。

中村光夫は『谷崎潤一郎論』のなかで、谷崎の初期の作品「刺青」、「麒麟」、「幇間」などについてつぎのようにかいている。

「刺青」「麒麟」「幇間」など、彼の初期作品は、いずれも女性の美に対する熱っぽい讃歌を、その魔性の虜になって拝跪する男性によって具象化したものですが、この男たちは、刺青師の清吉も、衛の霊公も、また幇間の三平も、人間の弱点の具象というよりむしろ作者の予定した概念によって動かされる傀儡にすぎず、このような傀儡を征服した女性たちも、「夫人の眼は悪の誇りに輝いて居た」などと言われても、作者の言うような魔性を帯びているとは思えません。

これらの小説がすべて消極的な意味での観念小説であり、作者の若い頭脳に宿った女性への憧憬の形象化にすぎぬと思われる所以ですが、この観念小説が真の意味での思想小説になり得なかったのは、（西欧の耽美派、乃至は悪魔派小説は、すべて思想小説です。）彼がここでモチーフとした観念がすべて（荷風からの、或いは更に漠とした時代の風潮からの）借り物であり、しかもこの接木が彼の頭脳のなかに育つべき地盤を見出さなかったからです。

谷崎の初期作品が思想小説になり得なかったのは、モチーフが借り物であったからだ、というのはすこぶる疑わしい見解だといえる。モチーフというものをかんがえるとすれば、初期からすでに谷崎はじぶんじしんに出あっていた。もちろん荷風などと似てもにつかないのだ。

表出史としてみれば、谷崎の初期作品は、ほとんど文学としての概念を放棄したとおもわれるほどに**話体**にむかって表出意識を下降させたという点に特徴があった。だから、むしろ、まれな才能をもった語り師が出現したといいかえてもそれほど誇張ではない。白痴的といっても小児性といってもかかわりがないが、空白の意識がひとつの時代的な意味をもって登場したのだ。それは、本来、思想小説であるべき耽美小説が、無思想な西欧の借り物として出現したというようなことではない。鷗外が「ヰタ・セクスアリス」でとった**話体**は、その底にある意識された計量をかんじさせる。その**話体**には鷗外の諦念や、精神と社会の矛盾をたえしのんだ姿が想定されるのだが、谷崎の**話体**は本質からの、それ以外に何もない**話体**として成り立っている。

(27) この若い刺青師の心には、人知らぬ快楽と宿願とが潜んで居た。彼が人人の肌を針で突き刺す時、真紅（まっか）に血を含んで脹れ上る肉の疼（うづ）きに堪へかねて、大抵の男は苦しき呻（うめ）き声を発したが、其の呻きごゑが激しければ激しい程、彼は不思議に云ひ難き愉快を感じるのであつた。刺青のうちでも殊に痛いと云はれる朱刺、ぼかしぼり、――それを用ふる事を彼は殊更喜んだ。一日平均五六百本の針に刺されて、色上げを良くする為め湯へ浴つて出て来る人は、皆半死半生の体で清吉の足下に打ち倒れたまま、暫くは身動きさへも出来なかつた。その無残な姿をいつも清吉は冷やかに眺めて、

「嘸お痛みでがせうなあ。」

と云ひながら、快さそうに笑つて居る。（「刺青」明治43年）

ある見方からすれば「一日平均五六百本の針に刺されて、色上げを良くする為め湯へ浴つて出て来る人は……」というような白痴的な文体は、円朝の講釈の記録をのぞいておそらく類例がなかったのである。そしてこの徹底した**話体**への解体は、自然主義文学運動の文体破壊のあとではじめて可能だったという意味で、谷崎もまた荷風とおなじにその影響からべつのところにあったわけではなかった。

谷崎の文体が表出史のうえにもたらしたあたらしさは、どんな意味でも作者じしんを意識的に表出へ投入することなど、まったく拒否した文体によってはじめて成り立った。かれの指示的な対他意識は、対象の〈意味〉におかれずに、対象と自己のあいだにおこる〈情動〉そのものにおかれた。〈情動〉そのものが〈意味〉であり、言語はその指示表出を架空の情動性においたのだ。この徹底性において、谷崎は前代のどの作家とも似ていない。また、それ以後のどの作家（たとえば現在の深沢七郎などを除いては）とも似ていなかったといっていい。思想的な空白も小児性もここに由来している。

この時期、長塚節は「土」のような大作をかき、秋声は「足迹」を、鷗外は「雁」をかいているが、その表出史上の意味は、若い谷崎と志賀に及ばなかった。ただわずかに白鳥の「泥人形」（明治44年）が、私小説において思想性の含蓄をはじめて生みだし、また主人公〈重吉〉のこころの動きを、花嫁〈時子〉の判断を通じてえがく方法をつかうことで、対象とされた〈私〉にたいする〈他者〉の観念を導入した。その点で私小説史上にある意義をもたらしたということができる。

わたしのかんがえでは「興津弥五右衛門の遺書」（大正元年）、「阿部一族」（大正2年）にはじまり、「渋江抽斎」、「伊沢蘭軒」などにいたる鷗外の歴史小説は、表出史としては、志賀直哉が「網走まで」で、谷崎が「刺青」で達成したものを超えられなかった。表出史としてみるかぎり、鷗外の作品の意味は、ここでおわっている。しかしこの歴史小説の過程は、いちどかたいコンクリートのような**話体**にまで下降し、そこに身をよせた鷗外が、独自の方法で**文学体**のほうへ上昇しようとする努力にほかならなかった。ここに鷗外の史伝体の独特な性格があらわれる。それは「阿部一族」の長十郎や「大塩平八郎」の平八郎のように、封建的な道徳を絶対倫理の世界とする現実のなかで、はなたれた自然的な人間または異端的な倫理の人間はどのようにきしみをうけ、どのような内の意識をさらすか、**話体**の冷静な表出のなかで追及して、緊張した作物をつくった。「渋江抽斎」のなかで「わたくしの抽斎を知つたのは奇縁である。わたくしは医者になつて大学を出た。そして官吏になつた。然るに少い時から文を作ることを好んでゐたので、いつの間にやら文士の列に加へられることになつた。其文章の題材を種々の周囲の状況のために、過去に求めるやうになつてから、わたくしは徳川時代の事蹟を捜つた。そこに武鑑を検する必要が生じた。」とかいているが、この「種々の周囲の状況」が鷗外にあたえたメタフィジクが、その話体連環の方法よりもはるかに重要であった。老境にはいってメタフィジカルな意味で周囲に気兼ねする文学者がいたら、よほどの愚か者であろう。世間的にいろいろの事情をかんがえたかもしれない鷗外も、メタフィジカルな意味では虚飾をぬぎすてて、もはや〈死〉の認識にむかって一路すすむ思想を史伝のなかに封じこめたかったにちがいない。これが「渋江抽斎」にいたる歴史小説の過程を、話体から文学体へ上昇させたエトヴスだといえる。

鷗外が史伝小説によってたどった過程を、漱石は「彼岸過迄」、「行人」、「こころ」、「道草」によってくぐった。

「彼岸過迄」から「こころ」にいたる作品は、表出として「網走まで」をでるものではない。漱石はここで日本の知識人として、すべての時代的もんだいを独自の仕方で表現したのだが、表出の意識のうつりゆきとしては「網走まで」をこえたのは「道草」がはじめてであった。

表出史としてみるとき、漱石の「吾輩は猫である」から「明暗」にいたる道すじは、一路緊張と上昇の連続だった。そして、すくなくとも「それから」以後の漱石は、いつも同時代の表出の頂きをはしりつづけたといっていい。このことは、日本の知識人のもんだいの内的なまた外的な要因のすべてを、すくなくとも「それから」以後の漱石はごまかさずにじぶんの意識のもんだいとしてうけとめ、悪戦をやめなかったことを意味している。漱石はおおきな本質的な課題をかかえこんで、死にいたるまで緊張をとかなかった。その精神的な膂力は近代以後に比肩するものがないほどである。鷗外はこれにくらべて初期「舞姫」や「うたかたの記」の知識人問題をひとたびはすてて「ヰタ・セクスアリス」以後、教養人の文学的な話体の表出にうつった。それは、鷗外なりの仕方で歴史小説として極限までつきつめられはしたが、ここに日本の近代知識人の象徴的なもんだいをみることはできそうもない。

「道草」（大正4年）は論議のおおい作品だ。手元にあるものから引用してみれば、山岸外史の『夏目漱石』はつぎのようにかいている。

> 道草といふこの言葉では、従つて、文字どほり、苦(く)の道草(みちくさ)を食つてゐる自分の世間的な生活に対する批判と反抗と焦燥のあることを語つてゐるのである。懐疑家の漱石にとつては、夫婦生活も、教師生活も、また、子供の顔を見てゐることさへも、人生の道草に過ぎないやうに考へられてゐた。なんらか、漱石の心のなかに巣喰つてゐた慾求は、恰かも、野心のやうに変り、また、焦慮のやうにみえ、また、憧憬のやうに変つてくる。
>
> 従つて、漱石は、この現実の生活から起つてくる凡ゆる煩雑なものを、次第に、冷酷に、味気なく、卒直に、また、利己主義的に取り扱はねばならぬことを、ひとつひとつ覚えていくやうな主人

公を取り扱つてゐるのである。

そこには、徹底して苦悩的な漱石、けれども、名のつけられぬほど温情的な漱石の半面も横はつてゐる。

むしろ、この作に現れてゐる漱石は、恰かも、宗教家のおもむかねばならないほどの他愛の世界と、同時に、他愛することから自愛を自覚する世界のなかでさ迷つてゐる。

小宮豊隆の『漱石文学入門』は

『道草』は『心』から一年ほどして書かれたものである。こゝで漱石は、過去の或時期（ロンドン留学から帰つて来て『猫』を書き出すまであたり）の自分を主人公とし、自分のそれまでの閲歴をそのまま盛り込んで、自分と自分を取巻く周囲の者とを描き出した。これは漱石の傑作であるといつていい。これほど身贔屓なしに、客観的に、峻厳に、自己を眺め、把握し、批評するといふことは、人生修行の上に十分の鍛錬と工夫とを加へ得た魂でなければ、これは到底よくし得たところのものではない。漱石の「無我になるべき覚悟」――漱石が自分の生活目標として立てた「則天去私」の道は、目ざましく実現されつつあつたのである。

平野謙の「夏目漱石」は

むかし私は漱石がもし『道草』を書かなかったら、首尾一貫してどんなに立派だったろう、という意見をもっていた。『道草』は漱石のたゆみない制作過程における一汚点にほかならぬ、と考えていた。『道草』をほめる小田切秀雄と、その点で議論したこともある。しかし、『明暗』が書かれるためには、やはり『それから』から『こころ』にいたる作品群の反措定として、『道草』執筆の必要だったことをいまは認めざるを得ない。『明暗』には『こころ』のようなイプセン流の劇的時間は流れていない。しかし、『道草』のような私どもの周囲と同質のナマな日常的時間も流れていない。それはまさしく小説の時間としかよびようのない次元の上に構成されている。『こころ』までの主人公は常に漱石自身のイデーを背負って、漱石と等身大かそれ以上の人物として、作者自身と密着していた。しかし、『道草』において、日常的時間を導入することによって、はじめて、主人公を周囲の諸人物と同列にならべていった漱石は、『明暗』においては、患者に対する医者の立場にたっている。

平野謙のこの見解は、前ふたつにくらべてはるかに優れているとおもう。「それから」から「こころ」にいたる作品群にたいする反措定として「明暗」の小説的時間を呼びよせるために「道草」が必要であったという読みも魅力的だ。しかし「道草」が日常的時間を導入することによって、主人公を周囲の諸人物と同列にならべた、といういい方は誤解をうむとおもう。「道草」をながれているのはナマな日常的な時間ではなく、まぎれもない表出の時間だ。ただ、素材を身辺の体験的世界にとったということを意味するのでなければ、日常的時間はないし、あきらかに「こころ」までの表出から一歩をふみだしたものだった。この一歩はおそらく、「それから」から「こころ」にいたる作品の奥にあらわれた漱石のこころの内の現実に、あらわな形をあたえたということを意味している。「それから」の代助のこころの内のアンビバレント、「門」の宗助の罪障感、「行人」の一郎の細君にたいする疑惑、「こころ」の先生の背離感というように貫かれてきた漱石の自己表出のみなもとにあるこころの現実は「道草」まできて島田老人として形象化された。主人公の〈健三〉を幼少のときに養子としてあずかったことがあるという理由だけで、うらぶれた姿で恩を着せにきて、金銭をせびりとってゆく島田老人の設定は、それ以前の作品のなかで無形の罪障感として表出されたものの具体的なすがたであった。この形象をやれたことこそおそらくは「道草」を「こころ」の表出から一歩すすめえた要因とふかくつながっていた。荒正人は『評伝夏目漱石』のなかで「道草」にふれている。

和解できぬ夫婦という縦糸に、別れることのできぬ親類・縁者という横糸を織り合せた一枚の布が、『道草』だと言えよう。むろん、夫婦のいさかいが何時までも続くわけではない。調停者としての自然が二人の間に介入してきて、事態があいまいに流される場合もあった。だが、容易にその地点にまで到達しない時には、別居という手段も選ばれている。妻から、子供から、近親者たちからも解放されて、健三が自由感を味っている姿も描かれている。やがて妻は、「貴夫故のやうになつて下さらなくつて」と言いながら帰ってくる。夫は、「見つともないから是で下駄でも買つたら好いだらう」といたわる。和解が人為的に成り立つかと見える。だが、その後、妻の態度はいささかも改まらぬ。おそらく、夫の側でも同じであろう。つまり、片付かぬ点では、妻も夫も変ってはいない。それは、例の金銭の場合も同じであった。こういう人生を、狂も、死も、神も求めないで耐えてゆくには、どんな種類にせよ、愛に頼るほかにはない。『心』の先生は、愛を求めず、死によって解決を企てた。だが、視点を拡げてみれば、私に遺書を書き残した先生の心には、死を越えた地点で愛の心がかすかに働いていたのではないか。孤独と寂寥の嘆声も、愛を求めながら、それが現実の場でえられぬために発したものだと思う。これは、音階をさげれば、『道草』の世界にそのまま通じる。

この理解は、荒正人のいう「自然主義の自伝的方法とは、紙一重の差でやはり違う」「道草」の性格をよくいいあてている。ただ「音階」は「こころ」にくらべてさがっているのではなく、上っているのだとおもえる。理念小説か実在小説かという区別は素材によって荒正人が引いている線であり、ここではそれが問題なのではなく表出の転換、しかも漱石が上昇する方向に転換をくわだてたことが重要だった。そこで「音階」は上っているというべきだ。

江藤淳の『夏目漱石』は、おなじく「道草」を「私小説」的作品にえがかれたもっとも非「私小説」的世界であるとして、つぎのようにのべている。

手っとり早くいえば、勝手なことをした人間が、勝手に苦しむのはその人間の勝手である。しかし現実に社会生活を営む以上、ぼくらは勝手なことなどは出来ない。そこに他人がいて、ぼくらを束縛するではないか。そしてなお、他人は自分でなく、結局何一つ理解など出来ぬ存在ではないのか……「道草」に描かれているのは、このような非私小説的世界である。主人公健三と同様に、お住、島田等々の人物は自己の存在を全篇にわたって主張している。この小説の過程は、知的並びに倫理的優越者であると信じていた健三が、実は自らの軽蔑の対象である他人と同一の平面に立っているにすぎないことを知る幻滅の過程であるといってよいので、ここにある「主題」は、漱石の成功作がしばしばそうであったように、「自己発見」の主題である。他人も自分もともに同じ一つの平面に存在するとすれば、自らの「我執」を容認することは、そのまま他人の「我執」を容認することにほかならない。健三が自らの主張を正当化しようとすれば、その行為は自動的に、例えば、お住の行為を正当化してしまっているのだ。

ここでは、文学作品を素材で色わけする考え方は、まったく影をはらっている。それは文学史の上層に表出史をかんがえるばあいに不可欠の前提といえる。作品批評が、不可避的に表現批評にふみこまねばならなくなったとき、荒正人や江藤淳の読みはその基本的な役割をはたす。なにをかいても私小説ということもあれば、なにをかいても非私小説ということもあるという認識は、表出史をあつかうばあい、どうしてもいれてこなくてはならないものだ。

ここでは、それからさき、こういった前提とどうまじわるかがもんだいになる。

(28) 細君の病気には熟睡が一番の薬であつた。長時間彼女の傍に座つて、心配さうに其顔を見詰めて居る健三に何よりも有難い其眠りが、静かに彼女の瞼の上に落ちた時、彼は天から降る甘露をまのあたり見るやうな気が常にした。然し其眠りがまた余り長く続き過ぎると、今度は自分の視線から隠された彼女の眼が却つて不安の種になつた。つひに睫毛（まつげ）の鎖してゐる奥を見るために、彼は正体（たわい）なく寝入つた細君を、わざ〳〵揺り起して見る事が折々あつた。細君がもつと寝かして置いて呉れゝば好いのにといふ訴へを疲れた顔色に現はして重い瞼を開くと、彼は其時始めて後悔した。然し彼の神経は斯んな気の毒な真似をして迄も、彼女の実在を確かめなければ承知しなかつたのである。（「道草」）

(29) 彼は狼狽した。けれども洋燈を移して其処を輝すのは、男子の見るべからざるものを強ひて見るやうな心持がして気が引けた。彼は已を得ず暗中に摸索した。彼の右手は忽ち一種異様の触覚をもつて、今迄経験した事のない或物に触れた。其或物は寒天のやうにぷり〳〵してゐた。さうして輪廓からいつても恰好の判然しない何かの塊に過ぎなかつた。彼は気味の悪い感じを彼の全身に伝へる此塊を軽く指頭で撫でゝ見た。塊りは動きもしなければ泣きもしなかつた。たゞ撫でるたんびにぷり〳〵した寒天のやうなものが剥げ落ちるやうに思へた。若し強く抑へたり持つたりすれば、全体が屹度（きつと）崩れて仕舞ふに違ないと彼は考へた。彼は恐ろしくなつて急に手を引込めた。（「道草」）

まえの方(28)は、お住がヒステリィの発作にみまわれたあと眠りにおちたときの描写であり、あとの方(29)は、お住がお産をしたときの描写だ。これらはいわば夫婦の日常生活のなかにおこる(しばしば)ことを描写したものにすぎないが、この表出を流れているのは日常の時間ではなく、もしそういう言葉をつかえば、根源の時間にほかならない。細君のヒステリィの発作のあとの眠りが深くなってゆくとき「天から降る甘露をまのあたり見るやうな気が常にした」主人公は、日常の生活のなかで根源的な現実について思いをめぐらし、そこでこそ思想の現実的なたたかいをたたかっていることをしめしている。また、発作のあとで深い眠りに陥ちこんで死んだように正体がなくなっている細君の姿を、夫婦の日常生活の葛藤をいやすための眠りとかんじ、不安になって揺り起して細君の「実在」をたしかめる主人公のうちの意識は、ある根源的な問題にいりこんでいることを証左している。

「彼ぐらゐ、家庭の平凡なもめごとを書いて、ヌカミソくさくない、知的な匂ひを発散できたひと(それも感覚的にでなく論理的に)はめづらしい」(アンケート)という武田泰淳の感想は、「道草」を私小説的な家庭小説とみる素材主義的批評よりも正確なことは疑う余地がないのだ。

細君ににわかに陣痛がおこり、産婆も医者も間にあわぬうちに分べんがはじまり嬰児が産みだされたとき、狼狽する主人公の姿は、世の夫どもが体験する日常的な体験にほかならない。しかし、狼狽のあとにやってきている描写は日常的ではない。人間が人間を産むという〈事実〉にたいする怖れと、それが夫婦の日常の生活のあいだからやってくるということについて、ふしぎな思想的なかたまりをのみこんでいる主人公の姿は、描写によってあきらかに示唆されている。たとえば、志賀直哉の「和解」のなかの分べんの場面とこの場面とをくらべてみればよい。

(30) 妻は息を止めて目を堅く〳〵つぶつた。自分もつられて手に力を入れた。

「赤さんがお勝だ〳〵」

水が少し噴水のやうに一尺ほど上がつた。同時に赤児の黒い頭が出た。直ぐ丁度塞かれた小さい流れの急に流れ出す時のやうにスル〳〵と小さい身体全体が開かれた母親の膝と膝との間に流れ出て来た。赤児は直ぐ大きい生声を挙げた。自分は亢奮した。自分は涙が出さうな気がした。自分は看護婦の居る前もかまはず妻の青白い額に接吻した。
「偉い〳〵、赤さんのお勝だ〳〵」看護婦は顔中玉の汗にして、手早く後始末をしながらいつた。看護婦は赤児を其儘にして起つて行つた。赤子は尚勢よく泣き続けながら、小さい足を動かして母親の内ももを蹴つて居た。（「和解」）

ここには分べん場面の緻密な観察が無駄のない文体であざやかにえがかれている。また夫として妻の分べんの有さまに感動している主人公の興奮が、じかにつたわってくる。でもここに流れているのは日常の時間だ。この描写がすぐれているという意味も、自然な日常の描写としてだ。漱石の根源の時間とはちがっている。

鷗外の史伝小説は、ついに「道草」のたっした表出の段階にまでのびなかった。しかし漱石は「道草」から「明暗」へまっしぐらにすすんだのだといえよう。

4 「明暗」・「カインの末裔」・「田園の憂鬱」

この時期に芥川龍之介は「羅生門」（大正4年）や「鼻」（大正5年）などの歴史小説によって登場する。これらの作物はあきらかに鷗外の史伝小説にじかに影響されていた。鷗外の史伝小説の独特な**話体**がなかったら、芥川の歴史小説はかんがえにくい。

鷗外にとって史伝は素材としてだけでなく、モチーフとしても欠くことができなかった。コンクリートのようにかたいその**話体**は、素材の描写を〈事実〉の次元に意識的に封じこめるためにひとりでにあみだされたものだった。しかし、芥川の歴史小説にとって素材は〈事実〉の次元では必要ではなくなっている。奔放で自由な解釈をつくりあげるためのワク組みとして以上の意味をこれらはもっていない。いわば芥川の歴史小説によって鷗外の史伝小説の**話体**は**文学体**へ上昇する過程へはいる。

このもんだいは、菊池寛の歴史小説をとってみれば、芥川と反対に話体のひろがりの方向につきすすめられる。「恩讐の彼方に」や「忠直卿行状記」など、菊池寛の歴史小説の面白さは指示意識の拡張からくるコンポジションの起伏の面白さである。芥川と菊池の小説によってひろげられた話体言語の空間が、鷗外の史伝の表現の精一杯のひろがりだったということができる。

「明暗」（大正5年）で漱石は、**文学体**と**話体**とのある高次な段階での融和をしめした。これは「明暗」が津田とお延という中産インテリの平凡人の日常生活にふと仕掛けられている穴の無気味さを日常的にえがいているというところからくるのではなく、むしろ、漱石の表出意識を占めている認識の相対性からきたといっていい。「彼が不図眼を上げて細君を見た時、彼は刹那的に彼女の眼に宿る一種の怪しい力を感じた。それは今迄彼女の口にしつゝあつた甘い言葉とは全く釣り合はない妙な輝やきであつた。相手の言葉に対して返事をしやうとした彼の心の作用が此眼付の為に一寸遮断された。すると彼女はすぐ美くしい歯を出して微笑した。同時に眼の表情が迹方もなく消えた。」（「明暗」）こういう表現にあらわれているのは、漱石のなかにある人間への認識が相対的であるためにうけている不安だ。じぶんの細君のこころをこんなふうに読まねばならない主人公の揺れうごく意識は、漱石が「明暗」でひいている相対的な人間認識の構図と対応している。

「明暗」で漱石にやってきたこの人間認識の相対性は、表現としてみれば**話体**との融合をみちびき入れた。「明暗」は「道草」の**文学体**をさらに高みにひっぱりながら話体を融和させた作品であった。漱石にとって絶筆となったというだけではなくて、おそらく明治以後の表出史のある集大成がここにあらわれたのだ。

(31) 電車に乗つた時の彼の気分は沈んでゐた。身動きのならない程客の込み合ふ中で、彼は釣革にぶら下りながら只自分の事ばかり考へた。去年の疼痛があり〳〵と記憶の舞台に上つた。白いベッドの上に横へられた無残(みじめ)な自分の姿が明らかに見えた。鎖を切つて逃げる事が出来ない時に犬の出すやうな自分の唸り声が判然(はつきり)聴えた。それから冷たい刃物の光と、それが互に触れ合ふ音と、最後に突然両方の肺臓から一度に空気を搾り出すやうな恐ろしい力の圧迫と、圧された空気が圧されながらに収縮する事が出来ないために起るとしか思はれない劇しい苦痛とが彼の記憶を襲つた。(「明暗」)

わたしのみたところでは、近代小説のなかで、ある必然をもって散文に喩法をみちびいたのは、漱石の「それから」が最初である。ここでもあらわれている「鎖を切つて逃げる事が出来ない時に犬の出すやうな」とか、「両方の肺臓から一度に空気を搾り出すやうな」とかの独特の像的喩をみよう。漱石の表現の独自性ははっきりとつかみとれる。一口にいってしまえば、形而上的な像ともいうべきものだ。ここでつかわれている像的喩は、けっして鎖をきってにげられない犬の像や両方の肺から空気が搾りだされている像を喚び起こさないが、それらの意想的像を喚びさます。

主人公の津田が、満員にこみあった電車のなかで、じぶんがうけるべき手術のことをかんがえ、まずみこみながら〈去年〉の手術の情景をおもいうかべるということには、どんなとくべつな意味もない。私小説のえがく日常的生活の〈事実〉とかわりないのだ。しかし津田の記憶のなかにうかんできた〈去年〉の手術の情景はけっして日常の時間ではない。疼痛の唸り声も絶息しそうな苦痛も形而上的な意味をおびて、漱石の根源の現実とつながる。そして「明暗」ではこの日常の事実とそれにあたえられるメタフィジカルな意味とが**話体**と**文学体**の頂点が融けあうことであらわれたというべきだ。

この時期に志賀直哉は「城の崎にて」や「和解」（大正6年）をかき、「暗夜行路」（大正10年）のほうへゆく。荷風は「腕くらべ」（大正5年）や「おかめ笹」（大正7年）の大作をかく。しかし表出史としてはいずれも「道草」をさえこえるものでもなかったし、鷗外の史伝や芥川の歴史小説をでるものではなかった。表出史のうえで漱石の「道草」、「明暗」の領域にあたらしくエトヴスをつけくわえたのは「カインの末裔」（大正6年）の有島武郎と「田園の憂鬱」（大正7年）を書いた佐藤春夫だった。

(32) その辺から人家は絶えた。吹きつける雪の為めにへし折られる枯枝がや、ともすると投槍のやうに襲つて来た。吹きまく風にもまれて木と云ふ木は魔女の髪のやうに乱れ狂つた。

二人の男女は重荷の下に苦しみながら少しづゝ倶知安の方に動いて行つた。

椴松帯が向うに見えた。総ての樹が裸になつた中に、この樹だけは幽鬱な暗緑の葉色をあらためなかつた。真直な幹が見渡す限り天を衝いて、怒濤のやうな風の音を籠めてゐた。二人の男女は蟻のやうに小さくその林に近づいて、やがてその中に吞み込まれてしまつた。（「カインの末裔」）

(33) 彼は炭籠の底から、もう一度莟を拾ひ出した。火箸でつまゝれた莟は、焼ける火のために色褪せて、それに真黒な炭の粉にまみれて居た。さて、その莖を彼は再び吟味した。其処には、彼が初に見たと同じやうに、彼の指の動き方を伝へて慄へて居る莖の上には花の蕚から、蝕んだただ二枚の葉の裏まで、何といふ虫であらう――莖の色そつくりの青さで、実に実に細微な虫、あのミニアチュアの幻の街の石垣ほどにも細かに積重り合うた虫が、莖の表面を一面に、無数の数が、針の尖ほどの隙もなく裹み覆うて居るのであつた。灰の表を一面の青に、それが拡がつたと見たのは幻であつたが、この茎を包みかぶさる虫の群集は、幻ではなかつた――一面に、真青に、無数に、無数に……

「おお、薔薇、汝病めり！」

ふと、その時彼の耳が聞いた。（「田園の憂鬱」）

ここには資質はちがうが、自己表出を、現実の基盤とはまったくべつのところで仮構しようとする試みがある。表現史としてみれば、この有島武郎と佐藤春夫から昭和の新感覚派までは地続きだったといっていい。有島が乱用している喩法にはっきりあらわれたように、欧文脈がここに果敢にみちびきいれられ、作者の指示意識とまじりあう。武郎のつかっている喩がすべてはっきりした像的喩であることは、この作家の指示意識の特質をかたっている。そして「投槍のやうに」とか「魔女の髪のやうに」という直喩の性質は、その教養の質がどこにあったかをしめす。

「田園の憂鬱」は不思議な作品だが、指示表出の意識を現実の次元にはおかないで、もっぱら自然とじぶんの自然についての意識との交換にかぎることで、ゆれうごく〈神経〉を〈視覚〉そのものにしている。ここには〈自然〉を媒介にして、人間はどんなに自然の存在ではなく、むしろ人間について意識をはたらかせる存在かということを逆説的に、しかもそれ以外にはできないたしかさでしめした。それは文体の論理としてとどく行き幅となってあらわれている。

第Ⅲ部　現代表出史論

1　新感覚の意味

個人の存在の根拠があやふやになり、外界とどんな関係にむすばれているかの自覚があいまいで不安定なものに感じられるようになると、いままで指示意識の多様さとしてあったひとつの時代の言語の帯は、多様さの根拠をなくしてただよってゆく。〈私〉の意識は現実のどんな事件にぶつかってもどんな状態にはまりこんでも、外界のある斜面に、つまり社会の構成のどこかにはっきり位置しているという存在感をもちえなくなる。

こういう情況で、言語の表現はどこにゆく手をみつけだすだろうか。

たぶんこれが大正末年このかた近代の表出史がつきあたった表現のもんだいだった。これは高度に均質にはばをひろげていった資本制度の社会で、さまざまな個人の生活史がどれだけ均質な条件にさらされたかということにちがいなかったろう。表現としていえば、文学者たちの現実にむかう意識はローラーでおしならされたように、かわりばえもなく均質化された。そして、文学の表現は、どんな個性の色彩をもち、個別のモチーフを唱いあげたものであっても、この社会がしいたローラーならしにたいする反応や、抵抗や、代償としてはじめて成り立つほかなかった。

これは、近代の表出史にあたえられた〈現代〉性の核心にあるもんだいであった。もちろんこれがすべてのもんだいだということはできまい。作家たちは、それぞれの仕方でこのもんだいに直面し、それぞれべつの仕方で、これを作品に定着しえたと信じたのだから。文化の歴史は、あとからみれば批判の対象であるが、ある時代の渦中ではなまなましく避けがたい圧力ににている。作家たちはそれぞれの仕方でこの圧力を解こうとし、また解きえたと信ずる表現者としてしか存在しない。近代の表出史は、この均質化された〈私〉の意識面で、現代表出史としてあらわれたといっていい。

これはいうまでもないことだが、ある一つの文学流派だけをとらえ、他の流派はこれに無関係だったというもんだいではない。もっとおくのところで共通に感受された表現空間の総体をさしている。表出史は、文学史、いいかえれば文学一般の歴史とちがって、ひとつの流派をとらえたが、べつの流派をとらえなかった、といった課題にはかたよらない。とらえたようにみえ、とらえなかったようにみえる根柢に、普遍的にかくされていて、ある流派とか個人はかくとらえ、またかくとらえなかったという必然だけがもんだいなのだ。

解体にひんし、均質化につきあたった〈私〉意識が、まずみつけだした通路は、文学の表現の対象になるものを主体のほうからすすんで平準化し、均質にならしてしまうことで、現実の社会のなかでの〈私〉の解体を、表現では補償しようとすることだった。

たとえば、〈石ころ〉と〈人間〉とは現実の世界ではまったくちがったものだ。そしてちがった認識の位相にひとりでに位置づけられている。また〈猫〉と〈舟〉とは現実の世界では質がちがい〈花〉と〈子供〉とは現実の世界でちがった意味づけをあたえられている。人間と自然とは、その自然が建物や器械のように人工的なものであれ、草や樹木のような自然なものであれ、まったく異質だということは、わたしたちが現実の社会にあるとき暗黙のうちに前提にしている。こういう前提が現実の人間社会を成り立たせている根拠になっている。そこで生活しているときのわたしたちの関係には、そういう基本になる確かさがひそんでいるといっていい。だが表現の世界をどんなことでもあるしおこりうる想像の全球面とかんがえると、かならずしもこんな確かさは前提にはならない。それはけっして想像は自由だから（ほんとうは自由でないのだが）ではなくて、現実の認識の序列があやういところでこそ表現の特有な秩序が成り立つものだとかんがえなければ、芸術的な表現は自由に存在できる根拠をたもちえないからだ。しかし、くりかえしていえば、芸術の表現が自由な秩序をもてるということは、すぐに想像がまったく自由だということを意味しない。すくなくとも、現実の社会でさまざまな個人が、じぶんの根拠や理由が不確かだとおもったとすれば、その部分に対応するある球面での想像が自由になるとかんがえることができよう。

近代の表出史がこのもんだいに当面したのは大正末年だった。すでにのべたように有島武郎や佐藤春夫のある作品はかすかながらこれを感受していた。ここで探索が及ばないところでも、そういう兆候はみつけられるはずだ。

このもんだいを、文学の表現としていちばん鮮やかにさきがけとしてしめしたのは、「蠅」（大正12年）、「マルクスの審判」（大正12年）、「無礼な街」（大正13年）、「頭ならびに腹」（大正13年）、「青い石を拾つてから」（大正14年）、「ナポレオンと田虫」（大正15年）など初期の短篇世界での横光利一だった。このとき近代の表出史は、あるまったくあたらしい段階につきすすむ。あるいは横光利一があたらしく近代の表出史にひとつの意義をもって登場したといってもよい。すでに、深層ではひらかれていた道だったが、横光利一の出現はそれをあらわにもちだした。


⑶④　馬は一条の枯草を奥歯にひつ掛けたまま、猫背の老いた馭者の姿を捜してゐる。

駅者は宿場の横の饅頭屋の店頭で、将棋を三番さして負け通した。

「なに。文句を云ふな。もう一番ぢや。」

すると、廂を脱（はづ）れた日の光は、彼の腰から、円い荷物のやうな猫背の上へ乗りかかつて来た。

（「蠅」）

「お前は錯誤の連続した結晶だ。」
私は反り返つて威張り出した。街が私の脚下に横はつてゐると云ふことが、私には晴れ晴れとして爽快であつた。私は樹の下から一歩出た。と、朝日は、私の胸を眼がけて殺到した。（「無礼な街」）

動かぬ列車の横腹には、野の中に名も知れぬ寒駅がぼんやりと横たはつてゐた。（「頭ならびに腹」）

ナポレオン・ボナパルトの腹は、チユイレリーの観台の上で、折からの虹と対戦するかのやうに張り合つてゐた。その剛壮な腹の頂点では、コルシカ産の瑪瑙(めなう)の釦が巴里(パリ)の半景を歪ませながら、幽かに妃(きさき)の指紋のために曇つてゐた。（「ナポレオンと田虫」）

これらを「様々なる意匠」のひとつとして、こさえものだとか、薄っぺらなレトリックだけの作品だとかいう、それぞれ当たっていないことはない評言はたくさんあった。でもそれはもんだいにならない。こういう表出がほんとうになにを意味するかだけが、いまとりあげるに価するのだ。

これらの断片が鮮やかにしめしているのは、表出の対象が等質だということだ。それは馭者が馬をさがさずに、馬が馭者をさがしてもおなじだし、日の光が馭者の猫背に乗りかかり、朝日が「私の胸」に殺到し、寒駅がぼんやり列車の横腹に横わっているという主格の転倒によって、もともと対象の主格性が交換可能なものにすぎないことをあざやかに啓示した。

おそらく、そういう表出の根源には解体してしまった〈私〉の意識からは対象は自然であれ人間であれすべて交換可能な相対性にすぎないという認識がひそんでいた。その意識からは〈馬〉や〈日の光〉や〈寒駅〉に表現のうえで自意識をあたえることが不自然ではないという文体革命のうえの事情がかくされていた。わたしたちはこれらの表現から横光利一の個性の特質をえりわけねばならないだろうが、しかし、そのうえに表出史のあるぬきさしならぬ契機がここにはあったとみなければならぬ。こういう表出は若い野上弥生子の「海神丸」（大正11年）の波の擬人的な描写のなかにも、谷崎潤一郎の「痴人の愛」（大正14年）の唇だけが生きもののように突出しているナオミの痴戯の描写のなかにもおなじようにあらわれた。近代の表出史ははじめて大正末期に、ある想像線を設定し、その想像線のなかでは現実的な序列とちがった表現の対象があつまって、並列にならぶことができた。その無秩序が表出としてありうることを確証したといってよい。これは表出史としてみれば、現在までにかんがえられる最後の水準に言語空間が足をふみいれたことであった。

平準化されて解体にひんした〈私〉意識が、文学の表現のうえでみつけだしたもうひとつの脱出路は、〈私〉意識の輪廓のぼんやりした不確かな内部を、表出の対象にすることで現実での〈私〉の解体を補償しようとする欲求だった。毒をもって毒を制するように、また不確かなじぶんの存在感を不確かなじぶんを対象にすることで確かめようとするかのように、形のないこころの内の世界を言語に定着させた。

このことは、対象の現実の意味や差別がなくなってしまった球面に想像線を並列させたこととおなじだった。そしてまた、これは個々の文学者の個性をこえて、現実のなかにある普遍的な根拠をもつものだった。だからこそ「春は馬車に乗つて」（大正15年）や「蛾はどこにでもゐる」（大正15年）のような妻の死期を主題にした横光利一の作品ばかりでなく、さかのぼっては、佐藤春夫の「都会の憂鬱」（大正11年）や、若い中条百合子の「伸子」（大正13年）のような傾向と思想がそれぞれちがった作家たちも、このもんだいの球面上にはじめて登場したのだといえる。

わたしたちは横光利一によってこの時期にとても意識的にきりひらかれた表現の意識を、横光個人やいわゆる〈新感覚〉派に固有な面でみようとはおもわない。そういう理解は文学運動史の現象的な記述以外のばあいには、まったく無意味だとかんがえるからだ。またそうでなければ、横光のばあいほど自覚的ではないにしろ、まったくたがいに影響のない作家のあいだに、おなじ表現の意識があらわれてくるもんだいを解けない。

(35) ふと彼は或る気紛れから、妻の鏡台の傍へ行つてそこから、一つやや大きな鏡を持つて来た。さうして鏡のニッケルで出来た足をぐつと後ざまに折り返して、その丸くまがつた部分を板塀の上の日向に突きぬけてゐる釘にひつかけて見た。日の光は鏡の面に反射し屈折して、彼の二畳のその机を据ゑた壁の上へ光を照し返した。彼はその上の小さな日光をしばらく眺めて居たが、やがて手を高く挙げて細い日光が流れてゐる路をその掌で遮つた。日光は掌に当つた。その日に当つてゐる掌を彼は嬰児がよくするやうに握つて見たり、ひろげて見たりした。終には、不意に彼は炬燵のなかから立ち上つてその光の路へ彼の顔を当てて、日向にある鏡を、その鏡のなかに在る小さな太陽を覗いて見た。暫くぢつと見つめた。それは単に退屈のあまりに彼がして見たことどもではあつたが、彼が自分のしてゐることに気がついた時には言ひ知れない馬鹿馬鹿しさと同時に暗鬱な心とを彼のなかに湧かせた。彼は、その瞬間に何となく、牢屋のなかにゐる者であるかでなければ気違ひででもあるかのやうに自分が思へた。（「都会の憂鬱」）

(36) 彼女は、話をきゝながら、向ひ側に並んでゐる男達の顔を見較べはじめた。大概の男は広間の右側に立つてゐる博士の方に頭を捩つてゐるので、伸子のところからは沢山の顔の左半面だけが見えた。艶々した血色の上瞼の脹れぼつたい凡俗な顔、皮膚が黒ずんで巨鼻立ちの粗い、恐らくは口中が臭さうな容貌、又は、頬から口の辺にかけて肉の薄い、粘液質らしいすべすべした皮膚の持ち主。——ちよつとした脚の置き方や、椅子のもたれ方がみな何処か隠れた性格の一部を現してゐるやうで、伸子はこの見ものを面白く感じた。正面から視た時は、怜悧さうに引緊つてゐたある青年の顔が側面から見るとまるで魯鈍さを暴露し力弱く見えた。――仲子はふと平生あまり見たことのない自分の横顔について微かな不安を感じた。(「仲子」)

これらは、いずれも、鏡を日の光にあてて掌や顔をうつしてみた、あるいは、同席している男たちを一人の女が観察した、という位置でかかれた、対象としてはささいな事柄であるにもかかわらず、そのささいな対象の表出によってある時間のなかでこころの内におこった好悪や内省のうごきを拡大鏡にかけ、まるで凹凸のある具体物をなぞっているようにとらえている。これは横光利一の想像線の設定とおなじように、まったくあたらしい表現の段階をしめしていた。

こういった特徴は文学者たちがじぶんのささいな〈私〉意識の動きを、拡大して描くに価するほど尊重したことになるわけではない。むしろ、逆に〈私〉意識が拡散して、しかも劃一化されてしまうのではないかというおそれをもったこの時期の作家たちが、ささいな対象をえらび、対象をじぶんで制限することでこころのうちで意識を集中させ、統覚しようとした欲求の表出にあたっていた。文学の意義を言語の指示性が壮大なうねりで展開されるところにみようとすれば、こういった描写が成り立ったことはトリヴィアリズムにしかすぎないようにみえる。だがここには表出のぬきさしならない経路があった。

こういう表出のさけられない意味を横光利一の主張からきいてみよう。

横光利一は初期作品を理論的にささえる「感覚活動」(大正14年)という評論のなかで、かれの想像線(新感覚)がそれまでとちがうところをつぎのように説明している。

感覚とは純粋客観から触発された感性的認識の質料の表徴であつた。そこで、感覚と新感覚との相違であるが、新感覚は、その触発体としての客観が純粋客観のみならず、一切の形式的仮象をも含み意識一般の孰れの表象内容をも含む統一体としての主観的客観から触発された感性的認識の質料の表徴であり、してその触発された感性的認識の質料は、感覚の場合に於けるよりも新感覚的表徴にあつては、より強く悟性活動が力学的形式をとつて活動してゐる。即ち感覚触発上に於ける二者の相違は、客観形式の相違と主観形式の活動の相違にあると云はねばならぬ。

このたどたどしい説明はつぎのような意味になる。文学としていままで感覚とよばれてきたものは、外界にある対象から触発された感覚による認識を表徴したものだった。たとえば〈石〉という外界の対象があったとき、そこから感覚的に触発された〈石〉のシンボルの表現が文学の感覚だ。しかしじぶんたちの〈新感覚〉というのはもっと包括的でまた、動的なものだ。〈新感覚〉を触発する対象は、たんに外界にある物ばかりではなく、形式的な仮象も意識の内部も含むすべてのものであり、これを感覚的に認識するばあい悟性の活動がそれらを統一する原動力になる——。

おなじ文章のべつのところで、横光は「自分の云ふ感覚と云ふ概念、即ち新感覚派の感覚的表徴とは、一言で云ふと自然の外相を剝奪し、物自体に躍り込む主観の直感的触発物を云ふ」ともかいた。

わけのわからぬような言葉でいわれていても、すくなくとも横光利一自身のなかでは、かれの表出にたいする意味づけははっきりしていた。それはいままでの日本近代文学の表現が感覚をせまいワクにとじこめ、現実の世界にひとつの序列と位相をもって存在する対象は、文学的表現のなかでもおなじ序列と位相をもたねばならぬかのように感覚の把握の範囲をかぎっている。だが、それは対象の現実のあり方によって感覚の活動をせばめているので、表出のばあいには対象が現実でどんな序列や位相にあるかということからは、まったく自由でよいはずだ、そんな主張に帰するといってよい。

表出史としてみればこの主張はそんなに重要だとはおもえない。むしろ横光がわが田に水をひくような意味で、仲間の新感覚派文士だけではなく、芥川龍之介も、志賀直哉もストリンドベルヒもニイチェも、芭蕉も、みなある作物では新感覚派だと主張してみせたところに、ほんとうは、普遍的な意味があった。そしてこんないい方をすれば、有島武郎も佐藤春夫も、中条百合子も野上弥生子も、ある作物において新感覚派だといえるところに現実の根拠があったのだ。

たとえばわたしたちは、白鳥の「生まざりしならば」(大正12年)、滝井孝作の「無限抱擁」(大正12年)、里見弴の「多情仏心」(大正12年)などそのときの中堅大家の作品に、どうしてもそうなってしまった〈新感覚〉の表現の刻印をみることができる。こういった作品はどれも、解体を感じ劃一をおそれる〈私〉意識が近代の表出史にひたひたとおしよせてくるそれらを感受し、拮抗しようとするさまを象徴していた。

大正末年代におこなわれた文体革命は、そのひろがりでもまた徹底さでも明治三十年代末の自然主義運動による文体の変改に匹敵するといってよい。そして自然主義の影響が、言語の指示意識の多様化という面できわまっていたように、この時期の〈新感覚〉の影響は、言語の自己表出意識の励起という面できわまっていた。そこからみればこのふたつの時期の文体の革命は対照的だといえる。わたしたちは、ここで〈新感覚〉という言葉から、横光利一を先達とする一群の文学者の作品の傾向という意味をとりさって、普遍的につかわなければならない。あたかも〈自然主義〉という言葉から、藤村の「破戒」や花袋の「蒲団」を先達とする一群の文学者の傾向という意味をとりさって、ひろげたように。〈新感覚〉は、どうしてもなくてはならない運命のように大正末年から近代の表出史にあらわれた言語の自己表出意識の飛躍と励起だった。この影響は白鳥や谷崎や佐藤春夫から若い中条百合子や野上弥生子にいたるまでまぬかれることができなかった。それほど決定的だった。

昭和文学史家の定説によれば、この時期からいわゆる「三派鼎立」時代が開幕する。たとえば平野謙はこうかいている。

しかし、重要なことは、プロレタリア文学と新感覚派文学との出現によつて、完全に既成リアリズム文学が打倒され、そこに新旧世代の交替が完了するという具合に、歴史が進行しなかつた事実であろう。決定的な対決、変革はついにみられなかつた。無論、歴史のすすみは、つねに新興勢力が既成勢力を打倒することによつて展開するとは限らない。しかし、私小説によつて代表される既成リアリズム文学と新感覚派から新心理主義にいたるモダニズム文学とプロレタリアートの解放を念願するマルクス主義文学とが鼎立したまま、無条件降伏以後の現代文学の流れにそつくり持ちこされたことは、いいにしろわるいにしろ、やはり昭和文学の大きな特徴として、ここに数えあげておかねばならない。(『昭和文学史』上巻)

これを、整理のための便宜的な区分けとしてよめば、それだけの意味があるとおもう。でも、まともにうけとればとてつもない誤解をよびこんでしまう。だいいちに文学の歴史は、それじたいが文学者が組んだ徒党の交替や消長とは対応しない。また徒党の名を文学の方法や思想の名とかんがえても、その滲透や消長は「打倒」したり、さっぱりと「交替」したりする性質のものではありえない。まさか、そんなことは自明のこととしてわきまえているというなかれ。こういう見解は、いまも古典的な文学党派がやっているひどい誤解なのだ。ひとつの文学的な徒党がたくさんの員数をもち、マス・コミを占めたりすることは、文学の歴史とはかかわりもないし、文学の歴史をすすめるのは、そんなうわべの事件や現象とかかわりない。現実の深層にひそんだ核のうえに、そのぬきさしならない核のうえにおもむろにしみとおっていって、表現をうつすものにほかならない。

もちろん、昭和の初年に文学をプロレタリア文学とブルジョア文学にわけて、プロレタリア文学運動によって文学の世界を占拠しようなどとまともにかんがえて、文学のもんだいを文学者の徒党の消長にすりかえた文学理論と文学運動論はあった。だが決定的に誤りとして根こそぎ無効なものとしてあったのだ。いきおいそれを文学史の整理につかうのも誤解というほかない。また作品としても、プロレタリア文学の代表的な作家、たとえば中野重治や宮本百合子や小林多喜二の代表的な作品が、同時代のいわゆる「ブルジョア文学」の代表的作品にくらべてとくにかわったものでも、とくべつなものでもないことでもあきらかなことだ。個性や関心のちがいはあっても、すぐれた作品であればあるほど、いわゆる「ブルジョア文学」の代表的な作品とおなじ質を感じさせるものになるという事実によっても、プロレタリア文学とブルジョア文学という区分け法や三派鼎立という区分け法に意味がないことははっきりしている。

文学の変革は、どうしても文体の革命をふくみ、文体の革命は文学者のある根源にある現実の意識によっている。だから現実社会の根にある核の変化と対応している。しかしこの核の構造を発見するのは古典左翼がかんがえるほど簡単ではない。またそれが表出にあたえる影響という意味も、下部構造は上部構造を決定し、上部構造は相対的独立性をもち、逆に下部構造に影響をあたえるなどという簡単なものではない。

わたしたちは、大正末年以後の文学に〈新感覚〉がしみとおっていったことを普遍的な根拠としてみる。この意味では徒党や派閥上の「プロレタリア文学」派も「新感覚」派も、私小説作家たちも、この〈新感覚〉の外にたつことはできなかったとかんがえる。

2　新感覚の安定（文学体）

大正末年からすこしずつ形をあらわした〈新感覚〉による文体破壊のあとに、ひとつづきの安定した表出の球面をかんがえることができる。その面の一端には、たとえば龍胆寺雄の「放浪時代」（昭和3年）や川端康成の「伊豆の踊子」（大正15年）がやってくるし、中間には、たとえば志賀直哉の「邦子」（昭和2年）や野上弥生子の「真知子」（昭和3年）や嘉村礒多の「業苦」（昭和3年）があり、べつの一端には中野重治の「春さきの風」（昭和3年）や小林多喜二の「防雪林」（昭和3年）や平林たい子の「施療室にて」（昭和2年）や佐多稲子の「キャラメル工場から」（昭和3年）などがあるとかんがえると、〈新感覚〉の球面の曲率（まがり具合）がきめられるにちがいない。

こういった作品は、一方で〈新感覚〉による想像線のまがり方をこしらえた。また他方で意識の内をえがきだすことで〈私〉意識がこわれて、均質になってしまう不安を、表現で補償していた。このふた色の統合は、こういった作品によって実現された。当然のことだが、これらは作品として「プロレタリア文学」派と「新感覚」派と「私小説」派にわけられたりできない。作者たちが身柄をどこかの流派にあずけていたという就職運動のような履歴書があるだけだった。いずれの作品にも私小説も新感覚もプロレタリア性もみつかるし、また、そんなことをいってもなにひとつ解決したことにはならない。それは文学作品として当然すぎることだともいえる。

こういった安定した統合がなしとげられている作品があらわれたのは、比較的短い期間だった。そして、この安定した統合性は〈新感覚〉がこの時期の作家たちにそれぞれの仕方で身についたことを意味したし、また、それがもちこたえられなかった要因が、社会の急なひろがりにかれらの現実へむかう構えが追いつけないまま、たえずせきたてられたことにあった。

(37) 僕はだまつて、彼女のかざした傘の蔭からはみ出す、自分の擦れた赤革の靴を見つめた。さうして、ふと名状しがたい空虚なわびしさの中へ落込んでしまつた。——僕はいつぞや、魔子が玩具箱に使つて居る壊れた小さな竹行李をひツくり返した時、セルロイドの潰れた人形だの古びたクリスマスカアドだの、クレヨンのかけらなどと一緒に、手垢のついた古い妙な恰好をした木塊が二つ転げ出したことがあるのを思ひ出した。彼女はその時それを僕に示して、
「パパとママのお位牌よ。」

と、淡白に説明した。――そんな記憶が、わびしい空虚な影を曳いて、僕の頭を掠めた。（「放浪時代」）

(38) もう一度動きはじめても真知子の驚きは容易に消えなかつた。衝突そのものよりは、その前に、彼女がひそかに祈念したことが、余りにも適確に充されかけたためであつた。もしその危険な出来事が、車内で一二度ぶつ突かるとか、転がるとか以上に結果したならば。――云ふまでもなく、死こそは最も、完全に彼女を嫌悪してゐる境界から救ひ出したであらう。真知子はこの恐怖の前に震へた。決して死んではならなかつた。自分の知つてる生が、如何に醜く厭はしい形態に充ちてゐるとしても、死よりはなほ十分に強い魅力を以つて常に彼女を魘いた。（「真知子」）

(39) 室の中に外の光がさし込むにしたがつて、看護衣の漂白の青味がかつた神経質な白さが皺くちやに疲れてゐる私の神経に刺し込んで来た。私は大人しく看護婦長のいふ通りに足をたてて目をつむつてゐる。股が融けてしまひさうにだるい。
腕のつけ根が痛むので肩をすくめながら、変にやはらかい足の腹を撫でると、遠くの方で恐しくつるんと滑かなものにさはるやうな手ざはりがする。手も足も厚い餅を張つたやうに全く痺れてゐるのだ。（「施療室にて」）

ここでできるだけ異質な流派にいる作家のいちばんいいとおもえる表出の個所をえらんだつもりだ。(37)は、〈僕〉が個展へたずねてきた再婚した母といっしょに歩きながらをえがいている。(38)はあやうく自動車事故にあいそうになったあとで〈真知子〉が感じる描写、(39)は施療院にはいって寝ながらの〈私〉の気持をえがいたものだ。はじめといちばんあとの描写は、現実の序列をとりはらって対象をある想像線にはめこむという横光利一らによる文体破壊をへたあとでなければかんがえられない。また「真知子」のなかの描写は〈私〉意識がこわれていることをこころの内をえがくことで補償する均衡をへて、はじめてできるような精密なこころの動きを表現している。表出された対象が現実のうえで意味があるのではない。それとかかわりなくこころの内の世界が対象になっていることがこれらの表現の意義だといえる。龍胆寺雄がモダニズム派で、平林たい子がプロレタリア派でといったような区別が、表現のなかではできないのはいうまでもない。これらの表現には、ある共通した現実の根拠があり、文学の表現は主題の意味から、表出そのものの価値にいたるさまざまな通路をみつけながら、この現実的な根拠に抗い、はけ口をもとめ、また安堵するといったことで、じぶんを定着させている。そこにさまざまな資質や現実にたいする態度と方法のちがいをとりだすことはできる。でもそれはプロレタリア派とかモダニズム派とかいう区別とは、まったくちがったものになっている。もちろん、ひとが、龍胆寺雄を私小説派に、この時期の平林たい子をモダニズム派におきかえても、作品そのものは不服をとなえるとはおもえないのだ。

よく知られているように、小林秀雄は「様々なる意匠」（昭和4年）で新感覚派文学をつぎのようにとらえた。

所謂「新感覚派文学運動」なるものは、観念の崩壊によつて現はれたのであつて、崩壊を捕へた事によつて現はれたのではない。それは何等積極的な文学運動ではない、文学の衰弱として世に現はれたに過ぎぬ。これは一種の文学に於ける形式主義の運動とも言へるが、又、一種の形式主義の運動、十九世紀の所謂象徴派の運動とは全くその本質を異にするものである。彼等象徴派詩人等を動かした浪漫派音楽は、彼等に最も精妙な文学的観念を与へた。そこで彼等は己れの文学的観念の弱少を嘆き、その精錬を断行した時、己れの観念に比して文字の如何にも貧弱なる事を見たのである。今日「新感覚派文学者等」を動かすアメリカ派音楽は、彼等に何等文学的観念を与へない、否、凡そ観念と名づく可きものは何物も与へない。映画が人間に視覚的存在となる事を強請する様に、音楽は人に全身耳となれと命ずる。そこで彼等は凡そ観念なるものの弱少を嘆いて、これを捨てようとした。この時、己れの観念の弱少に比べて、文字は如何に強力なものと見えたか。

ここで、「観念の崩壊」という言葉を、〈私〉意識の崩壊といいなおすなら「新感覚派文学運動」という言葉は、ある普遍性をもつとみなされているといってよい。もちろん、普遍的な意味で〈私〉意識の崩壊はいわゆる「プロレタリア文学運動」をもとらえたのだ。だが、この〈私〉意識の崩壊は「プロレタリア文学運動」では、雑階級をふくめた社会の構成そのものの崩壊と同義に錯覚されてとらえられた。そして手やすく理念のうえの「階級」移行をやることで〈私〉意識の崩壊はすくわれこえられるかもしれぬと思いちがえられた。しかし、現実の社会が強いた〈私〉意識の崩壊は、まったくべつの位相であつかわれるべき普遍的な課題だった。イデオロギー上の「階級」移行をすればきえてしまう性質のものではなく、社会の構成がおおきくふくらんでゆくかぎり〈私〉意識の崩壊という課題もまた永続すべき性質のものだった。

一方でプロレタリア文学運動が芸術の価値論とからめて大衆化のもんだいをさしだし、また他の一方で「新感覚」派運動が小林秀雄が指摘しているように〈文字〉という形式の羅列があってはじめて内容ができるという形式論の倒錯にたどりついたのは必然だった。かれらは〈私〉意識の崩壊という社会の高度な段階にはいって、想像線を架空に自在な序列が成り立つ世界として設定する課題をしいられながら、この意味をよく捉えきれずに、望みをイデオロギー移行と形式優位論に托した。

これをたとえてみれば、プロレタリア文学者たちは、じぶんの生身を労働者のあばら家に引越すことによって、また新感覚派文学者はじぶんの観念を魔術のように〈文字〉の羅列に封じこめることによって、この時期の文学的なもんだいを解きえたと信じたのだ。一方は身柄を移したあばら家の所在地によって、ほかの一方は観念を〈文字〉に解消したあとの〈私〉意識の〈不在〉によって、それぞれ通俗化へむかう側面をもったのは仕方ないことだった。

大正末年に言語の自己表出の高度な励起によって近代の表出史にあらわれた新感覚が、安定した結晶を作品のうえにみせたのは、昭和の一、二年のごく短い時期だった。それはすぐに**文学体**と**話体**とのあたらしい分裂と拡散にむかうべき運動にみまわれたとかんがえられる。

あたらしい**文学体**へのうつりゆきをはじめに確かなものにしたのは、横光利一の「機械」（昭和5年）だったにちがいない。表出としては、横光は「機械」で頂点にたっし、それ以上にのびなかった。「機械」という作品はなにを意味しているだろうか。

(40)　軽部は私が試験管の中のクロム酸加里がこぼれたかどうかと見てゐる間、どうしたものか一度周章てて部屋の中を駈け廻つてそれからまた私の前へ戻つて来ると、駈け廻つたことが何の役にもたたなかつたと見えてただ彼は私を睨みつけてゐるだけなのである。しかしもし私が少しでも動けば彼は手持ち無沙汰のため私を蹴りつけるにちがひないと思つたので私はそのままいつまでも倒れてゐたのだが、切迫したいくらかの時間でもいつたい自分は何をしてゐるのだと思つたが最後もうぼんやりと間の脱けて了ふもので、ましてこちらは相手を一度思ふさま怒らさねば駄目だと思つてゐるときとてもう相手もすつかり気の向くまで怒つて了つた頃であらうと思ふとつい私も落ちついてやれやれと云ふ気になり、どれほど軽部の奴がさきから暴れたのかと思つてあたりを見廻すと一番ひどく荒されてゐるのは私の顔でカルシユームがざらざらしたまま唇から耳へまで這入つてゐるのに気がついた。が、さて私はいつ起き上つて良いものかそれが分らぬ。（「機械」）

横光利一じしんにそったいい方をすれば、「機械」は、ある想像線をひいて、その線のうえでは対象が現実にもつはずの序列や位相をかんがえからなくして、等質に並列させてしまう初期の手法をまったくすてた。そして〈新感覚〉のべつの特質である意識のうちの動きを、いく人かの登場人物の現実の関係を組合せて粘りつくように追ったものだった。この意識のうちの描写を持続していきながら、それを統覚する作者の〈私〉意識をからみあわせる手法は、それ以前の表出史にはまったくないほど徹底的であたらしかった。

さまざまな偶然がくわわっただろうが、横光は「機械」で想像線のみかけのうえの形式本位からくる文体のうわべの装飾が、そのまま作品を通俗化してしまう危険をまぬかれたといっていい。それは、かれにとってはじめて完全にまぬかれ、また最後であったともいえた。この作品で横光利一は〈私〉意識の解体と劃一化という時代の普遍的なもんだいを、そのまま、表現の対象にまで昇華し、はじめてこの時期の社会の現実におこったさまざまなもんだいの根柢に独自な方法で手をふれることができた。この意義は現在かんがえられるよりもはるかに重要だった。小林秀雄はこの作品を横光の倫理の書だと評したが、その意味は、その方法意識の垂鉛が現実の根源にふれたときの横光の資質をさした言葉にほかならない。初期作品の形式優位論からくる装飾を脱ぎすてて「機械」にいたった横光の経路には、昭和期の知識人の文学がつきすすむ通路の思想的なもんだいがいちばんすぐれた象徴としてしめされた。それを現在のはやり言葉で実存主義といってしまえば身もふたもないが、すくなくとも〈私〉意識の解体のあとにくる根本のもんだいはこの作家によってはじめて解かれたのだといっていい。

伊藤整はその「横光利一」論のなかで、「機械」の核心にある思想についてつぎのようにいっている。

「機械」に定着された人間社会観は、人間の実在は、他の人間との出逢ひによつて、その価値や力が絶えず変るものであり、またある事件が甲なる存在に与へる影響と乙なる存在に与へる影響とが違つたものとなる可能性があること、また努力がかへつて人間を駄目にすることがあり、失敗がかへつて実益を多くもたらすこともあるといふ考へ方である。人と人、人と仕事、人と人との組み合はせの動きによつて、善意や努力と関係なく、人間は浮び上り、また破滅する。さういふ人間の組み合はせと社会条件の組み合はせの中に、現代人の生きることの実体がある、といふ考へ方である。

そして、この後のところで「人間が、一定の職業や立場や思想を持続する間は同一の人格的存在を持続するといふ日本の自然主義の人間観が、ここで崩されたことは最も注目に値する。」とのべている。伊藤整のこの評言はとてもよく適中している。なによりもまず、横光利一は、自然がさまざまな人工物の形で外界にあり、人間はひとりひとりそれにとりかこまれて生きており、個々の人間はそれぞれの意志や情動をもちながら外界の自然とは質がちがった点々のように存在しているものだという静止した〈私〉意識がそのままでは通用しなくなっている、高度な社会の段階でつくりだされるさまざまな心理の動きを即物的にとらえた。それが自覚された思想だったかどうかはここではもんだいではない。文学の啓示とはそういうものだからだ。「機械」は横光利一じしんにとっても劃期的だったばかりでなく、近代の表出史に新しい**文学体**をみちびきいれたことでも劃期的だった。

横光利一じしんは、この「機械」で手にいれたもんだい意識に色彩をつけ肉づけをあたえて、「紋章」(昭和9年)を完成した。しかし、この作品は表出史的には「機械」にはるかにおよばなかった。さらに「純粋小説論」(昭和10年)にやがて結晶する文学理念をもとにして、「寝園」(昭和5年)や「家族会議」(昭和10年)のような「純文学にして通俗小説」の大作をかいた。もちろん、これらの作品は成熟した技法と構成力をつかって、ひとたび「機械」にまでしぼられた結晶に、初期の外からの装飾を復活させてつけくわえたものといってよい。どんな理由をつけても、これらの作品は、「機械」におよぶ価値をもたなかった。想像線を拡散することで社会の表面の動きに服従したものだった。

ここで芥川龍之介についてすこしふれてみなくてはならない。鷗外の史伝体の影響のもとに出発した芥川は、その晩年の作品で**話体**から**文学体**への上昇をなしとげた。「歯車」（昭和2年）前後、死にちかい作品群によって、芥川はいわば〈新感覚〉が滲潤した以後の表出史にふたたび登場し、みじかい火花をちらしたうえ、じぶんで壊れた。芥川が教養人文学の衣裳をかなぐりすてて、大正末年以後の知識人文学のもんだいの核心にはいってきたのは、ごく短期間だった。しかし、たとえば「歯車」は、表出の段階として「機械」に拮抗し、また先駆するといってよい。

この時期、中野重治は「鉄の話」（昭和4年）によって、堀辰雄は「聖家族」（昭和5年）によって、川端康成は「禽獣」（昭和7年）によって、島木健作は生涯のもっともすぐれた作品「癩」（昭和7年）によって「機械」とともにあたらしい**文学体**の表出の先端をささえた。

横光利一が「純粋小説論」で表現の理念としてこの時期の文学にあたえた安堵感と解放感は、また普遍的な根拠をもっていた。社会の構成の拡大と平準化の風圧にたいし、つま先立ってあたらしい**文学体**の尖端をたもつことが、思想としても手法としても苦痛でたえられなかった文学者たちはイデオロギーの外皮の如何にかかわらず、横光が敷いた「純文学にして通俗小説」というレールのうえを走りはじめたのだ。それはお互いの影響によったというよりも、必然的に走ったといったほうがよかった。ちょっと逆説的にきこえるかもしれないが、このレールは「プロレタリア文学運動」が芸術大衆化論争をはじめたとき、そして、「新感覚派」が形式主義論争をはじめたとき、ほんとは眼にみえない軌道が敷かれていた。芸術大衆化論争がおこったとき、すでにプロレタリア文学は弾圧がなくても内から崩壊し、拡散してしまう運命にあったことはまちがいない。また、形式優位論についたとき「新感覚派」が通俗になってゆくのは自明だったともいえる。

小林多喜二の「蟹工船」（昭和4年）、川端康成の「浅草紅団」（昭和4年）、武田麟太郎の「銀座八丁」（昭和9年）、高見順の「故旧忘れ得べき」（昭和10年）などは、横光利一のこの時期の長篇とともに、「純文学にして通俗小説」の代表的な作品だった。

たとえば、ひとびとは小林多喜二の「蟹工船」を、この時期の資本制の高度なふくらみとひろがりにしたがってある意味で〈私〉意識のひろがりと解体をすなおに、体制的になぞったとみるのをいぶかしく感ずるかもしれない。そこでは、蟹工船の乗組員たちの階級的な闘争がえがかれているではないか、と。しかし、そういう人々は文学の表現における現実の意識とはなにかを、ほんとは知らないのだ。闘争の筋書きをかきながら体制にしたがってゆくこともあるし、その逆もあるのだということ、つまり、文学そのものの根拠を理解しないのだといってもいい。「蟹工船」は同時期のいわゆるブルジョア文学の代表作品と比肩しうる数少ない作品のひとつだ。そして小林多喜二はこの作品ではじめて近代の表出史に登場して、この時期の中間地帯をささえたということができる。

(41) 留萌の沖あたりから、細かい、ヂユクヂユクした雨が降り出してきた。漁夫や雑夫は蟹の鋏のやうにかぢかんだ手を時々はすかひに懐の中につツこんだり、口のあたりを両手で円るく囲んで、ハアーと息をかけたりして働かなければならなかつた。——納豆の糸のやうな雨がしきりなしに、それと同じ色の不透明な海に降つた。が、稚内に近くなるに従つて、雨が粒々になつて来、広い海の面が旗でもなびくやうに、うねりが出て来て、そして又それが細かくせわしくなつた。——風がマストに当ると不吉に鳴つた。鋲がゆるみでもするやうに、ギイ〳〵と船の何処かゞ、しきりなしにきしんだ。宗谷海峡に入つた時は、三千噸に近いこの船が、しやつくりにでも取りつかれたやうにギク、シヤクし出した。何か素晴らしい力でグイと持ち上げられる。船が一瞬間宙に浮かぶ。——が、ぐウと元の位置に沈む。エレヴエターで下りる瞬間の、小便がもれさうになる、くすぐつたい不快さをその度に感じた。雑夫は黄色になえて、船酔らしく眼だけとんがらせて、ゲエ、ゲエしてゐた。（「蟹工船」）

⑷⑵　外科医、料理人、理髪師——この三つには共通の感覚がある。まづ白く光る金属の器具だ。とりわけ鋭い刃物だ。

彼のやうに世の底を浮き沈みして来ながら、「グレ」や「ツブ」まで沈み切れなかつたのは、また浅草の芥箱の「虚無の別天地」に眠り切ることが出来なかつたのは、この「鋭い刃物の匂ひ」への愛着のゆゑだとも言へるのだ。この感覚は彼の生活の一脈のさわやかさだつたのだ。

それから白い手術着だ。近くの料理人や理髪師は、白い仕事着のまま浅草公園へ行く。この真白な服は人ごみで目立つばかりでない。やはり鋭い刃物のやうに町娘をひきつけるのだ。梅吉はそれを知つてゐたのだ。

そして理髪師となつたのだが、彼は剃刀で弓子の首を剃りながら、その鋭い刃物のやうな弓子を愛しだした。鋭い刃物の匂ひを弓子から感じた。（「浅草紅団」）

⑷⑶　流行のラグランの春外套（スプリングコート）の下には、英国風に仕立てた淡鼠色（ライトグレイ）の小格子縞を均斉のとれた軍隊帰りの身体にうまく着こなし、同じ系統の縞色のマフラアも落ちついてゐるし、手套と云ひ、ステッキと云ひ、すべてぴつたりとしてゐた彼の容姿を——夜ふかしの職業に係らず赤味を帯びた健康さうな頬、太い眉をあげる時冷い光に見開く眼、稍〻（やや）いかつた鼻も、気障つぽくまげる口も魅力がないとは云へぬ、幅広い胸を張り、少しく棄鉢気味に踏み出す足取りは映画の影響で、とがめてはならないだらう、——さうした彼の容姿をたすけて、現代的な美を感じさせてゐた。（「銀座八丁」）

「蟹工船」は、小林多喜二の表出のいただきに位置している。直喩としてここでしきりに連用されている、「蟹の鋏のやうに」、「納豆の糸のやうな」、「旗でもなびくやうに」、「鋲がゆるみでもするやうに」、

「しやつくりにでも取りつかれたやうに」、「小便がもれさうになる」や、暗喩としての「黄色になえて」は、もちろん無意識につかった喩ではなく、意識してかんがえてつかわれた喩である。いってみれば小林多喜二の美意識の根をかたるものではなく、かれの理念のありどころをかたるものだとみたほうがいい。小林が理念としてえがいた〈労働者〉やその下積みの生活の実状をすこし人形じみた像で象徴させている。ここに小林多喜二文学のもんだいは、とてもよくあらわれている。〈私〉意識がこわれ劃一になってしまいそうな社会のすがたを〈階級〉の意識をうつすことで解消しようとひたすらかんがえたその理念が、どれだけ現実の社会のひろがりの表がわをかすめただけだったか、またどこまでは現実の根拠にくいこんだのかがしめされている。この作品が〈純文学にして通俗小説〉のレールのうえにあり、喩が無意識にそうでてきた喩にならずに、理念としての喩になってしまった理由も、小林多喜二の意識が現実にかかわるもんだいとしてかくされている。

川端康成の「浅草紅団」もまったくおなじレールにあった。(42)の文体をひとつの感じにまとめているのは、作者の刃物、ぴかぴかした金属、白い仕事着などにまつわりついた感覚のイメージだ。この感じのまとまりにはいりこんでくる対象はみんな煮つまってくる。この表現の意味をそのとおりたどると「白い仕事着」をきていると、じっさいに「町娘」を惹きつける事実があるわけではない。「白い仕事着」にたいする作者の感覚が、「白い仕事着」をきると「町娘」をひきつけるだろうと考える浅草の料理人や理髪師のイメージをひきよせ、煮つめているのだ。言語の指示性は、その指示性が即物的に指すところをこえて、作者の刃物やぴかぴかした金属や白い仕事着にまつわる感覚的な像の流れにそってゆくのを暗示する。

(43)の文章も、おなじようにひとりの男の容姿や服装をえがいている以外のなにかを感じさせる。このつまらぬ対象性にこびを売っているようなくねった表出のうしろに、〈人格的崩壊〉にさらされた作者の意想の匂いを換びおこすものがあるからだ。

もちろん、大切なのはこういった作品を書いた文学者たちの現実についての意識の根にあるものだった。小林多喜二という作家が理念的に「階級」移行をとげながら、その現実の認識の根はおもったほどの厚さをもたず現実の底まで垂鉛がとどかないような作家だったこと。川端康成が感覚におぼれてしまうと存外に空白を感じさせること。武田麟太郎がデカダンスなどというおおそれた状態よりも、この時期ほんとうはなしくずしの頽廃にみまわれていたこと。こういったことは表出からたやすく推論することができる。

こういった作品に象徴されるものはなにをさしているのか。わたしには〈新感覚〉があらゆる傾向や流派にしみとおっていったあとの時期の近代の表出史が拡散してひろがってゆく中間の過程にあるものと位置づけられる気がする。この中間の状態はとうぜんあたらしい表出の場面にたどりつくはずのものであった。

3　新感覚の安定（話体）

あたらしい**文学体**がわかれてきたことは、あたらしい**話体**を成り立たせる根拠をうみだすことでもあった。

これはいく人かの作家たちの動向で象徴させることができる。たとえば、ひとつは、「波」（昭和10年）、「風」（昭和5年）、「真実一路」（昭和15年）、「路傍の石」（昭和12年）などの長篇小説によって歩んできた山本有三であり、またひとつは、「吉野葛」（昭和6年）、「盲目物語」（昭和6年）、「蘆刈」（昭和7年）、「春琴抄」（昭和8年）など、歴史記録を主題にした一連の作品によって象徴されるこの時期の谷崎潤一郎であり、また、ひとつは、小林多喜二の「不在地主」（昭和4年）を象徴としてプロレタリア文学の芸術大衆化論がうみだしたたくさんの作品、徳永直の「八年制」（昭和12年）や「飛行機小僧」（昭和12年）などが歩いた軌道である。そして最後の最大の意味をもつものは、「富嶽百景」（昭和12年）に代表される太宰治の戦前の全作品だといえよう。この時期のあたらしい**話体**言語の特質は、こういった作品でその本筋をつかむことができるはずだ。

いままでみてきたとおり、近代の表出史はその歴史のなかで、いくどかあたらしい**文学体**と**話体**との分離を体験してきた。この分離はふたたびあるところまでくると拡散して軌道がかさなりあい、つぎに融和して、その状態からふたたびあたらしい段階での**文学体**と**話体**との分離をおこす。そしてこの過程はいくども反復するとかんがえられる。これは、ひとりの作家の生涯になしとげられることもあれば、時代の傾向性としてそうなることもある。**文学体**は言語の自己表出をおしあげるようにうつってゆき、**話体**は指示表出をひろげ、さまざまに多様化してうつってゆく。その根拠になるのはまだ解明されてない経緯をへて作家の現実の意識の根源と対応している。だから社会というのは文学の表現にとって何ごとかなのだが、わたしたちはいまのところそれを確かな言葉でいうまでにいたっていない。このもんだいを解くことは、一般にかんがえられているよりもはるかに難しいことだ。ルカーチなどが文学理論と文学史的な考察で失敗しているのは、難しさを難しさとしてみるよりも、理念によっておしきろうとするからだとおもえる。

いわゆる昭和の〈文芸復興〉期のもんだいは、表出史としてみればあたらしい**文学体**と**話体**とが分離してふたつの極がひっぱられた言語空間が、かつてない規模でひろがり、また空間で融着したことであった。はっきりした分離にとどまらなかったのは、〈私〉意識の解体と劃一化のおそれが表出のうえの高度な意味をふくんで作家たちの存在感をおびやかしたため、**文学体**への上昇も**話体**への下降の意味も、ともに作家たちに不安をあたえたからだった。ここに、横光利一のいわゆる「純文学にして通俗小説」という理念がうみだされ、それに照応する作品がつくられる事情があった。もちろん、作家たちのイデオロギーの外皮はこれについてどんな意味ももたない。すくなくとも、この表現の事情のうしろには、作家たちの現実にたいする意識が水平化したことがあったとかんがえられる。たとえば、文学史家の常識では、小林多喜二の「蟹工船」と川端康成の「浅草紅団」とはまったく異質な現実についての意識のうんだものだとされる。しかしわたしたちは同質のおなじ水準の現実に対する意識からうみだされたものとかんがえる。また、たとえば、谷崎潤一郎の「春琴抄」と徳永直の「八年制」とはまったく異質の作品とみなされる。そして、極端なばあい谷崎の作品は現実からの逃避で、徳永のばあい生活への密着だということで解明はおわってしまう。しかし、解明すべきものはそのさきでふたつの異質とみえる作品をうみだした現実と、それにかかわる表出の意識はまったく同質で平準化していたのだ。

(44) 今どんな風が吹いてゐるのか、明日は曇かお天気かも知らずに、洗濯をしてゐられる婦人は幸福といへば幸福かもしれない。さういふ人は一夫一婦といへば、夫婦岩(めうといは)のやうにきちんと向き合つて、生涯動かずに坐つてゐられるんだ。そのかはりそれは本物の岩のやうに、実際、生活もなければ進歩もないのだ。それはたゞ列んでゐるだけだ。
そんな動けない生活、動かない生活は素子(もとこ)には出来なかつた。彼女は動いた。飛び出した。しかし彼女の動きの中には生活があつたらうか。充実した生活があつたらうか。
自分は世間の女とどれだけ違つた生活をしたのだ。違つたといへばいくらか違つてゐたかもしれない。押し通したといへばいくらか押し通したところもある。しかし外に飛び出したとはいふものの、結局彼女の踵(かゝと)にはやつぱり重たい石がくつついてゐたのだ。（山本有三「風」）

これは誰にもわかる**話体**だ。言語はもっぱら指示意識に集中され、どんな含みもない。山本有三の長篇が、しばしば低俗なものとみなされてしまうのは、ただたんに**話体**の文体で作品が成り立っていることにあるのではない。それは指示表出のあいまいさ（含みではない）のためだとおもう。「今どんな風が吹いてゐるのか……それはたゞ列んでゐるだけだ。」という文章は、ちょっとかんがえると、作者が表出位置からのべている感想の地文のようにとれる。しかし、また、一方で、作中の〈素子〉がやっている自問自答のようにもとれるのだ。これは、決して表出の二重性ではなく、作者の表出意識のあいまいさによる輪郭のぼやけだと思える。このあいまいさは、最後の「自分は世間の女とどれだけ……やっぱり重たい石がくつついてゐたのだ」という個処では極端にあらわになる。はじめは「自分は世間の女とどれだけ……」というように、作中の〈素子〉ののべているおもいを作者の位置からとらえがいている位置がとられている。それがいつのまにか、「結局彼女の踵には……」というように作者がじかにやっている〈素子〉描写にすりかえられてしまう。おそらくこの手品のようなすりかえは作者には無意識でまた、必然的なものだとおもえる。あたかも舞台の新派悲劇をみていた観客が、つい、ほんものと勘ちがいして舞台にとびだしてしまうという素朴な錯誤の呼吸とおなじ表出位置のあいまいさが、山本有三の作品のもつ本質だ。この種の表出意識のあいまいさとすりかえは、その長篇作品のすべてを支配している。これは、**話体**小説が風化するときに根本的におこってくる。**話体**小説はそのまま、通俗小説でも大衆小説でもない。**話体**の風化と解体とは、作家の表出意識の風化と解体を物語っている。たとえば、「春琴抄」は「卍」（昭和3年）などとおなじように典型的な**話体**小説だ。しかし、通俗小説とはいい難い。

(45) それにしても春琴が彼に求めたものは斯くの如きことであつた乎過日彼女が涙を流して訴へたのは、私がこんな災難に遭つた以上お前も盲目になつて欲しいと云ふ意であつた乎そこ迄は忖度し難いけれども、佐助それはほんたうかと云つた短かい一語が佐助の耳には喜びに慄へてゐるやうに聞えた。そして無言で相対しつゝある間に盲人のみが持つ第六感の働きが佐助の官能に芽生えて来て唯感謝の一念より外何物もない春琴の胸の中を自づと会得することが出来た（「春琴抄」）

この話体では故意に〈、〉点がはぶかれている。その効果は文体の含みをよびおこし、それをもちこたえさせるところにあるということができる。

「……と云ふ意であつた乎そこ迄は忖度……」のあいだに〈、〉点がはぶかれているため「それにしても春琴が……」という最初の作者の位置から忖度された表出は、きわめてスムーズに〈佐助〉の〈忖度〉を作者がえがいているような含みをあたえる。そして、この文体には佐助への作者の感情移入がおこなわれている。移入による描写と対象にたいする描写との二重性が、〈、〉点を意図してはぶいた古典**話体**をまねすることで強調されている。

谷崎潤一郎は文学の出発のはじめからいつも**話体**の作家だった。そしてたぶんこの時期にかかれた歴史記録をもとにした一連の**話体**の小説は、谷崎なりに想像線からおもてむきの装飾をけずりとって、じぶんの**話体**の本来のものを煮つめたものだった。ここには谷崎なりに時代の社会にたいして対峙しようとする姿勢がえがかれたのだといえる。華麗なイメージの飾りつけをとりはらった代償にかれがえらんだのは、日本の古典の伝統的な手法ともいえる**話体**を**連環**させる方法だった。そこでは古典物語の手法が意識してとことんまでおしすすめられたといってよかった。

谷崎とちょっとみると対照的におもえる**話体**小説の例として徳永直の「八年制」をあげてみることができる。

(46) 大小四ツの寝顔は「生きる権利」がある、と文句でも言つてるやうに、至極当然な様子で眠つてゐる。一番幼い、口もロクに利けない四歳の女の児でさへ、厳然たる一個の性格を顔にあらはして、眠つてゐる。鷲尾や鷲尾の細君が存在しようとしまいと、それに拘はりなく吾々は厳として存在するのだ。といつた逞ましさなのである。が、今日只今の現実として、鷲尾が若し病死でもしたら、この子供達の「生きる権利」はどツかへフツとんでしまふのである。うまくいつても孤児院にいれられる位で、彼等が自身で口を糊することが出来るまでの、一切の負担は、彼等の厳然たる寝顔とは無関係に、鷲尾の一身に懸かつてゐるのだ。何と奇妙な話ではないか。（「八年制」）

「『生きる権利』がある、と文句でも言ってるやうに」という喩法はこの**話体**の特長をよくあらわしている。それは理念の生活実感とでもいうべき性格をもっている。子供の寝顔から作者がひきだしている描写は理念としてみられた生活の実感だといえる。「が、今日只今の現実として、……」以下で、作者の表出は子供の寝顔からしだいにはなれて、ついに「何と奇妙な話ではないか」という概念の表白にいたるのだが、このあいだに「子供達」という人称はそれよりも抽象的な「彼等」という言い方にうつっていて、作者がしだいに子供達の寝顔からはなれて、一般的な感想にうつる様子をあらわしている。このスムーズなうつりゆきが、ひとつの含みをこの**話体**にあたえているといえよう。

わたしたちは、この時期の**話体**の水準を、山本有三と谷崎潤一郎と徳永直の作品で象徴させてまちがいない。このうち、本質として**話体**作家であった谷崎のほかは、それぞれが時代の現実のなかで個性的な軌道を拡散をさせて**話体**にいたったものだった。

昭和期の**話体**言語をほとんど極限にまでおしすすめたのは、太宰治であった。この作家の出現と敗戦後に自壊した意味はとても重要だったとかんがえる。

伊藤整は「太宰治」論で、太宰の表現についてこうかいている。

太宰において特徴的なことは私小説を分解し、効果的な部分のみを生かして、話の筋や順序を省略するといふ意識的な書き方である。これは作品を全体として理解され得るやうに読者に伝へることを前提とする物語りの約束に反することである。しかし、また私小説においては、もともと作家その人の生活を前提としまたは背景としてゐるので、読者はそれを書かれた所または書かれない所

（噂話や前作によつて）から受け取つて読むのであるから、その部分の説明は本来不要の部分である。感動は多く、詩を読む時のやうに、作品に盛られた生の認識から来るのである。それ故、私小説を純粋化する方向は、その純粋な認識のみを選み出して組み合はせることでなければならない。即ち詩の方法である。そして太宰治が行つた文学の方法の基礎は全体として正にこのやうなものであつた。

狙うべき的は、あきらかにここで狙われている。伊藤整が私小説を分解し、効果的な部分のみを生かすとのべているものは、**話体**を徹底的にもとにすえたという特質として生きている。しかし、これを私小説の分解と再編とよぶことは難しい。ことに、この時期（中期）の作品の系列について〈私小説〉という概念をどれだけひろげてみても、太宰治の頂点をなす作品は、それをはみだしてしまう。太宰治が表現のうえでいちばん影響をうけたのはたぶん落語、講談本の**話体**だ。中期を代表する作品「富嶽百景」（昭和14年）、「満願」（昭和13年）、「駈込み訴へ」（昭和15年）、「女の決闘」（昭和15年）、「走れメロス」（昭和15年）などで、それぞれの書き出しと終末の配慮は、古典的な〈落ち〉の方法に対応している。

(47)　お医者の奥さんが、或るとき私に、そのわけを語つて聞かせた。小学校の先生の奥さまで、先生は、三年まへに肺をわるくし、このごろずんずんよくなつた。お医者は一所懸命で、その若い奥さまに、いまがだいじのところと、固く禁じた。奥さまは言ひつけを守つた。それでも、ときどき、なんだか、ふびんに伺ふことがある。お医者は、その都度、心を鬼にして、奥さまもうすこしのご辛抱ですよ、と言外に意味をふくめて叱咤するのださうである。

八月のをはり、私は美しいものを見た。朝、お医者の家の縁側で新聞を読んでゐると、私の傍に横坐りに坐つてゐた奥さんが、

「ああ、うれしさうね。」と小声でそつと囁いた。

ふと顔をあげると、すぐ眼のまへの小道を、簡単服を着た清潔な姿が、さつさつと飛ぶやうにして歩いていつた。白いパラソルをくるくるくるつとまはした。

「けさ、おゆるしが出たのよ。」奥さんは、また、囁く。

三年、と一口にいつても、——胸が一ぱいになつた。年つき経つほど、私には、あの女性の姿が美しく思はれる。あれは、お医者の奥さんのさしがねかも知れない。（「満願」）


こういう作品を〈私小説〉として読むことは、まったく危険だとかんがえられる。わたしは私小説の仮装をもってかかれた〈語り物〉だとおもう。語り物を語っている語り師の位相——高座から落語家や講談師がやるような——が、おそらくは、太宰治の中期の**話体**小説の理想像だった。たとえば「簡単服を着た清潔な姿（の若い女）が、さつさつと飛ぶやうにして歩いていつた。」、「（彼女は）白いパラソルをくるくるつとまはした。」というような当然おかるべき対象人称の省略が可能なのは、**話体**——いいかえれば語り物をかく——言語表出の特徴をするどく発揮しているからだ。わたしたちが、日常の会話でこんな省略を平気でやって意味を伝えられるのは音声のアクセントや身振りや表情などがそれに加わっているからだ。太宰治はおそらくこの特徴をきょくたんにかくという表出にうつしかえた。そして、そのためにあみ出した方法は、表出の対象を感覚的印象（おもに視覚的）の核心のところだけでとらえることだった。こうすることで表現の場面の転換のセンテンスは、あたかも会話や語り師の身振りや眼ざしの動きとおなじ意味をもったのだ。

この時期の話体の作家のうち〈私〉意識の解体と劃一化という契機を崩壊とか風化ではなくて、積極的な意味で**構成的な話体**の意識としてとらえたのは、おそらく太宰治だけだった。太宰のばあいじぶんの〈私〉意識の解体が意識されればされるほど**話体**の表現は風化や横すべりに走らず、かえって構成的になるという逆説がはじめて成り立った。それだから戦後になってからの自壊は、かえって「人間失格」や「ヴィヨンの妻」のような**文学体**への上昇としてあらわれた。この事情は芥川龍之介の自壊ととてもよく似ている。

太宰治の**話体**の表出をひとつの極にして、やがて戦後文学の**話体**はつくられた。かれは、現代の表出史を**話体**の表出として戦後にもたらした最後の最大のトレーガーであり、それは戦後の戯作派のさまざまな傾向と地面を接していた。わたしは、近代文学史上における太宰治の意味を、芥川龍之介よりも重くみたいとかんがえるものだ。知識人としての本質的な課題を風化せしめることなく**話体**表出の方法を維持することは、おそらくこの時期にとても困難なことだった。この困難はよく戦争期をつうじて太宰によってたもたれ、かれの意識のおくのほうでドラマははげしく演じられたはずだった。それは外がわからはよくうかがうことができず、戦後の自壊の過程ではじめて露出してきたのだ。

4　新感覚の尖端

昭和十年代の**文学体**の表出は、分布している多数の傾向としてみれば、横光利一の「紋章」(昭和9年)などを中心にして、一方に島木健作の「生活の探究」(昭和12年)や、佐多稲子の「くれなゐ」(昭和11年)などをおき、また一方に、火野葦平の「麦と兵隊」(昭和13年)や「糞尿譚」(昭和13年)をおき、阿部知二の「冬の宿」(昭和11年)や高見順の「如何なる星の下に」(昭和14年)や中山義秀「厚物咲」(昭和13年)や北条民雄や牧野信一の諸作品をなかにおいて、かんがえることができる。

こういった分布の傾向が語っているのは、中核だけをいえば**文学体**の横すべりとか拡散とか風化といった消極的な位置づけとしていうことができる。そして、そのうしろにかくされていたのは、解体した〈私〉意識を対象にするすべを見うしなった文学者たちが、濁流が海にそそぐように**話体**へと氾濫していったことだった。

この時期の文学については、たくさんの論者がふれている。でもどれをとってもぜんぶを包括する意見になりえない。わたしたちは**文学体**の小説が風化して**話体**へ下降してゆく過程で拡散されて、それなりに安定した作品をうみだしたといえるだけだ。もちろん、そのうしろには知識人の解体がふくまれていた。しかもどこへ解体するのかは本人たちにはまったくつかまれていないところに特徴があった。そして、この行方がわからないことが、ある安定した表出をうみだし、また、同時にさまざまなタイプと思想をもった登場人物を唐草模様のように泳がした作品ができあがる原動力になったのだといえる。こういった作品はどれも横光利一が「機械」によって実現した表出をでることはできなかった。一方は〈プロレタリア文学〉派や〈私小説〉派から流れこみ、一方は〈新感覚〉派や〈新心理主義文学〉派から漂流し、ひとつの均質な海をつくりだしたのだ。しかしほんとうをいえばそれは挫折でも漂流でもなかったかもしれない。それまで、何らかの形でもちこたえてきた表出意識の統覚をなくしてどん底まで挫折しつくそうにも挫折の方向がわからないし、漂流しようにも行方をきめられないといった具合だった。外界をおとずれた戦争のかげよりも、かれらが現実の意識をささえてきた通路を、対象にする方法をなくしたことのほうが文学としてはるかに重要だった。

これらの**文学体**小説の拡散する傾向にあらがって、あたらしい**文学体**を「機械」の水準からうつしとても少数の作品をあげれば、たとえば、伊藤整の「生物祭」（昭和7年）、「幽鬼の街」（昭和12年）、中野重治「歌のわかれ」（昭和14年）、堀辰雄「風立ちぬ」（昭和12年）などの作品ということになる。

(48)　外へ出ると、病院の垣根には八重桜が咲き乱れてゐた。これらの花の息詰まる生殖の猥雑さを、人は怪（あやし）んでゐないのだらうか。白い看護婦たちの忍び笑ふ声を内包した病院の建物の外で、桜は咽（む）せかへるやうに花粉を撒きながら無言のうちに生殖し生殖しそして生殖してゐる。そして看護婦等の肉体は粘液のやうなものを唇や腰部から分泌する、病院の光つた廊下をスカアトを曳いて走り、扉の握りを開くときに。洗面所のタイルの中で水が流れてゐる。彼女等は看護服の中に棲息してゐる女性なのだ。処女であり、またない。処女である女と処女でない女とが白い看護服に身体を包んで笑つてゐる。その窓の外にある桜の花の生殖。それに彼女等は気づかないのだらうか。総ての花や女等はなにかを分泌し、分泌して春の重い空気を一層重苦しくしてゐる。だがその春は私のものではない。誰かのもの、誰か外の人のものだ。私は今死なうとしてゐる者の子だ。父は、家にゐてあの力の無い、傍で見てゐるのも苦しい発作を繰り返してゐる。父は、父の前に置かれる総てのものに激しい錯乱を覚へるのだ。私の顔の筋肉も、私の腕の動きも、私の感情も、目の前にありながらどうしても摑むことのできない苛立たしい正体の不確かな春の方に溺死者のやうに手を差伸べ、そして絶対にそれから拒まれてゐるのだ。この春は私にとつて異邦人の祭典にすぎない。それは淫靡な、好色な、極彩色の、だらけた、動物や植物や人間共の歓楽だ。それは谷底にあるこの小さな町ぢゆうに群れて湧き立ちながらあふれ、腐れかかつたものには蛆を湧かせ、沈黙してゐるものには狂気の偏執を与へ、死にかけたものに今一度生の喜びを窺はせ、生物の粘膜の分泌を盛にし、至るところの樹皮から新しい芽を吹き出させて、私の肉身のまはりに渦巻き、私の情緒の襞に浸透しながら洪水のやうに流れてゐる。(「生物祭」)

(49) 私は、私達が共にした最初の日々、私が節子の枕もとに殆んど附ききりで過したそれらの日々のことを思ひ浮べようとすると、それらの日々が互に似てゐるために、その魅力はなくはない単一さのために、殆んどどれが後だか先きだか見分けがつかなくなるやうな気がする。

と言ふよりも、私達はそれらの似たやうな日々を繰り返してゐるうちに、いつか全く時間といふものからも抜け出してしまつてゐたやうな気さへする位だ。そして、さういふ時間から抜け出したやうな日々にあつては、私達の日常生活のどんな些細なものまで、その一つ一つがいままでとは全然異つた魅力を持ち出すのだ。私の身辺にあるこの微温い、好い匂ひのする存在、その少し早い呼吸、私の手をとつてゐるそのしなやかな手、その微笑、それからまたときどき取り交はす平凡な会話、——さう云つたものを若し取り除いてしまふとしたら、あとには何も残らないやうな単一な日々だけれども、——我々の人生なんぞといふものは要素的には実はこれだけなのだ、そして、こんなささやかなものだけで私達がこれほどまで満足してゐられるのは、ただ私がそれをこの女と共にしてゐるからなのだ、と云ふことを私は確信して居られた。(「風立ちぬ」)

(50) 二年ほどこつち、彼にはいまいましい癖が出来てゐた。三四人以上かたまつた若い女や女学生などを追ひ越す途端に——彼女達は歩くのが遅いので追ひ越さぬといふわけには行かなかつた。——背中の下の方に一ぱいに虫が湧いたやうな感覚が出て来て、それが背中を通つて頭の髪の毛のなかまでうごめいて昇るのだつた。虫は足の何本もある蟻のやうなもので、大きさは蟻の十分の一くらゐ、それが大速力で頭まで昇つて、そこでわつと一つひしめいて毛孔へ吸ひこまれるやうに消えるのだつた。あとには頭の地の火照りだけが残つた。それもすぐ消えた。わつと湧いてから毛孔へ吸ひこまれて頭の地の火照りも消えるまでが三十秒くらゐ、追ひ越す途端に彼は「来るぞ！」と思ふのだつた。そしてその通りに来た。今日彼は「来るぞ！」とは思はなかつた。「来るかな？」と思つてそれが来なかつたのであつた。(「歌のわかれ」)

ながながと引用したが、その価値があるのだ。これらの表出をたとえば太宰治の**話体**の表出と対置させるとき、その無限遠点にまで引っぱられるような距たりに昭和期の文学の言語空間はひろがっていた。「生物祭」は、父親の危篤のしらせで北海道の郷里にかえった学生の息子が、病院へでかけたときの描写だ。そこには、肉親の父の〈死〉にひっぱられたわかい〈主人公〉の意識と、季節の春のなかで生殖し分泌し狂乱し浮きあがってゆく生物たちの姿との断面の意識が、拡大鏡のしたで持続してえがかれているようにおもえる。この持続性はほとんど作品全体をおおうほど意識の時間がながくまたはげしい。朔太郎の「月に吠える」の世界をほうふつさせるようなこの表出のうしろには、解体しかかった〈私〉意識を生理的な意想の流れに想像線をもちこたえることで、持続しようとする意力があったといってよい。言語はこころの内の世界をあらわしながら、そのなかに白昼光に照しだされたような風物の像を浮びあがらせた。

堀辰雄の「風立ちぬ」は、肺結核で死の病床にある許婚の女性をみとるというかたちで〈私〉の表白の位置がとられている。単調な寝たきりの女の病床の周辺というかぎられた世界で生活がくりかえされるため、もはや時間の前後の判断もつかなくなったときの意識の手ごたえと、その手ごたえから飛び去ってしまった外界の断面に持続される意識がえがかれる。こういった事情は街路で女学生たちを追いこすときにおこる〈主人公〉の生理的な感覚反射のありかたに、じぶんの存在感の不確かさを精密におわねばならなかった中野重治の「歌のわかれ」の世界にもあてはまる。

このかぎられた世界でこころの内の世界を精密に拡大鏡にかけたように追及するというせばめられた場面の操作によってしか、**文学体**の強さはたもたれなかった。ここには、そうならざるをえない時代の契機があった。そして、この時期の社会のおく深くとどいた文学の現実はこういう作品の力でかろうじて支えられたといっていい。これらの作品は、近代の表出史にある劃期的な意味をあたえた。だが悲劇といえばこれらの劃期的な表現が、ある想像線上のかぎられたせまい主題とモチーフのなかでしか成り立たない点に象徴的にあらわれた。そして悲劇はこれらの作家たちが戦争にはいって個人的な悲惨としてそれぞれに負われねばならなかった。こういう寸木をもって大廈（たいか）をささえるような表現を長期間にわたって持続できるかどうかはとても個人の作家の負うべきことではない。現代社会のマスの規模がひろがってゆくにつれて、**話体**へ風化してゆくか、あるいは、筆を絶つ道かしかのこされていなかったかも知れなかった。

しかし戦争をくぐりぬけた敗戦のあとに、すぐに第一次戦後派の**文学体**をまねきよせたのは、個々の作家の意図にかかわりなく伊藤、堀、中野そのほかの少数の昭和期の**文学体**の旗手たちだった。たとえ、第一次戦後派がじかに影響や類縁関係をもたないとしても、もったとしても、この地続きということはそれとは無関係にいえることだ。これは、太宰治などによっていちばん本格的に戦後戯作派にはこばれた**話体**のもんだいと対応している。

第Ⅳ部　戦後表出史論

1　表現的時間

戦後表出史とは太平洋戦争として体験した第二次大戦後の現代文学の表現史をさしている。〈戦後〉という言葉は、まだ戦争の体験や記憶がなまなましかった時期には、さまざまな位相で戦争をくぐりぬけた以後の体験をさしていた。しかし、現在、ここでことさらに〈戦後〉というとき、あたらしい意味がつけくわえられる。つまり〈戦後〉とは近代以降の歴史のなかで位置づけられるはずの時期になっていて、当然位置づけるべきでありながら、いまもって対象として位置づけられない余韻をひきずった時期という意味になる。

現在〈戦後〉は体験としてはだんだんとなくなりつつあるといっていい。それといっしょに対象としてあつかうにはあまりに未知なものがふくまれ、またじぶんの意識から分離できない状態にある。この〈体験〉としての喪失と〈対象〉としての未知にはさまれて、近代以後の表現史のなかに〈戦後〉の表現史はいまも宙づりになっている。

戦後の表出史にたいしては、さまざまの方向からちかづくことができる。ここではまずせまい意味の〈戦後〉とひろい意味の〈戦後〉という二重のふくみでとらえてみたい。せまい〈戦後〉期に表現史ははじめの数年間ではあるが、表現意識の〈時間〉の喪失ともいうべき特殊な体験をもった。この体験は数年のあいだにきえてしまった。〈戦後〉を対象にするには未知のもんだいをふくんでいるように、この数年の特殊性が近代の表現史のなかでなにを意味するかは、まだうまくとらえられていない。ここでは表現意識の〈時間〉がうしなわれたという観点からちかづきたいとかんがえる。

わたしたちはここで、表現意識の〈時間〉について、いくらかの概念を手に入れておきたいとおもう。アンリ・ピエロンの『感覚』は、生理的な感覚過程としての〈時間〉についてつぎのようにのべている。

> 感覚は恒常的に進展している一つの全体(アンサンブル)のなかにあって、持続時間、変動速度、継続順序などの時間的特徴をもっている。刺戟はいろいろな種類の混合からできていても、まったく類似した特徴がすべての感覚にみられるので、対立しあっているこのような、特性に共通した基盤を《時間》という名称であらわしている。(中略)
>
> このような時間の抽象化は、ある感覚の持続時間と二種の感覚間の空白な間隔時間を比較できるという事実によって一層強められる。つまり共通なのは生理的過程全体であり、その進展によって内的起源の時間「型(パトロン)」があたえられるのである。もしこの進展がはやめられると、ちょうど人間や動物が温度変化の影響をうけた場合のように時間「型」は縮小する。二日おきに蜜をさがすように蜜蜂を訓練すると、あつい日には少し早目に、温度のひくいときには遅目にとんでくる。人間は恒温性(オメオテルミー)によって外界からの大きな変動効果をまぬがれる。しかし個体に変動を加えるとき、もしも発熱したり、「ディアテルミー」による内的加熱がおこったりすると、リズムの増加することが証明される。この変動持続時間の見かけの変化は化学でよく知られている法則(ヴァン・ホッフの法則)にしたがい、アーレニウスの常数という一定値をもっている。この法則は生理的過程の速度に適用できる。(島崎敏樹・豊田三郎共訳)

ここでいわれているのは、つぎのようなことだ。人間の感覚にとって〈時間〉とはなにか、をはっきりした根拠からもとめるとすれば、生理過程の時間的な速度に拠ることになる。人間や動物の生理的な化学変化の速さと、ある〈時間〉の単位（型）とが対応づけられる。これはファント・ホッフの法則によって反応速度と絶対温度に左右されてかわる。人間の感覚的な〈時間〉の恒常性を保証しているのは、複雑な生理過程の総和熱である体温の恒常性だ。たとえば「人間がある種の冷血動物と同様に摂氏五度の内温で生きられるとすれば、その場合の三十秒間は摂氏三十七度の場合の一秒間と同じ時間のように知覚されよう。」と……

アンリ・ピエロンの説明が、わたしたちにとって意味をもつのは生理的な〈時間〉が測れることと、それが変化できることを指摘している点だ。生理的な〈時間〉が測れるということは、自然の〈時間〉が測れることと対応している。また、生理的な〈時間〉が変化できることは自然の〈時間〉が光速度を常数として変化できることと対応させてみることができる。

でも残念なことに意識にとっての〈時間〉や、意識の表出過程としての〈時間〉は、この生理的な〈時間〉と自然の〈時間〉に外からはさみうちされ、両者の矛盾にさいなまれて、そのあげく虚空にとびだした動きをさしている。この〈意識〉の時間は、生理的な〈時間〉や自然の〈時間〉とちがって、生理現象や自然現象の速さに還元することができない。生理過程の恒温性や宇宙の空間の時空性の軸に対応づけられないからだ。それにもかかわらず意識の〈時間〉をある基礎の構造に還元しようとすれば、わたしたちが存在している〈現実〉と、外化されているわたしたちじしんの幻想とが、かかわりあっている領域に対応させるほかはない。

ある文学作品が、主人公の一生を描いている手応えを読むものにあたえながら、それを体験するのに二時間の自然の〈時間〉しかかからず、また、ある文学作品が主人公の半日の行動をえがいているにもかかわらず、何年もの歳月を意識に体験させるようにおもわれるとしたら、ここには意識の〈時間〉と、自然の〈時間〉との差異がひそんでいる。そしてこの差異をひきおこすものは、何らかの意味で言語の表出と関連しているとおもえる。

たとえば、こういった事情はつぎのようにかんがえられる。

◎　高い崖を打つ波の音がまた江口の耳に近づいた。（川端康成「眠れる美女」）

この表現の〈時間〉は、文章の〈意味〉が流れている方向にそって流れる。崖に打ち寄せてくる波の音が、「江口」という人物の耳にきこえるという〈意味〉の方向に〈時間〉が流れているこの文章は、ある読者にとってたどるのに五秒かかり、また、ある読者には三秒しかかからないというちがいはおこりうる。読み手の体験した自然の〈時間〉が、ちがうのだ。しかし、この文章がひきおこす意識の〈時間〉は、Aなる人物がよんでも、Bなる人物がよんでも、ある特定の時間の体験、いいかえれば、作者の表出意識が体験した〈時間〉にどこまでもちかづくはずだ。この作者の表出の意識の〈時間〉性は言語の指示性と自己表出性との交錯をまがりくねったり、とまったりして流れる〈時間〉がきめている。いいかえれば、自己表出としてみられた言語の〈意味〉の流れによってきまる。これは表現の意識の〈空間〉性が、指示表出としてみられた言語の〈価値〉のひろがりによってきまるのと対応している。こういったいい方は、いままでかんがえてきた言語表出の概念からはあきらかに矛盾だと気づくはずだ。たしかに表出の意識の〈時間〉性は、表出の意識の〈空間〉性とおなじように、それ自体が矛盾だといっていい。その〈時間〉は、生理的〈時間〉や自然的〈時間〉をまったくふりきったとき、ほんとの〈時間〉を手にいれる。表出の〈空間〉が、自然的な〈空間〉や対象の〈空間〉性をまったくふりきったとき、完全な〈空間〉がかんがえられるとおなじように。

もし表出の意識が〈時間〉の統覚をうしなえば、いままで〈意味〉の方向に流れていた時間は、〈意味〉をこえて表出空間のほうへ氾濫してゆくはずだ。いままで河川を流れていた水が、流れをゆるめられるかわりに、河川の水脈をこえて氾濫するように。これはほかに支流をもたない流れの性格のようなものだ。

言語の表現の〈時間〉をかんがえることができるのは、言語の自己表出の連続性と、等質な抽象力が想定できるからにちがいない。それは言語の表現の〈時間〉の単位をつくっている。しかし、言語表現の〈時間〉が、たった一冊の本のなかに登場人物の一生涯を体験するというような幻想をよびおこすことができるのは、言語の自己表出が、その指示性によって、停ったり拡大したり、まがりくねったりというような結節をひきおこすことができるからだといっていい。この幻想によって言語の表現は、現実の時間とちがった時間を構成することができるし、それをこころのうちの体験としてよむこともできるのだ。

戦後の表出史は、近代文学史のうえではじめて意識の〈時間〉の統覚をうしなう体験をもった。この体験のなかに〈戦後〉という言葉の意味がかくされているように、この体験が二、三年のうちに失われてしまったことのなかにもまた〈戦後〉の意味がかくされている。そのためにことさら戦後の表出史という思いいれにこだわらざるをえないのだ。この状態は作家たちが、根源の現実についての意識をうしなったことに対応している。そしてここでは〈私〉意識がこわれたあとの想像線は、現実のどこかの断面に対応づけられるよりも、こころの内の見えない断面にまで地盤を沈め、そこで表出を成り立たせるよりほかなかった。

2 断絶の表現

敗戦を第二の開国というような言葉でのべた思想家は丸山真男だった。しかしこれには、敗戦と戦後の意味はまだよくわかっていないというただしがきがつけられている。ただしがきがなぜいるのかは、誰の眼にもあきらかにおもえる。戦後という意味を太平洋戦争の敗戦にともなう天皇制権力の崩壊と、日本資本主義体制の破壊・修理・回復の一時期にあらわれた混乱・無権力、そこから体制が整備され、ひろがってゆく過程の意味につかえば、たれの目にも疲弊した日本の資本制度は回復し〈戦後〉という規定であつかわれた特殊な真空のなかの混乱の情況がおわってしまったことははっきりしている。でもたれもまだこの〈戦後〉が、明治以後の近代社会のなかでどんな意味をもち、どんな性格をあらわしつつあるかを、つかまえてはいない。いいかえれば、生々しいそれぞれの戦争体験は対象像としてつきはなすにはまだふっきれておらず、そしてこの対象像をはっきりした形でとりだすだけの論理も、身につけてつかみだすことができていない。そしてこのおおきな意味の〈戦後〉をつかみ、そこではたされるべきことはなにかをはっきりできる時期にはいりつつあるといっていいとおもえる。

敗戦を第二の開国とよんだ丸山真男の言葉はとてもわかりやすい言葉だ。これがどれだけ社会のはげしい変化の規模をもつかはっきりさせるには、明治以後の近代社会史のなかに〈戦後〉をまるごと対象にしてみるべきだとおもう。おなじように戦後文学の意味をあきらかにするために、近代の表出史のうえでこれをまるごと対象にしてみなければならない。現在プロレタリア文学の戦後版はおわっている。第一次戦後派の文学も、担当者自身が風化し、解体してゆくなかでおわってしまった。おわっていないなどという当事者の手前味噌な主張や空文句はすべて何の価値も意味もない。そういう主張もふくめたすべてを古典的なものとして対象にする地点にたつときにだけはっきりした意味があるといってよい。戦後社会はいい形かそうでないか、ひとさまざまな思わくをこえて安定期をむかえた。それは第一次戦後派の文学が解体してゆく基盤が用意されたことを意味している。また形のうえで解体するのも時間のもんだいにおもえる。またそれにはなんの意味ものこされてはいないとおもえる。かれらの文学を古典的な範疇におしやる過程で、はじめておわりからはじまりへ、過去から現在をこえる径路への途上にたつことができる。文学的なまた政治的な自己合理化のかわりに、自己合理化論のすべてを対象にするところへでてゆくほかない。

敗戦のあと文学は二重の映像をむすんであらわれている。ひとつは、たとえば宮本百合子の「播州平野」（昭和21年）や「二つの庭」（昭和22年）、中野重治の「五勺の酒」（昭和22年）、田宮虎彦の「霧の中」（昭和23年）などを**文学体**の尖端とし、丹羽文雄の「厭がらせの年齢」（昭和22年）や舟橋聖一の「鵞毛」（昭和22年）、尾崎一雄の「虫のいろいろ」（昭和23年）などを代表的な**話体**とするひとつの径路だ。これらは**継続的な表出体**とよぶことができる。

もうひとつは、野間宏「暗い絵」（昭和21年）、椎名麟三「深夜の酒宴」（昭和22年）、武田泰淳「蝮のすゑ」（昭和22年）などを**文学体**の尖端とし、織田作之助「世相」（昭和21年）、石川淳「焼跡のイエス」（昭和21年）、田村泰次郎「肉体の門」（昭和22年）、太宰治「ヴィヨンの妻」（昭和22年）などを対応する**話体**とした、いわば**断絶的な表出体**だといえる。

乱視者の眼にうつる光景のように、二重に解像された表出体が、同時にスタートラインにならんだという現象こそ、丸山真男のいわゆる「第二の開国」である戦後開明期の意味を暗示するものだった。ほんらい一重の像を結んで、ただ言語空間のひろがりや、その頂点と底辺の張り具合としてあるべき文学の空間が、質のちがった表出体の二重映しとして解像されたところに戦争・敗戦が社会にあたえた激動の意味が暗示されていた。そして激動の規模がほんらいどれだけのものだったかを、文学的に象徴するものは、この解像力のつよさだったということができよう。たとえば、野間宏の「暗い絵」の**文学体**と戦前の「歌のわかれ」をじかにひきのばした中野重治の「五勺の酒」の**文学体**のちがい、石川淳の「焼跡のイエス」の**話体**と丹羽文雄の「厭がらせの年齢」の**話体**とのちがいが、戦争・敗戦・戦後がどれだけの規模の激動であったかを文学的に暗示していた。

戦後の表出のいとぐちをさぐるばあいには、この**継続的な文学体**と**話体**のはらむもんだいを**捨象**することになる。この継続的な表出体が意味をもって戦後の表出史にむかえられるのは、おそらく昭和二十六―二十七年以後のことで、それ以前では、ただ敗戦後と敗戦前との激動をしめす表出史の二重像のひとつとして意味をもっているだけだといっていい。たとえば中野重治の戦後の「五勺の酒」の**文学体**が、よりおおく「歌のわかれ」の継続であり、たとえば「空想家とシナリオ」（昭和14年）の継続ではなかったということは、戦後出発にさいしての中野重治の思想的な緊迫性の高さと同時に、戦争がこの作家に何もあたえなかったことを暗示しているとかんがえられる。宮本百合子の「播州平野」もまたそうだ。

第二次大戦が近代の表出史にあたえた意味をしるすにはまず**断絶的な表出体**を、とりあげるのが筋だとおもう。さきに、伊藤整・堀辰雄・中野重治などの昭和期の**文学体**の尖端が、戦後すぐに第一次戦後派の文学体をまねきよせたとかいた。その意味は、第一次戦後派の文学体はもとのところに、これらの昭和期の文学体を前提においている。これをふまえたうえで表出史に姿をあらわしたといえる。このもとにくわえられたエトヴスが戦後文学体のはじまりを意味している。

大正末年からあと〈新感覚〉はすべての表出にしみとおっていったが、表現の歴史としてみれば、ひとつは〈私〉意識がこわれてゆくのを表現がどこかで補償しなくてはならないもんだいであった。もうひとつは、〈私〉意識のうちの微細なこころの動きを拡大鏡にかけたような精密さで追うことで、こわれてゆく〈私〉意識の記憶を保存し、維持しようとするものだった。これはひと口にいえば表出意識による言語の〈空間〉の補償とみることができる。現実社会の高度になった構成面で、〈私〉意識が確かにあることを信じきれなくなったとき、作家たちは、表出〈空間〉をおしひろげて、対象とじぶんとの不確定な距離感を統覚しようとしたといっていい。これは表現としては、指示対象の主格性を交換可能なものとするか、あるいは生理的感覚としては、瞬間のうごきにすぎない微細な心象の姿を拡大鏡にかけたように〈空間〉的なひろがりと〈時間〉的な秩序のなかにえがきだすことだった。

戦後の文学体がはじめにつきあたったのは、これと対照的だったとおもえる。はじめからもう意識の内部をえだきだすのに必要な最小限の統覚さえなくなっていたといってもいい。意識のうちを拡大してえがくためには、すくなくとも作家の意識と、じぶんの意識を対象にする意識とが、はっきりとした輪郭で分離されていなければならないはずだ。そうでなければえがきだされた意識の動きが、動きとしての意味をもたないで、アモルフなひろがりだけになってしまう。

しかし、戦後の文学体があざやかにしめしたのは、すでにじぶんの意識がじぶんの意識を対象にすることさえできないほど崩壊した〈私〉意識のすがただった。これは表出としては〈時間〉的な秩序をうしなっていることを意味した。これは言語表現の〈時間〉性のアモルフな拡散となってあらわれた。わたしたちが、野間宏、椎名麟三、武田泰淳などの戦後はじめの表出からうけとるものは、ずぶずぶとめりこんでしまう沼地を歩いている印象ににている。これは〈新感覚〉の滲潤によって表出〈空間〉を不安定にされ、そのうえ戦争のあたえた精神の弾痕によって表出〈時間〉をアモルフにされたために、文体がうけとったものだった。戦争に痛めつけられた日本の知識人の意識の風景が、敗戦直後の社会的な虚相と混乱のなかで、徹底的に崩壊してこの文体をうんだといえよう。

(51) 深見進介は店を出て少し下り坂になつてゐる山傍の道を下りて行つた。腹が満され、彼の気持は幾らか平安になつてゐた。日は全く落ち既に東の森の辺りに月が上らうとするらしく、白い明るみが、吉田山の山側から北へ続いた盆地の中の眼下の屋根屋根の瓦を照しその瓦の一枚一枚が鱗のやうな黒い影をつけて浮き上つてゐた。日が暮れて了ふと極度に冷気が感ぜられ、月の明るみの中に透明な細かい粉が高い晴れきつた夜の濃青の空から、一しきり降りては、はたと山の地に鳴く一面の虫の声と共に止まるやうに思はれた。未だ月をその自分の姿の中に隠しもつてゐる山端の松林、その上の明るみ渡る空を背に坂を下つて行くと坂道なので、ひとりでに彼の眼は頭の上に拡がつてゐる巨大な星の流れのやうな輝きに吸ひ寄せられて行つた。重い動き。動いてゐるやうな星の層が、直接、彼の心に密接な関係をもつてゐるかのやうな星々の群が、空からその輝きを撒いて、彼のこの心の中の混濁を洗ふかのやうな感じがしてゐた。急に森の上部の線のあたりが暗く、それに比べて空が明るくなつて月が後の森を出てその半月形の一部を森の上に現はすと、辺りの松や熊笹や穂のある雑草の上に、冷気の層が、音をたてて下りてくるかのやうに思はれた。（「暗い絵」）

(52) ことに一日中ほんとに雨に降りこめられてゐるときは、僕は全く息づまりさうになる。刑務所にゐたときでさへ、僕は窓から雨のしぶきを胸に吸ひ、高い塀の赤煉瓦が雨に濡れてわづかに赤味を残した醜い泥色に変つて行くのを意味深く眺めることが出来た。春になれば、鉄格子と鉄網越だが、塀際の乙女椿の咲いてゐるのを見ることが出来た。だがここでは僕はただ部屋のなかをうろうろするだけなのだ。どこから外を眺めることが出来るだらう！　二尺四方の鉄格子の窓は手を伸しても届かないのだ。僕は最初のあひだ気が狂ひさうになつて、窓といふものがあるとすればここになければならないと、そのあたりを思ひさま手が痛くなるほどたたいた。僕は普通でない特殊を忌むからだ。だが残念なことにその外壁だけはコンクリートで出来てゐるので、ただ僕の手の肉や骨が空虚に鳴るだけなのだ。そのときはきつと刑務所の病棟に半年近く入れられてゐた狂気が再発しさうな予感に襲はれ、已むなく高い板壁に凭れて坐り込みながら、ひつそり雨を聴いてゐるより仕方がないのだつた。だが今は僕は俎にのせられた鯉よりもおとなしい。風が吹かうが雨が降らうが黒い運河に舟が通らうが、ただひつそり高い板壁に凭れてゐるだけなのである。その板壁の僕の頭のあたる部分には、頭の脂が黒い染みになつて泌み込んでゐる。（「深夜の酒宴」）

(53) 私はそんなことを自分を戒めるやうにして注意ぶかく答へた。このまま何事もなく帰つては、貴重な機会を失する、そんな気がした。重苦しい、涙や血で汚れた真実の塊りを、ギュッとつかんだ時の、戦慄が予感された。帰国前に、この上海で、そのグニャ〳〵した豚の内臓のやうに気味悪い塊りを握らなかつたら、永久にそれは私の前から姿を消すであらう、と思はれた。もう一歩だけ進まねばならなかつた。もう一歩踏み切ることは、既に定まつてゐるのかもしれなかつた。人々はそれを知らない。しかし病人と彼女と私にはそれがわかつてゐた。おそらく辛島にもわかつてゐた。私はそんな思案にふけりながら、画家の友人たちの芸術談論をきき、ゆつくりと料理を味はつてゐた。酔つた脳には、四囲すべての物が意味ありげに見えた。私は飲みつづけた。すると隅にたてかけられた極彩色の画家の油絵より、「人生」ははるかに濃厚な色どりで顕現してくるのであつた。そしてそれは輝き、音たてて燃えうづまき、私を包囲し威嚇した。私はそれに向つて試みようと思つた。（「蝮のすゑ」）

これらは、戦後文学のはじめに文学体の頂点をなしたものだ。人間の内の意識の風景が秩序だった言語の時空としてはっきりえがかれているわけではない。また、ことさらとくべつな〈事実〉やこころの動きが指示されているわけでもない。それにもかかわらず、沼地に足をふみこむようなアモルフな手ごたえのなさと重い不定感を実感できるのは、これらの文体が〈新感覚〉をあたりまえの前提としながら、なお意識の〈時間〉の統覚をうしなっているからだ。その理由は〈対象〉にかけられた表出の意識の重さをえらぶ判断がうしなわれているからだ。作者たちがどの〈対象〉には重さをかけ、どの〈対象〉には重さをすこししかおかないといった撰択に必要な表出意識の〈時間〉的秩序をうしなっているため、不定と偶発性の感じをあたえられるところに原因している。

例えば(51)の「暗い絵」で、屋根瓦がなぜ一枚一枚、鱗みたいに月光に浮きあがっているという〈対象〉にこれほどの重量をかけなければならないか、なぜ、月光に照らされて微粒子のようにうきあがった夜気を、山の地に鳴く虫の声にむすびつけて、これほどの精密さと重さでえがきださねばならないか。

こういう表出の意識の統覚を作者じしんが解体させたところで文体は成り立っている。(52)の椎名麟三の「深夜の酒宴」でも、まったくおなじように〈僕〉が気が狂いそうになって部屋の壁を手でたたいたというだけの〈対象〉に、決定的な意識の重さをこめて表出している。自己表出の意識を統覚するはずの〈時間〉の継起の秩序がなくなったところで、表現が成り立っているのを物語る。(53)の武田泰淳の「蝮のすゑ」でも〈対象〉の意味は〈何を?〉という目的指示をうしなったまま、「もう一歩だけ進まねばならなかつた」、「それに向つて試みようと思つた」という、当為の表現にむすびつけられる。

これらは、すでに意識内部の動きを精密に追及するために必要な即自意識と対自意識との距離感、区別、継続の感じをなくし、即自と対他の意識の対応性をうしなっているため、たんに表出〈空間〉だけではなく、表出〈時間〉も無限に拡散してしまっている。はっきりした手ごたえや輪郭のない沼地を、ずぶずぶと踏みあるくような印象をあたえる。

もちろん、野間と椎名と武田との個性のちがいを、これらのわずかな表現からさえ択りわけることができるが、アモルフな沼地をあるいている印象は共通なものだ。この共通性は表現の〈時間〉の喪失という一般性でとらえることができる。文体は現実的な秩序をまったくなくしてしまうことで無辺際にまでひろがり、どろどろ流れだすような文学の歪んだ空間をつくっている。

戦争の痕跡、戦後の混乱とは、これらのはじまりの時期の戦後文学の旗手たちには、完ぷないまでの〈私〉意識の解体としてあらわれた。表出意識の〈時間〉的な統覚がなくなるためには、たんに現実にたいする主体の〈無〉だけではだめだ。すすんでじぶんの意識にたいするじぶんの意識の〈無〉を獲得しなければならぬ。これこそが近代の表出史のうえに、かれら第一次戦後派が意味をもって登場した根拠だった。内的なまた現実的な〈無〉を代償にして、かれらは想像的な時空をアモルフにどこまでも拡大する方法を手に入れたのだといえる。かれらが、現実のじぶんの意識の〈死〉をたずさえて登場したとき、戦前マルクス主義はその〈罪〉をおのずから糾弾され、戦争権力は〈罰〉をおのずから無言のうちに訊問されたのだ。

本多秋五は『物語戦後文学史』のなかで「暗い絵」の文体についてかいている。

「読売」の匿名批評家白井明が「少年作家野間宏君は、白鳥、万太郎なら一行で書けるところを百行で書いている」と評したのは、この小説が完成されてからだいぶ後のことであったと思うが、野間宏の作品には、このヤジウマ批評家の言葉が必ずしも空言でないと思わせるものがある。『暗い絵』にしても、もっときりりと書いて書けぬはずはなかろう、と思えるところがある。しかし、この作品のもっとも厚味のある部分では、思想と感情の未分のこんとんたる原液が噴き出しており、それがこのくねりくねりと幾重にも屈折する文体によって、はじめて可能にされているのである。逆にいって、このような文体の習練がさきにあって、はじめてこのような感受性も育ったのだと思える。

表出史を必然環のうつりゆきのうえにかんがえようとするわたしたちのあつかい方からは、文学史における〈模倣〉の学校の歴史は、根源の現実の意識が根のところで必然的にうつってゆくもんだいに還元される。「暗い絵」のもんだいは野間宏の個性の意味を剝ぎとったあとで、戦後文学体のはじまりのもんだいに普遍化されることになる。かれらが表出の〈時間〉性をうしなったのは、戦争、敗戦をへた戦後のはじめに、こころのうちの意識の〈死〉を味わったことを象徴している。たんに、現実的な思想だけではなく、こころのうちの意識の〈死〉をさえ、かれらの世代の知識人は体験した。戦争と敗戦期の現実におこったさまざまのもんだいの意味を、文学として根柢から啓示したところに、かれらが近代の表出史にあたえた劃期的な意味があったのだ。たぶん、戦争期に〈私〉意識の現実的な〈死〉を体験したにもかかわらず、それと不関的（inert）に言語空間を構成する方法を編みだした埴谷雄高の「死霊」が、ほかの旗手たちにくらべて、意識的〈時間〉をそれほどうしなってないのは偶然ではない。かれはほかの戦後派とちがって戦争期を〈無〉の体験として生きたために、その表出の〈時間〉的な秩序は転倒するほどの打撃をうけないで、そこをくぐりぬけることができたからだとおもえる。

戦後文学の旗手たちが、このはじまりのもんだいを持続しえたのは、昭和二十六、七年までであった。埴谷雄高「死霊」（昭和21年）、野間宏「崩解感覚」（昭和22年）、椎名麟三「永遠なる序章」（昭和23年）、武田泰淳「異形の者」（昭和25年）、椎名麟三「邂逅」（昭和27年）などが、この期間の峯づたいの頂として主脈をつくっている。おそらく、椎名の「邂逅」を最後の最大の作品として、ちいさな規定でいう戦後文学体のもんだいはおわった。このおわりは、うしなった表出〈時間〉の秩序を、それぞれの仕方で奪いかえすというかたちでおとずれた。この意義の切実さは、おそらく当事者によっても、批評家たちによってもうまくつかまれなかった。野間宏の文学がはじまりの意味をなくしたのはほぼ昭和二十二年、武田泰淳は昭和二十五年、椎名麟三は昭和二十七年であり、ひとりの例外、埴谷雄高は沈黙したため不定だった。

おそらく椎名麟三の「邂逅」は、かれらの最後の最大の作品だとおもわれる。これを最後にして、いわゆる第一次戦後派が近代の表出史にあたえたあたらしい意味はおわった。

(54)　安志は、ハンカチで頭を押えながら歩き出した。傷は、ひどく痛んでいた。実子さんの家に着いたら、オキシフルか何かの薬をもらおうと彼は考えた。傷には傷の処置があるのだ。ガードをくぐり、暗い横道へ入つた。邸町だつた。まだしびれがとれぬらしく、足に、地面を踏んでいる感覚がなかつた。こいつにも処置がある、と安志は微笑した。ぐつすり眠ることだ。犬が一匹、屋外灯の光のなかへふらふらあらわれて、その電柱へ小便をひつかけると、またふらふら闇のなかへ消えて行つた。彼は、前を歩いている実子の後姿を見た。大柄な身体にオーバーがゆつたりかかつて揺れていた。高い踵の靴は、静かな冷えた夜の空気のなかに馬蹄のようなひびきをあげていた。全く重そうな女だ、と彼は笑つた。あれは幸福の重さではない。意識の重さなのだ。それは人から隠蔽すればするほど重くなつて行く。意識は、いつも不幸だからだ。しかしこの地上には、二十四億の不幸があるのだ。あの実子さんの不幸。おれの不幸。けい子の不幸。確さんの不幸。いまたずねて行く実子さんの兄貴の不幸。おやじの不幸。おふくろの不幸。弟や妹の不幸。……それらの不幸は、それぞれ種類はちがうだろう。それらは多様であるだろう。しかしこの不幸の全体となると、不幸とは、全くちがつたものとなるのだ。実子は、石塀にそつて曲つた。暗い星空が、急にひろがつて見えた。一昨日、ここへ実子さんと来たときもあんな星空だつた。そしてたしかに今時分だつた。あれから二日しかたつていない。地球が、彼の頭のなかで、ぐるりぐるりと二回転し、三回転しようとして危うく停止した。彼は微笑した。地球さん。お前は張りぼての地球儀のように、何事もなかつたような顔をしている。二十四億の悲劇があるのに、お前は素知らぬ顔をしている。しかしお前はそれでいいのだよ。それがお前のやさしさだからな。知也の家に着いた。家のなかは電気が消えて真暗だつた。門には鍵がかかつていた。（「邂逅」）

ここで、〈誰々の……不幸〉というようにあげられているのは登場する人物の名前のすべてである。筋立ては、せいぜい登場人物の誰々が失職した……事故にあった……嫌悪した……自殺行為をした……空腹だった……ということと以外には展開しない。ただ重たい液体のようなものが作品のはじめからおわりにかけてたれこめており、その液体の厚さを構成しているのが、意識としてとらえられた〈庶民〉の実存だということだ。この文体の粘液がひろがってどろどろした印象は、表出の意識が〈時間〉の統覚をうしなっている特徴だといえる。どこまでも拡散し、どこまでいってもおわらないように〈対象〉の重さをえらぶことをすててしまった文体。「邂逅」は椎名麟三にとっても、その初期の思想である構成的〈庶民〉の実存の意味づけと、表出の緊迫をむすびつけた最大の作品だった。しかも、第一次戦後派が出現した意味をになった最後の作品だった。

たとえば「実子さんの家に着いたら、オキシフルか何かの薬をもらおうと彼は考えた」という表現は、ちょっとよむと作者が作品の〈彼〉に移行してかんがえた客観的なえがき方にとれる。だが、一方で「実子さん、、、(『実子』ではない)の家」といういい方からあきらかなように、作中の〈彼〉はおきかえられた〈私〉(作者じしんの対象化されたもの)として、〈私〉の感想をえがいているともうけとれる。これの〈含み〉の振幅は意識しておこなわれたものではなく、作者の表出意識にとって、作中の〈彼〉とそれを描く作者の関係、また作中に移行しそうになる対象化された〈私〉と作者じしんを区別するために必要な継続感と統覚感がうしなわれているため、鋳型に流しこんだ熔融物の中味が溢れでるように、文脈自身から表出意識が溢れでてゆき、それにつれて文脈の鋳型自身はアモルフなものとなってしまっている。つぎの「傷には傷の処置があるのだ」、「ガードをくぐり、暗い横道へ入つた」……もまったくおなじで、表出位置と対象をつなぐ秩序も、自己表出の意識が継続されてゆくのを保証するための〈時間〉の統覚も不確かなものになっている。

〈対象〉の撰択ということも、おなじようにアモルフになっていて、結晶に必要な種子のない液体の感じをあたえる。たとえば「犬が一匹、屋外灯の光のなかへふらふらあらわれて、その電柱へ小便をひっかけると、またふらふら闇のなかへ消えて行つた」という文章は、通常の小説では、歩いてゆく〈主人公〉の前にあらわれた犬の動作の景物にあたっている。しかし、この(54)の文章のなかでは、転換の感じがあたえられないため、〈主人公〉の歩きながらの動きの描写と同質の、しかも、おなじ重さの描写になっている。ほんとうは、犬がふらふらあらわれて電柱へ小便をかけてまた消えたという〈対象〉は、たまたまえらばれただけなのに、そんな印象があたえられないのは、作者の表出の意識にとって〈対象〉の質がどうかとか、ひとか犬かとかに、重さをかんがえるような意識の時間や空間がもんだいにされてないからだ。作者はじぶんの意識が現実にたいして〈死〉んでいることをささえに、どこまでも拡散する液体のような表現の〈世界〉をつくりあげる。それが成り立つのは〈庶民〉の実存を意識的に意味づけようとする作者の思想があるからだといえよう。

戦後文学のはじまりの時期に**文学体**の表出のいただきにあったものが、いちように、戦前の古典マルクス主義運動の影の担い手だったのは偶然とはおもえない。かれらは影の担い手でなければならなかった。中野重治や中条百合子であってはならなかった。なぜなら、転向期における坐礁も、戦争期におけるのめり方も、敗戦期における出現の仕方も、すべてより生活者的に、より正直に、より濃密に体液のように体験されるには、影の担い手だということが必要だったといえる。中野重治や中条百合子の戦後の表出史への復元は、ある意味では、おていさい的であり、気取りや的であり、義務や責任感的であった。でもほとんど無名の青年として転向期と戦争期と敗戦期を体験した野間、武田、埴谷、椎名などは、ていさいをつくる必要もなかったし、体験じたいが生活者的であり根柢的であった。ていさいもいらなければ、架空の希望もいらなかった。転向期において〈空間〉的に死に、戦争期において〈時間〉的に死に、まったき現実の〈無〉の意識を近代の表出史のうえにたずさえてあらわれたのだ。その自己表出の〈空間〉は無限遠への拡大を可能にしたかわりに、指示表出の〈空間〉は輪郭をうしなってあらわれた。文学の表現の世界が欠けたところのない球面をえがくために、現実の意識の〈無〉または〈死〉（生理的感覚の〈無〉または〈死〉ではない）が必要だという矛盾を、いちばんまっとうなかたちで近代の表出史にみちびきいれたのは、これらの少数の作家だった。野間宏が屈伏すべきでなかった古典マルクス主義に合流し、椎名麟三が安心立命すべきでなかったキリスト教に帰依し、武田泰淳が身をひたすべきでないマス社会に身をいれたとき、戦後はじまりの**文学体**のもんだいはうしなわれていった。これは偶然ではない。

ここでいくらか位相をずらして、梅崎春生「桜島」（昭和21年）、坂口安吾「白痴」（昭和21年）、原民喜

「夏の花」（昭和25年）などがはらんでいる意味をとりあげたい。これらは、野間、椎名、武田、埴谷などといくらかちがっている。その文体は表出の〈時間〉的な秩序をそれぞれの度合でよりおおくたもっている。この差異は否定的に戦争にはいり、そこで死んだ意識と肯定的に戦争にはいりそこで死んだ意識とのちがいだといえる。このいい方が気にくわなければ、まず政治的な死によって言語の対他意識をうしない、戦争によって対自意識をうしなったものと、言語の対他意識をもって戦争にはいり、そこで対自的に死んだ言語との表出空間の位相のちがいだといっていい。それらは、中野重治や中条百合子の継続的な文学体と質がちがいながら、なお武田、野間、椎名、埴谷と位相をべつにするものだった。

これらを、たんに武田、埴谷、椎名、野間などの**文学体**からの**話体**への下降過程としてみずに、とりあげる理由は、戦後文学体のその後のゆくえは、これらを中枢にかんがえるのがわかりやすいようにうつっていったからだ。ちいさな規定での戦後派文学が解体し、武田、野間、椎名などの表出がたどった径路は、ここに合流していった。

(55)　彼は女を寝床へねせて、その枕元に坐り、自分の子供、三ツか四ツの小さな娘をねむらせるやうに額の髪の毛をなでてやると、女はボンヤリ眼をあけて、それがまつたく幼い子供の無心さと変るところがないのであつた。私はあなたを嫌つてゐるのではない、人間の愛情の表現は決して肉体だけのものではなく、人間の最後の住みかはふるさとで、あなたはいはば常にそのふるさとの住人のやうなものなのだから、などと伊沢も始めは妙にしかつめらしくそんなことも言ひかけてみたが、もとよりそれが通じるわけではないのだし、いつたい言葉が何物であらうか、何ほどの値打があるのだらうか、人間の愛情すらもそれだけが真実のものだといふ何のあかしもあり得ない、生の情熱を託するに足る真実なものが果してどこに有り得るのか、すべては虚妄の影だけだ。女の髪の毛をなでてゐると、慟哭したい思ひがこみあげ、さだまる影すらもないこの捉へがたい小さな愛情が自分の一生の宿命であるやうな、その宿命の髪の毛を無心になでてゐるやうな切ない思ひになるのであつた。(「白痴」)

(56) 私とは、何だらう。生れて三十年間、言はば私は、私と言ふものを知らうとして生きて来た。ある時は、自分を凡俗より高いものに自惚(うぬぼ)れて見たり、ある時は取るに足らぬものと卑しめて見たり、その間に起伏する悲喜を生活として来た。もはや眼前に迫る死のぎりぎりの瞬間で、見栄も強がりも捨てた私が、どのやうな態度を取るか。私と言ふ個体の滅亡をたくらんで、鋼鉄の銃剣が私の身体に擬せられた瞬間、私は逃げるだらうか。這ひ伏して助命を乞ふだらうか。あるひは一身の矜持を賭けて、戦ふだらうか。それは、その瞬間にのみ、判ることであつた。三十年の探究も、此の瞬間に明白になるであらう。私にとつて、敵よりも、此の瞬間に近づくことがこはかつた。

(ねえ、死ぬのね。どうやつて死ぬの。よう。教へてよ。どんな死に方をするの)

耳の無いあの妓(をんな)がかう聞いた時、その声は泣いてゐるやうでもあつたし、また発作的な笑ひを押へてゐるやうな声でもあつた。酔ひの耳鳴りの底で、私は再び鮮かにその幻の声を聞いた。私は首を反らして、壁に頭をもたせかけ、そして眼をつむつた。頭の中で、蟬が鳴いてゐる。幾千匹とも知れぬ蟬の大群が、頭の壁の内側で、鳴き荒(すさ)んでゐる――(「桜島」)

(57) 馬車はそれから国泰寺の方へ出、住吉橋を越して己斐(こひ)の方へ出たので、私は殆ど目抜の焼跡を一覧することが出来た。ギラギラと炎天の下に横はつてゐる銀色の虚無のひろがりの中に、路があり、川があり、橋があつた。そして、赤むけの膨れ上つた屍体がところどころに配置されてゐた。これは精密巧緻な方法で実現された新地獄に違ひなく、ここではすべて人間的なものは抹殺され、たとへば屍体の表情にしたところで、何か模型的な機械的なものに置換へられてゐるのであつた。苦悶の一瞬足搔いて硬直したらしい肢体は一種の妖しいリズムを含んでゐる。電線の乱れ落ちた線や、おびただしい破片で、虚無の中に痙攣的の図案が感じられる。だが、さつと転覆して焼けてしまつたらしい電車や、巨大な胴を投出して転倒してゐる馬を見ると、どうも、超現実派の画の世界ではないかと思へるのである。(「夏の花」)

これらを、堀辰雄、伊藤整、中野重治などの昭和期文学体の尖端の表出とくらべてみればあきらかなように、いちおう言語の〈指示意識〉がひろがったものだとよぶことができる。しかし、指示意識がひろがったという意味は、明治三十年代の自然主義の運動がしめしたものとまったくちがって、素材または主題のひろがりや特異さではない。「白痴」は戦争ちゅうやった白痴の女との同棲生活を、「桜島」は桜島基地に通信兵となった主人公の戦争末期の体験を、「夏の花」は、核爆弾の被爆体験を素材としている。しかしいずれも〈彼〉または〈私〉が主人公として設定され、その体験のはんいに主題がせばめられるという意味では、戦前の昭和期文学体とちがったものではない。しかし、「苦悶の一瞬足搔いて硬直したらしい肢体は一種の妖しいリズムを含んでゐる」(「夏の花」)、「酔ひの耳鳴りの底で、私は再び鮮かにその幻の声を聞いた。私は首を反らして、壁に頭をもたせかけ、そして眼をつむつた。頭の中で、蟬が鳴いてゐる。幾千匹とも知れぬ蟬の大群が、頭の壁の内側で、鳴き荒んでゐる——」(「桜島」)、「女の髪の毛をなでてゐると、慟哭したい思ひがこみあげ、さだまる影すらもないこの捉へがたい小さな愛情が自分の一生の宿命であるやうな、その宿命の髪の毛を無心になでてゐるやうな切ない思ひになるのであつた」(「白痴」)というような表現は、〈対象〉面の凹凸をまぢかな距離でたしかめるところに言語の指示意識を、つまり現実とのかかわりを、追いつめ、それを拡張することなしにできるはずがない。こころの内の断面に拡大鏡をかけるのではなく、〈対象〉をとらえようとする意識じたいに拡大鏡をかけるという特質は、これらの作家たちの戦乱の体験の刻印なしにはかんがえられないものだった。

もしも、第二次大戦の体験の意味を文学的にもとめるとすれば、これらの作家たちが戦後文学にくわえた言語の指示意識のひろげ方のほうが、野間、武田、椎名などの表出〈時間〉の喪失としてあらわれた特質よりもオーソドックスだったといいうるかもしれない。そしてこのオーソドキシィの意味は、そのあとの戦後文学の動向のなかで、重要な意味をもつようになったということもできよう。

この戦後派文学の表出にあらわれた言語の指示意識のひろがりは、たとえば、自然主義文学が近代の表出史にあたえたひろがりとちがったものだ。自然主義では、社会的な構成が拡大し多様になって、作家たちの意識が社会の多様な断面にばらまかれた点に、原因をもっていた。だがたとえば坂口、梅崎、原などの戦後のはじまりのときの指示意識のひろがりは、おなじただひとつの社会的体験――いいかえれば戦争の体験――という単一さに根をもつものだった。したがって、言語の指示意識のひろがりはたんに素材や主題の多様さや拡大にはならず、指示意識の〈対象〉面にたいする滲透のつよさのひろがりというあらわれ方をした。たとえば坂口の「白痴」も、梅崎の「桜島」も、原民喜の「夏の花」も、〈私〉の体験の表出という意味では、自然主義的な私小説とおなじようなものだ。でも表出された〈対象〉面を把握する強さは比較にならないほどはげしくあざやかだ。このことは、戦争の体験が、たんに日常平和な生活では体験できないもの珍しいたくさんの戦乱の現実にせっしたという意味（それはたんなる素材的な意味である）ではなく、それなくしては不可能なほど戦争によって心の体験を深めたことを意味している。

坂口、梅崎、原などの表出は、武田、椎名、野間などの表出にくらべて〈時間〉的な統覚はよりたしかにはたらいている。そして、指示意識の意味もはるかにはっきりしている。かれらは、戦乱によってこころのうちの世界を極限までゆさぶられたかもしれないが、その代償として現実の実在をかつてないほど鮮やかな距離でたしかめる機会にであったことを意味している。武田、椎名、野間などにとっては戦争は、いわば現実の剝離体験にちかかった。転向期においてうばわれた〈現実〉は、戦争によって二重にうばわれた。こころの体験は、いわばじぶんのこころの体験を、精神の〈人肉食〉のようにくいつぶす過程にちかかった。

戦後はじまりの時期の文学の旗手たちのとった表出面のちがいは、そのまま、日本の近代史のうえで戦後知識人の問題が複雑で困難なことを象徴していた。

一般的にいって、**話体**にたいする時代的な影響は弾性的（rigid）だということができる。現実の社会の変動は、それが作家たちの表出意識に影響をあたえるばあいにも、まず話体連環の堅い底辺につきあたり、その反作用として影響を表現にあたえる。これは**文学体**のばあいは可塑的（plastisch）であり、その影響はあらゆる意味での変形を表出にあたえるのと対照的だといっていい。**話体**はある意味で、その時代に特有な普遍的な表出の根拠であり、その普遍性のうえに個性的な影響があらわれるということもできる。

戦後話体のはじまりは、まず織田作之助「世相」（昭和21年）、石川淳「焼跡のイエス」（昭和21年）、太宰治「ヴィヨンの妻」（昭和22年）、「斜陽」（昭和22年）、田村泰次郎「肉体の門」（昭和22年）などによって、象徴的に開花した。

表出の意識が〈時間〉の秩序をうしない、その特徴はここではじまりのもんだいをはらんであらわれた。たとえば織田作之助の「世相」は、べつにあたらしくもない話体連環の方法でかかれている。まず契機になる〈対象〉の挿話があるとする。この挿話の叙述がおわったとき、その挿話から連想されたべつの挿話がえがかれる。この挿話がおわると、それから想起されるべつの挿話へとびうつる。作品の構成的な密度は個々の、挿話それ自体の表出のもんだいのほかには、ひとつの挿話からつぎの挿話へとびうつるときの転換と継続の如何にかかってくる。

「世相」の特質は、このようなありふれた話体連環の方法を、表出の〈時間〉の秩序をうしなった文体でつきつめた点にあった。風俗の連環物語を静態的につくろうとしても、戦後の世相の転変のはげしさとめまぐるしさは、静かな文体をゆるさなかった。そのために表出の〈時間〉は秩序をうしない動的な風俗に即応せざるをえなかったといいえよう。

(58) 華中からの復員の順位は抽籤できまつたが籤運がよくて一番船で帰ることになつた。

十二月二十五日の夜、やつと大阪駅まで辿りついたが、さてこれからどこへ行けば良いのか、その当てもない。昔働いてゐた理髪店は恐らく焼けてしまつてゐるだらうし、よしんば焼け残つてゐても、昔の不義理を思へば頼つて行ける顔ではない。宿屋に泊るといつても、大阪のどこへ行けば宿屋があるのか、おまけに汽車の中で聴いた話では、大阪中さがしても一元で泊めてくれるやうな宿屋は一軒もないだらうといふことだ。良い思案も泛ばず、その夜は大阪駅で明かすことにしたが、背負つてゐた毛布をおろしてくるまつてゐても、夏服ではガタガタ顫へて、眼が冴えるばかりだつた。駅の東出口の前で焚火をしてゐるので、せめてそれに当りながら夜を明かさうと寄つて行くと、無料ではあたらせない、一時間五円、朝までなら十五円だといふ。冗談に言つてゐるかと思つて、金を出さずにゐると、こつちはこれが商売なんだ。無料で当らせては明日の飯が食へないんだぞと凄んだ声で言ひ、これも食ふための新商売らしかつた。大人しく十五円払ふと所持金は五十円になつてしまつた。(「世相」)

たとえば、丹羽文雄の「厭がらせの年齢」とくらべてみれば、この話体の特質はあきらかにすることができる。「うめ女は障子の破れからのぞいてゐる。誰もゐないと、そこにあるマッチや、ふきんや、小刀を盗む。ほしいとは言はずに、黙つて自分のものにしてしまふのである」(「厭がらせの年齢」)といった静かな話体は、伝統的な話体の典型だといっていい。作者はじぶんの位置から〈うめ女〉の行動をお

混合比率

ハルノ宵子

「お父さんやお母さんの夢を見ることはありますか？」と、尋ねられることがある。

そりゃ見るけれど…たいがいの夢は、「病院の時間まであと15分！お願い早く早く！」でも父はまだグダグダと、布団の上でマッサージなんかしている——などという、焦燥感たっぷり寝汗ぐっしょりの、日常の記憶の断片だ。

西伊豆・土肥の海水浴場の波打ちぎわを小学生位の妹と、高校生位の私と、父を挟んでしゃべりながら歩いている。見上げる父は50才台で、毎夏同じのタオル地の紺のパーカー。グレーの海パンからは、漁師のように浅黒く焼けた、筋肉質の形の良い脚が伸びている。1片の雲も無い痛いような青空、夏の盛りの鮮やかな緑の山々。遠浅の細かい砂地に、透明な波が足首まで浸しては穏やかに引いていく。私と妹は、天草に父のルーツをたどりに行く旅の日程の相談をしている。ついでにちょっと散骨しちゃおうかという話になるが、「ダメじゃ〜ん!!お父ちゃんまだここにいるじゃん！」と、私は父を指さしパシャパシャと水しぶきを上げ、地団駄を踏という風に。」

わたしは、さらに、「旅行も『模倣行為』かもしれない」と欄外にメモしていた。「昔あったかも知れない『旅行』、『サガ』に出てくるようなヴァイキングたちの旅行。あるいは『ガリア戦記』に語られたカエサルの旅」。その模倣行為としてわたしたちは今南仏を歩いている。パリ郊外を歩いている、などと考えてしまうのだ。

闘牛場の遺跡の一番高いところにのぼるとロアール川がみえた。『ガリア戦記』に出てくるロダヌス河だと思ったりしたのは、余計に、模倣行為としての旅行という、吉本さんからもらった考えが、おもしろくまた現実味を帯びていたのだろう。

十六章にわかれている『言葉からの触手』は、吉本さんの詩の大方がそうであるように、人にある考えを強いるといったものではない。

この本は、「わたしの思い違い」をのべながら「あなたの思い違い」に、やさしくしかし正確に触れてくる言葉のあつまりである。

吉本さんから「あなた」と呼びかけられ続けであるからくり返して読みたくなるのであろう。わたしは、また機会を得て、読み込むことのなかった、他の章を読んでみたいと思うのである。

（おかい・たかし　歌人・文芸評論家）

4

かつて共感呪術のはじめには、狩猟や穀物の収穫の模倣行為を予行すると、じっさい狩りや穫りいれの増収をもたらすと信じられていた。そして信じられたことはその通り実現された（じつは実現されなかったときのことは忘れられ、実現されたときのことだけがことさら大きな記憶になったのかもしれない）。

（13　映像　現実　遊び

この一節から刺激をうけて、わたしは「収穫の模倣としての闘牛なんて考えてもみなかった」とメモしている。それは、わたしたちの旅行団が、アルルの街区を抜けて遺跡闘牛場へとのぼって行ったときのことと関わりがある。

わたしは『吉本隆明をよむ日』の書き下ろし部分に次のように書いている。

「石造の回廊が、幾重にも高く積み重ねられ、その観客席からは、中央の広場を見下すことができる。（…）かつても、そして、現代の祭礼の日にも、ここでは、牛と闘牛士との戦いが、一つの擬似的な狩猟として行なわれたのだろう。『共感呪術』ということばが、また、浮かんで来る。闘牛士による儀礼の成功は、今年の秋の狩猟の豊饒を予祝し予望させるものだ、

んで泣き笑いする。

キッチンのドアを勢いよく開け、母が入って来る。「どんな風になったかと思ってさ」と、母はキッチンを見回す。私はドギマギする。「うわ〜！無断でリフォームしちゃって怒られるかな」と。母は「あら、案外さっぱりしていいじゃないの」と、気に入った様子なのでホッとする。

「お父ちゃん！今急に玄関に読者の方がいらしてるんだけど、出られる？」と、奥の客間で寝ている父を起こしに行く。冬の夕方、もう外は真っ暗だというのに、父はまだ床の中にいる。「すみませんねぇ。今起きてまいりますので、もうちょっとお待ちください」と、玄関のお客様にお茶を出す。数分後、父の様子を見に行き「うわっ！」と、のけぞった。父は布団の上に半身は起こしているものの、とんでもない姿だ。上は長袖下着、下はももひきに5本指ソックス。食べこぼしのシミだらけ、漂白剤で洗いすぎて劣化した穴やボロボロの襟足。確かに私は、できる限り父の自由に任せていた。どんな恰好で訪問客の前に出ようが、私が見栄で取り繕ったって仕方ない。しかしこの日の父は、その破れ目にキラキラパカパカのサバイバル用シートを切って貼り付けていた。いくら何でもそりゃ無かろう！完璧イカレた爺イの域だ。「ちょっと待ってて！新品の下着あったはず」と、押し入れの引き出しを開けるが、中には父の御仏前にいただいた高級な黒塗りのお線香の箱が、ギッシリと詰まっている。ああ…ここはもう整理

7

しちゃったんだっけ。もしかして書斎の洋服箪笥の中に残ってるかも——と書斎に行くが、洋服箪笥は無い。そうか…箪笥は妹に形見であげちゃったんだ。気がつけば書斎には、午後の明るい光が満ちている。玄関にお客様の姿は無い。奥の客間に行くが、父の姿は無い。布団も無い。この家の中には私1人だ。

混じっている…3年も経つのに、まだこんなに混じっている。少しづつ〝前〟の割合は減っていく。〝今〟が増えていく。

それでも私は、まだこの夢から出られない。

（はるの・よいこ　漫画家）

を『言葉からの触手』読後感としようと思っていたのである。

だからこの本には、いっぱい、旅中の書き込みが入っている。今引用した「(5　思い違い二極化　逃避」の欄外には「シャルトルからの帰り。信仰とはなんだろうか」とか「吉本氏の親たちとの関係は？」とか鉛筆で書いてある。南フランスの旅の帰りにパリへ寄ってシャルトル大聖堂へ行った日の書き込みなのだろう。

「わたしたちは胎内で羊水のなかに浮んでいるような状態を、ほんとは理想としてさがしているのだ」とか「この世界を羊水のなかにあるかのように思考するのが、いちばん本来的なのだと無意識におもっている」といった吉本さんの断想に打たれて、全く関係なさそうな斎藤茂吉の歌がメモしてある。

松かぜのつたふる音（おと）を聞きしかどその源（みなもと）はいづこなるべき　　「小園」一九四五年

あたりを想い出したものとみえる。羊水の上をふきわたっていく松風の音なのだろうか。吉本さんの思想本とは違って、『言葉からの触手』はなにかを教えてくれる本ではない。豊かに、ひとりだけの連想をさそう本である。外国旅行にもっていくには、ふさわしい本といえる。

もう一つの例を挙げてみようか。

なたが思い違いをしやすい主題は、その発想の型がどこかで、じぶんと親たちとの関係に源泉をもつものではないだろうか。べつの言い方をすれば、どこかでじぶんと親たちの関係を想いおこすことを強いられるような主題では、ひとは誰でもしばしば思い違いをやるにちがいないとおもえる。（以下略）

（5　思い違い　二極化　逃避

この本は、『吉本隆明全詩集』（二〇〇三年、思潮社）でも、原本と同じように一行三十二字組みになっているから、ほぼ印象は等しい。ただ、わたしにとっては単行本の『言葉からの触手』の方が、今でも、本が触発してくるものの豊かさにおいてすぐれている。

二〇〇一年の夏、わたしは、NHK学園の短歌講座の受講生たち三十数名と共に、南フランスに出かけた。旅のあいだに、受講生たちの作る歌をみてやったり歌会を開いたりするがあとはふつうのツアーである。わたしは旅中の読書用に、カエサルの『ガリア戦記』（近山金次訳、岩波文庫）と共に、吉本さんの『言葉からの触手』をもって行った。これは、ちょうど、思潮社から『吉本隆明をよむ日』（二〇〇二年二月刊）を出すことになっていたので、その「あとがき」に代えて、書き下ろしの吉本隆明論を書こうとしていたのである。そのテーマ

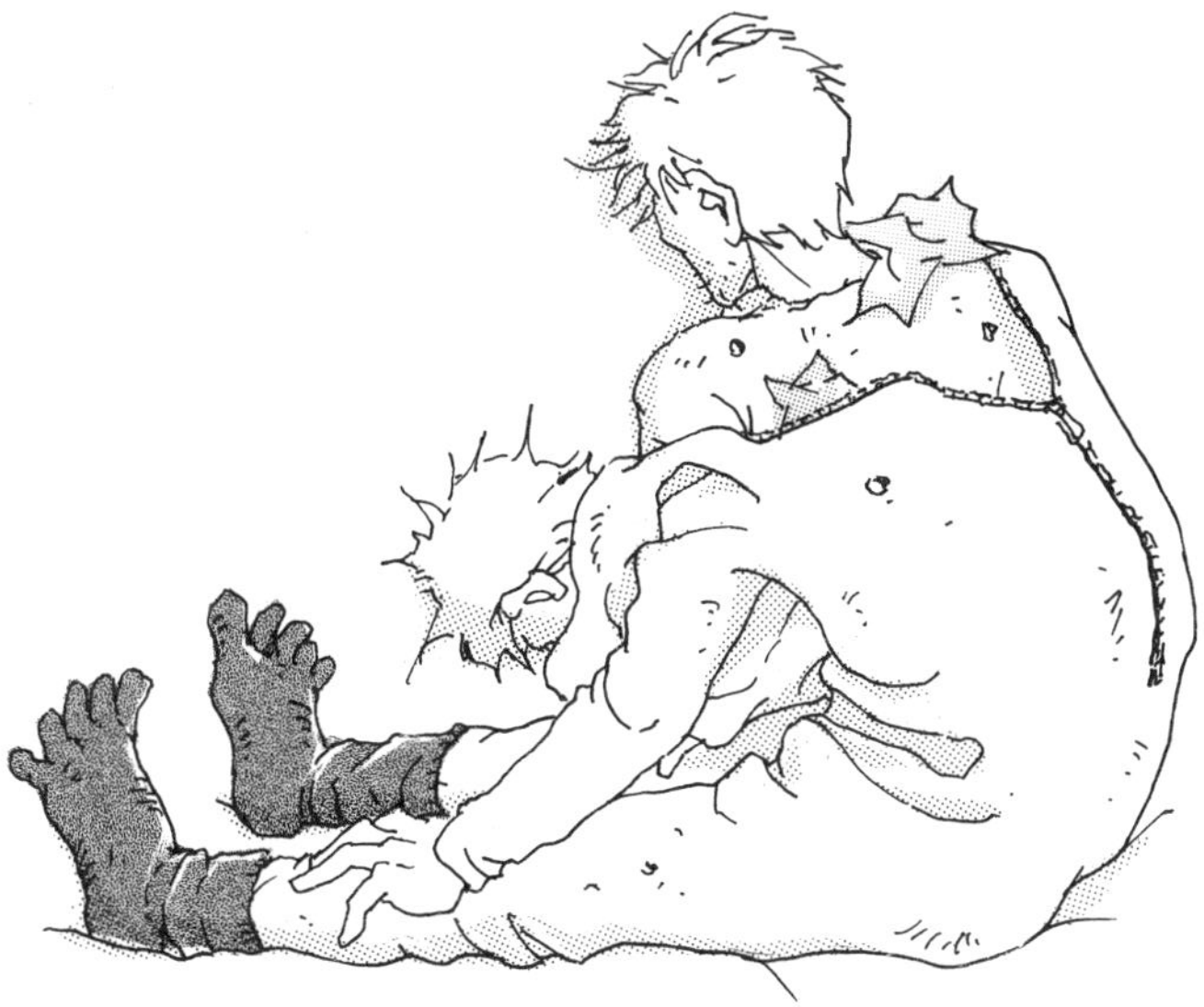

編集部より

＊本年もよろしくお願いいたします。二年目以降は隔月刊と予告しておりましたが、編集上の万全を期するため、この先も三ヵ月に一冊の刊行にあらためたいと思います。楽しみにされていた読者の皆様には謹んでお詫び申し上げます。次回配本の第9巻は、六月の刊行予定で鋭意作業を進めております。何卒ご寛恕賜りますようお願い申し上げます。

＊なお、正誤その他の訂正表は、最終配本の際に一括して掲載する予定です。

吉本隆明全集 8

『言葉からの触手』に触れながら考えたこと……岡井隆
混合比率……ハルノ宵子

月報5
2015年3月
晶文社

『言葉からの触手』に触れながら考えたこと

岡井隆

『言葉からの触手』という本を久しぶりに取り出して来て見ている。一九八九年六月に河出書房新社から出た本である。吉本さんは、この本の「あとがき」で「断片集」と呼んでいる。「断想集」のたぐいは、詩と呼んでもいい外観、内容をもつことがある。この本も、そういった種類の本である。

わたしが思い違いをする。そしてあなたも思い違いをする。わたしやあ話としてえがいている。この作品では工夫はまったく異質の場面への転換が無接続のようになされている点にある。「世相」の文体はこれとちがっている。ちょっとみると作者が、作中の〈私〉に乗りうつって、復員して焼けあとの大阪駅におりたったときの行動をえがいているようにみえる。しかし、同時に、作者が〈私〉という作中人物の行動をえがいている丹羽の「厭がらせの年齢」とおなじ客観話体のようにもうけとることができる。この不定感は、文章の全体をつらぬいている。この話体表出は、古典的な意味での対象の描写と客観的な描写との二重性があたえる〈含み〉ではない。根源的に作者が〈私〉と、〈私〉にたいする〈私〉とを分離しないで話体連環の方法をとっているため、文体は〈私〉であろうが、対象となった〈私〉であろうがかまわぬ、という任意性に支配されている。たとえば、「冗談に言つてゐるのかと思つて、金を出さずにゐると」は、作者が、作中の〈私〉に移行した位相でえがかれており、つぎの「こつちはこれが商売なんだ。無料で当らせては明日の飯が食へないんだぞと凄んだ声で言ひ」は、焚火の〈主〉のせりふをうけた作中の〈私〉の感懐の叙述であるが、それにつづく、「これも食ふための新商売らしかつた」は、もはや作者の〈私〉がえがいている感想にかわっている。このときの転換は、けっして作中の〈私〉と作者の〈私〉とが混同されているためにおこるのではなくて、作者が作中の〈私〉と作者の〈私〉とを区別するための根源的な意識をうしなっているところからきている。「世相」を志賀直哉が、〈きたならしい〉と評したとき、ほんとうは素材にたいする反撥にしかすぎなかった。この無造作に〈きたならしい〉敗戦風景を描いたようにみえる作品には、はっきりと戦後が刻印されていた。

「世相」について織田作之助は「可能性の文学」のなかでこう説明している。

私は「世相」といふ小説はありやみな嘘の話だ、公判記録なんか（註—阿部定の）読んだこともない、阿部定を妾にしてゐた天ぷら屋の主人も、「十銭芸者」の原稿も、復員軍人の話も、酒場のマダムも、あの中に出て来る「私」もみんな虚構だと、くどくど説明したが、その大学教授は納得しないのである。私は業を煮やして、あの小説は嘘を書いただけでなく、どこまで小説の中で嘘がつけるかといふ、嘘の可能性を試してみた小説だ、嘘は小説の本能なのだ、人間には性慾食慾その他の本能があるが、小説自体にももし本能があるとすれば、それは「嘘の可能性」といふ本能だと、ちよつとむつかしい言葉を使つた。すると、はじめて彼は納得したらしかつたが、公判記録には未練を残してゐた。

「世相」が嘘の挿話で構成されていようといまいとたいしたもんだいではない。小説の本能が「嘘の可能性」だというのも、伝統的な話体の本質を語っているだけだ。「世相」のあたらしさは、作者が嘘の〈私〉と実在の〈私〉、嘘の〈挿話〉と実際の〈事件〉とを区別する意識をなくしたところであたらしい話体をこしらえているところにあった。

(59) 焚きたての白米といふ沸きあがる豊饒な感触は、むしろ売手の女のうへにあつた。年ごろはいくつぐらゐか、いや、ただ若いとだけいふほかない、若さのみなぎつた肉づきの、ほてるほど日に焼けた肌のうぶ毛のうへに、ゆたかにめぐる血の色がにほひ出て、精根をもてあました肢体の、ぐつと反身になつたのが、白いシュミーズを透かして乳房を匕首のやうにひらめかせ、おなじ白のスカートのみじかい裾をおもひきり刎ねあげて、腰掛にかけたままあらはな片足を恥らひもなく膝の上に載せた姿勢は、いはば自分で自分の情慾を挑撥してゐる恰好ではありながら、かうするよりほかに無理のないからだの置き方は無いといふやうすで、そこに醜悪と見るまでに自然の表現をとつて、強烈な精力がほとばしつてゐた。人間の生理があたりをおそれず、かう野蛮な形式で押し出て来ると、健全な道徳とは淫蕩よりほかのものでなく、肉体もまた一つの光源で、まぶしく目を打つてかがやき、白昼の天日の光のはうこそ、いつそ人工的に、おつとりした色合に眺められた。（「焼跡のイエス」）

「普賢」いらいの特異な話体作家である石川淳の特質は〈対象〉の実体を過小に撰んで、表出の指示性を過剰にするという点にある。一口に〈余計なお喋言り〉だ。しかし〈対象〉が実体よりも過小にえらばれているため〈実在〉の水準より上の想像線のところに〈対象〉の土台がすえられているという印象をしいる。この〈実在〉の水準よりうえのところに〈対象〉の底辺をおき、それをめぐって過剰な表象がとびかうところにこの特異な話体が成り立っている。

近代小説の表出の特徴を、実在の像をその中核（ケルン）にまで抽出し、この中核点を把握するところに描写が成り立つものとすれば、石川淳の文体の特質は反近代的であり、逆に中核点に過剰な人工の肉付けをあたえてゆくところで表出がなりたっている。この作家が江戸戯作者にかたむき、鷗外荷風に親近性をもつのは、その現世放棄の体験的思想の領域で本質をおなじくする方法をもっているからだ。石川の話体が〈対象〉を〈実体〉よりも過小にえらぶとき、その過小さに対応する丁度それだけ、現世放棄の思想的な体験を暗示することになっている。

この(59)の文章はただ、挑撥的な肢態をとった若い女が、闇市で白米のにぎり飯を売っているところをえがいただけだ。こういう実体としてみればつまらぬトリヴィアルな〈対象〉にたいして、これほど饒舌であることに、作家の意識的な姿勢をみるとすれば、一種の〈手もちぶさた〉のとう晦であり、無意識なものとすれば、現世放棄の姿勢の思想的な表象にほかならないといえる。

この時期、太宰治は「ヴィヨンの妻」や「斜陽」のような大作で、織田作之助や石川淳とちがったところで戦後の話体表出の一端をささえた。かれの方法は、すでに中期に完成したすがたをとっていた。この作者には戦争期に耐えたものが戦後に自壊していったのは、どんな意味をもつものなのか、という点に転移のすがたがあらわれたといっていい。

これらの作品で、こころのうちの崩壊のすがたは、中期の安定した構成的な話体を、伝統的話体の特質である〈虚構をほんとうのように喋言る〉という地点から、いちじるしく傾けさせ、〈私〉が虚構の主人公に化けて語るという〈私小説〉によく似た話体へと転換させた。しかし、〈私〉小説の本質は、あくまでもそれが文学体であり、作者にとってはすくなくともぎりぎりの自己告白であるのにたいし、これらの作品における太宰治は、あくまでも話体を本質としてたもったまま、私小説の思想的な本質にちかづくという方法をとった。

(60) けれども、私は生きて行かなければならないのだ。子供かも知れないけれども、しかし、甘えてばかりもをられなくなつた。私はこれから世間と争つて行かなければならないのだ。ああ、お母さまのやうに、人と争はず、憎まずうらまず、美しく悲しく生涯を終る事の出来る人は、もうお母さまが最後で、これからの世の中には存在し得ないのではなからうか。死んで行くひとは美しい。生きるといふ事。生き残るといふ事。それは、たいへん醜くて、血の匂ひのする、きたならしい事のやうな気もする。私は、みごもつて、穴を掘る蛇の姿を畳の上に思ひ描いてみた。けれども、私には、あきらめ切れないものがあるのだ。あさましくてもよい、私は生き残つて、思ふ事をしとげるために世間と争つて行かう。お母さまのいよいよ亡くなるといふ事がきまると、私のロマンチシズムや感傷が次第に消えて、何か自分が油断のならぬ悪がしこい生きものに変つて行くやうな気分になつた。(「斜陽」)

作中の〈私〉は、いちじるしく作者の〈私〉にちかづく。しかし、このばあい作中の〈私〉は、作者のじぶんを感情移入した〈私〉ではなく、話体の主人物としての〈私〉だ。

「ヴィヨンの妻」や「斜陽」にあらわれた伝統の話体からのいちじるしい変位は、太宰の内心の急迫する呼吸を象徴するように、〈私〉小説の話体（私小説ということと話体ということは矛盾する概念であるが）ともいうべき独特の話体へちかづけた。この太宰の表出の変位は、話体から上昇する志向とみることができるので、最後の大作「人間失格」（昭和23年）はこの志向を極限まで引っぱってみせ、それによってこの作家の自壊の意味をあきらかにしめした。「人間失格」にあらわれた太宰治の思想は、人間と人間とはまったく了解不可能だという意識にある。人間は嘘をつきあって生きているということがありうる。それは了解できないことはない。しかし、にこにこしながら嘘をつくという人間の在り方は了解できない……人がどのようなことをかんがえ、どのようなつもりで生きているのか、まったくわからない……隣人を愛することができるか……人間は、めしを食べなければ死ぬから、そのために働いて、めしを食べなければならぬという言葉は難解で、晦渋で、脅迫感をあたえる……これら〈主人公〉の手記が告白している了解不可能のさまざまないい方は、太宰治の根源の意識を象徴した。こういう人間と人間との断絶をつきつめた思想を、話体、つまり他者に語るスタイルで表現するのは、いわば**絶対的矛盾**だった。この絶対的矛盾は太宰治の自殺の意味を文体的に象徴したというべきだ。

戦後の文学のはじまりの表出的な意味は、総体的に言語がそれじたいで虚像をうみだし、言語の外に氾濫させた、というような言葉でいうことができる。ただ文脈を文章の実体とかんがえるかぎり、それは、古典的な方法で一行でかけるものを百行でかき、秩序だってかけるものを〈きたならしく〉かいたにすぎなかったかもしれない。しかし、〈一行〉を言語表出の脈流とすれば、〈百行〉はその脈流からの氾濫であり、構成的な秩序を、こころのうちの世界の輪郭とすれば、〈きたならしさ〉は、輪郭がうせることだった。このおおきなはじまりの意味は、近代の表出史にはじめて閃光のようにあらわれ、ある現実的な根源の転倒の可能性を黙示してまたたくまにきえた。文学の黙示とはなにかをしめし、黙示者自身の恐怖感によって死滅した。

3　断絶的表現の変化

戦後の**文学体**が、はじまりのもんだいをなくしたのは、ほぼ昭和二十六―二十七年だ。これは、武田泰淳の「風媒花」（昭和27年）、野間宏「真空地帯」（昭和27年）、椎名麟三の「自由の彼方で」（昭和28年）などの大作があざやかに象徴している。これらは表出体としてとうてい戦後のはじまりの時期のじしんの表出をこえるものではなかった。技法は成熟し、構成力はまし、輪郭もモチーフも主題もはっきりとしてきたが、そのかわりに、うしなったものはかけがえのないほどおおきかった。ただ、その意味がよくみえなかっただけだ。いわば、ちいさな規定での〈戦後〉文学のもんだいはここでおわった。そして、近代の表出史のうえに、不気味な閃光をはなった構成的〈時間〉をうしなう表現のドラマはここでおわった。戦後の表出史が近代文学史のうえでもっている連続した展開の意味はのこったが、〈断絶した飛跡〉があたえる閃光のきらめきはきえた。このことは、昭和二十一年から昭和二十六―二十七年の短いはじまりの時期が、社会的にも類例のない時期だったことを語っているようにみえる。

戦後史は、ここで曲り角にであい、ある意味では落ちつくべきところに落ちつき、またある意味では類例のない拒絶の意味をうしなったのだといえよう。もしも、ひとりの巨大な（という意味はいわゆる大作家ということではないが）文学者を戦後派がもっていたら、かれは、この瞬時の花火にもにた戦後はじまりの閃光をうしなうことなく、それを土台に構成的なひろい世界をつくりだす膂力を発揮したことはいうまでもない。しかし、そんな作家はいなかった。かれらは構成力と技法をえたかわりに、うしなうべきものはうしなったのだ。かれらは戦後の社会の秩序を否定する秩序を肯定するか、社会的秩序を肯定するか、いずれかのところに根源的な現実意識をもっていってそこにすえつけたのだ。たとえば野間宏の「真空地帯」を抵抗の文学などというのは、つまらぬ俗説だとおもう。「暗い絵」から「崩解感覚」にいたる作品は素材の意味をこえて抵抗の文学だといっていい。しかし、「真空地帯」は抵抗の崩壊が、表出意識の根源でおこったことを意味する作品だ。抵抗の崩壊はどこにあらわれたかといえば、軍隊生活を反戦のイデーで塗りつけるために、隊内を浮浪人のように自由に歩ける内務兵を虚構して、時代のつまらぬ政党の政治スローガンに合流させるところにあらわれた。軍隊の内務風景を緻密にリアルに描きだすことが、おのずから人間らしさの不在をうかびあがらせることとは似ても似つかない、偽の軍隊をつくりあげた。

「風媒花」に痛撃をくわえたのは、わたしの知っているかぎりでは竹内好だが、この痛打はよく的を射ていた。……「自由の彼方で」において椎名は〈庶民〉の実存に意識の光をあてようとする根源的な思想を抜きさり、それを意識の〈空孔〉〈とぼけ〉〈庶民的ユーモア〉のもんだいに変質させた、……といった具合に。

はじまりの時期の梅崎、坂口、原などに象徴される戦前と戦中から継続された文学体のもんだいが、ほんとの意味でしだいに戦後の表出史にすがたをあらわしはじめたのは、野間、武田、椎名などのはじまりの表出がうしなわれてゆく過程と対応している。

これを作品として象徴させれば、たとえば大岡昇平「俘虜記」(昭和23年)、佐多稲子「私の東京地図」(昭和24年)、三島由紀夫「仮面の告白」(昭和24年)、田宮虎彦「足摺岬」(昭和24年)、大岡昇平「武蔵野夫人」(昭和25年)、三島由紀夫「愛の渇き」(昭和25年)などがあげられる。これらの表出は、ある意義をもって戦後の表出史のうえに登場してきた。

(61) 波ははじめ、不安な緑の膨らみの形で沖のはうから海面を滑つて来た。海に突き出た低い岩群は、救ひを求める白い手のやうに飛沫(しぶき)を高く立てて逆らひながらも、その深い充溢感に身を涵(ひた)して、繋(け)

縛をはなれた浮游を夢みてゐるやうにもみえた。しかし膨らみは忽ちそれを置き去りにして同じ速度で汀へ滑り寄つて来るのだつた。やがて何ものかがこの緑の母衣のなかで目ざめ・立上つた。波はそれにつれて立上り、波打際に打ち下ろす巨大な海の斧の鋭ぎすまされた刃の側面を、残るくまなくわれわれの前に示すのだつた。この濃紺のギロチンは白い血しぶきを立てて打ち下ろされた。すると砕けた波頭を追つてたぎり落ちる一瞬の波の背が、断末魔の人の瞳が映す至純の青空を、あの此世ならぬ青を映すのだつた。――海からやうやく露はれてゐる蝕ばまれた平らな岩の連なりは、波に襲はれたつかのまこそ白く泡立つなかに身を隠したが、余波の退きぎはには燦爛とした。その眩ゆさに宿かりがよろめき、蟹がじつと身動がなくなるのを、私は巌の上から見た。（「仮面の告白」）

(62) そしてそれから三四日のちに私の身体は自動車に乗せられてこの家を出てゆくところである。私の頭が麻痺から完全にはまだ醒めてゐない、といふことが、私を気楽にさせてゐる。もの見高い周囲の視線も感じないですむ。私は自分を運んでゆく車が四谷の方へゆくのだ、といふことをぼんやりと知つてゐる。いつの間にか私の親たちが車の中にいつしよにゐる。車は夕方近い東京の町を走つてゐる。この車はどこまでゆくのだらう。当てどころなく走つてゐるやうにしかおもへない。この車はきつとどこかへ迷ひ入つてしまひさうにおもへる。頭を枕につけて、横に寝かされたまま、疾走してゆく車の中にゐると、薄弱になつた感覚がますます宙に浮いて、車の行方が幻想的になる。車の窓にちらちらと街の何かが見えてゆく。車が街角をまがる。きつと間ちがつた方にまがつたにちがひない、と、何かを待ち受けてゐる。何事もなかつたやうに車は走りつづける。そしてまたどこかで車は方向を変へる。あ、きつとこんどだ、とじいつと、次に起るものを待つ。車はやつぱり走つてゆく。どこかの橋の上へ車は出たやうだ。現実にあり得ないところへ出たにちがひない。私の弱つた神経の幻想は、まるで私の人生の道を象徴したやうに働くのであつた。（「私の東京地図」）

(63) 前線で彼は所謂童貞を失つてゐた。戦争末期部隊がトングー西方の山地で孤立した時、従軍看護婦が強制されて兵士を慰問したことがある。若い肉体の慾望と好奇心が勝を占めたが、食糧のために羞恥を捨てる女の髪の臭ひは彼の記憶を去らなかつた。

帰還後彼が堕落した女学生との交際に身を任せたのも、さういふ醜い娘の汗臭い髪にビルマ山中の茅屋（ばうをく）の異様な感覚を思ひ出す喜びがあつたからでもある。彼の美貌と残酷には成功の機会が多かつた。

彼が「はけ」に寄りつかなかつたのが、幾分従姉を尊敬してゐたためであり、今日久し振りで訪問する気になつたのが、さういふ生活に倦きたためだとすると、彼もまだ少しは見込がある。

駅の附近に群れるパンパンとその客の間を素速く通り抜け、人気のない横丁を曲ると、古い武蔵野の道が現はれた。低い陸稲（をかぼ）の揃つた間を黒い土が続いてゐた。その土の色は、恐らく彼が熱帯から帰つて懐しく思つた唯一のものであつた。彼は人間に絶望してゐたが、自然は愛してゐた。兵士は自然に接することが多い職業である。

茶木垣に沿ひ、栗林を抜けて、彼が漸くその畠中の道に倦きた頃、「はけ」の斜面を蔽ふ喬木の群が目に入るところまで来た。（「武蔵野夫人」）

野間、武田、椎名などの端緒期の文学体の特質がうしなわれてゆく過程で、それと対照的にしだいにせりだしてきた戦後の文学体の特徴は、大なり小なりここに頂点をむすんでいる。

(61)の「仮面の告白」の表現がわたしたちにもっともあざやかに類推させるのは遠近法をもちいずに、おなじ濃さと確さの輪郭で描かれた壁画である。（服部達が『われらにとって美は存在するか』のなかで「潮騒」を例にして〈触覚的遠近法〉とよんだものである。）波がしらの一粒一粒も、青い空も、岩も、宿かりや蟹のようなちいさな動物も、おなじ濃さの輪郭で壁画にえがかれている。これは、いうまでもなく表出の〈対象〉にたいして作者が無限遠点にいるか、あるいは、無限近点にいるかが、はじめからもんだいにならない表出の意識を意味している。いいかえれば、〈対象〉にたいする表出位置のとり方がまったくどうでもおなじで、作者にとって表出の〈時間〉の秩序だけが異常につよい意味をもっていることを象徴する。〈対象〉にたいする作者の距離が無意味である意識にとって、言語の指示性は倫理と遠近的な空間をひつようとしない。しかしその代償として表出〈時間〉の秩序は瞬間ごとに点々のように明確に規定せられていなければならない。べつのところで〈私〉の精虫が海へ捲き込まれてゆくというような表現を、あたかも精虫が眼にみえるかのような調子で描いている個処があるが、それは空間的な〈物〉の大きさが三島由紀夫にとって問題とならず、そのかわりに〈時間〉の秩序が瞬間ごとに明確なため、精虫といえども見逃されることなく同一の密度でえがくことが不自然でないからだ。

この三島の特質は、「暗い絵」や「深夜の酒宴」や「蝮のすゑ」の作家たちの〈時間〉の喪失とまったく対照的な意味をもっていた。その意味で、「仮面の告白」による三島由紀夫が戦後の表出史へ登場したことは、とてもあざやかに、不気味に、第一次戦後派のはじまりの時期のおわりを象徴するものだったといえる。

(62)の「私の東京地図」で、作中の〈私〉は作者の〈私〉と同一人であり、〈対象〉にされた〈私〉だ。しかし、この表出は作者が作中の〈私〉にうつりきって自殺未遂のまま車にのせられてゆくときの切れ切れな断想をのべているのではない。また作者の位置が明確にあって、そこから〈私〉という女の動きをえがいているのでもない。いいかえれば、織田作之助の「世相」が**話体**でやっていることを、佐多稲子は**文学体**でやっている。おそらく、ここで、いわゆる〈私〉小説概念を〈私〉小説の性格を保ったまま極限までひっぱった表現が生みだされたのだ。作品としても佐多にとって戦後の最高のできばえであった。

にのべている。

「俘虜記」、「武蔵野夫人」、「野火」（昭和26年）などの作品で戦後の表出史に登場した大岡昇平の文体については、服部達の「大岡昇平論」の指摘がある。服部は「俘虜記」の一節を引いたうえでつぎのように

この短い一節のなかに、私は、ヨーロッパ語流に見れば現在形・過去形・過去進行形・大過去と、少なくとも四つの時称を感ずることができる。日本語のこのような、いわば多時間的な使用法を、大岡昇平がフランス語（それは現代ヨーロッパ語のうちでも、とりわけ時称の観念の明確な言語である）への親近から暗示されたと解することは、たぶんこじつけではない。そして、このような時称観念の豊富さは、逆に、認識者と行動者との距離感を保証しているのであり、このことが、作者と覚しき人物が作者の姓名を名乗って主役で登場するという点では見たところ私小説風な『俘虜記』を、世上ありきたりの私小説と区別している。一般の私小説では、認識者と行動者、現在の自分と過去の自分との区別が判然としておらず、このことはさらに、従来の日本語における時称の観念の単純さと照応しているのである。

服部達のこの見解は、「たぶんこじつけではない」程度に正確な指摘だとおもう。「俘虜記」から「武蔵野夫人」をへて「野火」へ昇りつめてゆく表現のもんだいは、本質的には、まったくおなじはずだ。それは、ほとんど記録体にまで同化してしまうほど文学体の意識を話体にちかづけた表出が、異常なほど本質につかわれている分析的な論理とつりあって、文体の構成の解体と風化をまぬかれている、といった特質だ。

「さういふ生活に倦きたためだとする」という作中の〈勉〉という人物についての描写が「彼もまだ少しは見込がある」という作者の直接判断の描写に接続されるとき、エア・ポケットにおちこんだような

つよい転換を感じるとともに、ほとんど記録体の最低のポテンシャルに文体の底辺がつきおとされる。「彼は人間に絶望してゐたが、自然は愛してゐた」のあとに「兵士は自然に接することが多い職業である」というように、まるで論文の文体につきおとすような作者のじかの見解に転換するばあいもおなじだ。わたしのかんがえでは、この最低の話体のほうへ下降しようとする表出の方法と、異常に論理的な作中人物の心理解剖の描写とは均衡している。まず人間が生きる方に賭けるかぎりはこれより最終の体験はないはずだ、というような戦場での大岡の瀕死の体験がこの文体に関連しているとおもう。スタンダール研究家であった大岡昇平がフランス語への親近から多時称の文体を暗示されたという服部達の指摘は「たぶん」うたがわしい。

言語表出の分析的論理と心理とをどれだけつかっても、戦場で長期間敗残兵として体験した〈死〉の体験にくらべれば空しいことで、その切実さに到達することができないという焦慮が、大岡の文体にしつような分析癖と記録体への下降をうながす原動力になっている、とおもえる。そして、それでも空しさがつきまとうとき、まるで論文のなかでのような直接判断の描写がはさみこまれてしまうのだ。異常な分析的な論理と話体へ下降しようとする表出は、戦場での〈死〉の体験にくらべれば〈なぜ書くか〉ということが空しいという意識を補償するものとしてあらわれている。この解体意識による構成的文学体のもんだいが、おそらく、大岡昇平を戦後の表出史に登場させた意味であった。それがとらえられた戦争体験の文学的意味になっている。それがまた「俘虜記」や「野火」のような、素材を戦争にとった作品と「武蔵野夫人」や「花影」（昭和33年）のような恋愛心理の風俗をえがいた作品がおなじ表出だという理由になっている。また、戦場体験の生々しさが失われるにつれて、徹底的に底をついた表出に、上昇する装飾がつけくわえられた理由になっている。

戦後の表出史から、野間、武田、椎名などがはじまりの時期に身をもってうちだした表出上のもんだいが、まったくすがたをけし、これと照応するように、梅崎、坂口、原などがひらいてみせた文学体の延長に、三島、大岡、佐多、田宮などの文学体があたらしい意味をもって登場してきた過程は、戦後の表出史が〈時間〉的な秩序を奪いかえす過程だった。自己表出としての言語が、持続と展開ができるような意識を回復したのだ。このことは、戦後の資本制社会の回復とひろがりの過程に照応していた。作家たちはこの社会の秩序を否定するか肯定するかにかかわりなく、この外の秩序とは独立に、こころの内の秩序をつくりだし、そこに文学の城砦をきずくことができる高度な表出の段階にはいったことを意味した。

いっぽうで、ほぼこの過程とひびきあうように、戦後の話体の表出は文学体へ上昇してゆく過程にむかった（この過程にむかわなかった話体は、通俗小説、中間小説、推理小説へと風化していった）。たとえば太宰治「人間失格」（昭和23年）、田中英光「さようなら」（昭和24年）、安部公房「壁」（昭和26年）、高見順「この神のへど」（昭和28年）などが、話体から文学体への過程にあったといってよい。

この話体から文学体へむかう動きは、戦後の文学体が現実の意識としての〈死〉をあがなってえた特徴をなくしてしまった昭和二十六―二十七年以後では、文学体と区別できないほど接近した印象をあたえる。一般的にいって話体言語から文学体言語へ上昇してゆく過程は、言語の指示意識からいえば現実の意味をうしなったことを意味している。もうひとつは表出の意識が感受した現実の不定感のあらわれだといえる。別のいい方をすれば、作家たちの表現しようとする意識が現実とのかかわりあいに意味をみつけられなくなり、そのありあまる不安を言語の自己表出をかけのぼることで補償しようとする欲求を意味している。

この話体言語から文学体言語へ上昇してゆく過程に意義があるものとして、いちばん徹底した表現で戦後の表出史にあらわれたのは「原色の街」（昭和27年）をかいた吉行淳之介、「小銃」（昭和27年）、「吃音学院」（昭和28年）、「アメリカン・スクール」（昭和29年）の小島信夫、「悪い仲間」（昭和28年）、「青馬館」

（昭和30年）、「遁走」（昭和31年）などの安岡章太郎だったといえる。これらいわゆる第三の新人の表出史のうえの意味は、上昇してゆく話体が戦後にどうだったかのもんだいだった。たとえばこれに「鷹」（昭和28年）をへて「虹」（昭和29年）で頂点にたっした石川淳や、「鍵」（昭和31年）の谷崎潤一郎や、「楢山節考」（昭和31年）の深沢七郎をくわえてもよい。

戦後文学の第一の転機である昭和二十六―二十七年以後に話体の表出と文学体の表出の差異と類似をさぐろうとすれば、こういった作品を一極において、他の一極に、堀田善衛の「時間」（昭和28年）、伊藤整の「火の鳥」（昭和28年）、大田洋子「半人間」（昭和29年）、中野重治「むらぎも」（昭和29年）、三島由紀夫「潮騒」（昭和29年）などを想定すればよいことになる。

本質的にいえば文学体と話体とのできるかぎりの接近であり、また、その実体はその裾野のほうにおおきな拡散をひきずっていた。この情況は、山脈の稜線の一方の側面は削りとられて断崖になっていて、反対側の側面は無限にひろがる裾野をもっている風景になぞらえられる。断崖のある側面に文学体の表出面が、反対側の頂点にちかい側面に話体の表出面があり、裾野のほうに通俗小説、推理小説、中間小説のたぐい、いいかえれば風化した話体の表出がひろがっていた。

(64) 私は、キラキラと螺旋をえがいてあかるい空の一点を慕う銃口をのぞくと気が遠くなるようだった。それから弾倉の秘庫をあけ、いわば女の秘密の場所をみがき、銃把をにぎりしめ、床尾板の魚の目――私はそう自分で呼んでいた――であるトメ金の一文字のわれ目の土をほじり出し、油をぬきとると、ほっと息をついで前床をふく。この前床をふくという操作は、どんなに私の気持をあたためたか知れない。一つ一つ創歴のあるというこの古びた創口を私はそらで数えたてることが出来た。たとえば、右手の腹のここのところの鈍いまるい創、それから少しあがったところの手術あとのようなくびれた不毛の創口、左手の銃把に近いところに切れた仏の眼のような創、中でも、どうしたものか、黒子のようにぽっつりふくれた、かげのところのボツ。それはたぶん作戦中、何か、いい、あんずの飴のようなものでもくっついて、汗と熱気でにぎりしめる掌の中で、木肌の一部になったのかも知れない。こうして私は一日に小銃のあそこ、ここにいくどもふれた。その度に私はある女のことをおもいだした。おもいだすために銃にふれた。(「小銃」)

(65) 軍隊でも、さすがにこんな行事は、そうたびたびは見られないことなので、朝食後、作業が開始されると、暇のある古兵たちは大勢見物に集まってきた。しかし、それは何という退屈な仕事だったろう。作業は昼食まで、ほぼ四時間、休みなく行われたが、汚水はやっといくらか減ったと思われる程度にしか進まなかった。しかもその間、バケツを運ぶ加介たちが見たものは、ただ揺れ動く糞の連続だった。はじめのころは恐怖心と、ものめずらしさが手伝って、仕事はかなり活潑にすすめられていたが、ついにはほとんどの兵隊が糞ばかり見つづけて、ほかには何も眼にうつらないほど疲れてしまった。汲み出す方も運ぶ方も絶えず下を向いているので、たまに眼を上げても、木立ちも、空の雲も、みんな黄色い紡錘型のものに見えてくるのである。(「遁走」)

(66) 彼は咄嗟にその言葉を掌で受け止めて、女の声のひろがりの表面と裏面を、こまやかに撫でまわすのである。そのことを繰返しているうちに、やがて彼の意識はアメーバの触手のように彼女の方へ拡がってゆき、巨きな掌となって、原瑠璃子という存在を撫でていた。

彼女の皮膚の上を這ってゆく掌には、物質の感触がつたわってくる。それが、胸のふくらみに沿って降ってゆくときにも、彼女の軀の輪郭に従って動いてゆくだけで、決して内側に潜ってゆくことはなかった。

彼女の軀のうちで、ただ一カ所、内側からの輝きを思わせるもの、それは人形めいた表情に生物らしいアクセントを与えている二つの眼である。しかし、その瞳に浸透していった掌は、彼女の心には降りてゆかず、気がついたときには、女の潤い湿り無数の襞にかこまれた暗黒の部分に置かれてしまっていた。(「原色の街」)

これらは、いずれも話体の底辺から文学体のほうへ上昇する過程の表現が、像をつくりだしている。たとえば、井伏鱒二の話体は、その表現の意識を〈実在〉の次元で動く〈対象〉面への関心においている。石川淳の話体は〈実在〉の水準より上の次元に、〈対象〉への関心が想定される。しかし、これら第三の新人たちの話体の特質は、〈実在〉のふとした凹面部に固着し、そこを愛玩するように撫でまわす話体である。小島信夫の〈小銃〉への固着のえがき方、安岡章太郎の軍隊での糞尿処理作業への固着のえがき方、吉行淳之介の見合い相手の女にたいする固着の仕方のえがき方、などは、いずれもこの共通の特徴をあらわしている。

〈実在〉のふとした空孔に対象を限定し、これを話体の方法で拡大鏡にかけてえがきだすという特徴は、近代の表出史にあらわれた伝統的な話体の方法を、あるあたらしい地点にはこんだのだ。

これらの文体のなかで、吉行の(66)の表出は話体から文学体への傾斜がいちばんいちじるしいといえる。これらの作家たちの作品が、ときとしておもいがけない滑稽感をあたえ、奇妙なほど濃密な〈実在〉感をあたえるのは、〈実在〉のふとした凹部に対象をみつけてこれに固着し、これを拡大鏡にかけたように微細に語るその話体が、〈実在〉の総体の像からみると、きわめて不釣合に微細なことを喋言り、また、あるばあいには不釣合なほど濃密に無意味な局部を掘りかえしているようにみえるからだ。

かれらは本来的には、伊藤整、堀辰雄、中野重治などの昭和期の文学体にいちばん親近さと類似をもっていた。それがかれらの資質の自然だった。しかし何らかの意味で戦争は、これらの作家たちを、丁度、逆立ちした像のように伊藤、堀、中野などの文学体を倒置した話体作家として出現させたのだといっていい。これらの話体作家たちの裾野には、かれら自身の作品もふくめて、膨大な中間小説、通俗小説、推理小説の作品がひろがった。

山稜を一転して反対の側面を望んで見ると、これらの話体表出に対応する文学体の水準を想定できるといっていい。

(67) ふとふりかえって、城外にそびえたつ紫金山を眺めたとき、背筋に冷たいものが、さゝと走った。晩秋の、黄金の夕陽に照らし出された、この、樹木のない、険阻な岩山が、真に紫と金の色に映えて王者のように、そして人間の哀歓を疎外した歴史そのもののように、江南曠野の只中に存在しているのだ。わたしは、その凄切——と云おう——な美に事新しくうたれた。そして南京は敵手に落ちる、と確信した。しかもなお、またそれはいつの日にかわれわれの手に戻る、と確信した。

あたりの仄暗さと騒音を立ち超えて、斜陽を享け身に王者の色をまとった紫金山は、このときわたしにはほとんど宗教にちかいものと思われたのだ。あの紫金の山は、人間の歴史が終り果てた後でも、この地上に生物がまったく姿を消した後でも、なだらかな線のどこかに、一抹の険を含んだあの形のままで存在しつづけるにちがいないのだ。(「時間」)

(63) 放文路へん一帯の風景、その向うつかわなしにおつぴらいたばあつとした性格がみるみる視野から消えて行つた。店のこみ方、看板の字、ショーウィンドーのガラスのほこり、女の歩き恰好、やりとりの駈引きの仕方、納得ずくの言葉の洒落、色彩と音響と匂いとまでが心理的にじめつとして詰まつた元の木阿弥の街、冬のさなかのぱさぱさに乾(ひ)あがつた、そうである以上生活そのものが元の木阿弥としか思えない街が、そこで始まつたままどこまでも続いて行つて、安吉は喋るのを止めて腰かけたまま目をつぶつてちんちん鳴らされて行つた。斎藤も黙つている。つぶつた目のなかで、隣りの斎藤がやはり目をつぶつているのが目に見える気がする。安吉をいらつかせたのとは別な、斎藤自身の何か特殊な今日の労れで——それが何だつたのか安吉にはとうとうわからなかつたが——何から何まで五角形のようなこの男がすつかりへたりこんでいる。そのことが、何もかも元の木阿弥の感じをいつそう安吉に強めてくる。(「むらぎも」)

堀田善衛は、「広場の孤独」(昭和26年)の蕪雑な記事体から上昇して「時間」によってはじめて戦後の表出史に登場した。と、おなじように中野重治は「むらぎも」によってはじめて戦後の表出史に登場したのだ。

小島信夫、安岡章太郎、吉行淳之介などの話体が、〈対象〉面を撫でまわすように語るのが、何と愉しそうな、という印象をあたえるのにたいして、これらの文学体は、いわば〈対象〉をいかに嫌悪し、いかに省略しようかという機制にうながされているようにさえみえる。しかも、〈対象〉をじぶんの意識のうちにかぎり、それを継続した輪郭をもって描くことは不可能となっている。こういう苦渋の意識をもとにして、これらの表出は成り立っている。

(67)の「時間」も(68)の「むらぎも」も、外界の景物を描くときにも、倫理感が移し入れられているのは、素材だけのもんだいではない。景物が自然だとすれば、景物をつよくえらびとってゆく眼の表出はえらぶことじたいが、景物の描写を倫理の表象にしてしまう。そこに作者の無意識の眼の位置があった。

戦後の表出史はこの時期に文学体と話体とのふたつの面から山稜の頂点ちかくに追いあげられた、ということができる。現実の社会に、作家たちが根源の意識をかかわらせるものをみつけだすことが難しくなったとき、話体作家たちは、倫理的には無意味とおもわれる小さな空孔を現実にみつけて、からくり絵のようにその内がわの壁をえがきだしてみせた。そして、文学体の作家たちは、〈現実〉に漂流している無関心な〈対象〉の山をかきわけて、いわば濁酒に酔えなくなったものが、清酒をみつけだして酔うように〈対象〉の山をえらび、かろうじて関心にひっかかってくる〈対象〉面を構成していった。そのためたとえば景物の描写でさえ倫理性をもつことになったのだ。

一般的にいって言語の指示性は〈実在〉の次元では、たんに〈事実〉指示そのものになってしまう。そして〈対象〉が精撰されてゆく過程の意識が倫理性をしいる、ということができる。

こういった事情は昭和期の文学体の表出では、対象を意識してかぎることであらわれた。しかし戦後の表出史がこの時期につきあたったもんだいは、ほとんどぬきさしならないなりゆきで対象をかぎることを外界からしいられ、このしいられた限定に拮抗するところに、文学体へ上昇してゆく過程があらわれたといってよい。

4 断絶的表現の頂点

戦後の文学体の表出を現在までかんがえられる山稜のところまでうつした作品は、おそらく三島由紀夫の「金閣寺」（昭和31年）だ。そして、ほぼおなじ段階にあるものとして伊藤整「氾濫」（昭和31年）をかんがえることができる。またこれに附随するものとして大江健三郎「死者の奢り」（昭和32年）、「飼育」（昭和33年）などの諸作品、倉橋由美子の「貝のなか」（昭和35年）などの諸作品をあげることができる。

「金閣寺」は三島由紀夫の最上の作品だとおもう。「ついで、やつと私は、自分の気質を完全に利用して、それを思想に消化させやうとする試みに安心して立戻り、それは曲りなりにも成功して、私の思想は作品の完成と同時に完成して、さうして死んでしまふ。」という三島の自画評は、この作品の性格を射ている。いわば「仮面の告白」で第一次戦後派の不気味な対蹠物としてあらわれた三島の文学体は、「金閣寺」ではじめて完全に思想性を統一してあらわれたといえた。

(69)　寺が寝静まる。私は金閣に一人になる。月のさし入らぬところにゐると、金閣の重い豪奢な闇が私を包んでゐるといふ思ひに恍惚となつた。この現実の感覚は徐々に深く私を涵(ひた)し、それがそのまま幻覚のやうになつた。気がついたとき、亀山公園で人生から私を隔てたあの幻影の裡に、今私は如実にゐるのを知つた。

　私はただ孤りをり、絶対的な金閣は私を包んでゐた。私が金閣を所有してゐるのだと云はうか、所有されてゐるのだと云はうか。それとも稀な均衡がそこに生じて、私が金閣であり、金閣が私であるやうな状態が、可能にならうとしてゐるのであらうか。

　風は午後十一時半ごろから募つた。私は懐中電灯をたよりに階段を上り、究竟頂の鍵穴に鍵を宛てがつた。

　究竟頂の勾欄(こうらん)にもたれて立つてゐる。風は東南である。しかし空にはまだ変化があらはれない。月は鏡湖池の藻のあひだにかがやき、虫の音や蛙の声があたりを占めてゐる。

　最初に強い風がまともにわが頰に当つたとき、ほとんど官能的と云つてもよい戦慄が私の肌を走つた。風はそのまま劫風(こふふう)のやうに無限に強まり、私もろとも金閣を倒壊させる兆候のやうに思はれたのである。私の心は金閣の裡にもあり、同時に風の上にもあつた。私の世界の構造を規定してゐる金閣は、風に揺れる帷(とばり)も持たず、自若として月光を浴びてゐるが、風、私の兇悪な意志は、いつか金閣をゆるがし、目ざめさせ、倒壊の瞬間に金閣の倨傲な存在の意味を奪ひ去るにちがひない。

（「金閣寺」）

「金閣寺」の表現は、意識の〈時間〉の面にえがかれた想像の壁彫刻だ。その文体は「仮面の告白」の文体とちがって、この〈時間〉の面にそって凹凸をもち遠近をもっている。その理由は、この作品のモチーフに三島の存在感を動かすような思想的倫理性がかけられていたからだとおもう。おそらく、この倫理的な投与は〈対象〉にたいする表出意識に位置の自覚をしい、言語は本質的な意味で〈時間〉的な秩序のなかの指示表出として働くようになった。「金閣寺」以前にも以後にも三島はその美意識と現実意識をこんなふうにうまく統御しえたことはなかった。

「金閣寺」はたんに表出史のうえの意味だけではなく、作品としても卓越していた。しかし、伊藤整の「氾濫」や大江、倉橋の諸作品のなかにも、おなじようにあらわれているのは、表出意識が、ある〈究竟頂〉にのりあげている印象がしいる人工性だ。つまり、これらの文学体は、まったく、空気を呼吸している、そして肉体が動いてもりあがっている人間をえがいた古典的な〈小説〉概念をまねきよせるような真空をはらんでいる。その理由はどこにあるか?

おそらく戦後社会の息ぐるしいまでの安定秩序とひろがりとが、かれらの根源の現実の意識を〈究竟頂〉の山稜に追いあげ、もはや稜線を通じてしか社会の現実と接触点をもたないところに追いつめているのだ、とおもわれる。もちろん、かれらがそれを自覚しているかどうかは、このこととは無関係だ。かれらは、じぶんは働き、生活し、喰べ、社交し、旅行し……ようするに現実の社会にたいする意識をはたらかせ、生活世界を呼吸していると主張するかもしれない。しかし、現実意識をある頂点にまで追いあげられ、面のないその稜線を通じてしか、空気を呼吸し、生活社会の実体に触れることができなくなっていると解することは、おそらくまちがいではない。かれらが〈現実〉とみているものは、それ自体が〈実在〉ではなく仮構的なものであらざるをえない、という事情が、これらの作家たちをしいている。

これらの**文学体**の尖端に対応する**話体**として、たとえば、開高健「流亡記」、深沢七郎「笛吹川」、島尾敏雄「狂者のまなび」（昭和31年）、「重い肩車」（昭和32年）などを想定することができる。

(70) タツは腰を地に落としてしまった。だが、それでもノブの死骸に這い寄った。そのとき、両足をのばして転がっている死骸の股の間でガサガサという音がした。死骸の股のところの着物が動いているのである。死骸の股下からは水も流れだしているのである。タツはハッと思って死骸の股のところまで着物をまくった。股の間に、溜り水のように血が溜まっていて、そこにボコが動いていた。さっと、両手を延ばして奪い取るようにタツはボコをつまみ上げて、サナギのような男のものを見つけた。甲高く声を張り上げだしたボコの腹からは白蛇のようなヘソの緒が死骸の股の中へもぐり込むように続いていた。(男のボコだ)とタツは知った。(ノブの死骸より、このボコの方が)と思った。踊るように立ち上って、ヘソの緒を口にくわえると、歯ぎしりをしてぴくぴく動くヘソの緒を食い切った。急いで自分の裾をまくり上げてボコをからませると転がるように逃げ出した。そこに、定平が呆然と立っている前を、ボコを隠しながら近津の土手の方へ逃げて行った。(「笛吹川」)

(71) 眼覚めると弘法寺の六時の鐘がきこえていた。いつもその前後、妻から眼に見えぬきずなで引っぱられるふうに眼が覚める。とたんに氷原に囲まれた現実の立場が頭の中いっぱいに雪崩れおちる。今日一日又砕いてもみしみし押しよせてくる妻の反応発作の氷塊をどう打ちくだいて脱出できるか。大声あげて泣き叫びたいが、自分も又発狂しない限り、白い現実は同じ歩調で歩いてくる。見渡すかぎり頼るものは何一つ見えぬ。唯一の同行者である妻は物狂い、ゆれ動く船のように、私にしたいよるかと思うと憎悪のほこ先を向けてくる。(「重い肩車」)

深沢の文章は代官所で役人に斬られた「ノブ」がその瞬間のショックで胎児を分べんした死骸から「タツ」が嬰児をとりあげヘソの緒を嚙みきって逃げだす場面を、純粋話体の方法でえがきだしたものだ。その言語のつよい指示性への集中力と、話体の移動のとびきりな速さとが交錯してつよい像をみちびきだしている。

島尾の文体は、話体から文学体へ上昇してゆく過程にえがかれている。その表出はほとんど文学体の現在の段階と区別できないほどに接近している。

あたかも、ある山稜にむかって三島、伊藤、大江、倉橋などと反対側の斜面をのぼりつめてゆく情景を、これらの**話体**の表出は象徴している。そして、この**文学体**と**話体**との必然的な登高の裾野には顚落があり、雪崩があり、風化があり、通俗小説群が膨大なマスを占めているとみることができよう。

いままでやってきた近代文学史の表現を対象にした表現転移の考察は、いくつかの法則性をあきらかにしているはずだ。

これをいくつかの言葉に要約してみれば、つぎのようになる。

(1) ある時代の文学表現は、いつも**話体**と**文学体**とのふたつを基底としてかんがえることができるし、かんがえるべきだ。これは〈書く〉ということによってうまれる表出の、表出と表現への分裂という意味を誤解しなければ、**文字**の成立する以前にもさかのぼってかんがえることができる。

(2) **話体**の表出は、もしそれを無条件の必然としてかんがえれば、**文学体**の方へひとりでに上昇する。話体表出を話体表出として持続するのは、意識的な思想によるほかはない。それ以外では、文学体への上昇か、それとも話体としての風化、いいかえれば通俗小説化するほかはない。

(3) **文学体**は、無条件の必然としては、より**高次の文学体**へと上昇する。**文学体**が**話体**へむかって下降するばあいは、作家の意識の転換であるほかはなく、この転換をうながすにたりる現実の要因が、かれの個の時代的な基盤にあったときだといえる。

(4) 現代では**話体**を風化もさせず、また**文学体**への自然な上昇をもおこなわずに**持続している**作家は、かならず現実放棄の思想をもっている。

(5) ある時代からつぎの時代への表出体のうつりゆきは、**話体**と**文学体**との上昇や下降の複雑な交錯によって想定される言語空間のひろがりと質をうつしかえることでおこなわれる。これは、文学体と話体とが極端に張り出した幅とひろがりとしてあらわれるばあいも、話体と文学体との融和のように、あるいは区別できないまでの接近としてあらわれるばあいもある。これと対応づけられるのは言語の表現意識の水準と現実社会の総体的な要因とである。が、それがすべてではない。その他の対応は、不完全であるばかりでなく、対応させることが困難である。

(6) **表出史**は現実史へ還元することができない。還元できるのは、意識の表出としての一般性であり、〈文字〉により〈書く〉という形での表現は、現実への還元をゆるさない。ただ〈書く〉ということの一般性へ還元されるだけだ。

(7) ある時代の表現を、はじめにつぎの時代へうつさせるものは、かならず**文学体**の表現だ。これからもそうだ。

これらの法則性は、文学表現内部では、どのようなイデオロギーや強力をくわえても破ることはできない。

戦後の表出史のこれからあとのうつりゆきの行方も、この法則性の範囲を逸脱することはできない。もしも、社会が現実の運動の根柢を激変せしめないかぎりは。そして、それは文学自体のもんだいではなく、政治自体のもんだいである。**文学表現の内部**では、いぜんとしてここで考察された法則性がこわれることはありえない。

第Ⅴ章　構成論

第Ⅰ部　詩

1　前提

いままで、言語そのものからじっさいの文学作品へとりつくために必要なもんだいは、おおよそとりあげてきた。これまでにも、たくさんの疑問をもちだすことはできる。でも、わたしの心づもりでは、もちだされた疑問は、まさにもちだされた個処にこたえられているはずだ。すくなくともこの論考を追跡しようとするほどの読者が読みぬいてくれるかぎりは。

はじめから気のないひとびとがさしだす疑問、たとえば、なぜこんな言語にとっての美の考察がながながといるのか？　なぜ、こんな考察が、現在の文学理論の課題でありうるのか？　なぜ、文学の作品についての理論が、抽象的でなければならないのか？　なぜ、現在の切実なもんだいがここにないようにみえるのか？　なぜ、読者について、受け手について、マス・コミについて考察しないのか？　なぜ……といったたぐいの疑問にはこたえようがない。歳月をへたある日に、かれは、ふと、この本の考察を理解する瞬間にであうはずだ。ようするにかれらは、いつも、事物について、また、わたしの考察について、そして、わたしについて、おくれて到達してきたのだ。

ただ、起りうる混乱はたしかにひとつだけひきずっている。言語そのものの価値、言語表出の価値、言語芸術の価値は、げんみつにはべつでなければならないのに、例としてしめす文章が文学作品であるため、混同のおそれがあるようにあつかってきたことだ。だから、げんみつにいえば、わたしは、いままで文学作品をせいぜい表出の価値としてあつかうところまでしか論及していないというべきだ。言語表出の価値のおおきさは、もちろんそのまま言語芸術としての文学作品の価値のおおきさではありえない。文学作品を言語芸術としての価値としてあつかうために、わたしたちはなおいくつかの寄り道がひつようだ。そのひとつは**構成**とはなにを意味するかをたずねることだ。

ある文学作品が、表出史のうえでかならずそうなるはずのうつりゆきにそっているかどうかが、そのまま、作品の芸術としての価値だったら、表出史という概念は、じかに文学史という概念になってしまい、表出の価値は、ただちに作品の価値を意味してしまうのではないか？　そうだとすれば、表出のはりつめた励起を、その時代の言語水準のうちでもちこたえている作品――詩作品――は、会話をふくみ、説明の描写をふくみ、筋書きの展開をふくむことがさけられない作品――散文作品――よりも、先験的に価値があるということになるのではないか？　この疑問はまた、つぎのように、いいかえることができる。

表出の価値を、さきにあつかった言語の価値を拡張したものとみなしたとしても、波のうねるように、またうねりがつみかさなるようにおしよせてくる**構成**の展開は、作品の価値に関与することはないだろうか？

すでに、無意識に、**転換**をあつかったとき、このもんだいは暗示されてきた。わたしのかんがえでは、表出の価値をそのまま、作品の価値とすることは、発生史的には、いいかえれば、**自己表出としての言語の連続性の内部**では、ある正当さをもっている。だが、文学作品の価値は、まず前提として指示表出の展開、いいかえれば時代的空間の拡がりとしての**構成**にふれなければ、かんがえることができない。たとえば、西鶴の散文作品のあるものと、芭蕉のたった十七字からなる詩作品のあるものを比較して、芭蕉の詩作品のほうがすぐれていると断定したとすれば、どうしてもあるわだかまりがのこされるだろう。しかし、逆に、西鶴の長篇小説は、芭蕉の十七文字よりも、ただそれだけで、すぐれているということはできない。これは、もちろん好みや、長短のもんだいではない。西鶴の長篇小説では、**構成**が作品の価値にかかわる重さが、芭蕉の短詩よりもはるかにおおきいというもんだいだ。

文学作品の**構成**が、なにを意味するか問うことで、このもんだいは解けるはずだ。

方法はふたつかんがえられる。ひとつの方法は、詩と散文と劇の成立点で**構成**の意味とそのいろいろな類型をはっきりさせることだ。このばあい、わたしたちは千年ばかりまえまでさかのぼり、さらにその以前にはるかな時間を想定しなければならない。しかし、それはけっして興味のないことではない。わたしたちは、知るという一瞥において、その視界は遠くへとどけばとどくほど、包括的に未来でありうるからだ。

もうひとつは、現在の水準で詩作品と散文作品のさまざまな類型をさぐることで、**構成**の本質をとりだすことだ。

まえの方法は、国文学者の一定の仕事を前提にしたうえでも、たくさんの困難が予想される。あとの方法は、まったく未踏の仕事であっても、わたし自身にとっては、かなり、手なれた領域にぞくしている。困難はどちらの方法でもおなじだし、わたしがここでつかう方法もおなじだ。おもむろに、かつ、粘りづよく。また、先業のあまり適切なのがないことを他人のせいにしないように。わたしは、いままで考察してきた言語や表現の概念のほかになにもつかわずに、文学作品の**構成**の本質にちかづきたい。

2　発生論の前提

詩の（いいかえれば文学の）発生の原型をとりあつかおうとすると、すぐに困難にぶつかる。いまのところ（あるいは永久に）想像力のもんだいとしてしか、あるいは想像的な土台のうちでしか論じえない問題にぶつかるわけだから。

詩の発生点で**構成**の原型を抽出しようとすれば、どんな資料も実際にはのこされていない。また、現在のこされている最古の詩をもとにしても、意外に高度にできあがった作品であるため、ほんとうはとうてい素材にできない。たとえば土橋寛は『古代歌謡』のなかで、古代前期（奈良朝以前）を古代歌謡、古代後期（平安朝）を王朝歌謡として区別したうえで、「古代歌謡の資料として現存するものは、第一に記紀歌謡の百九十首（『古事記』百十二首、『書紀』百二十八首、その内重複しているもの約五十首）、第二に『風土記歌謡』二十首、第三に『続日本紀歌謡』の八首、その合計約二百二十首である」と述べている。が、このうち最古のものとかんがえられる記紀歌謡をとってみても、詩の発生の原像をほとんど保存していない。それらは、文字によってのこされた最古の詩なのに、かなり高度な表現段階にぞくしている。

記紀歌謡は発生について、たとえてみれば、十階建のビルディングの五階からエレベーターにのって、七階でおりた、という以外のどんなもんだいもはらんではいない。詩の発生は遠いむこうにあり、どんな手がかりも直接にはのこされていない。まして起源を考察するには、間接資料としてさえも、この最古の詩はほとんど役にたたないといえる。

手近にある論考は、概してこの点について手ごたえがうすかった。そこから混乱がおこり、ときには、みてきたような嘘をいい、といった類いの解釈をつみかさねている。

詩（一般には芸術）の祭式起源説は、詩（芸術）の発生までしかふりまわせないし、詩の発生についての考察は、とうてい記紀歌謡のような文字にかきとめられるまでに高度になった詩の表現にはつかうことができない。しいてつかいたいばあいは、祭式起源説や発生説から、理論の骨格を抽出したうえでやるほかない。こういう前提となる手続について、混乱をしめしていない国文学者は稀だ。そのために、悠遠の太古のヘレニズム芸術についてかんがえられた〈祭式〉や〈魔術〉の概念を、記紀にあらわれた儀式歌の理解にあたってふりまわしてみたり、記紀歌謡の原型を想定したうえで、悠遠の太古まで、それを発展段階として外挿したりしている。このばあい、記紀歌謡の原型に口承歌謡を想定することが、すでに想像の領域であり、しかも、これを悠遠の太古に外挿することは、想像の想像、いいかえれば虚構にほかならない。このようにして、詩の発生的な原型をとりあつかっているひとびとの手つきから、わたしたちが感じるのはいったい、いつの時代をとりあげているつもりなのか？ いったい、歴史的な現実についてのべているのか、物語的現実についてのべているつもりなのか？ という問いだ。

土橋寛『古代歌謡論』は天語歌（あまがたり）のもんだいにふれてこうかいている。

> 現在の記紀にみられる宮廷歌謡は、そのままの形で太古から存在していたと考えることも誤りであれば、ある一定の時期に突如として創作されたと考えることも誤りで、太古からの長い伝承の期間にわたるいくつかの発展段階をふくんでいると考えねばならぬ。それは神話・伝説とともに、宮廷が地方豪族から強大豪族へ、さらに皇室へという発展の段階に照応しているであろう。

土橋の『古代歌謡論』の方法は、古代歌謡のうしろに原型として〈民謡〉をかんがえ、抒情詩という概念と民謡との過渡的な中段として〈歌謡〉というカテゴリィをもうけることで古代歌謡の性格を照しだそうとするものだ。この方法の当否は、個々の場面でたしかめられなければならないとしても、これが、一定の風通しをあたえていることは、たれにでも認められる。

それでも「現在の記紀にみられる宮廷歌謡は、そのままの形で太古から存在していたと考えることも誤りであれば、ある一定の時期に突如として創作されたと考えることも誤りで」というちょっとかんがえると、申し分なくみえる記紀歌謡の性格づけは、きびしくない。「太古」の詩の発生をかんがえるばあいは、記紀歌謡のうしろに民謡の流れをかんがえ、それを「太古」のほうへ発展段階として外挿する考え方は拒否したほうがいい。詩の発生のもとのかたちは、記紀歌謡とはまったくほかに、独立してあつかうべきだ。それは、まったく理論として想像的な土壌のもんだいになる。そして、土壌ということがまた想像的な理論であることが、そのうえでもんだいにされるべきだ。記紀歌謡はこれとまったくちがう。それ自体が現実にのこされた歌謡として、はじめて文字にかきとめられた詩だ。空想とか想像とかはゆるされるが、想像のうえに想像をかさねることはゆるされないように、現存している。いいかえれば、すべての〈書物〉とおなじように存在しているのだ。

混乱はどこでうまれるのか？　文字に定着されるまでに精錬されたことばと、口承または和唱として流布されている段階のことばのあいだには、表出として比喩的にいえば千里の径庭がある。この千里はとおく、ふかい根拠をもっている。発展段階というよりも、よりおおく契機のもんだいだといえる。そして契機はふかく悠遠のなかにとざされている。それは〈事実〉からの外挿によってつかまえるのではなく、いまのところ、あくまでも想像と理論の射程としてとらえるほかない。

西郷信綱は『日本古代文学史』（改稿版）のなかで、天語歌にふれてかいている。

一般に記紀歌謡は、地の部分からきりはなし独立にあつかわねばならぬとされる。両者は形成の層が同じでないから、これは当然の措置である。いうまでもなく、歌謡の方が古く地の部分が新しい。国家の理念の入ってきているのも地の部分であり、歌謡にはそれがない。右の天語歌にしても、天子をほめたたえているのだが、天子と椿とを比喩的に同格化しており、後の人麿の宮廷歌に見られるごとき理念性をもっていない。しかし切りはなすだけに終り、歌謡が地の部分と結合したのはたんなる偶然であったとすますわけにはいかない。天語歌や神語はすでに「かたり」であることを示している。その他、多くの歌謡がいくつか組みあって叙事詩じたてになっているのも、歌謡じたいのもつ要求ではなかったか。そのしたてに破綻のあることは前に見た通りだが、そうかといってすべてを記紀編者の糊とハサミの跡と片づけうるかどうかは疑わしく、やはりこれは前代からの大勢であったとする方が妥当だろう。つまり歌はそれぞれ本縁譚を背負っていたのであり、記紀はこの本縁譚の流動に、いささかおまけをつけて終止符をうったまでである。

さて、〈書物〉のなかの探索にでかけて、ひときわ目だつ露岩がみつかった。これをながいあいだの風化でできたものとみるか、自然に突然異変があって露出したものとみるかは、周囲になにもあかしがなければ、どちらでも自由だし、いいことになる。空想や想像が自由だからではなくて、本質的にそうだといえる。

わたしたちの探索は、このときどうなされるべきなのか？　ひとびとは、あるいは理解しないかもしれないが〈書物〉が成り立つ過程は、口承で流布されたものでも、個人の創造によるものでも、本質的にかわらないのだ。まず、ひとりの個人にモチーフのきざしがやってきて、しだいにかたちをあらわし、それがたくさん削りおとされたり、修正や休止をへて、ひとつの〈書物〉にまでまとまってくる。それとおなじものを、記紀の背後にあるたくさんの口承に想定すると、口承の歌謡がひとつの〈書物〉として成り立つには、長いあいだ、まったく異質なものが、さくそうして流布されては、また沈滞の期間をへたといった過程が想像される。

記紀の歌謡が、うしろに本縁譚（土橋のばあいでは民謡的あるいは儀式歌の原型）をもっていたということと、本縁の原型が、記紀のなかに文字として定着されるまでに精錬されたことの間には、どれだけの飛躍があるかわからない。「記紀はこの本縁譚の流動に、いささかおまけをつけて終止符をうったまでである」というように、かんたんにいうわけにはいかない。ここには詩的（文学的）な、いわば想像上の本縁を、じかに社会のうちや政治のうちにある本縁と対比させるような誤解が、文学そのものの考察としてのこっているのだとおもえる。たとえば、近年流行した熊本地方の〈五ツ木の子守歌〉という民謡が、いつごろから民謡として現在にちかい形で唱われだし、それが、いつごろから大衆のあいだで唱われなくなって埋もれ、それをいつごろ民謡愛好家、蒐集者、研究者が、文字として保存したか、というようなもんだいをひとつとってきても、いっぱんに、本縁的な原型があって、それが口承されたり和唱されたりした社会の流布現象と、それがまた文字にまでかきとめられた歌謡のかたちで、〈書物〉に収録されたということのあいだには、異質な、そしてかけはなれた時間がよこたわっている。これははっきりしたことだ。記紀は、本縁譚や本縁歌謡の流動に終止符をうったのではなく、それから**質のちがった上昇**過程として成り立ったといえる。本縁譚や本縁歌謡の流れは、それによってやんだのではなく、それとは**無関係に**なお**流布**をつづけたとかんがえるのが当をえている。

こういった記紀歌謡のあつかい方には、記紀（歌謡）を、文字による言語の表現としてみる足場が不明瞭で、それとうらはらに、詩（文学）の発生の原型を、まったく理論的に、いいかえれば現在のところいかなる直接資料もないという前提のもとで、想像力と理論の浸透性によってきりひらくはっきりとした考え方が不足しているとおもえる。とてつもない太古の、芸術（文学）の祭式発生説の祭式概念を、記紀歌謡を解くためにそのまま直接にあてはめてみたり、逆に、芸術（文学）の祭式発生説をうらづけるために、記紀歌謡を、直接の証拠のように引証したりしている。

わたしが読みえた国文学者のうち、この点についてごく自然にさめた意識をもっているのは、折口信夫の古代研究だった。べつにかんがえていないようにみえて、折口は国文学の発生を記紀よりも悠遠の以前にかんがえている。「国文学の発生（第一稿）」で、折口はつぎのようにかいている。

日本文学が、出発点からして既に、今ある儘の本質と目的とを持つて居たと考へるのは、単純な空想である。其ばかりか、極微かな文学意識が含まれて居たと見る事さへ、真実を離れた考へと言はねばならぬ。古代生活の一様式として、極めて縁遠い原因から出たものが、次第に目的を展開して、偶然、文学の規範に入つて来たに過ぎないのである。

似た事は、文章の形式の上にもある。散文が、権威ある表現の力を持つて来る時代は、遥かに遅れて居る。散文は、口の上の語としては、使ひ馴らされて居ても、対話以外に、文章として存在の理由がなかつた。散文は、記憶の方便と云ふ、大事な要件に不足があった為である。記録に憑ることの出来ぬ古代の文章が、散文の形をとるのは、時間的持続を考へない、当座用の日常会話の場合だけである。繰り返しの必要のない文章に限られて居た。ところが、古代生活に見えた文章の、繰り返しに憑つて、成文と同じ効果を持つたものが多いのは、事実である。律文を保存し、発達させた力は、此処にある。けれども、其は単に要求だけであつた。律文発生の原動力と言ふ事は出来ぬ。もつと自然な動機が、律文の発生を促したのである。私は、其を「かみごと」(神語)にあると信じて居る。

折口は、記紀よりも悠遠の以前に、神の独り言、いいかえれば巫師(ふし)の神憑り状態の表出としての叙事詩の原型と、神の意思表出としての片歌の原型をおもいえがく。この問題意識は、鮮明でつよい像をむすぶ。たとえこれからあと直接資料がほりだされて実証がこれをくつがえしたとしても、想像された真としての意味はきえない。しかし、合理的にみえる虚偽はすぐにきえてしまう。それにには実証などはいらない。ただ、理論的な真が身をのりだしさえすればいいのだ。

折口説にあざやかなイメージをあたえているのは、おそらくじしんの詩をつくった体験だとおもえる。口承されたり、和唱された語り物や歌謡の意識と、それを文字としての表現にとめることの意識とが同質であるはずがなく、また、そこに千里のへだたりがあるということは、民謡を自然発生的に口誦んできた生活人と、それを蒐集して文字にかきとめて保存したものの意識とがどれだけへだたっており、また、おなじ文句の歌謡であっても、その口承の発生と、文字に収録したものの発生が、どれだけ遥かな歳月のへだたりがあるか、詩的体験にひきよせてかんがえればすぐに理解される。

わたしたちは、ここで国文学者たちの諸説のあいだに深いりし、割りこんでゆく必要があるだろうか？

このもんだいで、わたしたちに大切なのは、文献的な推理ではなくて、本来の態度だ。類例のない推理ではなくて、類例のない態度だけだ。立場ではなくて、どんな立場も止揚できるような根拠と、その骨組だ。わたしの関心のはんいには、国文学者の文献的推理はほとんどはいりこむ余地はない。しかし、理論的態度は、いやおうなくはいりこんでくる。

対象が、理論的であるほかにどのような接近の仕方もゆるさないときに、論証可能性を、いきなり論証におきかえて、理論がつくりだした容器のなかに混ぜこむことはできない。わたしのかんがえではそれはただ弱気のなせるわざのようにおもえる。容器はあるが、そこへ仕込む材料は、とおくにへだたって手元にないとき、仕込むふりをして、空のまま、かきまぜるわけにはいかない。材料は、容器から、すぐにはおよびがたいほどへだたっていると、わたしならばまず率直にいうだろう。

すなわちいうべきことのひとつは、記紀歌謡をそれ自体として、文字でかかれた詩的言語の世界としてかんがえること、もうひとつは、記紀歌謡以前の想定されるだけの口伝や口誦の時代を、直接資料がない、したがってまったく理論として想像すべき詩の時代としてあつかうこと、などだといってよい。

わたしたちは、テキストとしての記紀歌謡と、芸術の発生についての一、二の理論的な書物のほかは、いままでこの論考でとってきた言語にとって美とはなにかの理解しかいらない方法をえらぶほかない。もちろん、いままである文献について、知らないなどとカマトトぶるわけにはいかない。わたしたちの方法とくいちがう国文学者の説にであったときは、個々の場面で検討してみることにする。

ここでとる方法からすれば、記紀歌謡の世界は、第7図のようにしめすことができる。

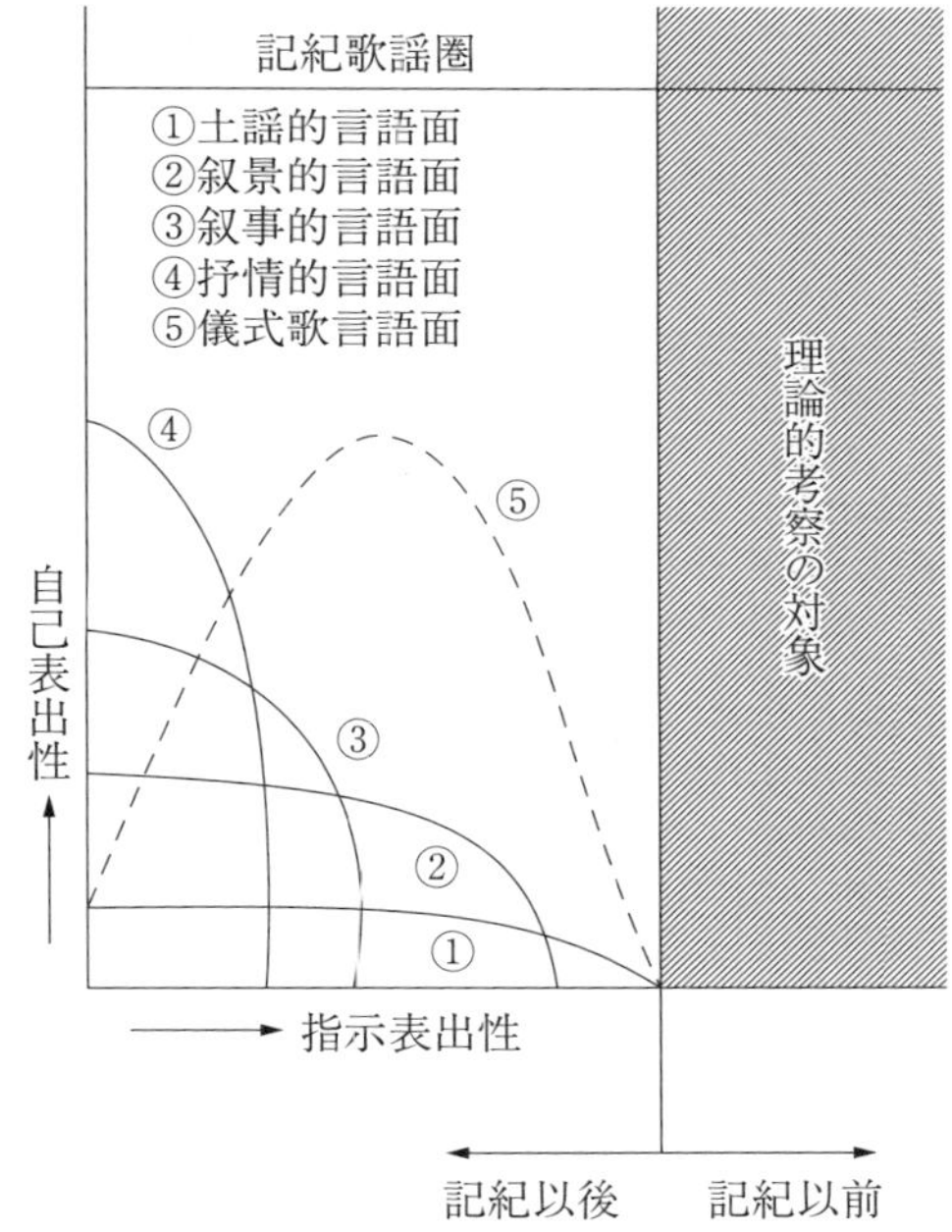

第 7 図

3　発生の機構

芸術（詩）の発生をかんがえることは、いまでもまだ、とても魅力的なことだ。完全な実証がはじめから望みえないから、いくらでも自在な想像がゆるされるからだ。いまのところ、Ａの説は妥当だが、Ｂの説は不当だというような根拠を、たれも（あるいはいつまでも）はっきりとしめすことができない。この対象は、想像力と理論的な態度の競争場だといえる。たれも、みてきたような嘘をならべ、それ相当のひとびとが、いまの実証できるもんだいにあてはめたら、赤面するほかはないような考えを、臆面もなくさしだしたりしている。でも、赤面などする必要はないのだ。審判者がいないのではないが、現在いろいろな学者たちがとっているやり方を固執するかぎりは、直接の資料がでてきて、芸術〈詩〉の発生についてのいろいろな学者の説のどれかひとつに、あるいは、どの傾向かに軍配を挙げる気づかいは、まずかんがえられない。

そこではいちように、とても具体的に、具体的な態度で、まったく一部にしかすぎない資料をもとにして、この発生のもんだいにとりついて、具体的な結論をあたえようとしている。想像的具体という態度がどうしても不足だといえそうだ。見てきたような嘘の感じは、理論と想像力のふかいむすびつきがあたえる確信のリアリティとは似てもにつかないものだ。たいていは前提がかけている感じのため、ある種の苛立たしさをあたえずにはおかない。

けれどこの対象には、確かなことがあるようにおもわれる。わたしたちがつきあたるのは、自然が魔力のように人間におおいかぶさっていた時代の社会にさかのぼるということだ。芸術〈詩〉の発生は、この時代とわかちがたくむすびついている。自然の力にたいする太古人の最初の対立の意識は、かれらが自然の一部であり、そのふところにくるまれているという安堵の意識から区別される。この区別さえもが、わたしたちが現在かんがえる自覚的なものとはちがっている。でもある異和の意識としてきざしをみせる。太古人はそのとき何をしていたか？　自然の魔力にたいして、べつの魔力を空想し、行為し、魔力をふるう自然に手をつけて食を確保し、生活をつづけていた？　この生活のなかには〈労働〉があり〈性〉があり〈眠り〉があり、また〈暁〉があった。〈眠り〉のなかに忍びこんだ残像があった。こういう単純な生活の繰返しのなかに、鍵はすべてかくされている。

これらの単純な太古人の生活は、想像力にたよるかぎり、わたしたちの思考をまどわせるようなものはなにもふくまれてはいない。しかし、のこされた資料によると、紛きゅうさせる要素はかぎりなくつみあげられる。すくなくとも、芸術的な遺品にかんするかぎり、それらは、どんな作為もおよばないような高度な達成をしめしていたり、どんな自覚的な態度もおよばないようなすぐれた態度がそこにあるからだ。

さきに言語の発生のときにであったように、ここでも、学者たちの考察は、大別してふたつにわけられてしまう。わたしたちは、それぞれを代表するただひとつずつにあたれば充分だとおもう。

たとえば、ハリソン『古代芸術と祭式』は、そのひとつを典型的に代表している。

> 野蛮人は事実あった或る特殊の戦いから始める。併し若し彼がそれを繰返し再演するならばこの特殊の戦いまたは狩は忘れられ、表出はその起原した特殊の行動から放れて来て、一般化され、謂わば抽象化される。子供の葬式ごっこ、戦争ごっこと同じく、彼は一葬式でなく「葬式どもを」、一戦争でなく戦争どもを演ずる。そうして戦い踊りや、死踊りや、狩踊りが生れて来る。これは知覚と感情の要素が如何に解きほぐし難くからみ合っているかを示す役に立つであろう。
>
> 行動の要素についても亦同じである。蛮人の踊る折を考えるならば、直ちに解るであろうが、彼が戦いまたは狩を記念する為に踊るのは戦いまたは狩の後ばかりか、前にも踊ることが明らかになる。一度び記念踊りが抽象化されまたは一般化されるとこれはまじない踊り、即ち予め為される踊り、の素材となる。いま戦いに出ようとする部族は戦い踊りによって次第に気勢をあおる。自らを段々と激昂せしめる。これから狩に出ようという時には所作で以て獲物を捕える。ここでは明らかに主要強調は循環(さいくる)中の実行的、活動的な行いの要素に置かれている。踊りは云わば一種の突入的欲求、閉じこめられた情緒の行動への放射である。(佐々木理訳、原訳は旧仮名)

ハリソンは、戦いや、狩や、葬式を例にとっている。これは、原始的な生活のうちからとられた任意のひとつずつの具体例としてよりほかのどんな意味もないから、こういった具体例に固着しないことにする。これとおなじように、性行為や、眠りや、穀類、海産物の採取を例にとることもできるという意味で、この具体例に特殊な意味をつけることはできない。

芸術の起源を追求するたくさんの論者たちが、さけられないできた誤解はここにありそうだ。ひとつの発掘された資料が、論者たちの、あるひとつという以上にどんな意味もない起源説とむすびつくのは、ここだ。Aは狩や収穫のような〈労働〉をとり、Bは〈性〉行為をとり、Cは〈葬祭式〉をとって、その根拠をふみかためる。この方法にこだわるかぎり、原始的な生活のすべての過程から無数の任意の説をひきだせるだろう。

わたしたちが、芸術の発生で当面するもんだいは、そういうことではない。具体的な生活のなかから、芸術がひきだされてくる共通の要因とはなにか、それはどのような普遍的な法則にむすびついているか、ということだ。

ここで、ハリソンがとても正確だとすれば、自然発生的な行為、または自然を対象化しようとする行為がくりかえされているうちに、しだいに行為自体が、一般化された形で抽出され、これが当の対象化行為の後に、記念として再演されるばかりでなく、ついには、当の行為の前に、まじないとして再演されると指摘している点だ。

生活過程での行為が、その後だけでもなくその前にも再現されるということは、対象にする行為にたいしては、ある抽象化された位置にすべりこんだことを意味している。こうして〈祭式〉は、現実の行為からのひとつの抽象になっている。つぎに**祭式的**な再演と**芸術的**な再演とのあいだには、質のちがいと、悠遠の時間の隔たりがはいりこんでいる。このちがいは、ハリソンではつぎのようにかんがえられている。

　祭式は人生の再表出または予表出、再行または予行、うつしまたは真似であるのを我々は見たが、併し――これが大切な点である――常に実際的な目的を有する。芸術もまた人生及び人生情緒の表

> 出であるが、併し直接行動と縁を切っている。行動が表出されることはあり得るしまた屢々表出される。併しそれは更にその先の実際目的に進んでゆかんが為ではない。芸術の目的は已れ自らにある。その価値は間接 mediate ではなくて非間接 *immediate* である。こうして祭式は云わば真人生と芸術との間の一つの橋をなすのである、それは原始時代に人が何うしても渡らなくてはならぬ橋といえよう。現実生活に於て彼は狩り漁り（すなど）耕し播く。彼は自分の食物を得る実際目的に全心を傾けているからである。「春祭り」の *dromenon* に於て彼の行いは単なる歌と踊りと真似であって非実際的であるが、意向は実際的であり、已れの食料資源の復帰を招来することである。劇に於ては表出は暫らくは同じままでいたでもあろうが、意向は変更を見た。人は行動から脱して、踊り手から分離し、そして見物人となった。劇はそれ自体一つの目的である。（同前）

ここでも、ハリソンが〈劇〉を祭式踊りから導き出した、という点に、特別の意味をみとめるべきではないとおもう。祭式踊りから打器や和声のメロディをみちびきだせば、音楽となり、身体の節奏をみちびきだせば、舞踊となり、誦句をみちびきだせば〈詩〉となるという意味で、ひとつの具体例という以上の意味をはらんでいないからだ。ハリソンがここである真理を語っているとすれば、祭式行為が、もっと一般化されるところまで抽象されると、〈意向〉としての実際性が、それ自体を目的とする〈意向〉にまで上昇することによって、芸術行為となる点を指摘していることである。

ハリソンは、はっきりと現実の行為、自然を対象にしようとする行為が、祭式にまで抽象され、祭式の行為が、そのうえ芸術の行為にまで抽出される過程について、はっきりした像をあたえている。

ハリソンの指摘は、この点に集約すればひとつの真を語っているとおもえる。人間の自然にたいする関係のはじまりから、どうやって人間が精神の像の世界を対象としてつくりだすかをかんがえるとき、ハリソンがたどった発生の経路は、人間相互にある固有の方法をぬきだすことに成功している。もんだいは、ハリソンの芸術に関する祭式起源説そのものにあるのではなく、祭式起源説によって語った現実にたいして、対象としてむかう行為から芸術の表現の対象にする行為へと抽象されてゆく過程を指摘したことにある。そのことは強調しなければならない。ジョージ・トムソンの、『ギリシャ古代社会研究』（池田薫訳）は、たとえば、べつのひとつの代表的な考え方を象徴している。

以上を概括すれば、踊り、音楽および詩の三つの芸術は一つの芸術として出発したものである。その起源は集団の労働に従事する人体の律動的運動であった。この運動は身体と口頭の二つの成分をもっていた。前者は踊りの萌芽、後者は言語の萌芽であった。リズムを表わす未だ音節化しないかけ声から出発して、言語は詩語と日常語とに分化した。声によって放棄され、道具を以てする打拍によって再現されて、音節のないかけ声が器楽の中核となった。

本当に詩と呼ばれるものへの第一歩は踊りが除去されたことであった。これから歌が生ずる。歌においては、詩は音楽の内容であり音楽は詩の形式である。それからこの二つが分離した。音楽を伴わない詩の形式はその韻律的構造であるが、これは、詩が歌から継承し、しかもその論理的内容を発展させるように単純化されたものである。詩には一つの物語（ストーリー）がある。そしてこのストーリーはその韻律の形式とはかかわりなく、それ自身の内面的統一を持っている。かくして後には物語詩から散文のロマンスと小説が現れたが、これらにおいては詩語は日常語によって置きかえられ、韻律的外皮は脱ぎすてられた——ただし、ストーリー自身は釣合いのとれた調和ある形式にととのえられた。

プレハーノフの『芸術論』とおなじ一種の芸術の労働発生論のタイプ、あるいはその変形といえる。

だがここでも、芸術の起源を集団の労働にしたがう人体の律動をもった運動だとしている点に意味をもとめないことにする。こういう考えは、ひとつの例として以上の意味をもっていない。たとえば、ハリソンが、狩（これは狩猟部族では、あきらかに集団的な労働の主要部を占めている）を、祭式踊りの起源としてあげたのと、おなじことだ。〈労働〉という概念を誤解し、これに勝手な物神じみた重みをあたえている奇妙な〈マルクス主義〉者は、そこに真があるように錯覚している。そして、芸術の労働起源説が、祭式起源説とちがった、むしろ対立すべきもののようにかんがえている。ふたつとも〈祭式〉や〈労働〉の概念を固執するかぎり、そんなものはただのうわべだけの論で、表面的な対立の見かけをもつだけだといえる。

トムソンのかんがえは、ひとつの例にすぎないのに芸術の起源が「集団の労働に従事する人体の律動的運動」にあるとみなしている。しかもその人体の律動をもった運動が、どんな再現過程をへて芸術の律動に抽出されるかを、まったくかんがえていない。ハリソンが中心にかんがえた、現実の行為（狩のような集団の労働行為もふくめて）から祭式の行為へとすすみ、祭式の行為から芸術の行為へとすすむ対象となるものの抽出がまったくかんがえられていない。

言語の発生から芸術（詩）の発生にいたるには、人間がどれだけの抽象力を具えねばならなかったか？　したがってどれだけの悠遠の歳月がかかったか？　そして芸術の発生から、それが文字としての詩（ギリシャ叙事詩）が成り立つまでに、またどれだけの抽象力を手にいれねばならなかったか？　したがって、またどれだけの悠遠の時間がかかったか？　トムソンは、必然的にそれをかんがえないですましている。

ではトムソンは、どんな真もここでもちだしていないのだろうか？

いやかれは、芸術の行為が原始的な社会では、自然にたいする人間の対象にむかう運動なしには成り立たないという機軸を、いいかえれば、ハリソンの無視した機軸を、確かとはいえない直観と、豊富な実証とをまじえて、あるいはあいまいな規範にこだわった駄賃にみちびきだしている。

トムソンの『ギリシャ古代社会研究』は、その理論、その方法をべつにすれば、とてもすぐれたものだ。ヘレニズム芸術になにも関心がなくて読んでも推察できるほどだ。

わたしたちが、ここでつきあたっているもんだいは、言語の発生について以前につきあたったときとまったくおなじだ。わたしたちの方法と関心が、かわらないかぎり、それは当然予想もされえたことにちがいない。しかし、事態はあまりにもみじめな気がする。芸術（詩）は、発生がどんなであれ、現にいま眼のまえにあるものだ。たとえわたしたちが欲求しようとしまいと、ほかのたれかが詩を欲求するにちがいない。しかし芸術の発生をとりあげている論者たちは、なぜか発生をかくあらねばならない芸術の当為の場面にかえてしまっている。

このもんだいは、あくまでも理論的な考察の対象であるか、そうでなければ史前学のもんだいだ。しかしさまざまな説は、部分的な具体例をそのまま一般的な真にまでひきのばす傾向を観覧させているだけだ。たとえ、その論証と間接資料の解析が学問的な力量をしめしているばあいでも、その解析をみちびく方法は、どこか狂った方向にへさきをむけている。

ここでは、すくなくともべつのことをやってみたい。

芸術（詩）の起源についての、これらのさくそうした立場の混濁物のあいだから、わたしたちがひろいださなくてはならないとおもうのは、つぎのようなことだけだ。

まず原始的な社会では、人間の自然にたいする動物ににた関係のうちから、はじめに自然への異和の意識があらわれる。それはふくらんで自然が人間にはどうすることもできない不可解な全能物のようにあらわれる。原始人がはじめに、狩や、糧食の採取を動物のようにではなく、すこしでも人為的にはじめ、また、住居のために、意図して穴をほったり、木を組んでゆわえたり、風よけをこしらえたりしはじめるようになると、自然はいままでとちがっておそろしい対立物として感ぜられるようになる。なぜならば、そのとき原始人は自然が悪天候や異変によって食とすべき動物その他をかれらから隠したり、食べるための植物の実を腐らせたり、住居を風によって吹きとばしたり、水浸しにしたりすることに気づくからだ。もちろん、動物的な生活をしていたときでも、自然はおなじような暴威をかれらにふるったのだが、意識的に狩や植物の実の採取や、住居の組みたてをやらないかぎり、自然の暴威は、暴威ではあっても対立するとは感ぜられなかっただけだ。

この自然からの最初の疎外感のうちに、自然を全能者のようにかんがえる宗教的な意識の混沌があらわれる。そして、自然はそのとき原始人にとっては、生活のすべてに侵入している何ものかである。狩や野生の植物の実の採取のような〈労働〉も、人間と人間のあいだのじかの自然関係である〈性〉行為も、〈眠り〉も、眠りのなかにあらわれる〈夢〉のような表象もふくめて、自然は全能のものであるかのようにあらわれる。

そうして、自然がおそるべき対立物としてあらわれたちょうどそのときに、原始人たちのうえに、最初のじぶんじしんにたいする不満や異和感がおおいはじめる。動物的な生活では、じぶんじしんの行為は、そのままじぶんじしんの欲求であった。いまは、じぶんが自然に働きかけても、じぶんのおもいどおりにはならないから、かれはじぶんじしんを、じぶんじしんに対立するものとして感じるようになってゆく。狩や植物の採取にでかけても、住居にこもっても、かれはじぶんがそうであるとかんがえている像のように実現されずに、それ以外の状態で満足しなければならなくなる。

ここで大切なことは、原始人たちが感じる自然やじぶんじしんにたいする最初の対立感は、自然や自然としてのじぶんじしん（生理的・身体的）にたいする宗教的崇拝や、畏怖となってあらわれると同時に、じぶん以外のほかの原始人にたいする最初の対立感や異和感や畏怖としてあらわれることだ。こんなふうに原始人にとって、ある特定のほかの原始人は、自然のように崇拝すべき全能的なものでなければならず、ほかの原始人たち（集団）との関係は、じぶんじしんにたいする関係であり、同時にじぶんじしんにたいする対立や異和感や不満の身がわりでなければならなくなる。原始人にとって、あるきまった原始人は、自然の代償物としての宗教の表象であり、また、じぶんのじぶんじしんにたいする関係の代償物としての族長である。また、他の原始人たち（集団）は、じぶんじしんにたいする関係をうつす鏡として、不満や異和や対立物の異心同体だといえる。

原始的な社会で、その祭式が、あるばあいには、狩や収穫のような〈労働〉の行為の再現のようにおもわれ、また、あるばあいには〈性〉行為の再演のようにおもわれ、また、あるばあいには、宗教的な神憑りの状態の惑乱のあらわれのようにおもわれるといった資料の痕跡がかたるそれぞれの事実は、理論としてはそれほどこだわるような重要さはない。これからも考古学者が、どこそこの遺跡から、どこそこの土中から、どこそこのゆいしょありげな倉庫から、それらを裏づける資料を発見するにちがいない。そして資料の数だけ、祭式や芸術の起源が見つけだされる、ただそれだけのことだ。ようするに、原始人のすべての生活の隅々にのこされた働きかけの対象物が、それを象徴する資料の役をするというだけだ。

最初の祭式行為のなかに、わたしたちが固執したいような重要さをもつものは、それが、骨格のところでは自然にたいする人間の、また人間にたいする人間のかかわりを軸にして、原始人の全生活過程のうちのそれぞれの場面を再現することだけだ。自然にたいする人間の関係という面で、この祭式行為をみれば宗教的な行為とみえ、人間にたいする人間の関係という面でみれば、社会的行為とみえる。個々の狩や収穫の再演または予備行為であるか、または、性行為やトーテム崇拝の行為であるかということがもんだいなのではない。また、祭式行為が、何のために行われるか、何にたいして行われるかを分離してかんがえることにもんだいはない。それらは、わけられないほどからみあっているし、いずれもひとつの側面からみられたという意味で特殊なもので、またそれ以上のものとはおもえない。

祭式の行為と現実の行為とのはじめの相異は、原始人たちがその祭式の行為のなかに、自然と人間との関係と、人間のじぶんじしんとの関係を再現させながら、同時にそのなかに人間にたいする自然の、あるいはじぶんにたいするじぶんじしんの対立をうち消し、補償しようという意図をふくませたことにあらわれた。このいいかたが不正確だとすれば、祭式のときの対象にたいする行為は、自然にたいするじっさいに自然をかえてしまう行為ではなかった。だから自然にたいする人間の、あるいはじぶんにたいするじぶんじしんの対立や異和や不満は、現実的なものではなかった。そういいなおしてもいいはずだ。かれらは、自然やじぶんじしんにたいして（あるいはじぶんのじっさいの同等物であるじぶんいがいの他人にたいして）現実ではこうはいかないが、かくあるべきはずだという関係を、祭式の行為によってだけ実現できたのだ。こういう行為を、呪術とよぼうが、収穫を豊饒にしようとする行為とよぼうが、戦いや狩のような〈労働〉の予行または再演とよぼうが、わたしたちの考えにとっては、自由だといっていい。たいせつなのは、祭式の行為のなかに、生活過程でぶつかる自然にたいする、あるいはじぶんじしんにたいする関係の再現と抽出（昇華）とがいっしょにとけあってふくまれていたということだ。

祭式の行為が芸術の行為へとうつってゆくまでに、その行為の外形がかわらないばあいでも、悠遠の時間がかかった。なぜなら、ながい歳月と繰返しをへて、はじめてすこしずつ抽出（昇華）はすすんで、しだいに高度になる。そしてこれが祭式と芸術のあいだを質的にへだてているからだ。この質的なへだたりは、口でいってしまえばおなじように、じっさい自然をかえる行為ではない。でも祭式は現実の場での行為が本質であるが、芸術は現実の場での最小限の行為は、すでにうわべの形式で、本質は精神の場にうつされた行為だということだ。でもこのうつりゆきにどれだけの時間がかかったかはかりしれない。芸術行為のなかにのこされた、現実行為のなかでの人間と自然、また人間のじぶんじしんとの（したがってじぶんとほかの原始人たちとの）関係の痕跡は、再現行為のワクとしてのこされているのではなくて、すでに芸術行為の**構成**（komposition）として表出のなかにのこされたといっていい。

祭式行為のなかでは、人間の自然にたいする畏怖の意識と、人間のじぶんじしんにたいする対立の意識を象徴する物神としての人物と族長としての人物（原始的な段階では、おそらく同一人物である）のシンボルは、現実の行為のばあいとおなじように存在していた。しかし、芸術行為にまで抽出がすすんだときには、それは**構成**の**力点**として表出そのもののなかにとけていった。

4　詩の発生

日本の詩（文学）の発生について、はっきりした説をたてているのは、いまのところ折口信夫だけといっていい。

げんみつには、折口・柳田の系統説とよぶべきであろうか。

ほかは、芸術の起源についての国際的な諸説を、日本の詩の発生にあてはめたといった程度のものだ。この程度のことをするのにはべつにさほどの労力がひつようとはおもえない。また学問ともいえない。そのうえ、国際的な諸説は、批判と検討にゆだねられることなく、ただ、知的な独占によって、わたしたちの大衆が知らずに、じぶんがいささかさき読みしたという意識だけを特権として借りてこられるために、ほとんど何の遺産にもならないのだ。

だから、はがゆいことに足でまわってあつめた資料や、耳できさあつめた資料を、まるでレンガのようにつみかさね、そのあいだになにか夾雑物がはいったかどうか気にもかからないといった無方法のつみかさねが、わたしたちの頼みにできるほとんどゆいつのものだといっていい。

この種の無方法の先蹤、柳田国男は『日本の祭』のなかで、おそるおそるといった調子でこういう想像をたてている。

私の言はうと思つて居た点は、今ある文芸の多くの趣向には、最初祭の日の「たゝへごと」に始まり、人が自然の昂奮を表示した舞の手の仲介を通して、永く国民の間に伝はつたものが、有るらしいといふことだけである。年々の祭を機会として神の御心を和め、愈々その幸ひを民人の上に垂れたまふを期するには、たゞ抽象的に神徳の高く尊いことを、くり返して居るだけでは足りない。あなたは大昔、斯ういふ事もなされたといふではありませんか。斯ういふ言ひ伝へも手前どもは記憶して居りますといふことを説く以上に、更に又斯ういふ大きな願ひも、あなた様ならば御聴き届け下さる。もしくはそれが我々の遠い祖先との、堅い御約束であつたと心得て居りますといふ程までの物語を、最も慎み深い言葉を以て恐る〳〵、神の御機嫌の最もうるはしいと思ふ時を測つて、述べ立てることが許されて居た。それが感極まつて起つて舞ふまでに、身に沁み肝に銘じて敬聴せられたといふことを、今は想ひ起す折が少なくなつて居るのである。神と人間との間が昔は近く、世が進むとゝもに段々と遠くなるといふことは、之を具体的に言へば祭の態度が、以前は今よりも一段と、貴賓を歓待する場合に類似して居たといふことで、是だけならば何も古代を探らずとも、現在田舎の隅々にまだ活きて居る老翁の感覚からでも、之を窺ひ知ることが出来さうなものである。

この系統は、折口信夫では、おそるおそるといった態度をかなぐりすてて、想像的な独断として鋭いきらめきをみせている。

神の信仰、神祭りに関することばは、如何にして我が国に現れたか。最初に吾々の祖先が、是は伝へなければならぬと思ったことばは、神自身の言うたことば、即、託宣であつた。神が現れて、自分の言ひたい事を言うた、其ことばである。神のことばが何の為に告げられたかと言ふ事を、考へねばならぬ。

神が村々へ時を定めて現れ、あることばを語つて行く。ことばは恐らく村人の要求通りのことばであつて、而も其が毎年繰り返される。村人の平穏無事で暮せる様に、農作物が豊かである様にと言ふ、お定り言葉を神は言うて行つたのである。託宣の形は遺つて居ないが、思ふに単に神が、実利的のことばを言うて行くのではなく、神現れて、神自身の来歴を告げて去る。そして、村人を脅す家なり村なりの附近に住んで居る低い神、即、土地の精霊と約束して行く。其は、自分はかう言ふ神だぞ。だから、お前は自分の言ふ事を聴かねばならぬ、と言ふ意味のことばであつた。約束をした後、神は村を去る。


この神は巫師たちであり、あるいは、仮装をしたりして諸国をあるく神を演ずる人たちだ。もちろん太古ではこのひとたちが神として神を演じた。この神の託宣は、部民をまもり部族社会を規定する掟でもあった。折口によれば、この神がのべる自身の来歴と、土地の精霊についてのべる二人称の律文が寿詞（ヨゴト）であり、叙事詩の原型になる。神にふんしてやってくるものは、語部（カタリベ）の原型だ。

足であるき、耳であつめ、古文献をさがした実証の積みかさねは想像により独断された背景のなかにふかくうずめられて、たんに空想的なたわ言がのべられているようにみえる。だがわたしのかんがえでは、対象へちかづく態度として、芸術（詩）の発生をあつかうばあいにこの方がいいのだ。


柳田・折口系の説は、どれだけ信憑できるだろうか？

判断の根拠は、前節にしめされているはずだ。もしも、ひとびとがわたしとおなじように古代研究のらち外にいたとしても、批判の根拠をもつことができるし、またおそらく柳田・折口系統の説は批判にあたいするゆいつのものだとおもわれる。

折口が、祭式の行為のばあい、自然から人間が疎外されていることを象徴する人物、また人間の関係から疎外された人間を象徴する人物としての巫師、いいかえれば外からやってくる神を演ずるものに着目しているのは見事だとおもう。このような狐憑き的な人物は、原始的なあるいは古代的な祭式の行為のなかでは、自然への対立と人間からの超越を祭式の集まりのなかで体現し、代償する役割を象徴していた。それは、部族の間では自然神の役割をにない、自然との関係では、古代部民の自然からの疎外をその身に象徴するものになる。こういう人物は神託者で、同時に神語の諮問者だという二重性をもっていた。

しかし、折口信夫は、原始人または古代人が、自然を対象にしておこなう行為、いいかえれば自然を加工する行為からうけとるじぶんじしんにたいする対立、あるいはじぶんからの疎外を、その信仰説のなかで、まったくすくいあげることはなかった。こういう古代人のじしんからの疎外は、部族のあいだのほかの部民との関係のなかにあらわれる。たとえば、素朴な形では、狩の獲物や収穫の働きがすくないとかおおいとか、かれは足がはやいがじぶんはおそいとか、夜眼がきくとかきかないとか、腕力がつよいとかよわいとかいうような、ちがいの意識としてあらわれたかもしれない。これは、祭式の行為のなかにも象徴されるもので、いわば族長的人物を象徴する役を演ずるものと、そうでないもの、あるいは一番手と二番手……といったちがいになって祭式のなかに擬定された。

柳田・折口系統は、その祭りの説を、普遍的な根拠にまで深化することがなかった。そのためにこの**構成**のもんだいを逸した。祭式のなかに人間と人間の関係が象徴せられ、これは文学（詩）行為にまで抽出されたところでも、**構成**の原像としてのこるものだ。ここへ考察はのびなかった。折口が呪（寿）言（よごと）から叙事詩へのうつりゆき、あるいは叙事詩から叙景詩へのうつりゆきをとりあげるとき、呪力的な効果が集中するところからうつりゆきがおこることを指摘しながら、古代人のじぶんじしんからの疎外の表象である**構成**の展開が、このうつりゆきをうながす面は、とりあげなかった。

柳田・折口の系統からわたしたちがひろいあげるのは、文献と土俗との遺跡から、また足をつかって蒐集した聞き書きからくみたてられたつよい想像力だが、その骨格は、いうまでもなくハリソンとおなじように、土俗行為の原型に信仰を、土俗行為のあとにそれからの上昇としての芸術（詩）の発生をとりだしていることだ。これはとても妥当だとおもえる。

しかし、柳田・折口の系統は、原始信仰から土俗的な習慣へ、土俗から芸術へのいわば、ジュズ玉のような上昇をかんがえたため、芸術のなかにも土俗が、土俗のなかにも原始信仰がたもたれる面はあきらかにされたが、部族的な社会が、そこで部族員のじぶんじしんからの疎外が、部族員をじぶんじしんにおいやろうとする契機をみつけなかった。古代人が、じぶんを共同性から孤立していると感じる経路をへなければ、呪詞的体制からの律言的体制の分離、いいかえれば、天上的な体制からの現世的な体制の分離はおこらなかったといえる。

柳田・折口の系統はこの律言的な体制があたえる**構成**ということをかんがえなかった。そして土俗共同性をどこまでもひきずった信仰の原型へゆくように想像力と論理をさかのぼらせた。

折口信夫の「国文学の発生（第三稿）」、「妣が国へ・常世へ」は、柳田国男の「海上の道」、「海神宮考」などとともに、その信仰起源説の想像的な極致であり、いわばスゴロクの〈上り〉だった。

日本の原始神は、どこから発生したか？　どこから部族社会の村々を訪ねてきたか？　この問いが柳田・折口系統の最後の問いであり、かれらは、その想像力と認識力とをあげてそれにこたえようとしたのだ。ひとくちにいって、柳田・折口らはそれぞれ独立に、日本の原始または古代的信仰は日本列島以外の種族的な故郷にたいする望郷心に発祥するという想定をたてたことになる。

思ふに、古代人の考へた常世は、古くは、海岸の村人の眼には望み見ることも出来ぬ程、海を隔てた遥かな国で、村の祖先以来の魂の、皆行き集つてゐる処として居たのであらう。そこへは船路或は海岸の洞穴から通ふことになつてゐて、死者ばかりが其処へ行くものと考へたらしい。さうしてある時代、ある地方によつては、洞穴の底の風の元の国として、常闇の荒い国と考へもしたらう。風に関係のあるすさのをの命の居る夜見の国でもある。又、ある時代、ある地方には、洞穴で海の底を潜つて出た、彼岸の国土と言ふ風にも考へたらしい。地方によつて違ふか、時代によつて異るか、其は明らかに言ふことは出来ない。なぜならば、海岸に住んだ古代の祖先らは、水葬を普通として居た様だから、必しも海底地下の国ばかりは考へなかつたであらう。洞穴に投じたり、荒籠(アラコ)に身がらを斂めて沈めたりした村の外は、船に乗せて浪に任せて流すこと、後世の人形船や聖霊船・虫払ひ船などの様にした村々では、海上遥かに其到着する死の島、或は国土を想像したことも考へられる。事実、かういふ彼岸の常世を持つた村々が多かつたらしいのである。(「国文学の発生(第三稿)」)

すさのをのみことが、青山を枯山(カラヤマ)なすまで慕ひ歎き、いなひのみことが波の穂を蹈(フ)んで渡られた「妣(ハヽ)が国」は、われ〳〵の祖たちの恋慕した魂のふる郷であつたのであらう。いざなみのみこと、たまよりひめの還りいます国なるからの名と言ふのは、世々の語部の解釈で、誠は、かの本つ国に関する万人共通の憧れ心をこめた語なのであつた。

而も、其国土を、父の国と喚ばなかつたには、訣があると思ふ。第一の想像は、母権時代の俤を見せて居るものと見る。即、母の家に別れて来た若者たちの、此島国を北へ〳〵移つて行くに連れて、愈強くなつて来た懐郷心とするのである。併し今では、第二の想像の方を、大強く考へて居る。其は異族結婚(えきぞがみい)によく見る悲劇風な結末が、若い心に強く印象した為に、其母の帰つた異族の村を思ひやる心から出たものと、見るのである。かう言つた離縁を目に見た多くの人々の経験の積み重ねは、どうしても行かれぬ国に、値ひ難い母の名を冠らせるのは、当然である。(「妣が国へ・常世へ」)

> 過ぎ来た方をふり返る妣（ハヽ）が国の考へに関して、別な意味の、常世（トコヨ）の国のあくがれが出て来た。ほんたうの異郷趣味（えきぞちしずむ）が始まるのである。気候がよくて、物資の豊かな、住みよい国を求め〳〵て移らうと言ふ心ばかりが、彼らの生活を善くして行く力の泉であつた。彼らの歩みは、富みの予期に牽かれて、東へ〳〵と進んで行つた。彼らの行くてには、いつ迄も〳〵未知之国（シラレヌクニ）が横つて居た。其空想の国を、祖（オヤ）たちの話では常世（トコヨ）と言ふて居た。過去（スギニ）し方の西の国からおむがしき東（ヒムガシ）の土への運動は、歴史に現れたよりも、更に多くの下積みに埋れた事実があるのである。大嘗会のをりの悠紀・主基の国が、ほゞ民族移動の方向と一致して、行くてと過ぎ来し方とに、大体当つて居るのも、わたしの想像を強めさせる。（「妣が国へ・常世へ」）

ここでは、折口だけを引用した。まず、第一に、南方または西南方の海をへだてたところに日本人の人種的な郷土があるものと想定する。第二に、日本列島に移住したあとの原始的な日本人には、これらの実在の「妣が国」にたいするあこがれが自然宗教的に固定していった。第三にこの「妣が国」信仰は、日本列島を西南から東北へと移住する経路で、未知の土地への憧れと同化して「常世」信仰となった。第四に、これとはべつに、生死観として、死後洞穴をとおって、あるいは波にのって「常世」または「妣が国」へ還るという信仰となった。

これらにおいて、わたしたちは、原始信仰の発生から、祭りにおける神の訪れ、芸術における神の語りとしての叙事詩の原型というように、歴史を日本の宗教から詩のほうへくだってくる空間のすべてと、生死観によってつらぬかれる時間のすべてとが、立体的に定着されているのを知る。

このイメージは巨大であり、まず、わたしたちの学者や研究者によって描かれた詩的な発生の原像としては、いちばん完璧な、いちばん射程距離と時間とがながいものだ。べつの言葉でいいかえれば、ゆいつの手ごたえのある説だということができる。

残念だが、この柳田・折口の系統の「妣が国」原像の当否をあげつらうことは、この論考の範囲をこえてしまう。

しかしこの説にどんな立言もできないかといえば、そんなことはない。

原始信仰の像が、つよくおおきく華麗であればあるほど、つまり天上が壮大であればあるほど、原始的な土俗共同体における地上は貧弱だった。やせた土壌とせまい陸辺と、不毛の野や山をひらく生活が、卑小であればあるほど、太古のひとびとの「妣が国」信仰はつよかった。その信仰はわが祖先の住んでいた「海上」はるかの国は、豊饒な土地であったかもしれぬ、という憧憬に発していた。

けだし、わたしたちが、ここでとりあげたい詩的な**構成**の原型は、柳田・折口の系統がとりあげることをしなかった地上的な原型であり、古代人のじぶんがじぶんじしんから隔離されているという意識の地上的な関係としてあらわれたといっていい。

いちばんはじめの呪言（よごと）といちばんはじめの律法とは一致していた。自然にたいする古代人の対立は、呪言となって自然宗教の性格をもち、じぶんのじぶんじしんにたいする対立は、部族内のほかの成員との関係によって象徴されるため、ひとつの律法的な、あるいは欲求としての託宣の意味をおびることになる。そして、呪言としての言語と、律言としての言語とは別のものではありえなかった。古代人たちは、自然や自然としてのじぶんにたいする崇拝や希念の言語が、神憑り的人物の口からほとばしりでたとき、それを同時にじぶんとひとと の共同体の関係をかたる律言としてきいた。

祭式にともなう言語の表出が、芸術（詩）にまでうつってゆくいっとうはじめの契機は、いっぽうで呪言としての意味がうすれ（呪力を消失し）、いっぽうで律言として現実を呪縛する力がうしなわれて昇華されるという、二重の契機があった。この二重の契機から言語の表出は詩（芸術）の水準線にはじめてすがたをあらわした。

詩の水準線にすがたをあらわしたいっとうはじめの言語は、呪言と律言とがうすめられ同一になったところから、神語と歴史とを連続してつなげたものだった。その表出は呪いと掟てのふたつの意味で古代部族のあいだに流布されたのだといっていい。わたしたちは、ここまできて、詩としての言語が、よりおおく呪い的な要素をもった部分と、よりおおく歴史的あるいは社会的要素をもった部分とからできていたであろう、というほかに何もいうことはできない。

折口信夫が、呪詞としての言語がその呪力をうしなってゆく過程で、叙事詩へ転化されたというのは、側面をそのまま普遍化したものだといっていい。律言としてもっていた現実の力が昇華されることは、祭式の言語行為が芸術としての言語行為にうつるためにどうしてもとおる条件だった。

わたしたちはここまできて、はじめてはっきりした表出の断層にぶつかることになる。

わたしたちは、漢字を表音的に借用してかかれた最古の詩である記紀歌謡に、まったく唐突にであうことになるのだ。シャルル・イグーネ『文字』（矢島文夫訳）は、日本が漢字をうけいれたのは四世紀頃だとのべている。ほんとうは記紀の成立よりまえの数百年間、漢字は流布されていたとみるべきであろう。しかも、音記ということは、文字の発生の歴史からは、いちばんあたらしい高度なものだといっていい。

たとえば、祭式行為にともなう言語の表出が、祭りにあつまったひとびとのあいだで、ひとつの**構成**にもとづいておこなわれた時代から、〈祭り〉という文字によって、祭式行為の現実の〈場〉が文字という抽象的な〈場〉に凝集されるまでに、目もくらむほどの歳月をへたことは、たれにも理解できるにちがいない。

このことは、近代社会になってもまだ祭りが行われているし、そこでは祭式踊りも祭式歌もうたわれるということとは、ほとんど無関係なことだ。土俗共同体の様式が、時間にたえる仕方は、たとえてみれば、人間の生理器官が、数千年のあいだに、ほとんど痕跡の変化しかしめさない、ということとある意味でおなじだといえる。だがこれによって芸術の表出が不変だと結論してはならないのだ。こういった不変にちかい土俗共同体の様式の流れは、いっぽうで目もくらむほど芸術として昇華と激変をうけたと想定することで、はじめてありうるものだ。

記紀歌謡という文字でかかれた、最古の詩は、詩の発生の起源を、ほとんどなにほども保存しているはずがない。わたしたちは、これを起源とはべつのこととして独立にとりあげねばならない。歴史学や民俗学や社会史とちがって、詩の表出がしめす様式が、どこまで原型にさかのぼれるかということは、類型をあつめて推定するというやり方をゆるさない。本質的にそうだからだ。

5　古代歌謡の原型

記紀歌謡についてわたしたちがやってみたいのは、詩としての**構成**の原型をみつけ、その変化の仕方をたどるということだ。このあつかいかたは、国文学者の関心とあまり接触しないとおもう。だがあるばあいそれらの関心とほんとうに矛盾するときがある。わたしたちのあつかいかたが、いまここに文字によって表出された歌謡を、歌謡じたいとしてみるという立場をふくんでいるからだとおもう。背景に歴史的な事実を想定するというあつかいかたは、重さがさかさまになると、詩の表出としてあるものを、想像される事実史に還元することが、歌謡じたいの最後のもんだいみたいに錯覚されてしまう。あたかも、トルストイの『戦争と平和』や『復活』を、ナポレオン戦争やロシア社会史に還元させておわるのとおなじようなものだ。こういうやりかたはただ、想像力をはたらかせれば、そういえないことはないというだけで、それ以上の意味はないといっていい。

どんな言語の表現も、表現された音声または、文字が消滅すれば消滅する。音声または文字がないかぎり、そこにはなにも存在しない。これは言語にまつわる、きびしい事実で、研究者の間接資料をつかった接近が、ときとしてとんでもなく重さがひっくりかえってしまうのは、そのためだといっていい。記紀の歌謡は、わたしたちのあつかいからは、五つのカテゴリィにわけることができる。

(1) 土謡詩

(2) 叙景詩
(3) 叙事詩

(4) 抒情詩
(5) 儀式詩

ここで、土謡詩とよぶのは、記紀歌謡のなかで様式的に詩としての土台になる表出体である。もし、記紀の成り立つまえに、口承の詩の時代をかんがえるとすれば、それにいちばん近いかたちだといっていい。しかし、このいちばん近いという意味にも、なお、千里の距りと質的なちがいがあることは、すでにくりかえし述べたとおりだ。つぎの叙景詩と叙事詩とは、この土謡から表出として**上昇**した詩体をさしている。わたしのかんがえでは、この上昇は『古事記』『日本書紀』が地の文をふくめて成立した、ということとなしにはかんがえられないものだ。その意味では、記紀歌謡の中心になる表出体だといえる。おわりの抒情詩と儀式詩とは、表出としていちばん高度な上昇をとげたもので、抒情詩は、いわば個人の創作でないばあいも個性にひとしいものの成立が前提になっている。ここでいう儀式詩は、おそらく土謡詩からじかに土俗共同体の行事を媒介にして精錬されて、高度の表出になったものをさしている。

記紀歌謡でかんがえられる詩としての上昇の仕方は、ひとつふたつの例外をべつにすれば、つぎのふたつの経路をへているとかんがえられる。

(1) 土謡詩↗叙景詩 ↘叙事詩 →抒情詩

(2) 土謡詩→儀式詩

こういううつりゆきがかんがえられるのは、これを暗示するような中間の、または過渡的な表出体をかぞえることができるからだといっていい。

ここで気をつけなくてはならないのは、この表出のうつりゆきや上昇は、かならずしも時代的な距りということではない。たとえば、現在でも、土謡をうたう現代人もあれば、高度な和声組織につらぬかれた西欧の声楽歌をうたう現代人も共存しているように、これらは詩の表出空間の幅としてかんがえられるだけだ。土謡時代か、叙事時代か、あるいは抒情時代かという区分は、さまざまな意味でただ時代のおもな詩の表出の流れが、どこにあった時代かということで、土謡時代に抒情詩がないとかんがえたり、抒情時代に土謡詩がないとかんがえたりするのは、まったく誤解だといったほうがいいのだ。

なぜ文字でかかれたいちばんはじめの詩は、ふたつの経路をもつのだろうか? これをはっきりさせるのは、なかなか難しい。だが時代の関心にひきよせてかんがえれば、記紀歌謡のうち、土謡詩→叙景（叙事）詩→抒情詩へとたどる表出の上昇は、よりおおくその時代の知識層によってになわれ、土謡詩→儀式詩とたどる上昇は、よりおおく部民層によってになわれた、と推定できるとおもう。わたしたちのあいだに流布された、ゆいつの説ともいえる柳田・折口系統は、この土謡詩→儀式詩の過程を詩の普遍的な根拠とみたのだ。しかし、すくなくとも文字によって表現されてからあとの詩は、いつもその時代の知識層によって、先導されてうつっていった。

(A) **土謡詩**

(1) 宇陀(うだ)の　高城(たかき)に　鴫羂(しぎわな)張る
我(わ)が待(ま)つや　鴫(しぎ)は障(さや)らず
いすくはし　鯨障(くぢらさや)る
前妻(こなみ)が　肴乞はさば
たちそばの　実の無けくを　扱(こ)きしひゑね
後妻(うはなり)が　肴乞はさば
いちさかき　実の多けくを　許多(こきだ)ひゑね
ええ　しやこしや
ああ　しやこしや　（記9）

(2) 命の　全けむ人は
畳薦(たたみこも)　平群(へぐり)の山の
熊白檮(くまかし)が葉を　髻華(うず)に挿せ　その子　（記31）

(3) なづきの　田の稲幹(がら)に
稲幹に　這ひ廻(もとほ)ろふ　ところづら　（記34）

(4) 浅小竹原(あさじのはら)　腰泥(なづ)む
空は行かず　足よ行くな　（記35）

ざっとかぞえてもこの種の土謡的な表出体は『古事記』のなかに、三十ほどみつかる。ここにあげたのは、ほんの数例で、それもとくにえらんだものではない。これらは、当時伝承されて流布していた歌謡のいちばんはじめの形だといえる。表出として、おそらく(1)、(2)、(4)が幼なく、(3)がこれにくらべては高度なものだ。(1)、(2)、(4)は、土謡的な表出の典型をしめしている。
まずひとつのモチーフは、かならず想像あるいは現実のうえで、眼にふれた自然物に仮託されたのち、モチーフの本質へゆくという類型をとっている。たとえば(2)は〈すこやかでありたい若者は、平群山のかしの葉を髪に挿しなさいよ〉という意味の土謡であり、(4)は〈ささやぶの原をゆきなやんでしまったが、空をとんでゆきたいおもいなのに、こうして足腰をとられてゆき悩みながら歩いてゆく〉といった土謡だといえる。

はじめに、眼にふれた自然物に仮託しながら、うたいたいモチーフへゆく土謡の原型は、**転換**または詩的な喩の起源のかたちになっている。ところが(3)は、モチーフそのものが言語の表出からきえて、すこしかんがえると叙景詩のようにみえながら、全体がなにかの**暗喩**に転化している。(3)は、そのままでは〈ちかくの田の稲の茎にからまっているところ葛〉という意味のほかになにもないようにみえる。でも稲の茎にまつわる葛のように、まつわりつく恋の情感、あるいは人と人のあいだの情感を唱ったものにちがいない。だから稲に葛がからまっているという叙景は、**暗喩**なのだ。

(1)は、自然物に仮託しながらモチーフにゆきつくという土謡の表出体の原型を重ねることで**構成**の単位が、反復しながら展開されるさまが、より複雑にあらわれている。自己表出の意識としては高度ではないが、指示表出の展開意識としては高度なものといえよう。いわゆる久米歌のなかで**構成**としていちばんととのったものだ。

まず〈宇陀の高台に鴫を獲るワナを張ってまっていたが、鴫はかからずに鯨（鷹という説もある）がかかった〉という狩の叙景がなされる。そして、鴫を獲ろうとしているのに、思いがけぬ鯨（鷹）がかかったという意味が、次の**構成**の単位の、不本意におもっている（愛していない）「前妻」と、本意におもっている「後妻」をうたったモチーフにうつってゆく。

この場合「いすくはし鯨障る」までが独立の歌謡だったものを、記の編者があとの半分をつなぎあわせたとかんがえても、もともとかけあいの和唱から上昇したひとつの歌謡だとかんがえてもいい。まず土謡の表出の単位が、どんなふうに**構成**として展開されるか、がとてもよくわかる。さいごに〈前妻がオカズがほしいといったらちょっぴりやれ、後妻がオカズがほしいといったら沢山やれ〉という一篇のモチーフの中心にたどりつく。

ここでいうべきことがあるとすれば、対句の形式で展開されてゆくこの**構成**は、もとにもどらないような連環体だということだ。第三節の「後妻が肴乞はさば……」のところまできたとき、鴫ワナを張ったというような起章は、時間として表出の彼方へおいやられて消えている。いわば、つぎつぎにくりだされる表出は、その時間に生き、つぎの瞬間にはきえてしまい、一篇の詩の**構成**が立体的に統覚されているというようなことは、土謡の表出体ではおこらない。

土謡の表出体が、もとにもどらない表出がつぎつぎとおこり、きえてゆく性質は、この表出体が、文字にかきとめられることのなかった時代の音声表出の性質を、よりおおく保存しているためとかんがえられる。音声表出ではどんな言語も、口誦され和唱されたあとには、音声がきえてしまえば、その意味は消え、つぎの音声表出がうけつがれる。まず、誰かが「宇陀の高城に……いすくはし鯨障る」というように声をだして誦すれば、聴覚に残像しやすいのは、〈鴫が獲れずに、鯨（鷹）が獲れてしまった〉という意味だけであり、この意味が、つぎの「前妻が　肴乞はさば……」の音声表出の意味をよびおこすだろう。

また、かりに「宇陀の……鯨障る」が独立の土謡としてあったとかんがえれば、この叙景的な詩の意味は、(3)（記34）とおなじように、男女間のことで気まずい女（又は男）に出会してしまったという意味的な〈喩〉をなしたとおもう。こうかんがえるばあいは、「前妻が……」以下の表出のつづきは、記の編者の手腕によってつけたされたものとかんがえられる。

折口信夫は、叙景詩のばあい、まず漠然とした対象を手当りしだいに歌いながら、狙った思いの感情をまとめてくるものだとのべている。武田祐吉『上代日本文学』も、ほぼおなじことをつぎのようにのべている。

> まづ総論的に主題を提出し、然る後に、こまかい説明に入ることは、古人の思想発表の順序ではなかつた。例へば、譬喩(ひゆ)の歌でも、歌全体が譬喩から成り立つて居るものは別として、一章の内に平叙の部分と、譬喩の部分とを併せ有してゐるものにあつては、かならず譬喩の部分が前に出てゐる。これは枕詞、序歌の発達のもとゝなるものであつて、やゝ降つてからの作品に譬喩を後出せしむるものにあつても、如しの語を附するを要するを原則としたのである。

このようにはじめにおこされた歌謡の言語は、かけあいのかたちで展開してゆく表出体では、意味的な喩の原型として、**構成**の展開をたすけたとおもえる。

ところで、わたしたちの考察からは、二の次になるが(1)の久米歌（記9）の内容について、土橋寛、西郷信綱はつぎのように解釈している。

> これは本来久米氏内部の民謡として成立したものであることはすでに述べたが、歌詞はその素材のみならず、発想形式や性格の上からいっても、きわめて民謡的特色の濃厚な歌である。山の猟場で鴫羂を張るという狩猟生活に寄せて、強敵を屠り思いがけない戦利品を手に入れること、そして狩猟生活の獲物を分配することに寄せて、戦利品を分配することをこの歌は歌っているのであり、最後の「ええしやこしや、ああしやこしや」は、うまうまと羂にかかった敵に対する嘲笑と歓喜の叫びに外ならない。（『古代歌謡論』）

㈠（記9―註）は狩猟の歌らしい感じだが、意外にも大きな獲物がひっかかって来、その肉のわけ前のことを面白がってうたっているのだから、いくさの場面として見ても不自然ではない。久米氏はおそらく古い戦士団であり、これらの歌謡はその英雄歌ということができよう。

もっとも、その素姓にはまだ問題がある。㈠のうたいおさめに「ええしやごしや、こはいのごふぞ、ああしやごしや、こはあざわらふぞ」というハヤシことばがついている点、また主格が「われ」であり「かれ」でない点などから見て、これはいくさそのものの歌というより、いくさの勝利を予祝する戦争呪歌であったのではないかと思われる。久米歌が大嘗祭の演出の一部にくみこまれて、残ったのも、このことと考えあわせねばなるまい。（『日本古代文学史』改稿版）

いずれも、うなずくことができない。久米氏戦士団の戦歌をあらかじめ想定し、そのうえにたって歌謡表現からふくまれる〈事実〉や〈社会〉をぬき出そうとするための読みすぎの虚構としかおもえない。こういう解釈は、たとえば現在でも、野間宏の『真空地帯』から、実際の軍隊はかくのごとくであった、と空想を混えて想定し、しかもそれによって『真空地帯』という作品を理解し解釈したつもりになる、というのとまったくおなじことだ。これは、文字によってかきとめられた古代の歌謡を、ひとつの表出体としてみるということからも誤解であり、また、こういう表出体を〈詩（芸術）〉としてみるということからも錯誤というほかはない。また、古代社会、古代政治の現実をとりあつかう態度としてもきびしくないとおもう。

土橋や西郷の解釈のうち、まず普遍的にみとめられるのは、(1)の久米歌（記9）が、「久米氏内部の民謡として成立したもの」という理解の仕方だけだとおもう。これは、表出体の初原を感じさせる性格から想定できるものだ。

これが戦利品の分配の歌であるとか、肉のわけまえのことを面白がってうたった英雄歌だといった解釈がゆるされるとすれば、記紀歌謡体は、文字によってかかれた詩としての意味をまったくうしなうことになる。ようするに、はじまりの歌につづくこの土謡のモチーフは、詩句にそっていえば、「前妻」と「後妻」の対比のうちにあり、それが「鴫」と「鯨（鷹）」と連環して〈本意なもの（女または男）〉と〈不本意なもの（女または男）〉との対比のモチーフにつながっている。

英雄時代→久米部→戦士団→戦争歌という直鎖をつくって、この歌謡を理解するのは、不都合だとおもう。兵士たちはいつの時代でも軍歌をうたっただろう。しかし、民謡もうたえば、わい歌もうたい、童謡も、流行歌も、即興歌もうたったとみなしていっこう不都合とはおもえない。久米歌が、男女のあいだをうたった土謡をふくんでいたとて、なんのさしさわりもない。どうして、これを戦争歌として、言語表出以外の解釈をしなければならないのか。さきにものべたように、土謡歌が〈喩〉としての役割をもつためには、それは、叙景でなければならないという表出の過程を、こういった解釈は無視しているとおもう。

(B) 叙景詩と叙事詩へ

土謡の表出体からの上昇は、ふたつの方向におこなわれた。ひとつは叙景詩へ、ひとつは叙事詩へ。なぜ、そしていつ、こういう分化はおこなわれたのだろうか？

わたしたちは、どんなかたちでも、はっきりいうことはできない。ただ当時の知識層の意識のうちで、もうひそかに呪言的な社会体制と、律言的な社会体制との分離が、いいかえれば天上と地上との体制の分離がレンズのように解像されて、逆さの像をむすんでいた。そのことはどうしても前提だった。そして、呪言的な表出は叙景詩のほうへ、律言的な表出は、叙事詩のほうへ上昇した。いいかえれば、古代知識層の自然への意識は叙景のほうへ、じぶんじしんへの意識のほうは部族の社会への関心のほうへとむかったのだ。

(5) 大和の　高佐士野を
七行く　嬢子ども　誰をし枕かむ　（記15）
かつがつも　最前立てる　兄をし枕かむ　（記16）

(6) 胡燕子鶺鴒　千鳥ま鵐　何ど開ける利目　（記17）
嬢子に　直に逢はむと　我が開ける利目　（記18）

(7) 狭井河よ　雲立ち渡り
畝火山　木の葉さやぎね　風吹かむとす　（記20）
畝火山　昼は雲とゐ
夕されば　風吹かむとそ　木の葉さやげる　（記21）

はじめの(5)、(6)は土謡的の表出体から叙事体へ上昇してゆく過程を、(7)は、土謡の表出体から叙景へとうつってゆく過程をあらわしている。

(5)は、〈大和の高佐士野を、七人でゆく娘たちよ、そのうちの誰と寝ようかな〉にたいし、〈そうだな、いちばん前をゆく娘がいいぞ〉という問答のかたちの土謡歌にちかい叙事詩だといえる。これが土謡詩からの上昇とみられるのは、まず、自然物にふれてからあとに、ほんとうのモチーフにちかづくという土謡の形式がとられず、じかにモチーフが云いだされ、詩としての**構成**は、これにたいする応答の形で、ふたたびじかにモチーフが接続されるという形式がとられているからだ。

詩的な媒体としての〈自然〉物をとりのぞいたかわりに、**構成**として問答対がとられるのは、土謡体から叙事体への転換のさいしょの形態だった。

(7)の叙景詩への上昇は、まったく対照的だ。ここでは、土謡的な表出体が、自然物からモチーフの中核へはいりこむという形をとるのにたいして、モチーフは、まったく背後におしこめられ、自然物だけをうたうようにみえる。叙景によって、じつは、背後にかくされたモチーフの〈暗喩〉をつくるものだった。

叙景が、モチーフの〈喩〉をなすという土謡の痕跡が、まったくふっきられて、純粋の叙景を抽出するまでには、おおくの歳月がたっているはずだ。純粋の叙景詩が成立するためには、すくなくとも自然信仰の意識がなくなり、自然がこころの対象になることがひつようだからだ。

叙景詩は、大なり小なり内心のモチーフの〈喩〉としての痕跡をひきずっていた。

(7)の叙景詩「狭井河よ……」は、『古事記』の地の文では、イスケヨリヒメがじぶんの第二の夫になったタギシミミの謀殺の計画を、三人の実の息子に知らせるための暗喩の歌としてつかわれている。この物語はもちろん歌のあとから創作されたか、歌を物語にはめこんだものだろうが、しかし、いずれにしても記の編者の意識のなかで、叙景詩がじぶんのいいたいこころのモチーフの〈喩〉として成り立つものだという通念があったことが推測される。

(C)叙事詩の典型

さきに、土謡詩が、叙景的と叙事的のふたつのかたちをとって上昇することにふれたとき、叙事詩へのさいしょのかたちが、〈問答対〉のかけあいでモチーフのこころをじかにのべるものだとかんがえてきた。

この〈問答対〉のかたちは、太古の口承時代のかけあいのかたちを、痕跡として象徴するものだといえる。モノローグではまだ、自然にたいしても人間にたいしても意味をひらくことはできなかった。ディアローグでしかあるモチーフが表出されない。そういう口承時代の叙事のかたちは、いわば、文字による表現の時代になってからも、くりかえしなんべんもとられたといってよい。

叙事詩の表出がしだいに完成されてゆく過程は〈問答対〉のかたちがかけあいとしてのふかい切れ目をなくして、いわばスムーズな**構成**の単位が、順をおって展開できるようになってゆく過程であった。このことはいうまでもなく詩が現実の祭式行為の場面の痕跡をなくして、しだいに昇華してゆく過程を象徴している。叙事詩の〈場〉はしだいに現実の〈場〉とはちがった言語の〈場〉になり、文字を現実の土台とした観念の世界にうつされていった。

(8)　品陀の　日の御子
大雀（おほさざき）　大雀（おほさざき）　佩かせる太刀
本つるき　末振（ふ）ゆ
冬木の　素（す）幹（から）が下木の　さやさや

（記47）

(9)　八島国　妻枕（ま）きかねて
春日の　春日の国に
麗（くは）し女を　有りと聞きて
宜（よろ）し女を　有りと聞きて
真木栄（さ）く　檜の板戸を
押し開き　我入り坐し
足取り　端取りして
枕取り　端取りして
妹が手を　我に枕（ま）かしめ
我が手をば　妹に枕（ま）かしめ
真栄葛（まさきづら）　手（ただ）抱き叉（あざ）はり

宍串ろ　熟睡寝し間に
庭つ鳥　鶏は鳴くなり
野つ鳥　雉は響む
愛しけくも　いまだ言はずて　明けにけり我妹　（記96）

どちらも記紀歌謡のなかの叙事詩のいちばん典型にちかいものだ。(8)は〈品陀（地名）の御子である大雀の命が、腰につけている太刀は、本のほうが吊してあり、末のほうが揺れている。まるで冬木の葉のない幹の下木のようにゆらゆらと〉というモチーフが、じかに語の順をおって展開されたものだ。モチーフを叙べるのに、自然物をかりることもなければ、また〈問答対〉をかりるまでもなく展開できるだけの表出の意識がここでは成り立っている。

また(9)の歌謡は、詩のでき方としてかなり高度なもので、〈春日の国に美しい女がいるときいて訪ねてゆき、檜の板戸をおしひらいてはいり、女と寝たまま眠りにおち、あけがたの鶏や、野の雉が鳴きそめた。可愛いとも口では云わぬうちに夜が明けてしまったよ〉というかなり息のながい意味の流れをうたいきっている。ここに過渡的な痕跡があるとすれば、対句の形式が**構成**の流れをもちこたえるためにさかんにつかわれていることだ。対句はいうまでもなく〈問答対〉がやや高度に昇華したかたちを意味している。

〈問答対〉のはじまりのかたちは、詩の表出の地上的な契機を語っている。これは古代の部族社会のなかで古代人たちが人間関係をどんなふうに認識していたか、その痕跡を表象していた。古代人が、じぶんたちの部族社会のうちにあって、じぶんじしんに感じた異和の意識は、その社会のほかのひとびとにたいする関係によって反映するほかにない。古代人たちはそれを、隣人（近傍）のひとにたいする認識としてあらわした。部族のなかのさくそうした人間関係は、隣人（近傍）との関係に集約された。遠くにいるひとたちとの関係を意識に入れることはできなかったとおもえる。言語の内部関係でつくられる**構成**もまた、ただ隣人から隣人への展開、いいかえれば、自己―隣人、自己―隣人……という対他意識の連鎖でしかはじめに全体が意識できなかった。

この形式は、いちばんはじめの**構成**の単位として、記紀の叙事詩のような、かなり高度だとおもえる表出体でも〈対句〉が展開された痕跡としてのこされていた。〈問答対〉から〈対句〉へと純化されてゆく経路は、いっとうはじめ自己―隣人、自己―隣人というつながりか、自己―隣人―自己―隣人というつながりいがいには、あまりかんがえられなかった。たとえば、(8)の「本つるき　末振ゆ　冬木の　素幹が下木の……」には、自己―隣人―自己―隣人のかたちをみることができ、(9)は自己―隣人、自己―隣人がくりかえされる**構成**の流れとみなせる。

たとえば(8)（記47）は、大雀の命という『古事記』の登場人物の名前が、どうしても詩体のなかにふくまれているから、その意味で『古事記』の成立がなければありえない詩だといえる。このばあい(8)の全体が記の編者の創作とかんがえてもいいし「本つるき　末振ゆ　冬木の　素幹が下木の　さやさや」という歌謡だけが流布されていて、それに記の編者が「品陀の　日の御子　大雀　大雀　佩かせる太刀」という詩句を接ぎ木したとかんがえてもいい。また、「大雀　大雀　佩かせる太刀　本つるき　末振ゆ　冬木の　素幹が下木の　さやさや」という土謡が、おおきな雀が冬の枯木にとまっているさまを、してつかい、そのまえに「品陀の　日の御子」という詩句を接ぎ木したとかんがえてもいい。太刀を腰におびているさまになぞらえて流布しており、この土謡で「大雀」を記の登場人物の呼び名と

どうかんがえたとしてもこの叙事的な詩体は記紀の成立をなくてはならない条件としているというかんがえをさまたげるものではない。

(8)とちがって(9)（紀96）は、その内容からいえば、それほど『日本書紀』の成立が前提にいるわけではない。ふつうの妻訪いの叙事歌として成り立つものだ。でもこの程度にととのった〈対句〉で**構成**が

展開されるかたちは、詩が文字で表出されたということをぬきにすれば、流布されることはないはずだ。もともと紀が成立するまえに流布していたとかんがえても、文字によってかかれた段階でなければ想定できないものだ。問答対をもとにした叙事的な詩の発生から、対句によって**構成**が展開されるようになるまでの過程は、話しコトバから書きコトバへのひとつの抽出を象徴するものであった。

(D) 叙景、叙事から抒情詩へ

西郷信綱は、叙事詩から抒情詩へ転化してゆく一般的なかんがえを否定して、つぎのようにのべている。

文学の発生史においては、普通、叙事詩が先行し抒情詩は一足おくれてあらわれる。けれどもこれを、叙事詩のなかから抒情詩がでてきた意に解してはならない。ぎりぎりの始源ということになれば話は別だが、両者の発生の系は同じでなかったと思われる。抒情詩の母胎は叙事詩ではなく共同体の歌謡であった。そして叙事詩が英雄時代にいわば暴力的に共同体の祭式との絆をたちきって文学化の契機をつかもうとしたとき、抒情詩はまだ祭式歌謡の腹のなかに胎児として宿っていた。仕組みのかえって単純な抒情詩の方が文学化する時期が一足おくれるのは、祭式の拘束力がつよかったためである。劇芸術についていえば、それはもっとおくれるであろう。直接生産からはなれた貴族の手により、歌謡形式の純化というかたちで抒情詩がつくられてくるゆえんである。貴族は文明社会における土地所有者である。かれらはもはや野蛮な軍事的首長ではなく、またたんなる地方豊饒霊の化身でもない。歌謡が抒情詩として純化されてくる度合いは、だから、貴族たちの意識が世俗化し、その感受性が魔術の対象としての自然から次第に独りだちしていく過程とみあっていた。そして自然に代って今や——といって突然にではないが——社会という怪物があらわれてくる。そしてそれをつらぬくために、自然に向かっていた魔術は心の方に、感情の方に向きかわらねばならなくなる。そこに抒情詩の発生がある。(『日本古代文学史』改稿版)

いっとうはじめの虚構は、直接資料がないところでは、想像力のはたらきと理論のむすびつき方をあらわしているが、ひとつの虚構のうえにまた虚構をかさねることは、すでに迷信の領域にはいってしまう。

なにが迷信なのか?

抒情詩の母胎が共同体の歌謡であったということが迷信だとおもう。仕組みがかえって単純な抒情詩のほうが、文学化がおくれたのは、祭式の拘束力がつよかったためだというのもそうだ。また、自然にかわっていまや社会という怪物があらわれてくる、という見解が迷信だとおもう。

世界のどこの文学(詩)の発生史でも、抒情詩は、いつも、土謡から叙事的または叙景的な分化がおこなわれ、じゅうぶんな情操の抽出ができるようになったあとでかんがえられる高度な詩の表出を意味している。そして、詩としていちばんはじめにあるものとかんがえられる口誦の土謡でも、自然にたいする人間の関係と、人間にたいする人間の関係(つまり社会)とは、いっしょにあらわれるということは、わたしがいままでみてきたとおりだ。「自然に代って今や、社会という怪物(何が怪物?)があらわれてくる」? そんなことを信じろというのは無理なことだ。

手品のように、あるときは、記紀歌謡を悠遠の太古までつれていって〈祭式〉や〈魔術〉とむすびつけ、あるときは『古事記』や『日本書紀』の地の文を歴史書のようによみ、三―五世紀に英雄時代をじっさいあった時代として設定して、記紀にえがかれた叙事詩を、史実を反映した譚詩のようによんでいる。

さいわいなことに、抒情詩がどのようにして、叙事的な、あるいは叙景的な詩から精錬されて上昇してゆくかを、まるで転化の途中でとめて、フィルムに映したようないくつかの歌謡をみつけだすことができる。

こういった過渡的なかたちがあらわしているのは、詩的な**構成**が、どんなふうに抒情詩へと凝集するか、ということだ。

(10)
隠国の　泊瀬の山の
大峰には　幡張り立て
さ小峰には　幡張り立て
大峰にし　仲定める　思ひ妻あはれ
槻弓の　伏る伏りも
梓弓　立てり立てりも
後も取りみる　思ひ妻あはれ　（記89）

(11)
日下部の　此方の山と
畳薦　平群の山の
此方此方の　山の峡に
立ち栄ゆる　葉広熊白檮
本には　い組竹生ひ
末へには　た繁竹生ひ

い組竹　い組みは寝ず
た繁竹　確には率寝(ゐね)ず
後も組み寝む　その思ひ妻あはれ　（記91）

(12)　嬢子(をとめ)の　床の辺に
我が置きし　つるきの太刀(たち)　その太刀はや　（記33）

(13)　つぎねふや　山城川を
宮上り　我が上れば
青土(あをに)よし　奈良を過ぎ
小楯　大和を過ぎ
我が　見が欲し国は
葛城高宮(かづらきたかみや)　我家のあたり　（記58）
山城に　い及(し)け鳥山(とりやま)
い及(し)けい及(し)け　吾が愛(は)し妻に　い及(し)き会はむかも　（記59）
御諸(みもろ)の　その高城なる　大韋古(おほゐこ)が原
大猪子(ゐこ)が　腹にある
肝向(きもむ)かふ　心をだにか　相思はずあらむ　（記60）
つぎねふ　山城女の
大鍬持ち　打ちし大根
根白の　白腕(しろただむき)

枕かずけばこそ　知らずとも言はめ　（記61）
山城の　筒木の宮に
物申す　吾が兄の君は　涙ぐましも　（記62）

⑽（記89）と⑾（記91）は、よりおおく叙景的な歌謡から抒情的な歌謡へとすすむ過程を、⑿、⒀は、よりおおく叙事的なものから抒情的なものへたどる過程をあらわしている。

これらは、どれも叙景的にか、あるいは叙事的にか、ひらかれてきた**構成**が、きゅうに一句または一語にあつまったモチーフのほうに転化してゆく表出を、あますところなくみせている。

この叙景的または叙事的な詩体のなかに、きゅうにみちびかれた一句または一語が、抒情詩へ転化してゆくことを象徴している。やがて、この凝集された一句または一語が、歌謡のすべてを占めるとき、抒情詩が成立するといえる。

では、抒情的とは本質的になにか？

それは**構成**としてみれば詩のモチーフが凝縮し集中されることだ。たとえば、⑽、⑾のように自然物に仮託されて、それを仲介にして一篇のモチーフへゆくという**構成**のとり方は、さきにものべたように、土謡的な詩のなかでもとられた。けれどこれが、土謡詩とちがうところは、土謡詩から叙景詩への過程で、いったん、景物の比喩的な描写の背後にかくされて、表面からきえてしまったモチーフが、ふたたび一句または一節に凝集されて、叙景のあとにそえられた**という**意味をもっていることだ。

ここには、土謡詩のばあいの自然物から一篇のモチーフへという**構成**の仕方が、自然物（比喩としてモチーフを秘める）をうたうという叙景詩の**構成**を介して、叙景的抒情詩のばあいの、自然物→凝縮したモチーフの一句という**構成**へと推移したかたちを、⑽、⑾などはよくしめしている。

これが⑿、⒀では、対句的にすすむ叙事的な**構成**が、最後のひと息で一篇のモチーフへと凝集する形をとっている。

抒情詩が、共同体の祭式歌謡から直接に発生したという西郷の見解は、まったくちがうとおもう。抒情の表出がうまれるためにいるのは、〈共同体〉や〈祭式〉ではなくて、**構成**の高度なつみかさねだった。

(E) 抒情詩と儀式詩

抒情詩が**構成**としてもっている意味は、うたうべきモチーフをとらえるのに、叙景とか叙事の展開をひつようとしないほど、高度に抽象された情緒の表出だといえる。**構成**としてみられた抒情詩は、指示の展開ではなく、自己表出が凝集されたということにつきる。

このことは、いうまでもなく祭式のじっさいの行為の最後の痕跡が、ここで断ちきられたことを意味している。抒情詩の成立は、古代人たちが、自然にとか、じぶんじしんにとか感じる異和の意識を、自然や部族のなかのほかの人間との関係の意識がなくても、じぶんの内部でしらずしらず補償できるまでになったことを、象徴するものだ。もう地上の律言社会は、影のように古代人たちの内的な世界にしみとおっていったというべきだ。

抒情詩まできて、詩の**構成**を口承時代のような言語の連環体としてとらえるだけでは、不充分なことになった。抒情詩は〈転換〉としてみればそれほど複雑になったわけではなく停滞したとみていいのだが、**構成**としてみれば表出の奥行きのほうへと立体的にのびていったことを意味している。口承時代の言語のその場かぎりの響きはなくなり、文字からつぎの文字が喚起されるかたちにはいった。詩の**構成**が、いわば有機的に統覚されるようになった。

(14) ちはや人　宇治の渡りに

渡瀬に　立てる　梓弓檀
い伐らむと　心は思へど
い取らむと　心は思へど
本辺は　君を思ひ出
末辺は　君を思ひ出
苛なけく　そこに思ひ出
愛しけく　ここに思ひ出
い伐らずそ来る　梓弓檀　（記51）

(15)
大和へに　行くは誰が夫
隠津の　下よ延へつつ　行くは誰が夫　（記56）

(16)
笹葉に　打つや霰の
たしだしに　率寝てむ後は　ひとは離ゆとも　（記79）

(17)
宮人の　足結の小鈴　落ちにきと
宮人響む　里人もゆめ　（記82）

(18)
しなてる　片岡山に
飯に飢て　臥せる　その旅人あはれ
親無しに　汝生りけめや
さす竹の　吾はや無き
飯に飢て　臥せる　その旅人あはれ　（記104）

ここでは〈社会〉をうたうか〈自然物〉をうたうかがもんだいなのではなく、それらの素材は対象として最小限に必要なだけしかきりとられていない。**構成**は、この最小限にきりとられた対象へこころをどう動かすかということに内在化されたというべきだ。

古代抒情詩の成り立ったことは、西郷信綱の見解とはちがって、芸術行為から土俗共同体の祭式の行為の最後の痕跡がたちきられたことを意味した。詩の発生史は、ここではじめて詩の原生的な発生のもんだいを内在からのりこえて、言語の美として自立した過程にはいったのだ。

もちろん抒情詩の母胎が、共同体の歌謡だったという西郷の見解は誤解にしかすぎない。記紀歌謡を抒情詩とよぶことはできまいという西郷のかんがえに反して、ほぼ二十ないし三十篇の抒情詩とよびうるものを、記紀の歌謡ははらんでいる。これらは、叙事詩や叙景詩の時間的なあとというふうに、かならずしもきめられないが、叙事詩や叙景詩の表現としての成立なしには、まったく想定できないものだ。

土俗共同体のなかの芸術の意識を普遍的な土台として詩や物語の発生をかんがえる方法は、柳田・折口の系統によって流布された。西郷のかんがえは、これによったということができよう。

わたしたちのかんがえ方では、この方法は、とうていそのままでは普遍化することができないようにおもえる。抒情詩とよべるものは、ほとんどこの方法のらち外にあって、おそらくは知識層の先駆的な力によって達成せられたとみられる。

柳田・折口の系統の方法だけがとらえているのは、国見歌や思郷歌や天語歌のような、非個人的な儀式歌、祭式歌の本質についてだとおもわれる。これだけが、共同体の具象的な痕跡をたもったまま、詩の表出として高度な精錬をうけて抽象された歌謡だといえる。儀式歌（祭式歌）は、叙景的、叙事的、抒情的という過程をへずに、いわばじかに、土謡歌から儀式歌へと上昇したものをさしている。そして表出体としての高さは、抒情詩とおなじ段階にあるとかんがえられる。

⒆　おしてるや　難波の埼よ

出で立ちて　わが国見れば
淡島　淤能碁呂島
檳榔の　島も見ゆ　佐気都島見ゆ　（記53）

⒇
この御酒は　我が御酒ならず
酒の司　常世にいます
石立たす　少名御神の
神寿き　寿き狂ほし
豊寿き　寿き廻し
献り来し　御酒ぞ　残さず飲せ　ささ　（記39）

(21)
纏向の　日代の宮は
朝日の　日照る宮
夕日の　日影る宮
竹の根の　根足る宮
本の根の　根蔓ふ宮
八百土よし　い杵築の宮
真木栄く　檜の御門
新嘗屋に　生ひ立てる
百足る　槻が枝は
上つ枝は　天を覆へり
中つ枝は　東を覆へり
下づ枝は　鄙を覆へり

上つ枝の　枝の末葉は
下つ枝に　落ち触ばへ
中つ枝の　枝の末葉は
下つ枝に　落ち触ばへ
下づ枝の　枝の末葉は
蚕衣の　三重の子が
捧がせる　瑞玉盞に
浮きし脂　落ちなづさひ
水こをろ　こをろに
是しも　あやに畏し
高光る　日の御子
事の　語り言も　こをば　（記100）

⒆（記53）は、国見歌で、もともと望景の祭式または土地神の祭式に和唱せられたもので、土謡形から儀式歌へと、じかに精錬されてゆく表出の過渡的なかたちをしめしている。

⒇（記39）は、酒宴歌で、酒に祝詞的なもったいをつけて酒宴の席でうたわれた態のものである。

(21)（記100）は、宮廷寿歌で、こういう宮殿の造りつけを讃めたたえるかたちの室寿いの儀式歌とみられる。

これらの儀式歌の特徴は、いっとうはじまりには歌垣や遊興や祭りのような集団のなかでうたわれた土謡歌が、祭りがかたちだけになってしまったのちも、土俗共同体の具象性をまといつけたまままそれなりに精錬されて、じかに高度な儀式歌として昇華したもの、また、その途中にあるものということができよう。

そこには、個性化の契機も、芸術としての詩の発生の契機もはらんでいない。非個性的な共同性の衣裳がまとわりついてはなれないものをさしている。

儀式歌の表出体としての意味は、日本の土着的な恒常性、いいかえれば常民の意識が、どんなふうに昇華して、支配の共同体までたどりつくものかをよく語っている点にある。

仏足石歌、神楽歌、催馬楽、風俗歌など、いわゆる王朝歌謡にのこされている歌謡類もまた、ほんの一、二篇の例外をのぞいて、ことごとく土謡形から儀式歌へじかに昇華されたものばかりだといっていい。

そこには、詩的な意識が、具象的な生活社会から抽象されて、個性化されるという経路がない。どこまで抽象されても、具象的な共同性と、呪術性がまとわりついて離れない独特なかたちをしめしている。精錬された土謡歌であり、不気味なわたしたちの土俗宗教空間の骨格を暗示するものということができよう。わたしたちは、ここに、古代人たちが、自然にたいしても、またじしんにたいしてもいだいた異和感を、じぶんにたいする崇拝（陽物崇拝や生・死の崇拝）におきかえたときの集団の意識が、発育不順のままに時代をへて精錬されてゆく、という土俗的な経路をかんがえることができる。祖先がえり、間歇遺伝は、わたしたちのあいだでは、この土謡歌から儀式歌へ直通してゆく意識によってささえられている。

構成としてみられた儀式詩は、たとえば猿の頭の黒焼きのように、あるいはミイラの肢体のように、古代人のじぶんじしんにたいする異和感の契機をまったくうしなって、土俗共同体の**構成**が天上へ昇華していったことを意味している。

第Ⅱ部　物語

1　問題の所在

詩にはふみこみやすいが、散文にはなにかふみこみがたいわずらわしさがあると感じるとき、あるいは逆に、散文にはふみこみやすいが、詩は主情的でふみこみにくいとかんがえるとき、じつは詩と散文とのたいせつなちがいに直面している。

かれは、言語のある美があらわされるには、言語の仮構物をつくり、それを介してあらわす方法しかないとかんがえているか、そうでなくすべての美は言語で直接にあらわせるとかんがえているか、どちらかなのだ。あるいは情緒的に、かれはじぶんをじかに愛憎しているか、できるだけじぶんから遠ざかった姿にみえるじぶんを愛憎しているかどちらかなのだといってもいい。また、かれはじぶんがあるじかのふんいきとして存在していると信じているか、他からみられたときのじぶんだけが、真のじぶんとして存在するとかんがえているか、どちらかだというい方もできよう。このいい方にはきりがないが、資質としていえば、詩的な資質も散文的な資質もそれぞれにありうる姿をとって存在している。ただここでさしあたり必要なのは、詩と散文の原型はどこでちがっており、どのようにかかわりがあるかということだけだ。それさえあればとりあえず論議をすすめることができる。

歴史的にみると、物語文学が詩の胎内からうまれでてきたとき、なぜ、そんなうまれ方をしたかはべつに解かれなくてはならない。まず物語は詩のようにじかにこちらへやってこないで、あるところへつれてゆかれるようにつくられた。資質が拒否するとか反撥するとかいうまえに、詩は共通感をもとにして、わたしたちにちかづく。だが物語は同伴感をもってわたしたちをつれてゆく。物語としての言語はまずひとをひきつれてゆくための〈仮構〉線をつくり、それをとおって本質へゆこうとするのだ。

詩の発生の時代では、まずはじめに言語の**構成**は、人間と人間との地上的な関係が融けあったすがたを象徴したが、物語が文学として成立したとき**構成**そのものの基底は、ある〈仮構〉線にまで上昇した。物語は、文学のジャンルとしてははじめて自立した九世紀の後半から十世紀にかけて、すべての意味で人間がじぶん自身からへだてられた現実の関係を、痕跡すらなくしてあらわれたといってよかった。

起源としてみれば、あきらかに詩と語りとは同時に発生し、まず、詩的な時代が、はじめに力をもった。そして、必然と偶然とがないまぜられて物語としての言語が、ひとつの〈仮構〉線をつくるまでに上昇し、物語が文学としての力をもつようになった時期は、律令制が崩壊のきざしをみせ、摂関制として補修された過渡期にあたっていた。これは、物語文学の成立と律令制の解体とのあいだに、まるでぬきさしならない関係があるかのようなさまざまな論議をさそいだした。ここには注意をとめるべきもんだいがある。言語の自己表出のうちがわからする連続性からいえば、言語が抒情詩としての頂きをきわめ、やがてその頂きのうえにひとつの〈仮構〉線をつくるようになる契機は、どんな意味でも律令制の解体とは無関係な、ひとつの偶然だといえる。そして指示表出としての言語は、体制の変化とではなく、その変化をうながした現実の根源とかかわりをもって、この意味でのみ、ひとつの必然だということもできる。芸術は模倣の博物館であるというかんがえは、自己表出としての真理で、芸術は社会の産物だというのは、指示表出として真理だ、というにすぎない。

律令制度が解体したいちばんもとにある動因は、土地制度としての公地公民思想の崩壊だった。いわゆる班田収授の法によって、すべての耕地を中央に吸上げてから、これを農民に給付するという律令制のしくみは、中央政治がびん乱して弱体になってくると矛盾をあらわにした。土地の私有をゆるさないと耕地開発もやられないし、豪族たちの土地所有欲も充たされなくなった。これがはっきりしたとき、律令制の母体は、土地私有をみとめる方向に修正されていった。摂関制はこういう実状を背景にした律令制の過渡的な補修にほかならなかった。

西郷信綱は、摂関制の成立と物語文学の成立をむすびつけてこういっている。

摂関制が古代日本における官僚制の弱さと表裏しつつ、ますます官僚制を解体させるものであったことは前述した。またそのもとにおける知識人官僚の動向についても一言した。しかし摂関制はそれ故に女の文学を呼びおこす機縁となった。政治のやりかたとしてもそれは公的であるよりは私的であり、官僚的であるよりは族的であるが、それが文学史にとくにかかわるのは、後宮を中心とする女の世界、つまり官僚制からいえば私の世界であるところのものを歴史の前面におし出した点である。（中略）やや飛躍したいいかたになるが、女の世界には古い未開の伝統が枯れずに伝わっており、それが平安中期にどっと爆発的に花咲く機会をつかんだのではなかろうか。その機会とはいうまでもなく後宮を中心にする女房社会の形成である。それは女たちのサロンでもあり、社交界でもあり、文壇でもあった。（『日本古代文学史』改稿版）

今井源衛の『源氏物語の研究』は、こうかいている。

石母田正氏の指摘以来、摂関時代における貴族の階層的分裂とそれのもたらす社会不安の中から、個人個人に切り離された都市的・反省的・批判的人間が生れたというのは、今日常識となっているが、しかしそうした個人意識というものも、一般に階級を超えたものではあり得ず、摂関制を支柱とする荘園貴族権門たちと、彼等の周辺にあってその利益の余沢に与かる中下層貴族たちとの間には、そうした支配と従属関係に連なる表層的な意識の差別はありながら、より基本的には階級的地盤を共にし、その盛衰の運命を共にせざるを得ないところに発する、いわば生活の同根性あるいは連帯性とでもいうべきものが認められる。それには氏族制の頃から尾を引いている古代信仰に裏うちされた、神秘的超越的な天皇への崇敬や、それを核とした最上層の皇族とその周辺に対する憧憬が貫いており、宮廷風のもの「みやび」が彼等の生活の理想であり、美の原理となった。中下層貴族の特質のようにいわれる観察的批判的眼光が、忽ち憧憬と讃美のまなざしに転ずる例を、われわれは当時の文人の詩文や物語、あるいは後にも見るように紫式部自身の中にもしばしば見出すのは、あやしむに足りない。

西郷信綱は、摂関制が、唐制度を模倣した律令制のととのった官僚制にくらべれば、私的な族関係をおおきくみたす性格をもっていたため、女房社会を後宮として熟成させた、その点で物語文学のおもな担い手であった女流と摂関制とを関連づけた。

今井源衛は、律令制の解体にともなって階級分化がこまかくさくそうして、批判的なアウトロウな中下層貴族知識層をうみだし、これが物語文学の成立をうながしたという石母田正の見解を「常識」とみている。そのうえでこの中下層貴族といえども、階級的には天皇と上層貴族と同根だった、という保留をつけている。

物語文学の成立をかんがえるばあいに、国文学者にこういう「常識」が流布されているのは、つまらぬことだ。

すこし、じっくりとかんがえてみればこの種の「常識」は、なぜ律令制から摂関制社会へうつる過渡期に、物語文学が、散文的な**構成**の首尾をそなえてあらわれたか、その契機をときあかせるとはおもわない。あたかもブロック建築の成立を、ブロック材があったからというのとおなじで、なるほど、ブロック材がなければ、ブロック建築の成立はありえないといっているだけだ。ブロック材をなにがどんなふうに、ブロック建築の**構成**にもっていったのか、なにも解明したことにはならない。

土居光知の『文学序説』は、こういった説明の方法をまったくつかわずに、奈良朝の短歌と平安朝の短歌の特質を例をあげて比較し、前者は「刹那に生き、それを享楽することができた」が、後者は「刹那を一層深く味ははんとすることに自意識的」である、前者が「生命の輝きであり、実感の色である」のに、後者は「想像を娯しましめ、情趣的調和を深める暈色である」、前者の「歌ふ経験は特殊である故に『われ』『汝』の代名詞及び地名などが絶えず詠み入れられてゐる」が、後者は「典型である故にかゝる代名詞は不必要になり、地名も吉野、春日野等代表的なもののみとなつた」、前者が「実感をありのまゝに歌ひ」、後者は「理屈に傾きがちである」……等々のちがいをあげたのちに、平安朝のはじめには興味の中心が刹那より連続へ、個体的から典型的へうつり、感じると同時に反省する心がめざめて、実感の率直な告白から、想像力による構成的な表現が力を得つつあったことを、物語文学の成立の契機としてかんがえている。すくなくとも、物語的な表現がなりたつ契機の考察としてみれば、土居光知のこのかんがえは、社会構成や社会生活との直接的な類比よりも、おおくのことを語っているとおもえる。

しかし、それにもかかわらず、わたしたちが土居光知の見解（それは、進歩派国文学者をのぞく国文学者に共通なものであるが）にみているのは、ひとつの結果論、あるいは帰納的な演繹であって、なぜ、いかにして物語文学は成立したかの動因ではない。

わたしは、現在までの物語文学の成立論について、ごくわずかをしっているにすぎないが、この論稿で当面しているもんだいについてその大部分はなにもあたえてくれない、といえる。あいかわらずここで直面しているもんだいは、つぎのようなことだ。

物語（散文）文学の成立は、なぜ、そしてどんなふうに詩的時代のあとにやってくるか？

日本の物語文学が律令制の解体と摂関制への移行に象徴される九世紀後半から十世紀にかけて成立したのは、どんな必然と偶然の契機によるのか?

日本の物語(散文)文学の成立の時期に、**構成**の**原型**はどんなものであり、どんなふうにうつりかわっていったか?

2 物語の位相

物語文学の成立は、世界中どこでも、かならず、詩的時代が抒情詩にまで登高したあとにおとずれている。しかし、わたしのかんがえでは、土謡詩が儀式歌にまで精錬され昇華した時代のあとにおとずれている、という契機をぬきにしてはならない。

抒情詩というせまい鋭い通路をとおってきた地下水と、儀式歌という地下水源自体の水位の向上とがあいまって、あらたな地表に水を分布させた、という比喩をかんがえれば、物語言語の成立の状態を想像することができよう。

こんなふうにして物語としての言語は、抒情詩と儀式詩の自己表出の頂きを、ひとつの〈仮構〉の底辺とする言語表現の〈飛躍〉として成り立った。もちろんこの〈飛躍〉はながい歳月をへて、ゆるやかに徐々におこなわれたという意味では、あたかも土謡詩から叙景詩あるいは叙事詩をへて抒情詩へ、あるいは土謡詩から精錬をへて儀式詩へ、という経路とおなじように、自己表出の〈上昇〉として連続しているとかんがえることができる。でもこの側面だけからは、物語言語の成立の〈契機〉の総体をよくいいあらわせない。なぜならば、物語の言語は、たんなる自己表出の**尖端**の上昇ではなく、いわば自己表出の**線**(水準)としての上昇を手に入れたからだ。

これは、第8図によってしめすことができる。

こうして、物語が成立したときの言語は、指示表出域を儀式歌の指示表出性のとどくかぎりにもち、自己表出域を抒情詩の自己表出性の高さのとどくかぎりにまでもった、しかも指示性の展開としての**構成**の水準を、ひとつの〈仮構〉線の高さにまでたかめることができた、あたらしい言語面の成立を意味している。

もう詩の時代が、発生の原像をたもったままでは、それ以上に登りつめることができない自己表出にまでたっしたとき、その自己表出の時代的な頂きを〈仮構〉の底辺とするあらたな言語帯へ転化するために、どうしても〈飛躍〉せざるをえなかったのだ。

したがって厳密に因果関係をたどってゆけば、物語言語の成立は、どんな意味でも政治的な〈体制〉

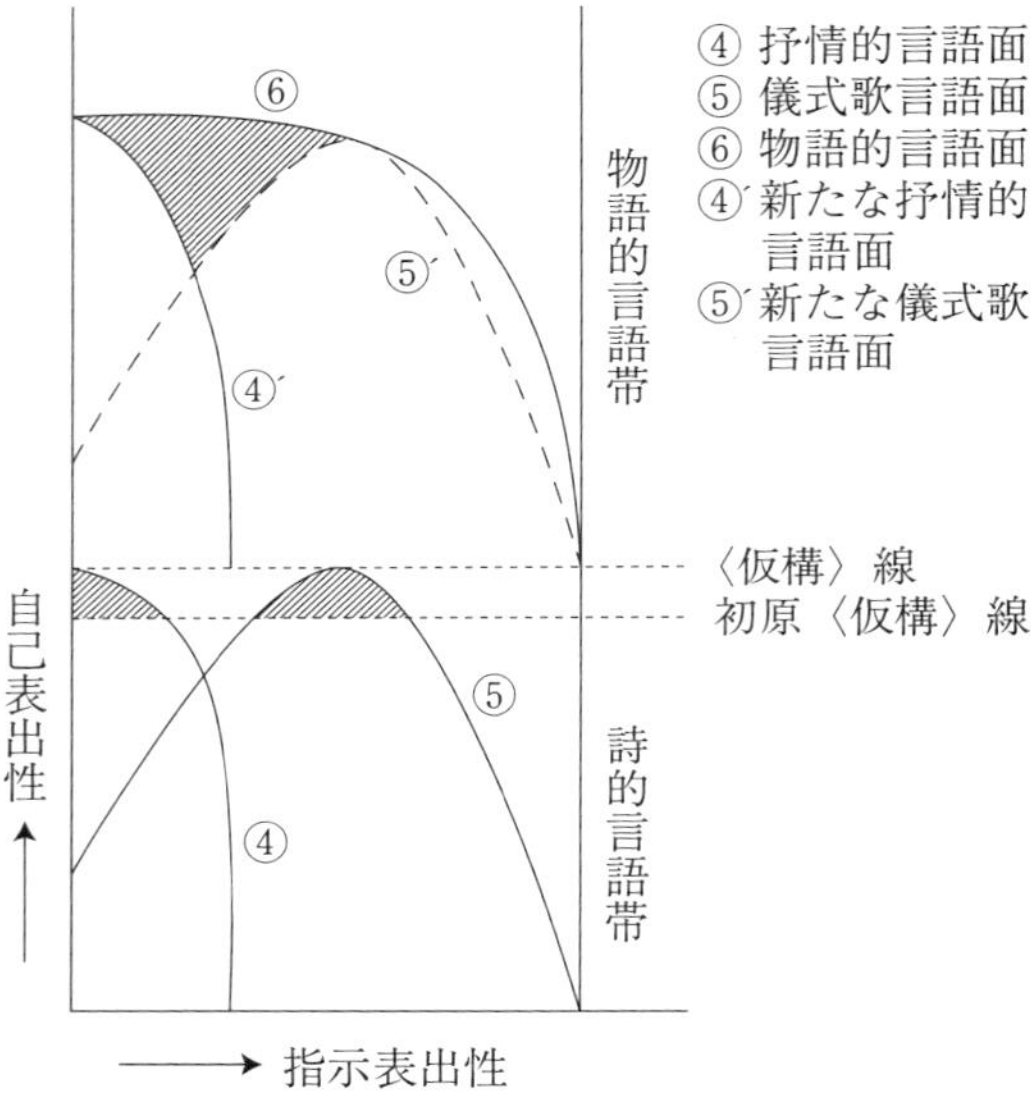

第　8　図

の変化とむすびつけることはできない。だがもちろん、律令制の解体期から摂関制の成立期にかけての社会的変動が、物語文学の成立と、まったく偶然に時期をおなじくしたわけでもない、という意味でしか、政治〈体制〉と物語言語の成立とはむすびつかない。

　ここにはたしかに現実的な契機があった。すくなくとも物語の担い手であった律令国家の知識層のうちで、現実社会でぶつかったさくそうした人間関係を表現にまでとりださないと、現実の共同性をたもちえないという認識が成熟しつつあった。このことは物語文学の成立にとってひとつの外因でありえたのだ。

　今井源衛のいうように、たとえば、『源氏物語』のなかの登場人物がどれだけ「みやび」た美化や幻想の憧憬にいろどられていたとしても、それを描いた作者（たち）のじっさいの生活社会の意識が、十（と）え二十（はた）えにさくそうしたちいさな利害がからんで鬱屈していた、という理解をさまたげるものではない。作者（たち）は、一本一本では透明でみえない糸が、とりあつめられれば白色にいぶされた繭をかたちづくるように、現実の世界のさくそうした人間関係の網の目を、ひとつの白色の繭のように、現実関係のなかから言語の〈仮構〉性のうえに、吐きださなくてはいられないような現実に対面していた。

　折口信夫はこの物語言語の〈仮構〉性と、表出者がつきあたっていた現実との逆立した契機を、「誣（し）ひ語りから出へ―というかたちで発生史的に、あとづけようとした。

　巫女としての語部の家があつて、其間から出たのが中臣志斐であり、其語る所は、聴き手の音通は「をう」とあどうつ代りに「いな」と答へながら、物語の相手をするものであつたらう。即、其内容は、常識から当然受容せられぬものであつた。嘘だと信じながら娯しみ聴く物語があつたのだ。真正の物語と否の物語とが、対立して来たのである。否の物語は、単に技巧だけのものであつた。

実でない事を、組み立て、行つたものには、技巧を享楽する事が目的とならねばならぬ。さうして其が目的を展げて行くに連れて、誇張譚・愚人譚・狡猾人譚・猥談と謂つた方面に亙つて行つたものと考へられる。（「口承文学と文書文学と」）

おなじことを柳田国男はこういう。

……九州の各地で「げな話」といふのも同じ趣旨で、「だらう話」よりも尚一段と確実ならず、寧ろ信じてはいけないといふ意味をすら持つてゐた。六つかしくいふと、人が空想を自由に働かせ得る区域、うそを吐いても罪にならぬ土俵場として、夙くからこの形式の埒を結ひまはしたので、小説（フィクション）といふ文芸の萌芽を発するには誠に似つかはしい新開地でもあつたのである。人は余りに注意して居ないが、遠くは今昔物語の「……となん語り伝へたるとや」も此形式であつた。勿論全部が作りごとで無くともよい。単に面白いから語るので、其実質の真偽、乃至は一部の修飾誇張の有無は、話者の与り知る所で無いといふことは、もうあの頃から諒解せられて居たのであつた。（「昔話採集者の為に」）

ここで、折口・柳田系統は、なぜ人間は嘘を語るか、あるいは語られた嘘を、それとしりながら、よろこびきくか、という説話の起源を、物語成立のひとつの契機としてあとづけている。

詩を真実のがわに位置づければ、嘘は物語のがわにぞくするというのはほんとうだ。けれども、嘘ばなしの根拠は、個々の人間の弱さや欠如感や苦しまぎれの心理的な機制のなかにあるというよりも、かれらが現実の社会のこまかな人間関係の個々の真実に、リアルに深く気づくようになればなるほど、それらを言語の〈仮構〉へとおしやろうとする存在の社会的契機のなかにあったといったほうがあたっている。

このような契機を、すくなくとも書き言語の表現が普遍性として気づくために、古代共同体は、ある遠くはるかな歳月をひつようとした。そしてこの歳月のおわりのときに、物語文学は成立の契機をつかんだのだ。あたかも、日本では九世紀から十世紀にかけて、いわば律令国家が土地制度の地殻からうごきだし、政治上層では摂関制がとられた時期にあたっていた。

物語文学の成立を律令制の解体と摂関制への移行という時代的変貌と必然的にむすびつけうるかどうかは、あるがままの現実社会の変貌と、それにともなう人間の対他意識のさくそうした変化が、無数の偶然と必然とにあざなわれるという意味でしか、もんだいにならない。ここに歴史社会学派的な研究者のおもな欠陥があらわれたのだといえよう。

3　成立の外因

いままでのところは、折口・柳田系の「誣ひ語り（嘘ばなし）」の説と、進歩派国文学者の時代変貌説を、ひとつの普遍的な根拠にひきもどしてきた。しかし、物語成立の外的な要因として、ぜひともとりあげなければならないもんだいが、ほかにも、いくつかかんがえられる。

そのひとつは、土俗信仰が昇華して儀式制度にまでなっていた神道にたいして、とくに律令制からあと底ふかく滲透した仏教が、あらたな思想を知識層と大衆層に定着させたことだ。もうひとつは漢字の表音的な借用が仮名文字を生みだし、これが物語言語の成立までにまったく定着し、流布されていたということだ。

たとえば『讃岐典侍日記』は、天皇堀河の瀕死の病状を、そのうめき声がきこえるように傍に看護したものの眼でリアルに描写し、その死の前後の周辺上層貴族の動きをかきとめたドキュメントだが、目撃者の眼にうつった堀河をはじめとする側近貴族たちには仏教と仏教的祈禱だけが信じられていたことをあざやかに実証している。病気が〈物の怪〉の仕わざだと信じられているばあいも、これを追い払うのは古代からの土俗信仰心ではなく、仏法の加持祈禱になっている。堀河の枕頭ちかくで演じられるのは僧侶による祈禱のすがただ。

このばあいの仏法は、たとえば、亀井勝一郎が『王朝の求道と色好み』でとっている解釈のような外来文化または外来宗教として仏教が、土俗宗教である神道に対立し滲透するといった性格のものではなく、自然宗教が、ひとつの理念宗教にとってかわられるときの根っからの滲透力として、かれらの精神のおくにくいこんでいる。

こんな仏教の滲透は、すくなくとも唐制を模倣した律令制が支配したときに本格的に流布され、律令制の解体期には、制度をうごかすような理念の原動力として作用するまでになっていた。

これは、自然宗教から理念宗教へというかたちで、詩の言語を物語の言語へとおしやるひとつの外在的な契機となりえた。記紀歌謡にはじまり、〈万葉〉によっていちおう頂きをきわめられた詩的な時代は、折口信夫のような詩の宗教起源説をとっても、西郷信綱のようにそれを歴史社会学的に修正しても、わたしたちのように言語の**構成**の展開からとりあげても、土俗的な祭式行為から連続してか、または断続的に、あるいは否定的なへだたりとして位置づけることができる。

けれど律令制からあと仏教が精神と儀式のおく深くまで滲透した時期では、土俗的な祭式行為を原点とする言語表出の位置づけは、それ自体として根柢をうしない、あらたな理念信仰を基底とする言語帯へと〈飛躍〉することになった。すくなくとも、この契機からみれば、仏教の滲透は、物語文学の成立にふかい根拠をあたえた、ということができる。『古今集』の抒情詩や叙景詩は、この〈飛躍〉以後の、いいかえれば最初の物語的な言語帯域内での〈詩〉であり、これが、土居光知が『文学序説』で対比したような〈万葉〉と〈古今〉との詩の意識のちがいにゆきつく本質の契機になったといえる。

仮名文字についていうと、片仮名が略記行為を象徴するのにたいして、平仮名は漢字の音記が、いわば速度のひつようからどうしてもうまれた草化なのだといえる。片仮名は、おそらく漢文学と漢思想の専門的教養が、ひとつの略記をうみだしたという次元でかんがえていいのだが、平仮名の成立は、漢字を表音的につかう所記行為が、いわば習慣みたいにひんぱんに流布されてきたことを象徴している。習慣とおなじようにひろくふかく流布していたため、どうしても崩しによる速度をえようとした。いわばしゃべることとおなじような速さに、漢字の表音を記す速さをちかづけようとする契機に根ざした。すくなくともこの次元でいえば、日常のささいなメモ的な記録からある程度の高度な表現行為にいたるまで、この時期に底流としては流布され、採用されていたと推定することができる。

いわゆる「をとこもすなる日記といふものを、をむなもしてみんとて」(『土左日記』)という意識は、仮名文学による所記行為が流布され、まったく成り立っていたことを前提としていた。

春日政治の『仮名発達史序説』は、この問題をわたしたち素人のおよばぬ丁重さで解きあかしている。

> さて真仮名の草化して行つた原因は、之を簡単に考へることは出来ないけれども、先づ歌・文の一音一字式表記になつたことが、之を誘導したことは争はれない事実であらうし、亦仮名の草化は必ずやこの一音一字式表記の歌・文に生じ来つたものであらうと想像されるのである。凡そ一音一字式表記は漢文若しくは音訓交用体に比しては著しく冗長であることが、書記の煩はしさを感ぜしめ、自ら早書き・粗書きに走らせたものであらうと思ふ。(中略)
>
> 次に仮名文の用ゐられた社会が、漢字を取扱ふ学問界からはより低い人々であり、従つてそれが表向・公向の所用でなかつたことも、仮名を草化させた一原因に数へてよいやうに思ふ。凡そ私的な所用に文字の崩壊され易いことの例は、已に之を大宝戸籍其の他に於て見た所であつて、個人のものはもとより、他に対しても親しい間などには、文字を粗書することが許されるからである。特

に和歌などが已に全然漢文から離れて了つたのであるから、其の表記に正楷の文字への調和を取るべき必要がなくなつたことも、文字を崩壊して顧みなかつた一つの原因と見ることが出来よう。

「仮名文の用ゐられた社会が、漢字を取扱ふ学問界からはより低い人々であり」というような見解をのぞけば、一音一字式表記に根源をもとめたこの論旨は、仮名文字の成立する実状をたどった示唆にとんだものだといってよい。

たとえば、『源氏物語』のなかに「年老いたる博士どもの、容姿卑しく窶れて、例慣れたるも哀れに、さまざま御覧ずるなんをかしかりける」（「花宴」）というような描写があるように、春日政治のいう「漢字を取扱ふ学問界」の文章博士たちは、仮名文字をもてあそぶ「より低い人々」からは、当時すでに嘲弄の対象にされつつあった、という事情があった。したがって、仮名文字をあつかう層が、漢詩文や詞章をとりあつかう博士たちよりも、低い程度にあったという春日政治のかんがえはそのままはうけとれない。

仮名文字を、もっともはじめに生みだしたものは、むしろ、知識層の先進的な部分であり、それがしだいに「より低い人々」に滲透していった。そして知識層の専門的な部分で、それが公的にはうち捨てられているときにも、やがて滲透して流布された層の厚みをもとにして、仮名文字は普遍的な表現の契機をつかんだのだといえよう。この事情は、すくなくとも、当時、漢詩文をもてあそぶのが知識的な上層にぞくし、仮名文字をもてあそぶのが知識的な下層にぞくするといったかんたんな截断をくつがえすものだとおもえる。

こんなふうに律令制の解体期から摂関制の成立期に、さまざまな外因が物語言語帯が成り立つ契機をうながしていった。

4　折口説

物語文学の発生と成立について、また担い手や受け手について、物語の内容にそくしながら、一貫した本質にとどく態度でわたしたちの考察にさきがけているのは、折口信夫ただひとりといってもよい。この国文学者の考察だけが、群をぬいていることをどうしてもうたがうことができない。

いちばん本筋のかんがえとして折口は、物語文学の担い手と受け手の層を、ひとつには「巫女から女房へ」というかたちで、もうひとつは〈海部〉や〈穴師部〉のような部民層の口承譚の流布というかたちで位置づけた。

もともと、古代の宮廷には、おおくの氏族や国から巫女がえらばれて神事にたずさわることになっていた。そして最高支配者である天皇は、いわばそこで神につかえる最高者だったとおなじに、自然神としての役割をも象徴していた。時代がくだってくるにつれて、神事にたずさわる巫女よりも、最高の部族神を象徴する生ま身の天皇の身のまわりにはべる巫女のほうが、現世的な勢力をもつようになった。祭りのときの儀式と呪禱にたずさわる巫女よりも、現世の雑務にたずさわりながら宮廷にはべる巫女（女房）のほうに権威がうつり、神事をおこなう巫女はその下風にたつようになった。それが折口信夫のかんがえ方の流れだといえる。

折口は、支配層がもっていた古代信仰が、現実の世界を下降してくるありさまを、その信仰起源説から一貫してみちびいた。

> 日本では、主上に教育申し上げる事は出来ないが、主上は詞を覚え或は、聴かなければならなかつた。其によつて教育されると同じく、主上に他の魂、教育的なまなあ（外来魂）が憑いた。飛鳥朝の末頃から、儒学による帝王・王氏の教育は始まつたと言うてよい。其国語の詞章について行は

れたのは、平安朝にはじまると言つてよい。此二つの教育法が源ノ順の倭名抄、源ノ為憲の口遊と言ふ様な種類のものを生じたわけだ。同時に女の方を見ても、清少納言の枕草子などは、偶然一つだけ出来たのではなく、同種のものが沢山あつたのだ。覚えなければならない語を——此頃になると歌・諺以外にも単語などを含む様になつた——授ける事に努めた。物語を読んで聴かせることも、手習ひさせる事も、皆さうした教育法なのだ。詞を書いて其を読ませ、絵解きをすることも、同じ理由から出て拡つて来たもの、と考へてよい。此処では便宜上、平安朝から遡つて言うて見たい。
（「日本文学の発生」）

巫女から宮廷女房へとかわってゆく、現世の宮廷での役割のうつりゆきは、いきおい神語の語りきかせという呪術的な職務から、歌、諺、物語の創造による教育という現世の役割を、宮廷女流にうながした。折口は、ここに物語文学がおもに女流によって成立した本質の根拠をみたのだった。

又一方には、我々が穴師部——或は穴太部——の物語と称へてゐる所の、幼弱なる男女の貴人の、棄てられて水たまる道に仆れ死んで、転生する物語なども、彼等が行うた山の聖水の禊ぎと、関係した古物語であるのだらう。此が、竹取物語・恋ノ淵譚（伊勢物語）など謂つた文学の、限りない型に岐れて行く。（「日本文学の発生」）

海部と言ひ、山人と言ひ、小曲を謡ふやうになつたと言ふ事は、同時に元、長い詞章のあつた事を示してゐるとも言へる。咒詞又は叙事詩に替るに、其一部として発生した短歌が用ゐられることになつたので、之を謡ふことが、長章を唱へるのと同等の効果あるものと考へられたのである。だが同時に、小曲の説明として、長章が諷唱せられる事があるやうになつた。即順序は、正に逆である。かう言ふ場合に、之を呼んで「歌の本」と称してゐた。歌の本辞（もとつごと）言い換へれば、歌物語の古形であつて、また必しも歌の為のみに有するものと考へられて居なかつた時代の形なのだ。（「唱導文学」）

ここでは部民のあいだの口承のふるいかたちに歌物語の起源がかんがえられている。

そして折口信夫はここに〈貴種流離〉譚の原型を、おもいえがいた。

折口の〈貴種流離〉のもとにある意味は、それが古代の〈妣が国〉または〈常世〉信仰が現世の口承にまでおりてきたものだという点にあった。古代の〈妣が国〉信仰の原型は、まず妣が国または常世から、まれ人として神が部族社会にやってきて、さまざまなかたちで部族社会と交渉し、足跡をのこし、やがてもとの妣が国または常世へかえるという点にある。これが現世にくだってくると、ある特別な神性をあたえられた人物（貴種）が、俗界の人物と事件にかかわりをもち、やがてそこから流離するという型になる。折口によれば、この〈貴種流離〉はさまざまなヴァリエーションをともないながら、日本の物語文学の本質をつらぬくものとされた。

これらの担い手や受け手の層と、物語文学の内容とのふたつの面からかんがえられた折口の見解は、いわばその信仰起源説からまっすぐに流れくだっていて、間然するところがないようにみえる。すくなくとも、その他の国文学者たちの考察とくらべれば、比較を絶した洞察力と想像力をそなえている。

しかし、ここでも、折口は、支配の最上層と、被支配の部民層とを直通してむすびつける。そこには、部民層から発し、部民層と離れることによって、文化はすべて共同体から孤立した人格の手にわたり、それを媒介せずには、どのような上昇もおこなわれないという契機はぬけおちている。これは、折口説に矛盾をあたえずにはおかなかった。

巫女から女房へ、というひとつの下降と、部民口承のひとつの上昇とのまじわる帯域に物語文学の成立をおもいえがこうとする折口の見解を、よくつきあわせてみよう。一方が、九世紀後半になってから、なぜ物語文学が成立の契機をつかまえようとしたか、という課題へちかづくためにあみだされた概念であるのにたいし、一方は物語の発祥を歌の発祥と同時にかんがえられる悠遠の起源からくだった口承の昇華の仕方としてかたることになっていることがわかる。このつなげ方には、微妙なくいちがいの暗点がふくまれているといっていい。

その理由は折口が、九世紀後半いらいの物語文学の成立を、詩の時代から連続する面（自己表出の側面）からだけとりあげて、言語の表出意識が、ひとつの〈仮構〉線を設定できるまでに〈飛躍〉したという契機をとらえずに、いわば、詩と物語とを同位にあるものとしているためだといえる。

ここには折口学の信仰起源説のある盲点が、由緒ある流れとしてかたちをあらわしているようにみえる。

物語言語は、指示表出の底辺である〈仮構〉線にまで〈飛躍〉することで、詩とちがうひとつの特質を手に入れた。それは、仮構のうえで現実とにた巡遊の回路を手にいれたということだ。そこではたんに叙事詩のように、作者じしんの影がじかに巡遊するのでもなく、作者の自己表出の構造としての抒情詩でもなく、複数の登場人物が、あたかも現実の社会のなかでのように振舞い、ほかの人物と関係をもち、生活するといった**構成**をひろげることができるようになったのだ。誤解をさけるためにいえば、わたしは、ここで叙事詩とか抒情詩とかいう言葉を、げんみつに、わたしが本稿で定義したとおなじような意味でつかっているので、『古事記』も叙事詩だ、『平家物語』も叙事詩だといった、無限定の概念でつかっているのではない。

物語のなかで、人物たちが巡遊できるためには、すでに言語帯が、まったく普遍的に〈仮構〉線を設定できるまでに、詩の言語の時代から〈飛躍〉したという前提なしにはかんがえられない。

ひとびとは、あるいは現在の小説の常識からかんがえて、書き言語の表現のうえで、作り話をつくりあげることが難しかった時期が、物語の成立のはじめにあった、ということを不思議におもうかもしれない。だがたしかに、そんな時代はあったのだ。

口承物語をかんがえなければ、詩の発生とおなじ悠遠の太古にまでさかのぼることができるにもかかわらず、抒情詩時代の言語の自己表出としての登高をへなければ、言語は、作り話の世界を、書き言語にかきとめることはできなかった。

折口信夫のいわゆる〈貴種流離〉譚の説は、言語表現が連続するという面からは、物語が成り立つまでになった過程をとてもするどく抽出しながら、物語文学の成立が、原生的な詩の表現の時代からの言語水準の〈飛躍〉をひつようとしたという契機を、どうしても見逃すことになってしまった。

5　物語のなかの歌

まずわたしたちは、初期の物語にはさみこまれた短歌が、ほんとうはなにを意味するかたずねてみたいとおもう。

よくしられているように、成立したはじめの物語は、かならず短歌がはさみこまれている。これは、『伊勢物語』のように、いわゆる歌物語だけとはかぎらない。『竹取物語』のように、説話系とかんがえられる物語でも、登場人物たちはおりにふれて歌をよむ。

わたしのかんがえでは、これらは物語の言語帯の〈仮構〉線に露頭をあらわした詩の時代の遺制を象徴している。しかし、物語のなかに短歌が露出する仕方は、それぞれちがっている。たとえば説話系である『竹取物語』では、そこに挿入された短歌は〈儀式歌〉(本稿で定義された意味で)の露岩であり、歌物語である『伊勢物語』では〈抒情歌〉の露岩であることに、注意しなければならない。そして、**抒情歌**と**儀式歌**のほかには、物語にはさみこまれる短歌はないのだ。たとえば、

(1)海山の路に心を尽し果て御石のはちの涙流れき
置く露の光をだにぞ宿さまし小倉の山に何求めけむ
白山にあへば光の失するかと鉢を棄てても頼まるゝかな

（『竹取物語』）

例はいくらでもあげることができるが、この石作皇子とかぐや姫の問答歌をとってみれば、説話じたいにくっついてはじめて意味がとれるもので、もちろん、叙事詩でもなければ、抒情詩でもなく、説話に密着した比喩語を短歌として表現した〈儀式歌〉のはんちゅうにはいるものだ。これにたいし、

(2)春日野の若紫の摺衣しのぶの乱れ限り知られず
陸奥（みちのく）の信夫捩摺（しのぶもぢずり）誰故に乱れそめにし我ならなくに

（『伊勢物語』第一段）

こういう短歌は、抒情詩または抒情詩の段階をふまえたうえで成り立っている詩の意識としては高度なものだ。こんなふうに物語文学にあらわれてくる短歌は、**構成**としての〈抒情歌〉または〈儀式歌〉の詩的言語の時代からの露岩を象徴している。

〈抒情歌〉を、詩的な時代から突出した露岩としてもった歌物語は〈抒情歌〉の表出としてのするどさからして、そのほかの物語文を歌のまわりに集中させた。これにたいし〈儀式歌〉を露岩とする説話系の物語は〈儀式歌〉が表出としてするどいというより普遍的であるために、地の物語文ともたれあい溶けあって成立した。

すくなくとも、歌が挿入されているから、物語文学ははじめから抒情的であったというような云い方は、げんみつでもないし、また因果を転倒したものだといえる。

平安朝の物語は、すべて散文で書かれている。多くのばあい、そのなかに和歌をなおふくんでいるとはいえ、それらは散文に融合するか、奉仕しているかであって、やはり散文の優位は否定できない。枕草子や蜻蛉日記等の随筆や日記も、やはりみな散文でかかれている。これは一見、きわめて自明な事柄のようにおもわれるけれど必ずしもそうではない。わが国にはいろいろの事情のため結晶しなかったけれど、古代叙事詩は律文であった。平家物語などもやはり散文とはいえない。律文で事件や人物を、いきいきとえがきだすことができたのである。謡曲や近松の浄瑠璃等も、その詞章は律文であり、劇詩とよばれていい一面をもっている。万葉集が散文でないのは当然であるが、しかしこのように考えてくるならば、平安朝の物語が仮名の散文でみなかかれているのは、決して自明でないことがわかる。西鶴を中心とする江戸時代、ならびに近代の小説時代をのぞくと、散文のさかえた平安朝時代は、日本の文学史の上で特殊な時期であったとさえいいうるくらいである。

（西郷信綱『源氏物語の方法』）

失礼な申し分だが、ここには眼をおおいたいような混乱がある。口承としての物語の流布と、書き言語としての物語の成立と、そのなかに突出した詩の書き言葉としての短歌の意味と、まったき書き物語としての散文の成立の時代とを、無差別にとりあつかおうとするために、散文のさかえた平安朝時代は、特殊な時代であったかのような推論にみちびかれている。

なにかが、このような見解には脱落している。この脱落はわたしを苛立たせる。いつの日か、わが進歩派たちは、それに気付くであろうと信ずるほかにすべはない。わたしたちは黙々とこれらの迷妄をつきぬけてすすむだけだ。

わたしたちがいままでかんがえてきたことをひきのばしてみれば、書き物語の成立の時期をあつかうには、**説話系**と**歌物語系**を、独立したべつべつの基底としてあつかわなければならないことをおしえている。

6　説話系

説話物語の始祖とかんがえられたものは、その当時から『竹取物語』だった。

よく知られているように、『竹取物語』は、竹取の翁がある日竹の筒からみつけだしたかぐや姫が、成長して五人の色好みといわれた貴族たちから求婚されるが、つぎつぎに難題をもちだしてこれをしりぞけたうえに、ある月夜に昇天するという物語からできている。折口信夫のいわゆる〈貴種流離〉譚の原型があらわれている。かぐや姫はもともと神性をもちながら地上におりてきた貴種であり、これが俗界のひとびとと関係をもったうえに、さいごにはそれをふりきって、ふたたび神性界にかえるという**構成**の原型になっている。しかし、この物語はさまざまな意味をもつ。

まずだいいちに、『風土記』などが地名起源説話としての意味をもっているのとおなじように、観念語の起源説話としての性格が、作為されている。

「彼、鉢を棄てて、又云ひけるよりぞ、面なき事をば『はぢを棄つ』とは云ひける。」
「皇子の御供に隠し給はむとて、年頃見え給はざりけるなり。是をなむ『魂離る』とは云ひ始めける。」
「或人の曰く『裘は、火に焚べて焼きたりしかば、めらめらと焼けにしかば、かぐや姫婚ひ給はず』と云ひければ、これを聞きてぞ、利気なきものをば『あへなし』とは云ひける。」

「御眼二つに『李の様なる玉をぞ添へて在したる』と云ひければ、『あな堪へがた』と云ひけるよりぞ、世に調はぬ事をば、『あなたへがた』とは云ひ始めける。」

「それを見給ひて、『嗚呼、かひなの所為(わざ)や』と宣ひけるよりぞ、思ふに違ふ事をば、『かひなし』とは云ひける。」

「それよりなむ、少し嬉しき事をば、『かひあり』とは云ひける。」

これらの観念語は、それとして当時よくつかわれて流布していたものにちがいない。それに嘘話として起源をつけ、求婚譚のおわりに位置づけた。このかたちは『古事記』のなかにもなくはない。しかし、意図してやったところには、『竹取』がもっている〈仮構〉線がはっきりしめされているといえよう。『風土記』の地名起源説話とくらべていえば、土俗的な土地神にくっついた言語信仰を、観念語にたいする言語信仰におきかえようとする作為が、それじたいとして『竹取物語』の言語としての〈仮構〉線の水準を象徴している。

『竹取物語』のライト・モチーフは、王権にたいする神権の優位を、かなり原始的なかたちでつらぬいている点にあるとおもえる。「帝」がかぐや姫の美しいことをきいて召出そうとして使いをだすが、それに応じないので、狩のついでに立ちよってかぐや姫をみて、輿にのせて連れてゆこうとすると、

帝「何故か、然(さ)あらむ。猶率(ゐ)ておはしまさむ」とて御輿を寄せ給ふに、此のかぐや姫、きと影になりぬ、果敢なく口惜しと思して、「実に凡人にはあらざりけり」と思して、「さらば、御供には率て行かじ、元の御形となり給ひね。それを見てだに帰りなむ」と仰せらるれば、かぐや姫元の形になりぬ。

こういうかぐや姫の説話的な変身の仕方には、作者がかんがえている王権と神権のあいだの関係が象徴されている。やがてこれは物語の末尾では天上界と地上界との一般的な対立を象徴するものになって、かぐや姫は、人間界のつくった防壁をやぶって昇天するのだ。はじめに、竹の筒から現世に生まれでて、竹取の翁にひとなみにやしなわれ、人間としての情感の関係にからめとられて生きながら、その情感も、現世の貴人の求婚も、現世の最高の権力と、神事の担い手としての「帝」の力も、ふりきって昇天してゆくという**構成**の展開のなかには、はじまりの書き物語として成立した契機がすべてこめられている。それは、導入部のかぐや姫の生誕から、貧しい竹取翁の手に育てられて、次第に上昇してゆくという説話物語のいちばん本来のすがたをあらわしている。

『竹取物語』は、説話物語から儀式（典型）物語へ上昇してゆく過程に位置づけられるものだ。その**構成**のきんみつさと、文章の書き言語としての高度さは、すでに古来から口承としてあった翁物語をアレンジしたという程度をはるかにこえている。書き物語が、書くという行為の過程で、表現じたいをつくりかえるという高度な段階にあることは、その文体をみればうたがうことができない。

命死なば、如何はせむ。生きてあらむ限りは、斯く歩きて、蓬萊と云ふらむ山に逢ふやと、浪に漂ひ、漕ぎ歩きて、我が国の内を離れて歩き罷りしに、或時は浪荒れつつ海の底にも入りぬべく、或時には、風につけて知らぬ国に吹き寄せられて、鬼の様なるもの出で来て、殺さむとしき。或時には、来し方行く末も知らず、海の紛れむとしき。或時には、粮尽きて、草の根を食物としき。或時には、云はむ方なく、むくつけげなるもの来て、食ひ懸からむとしき。或時には、海の貝を採りて、命を継ぐ。旅の空に、助くべき人もなき所に、種々の病をして、行方すらも覚えず。船の行くに任せて、海に漂ひて、五百日と云ふ辰の時ばかりに、海の中に遥に山見ゆ。（『竹取物語』）

これは車持皇子が、かぐや姫から蓬莱の玉の枝をもってくれば、結婚に応じるという難題をもちかけられて、ごまかしの枝をさしだしたついでに語る虚譚をえがいているのだが、こういう描写の言語が、すでに口承の段階をはるかに離脱したものだということはひとつひとつ検証するまでもなく、あきらかだろう。その**構成**も『宇津保』に匹敵するほどに精錬されている。発端に、竹取の翁が竹の筒からかぐや姫をみつけだし、育てる描写があり、つぎに色好みの貴公子たちの求婚譚が、虚譚としてつぎつぎにつづいておこり、これがとうとう「帝」にまで延長され、おわりに十五夜の夜に昇天するというように、いわば長篇物語の典型的な**構成**の展開がみられるのだ。

7　歌物語系

国文学者たちは、『竹取物語』のような説話体の物語のほかに、『伊勢物語』のような歌物語と『土左日記』のような日記文学の系列とが、この時期に成立したことを一般的にみとめている。

歌物語や日記文学は、言語表現としてなにを意味するのか?

さきにもふれたように、歌物語のなかの短歌は、いわば物語言語の帯域のなかに先端を露出した抒情歌の露岩だということができる。そしてすくなくとも『伊勢物語』のような、はじまりの歌物語では、この抒情歌の露岩を**構成**の連結手または力点として、そのまわりに、もともと、歌詞を説明する前詞としての意味をもった地の散文が、物語になって集中することになった。

『伊勢物語』では、全段が、かろうじて在原の業平を中心人物とするという点でだけ統一をたもっているが、全百二十五段は、業平の生涯の挿話を時間の順に追っているわけでもないし、それぞれ連環がつけられているわけでもない。短歌を中心にしたひとつひとつの挿話が、アト・ランダムに、独立にならべられているだけだ。歌の詞書といえる程度のものから、短篇物語としての首尾をどうにかそなえている程度のものまで、さまざまなかたちがとられている。『伊勢物語』をみているかぎりでは、歌物語が抒情歌の露岩をもとにして、その解説や詞書を、しだいに〈仮構〉性のほうへもってゆく契機から発生し、しかも**構成**としてはその段階をあまりでるものではなかった。

構成としてみられた『伊勢物語』は、けっして『竹取物語』よりも高度なものではない。それでも『伊勢』のほうが高度な物語にみられるのは、『竹取物語』では、**構成**の基盤としている〈仮構〉線が、土謡詩から儀式歌へ上昇してゆく過程に設定できるのに、『伊勢物語』が抒情詩の頂きを〈仮構〉線のもとにしているところからきている。いわば〈仮構〉線の自己表出としての水準が、前提からちがっている。

抒情詩の露岩をもとにしてかんがえるかぎり、『伊勢物語』は、抒情詩の詞書を物語化することで抒情詩を**力点**にした**構成**が、並列にならべられた。そして、その物語は在五中将という一人物にほぼ統一された。このふたつはかろうじて抒情詩集という意味から物語へのうつりゆきを象徴している。『伊勢物語』よりほぼ半世紀あとに成立したとかんがえられている『大和物語』では、やはり抒情詩の露岩を**構成**の中心にしていても、詞書をこの詩の中心に集中させるよりも、詞書自体を説話のように拡張し、短歌は、その説話のなかにはさみこまれているといった転倒がおこっている。

しかし『大和物語』では、抒情詩の露岩の価値を転倒したために、それ相当の代償を**構成**上で支払わなければならなかった。そのいちばんおおきな代償は、『伊勢物語』では主題が、在五中将という一人物にほぼ、統一されているにもかかわらず、『大和物語』では、この統一ができなくなり、説話の寄せあつめみたいに拡散するほかなかった。たとえば、三十五段、三十六段、四十四段、六十九段、七十一段、百三十段などは、堤中納言が登場し、四十五段、六十二段、九十九段は平仲が登場し、ほかにも俊子や監の命婦が登場するといった具合である。故事譚(百五十段)や、姨捨伝説(百五十一段)もはめこまれている。

こういった主題のちらばりは、たぶんやむをえないもので、もともとそう意図されたものではなかった。抒情詩を中心にし、その詞書を物語化するという歌物語の意図がすすむ過程で、まず主題を統一することと、抒情詩の露岩からさらに表現を上昇させることとは、たがいに矛盾するほかなかったのだ。

その理由をじっさいにいえば『伊勢』が、業平の歌集のようなものをもとにしてつくられ、『大和』が、説話や噂話や詞華集などをアト・ランダムにとりあつめてつくられたためだといえるかもしれない。でもほんとうの理由は、物語の言語帯が、その〈仮構〉線を抒情詩と儀式詩の露岩からまったく離脱できるまでは、**主題**と**構成**のあいだの二律背反をさけることができなかったためだといってよい。

こういった抒情詩の言語帯から物語の言語帯へゆるやかにうつってゆく過程が、統一された**主題**と**構成**をそなえてあらわれるには『宇津保物語』までまたなければならない。

『宇津保物語』は主題の統一ができているだけでなく、『伊勢』や『大和』では**構成**の時間の並列にすぎなかったものが、ひとつの物語の進展にそって、時間の流れをもつようになった。けれどこの時間は、外的な時間の流れともいうべきもので、登場人物の世代かわりや、関連人物の入れかわりによって、**構成**の単位がうつっていくといったものだった。

物語は、俊蔭という琴の名手の奇蹟譚からはじまる。俊蔭の娘が若小君（のちの兼雅）と関係して仲忠を生んだあと、母子は〈うつぼ〉のなかに隠棲する。歳月をへて兼雅と対面しひきとられる。

この発端は、兼雅のもよおす宴席を設定することで、兼雅の親友源正頼と関係づけられ、物語は、正頼の九番目の娘〈あて宮〉という美貌の女にたいする〈懸想〉の関係を中心にして、すべての登場人物がここにむすびつけられるように発展する。

『宇津保』が、主題の統一をはかるためにみちびいたのは、ある部分社会のなかの人間関係と、男女の相聞だった。ことに男女の相聞を、クモの糸のようにはりめぐらせることで物語の**構成**の流れは普遍的にむすびつけられたのだ。たぶん『宇津保』によってはっきりしたかたちをとった男女の相聞をもとに

構成を連環させる方法は、物語文学の成立にとっては本質的なものだった。もちろん『源氏物語』にもこの方法がひきつがれた。

折口信夫は『恋の座』でつぎのようにのべている。

万葉集に、恋歌といふ部類はない。恋歌といふ名は古今集から始まつてゐる。併し、恋歌といふものは、古今集以前にもあつたには相違ないが、ずつと昔に溯ると、恋歌の意味が違つて来る。其は恋愛歌といふ意味ではなかつた。

こひ歌といふことは、相手の魂をひきつけること、たま迎への歌といふことだ。その手段にも目的にもいろ〳〵とある。人が死んだ時もこひ歌があるし、勿論生きてゐる人に対しても、また、女なら女を靡かせようとする時も、女の魂を引きよせる為のこひ歌がある。だから、こひ歌とは、結局魂乞ひの魂が脱落したことになる。(「相聞歌」)

わたしたちは、折口によって〈相聞〉が普遍化されているのをみる。これを物語文学の**構成**をつなぐための鍵としてみとめてよいとおもう。叙景詩の時代ではまったく自然の風物による〈暗喩〉としてしかあらわせなかった人間と人間との情感の関係は、抒情詩時代にはいって内在化され、ついで物語が成立するにつれて、人間と人間との**構成**の関係の意味をになって登場した。こういう経路はたしかに想定することができる。ここでは、折口のいう「魂乞ひ」とまったく対照的な意味で〈相聞〉は、人間関係の地上的な**構成**をつなげる普遍性の意味をもった。

はじまりの時期の書き物語のばあいの男女の〈相聞〉は、中村真一郎のようなモダニストがかんがえているような色好み、すなわち男女の性的関係あるいは情交を意味していなかった。そんないい方をしてもよければ、現実の社会での人間と人間のあいだの関係の煉獄を、折口の「魂乞ひ」がかんがえたのと逆な意味で、**普遍的**に象徴するものだった。

8　日記文学の性格

日記文学の性格づけは、とても難しい。わたしの読みえた国文学者の論策のはんいでは、これについて、ひとかけらの示唆もあたえられなかった。

歌物語のような抒情詩の表出の露岩を**構成**の力点にした物語言語をもとにかんがえると、日記文学のなかの短歌は、すでに詩の時代の遺制としての意味をまったくもっていない。

たとえば『土左日記』で、

　やまとうた、あるじのかみのよめりける、
　　みやこいでてきみにあはんとこしものをこしかひもなくわかれぬるかな
　となんありければ、かへるさきのかみのよめりける、
　　しろたへのなみぢをとほくゆきかひてわれににべきはたれならなくに
　ことひと〴〵のもありけれど、さかしきもなかるべし。

とかかれていれば、この短歌は饗宴の主人公がこういう歌を詠み、客人である帰任のさきの土佐守貫之がこういう歌をかえしたという記録のほか、どんな意味もあたえられていない。

こうしてみると、たとえば日記文学の始祖とかんがえられている『土左日記』で、短歌はまったく地の文とおなじ位相にあり、ただ律文と散文という区別しかあたえられない。

わたしのかんがえでは、こんなふうに短歌が**構成**の展開のなかで、地の文とおなじ位相にはめこまれ

ている日記文学は、歌物語から**上昇**した表出だといえる。この上昇の過程は、すくなくともはじめの時期では、歌物語にいたる上昇のばあいとは、たしかにちがった**構成**上の代償が必要だった。

『土左日記』は、土佐守であった貫之が、京へ帰任してゆく途中の感想と出来ごとを、仮名文字で日録風に日をおってかきとめた旅日記だ。これはたぶん物語の言語帯のところで**構成**をくりひろげ、それをもちこたえるために、じっさいの旅の記録をそのまま日録風につづけたという意味をもつ。いってみれば物語の〈仮構〉線のうえで巡遊をもちこたえるために、じっさいの旅の日付がそのまま、**構成**の単位におきかえられた。だから物語のひとつのかたちとみることができる。

じっさいの旅を〈仮構〉線のうえの巡遊におきかえたため、その内容はとうぜん作者の主観をのべた表出と、じしんの行動のわくにこくまどられることになった。そのことはひとりでに、日記の全体をあたかも詩の時代の抒情詩ににた位置に上昇させたといっていい。

この関係は、第9図のようにしめすことができる。

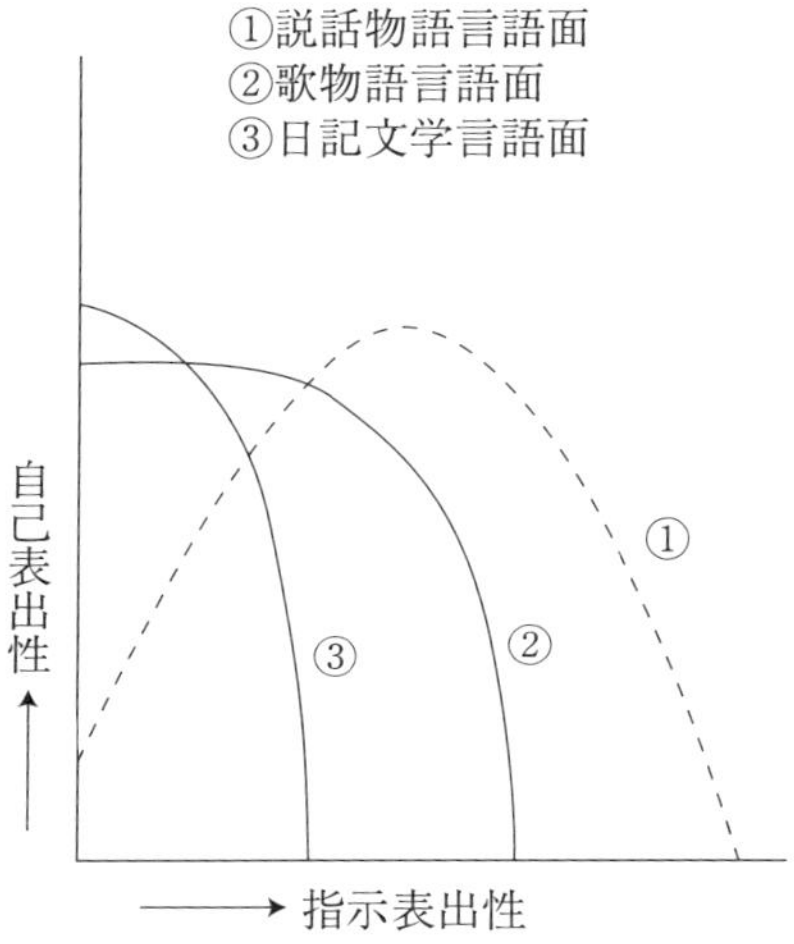

第 9 図

『土左日記』には、旅の巡遊と出会った出来ごとと、その感想のほかに、どんな説話性もふくまれていない。物語として〈仮構〉された巡遊があるとすれば、じっさいの旅にまつわる主人公の感想と出来ごとの描写のなかにしかない。しかしそれによって『土左日記』は、物語文学のなかに表現者のこころのうちの世界の風景をえがきだすきっかけをつくった。

『土左日記』から、ほぼ半世紀ちかくあとにあらわれたとみなされる『かげろふの日記』によって『土左日記』のつけた軌道は、ほとんど頂きまでおしすすめられた。

『土左日記』でも、「あるひと」というようにじぶんを三人称になぞらえたり、帰任してゆくじぶんを「かへるさきのかみ」と他人称で呼んだり、「をとこもすなる日記といふものを、をむなもしてみんとてするなり」というように女性になぞらえてみたりしている。しかしこのばあいの三人称化は、表現体からみて、作者が〈我〉とかくべきところを、単に、三人称におきかえたというほどの意味しかもっていない。

しかし、『かげろふの日記』で「かくありしときすぎて、世中にいとものはかなく、とにもかくにもつかで、よにふる人ありけり。」とかきはじめるとき、じぶんの身上を、他人称でかきながら、この他人称のなかには対象になったじぶんが〈仮構〉の水準をつくっているという二重性を、文体が獲得している。この二重性は、日記のなかに、じぶんのうちの風景をえがきだすことを可能にしたのだ。

理想の容貌と技芸と人格をそなえた男または女を主人公にし、それにあこがれる諸人物とのあいだの相聞を中心にした折口のいわゆる〈貴種流離〉譚の説話的本質は、『かげろふの日記』では、まったくくつがえされた。作者は、第二夫人として、めったにおとずれない男への不満や不安や、第一夫人や、ほかにできた女である街の小路の女にたいする嫉みなどを、あらわにえがきだし、いわば天上からの説話譚にたいして地上からのこころのうちの動きの写実性を、分析してあらわした。それは折口のいわゆる〈貴種流離〉譚の裏面に、男女のどんな惨たんとした息づかいがこめられていたかをあらわにしめした。そんな意味で〈貴種流離〉譚の説話性を、煉獄のほうから転倒したといってよかった。

かくありつゝき、たえずはくれども、心のとくるよなきに、あれまさりつゝ、きてはけしきあしければ、たぶるゝにたち山と、たちかへるときもあり。

ちかきとなりに、こゝろばへしれる人、いづるにあはせて、かくいへり。

藻塩やくけぶりのそらにたちぬるはふすべやしつるくゆるおもひになど、となりさかしらするまで、ふすべかはして、このごろは、ことと久しうみえず、たゞなりしをりは、さしもあらざりしを、かくこゝろあくがれて、いかなるも、のどらかにうちをきたるものとみえぬくせなんありける。

男がたまに訪れてくるが、女のほうで、しっくりとはいかず、男もまたそそくさと帰ってしまうにつけて、錯乱する女の心理が、あますところなくじぶんで解剖される。これが〈貴種流離〉譚の裏面についた〈相聞〉のときの人間と人間（男と女）の地上的な関係だということを、この「日記」はかきとめた。『かげろふの日記』まできて物語文学は、すくなくともこころのうちがわをえがく手法として頂きまで昇りつめたといっていい。

しかし『かげろふ』は**構成**としてみれば『土左』の日録風のひろがりを、ただつよく択びとってむすびあわせる高さにとどまった。ここにはほんとうの意味での日記文学の限界があった。対象をつよく択びとることで、**構成**の力点は『土左』よりも凝縮されたが、全体を統覚する物語のところまで上昇することはできなかった。

言語の自己表出として『かげろふの日記』をこえるものではないが、**構成**の撰択と集中度では『和泉式部日記』は、『かげろふ』をこえていた。ここでは主題は、式部の男であった為尊が死んだあとに、その弟の敦道と情交関係にはいったきっかけと、その間の交渉にほとんど限定される。この主題の集中は、日記をほとんど虚構の物語のところまでひっぱっていった。『かげろふ』とおなじように、ここではすでに〈相聞〉はどんな憧れや現実の美化でもなく、じっさいの男女のあいだのリアルな息苦しい象徴になっている。女のこまごまとした眼とこころの動きからえがかれた男女の交渉のじっさいの光景と、それにまつわる波紋がとりだされた。

9 『源氏物語』の意味

このようにしてこれらを集大成した位置にある『源氏物語』は、説話系の物語と、歌物語系と日記文学系とを混合し、それらを統一した最初の最大の作品といってよかった。ことに『かげろふの日記』に象徴される日記文学のなかの〈相聞〉のじっさいの描写をへなければ、この作品はうみだせられなかったはずだ。

だいいちに、『源氏物語』の**構成**は、『宇津保物語』でいちおう統一したすがたになった説話物語の展開の仕方にならっている。

まずはじめに、桐壺更衣と〈帝〉とのあいだの第二子である光の源氏が、桐壺の死のあとに、〈帝〉の第二番目の夫人で、桐壺によくにた藤壺にあこがれるという物語の発端は『宇津保』によくにている。桐壺はまた『宇津保物語』の俊蔭の娘によくにているし、光の源氏にその子仲忠とよくにている。

源氏と対照する人物として頭中将の設定は、また『宇津保』のなかの兼雅にたいする源正頼の設定をまねている。『源氏物語』が三代目の匂宮と薫との対照にいたるまで、シンメトリカルな人物を設定しつづけているのは『宇津保』とおなじく説話系によくつかわれている方法にほかならない。それは現代のモダニストたちがいうほどに高度なものではなく、らせん状**構成**がまだできなかった時代の説話系の単純さを語っている。

源氏の流謫をかたる〈須磨〉〈明石〉の帖を頂点として、折口のいわゆる貴種流離譚の形がこの物語のおおきな起伏をつくっている。物語は発端の源氏出生と系譜づけのあとに、〈帚木〉の帖で源氏と仲間たちとの女性論、恋愛論をすえたのち、すぐに、この女性論に対応する女性と源氏との相聞を軸にして物語が展開される。〈須磨〉〈明石〉の流謫ののちに、ふたたび宮廷にかえり、いわば現世の位の絶頂をきわめて、源氏はやがて四季がうつりかわるように老いを感受し、隠遁のこころをあらわにし、死を象徴されながら物語の前景から去るのだ。

折口のいう貴種流離のパターンは、しだいに説話系のおもて話から、日記文学系の現実の息苦しいう ら話の色調にうつりながら、二度あるいは三度くりかえされる。『源氏物語』の発端から二十帖〈槿〉にいたるまでの光源氏の物語と、終末のいわゆる〈宇治十帖〉との色調のちがいは、この物語じたいが、はじめの説話系のパターンから日記文学系のパターンへとうつってゆくすがたをよく象徴している。終末にあるのは、薫や匂宮ばかりでなく、そのあい手である女性たちも、すでに『かげろふの日記』や『和泉式部日記』の登場人物たちとおなじように、説話系の華麗さや包容力の天上性をうしない、卑小で内省的でアンビバレントで、ちぐはぐな現実の人間関係を象徴するものにかわってゆく。

終日に入り揉みつる風の騒ぎに、然こそ云へ、甚う困じ給ひにければ、心にも有らず打睡眠み給ふ。忝き御座所なれば、唯だ寄り居給へるに、故院唯だおはしましし様ながら立ち給ひて、「何ど斯く怪しき所には物するぞ」とて、御手を取りて引き立て給ふ。「住吉の神の導き給ふままに、早船出して、此の浦を去りぬ」と宣はす。いと嬉しくて、「畏き御影に別れ奉りにし以来、さまざま悲しき事のみ多く侍れば、今は此渚に身をや捨て侍りなまし」と聞え給へば、「いと有るまじき事、是れは唯だ聊かなる物の報いなり。我は位に在りし時、過つ事無かりしかど、自から犯しありければ、其罪を終ふる程、暇無くて、此世を顧みざりつれど、いみじき憂に沈むを、見るに堪へ難くして、海に入り、渚に上り、甚く困じにたれど、斯かる次いでに内裏に奏すべき事あるに由りてなん、急ぎ上りぬる」とて、立ち去り給ひぬ。飽かず悲しくて、「御供に参りなん」と泣き入り給ひて、見上げ給へれば、人も無くて、月の顔のみ煌煌として、夢の心地もせず。（「明石」）

これは源氏が明石の流謫地で、夢に故院があらわれて流謫をとかれる夢告をうけるくだりである。いわば現世にあって流浪の宿運をうけた〈貴種〉が、天上からの託宣によって、それをとかれるという説話系の典型的なパターンがえがかれている。

これをたとえば終帖〈夢浮橋〉で、薫大将が、浮舟が尼になって生きていることをきいて遇いたいと念じていうところと比較してみる。

罪得ぬべきしるべと、思ひなし給ふらんこそ耻かしけれ。此処には俗の形にて、今まで過ぐすなんいと怪しき。幼穉なかりしより、思ふ志深く侍るを、三条の宮の心細げにて、頼もし気なき身一つを寄処に思したるが、さり難き絆に覚え侍りて、関係ひ侍りつる程に、自から位など云ふ事も高くなり、身のおきても心に適ひ難くなどして、思ひながら過ぎ侍るには、又えさらぬ事も、数のみ添ひつゝは過ぐせど、公私に、遁れ難き事に附けてこそさも侍らめ。云々。

はっきりといえるように薫大将では、もう幼時から現世を否定するこころがあったのに〈三条の宮〉の孤独にほだされ、現世にかかわっているうちに社会的な位置もたかくなって、現実にからめとられて遁世もできなかった、というように、いわば〈貴種流離〉譚は逆さになっている。薫大将では貴種流離は、天上から地上へではなく、地上から煉獄への関係となってあらわれる。薫と匂宮にはさまれて自殺をはかろうとしたり、出家したりする浮舟も、源氏と柏木のあいだにはさまれて柏木の子（薫）を生んだときの女三の宮のように無邪気ではなく『かげろふの日記』の女のようにアンビバレントに悩む女になっている。

『源氏物語』の**構成**は『宇津保物語』をそれほどしのぐものではない。光源氏三代にわたる世界を〈相聞〉によってむすびつけながら、しだいに年代のうつりかわりをおうという説話的な連環をこえて、統覚された**構成**をもつものとはいえない。しかし作者（たち）によって意識されたかどうかとかかわりなく、はじまりの説話的な言語がおわりの日記文学系の言語にうつりかわる過程には、わずかに内在の〈時間〉の流れが象徴され、長篇としての首尾がととのえられているといえよう。

『源氏物語』のあとにも『狭衣』『堤中納言』『とりかへばや』等々の物語がかかれたが、それらはとうてい『源氏』をこえるものではなかった。わずかにたとえば『堤中納言物語』の「虫めづる姫君」や『狭衣物語』の説話の写実化のように、また『とりかへばや物語』の主題のあつかいかたのように、特異な物語のデカダンスにかたむいた。

この過程は『更級日記』『讃岐典侍日記』とたどる日記文学のデカダンスとわだちをおなじくする。『更級』は物語好きで、『源氏物語』によみふけって光源氏の夕顔や宇治の大将の浮舟のようになれたらと夢想するような少女の『土左日記』を模した巡遊記だし、『讃岐典侍』は天皇堀河の瀕死の病状のうごきを異常なまでに克明にえがいたドキュメントだ。そこにはなぜ、このようなものがえがかれねばならなかったかについて、作者と時代との普遍的なかかわりはみつけられないといってよかった。

ここでひとまずはじめにもちだされたもんだいにかえってみる。文学作品の**構成**とはなにを意味するか、というように。

わたしたちはいままで、詩と物語がそれぞれ成立したところで、このもんだいをかんがえてきた。**構成**としての言語は、詩と物語のあいだでは、いわば〈仮構〉線をさかいにして〈飛躍〉するということは、わたしたちがみちびいたいちばん大事なシェーマだといえる。そしてこの〈飛躍〉は、言語を自己表出としてみれば、ゆるやかな連続性だが、指示表出としてみれば〈仮構〉線を底辺とするあたらしい言語帯への跳躍であるとかんがえた。

詩と物語のばあいの**構成**の共通性をぬきだすと、つぎのようにいうことができよう。**文学作品の構成とは、指示表出からみられた言語がひろがってゆく力点が転換されたものをさす。**

文学作品の**構成**が、作品の価値にかかわるのは、この言語表出の力点の転換が、ひとつの**よじれの美**または組みあげられた**過程の美**をなすからだ。また言語の〈仮構〉線が、その時代時代にそれまでの諸時代の価値の中心である自己表出性の頂点のうえに底辺の線をもつからだといえる。

たとえば**構成**としてみられた『伊勢物語』の価値は、各段の抒情詩（短歌）のまわりにあつめられた言語の力点が、単純に算術的に総和されたものを意味する。なぜなら、それらの各段は、はじまりからおわりにかけて、ほとんどなにもつながりをもたないからだ。また、たとえば**構成**としてみられた『源氏物語』の価値は、はじまりの〈桐壺〉からおわりの〈夢浮橋〉までの各帖をつなげている〈相聞〉による関係がひろがるプ、ロ、セ、スの美にある。そして『源氏物語』がきんみつな価値を構成していないとかんがえられるのは、その**構成**がらせん状に上昇してまた下降するというよりも、説話的な連環体をいくばくもこえていないからだといえよう。たとえば光源氏は、二十帖くらいで物語のなかからさるが、その消滅はすぐに時間のむこうへおし流され、光源氏の物語からの消失が、物語の総体にとってどうしてもそうなくてはならないといった契機をつくってはいないのだ。

第Ⅲ部　劇

第Ⅰ篇　成立論

1　劇的言語帯

ここで劇について論じることは、はたして逸脱でないだろうか？　戯曲についてではなく、劇そのものについて論じることは？

じつは、こういう問いは劇の本質について深刻なもんだいをはらんでいる。劇は、この論稿の範囲にあり、しかもどのような演劇論によってもみたされないということが、いま劇をとりあげる動機になっている。手前味噌なことをいう連中は、この世界にみちみちている。わたしもあるばあいその一人だ。しかしこの論稿では、手前味噌をつつしむことを原則としているので、いままである劇の論議は、ほんとにひとびとを納得させるだけのものをもたないと宣告することが必要なのだ。

劇の発生は、すでにふれたように、芸術そのものの発生と同時に、太古にさかのぼってかんがえられるものだ。

しかし書き言葉としての劇、あるいは書き言葉としての戯曲（的なもの）をもとにした演劇の成立は、世界中どこでも、詩の時代と散文（物語）の時代のあとにやってきている。劇そのものが、歌曲と舞踊とをどれだけひき連れているかに幻惑されるひつようはなく、このことは、劇の特質をあかすのに役立つものといえる。詩の表出としていちばん高度な抒情詩では、人間のこころのうちの世界のうごきをえがくことができるようになった。物語の表出では、複数の登場人物の関係と動きを語ることができるようになった。劇においては、登場人物の関係と動きは語られるのではなく、あたかもみずから語り、みずから動き、みずから関係することができるかのような言語の表出ができるようになった。

物語でも、登場人物たちはある場面で会話をかわすが、それは会話をかわすことが語られるという仮構を意味している。劇では登場人物がみずから語り、それによってみずから関係するという仮構になっている。

劇について、おおくの駄弁をひとびとにゆるすことにしよう。この世はにぎやかなほどよいばあいもあり、にぎやかなほど孤独なばあいがある。わたしは劇を、言語としての劇のうえにたって演じられる劇にいたる総体性とかんがえるから、あらゆる劇的なものの根柢に、言語としての劇があり、それはたんに、戯曲とか脚本とかいう以上の内向する意味をこめて、劇の総体を支配しているという見地にたつことにする。そこで、第10図のような劇的言語帯の成立が、本稿にいままでつきあってきたひとびとには、たやすく想定できるはずだ。

図表をみなれないひとのために、言葉をかえれば、言語としての劇は、そこにふくまれている**説話性**と**日記物語性**を、舞台、採物（道具）、歌舞、道行、地その他に抽出したあたらしい言語帯の成立を意味している。

演劇論といわれるものが、劇とよぶとき、それは言語としての劇（戯曲）からはじまり、舞台で演ぜられる俳優の演技、音楽、道具類そのほかをふくめた総体をさしているとかんがえられている。**劇**とはなにか、を問うときさまざまな混乱にであうのはそのためだ。試みにいま手もとにある著書のうちいくつかに、**劇**とはなにかを問いかけてみる。そして、それらがあるばあい演劇（舞台に演ぜられた劇）について語っているが、言語としての劇をほうりだしており、あるばあい言語としての劇（戯曲）につい

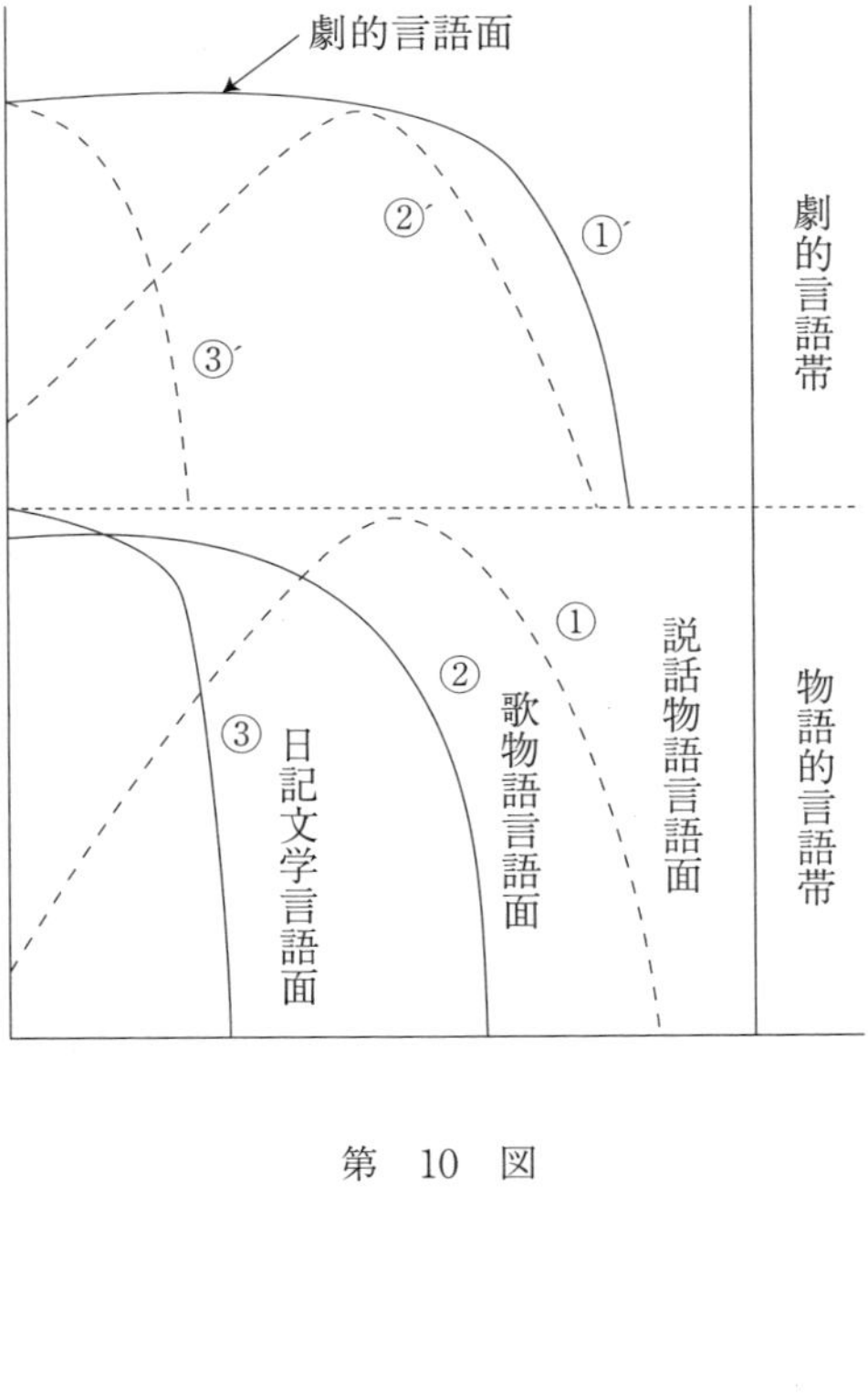

第　10　図

て語りながら、舞台で演じられる劇についてほうりっぱなしている。こんな欠陥に眼をつぶることにしなければならぬ。そうしないと、すでに前提から欠陥だらけの定義にしかであうことはできないからだ。

A群

かやうに最も広く解釈すれば、演劇とは「ある事件なり気持なりを、役者が直接或は間接に身を以て再現する芸術」である。一言で言へば、演劇とは人が他人の振をする。物真似をする芸術である。（坪内博士記念演劇博物館編『国劇要覧』）

能芸は、歌や句がことばの芸術であるのとはちがって、からだの芸術である。精しくいえば、

「身」と「声」とで表現する芸術である。世阿弥はこれを「見る姿」とも、「聞く姿」ともいって、姿を芸術的形象の意に用い、この姿を育て、これを磨くことにその全力を傾けている。（西尾実『中世的なものとその展開』）

音、形、運動、色、光、これらの要素を以て絵画ならざるもの、音楽ならざるもの、彫刻ならざるもの、建築ならざるもの、舞踊ならざるもの、文学ならざるもの、さういふものを創り出す芸術家を仮に舞台芸術家といふ名で呼びませう。そしてその舞台芸術家は、恐らくそれぞれの理論と趣味と才能とに基いて、絵画に近きもの、音楽に近きもの、彫刻に近きもの、建築に近きもの、舞踊に近きもの、さては、文学に……近きものを創造することができるでありませう。あるものは、それを「光の舞踊」と名づけるでせう。あるものはそれを「色彩の音楽」と名づけるでせう。あるものは又それを「動く浮彫」と名づけるでせう。あるものはなほそれを「見える詩」「物語る絵画」と名づけるでせう。然しながら、それらのものが、何れも他の芸術と区別されるために、何等かの共通点を必要とするのは、それらのものが一概に「演劇」と名づけられなければならないと思ふのである。（中略）われわれは、狭義の「演劇」といふものをかう定義することができる。「俳優又はそれに代るべきものを以て、ある仕組まれた物語を、言葉、身振り、又は科白によって実在化する一種の芸術である。」（岸田国士『現代演劇論』）

《演劇》とは、与えられた、あるいは考え出された人間間の出来事の生き生きした模写をつくり出すことである。古いにせよ、新しいにせよ、次の文章で演劇について述べる場合、私たちが考えているのは、そういうもののことである。（ブレヒト『今日の世界は演劇によって再現できるか』千田是也訳編）

B群

劇においては、つねに現在が躍動しながら、時間の進行にともなひ、過去と未来とを同時に明していく。現在のうちにすべてがある。いま起りつゝあるもののうちに、すでに起つたものと、これから起るであらうものとが。この二重性が劇における時間の法則である。小説では、それほどの緊密性を必要としない。小説は過去にもどることができるし、読者ははじめの部分を読みかへすこともできる。劇の時間は不可逆的である。現在だけしかあつてはならぬ。それが現在としての撥剌さを失ふと、とたんに時間の流れが切断される。舞台の動きもせりふも死ぬ。（福田恆存『人間・この劇的なるもの』）

さて、争闘が戯曲の本質そのものでないとすると、戯曲的だと認める主題、場面、事件の一般的性質は何であらうか。

これに答へるのは容易ではない。併し、戯曲の本質的要素として「危機（クライシス）」を挙げておいたら、まづ、その問題に近い答が出来たことになる。一戯曲の中には運命乃至境遇上の、多少の遅速はあるとしても、まづ急速な危機があり、戯曲的な場面とは、明らかに終局の事件に進展して行く危機中の危機を指示して言ふのである。そこで、小説が漸次に展開する芸術であるやうに、戯曲は「危機の芸術」だと言ふことが出来る。二者の区別は、その進行の遅速にある。もし小説家が徐ろに展開せしむるといふ方法を取らなかつたら、それは生得の技能を捨てて、戯曲家の圏内に入つて来たものと言へよう。大きな小説が幾多の人生の貴い断片を包含してゐるやうに、戯曲は我々にその二三の頂点を、交切された頂点を示すものだと言へる。（小山内薫『戯曲作法』）

もうこれだけで充分だとおもう。そろいもそろって、よくもこんな馬鹿気たことがいえるものだ、と投げださないための自戒をふくめて長々と引用した。とにかくA群は演ぜられる劇をもとにかんがえ、B群は言語としての劇をもとにかんがえているということだけはいえる。いずれも、劇の総体が、言語としての劇（戯曲）からはじまり、演ぜられる劇にいたるすべての過程をふくみ、それが本質的に劇的言語帯の成立をもとにしていることをかんがえないための混乱からうまれた個性的なお喋言りか、あるいは上っ面だけのつかまえ方をしか語っていない。この調子で喋言らせておいたら無際限な引用ができるはずだ。

こういった記述がいちように理解していないとおもえるのは、**舞台**が折口信夫のコトバを借用すれば〈賽の河原〉であり、その河原を境に仕切られるものが、ほんとは演劇と戯曲というような表面のものではなく、じつはすべての物語の表出と、劇の表出だということだ。**観客**は実生活のままのかまえかそうでなければ物語の表出という桟敷や立見席や、かぶりつきの尖端にいるのだが、劇的なもののなかにはいってゆくことができない。**俳優**は、物語の世界からはじまって、やがて劇の世界へ〈賽の河原〉の境をこえてゆかなければならない。つまりそこが舞台のうえの世界だから。

すでに舞台のうえでは、説白（せりふ）、所作、歌舞、音曲はもちろん、道具類、衣裳などのはしばしまで、物語の帯のなかにあるわけではない。たとえ、物語が舞台のうえで進行し、俳優は言葉をしゃべりあい、所作しあっても、それは物語がすみつく観客の観念の世界とは、まったく異った次元に属しているのだ。しかも、それらは舞台うらの修練をくりかえしているときには、たしかに物語のところにあり、たしかに実生活から物語の世界へやってきたものだ、ということを忘れてはならないのだ。

舞台とは、舞台のうえの**俳優**とは、俳優の着ている**衣裳**とは、舞台にならべられた**道具**や、俳優が手にもっている**物**（採物）とは、**舞踊**とは、なにを意味するのか？　それはどんなふうに物語の世界と関連しているのか？

2　舞台・俳優・道具・観客

舞台は能や狂言みたいに象徴の骨組だけで簡略にできあがっていても、またいわゆるリアリズム演劇のように、実生活のある場面をそのまま縮尺したようにしつらえてあっても、俳優にとっては戯曲の過程と演劇の過程とを仕きる境界であり、また普遍的にいえば、言語としての劇と演ぜられるものとしての劇とを区ぎる境界だといえる。これは言語の美にとっては、物語の言語帯と劇の言語帯を区ぎる境界だというのとおなじだ。

舞台は、ある劇場のなかの板でつくった床のうえにできた空間でもなければ、現実の社会のなかのある場面をそのまま切りとった劇場の広間でもない。それは言語としての劇がその表面にぬりこめられ、また物語としての言語帯の礎石のうえにたった、ひとつの視えない境界を意味している。そこで実生活のうえでつかわれる家財道具や電灯や椅子や机がならべられていても、能、狂言のように形象ばかりの小屋や樹木がしつらえられていても、そのことは**舞台**がもつ本質的な意味にとってすこしもちがったものではありえない。

わたしは寡聞にして**舞台**とはなにかについて本質的な問いをだし、本質的な答えをさしだしているものを知らない。たとえばブレヒトは、この舞台のもつ境界の意味をまったくしらず、街角（現実社会の場面）のひそみにならって劇が演ぜられるかのようにかんがえてつぎのようにかいている。

うごかしがたい違いは、普通の演劇の特徴、すなわちイリュージョン（幻想）の惹起が、われわれの街頭の場面にはぬけていることである。街頭での実演者の表示・伝達は、くりかえしの性格をもっている。出来ごとは起ったのだ、ここで行われるのはくりかえしなのだ。演劇の場面がこの点で街頭の場面のひそみにならうと、丁度街角での実演が、実演であることをかくさない（そして自らを事件そのものだなぞと申し立てない）ように、演劇もはや演劇であることをかくさなくなる。稽古を積まれた演技も、暗記された台詞も、機具類のいっさいも、お膳立てのすべてもあますところなく人目にふれるのである。そうなると例の体験は一体どこにいってしまうのだろう。芝居に仕組まれた現実は一体その場合でもやはり体験されるのだろうか？（『演劇論』小宮曠三訳）

異常効果の好きなブレヒトも、街路での実演が、事件そのものだとはかんがえられてはいないが、街頭であれ、ビルの屋上であれ、また祭りの日のやぐらのうえであれ、また劇場の床であれ、実演される場面は、みんな現実とはちがった次元にある**舞台**で、それじたいが現実から昇華された幻想の場面だということはまったくかんがえられていない。これは、一見するとささいなことのようにみえて、じつはブレヒトの演劇理論をつらぬいている偏見の性格につながっている。演劇がもはや演劇であるかどうかをかくさないように上演するかどうかは、ブレヒトのいうように唯物弁証法を演劇に役立てるかどうかなどというおおそれたこととは何のかかわりもない。それはブレヒトの個人的な嗜好として大切だというだけだ。そんなものはお喋言りせずに、黙って演ずればよいのだ。

境界はひとつの断層だし、またひとつの飛躍だ。それは現実の過程と幻想の過程を仕きる総体的な区ぎりで、この区ぎりには、言語としての芸術が、言語としての劇にまで累積された歴史と、言語としての劇が、現実のいまあるものとわたりあっている所以がこめられている。舞台だけではなく、すべてはみんなおなじだ。

おなじように、ブレヒトは**俳優**についてつぎのようにのべる。

俳優は持役を、驚く者・異議を唱える者の態度で読むべきである。自分の読んでいる出来ごとのおこってゆく次第ばかりでなく、身をもって体験する持役の人物のふるまいも、彼はなおざりにせず、それぞれの特殊性について会得するところがなければならない。どの人物をも、まえもってあてがわれたもの・〈決してちがう状態をしめすわけがなかった〉〈この人間のこういう性格なら予期されるのがあたりまえだろう〉ような人物・だというふうに甘んじて受け入れてはいけない。セリフを記憶するにさきだって、自分は何におどろき・どのくだりで異議を唱えたのだったかを記憶すべきである。つまりこういったキッカケを、役づくりを行う間、しっかりともっていなければ駄目なのだ。（同前）

ひとつの言語としての劇（戯曲、脚本）を、驚くもの、異議を唱える者としてよむべきだというのなら、演技料がふところにはいらなくて貧乏しても、俳優はそんな芝居に出演することないじゃないか。そんな半畳がはいりそうなところだ。こういう馬鹿馬鹿しい見解を、ブレヒトのいいかたをまねれば、鬼面ひとを驚かすV（ファウ）‐見解（異常見解）とでもいうべきだろう。ここで、理解できるのはブレヒトがお上品な劇評家、演劇観賞家、劇場通、言いなりの俳優ともいったものに苛立っているということだけだ。

俳優について、まさにブレヒトと対照的なことをのべているのは、たとえば福田恆存の演劇論だ。

役者のせりふは、戯曲のうちに与へられており、決定されてゐる。かれの行為にはわづかの自由も逸脱も許されぬ。どんな細部も、最後まで、決つてゐるのだ。いひかへれば、未来は決つてゐるのだ。すでに未来は存在してゐるのに、しかも、かれはそれを未来からではなく、現在から引きだしてこなくてはならぬ。かれはいま舞台を横切らうとする。途中で泉に気づく。かれはそれに近づいて水を飲む。このばあひ、気づく瞬間が問題だ。泉が気づかせてはならない。かれが気づくのだ。かれが気づく瞬間までは、泉は存在してはならないのである。

すでに決定されてゐる行動やせりふを、役者は、生れてはじめてのことのやうに、新鮮におこなひ、新鮮に語らねばならぬ。ここでも二重性が問題になる。戯曲のうちに定められてある行動やせりふは、すでにもう存在してゐるものである。見物人のうちには、それを読んでゐるものもゐようし、二度見るものもゐよう。それでも、かれらは、それをはじめてのものとして享受したがる。そのためには、役者は、未来に眼を向けてはならぬ。現在を未来に仕へさせてはならぬ。かれは現在にのみ没頭する。芝居の最後まで知つてゐて、しかも知らぬかのやうに行動すること。(『人間・この劇的なるもの』)

これが、ブレヒトのいうがまんのならぬ劇通の俳優論というべきものだ。俳優は戯曲をしりつくしていて、しかもしらぬふりをして現在の瞬間を演ずることに営みがあるというこのかんがえは、まず俳優が戯曲のなかの人物になりきることを前提としてかんがえられるものだ。ブレヒトはこれをはげしく否定している。

ところで、わたしは俳優について、ブレヒトや福田恆存などにしめされている見解とまったくべつのことをいおうとする。

俳優は、言語としての劇(戯曲)過程ではたんにその戯曲の観賞者、享受者そしてもっとも高度なばあい批評家であるにすぎない。かれは、じぶんにふりあてられた役割をもふくめて、ふつう読者や批評家がやっているように、それを読みこみ、それを我が身にふりかかる役柄におうじて身振りや会話や動きのイメージにつくりかえ、修練するだけだ。それらは、いぜんとして舞台うらに、つまり言語としての劇の過程に、あるいは物語としての言語帯に、あるいは、ふつうの現実の人間のなかにあるのだ。

ところでいったん、舞台(それが街頭であれ、劇場であれ、あるいは幻想風の舞台であれ、リアルな舞台であれ問う必要はない)に登場するやいなや、いままで言語としての劇の過程にあった**俳優**の性格は一変する。かれが、舞台うらで、またそのほかのところで暗記した動作やせりふをそのまま演じようとするといなとにかかわらず、舞台のうえに登場した瞬間から、現実の人間ではないのだ。かれは現実の人間以外のなにものかだ。かれの肉体やその動きや表情は、生身であってしかも、現実の人間のものではない。

かれはいまや、演じられる劇のなかにのみ実存しており、そこでかれが発揮するのは、演じられた劇のなかでのみ存在するところの、かれ自身の歴史的な累積と現存性との葛藤と矛盾とである。このばあい、すでに言語としての劇（戯曲）が、かれを制限し、かれを捕捉するのは、ただ**舞台**といういわくぐみを通じてのみだ。そのほかの点で戯曲がかれを規定する意味は、まったくおわっているのだ。

かれは、まさにかれ自身としてのイデオロギーであり思想であり芸術であるが、それは現実の社会でかれがもっているそれではなく、舞台という空間で規定されたなかでのかれ自身のイデオロギーであり、思想であり、芸術なのだ。

かれの身につけている**衣裳**や、手にもっている**道具**は、リアリズム演劇のばあい日常つかわれている衣裳や道具とまったくおなじものであり、非リアリズム芸術のばあいさまざまな様式的な衣裳や道具であるだろう。しかし、いずれのばあいも、舞台のうえに存在しはじめたとき、その本質は、現実の衣裳や道具ではない、あるべつのものにかかわっているのだ。それは舞台のうえの衣裳であり道具だ。ということは実生活をもとにした衣裳や道具ではなく、物語帯域をもとにした衣裳や道具にかかわっている。

観客は、本質がそうだから実生活のなかにいるか、またはもっとも熱心なばあい物語帯域のなかにいるか、どちらかだ。観客がどちらでも文句をいう筋あいはない。かれが実生活の延長として実演の場にやってきたとしたら、演ぜられる劇をじゅうぶん理解しないことがあるかもしれない。また物語帯域からやってきたとしたらとてもよく理解するかもしれない。この観客の本質を動かせるかどうかは、ブレヒトやその亜流のように〈庶民劇〉の理念をあみだすかどうかにかかっているのではない。また義理や人情のさわりで泣かせようとして古典歌舞伎を高い観劇料をはらわせてみせつけることでもない。また、ホン訳芝居をお上品なうまい演技でみせるシステムをつくることでもない。劇という概念そのものが、詩と物語をへて、はじめて成立した言語の劇として、それじたいが高度なものだということを、まず創る方がしるのが大切なのだ。

わたしは、現在の演劇とその観客の実状についてなにもしっていない。しかしそれらが、どんな愚かしい理念に支配され、あれでなければこれ、芝居でなければ反芝居、女性の衣裳のように、今秋の流行色は、といった程度のものであることはよくわかっている。そこでは、演劇の本質についてしらぬ劇評家がおり、言語としての劇から、演ぜられる劇への総過程の意味をしらぬ劇作家や演出者がおり、俳優とはなにかをしらぬ俳優がおり、観客とはなにかをしらぬ観客がいるということはたしかなのだ。

ここで**演劇**とはなにかについて、いちおうの定義をやっておきたい。**演劇とは、劇的な言語帯にはいってくる日記物語の言語と、説話物語の言語とを、歌舞や所作や道具や舞台に（舞台は境界であるが）転化したところの言語としての劇である。**これはあくまでもいちおうの定義だ。なぜならわたしはただいまのところ、言語としての劇が、詩としての言語、物語としての言語をへてはじめて成り立ったもので、劇の言語帯が、物理的な言語帯からの飛躍と断層であるということしか、のべてはいないから。そしてこのことは劇が、言語としての劇をもとにするほかには、いまのところ例外なしに成り立たない（黙劇でさえも）かぎり、本質的なものだというにすぎない。

演劇がなぜ大衆化しないか？

その理由は理論的には簡単なことだ。ひとびとが手ぶらで観劇にでかければ、まず物語の帯域をとおり、つぎに劇の帯域にはいるという二重の過程を、演劇の進行につれて同時に観念の運動のなかに繰入れなければならないおっくうさがあるからだ。劇場が大資本の出資をあおぎ、俳優がテレビ、映画出演からバーの給仕、オー・エルのパートなど、あらゆる内職で〈座〉を維持しながらも、なお大衆化しないのはそのためだ。ブレヒトのような本質的な誤解をおしてまで〈庶民劇〉の概念をつくりあげるよりも、観客にまず物語帯にはいってから、観劇にやってきてもらう方策を講ずることのほうが、はるかに本質的だということは、申すまでもない。言語としての劇（戯曲）をよむことが、小説をよむよりおっくうなのも、これとおなじだ。劇という概念は、それ自体が物語を踏み台にした高度なものだからだ。大衆の多数の観客を演劇がほしがるという矛盾を強行したいならば、〈反〉劇やV・効果をねらうのではなく、〈非〉劇的にするほかはないのだ。

そんなことは先刻承知のうえだといいたければ〈座〉や劇の俳優や、戯曲家は、もうからないとか、辛いとか泣き言をいうべきでもなく、また誤謬の理念に支配されて戯曲をかき、それが大衆劇のつもりであっても、観客があつまらなかったということで、故意に観客をはねつけるように書いたのだなどと居直らないほうがいい。誤謬はじぶん自身の脳髄のうちにしか、発見できはしないのだから。

3　劇的言語の成立

書き言語としての国劇が成立したのは能（申楽）・狂言にはじまる。これはおおくの古典学者がみとめている。すくなくとも異論をさしはさむ余地はないとかんがえられる。

能・狂言は南北朝期から室町期には、新興の武家階級の趣向にうけてとても盛んになったが、いまでは、少数の好事家の観客をもち、少数の師から弟子へじかに伝授される流儀に守られているだけになっている。でも劇そのものは、能・狂言のはんいをこえてひろがり、いまもつづいているので、あまりこのことにはもんだいはない。現在でも、のぞいてみたいときには、好きなときにこの成立期の古典劇をのぞいてみることができるからだ。ただ現在、少数の好事家にとりかこまれ、相伝の俳優に守られているだけだからといって、これが生命のないものだとはいえない。芸術の生命とか価値とかは、べつにそんなことにかかわりないので、俳優の演技のなかに、現在と歴史とが生なましくいきているかどうかできまるだけだ。

ただ能・狂言の演技が師弟のあいだの面授ににた相伝の修練というかたちしかとれなかったわけは、成立期の理論家たちのかんがえ方に、おおきな原因があるとおもえる。

世阿弥の『風姿花伝』や、『申楽談儀』にのこされた演劇論は、とても特異なものだ。その特異性は、徹頭徹尾、技術論、演技論であることと、徹頭徹尾、個体的であることだといえよう。個体的ということは、演技者が成長してゆく過程のなかに、じっさいの演技の発展する歴史が埋めこんであるということだ。世阿弥の演劇論の中心にある「花」というのは、技術論を、個体の演技の成長史に埋めこんだものをさしている。

> 先づ、七歳より以来、年来稽古の条々、物まねの品々を、よく〱心中に当てて分ち覚えて、能を尽し、工夫を極めて後、この花の失せぬ所をば知るべし。この物数を極むる心、即ち、花の種なるべし。されば、花を知らんと思はば、先づ、種を知るべし。花は心、種は態（わざ）なるべし。云々。
>
> （『風姿花伝』）

これが、とにかく幼少のときから稽古をかさね、かんがえながら、数をこなしてえたこころえが基本だという演技論になっている。

> そも〱、花と云ふに、万木千草において、四季（折節）に咲く物なれば、その時を得て珍しき故に、翫ぶなり。申楽も、人の心に珍しきと知る所、即ち面白き心なり。花と、面白きと、珍しきと、これ三つは、同じ心なり。

いづれの花か散らで残るべき。散る故によりて、咲く比あれば、珍しきなり。能も住する所なきを、先づ、花と知るべし。住せずして、余の風体に移れば、珍しきなり。(同)

たとえば、芸の稽古はじめは七歳であり、このころはありのままに演技すれば、自然に風体が滲みでてくるものだから、兎や角やかましいことをいう必要はない。

十二、三歳ころから声の調子もかわり、分別もつくから、数をこなすようにさせる。童形だから、そのままでも幽玄であり、声もたつからわるいところもかくされる。しかし、この「花」はほんとうの「花」ではなく、肉体の若々しさによる「時分の花」だ。

十七、八歳ころになると、青春期で声もかわり、腰高になるから「花」もうせがちになる。だから、一期のさかいは今だとばかり、稽古につぐ稽古をすべきだ。

二十四、五歳になると声も体も定まってくる。肉体の盛りだから「当座の花」としては上手とおもわれやすいが、ほんとうはいよいよ「初心」についただけだから、人にほめられ、名人に勝っても、一時的な「珍しき花」にすぎないのだとかんがえて、じぶんをしることがたいせつだ。

三十四、五歳で盛りをきわめる。このとき本物になっていなければ、四十歳すぎは下り坂だとおもったほうがいい。

四十四、五歳になると肉体も盛りをすぎかかり、外面的な「花」はなくなるから、あまり細かな物まねをしないで、ワキに花をもたせるように、ひかえめに演技すればよい。

五十有余歳では、老いてしまってそと目からの「花」はまったくないから、数のこなしは年若いものにゆずって、手やすそうなところをひかえめにすくなく演じれば、誠の演技者ならば、「花」はいやましに残るはずだ……。

世阿弥の花は、徹頭徹尾、個体の生理的、肉体的な条件のうつりゆきに密着しながら、うつりかわる

「花」のあるところを追求した演技論だといえる。いわば人間の芸術史を、個体の成長史のなかにうつしうえようとする。その成長史は、所作ごとであるかぎり肉体的な成長と若さと衰えとにかかわりがある。だから世阿弥の「花」は、演技論の不変の核であるとともに、ありどころがうつりかわるものだ。連続的なうつりゆきと不変性との交点に「花」はかんがえられているのだが、その「花」は、世阿弥にとってはあくまでも個体のうえにあり、歴史と現実とのうえにはない。この演技論が、どうしても演技について一対一の幼年期からの相伝の稽古がもとめられるようになるのは、当然すぎるほど当然だ。しかし劇のなかで俳優が、じぶんのなかに現実のなまなましい感触と、伝統の演技をじぶんが体現しているという意志をもたぬかぎり、能・狂言のような相伝の演技と幼少からの修練をやっているばあいでも、「花」を保ちえないことは当然とおもえる。能・狂言が、ときとして職人的な名人芸を生みおとしたとしても、それが少数の好事家の手に保存されたものにしかなっていないことは、ほかのどんな理由からでもなく、俳優、演者自身のもんだいだというほかない。

能・狂言を、現在のありさまから類推してかんがえようとする論者と、すぎさった文化財として翫賞しようとする論者たちの考えを卻けるため、あらかじめこれくらいの前提からはじめたいとおもう。言語としての劇は、どんなふうに物語言語のなかから成立したか?

物語から劇へ言語が転化してゆくありさまを知る手がかりとして、さいわいにわたしたちは、古川久の名づけた「天正狂言本」をもっている。これは狂言の古い原型(あるいは要約)をノートしたもので、ここにおさめられた原型と、現在、流布されているおなじ内容の狂言とを対比してみると、鮮やかに書き物語から書き言語としての劇が成立してくるようすをしることができる。

いくつも例をあげられるが、たとえば「天正狂言本」のなかの「三人百しやう」は、現在の「昆布柿」に対応している。

古形である「三人百しやう」では、丹波の百姓と越前の百姓と若狭の百姓とが、貢物である柿、紙、昆布を献上するために都へのぼる道すがら落ちあって道連れとなり、領主から歌を詠めと命ぜられて「今年よりしよりやうの日記かきそへて、よろこぶまゝに所さかへり」という、柿、紙、昆布を読みこんだ歌をつくる。所作をべつにすれば、狂言としての面白さは、三十一文字の歌などしらぬ百姓が、歌をよめとしいられて、貢物の名をおりこんだ歌をよんでおほめにあずかるという点にあることは誰にもわかる。

ところで、この「三人百しやう」は、物語性を所作ごとのなかに追いこむ（抽出する）ことで、あたうかぎり劇的表現にちかづこうとしているが、まだ、本当の意味で言語としての劇の表現とはいえない過渡形であることをよくしめしている。

たんばの国の者かきを以て出る。ゐち前の国の者かみを以て出る。わかさの国の者こぶを以て出る。中渡にて行合て、せれふ（説白―註）。都につきて、おそきとてしからるゝ。歌よまする。今年よりしよりやうの日記かきそへて、よろこぶまゝに所さかへり。酒のまする。此歌をまふて帰る。ふへ（笛―註）とめ。（「三人百しやう」）

これは全文だ。脚本の覚えがきとおなじで、言語のなかに登場する人物が、じぶんで語り、対話し、所作するというふうにかかれていない。ただ、所作ごとの場面へ人物がでることを説明し、所作自体を演じられる劇にゆだねているのだ。いわば物語としての言語と劇としての言語の中間にあるものということができよう。

ところで、現在の狂言「昆布柿」では、登場人物は、柿を献上する丹波百姓と、昆布を献上する淡路百姓と、奏者（領主の取次）とにかわっており、狂言としての面白さは、この三者の劇的な対話の進行のなかでのちぐはぐさ、ずれの滑稽味のなかにあたえられる。いいかえればすでに所作ごとをぬきにしても劇として読めるのだ。すなわちここでは、言語としての劇と演ぜられる劇とは、それぞれ独立にわかれた過程として成り立っている。そしてこの分離こそは、演劇において俳優が戯曲過程から境界をへて演技過程へと二重の過程をとおり、俳優として自立するためどうしてもふまなくてはならない条件だということができる。はじめて俳優とはなにか、舞台とはなにか、道具とはなにかが問われ、俳優は、だれでもが演者だという過程を離脱するのだ。

このような対比は、「天正狂言本」と現在まで流布されてきている狂言のあいだにいくつも成り立つが、それらはほとんど例外なく「三人百しやう」と「昆布柿」とおなじ相互の位相にあるといっていい。古形では、言葉のかけあい、狂歌や連歌の面白さ、説明される所作の面白さであったものが、言語の劇として形をととのえるようになると、せりふのやりとりの面白さ、ちぐはぐなずれの滑稽さなどにかわってゆく。言語表現じたいのなかに、劇としての本質がやってくるようになっている。

この物語としての言語から劇としての言語が成り立ってゆく過程は、つぎのように要約できるとおもう。

㈠　まだ成立しつつある途中の劇の古いかたちでは、何々が登場し、どんな所作や、せりふや、歌をつくる、という註のようなかたちで、登場人物やそのかかわり方は語られるが、言語としての劇が成立するようになると、登場人物たちは、おたがいのやりとりをじぶんじしんでやるかのように、えがきだされることになる。

㈡　成立しつつある途中の劇の古いかたちはどんな意味をもつかといえば、物語の登場人物たちの関係が、物語の進行のかなめをなす連環体ではなく、すくなくとも作者にとって登場人物たちがじぶんで語り、じぶんで関係し、それによって事態は進行してゆくということが、イメージとして完全に分離できるまでにはっきりしている。「天正狂言本」が、わたしたちにおしえるのは、その言語の表現は物語の連環体をやぶられていると同時に、登場人物たちの所作や会話が、作者のなかでは現実のイメージとしてあるかのように進行することだ。

㈢　いいかえれば言語表現のなかに物語はなく、作者が観念のなかにおもいえがいている場面で、登場人物たちは物語をじかに進行させるまでになっている。

㈣　こんなことができるようになったあとに、はじめて言語としての劇は成り立つ。つまり言語の表現じたいのなかに、はじめて登場人物はじかにあらわれて、物語をじぶんじしんの手で進行させる。そんなふうにえがくことができるようになる。

㈤　言語としての劇が成立したあとでは、それが演ぜられるばあいも、そうでないときも、劇は言語の表現そのもののなかにある。これを演ずるためには、言語としての劇過程と、舞台という対象化された〈観念の場〉とを、二重にわたりあるくことができる俳優という人物と、それを統御できる演出者とが必要になる。初期にはそのふたつは同じ人物だということが、ある意味では必須のことだった。

こんなふうにして、言語としての劇は、言語としての物語をへてのち、ながい期間をへてすこしずつ確実にうつっていったとかんがえることができよう。これは言語としての劇が、言語としての物語から〈飛躍〉したしるしだし、またおなじく〈連続〉しているという意味ももつ。

わたしの読んだ演劇論は、すべて劇のなかの物語性を、物語そのものとおなじ次元で、おなじだとして扱っている。だがそれは、まったくちがった表現の次元にあることを、ことさらいっておきたいのだ。べつにしらないことが創造をさまたげはしないが、あるばあいつまらぬ戯曲をかいて本人だけはいいつもりになるということはありうる。

登場人物たちが名告りをあげて道行きでおちあい、たとえば、太郎冠者が領主とかけあいをはじめるという狂言（能にものこるが）の**構成**の原型はなぜうまれたのか？　それはなにを意味するのか？　演者は、いったい見物にむかって名告りをあげ、せりふを云い、所作しているのか、舞台のうえに象徴される第二の〈自然〉にたいしてやっているのか？

4　劇的本質

国劇の発生を、いちばん系統的に一貫した信仰起源説からみちびいているのは、折口信夫だといえる。折口の『日本芸能史ノート』は、すくなくとも国劇の本質をかんがえるばあいに批評に価する唯一の一貫性をもっている。わたしどもは、これをすべての演劇論のうえにおく理由があるとかんがえている。まず、これをとりあげてみなければならぬ。

折口によれば、古代からの日本の舞曲には「鈿女（うずめ）の舞」と「隼人の舞」とのふたつがあり、前者はいわば神憑りの動作をおもにし、後者は、誓いの詞をおもにしていた。これをわたしどもの言葉でいい直せば、「鈿女の舞」は、〈自然〉と古代人のあいだの関係、いいかえれば〈自然〉信仰に発する舞いであり、「隼人の舞」は部族における人間と人間との社会的関係、いいかえれば族長と部民との関係を信仰として象徴するものといえる。折口によればこの「隼人の舞」は、その性格として部族臣である「物部氏」の舞いや、「久米氏」の舞いにまでつらぬかれてゆく。それらはどれも、部族民が統合的な族長にたいしてやる誓いの詞や、どうやって族長とむすびつくようになったかの由来をかたる詞をおもにしている。

そして、この隼人系の舞いには二種類の人物が登場するが、ひとつは海の神であり、他のひとつは、土地の神を象徴している。

おそらくこの折口のかんがえは、信仰起源説の根源である「妣(は)が国」信仰とむすびついている。海上はるかの道をやってくる人種起源の神と、列島の土地に住みついている土地の神とのやりとりの舞いに、その発生の起源をもとめていると理解できる。そして海の神が古代劇におけるシテであり、土地の神がワキまたはアドだとかんがえられている。

大和朝廷が列島を支配し統合するための信仰行事には、猿女氏のつかさどる「鈿女」系の舞い（魂呼び）の儀式のほかに、「隼人」、「久米」、「物部」ら族臣系の舞い（魂誓い）の儀式がひつようであったと折口はのべている。

折口信夫のこのかんがえは、普遍的な概念にいいなおすことができるとおもえる。古代人の信仰の表現は、ひとつには〈自然〉と人間との関係であり、ひとつには部族社会のなかのじぶんのじぶんにたいする関係であり、それは部族社会のほかの成員との関係としてあらわれる。またじぶんを疎遠にかんがえれば部民と族長との関係にうつしかえることができる。折口のいう「鈿女」系の舞いと「隼人」系の舞いとは、このふたつを象徴するとかんがえることができる。

ところで時代がくだるにつれてこの古代の信仰のかたちは、自然にたいする信仰を疎遠にして、しだいに部族のなかの信仰にうつりかわってゆく。かつて「妣が国」からきた海の神と土地の神とのかかわりだったものは、土地の神と農耕民との関係にかわる。そして土地の神は古代では村落のはずれにみえるいちばん目だつ高処（山岳）にある山神だとかんがえられた。

折口は能・狂言のはじまりである〈田楽〉が組みあがってゆく要素としてふたつをあげている。ひとつは〈田遊〉で、もうひとつは〈念仏踊り〉だ。

〈田遊〉というのは、苗代から苗を田へ植えかえるとき早乙女が化粧して顔をかくし苗を植えるそばで、村落の若者が神（山神）に仮装してはやしたてる〈遊び〉で、もともと山神が田植えを手伝ってくれるという信仰に発した〈遊び〉だとのべている。

〈念仏踊り〉については、折口はつぎのようにかんがえている。

さて、少し話を念仏踊りの方へ向けたい。古は若い者の魂を後ほど恐れなかつた。ま、び、く、ことも普通だつた。幼児の死も、少年期から青年期にかけての人々の死をも恐れなかつた。この信仰が段々変つて来た。御霊信仰は若くて恨みを呑んでゐる者の死霊であるといふが、若くてといふことは必須の条件ではない。もとは唯鬱屈した魂の祟りである。それが後に曾我兄弟や義経が出てくるに及んで、若さの観念がつきまとうて来るやうになつた。成年戒を受けずに死んだ者の魂は、里に残つてゐて他処へ行かぬので、次第にその扱ひに恐しさを感じて来て、それを祓ふ式を必要として来る。此が念仏踊りの一つの起源である。そして現存の大部分の田楽の基礎は、この念仏踊りである。(『日本芸能史ノート』)

古代人の「妣が国」信仰と生死観とから流れくだる芸術の信仰起源説は〈田楽〉の構成をかんがえるばあいでも、折口が一貫してとっている立場だ。これにたいするわたしの批評と過大評価も一貫してかわらない。

折口の観点は、舞劇の分化はいつもシテ(主役)と、その対立手で、またそれを模倣してくりかえすワキまたはアドとのあいだにはじまり、かつてシテだったものが時代がくだるにつれてワキにかわられ、そのワキはじぶんがシテの位相で、またその対立手としてワキをうんで、しだいに分化するということだ。〈田楽〉にたいしては〈猿楽〉がその分化の対立手であり〈猿楽〉は〈能〉または〈狂言〉にいたる。折口学は、このような分化が、社会構成の分化に対応し、そしてこの分化が、かならずしも、〈自然〉神と人間との関係、〈部族〉神(族長信仰)と人間との関係だけでうながされるのではなく、人間がじぶんじしんにたいして疎遠になるにつれて、社会から共同体によって疎外をうながされるために、まずこういう社会からおこる共同体の疎外を象徴する知的な人物によって分化が推進されるということを、おおきくみなかった。〈田楽〉→〈猿楽〉→〈能・狂言〉という分化には武家階級を興隆させた社会の変化が、いつもついてまわっている。そんなことはもちろん折口は勘定にいれているのだが、ただそこに分化の主脈があることを認めなかった。

武家の興隆といっても、武家の手によって推進されたとか、武家の好みに応じるように内容がかわったとか、武家の頭領によって支持され、保護されたということではない。武家を興隆させたとおなじかくれた根本的な要因が〈田楽〉から〈能・狂言〉までの舞劇の分化をうながしたといってよかった。

劇的という概念が、相剋や争闘、無秩序と混乱と見とおしのできないいまのあり方、またあらあらしさといった概念にともなうことは、小山内薫や福田恆存のような演出者や劇作家から、津田左右吉（『文学に現はれたる国民思想の研究』）のような思想家をもいちようにとらえている。しかしそれはあまり信じられない。むしろ物語の概念の崩壊と、物語の概念をもとにしたひとつの〈飛躍〉として、はじめて劇的という概念は成立したとみることができる。折口学のいうように、シテ（主役）とワキ（副役）やアド（まね役）の分化をもとにしておこなわれたとかんがえるより、**構成**のうえで物語からの飛躍と断絶がひつようだったのだ。そこでは物語るという次元で登場する人物たちが、劇の作者たちの観念のなかでは、完全に生きた人間の輪郭をたもったイメージでじぶんで振舞い、じぶんでほかの人物と関係する。描写されているから人間の輪郭があるのではなく、行動している人物のイメージがほんとうの輪郭をもって振舞うから、物語の次元が超えられている。これが劇が成り立つのにかならずなくてはならぬ条件だった。そして劇の作者たちは、こんなふうに振舞える人物たちを言語の表出から動作の表出へと追いはらい（抽出し）、ただ劇の**構成**にどうしてもいる要素だけを、言語の表出にのこそうと試みたといえよう。さきにのべた「天正狂言本」にあらわれた狂言の古いかたちは、それをよくしめしている。それが中世までの優れた物語よりも、言語の表現として劣っているようにみえても、言語過程から演技過程にわたる総体性としてよむとき、はっきりと物語の表出から飛躍し、上昇していたのだ。

狂言の登場人物たちは〈田遊〉の登場人物たちが現世のほうへ下降してきたものだった。それらが領主たちとかわす問答は、いわば里人と山神とのかけあいからはじまったものが、現世のほうへ下降したものとみることができる。社会の構成が分化したことは、ひとりでにこのかたちを荘園の領主と部民との関係にうつしかえていった。

5　劇の原型

折口学の立場からみれば、能・狂言のおもな流れは、狂言から脇能（儀式能）へという上昇と、脇能から狂言へという下降がむすぶ帯域に、本質があるとかんがえることになる。じじつ折口はこうかいている。

脇能はうけての方だから、聞く方も人間だらうと思ふが、此はさうではない。人間なら人間のすぴりつとに見せるのである。脇能が多種多様であつて演芸種目をふやしてくる理由はこゝにある。さうしてみると能楽では脇能が一番最初である。翁といふのは田楽の中にもあるが（勿論脇能である）、あ、いふ風に多種多様に発達して来たのは、脇能が発達したからだ。だから結局、脇能が今の能楽の本流だといふことが説明がつくのである。こゝまで説明せねばならない。（『日本芸能史ノート』）

聞き手（観客）は、折口のかんがえでは、山神→人間のスピリット→人間というようにいまあるすがたにおりてゆき、舞台は、賽の河原（念仏踊り）→山人と里人の交通の切れ目（田楽または田遊）→聞き手と演者の切れ目（能・猿楽）というようにおりてゆく。

ところでわたしがここでやってきた言語としての劇が成り立ってゆく過程からかんがえるのは、つぎのふたつの経路だ。

㈠　狂言から脇能（儀式能）へ

㈡　狂言から鬘物・狂女物・修羅物など、ぜんたいとしていえば葛物及び世話物をへて、現在物へ

折口学はこの㈠の経路をもとに成り立っている。でもわたしどもがかんがえてきた言語としての劇の成立は、この㈡の経路をおもにしてかんがえられることになる。ここでかんがえられる㈠の経路は、詩の言語が土謡詩から儀式詩へ上昇してゆく道すじに対応し、㈡の経路は、土謡詩から叙事詩をへて抒情詩へという過程に対応している。そして、この㈡の経路は、大衆的な共同体社会から知識をもつにつれてそれていった芸術家（知的大衆）をとおらなければ成り立たないといえる。

わたしのかんがえでは脇能（儀式能）の表現としての高度さは、現在物とおなじ程度にかんがえられるものだ。それでも土俗の形式が昇華されたものという意味しかもっていない。

野上豊一郎が『謡曲選集』でとっている分類では、修羅物、鬘物、狂女物、怨霊物、遊狂物となっているのは、どれも第11図の②の段階にかんがえられるものだ。それは古典物語、軍記物、古典説話、ふ

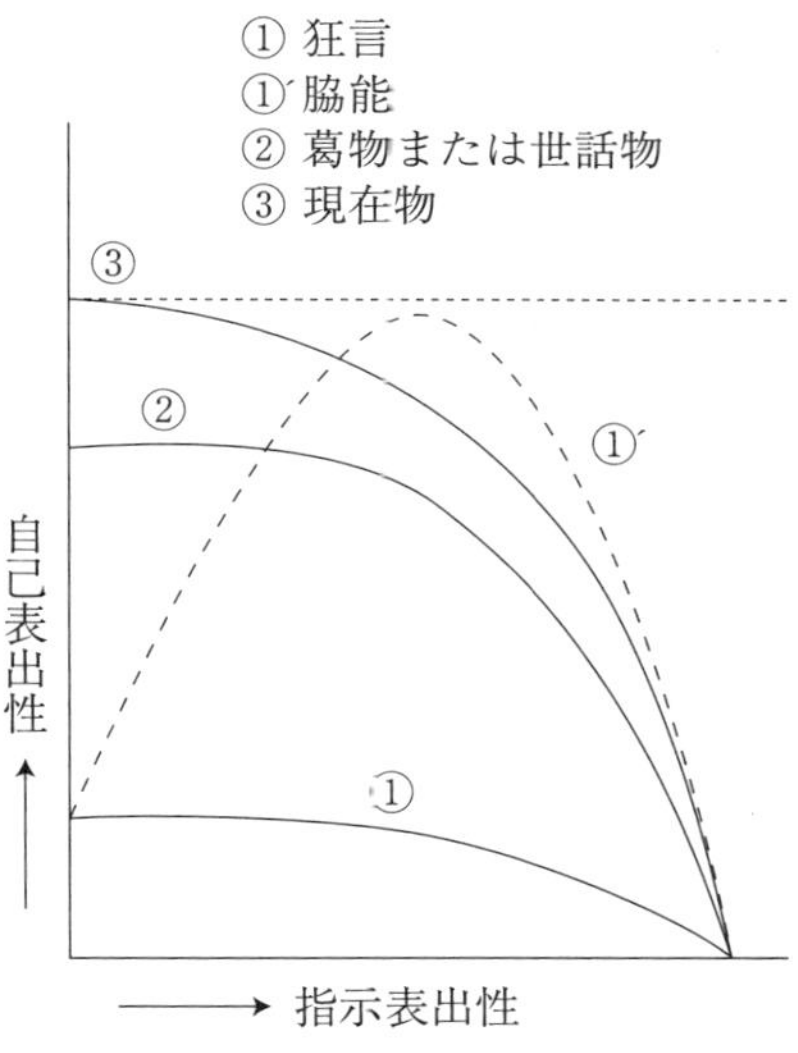

第 11 図

る言い伝えなどを主題にしている。そして主題のえがきかたは、前シテのようなかたちで、現在（その当時）の人物があらわれ「間」の場面でテーマの由来が語られたのちに、後シテのようなかたちで、その主人公が亡霊となってあらわれて、成仏のしだいを語るというふうになっている。

ところで、第11図の③の段階にかんがえられる現在物では、おなじく主題が古典物語、説話、軍記物、言い伝えからとられていても、主人公は、あたかもいまいる人物だというように、現在形で劇のなかに登場する。これは、劇としてのできばえということとはかかわりなく、表出としては高度になった段階ではじめてかんがえられるものといえる。

言語としての劇が成り立ったはじまりのころ、なぜ主題が古典（その当時からみられた）にとられたか、という理由はとても単純だ。それは、現にある生きた生活や人間を対象にして劇を成り立たせることがむつかしかったからで、この難しさは、ただ表出の段階として幼稚なところにあって、きまった説話や流布されて型にまでなった言い伝えなどを主題にするほかに、劇を成り立たせえなかった。どうしてもそんな幼稚な段階をへるほかになかったというだけだ。

ある研究者たちは、能を象徴劇とし、狂言を写実劇であるかのようにかんがえ、また能を上層武家的であり、狂言を下層民衆的であるかのようにかんがえているが、これはまったくあたっていない。

こういう研究者たちは、太郎冠者や百姓や売手が登場すれば民衆的であり、貴族や武家が登場すれば上層的であるというくらいのことで、すぐに〈上から〉とか〈下から〉とかいう構図をかんがえているだけだ。むしろ狂言の〈下から〉は、ストレートに〈上〉に直通するものだが、能の〈上へ向って〉は、けっして〈上〉へはいかないといったほうがいい。狂言は土俗の宿命をかたるが、能は知的大衆の宿命をよくかたっている。能が知識層的で、狂言は土俗的であるといえば、わたしたちはある理解の端緒にたっしているのだ。狂言は説話的ではあっても、すこしも写実的ではないことは、どんな観賞者にもすぐに理解できることだ。また能は物語言語にいたるまでのすべての表出の達成をふまえた知的なものであっても、新興武家階級にその感性の根拠をおいていることは、断わるまでもないことだ。主題の意義づけを第一におくことからどうしても逃れられない研究の段階では、そうはかんがえられていない。津田左右吉はつぎのようにのべている。

能が物まねの方面で発達せず、劇としての筋のある物語を演ずるやうにならなかつたのは、その演奏が写実的でないことゝも関係がある。世阿弥は学習条々に於いて写実的な演奏を排斥してゐるが、実際、その主眼である舞が写実的の所作でないことはいふまでもなく、白（セリフ―註）も当時の口語ではなく、吟唱の部分には、楽的旋律をなしてゐないながらに、謡ひものとしての曲節が附けてあり、楽とはいひかねるが笛と鼓とが用ゐられる。服装が現実には何時の世にも用ゐられたことの無いものがあることも、これと同じである。古典や古伝説をもとにしたものはいふまでもなく、その他のもので比較的下級の社会また当時の人物の行動などから題材を取つた曲でも、舞台で演ぜられることは、現実の生活からは迥かに離れてゐる別箇の世界である。観客と舞台との間には明らかな区劃があつて、観客は舞台の上に一種の夢幻世界をながめるのである。（『文学に現はれたる国民思想の研究』二）

おなじく谷宏の『中世文学の達成』は、能についてつぎのようにかく。

以上のような義満ごろの現実や人間の状況やを、もっと演劇というものに即して考えてみる。そうするとわれわれは、演劇とは人間の何かの行動をつかうよりほかないものであるが、そういう行動にかんして当時人びとが深刻なニヒリズムの危機におちいっていたというふうに考えねばならなくなってくる。また、演劇は人間の顔の表情や身体の動きや言表やを媒材にするよりほかないものだが、当時の人びとは自分らの外側の社会で日常見なれている顔面の表情や身体的動作やことばを、その本人の真実の表情や動作や声をあらわすものだとは思えなくなっていたというふうにみなければならなくなってくる。

つぎに、狂言についておなじ著者たちはつぎのように云っている。

狂言の特色は民衆的また写実的な点にある。古文学に依頼せずまた束縛せられずして、民衆の言語を以て自由に民衆の生活を直写した点にある（いくらかの例外はあるが）。だから狂言は我が国の平民文学の魁といはねばならぬ。（津田左右吉・同右）

狂言とはまずもって、あの「郷村」に生きた人びとの生身の肉体とことばをその真実において、すなわち当時における人間史の成果であり確証物であるところのそれをまさしくそういう人体として舞台のうえにつくりだし、観客の五官の対象にするものだとしなくてはならず、それを観客に対象化することによってかれらに郷村の人間の世界に生きるよろこびと面白さを確認させ、その生の発展をはかる演劇だというふうに考えねばならない。（谷宏・同右）

これらの考えは、どれも主題におもきをおき、日常語か文学語かにとらわれ、言語としての劇が成立した時期の能と狂言を、あまりに現在の能・狂言の社会的ありかたにひきよせたために謬見をしめしている。

おなじことを言いたければ、狂言は写実的であるよりも説話的フォルムをたもっている。大衆的であるよりも土俗的であることによって、能よりもずっといわゆる脇能（儀式能）に直通する経路をもち、そういうさかだちした契機をもんだいにすれば、支配者の儀式（舞詞曲）にちかいものなのだ。折口学は柳田国男の影響をもふくめて、この直通の経路に、劇としてのおもな流れがあることをみとめた。こういった考えは、大衆を主題にし、やさしい言葉でかけば被支配者大衆の立場にあるかのように錯覚する、現今の芸術大衆化論とすこしもかわらない。このことによって芸術はただただだちした支配層を反映するにすぎないのだ。

いつの時代でも、あるがままの大衆の感性は支配層に直通するものだ。この土俗のなかにたもたれている大衆の祭式の契機が、支配層の儀式のなかにあることをみとめたのは、折口学、柳田学の学的な起源になっている。あるがままの大衆の様式はさかだちすれば、すぐに支配者の様式に転化してゆく。ところで知的大衆としての知識層は、あるがままの大衆の共同体（土俗共同体）から離脱するものとしてあり、土俗の大衆の感性から支配層へ直通する経路を彎曲させるものとしてあらわれる。〈上〉からとか〈下〉からとかいうように、支配をひとつのつらぬくものとしてみないで、上下としてみる通俗的な理念がつまずくのは、そのためだといえる。また、逆に折口学や柳田学があるばあいには〈体制〉的だとおもわれたり、あるばあいには〈反体制〉だと評価されたりするふたつの面があるのは、そのためにちがいない。わたしたちはずっと、このどちらの理念も誤解だということを思想と芸術の理念の起源においてきた。

狂言の表出から上昇したものとみなされる能は、たしかにその時代の高度な劇の表現の頂きにあった。その意味では大衆そのものの表現ではなく、知的大衆（知識人）のものだった。でもけっして支配層的でもなければ、狂言のように支配層に直通する契機もない。いつの時代でも、支配層は知識人の高度な表出よりも、土俗的なあるいは説話的な要素をもった表出を、支配的儀式に直通する可能性があるものとして愛好する。そういうことをこれらの著者たちはほとんどかんがえてはいない。

こういうわたしたちの見方からは、どうしても狂言から葛物へ、葛物から現在物へという劇の上昇してゆくのがおもな流れだというかんがえになってゆく。この経路がないと物語の言語帯から劇の言語帯へ跳躍することはできないといっていい。もっと一般的にいえば芸術が表現としての高さをおしすすめられるときの原動力は、この経路なしにはありえないというべきだ。

6 劇の構成

まえに狂言の古いかたちが、どんなふうに言語の劇にうつっていったかについて「三人百しやう」と「昆布柿」とをくらべてかんがえてみた。狂言がけっして写実的ではなく、土俗的、説話的なものであり、はじまりの時期の民情をうつしているというより説話的なフォルムをくりかえしたものだということにもふれた。はじめは祭式の意味をもったかけあいの〈遊び〉から、祭式の意味がうしなわれたあとにも保存されたフォルムを、くりかえしくりかえしつかってひとつの**構成**にたっしたものということができる。

たとえば「昆布柿」のなかで、シテは丹波の百姓で、アドは淡路の百姓だ。二人は領主に土産の柿と昆布を貢物としてさしだすために上京する。ここで領主と貢物を献ずる百姓との関係の仕方が**狂言**の**構成**の本質をなしている。そしてこの関係を媒介するものとして劇のなかに奏者（取次）が登場する（狂言の古いかたちでは登場しない）。

狂言の**構成**のもとになる支配者と被支配者との関係の仕方とはなにか？

昆布柿であきらかなように、それはちぐはぐの面白さだ。領主は百姓の生活をしらず、百姓は領主の生活をしらない。そこにくいちがいがうまれる。そして、このくいちがいは、憎悪でもなければ、憧れや蔑みでもなく、じつに面白さ、滑稽さとしてあらわれる。この支配と被支配のあいだの関係の仕方としての面白さ、滑稽さは、被支配者がじぶんを、あるいはじぶんとほかの被支配者との関係を、面白さ、滑稽さとして対象にしていることを意味している。

たとえば「昆布柿」で、二人の百姓は、領主から歌を一首と所望される。二人は田唄や臼挽唄をうたうのかとかんがえる。奏者は、いや「三十一文字の言の葉を連らぬる事」（連歌）だと取次ぐ。二人は「三十一枚の木の葉をつないで上げ」ることだと聴きちがえる。これがくいちがいの関係のひとつの山場だ。もうひとつの山場は、領主から名前を問われて、ひとりが「問うて何せう」とこたえ、もうひとりが「栗の木のぐぜんに、もりうたにたりうた、たりうたにもりうたに、ばい〳〵にぎんばばい、ぎんばばいにばいやれ」とこたえ、領主の方は、それを感じ入りおもしろがるというくいちがいの関係にあらわれる。

この関係の仕方は、ほとんどすべての狂言の**構成**をつなぐ本質だといっていい。それは生々しい民衆の生活の象徴でもなければ、荘園の領主とその支配民の関係を写実したものでもない。あるがままに放任された生活民の、じぶん自身や他人との関係の仕方をあるがままに投げだしたというにすぎない。このあるがままは、いきおいひとつのフォルムをつくることになる。そしてこのあるがままの生活民のフォルムが、そのまま支配層の儀式能（脇能）のフォルムに直通するものだということを、いちばん鋭く洞察したのは、折口学、柳田学だった。

たとえば、脇能物の古いかたちだとかんがえられている「翁」の一節をとってみる。

シテ　あげまきやとんどや、
地　よばかりやとんどや。
シテ　坐してゐたれど、
地　まゐらうれんげぢやとんどや。
シテ　千早ふる、神のひこさの昔より、久しかれとぞ祝ひ、

地　そよやりちゃんやとんどや。
シテ　千年の鶴は、万歳楽とうたうたり。また万代の池の亀は、甲に三極を具へたり。天下泰平国土安穏。今日の御祈禱なり。
在原や、なぞの翁ども、
地　あれはなぞの翁ども、そやいづくの翁ども。
シテ　そよや。
（翁の舞）
シテ　千秋万歳のよろこびの舞なれば、一舞まはう万歳楽。
地　万歳楽。
シテ　万歳楽。
地　万歳楽。

おおよそ、ここには個性を埋没した土俗の歌謡・儀式の歌・祝言のフォルムだけがあるといっていい。この支配層が秘儀の舞いとしてのこしてきたもののフォルムは、あるがままの生活民のフォルムとおなじで、それが昇華されたものだということを折口はみきわめ、ここに信仰起源の思想をおもいえがいたのだ。

ひとびとがこの「翁」にひとつの不気味な神秘さをよめるとするなら、狂言の面白さと滑稽さを、写実的であるとか大衆的であるとかいう言葉でかたづけるまえに、おなじような不気味さのフォルムをよみとるべきなのだ。ここに〈下から〉とか〈上から〉とかいう図式理念の主題主義が、どうしても理解できない芸術表現の本質的なもんだいがあらわれる。

「高砂」や「老松」のような、世阿弥によってつくられた脇能も、意識的に儀式能としてのフォルムがまねられている。言語としての劇の**構成**からは「翁」のような古いかたちのおもかげはなく、前シテと後シテの登場する〈間〉に由来がかたられる。そんな狂言からみれば、上昇がとげられていても、その上昇は直通的なもので、その言語は祝詞的なものだといっていい。

近代主義からは「千歳」とか「万歳楽」とか「千代」とか「鶴と亀」とかいう永続を象徴する言語の呪術的なおそろしさをほとんど理解できなかった。またそれと逆に折口学は狂言から儀式能へと直通する土俗から支配の秘儀へフォルムが上昇してゆく過程を、おもな芸術過程とかんがえたために知的な曲折がたどる表現過程を無視するにひとしかった。

ところで、わたしたちが言語として劇が成立する過程でおもなものとみるのは、狂言から葛物へ、葛物から現在物へと上昇する表出の過程だというのは申すまでもない。

これを説明するために、修羅物の典型として、世阿弥の作品のなかでもすぐれたもののひとつである「清経」を例にとってみる。シテは清経であり、ツレは清経の妻であり、ワキは清経の遺臣、粟津の三郎だ。

まず狂言とおなじように、ワキである粟津の三郎が名乗りをあげ、主君左中将清経の形見の髪の毛をもって都へのぼるところから、劇ははじまる。いうまでもなく狂言とちがって〈道行〉がはさまれるが、この〈道行〉は〈地〉とともに、劇的な言語帯のなかにはいってきている日記文学の遺制を語っている。**劇的言語帯にはいってくる物語性は、日記物語と説話物語のほかにはない。**

ツレとして清経の妻が登場し、形見をまえにしてワキとのやりとりがはじまる。

この段階にある能では、シテは亡霊、夢幻としてかならず登場する。「清経」では、ツレの嘆きのなかの夢に、シテ清経はあらわれる。

おそらく「清経」は、この段階の能としてはいちばんはじまりの**構成**をしめしている。おおくは〈間〉の場面として、べつの人物が登場してワキとの問答のかたちで清経の亡死の由来をかたるのだが、このばあいシテ自身が、合戦の由来を〈地〉とのかけあいのうちに語り、終幕でツレとシテとの問答のうちに、水底に投身して亡死した清経が、仏果をえて成仏している次第が語られ、劇はおわる。

この「清経」にあらわれた劇の**構成**は、狂言からの上昇としては、いちばんはじめのものだ。まずワキの名乗りからはじまり、ツレとの問答があり、ツレの夢想のうちにシテの亡霊があらわれて、死までの由来を語り、そののちに終幕のシテの成仏の次第がくる。

このかたちが、もっと**構成**としてととのってくると、ワキがまず登場して道行の次第をかたり、前シテ（じつは後シテの化身である現実の人間）と出会い、問答のすえに〈間〉の場面があってワキまたは別人のかけあいのかたちで、由緒譚が語られ、つぎに後シテの亡霊が、現実の人間のようにあらわれて物語りし、いまは成仏している次第が語られて劇はおわる。注目すべきは、シテが、前シテと後シテとに分裂し、そのあいだに〈間〉の場面が由緒譚としてはさまれることだ。そして、前シテはふつうの人物のかたちで登場するが、じつはシテの化身であり、後シテは、シテが生きていた時代の現実の人間（その時代に逆行した）としてあらわれるが、じつはシテの化身ではなく亡霊をそのまま登場させたものだ。

こういった**構成**が、シテがさかさになった転換の仕方であらわれてはじめて、劇的時間が物語的時間とは異なったものとして成立する。それは〈言語としての劇〉という限定のうえでは、けっして逆行することができない時間だが、劇が〈演ぜられる劇〉をもふくむ総体性をもつことから、はじめて成り立つ逆行可能な時間になっている。しかしそのためには、ふつうの人間としてシテが登場するときは、過去のシテの化身であり、逆行したシテ自身として登場するときは亡霊であるというさかさまになった矛盾をさけることができなかった。

わたしのかんがえでは、これはたんに主題を過去の古典物語からとったためにあらわれたのではなく、比喩をつかえば、子供の文章が、朝オキテ顔ヲ洗イ学校へ行キマシタ、学校カラカエッテ友ダチト遊ビ、夕御飯ヲタベテ寝マシタという時間の継続を、はじめはのがれられないのとおなじように、言語としての劇のなかで、劇的連環体をあまりのがれえなかったことを象徴している。

たとえば、和泉式部伝説を主題にした世阿弥の「東北」（鬘物）をとってみる。

まず、ワキである旅僧が狂言のばあいのように名乗りをあげ、都へのぼろうとおもうという道行の目的をのべるところからはじまる。

つぎに前シテである里女（式部の化身）があらわれて東北院の庭の梅が和泉式部が植えたものである旨をワキにかたる。

〈間〉の場面では、梅を寝所にちかく植えてめでたいという和泉式部伝説が、ワキとアイとのかけあいのかたちで、由来譚としてかたられる。

つぎに後シテとして和泉式部の亡霊があらわれ、ワキとのかけあいのうちに仏法の有難さを説き、往時をかえりみ、そして終幕で、栄華の夢からさめたことをかたりながら消える、というふうになっている。

この**構成**の原型は、さまざまのヴァリエーションをもちながらも、葛物段階（第11図②）にあるすべての能に共通している。

能が、劇的連環体を完全にたちきるのは「安宅」や「夜討曾我」のような、いわゆる現在物においてだといっていい。

現在物という命名の由来についてはしらないが、その意味は、現在の（その時代の）事件を主題にしているという意味ではなく、古典物語や説話や口承を主題にしながらも、それらの物語の人物たちを**現在形**で登場させた劇のことをさしている。

この表出の段階にいたってついに、前シテと後シテはいらなくなり（なぜなら現在形だから）また〈間〉もいらない。各場面はそれぞれ**構成**の単位になりながら、劇的時間は登場人物に背負われて進行することになる。ここでも、たとえば「安宅」ではワキとしての富樫がまず名乗りをあげ、安宅の関所での山伏止めの次第をかたるというところから劇がはじまるというように、狂言のなごりはのこっている。また〈地〉がたりのなかに、物語言語帯からの遺制があり、この〈地〉の力をかりて劇的時間の**構成**がたすけられてゆくかたちはのこっている。でももうほとんど完全に言語としての劇は成立していて、各人物たちはじぶんの役割に応じながら劇の進行をつかさどり、各場面の構成は、全体の**構成**の不可欠の単位をつくりながら自立している。劇的連環体はたち切られ、**構成**は劇の内的時間の単位としてあるようになる。

「夜討曾我」では、あきらかに〈間〉の場面があるにはあるが〈間〉の意味はまったくちがう。それは由来譚を語るためのものではなく、曾我兄弟の夜討にであった祐経の護身役大藤内がそれを追って逃げてくる侍とかけあうかたちで、夜討の有様が現在形で「某もよもやこれほどの事はあるまいと思うたれば、何者が手引をしたやら、今夜彼の兄弟の者が狩場へ忍び入つての。」（オモ＝大藤内）というふうに語られるのだ。

この〈間〉の質がかわったことには、説話言語の遺制が、劇的言語にうつりかわる仕方がよく象徴されている。ここではすでに〈間〉もまた、劇的構成のひとつの必然的な要素であり、すでに劇の時間をつなぐため由来譚を語る場所ではないのだ。

折口学は劇が成り立つ過程を〈自然〉信仰から族長信仰へ、それから人間の霊（スピリット）の信仰へという下降と、土俗信仰の行事の上向とのあいだにおもいえがき、**構成**としてはこれをシテとワキとの分化と細分化の過程としてとらえた。この見かたはどうしても狂言から儀式能（脇能）への通路をおもなものだとみなすことになった。しかし、わたしたちはこのかんがえをとらないできた。狂言から葛物へ、葛物から現在物へという上昇の仕方に、言語としての劇のうつってゆく主脈をみようとしたのだ。

この見かたは、いきおい**土俗的な、いわばあるがままの大衆から、知的大衆（知識層）へのうつりゆきがひとつの芸術的な必然であり、この経路をへずしては、劇的言語帯への飛躍はおこなわれえないものだ**というかんがえにみちびかれる。そしてこういう言語としての劇のうつりゆきは、**構成**の時間のうつりゆきとしてあらわれる。劇の登場人物たちは、信仰を現世にあって分担して背負っているのではなく、人間のじぶんじしんにたいするじぶんの関係、じぶんじしんにたいする他人の関係を背負って分化し、それが物語言語帯からまったく飛躍しきったところで、ついに第二の空間（舞台）と第一の空間（物語あるいは現実）とのあいだを過程として通ることができる観念の世界が、劇というかたちで表出されてきたとみなすことができる。

第Ⅱ篇　展開論

1　「粋」と「俠」の位相

北村透谷が明治二十五年にかいた「粋を論じて伽羅枕に及ぶ」、「徳川時代平民的理想」、「徳川時代平民的虚無思想」などは、短文ではあるが、朱子学によってとらえられた武家の儒教的な思想と、中世からの遺制である仏教の無常思想の圏外に、隠然として宗教的といってもいいかたちであった町人社会の生活思想を論じたものとして、現在でも読むにたえる鋭い洞察をふくんでいる。透谷は、近世町民思想の中心を、心学にもとめなかった。遊廓と俠客集団のなかに集中された「粋」と「俠」にもとめた。そして遊廓と俠客集団とはきってもきれない関係にあったため「粋」と「俠」は、「姉と弟」のようにきりはなすことができないものだったとのべている。

わたしが関心をもつのは透谷が「粋」と「恋愛」とのちがいを論じている個所だ。かれはそのちがいをふたつあげている。

第一に、恋愛は人を盲目にし、癡愚にし、燥狂にし、迷乱させる。しかし粋は、迷わないことを本旨とする。粋は「迷道に智を用ゆる者。粋は徳に近し、即ち不道に道を立つる者。粋は仁に邇し、即ち魔境に他を慈しむ者。粋は義に近し、粋は信に邇し、仮偽界に信義を守る者。乃ち迷へる内に迷はぬを重んじ、不徳界に君子たる可きことを以て粋道の極意」とするところにある。

第二に、恋愛は盲目的にか意識的にか双愛的であるが、粋は意識的に双愛的ではないことを本質とする。透谷の言葉をかりれば、

抑も粋は迷はずして恋するを旨とする者なり。故に他を迷はすとも自らは迷はぬを法となすやに覚ゆ。若し自ら迷はば粋の価値既に一歩を退くやの感あり。迷へば癡なるべし。癡なれば如何にして粋を立抜く事を得べき。粋の智は迷によりて已に失ひ去られ、不粋の恋愛に堕つるをこそ粋の落第と言はめ。故に苟くも粋を立抜かんとせば文里が靡かぬ者を遂に靡かす迄に心を隠かに用ひて、而して靡きたる後に身を引くを以て最好の粋想とすべし。我も迷はず、彼も迷はざる恋も粋なり。彼迷ひ我迷はざる間も或は粋なり。然れども我も迷ひ彼も迷ふ時既に真の粋にあらず。

「粋」や「俠」が、透谷のいうように醒めていなければならなかったのは現実的な理由があった。遊女も俠客も、観念のうえではのけ者であっても、ひとたび現実にかえれば、前払をうけとってしまった年季奉公の女であり、徒食の根なしぐさであったから、男女のことについて迷うことも、実行について身を張ることも、いったんその現実生活の体験にかえれば、空しく、行く先がしれたことにすぎなかった。

かれらは、醒めている極限で、いつもこの事実につきあたったときの観念のうごきをじぶんでしっていたのだとおもえる。わたしは、ここで浄瑠璃と歌舞伎の構成の根にある思想について、まず、ちかづけるかぎりはちかづいておきたいのだが、透谷がぬきだしている「粋」と「俠」とは、江戸期の遊廓内の倫理あるいは宗教的倫理の要約としては、とても優れた洞察をふくんでいる。ただここに省略がふくまれているとすれば、遊廓という特殊な社会に流通の根拠をもった透谷のいわゆる「平民的」社会の宗教的倫理もまた、当時の支配的な武家社会のものであった儒教の倫理と、中世からの遺制として土俗と支配層に凝集していた仏教的な倫理とが、不思議な混淆の仕方をして、はじめて成立していたということだ。透谷は「粋」と「俠」を説明するために近松の浄瑠璃や八文字屋本をひきあいにだしたが、じじつは逆で浄瑠璃や歌舞伎の世界そのものが、透谷のいう「粋」や「俠」を宗教とする閉じられた世界である遊廓と、そのそとで町人社会に流通する実益思想との葛藤のうちに、はじめて成立した劇的な世界だったといってよい。

ここで劇的な世界というのは、思想としての呼び名で、かれが現実生活として体験しているものと、かれが思想として観念のうちに凝集しているものとが、分裂の感じをもたずしては、かれにとって存在しない世界というほどの意味だ。「粋」や「俠」は、もちろん遊廓のなかをのし歩いていたわけではない。また晨帰り(あさがえ)の機嫌で、街中へでてきたわけではない。かれの観念のなかで、遊廓と街中を亡霊のように往き来していたのだ。あるいは、化粧をして歌舞音曲や俗謡を口誦んでいる遊女の姿と、支度部屋で、やつれた顔をして寝そべっている遊女の姿のあいだの裏おもてを、また、酒をのみたわむれている小商人と、晨帰りの長屋から商いにでかけるおなじ小商人のあいだの隔たりを自由に流通していたのだ。

わたしたちはたとえば、藤井紫影の校訂にかかる『近代歌謡集』をもっている。『近代歌謡集』を手にするものは誰も、透谷の「粋」と「俠」がいかに江戸期の「平民的社会」のモラル、あるいは宗教的心情の要約として適確であるかをしるとともに、それがどれだけのものを端折(はしょ)っているかをしることができるはずだ。

万治(まんじ)—天和(てんな)年間(一六五八—一六八四)にすでに吉原遊廓内に流布されていたとかんがえられる「吉原はやり小歌そうまくり」からとらえてみる。

(1) 人の身を露の命といふ事は、終には野辺におけばなれ、百(も)の媚ある姿をば、けふとげ野らに捨られて、骸(から)は浮世にとゞまれども、こんな冥途に行く道の、あらさびし此旅の空、誰に問はまし道芝の、露か涙かうらめしや、とは思へども二世かねたるしるしには、憂きもつらきも君とわれ、同じ冥途の苦しみは、ともうけへはうらめしや(「夢の通路ひらく〳〵ずし」)

こういう俗謡をみると透谷がかんがえた「粋」をはみだしていることがよくわかる。ここでは中世仏教の無常感が、遊里の情交とわかちがたくからみあっている。これをべつな言葉でいえば、「平民的社会」の感性をながれる中世的なもの、あるいは俗謡のなかにある謡曲的なものだといえよう。あるいは念仏踊り的なものだといってもいい。遊女はここで社会の廃疾者として無常にとらえられ、遊廓のうちの男女の情交は、宿命をいっしょにする関係としてみられている。こういう感性は、かなりの重さで遊廓の内に流布されていた。

(2) 天下泰平長久に、治る峯の松風、雛鶴はちとせふる、谷の流に亀遊ぶ(「ひきよく」)

これは遊里の俗謡のなかの祝歌にあたるもので、べつのいい方をすれば、脇能的だといっていい。土俗的であるとともに中世の高い感性のなごりがふくまれている。

こういう俗謡は、とくに遊廓の内にだけ保存されたものではなかった。いろいろな地方の俗謡にかならずのこされていた。この(1)、(2)にあげた俗謡が遊里のはやり小歌としてうたわれていたということは、たとえば歌舞伎三番叟（さんばそう）などよりも、はるかにおおく中世の感性が、俗謡をうたう町人社会の感性としてのこされていたことを意味している。町人が近世になって興隆したことは、とりもなおさずはじまりのブルジョアジーの感性が興隆したことだというのは、あまりに単純化した理解の仕方だ。これらの俗謡にのこされた中世の感性が、それを暗示してあまりがある。

身売奉公の証文をさきどりされていた遊女たちの境涯は、ある意味でこういう感性のなごりが流布されるのをたすけたにちがいない。生ま身は町人社会の発達にともなってふつうの慣習になっていた一枚の証文の交換でしばられながら、客席ではこういう娑婆苦を昇華した仮面がけっして不似合ではないように、身についていた。

(3) 花を吉野と見る人の、恋路に迷ふ三谷（さんや）のはて、情に思ひ染川や、末を高瀬と聞くからに、同じ初瀬の浪枕、君もろともに因幡山、松が枝花の藤波や、河内八橋をりを得て、われは思ひにやせわたる、わかれ〳〵和泉の玉川や、されば千手の誓にも、枯れたる木にも花さきや、若狭は二度となきものをと、何歎くらん思ひあかしやと、御利生あるこそ嬉しけれ、めては若山せいしゆの君、げにや誠に痴話事の、ころは吉田のなりの末、心の定家家隆のもとに行き、日頃手馴れしはやり歌、参らせ上させ給ふにより、三味線などにのせられて、ながうた貫く玉葛、掛けてぞ頼むと思ひしに、西を高瀬に薄雲や、さこそ紅葉出ぬらんあゝ面白や、こがれこがるゝ対馬せんじゆ、生田坂田のかりぶしも、寝られぬまゝに辿り行き、万よ千よもかはらじと、夜毎に通ふ初山の、心清原頼むとて、まさつねならぬ我思ひ、こよしのよしある恋衣（「吉原かはり名よせたゞのり」）

道行文のかたちをかりて遊女の源氏名をつなぎあわせた遊び歌だ。これもまた中世の語り祭文・狂言・能の道行のなごりをとどめているといえる。

(4) うつゝか夢か幻の身をもちながら、遊べや歌へ酒(さゝ)飲みて(「かはりぬめり歌」)

現世的だというよりも、ここでうたわれた遊びは、とても観念のなかに内攻されていて、そういってよければ宗教の情操でうたわれている。

これらの遊廓内のはやり歌は、いずれも透谷のいう「粋」の解釈をくつがえすにたりるものだといってよい。もしも、こういったはやり歌の背景に物欲で身をまかせたり、情交をかわしたりする遊廓内の男女の姿をリアルにおもいえがくことができないとするならば、だ。もう近世になってからは遊廓のうちでの男女の関係、いいかえれば透谷のいわゆる「粋」なるものは、乖離にさらされていた。情交をうたうときには観念的に、あるいは宗教的に、あるいは肉体がないかのように、そしてじっさいの情交は、とてもリアルに醒めた物欲や肉欲をふくんでいた。これが隆達節のあとに綿々として遊里に流布された流行唄と、西鶴のような冷徹なリアリストによってえがかれた散文世界とに片面ずつとらえられた町人の宗教としての「粋」の実相にあたっていた。

遊女たちと遊人たちとは、一枚の商取引証文でじぶんの身が年季奉公にしばられたり、商人の利ざやや武家の下働きをうけ負うほかにこの社会に生活できない身分だということをしればしるほど、男女の情交をこころのうちで昇華してうたわずにはおられない二律背反にめざめていた。そこに遊廓のうちで流布された俗謡がとても宗教的になり、観念として流通した倫理が宗教的になる理由があった。

遊廓のうちに煮つめられた男女の関係の理想と現実のくいちがいが、普通の町人の社会の感性のじっさいのすがたとどこまで似ており、どこからちがっているか、あるいは、どこにふれあう中心があったかをしるために、たとえば、諸国に流布された俗謡を集めた「山家鳥虫歌」を対比させてみることができる。

(5)恋にこがれて鳴く蟬よりも、鳴かぬ蛍が身を焦す
いとしとのごの目元のしほを、入れてもちたや鼻紙に（大和）
わしはやまがら餌におとされて、明障子のうちにすむ（河内）
一夜おつるはよもやすけれど、身より大事の名がをしい（和泉）
心中しましよか髪きりましよかヤァレ髪はえもの身は大事ヤァレヤレ〳〵（志摩）
相性みよゝりかひしやう見やれ、小鬢なでうよりひつなでうよ（加賀）
後世と契りて今又あきやる、釘をうちたや後のつま（伯耆）
いなしよ〳〵と思うたうちに、太郎が生れていなされぬ（播磨）
夫の留守に人よせせぬは、扨も身あげた花よめご（壱岐）

これらの俗謡にあらわされた男女のかかわりを、遊廓の内のはやり歌にうたわれた男女の関係とくらべてみるとよい。このほうがじかで、狡猾で、またリアルで、物欲的だ。そして、この俗謡のリアリズムのうしろには、さかだちした意味で町人社会のなかのゆがめられた感性や、するどい生活感情の鬱屈や、棄てばちの感性があるというふうによめる。これらの俗謡を、そのまま生活民のリアルな感情をあらわしたものだとよむ文学理念は、ただ「平民的虚無思想」の誤解にゆきつくだけだ。

しかし、つぎのようなことはいえる。遊里のうちに流布されたはやり歌が象徴するものは、男女の関係が観念と現実とのあいだで分裂したすがたであるが、諸国に流布された俗謡が象徴する男女の関係は、表現と現実とがさかだちしてゆく契機であり、うたおうとしたことのうしろに、無意識のまま、また無定型のままかくされていたためらい、鬱情、抑圧だった。

透谷がかんがえた「恋愛」と「粋」とのちがいは観念のなかでくらべられたものだった。「恋愛」と「粋」とは、もともと透谷のいうようにはくらべられないほど異質なものだといってよい。なぜなら、透谷のいう「粋」は、観念と現実のうえで男女の関係が分裂してゆく意識のなかではじめて成立したものだし、透谷のいう「恋愛」は、近世の町人社会で、ただ観念と現実とがさかだちしてゆく象徴としてはじめてありえたものだからだ。

「相性みよゝりかひしやう見やれ、小鬢なでうよりひゝつなでうよ」というような俗謡は、現実の生活の契機からすると〈好く〉というような男女の関係が、それだけぬきだしてこられないようなせっぱつまった生活にさらされたリアルな意識を象徴するものだった。でも俗謡の表現からみればこう謡わざるをえないせっぱつまった〈好く〉という気持をもちたい憧れであった。「心中しましよか」のばあいもまったくおなじで「身は大事」というとき、心中沙汰を馬鹿らしいとみるじっさいの生活感情の、体験からみちびかれたものが象徴されるのだが、表現ということからは、心中にたいするかくべつなつよい関心と憧れをかたっている。

諸国の社会民が流布したこれらの俗謡に象徴される男女の関係が、どんなに観念と現実とがさかだちした表現をしいられたものかは、滑稽感やエロチシズムをうたったものにいっそうよくあらわれている。

(6)わしは小池の鯉鮒なれど、なまづ男はいやでそろ（山城）
そふとめのまたぐらを鳩がにらんだとな、にらんだも道理かや、またに豆をはさんだとな（出雲）

近世の社会で農民や町人の男女の関係が滑稽だったわけでもなければ、エロチシズムをそれだけぬきだしてくるほど生活に余裕があったわけではない。ただ瞬間の余裕と横にすべった抑圧感によって現実をさかだちさせたすがたをあらわそうとして、こういう言葉にとめられたのだ。これは遊廓のうちに流布されたはやり唄のなかのエロチシズムが、じかに表現を昇華しているのと対照的だといえる。ほんとうは遊廓のうちでこそ、男女のじかな性的関係が滑稽や冷やかしとしてうたわれてしかるべきなのに、そこではかえって無常観の衣裳をまとったり、現実からの距離感としてとらえられたりした。

俗謡に表現されているものは、わたしたちが読みかたをまちがえなければ、社会にとって自然に流れているものの表現又は逆表現にあたっている。そして俗謡の流れは、たとえば狂言や語り祭文のようなかたちになると、構成として自然に流れているものを象徴するようになる。

近世浄瑠璃や歌舞伎の世界が、遊里の掟てとして流布されたくるわの倫理をぬきにして論じられないわけは、遊里にあつまった現実とそれをあらわすかかわりが、近世町民思想の根にふかくからんでいたからだった。その根は、いくつもの方向から解きほぐすことができるだろうが、すくなくともその中心にあるのは、男女の関係が現実と観念とでたがいに背反せざるをえないすがたこそが、人間と人間とのあいだの社会的な関係を普遍的に象徴したものだという思想だった。近松をのぞけば、近世はそれほどの劇の表現をもっていない。だが近松がいちばん力をこめてえがいた世界の根本は、この男女関係が現実と観念のあいだで二律背反することが、どんなささいにみえても現実の社会の人間と人間との関係の普遍性をあらわしているという表現思想だったといってよい。

近世の劇的な表現をかんがえるばあい、ひとつには隆達節からあとさまざまなかたちで流布されてきた俗謡をもとにして、そこから謡曲、狂言に影響されながら、浄瑠璃の表現世界にたどってゆく上昇の道すじと、もうひとつは、浄瑠璃から下降して歌舞伎の世界へゆきつく道すじとをかんがえることができる。むろんこの道すじは文学史としての道すじではなく、表現をたどったばあいの道すじを意味している。

この上昇してゆく道すじでは、俗謡の世界は浄瑠璃の表現を構成している流れのひとつとしてとけこんでいった。しかし、浄瑠璃から歌舞伎へ下降してゆく過程では、構成の流れからはずれて、はずれたことで俗謡は土俗的な自然から、音曲節として独立するようになった。このふたつの経路で、俗謡のはたした役割は、けっしてちいさなものではなかった。

近世の俗謡が象徴しえている社会の人間関係の限度が、どこまでとどいているかをみるために、「山家鳥虫歌」をもうすこしあたってみる。

(7)親がかたおや御座らぬゆゑに、人もあなづりや身もやせる
あきもあかれもせぬ中なれど、いとまやります親ゆゑに（和泉）

(8)をつとたがへす娘はかせぐ、妻はせどへ出て米かしぐ
嫁をかはいがれ嫁こそか丶れ、むすめ他国の人の嫁
後世をねがやれぢさまやばさま、年寄こいとの鳥がなく
お前ついしよか人事いふか、お茶をあらしに又来たか
嫁を〳〵とゑと誚りやんな、誚る我子も人のよめ（摂津）
小石小川に子がすて丶ある、ひろうてそだて丶花がさく（伊勢）
知つてをれども人にまた問うて、母のさしづで迎ひとれ（甲斐）
親は子という尋ねもするが、親をたづねる子は稀な（因幡）

(9)梅はにほひよ桜は花よ、人は心よふりいらぬ
人の事かと立ちより聞けば、きけばよしないわしがこと
人がいひますこなたの事を、梅やさくらのとり〴〵に
人のいひなし北山時雨、曇なき身は晴れてのく（和泉）

⑽つとめしようとも子もりはいやよ、お主にやしかられ子にやせがまれて、あひに無き名を立てらる丶（尾張）

あくればいでて暮る丶まで、身は粉になるかはだかむぎ（駿河）

高い山から谷底見れば、おまんかはいや布さらす（伊豆）

つまは萱刈り鎌倉山へ、われは子どもに根芹つむ（武蔵）

岩井町とはたが名付けしぞ、かねがなければつらいまちサッサオセ〳〵（近江）

堅田船頭を夫にはいやよ、月に二十日は沖に住む

何も職ぢやが鞍馬の職は馬に七束我身に二束、馬の手綱を手にひきまとひ花の都へ柴売りに（美濃）

みやま六月布子を著るは、金がないから冷ゆるやら（能登）

家族・親子のあいだの意識にはじまり、労働・職分についての意識にいたるまで、人間と人間との近世下層の感性の象徴が、ある仕方でここに表現されている。

⑺には親と子の関係で親が名跡の倫理として権威をもち、夫婦の仲にまで介入してくるさまが、⑻にはおなじ家族のなかの人間の関係が、子または嫁のところから象徴されている。

⑼は、透谷のいわゆる「俠」の倫理が、じつは、ほかの人間にたいするおせっかい、いいかえれば、じぶんじしんにたいする気がねのおもいと表裏の関係にあることをよく象徴している。

⑽は労働や職分のつらさ、差別にたいする願望と諦めのようなものが、じかな手ごたえで歌われている。

これらは、すべて音曲や身振り、手拍子といっしょに謡われたとかんがえられる。これら近世の社会の人間関係の総体のなかで分離されないまま、流布された俗謡から浮びあがってくるのは、せちがらく

貧しい生活民のすがただ。いちばん洗練された美と倫理が都市では「粋」と「俠」に集約されてできたとしても、その背景に浮びあがってくるのは、せちがらく貧しく固定してしまった職分の風俗と人間関係だった。

俗謡があらわしている社会の関係は土俗的なものだといっていい。けれど語り祭文、門付け祭文の語りとちがって、歌謡のかたちをとると、土俗のじっさいの感性がそのまま象徴されるとはいえない。そこには昇華されたり、また美化や逆の醜化をうけたり、またじっさいとは逆のすがたが象徴されたりすることがありうる。ただここで、じっさいが悲惨であればあるほど、美化や逆の醜化はますます切実になるといったさかだちした関係がみられることになった。こういったさかだちした関係は、すくなくとも俗謡があらわしているものを、そのままじっさいの象徴だとみることとおなじくらいの意義はもっていた。

だから俗謡のうしろにかんがえられる近世の下層民の社会のありさまは、おもったよりもずっと貧しく、せちがらいものだったといってよい。「山家鳥虫歌」のような諸国の生活民のあいだに流布していた俗謡と、「吉原はやり小歌そうまくり」のような遊廓のうちに流布された俗謡とのあいだは、土俗的なものと土俗を昇華した世界との関係だった。それはじっさいには生活民の願望や美化や逆に醜化したい意識と、洗練されたうえ、じっさいと観念とに分裂してしまった都市の生活民の意識とのあいだにひとしかった。貧しく細々と生計をたてている生活民のすがたと、そこにある家族、男女、人間関係が、いわば貧しい生活として一般社会からたたれてしまったとき、吉原はやり唄のように、俗謡のなかの美化の意識は、いっそう昇華されていったのだといってよい。生活民としては下層一般の社会からさらに追いつめられたものの閉じられた世界が、じつは俗謡を美化して流布させたものの基盤になっていた。「金がなければ」という物的渇望のすさまじさが、たんなる渇望から切実な要求にまでさしせまった世界で、俗謡の世界はかえって美化され、昇華をうけて洗練されたのだった。

わたしたちは、比喩的にこういうことができる。

劇の表出が、謡曲や狂言を構成の原型としてとりいれながら近世浄瑠璃の世界をつくりだしていった過程は、俗謡のいいまわしが、土俗的な自然から離脱して、浄瑠璃の世界に合流してゆく過程と照応するものだった、と。そのふたつがまじわる言語の帯域は、表出の思想としては、男女関係の観念と現実とが背反してゆく過程を、普遍的な原型だとする理念を意味していた。そしてこの理念のじっさいの基盤は、下層の子女がわが身を金とひきかえにして年季奉公にしたがいながら、なお男女の関係を昇華して夢にせざるをえなかった遊廓や私娼窟だった。

わたしたちは、華やかな紅灯の街の遊女たちが、ひと皮むけばつましい貧困な生活人であるというリアリズムにならされているが、ほんとうの表現と現実とのあいだは、こういうリアリズムのなかにあるのではなく、そこにあらわれる理念と現実との矛盾と背反にあるといってよい。

2　劇の思想

〈情死〉や〈心中立て〉は、近世の劇の主題として中心の意味をになっている。なぜ、男女はある状況で情死をえらぶか。なぜあるばあいに、みすみすじぶんにとって不利益であるとわかっていながら、遊女たちや遊人たちは〈心中立て〉をえらぶか。

その場ごとの特殊な条件しかかんがえられないこのもんだいは、近世の劇の**構成**にとって欠くことのできない主題だった。この主題について、まず、法的な制約はどこまでとどいていたかをあたってみる。

中田薫の『徳川時代の文学に見えたる私法』は、人身売買についてつぎのようにのべている。

徳川幕府法は人身売買を厳禁せり、然れども事実に於ては譜代奉公若くは年季奉公の名を以て行はれたり、彼の傾城遊女の身売の如き、法律上は奉公の名義に於て許されたるものなり、若それ人質に至ては一般的にこれを禁止せる立法なく、唯元禄御法式に『女房を妾奉公に出す者之類、附女房を質物に置者死罪、取持候者同罪、女房を質物に置者弐拾里四方追放』とありて、女房の質入を禁止せるに止まる、故に院本中女人を質入したる例あり。

法的な禁止があるということは、禁止されたことが現実にあったあらわれだといってよい。浄瑠璃と歌舞伎の劇の世界は、遊廓、私娼窟のなかの男女の関係と、町人社会と遊廓との交渉をもとに成り立っている。それなしには劇の構成はありえない。そこで生れた情念のいろいろなすがたをあきらかにしなくては、劇そのものを理解することができないほどだ。

いうまでもなく法の表現は、ただ理念の普遍的な関係をあらわしているにすぎない。そのなかで下層町民がどんなふうに譜代奉公として娘を遊廓や私娼窟におくり、女房を質に入れたかをそれぞれに探るためには、どんな表象をも提供しているわけではない。ただ人身売買を禁止するという法の表現が、じつは譜代奉公とか年季奉公とかの名目で、それを公然と許したところに法と現実の矛盾はかくされていた。もちろんほんとうに秘されているのは、貧しくやせおとろえた下層社会の現実そのものである。

遊女たちはすべて幕府法をくぐって肉親を売りにだすよりほかない最下層の子女たちであった。そしてこのような子女たちの特殊な社会が、じつに「粋」というような町人社会の宗教的な理念が集中した場所であった。この矛盾は、おそらく単純な理由によっている。このような遊女たちの世界に出入りし、放蕩できるものが、経済的には全社会を掌握しつつあった上層の町人であったため、遊女たちは、感性としては上層町人のレベルに接触し、どうしてもそこへ到達することになった。このじっさいにおこった脱階級と感性として上層町人のレベルへ上昇してゆく勢いは、遊女たちの世界に流布された倫理や芸能や俗謡のたぐいに観念の分裂をあたえずにはおかなかった。遊女たちはじっさいの生活の悲劇にたえ、それにおもてをむけながら、観念の世界では昇華した粋美の世界をつくることになった。

こういう遊女たちの観念の背反が、いちばん鋭く、じっさいと観念との矛盾につつきだされたとき〈情死〉あるいは〈心中立て〉となってあらわされたとかんがえられる。

もちろん、下層の町人たちが、わずかの稼ぎを手にして、一夜を豪遊する私娼窟もあった。しかし、こういった町人たちは、すくなくとも一夜は、現実をはなれて、上層町人の感性に幻想的にうつっていったのだ。このばあいには、遊人の現実と観念の矛盾は、遊女たちのそれとかかわりなかった。わたしたちは、〈情死〉がさまざまの原因からおこなわれたと推定できるが、〈心中立て〉は男女のあいだのなんらかの共鳴なしにはかんがえられない。たとえば、近松の心中物がおおくこのような下層の遊客と遊女のあいだに材をとっているのは、いちばん共鳴される要素をもっていたからだといえる。

中田薫の前著は、江戸期の婚姻法についてつぎのようにかいている。

『徳川百箇条』第四十八条には『一離別状不遣、後妻を呼候もの所払』又『一離別状不取、他え嫁候女、髪を剃親元え相返す』とあり、これに依れば夫婦関係は離別状の授受に依て始めて断絶するものと云ふべし（但侍階級にては別なり）。

離婚の権利は夫にあつて妻にあらず、もとより離婚が妻又はその実家の申出に起因することあり得べし、然れどもその許否には夫の権内にあり、且当時の思想にては、妻又はその実家が離縁の申出をなすことは、倫理に反すとなせり。

一般論としていえば、遊女たちの世界は、財力ある町民にとっては離縁状なしにいつでも別れられ、結納なしに関係できる世界であった。また遊女たちにとっては、法からは遠くはなれ、生活もらち外におかれるという二重苦の悲劇をもち、それだからまた二重に自由な観念をもてる世界でもあった。〈心中立て〉は、遊女たちにとっては、現実的に二重にうしなっているため、かえって二重に自由である観念につきうごかされた死だった。だが遊女たちと〈心中立て〉する男たちは、死の理由のどこかひとつに遊女たちへの愛情のほかにも、じっさいの原因をもっていたはずだ。

田中香涯の『江戸時代の男女関係』は、〈情死〉または〈心中〉は、おおく経済的に不安定な中、下層の町人、職人と、私娼窟の遊女とのあいだにおこっている、これは、家財をなんらかのかたちで潰してしまい、信用と体面をうしなった男と、それに心中立てする私娼窟の遊女との追いつめられた結末である、とかいている。そして近松の「曾根崎心中」のお初、「心中二枚絵草紙」のお島、「心中天網島」の小春などはすべて私娼であったとのべている。

もちろん、この見方は〈情死〉を遊廓外からすくったもので、遊女のがわに、追いつめられた死の観念の自由と、すべてかららち外におかれているという疎隔感がなければ、〈情死〉は成りたたなかったはずだ。

浄瑠璃、歌舞伎が、劇として成り立つために構成的なかなめになったもうひとつの主題は〈女敵討〉や〈不義〉であった。

田中香涯の前著はこうかいている。

私通に対する制裁の比較的に寛大であつたに反し、有夫姦即ち姦通に対する制裁は極めて厳酷であつた。寛保以前までは姦夫姦婦を共に磔刑に処したものである。それは近松の『大経師昔暦』の文句の中、おさんが雌猫に向つて話す言葉に、『コリヤ、男持つなら、たつた一人もつものぢや、間男すれば、はりつけにかゝる』とあるに徴しても明かである。然るに寛保三年に至て、主人の妻と姦通したものは引廻しの上獄門、女は死罪、これ以外の姦通は男女共に死刑に処し、刑罰の程度を緩くした。所謂『お定め百箇条』の中に『密通致候妻は死罪、密通の男も死罪、主人の妻と密通致候もの、男は引廻しの上、獄門、女は死罪』とあるのは、寛保年代に改定されたものである。また姦夫がその姦婦をして実夫を殺さした場合は、その男は引廻しの上、獄門に処せられ、実夫を自ら殺した姦婦は引きまはしの上、磔刑に処せられた。また姦通の現場を発見した時には、その場で姦夫姦婦を四つ斬にしても敢て差支の無いことが本夫に許してあり、また姦夫姦婦が手を携へて逐電した場合にも、本夫は彼等の行衛を探し出し、見つけ次第、重ねて斬り殺すことも許されてあつた。（中略）また本夫が妻敵打をなすの際、若し姦夫のみを殺した時には、姦婦を死罪に処するが、若し万が一姦婦を取り遁した時には姦婦の処分は本夫の心まかせにすることに規定されてあつた。但し本夫がその姦婦の助命を願ひ出でた時には、その女を非人手下に申しつけ、新吉原へ年季奉公に渡したやうなこともあつた。

もちろん、こういった法的な厳酷さは、事実として姦通がどんなにおおかったかを逆に証左するものといえる。

田中香涯がこの著書で指摘しているように、〈不義〉〈密通〉がおおかったのは、徳川法が、女性にどんな場合でも離婚の自由をみとめていなかったことがおおきな原因になっている。女性の離婚は、ただ妻の所有物を夫が無断で入質したり、売払ったりした場合にだけ許されていた。

しかし、ほんとうにかんがえれば、婚姻法で女性の側からの離婚がみとめられていなかったため〈不義〉〈密通〉がおこなわれたというのは、たんに法的な厳密さにたいする人間関係の反映をたたるだけで、それじたいが同義反復だというべきだ。婚姻法が女性に苛酷をきわめたにもかかわらず、じつに町人社会のじっさいの感性が性的自由の観念をもてるだけの物的な基盤をすこしずつでもかたちにしつつあり、この法的な表現とじっさいの感性が矛盾したからこそじつは、〈不義〉や〈密通〉がおこなわれた原因だった。〈不義〉や〈姦通〉の罰が、これまた徳川法によって苛酷をきわめたにもかかわらず、そのような事実はあったし、また裏道から金銭によって内証事にしてすませるという風潮がおおくおこなわれた。けだし姦通と売淫は、男女の関係のばあいの性的な自然と社会との乖離をはかるバロメーターだといえよう。

このような法のうえの、またはじっさいの社会にあった要因のかげに〈不義〉〈密通〉がどんな人間の個別的なニュアンスをもち、また必然の道行をはらんでいたかを、いちばん見事に、いちばんつよい執着で劇の表現に定着させたのは、たとえば「堀川波鼓」や「鑓権三重帷子」をかいたときの近松だったといえよう。

遊廓や私娼窟は、すでにこういった婚姻法のかせからも、〈不義〉〈密通〉の厳罰のかせからも自由だった。しかし、この自由は、町人ブルジョアの自由、いいかえれば倫理的恣意ではなく、自由の根拠が存在しないがゆえに存在する自由だった。もちろん、遊女たちがじぶんたちの特殊な社会からふつうの町人社会へ復帰しようとおもいきめないかぎりは。復帰しようとすれば、そこにまっていたのは、ただの普遍の悲劇だけだった。

女敵討は、この根拠のない女性の幻想的な自由に、武家層の儒教的な倫理と、武家法の伝習が入りこんできたときにうまれる歪んだきしみだった。これは悲劇の主題にもたえるが、また喜劇の主題にもたえるものだ。近松のようなすぐれた劇理念をもった作家は、この悲劇の総体をなす主題を、その総体においで描ききったということができる。

3　構成の思想（Ⅰ）

日本の劇文学の完結をつげる浄瑠璃や歌舞伎が**構成**のほんとうのもとを、なぜ遊廓や私娼窟の男女の生態においたのか、ことにその生態の追いつめられた矛盾の極致である〈情死〉や〈不義〉〈密通〉においたのか?

ここまできてもなおおおきな疑問がのこる。これについてすこしでも説得性のある解き方をしている論稿は、わたしの知っているかぎりではない。法的なあるいはじっさいの社会での一般論については、いままで触れてきたが、こういったまわりをさぐっても、けっして劇文学が遊廓や私娼窟の世界をなかだちにして構成のうえの首尾をととのえたきっかけにほんとうに触れることにはならない。いわばそのまえの段階にあるかんがえ方を提供するだけだ。

もともと浄瑠璃、歌舞伎の起源だって白拍子の世界ととくべつにむすびついていた。白拍子の世界が、徳川幕府法のもとで遊廓として行政的に集中されたために、それは当然だったとかんがえるのは、ひとつの解釈だろう。また、幕府の婚姻法が苛酷で、財からも情念としても社会からわきにおかれた下層町民に宗教的なまでの男女の自由の観念をあみださせた遊廓、私娼窟に場面を集中させたともかんがえられる。この解釈もおなじようなものだといっていい。

ただ、ここではっきりしていることは、劇文学の構成に起承転結をつけているのは〈情死〉や〈密通〉や、それにともなうさまざまな宗教的なまでの男女観念であったことだ。またそれだけだったといってもよかった。

物語文学の成立が、王朝の男女の関係である〈相聞〉の世界を、人間関係そのものの普遍性とみなすことによって、はじめて成立したように、劇文学は、**男女の関係のいちばんの社会的な矛盾である情死や密通のような悲劇的な逆説を人間関係の普遍性とみなす**ことで、はじめてととのったすがたになったことをうたがうことはできない。

わたしどもは、ここまできても、なぜ劇文学は近世になって、男女の関係が社会から矛盾したばあいの極致である〈心中〉や〈情死〉を劇の構成のもとにして完成されたのか、という疑問をふきとばしたわけではない。問いはこたえられないで、ただ結果だけは明瞭になっている。国文学者は、もっともらしい解釈をつみかさねているが、ほんとうの問いがないためにほんとうの答えもありえないことになっている。

林屋辰三郎は、演ぜられる劇をもとにして歌舞伎についてつぎのようにかいている。

その元禄歌舞伎には、どのような点にその始祖といわれる阿国が生かされているであろうか。かぶきというその名辞が継がれたことは論外として、その一にかかげられるものは、かの「異相」であるまいか。阿国にあっては女性の男装という性の倒錯があったが、元禄にあっては再度にわたる弾圧の結果として男性の女装、「女形」という逆の意味の性の倒錯があり、それが永く日本の歌舞伎劇の伝統となった。それは封建的権力下に於いてすべての芸術にみられる歪曲と変態の一つであるが、それにしてもこの「異相」のうちに演劇の一つの特徴を見出したことは看過し難いであろう。その二として阿国に於ける演出上の機智が、元禄に於ける「花道」となったことを、強く主張したいと思う。この頃本舞台の延長として観覧席を長く貫く「花道」がしだいに発達し、劇の進行の上に大きな変化を与えることとなった。しかし演劇史上に世界無比の誇をもつこの施設も亦、その萌芽は名古屋山三を、「貴賤のなかに」登場させた演出上の機智にあったとせねばならない。

日本の劇場の驚異である「花道」、歌舞伎の俳優を特徴づける「女形」、阿国という一女性はなお、かくの如く現代に生きたのである。(『中世文化の基調』)

「花道」と「異相」に演ぜられる劇としての歌舞伎の特徴をみるこのかんがえは、それなりの意味をもっていようが、劇を言語としての劇から演ぜられる劇への総過程の成立とみなすわたしたちのかんがえからは、ほとんどなにも語っていないにひとしい。あるいは歌舞伎について非本質的な特色をあげているのだ。

広末保『近松序説』は、折口学を部分的にとりいれながら、林屋辰三郎とは対照的に、言語としての近世劇の原型、いいかえれば浄瑠璃をもとにしてつぎのようにかいている。

近松の『出世景清』は、叙事詩から悲劇へ、という過程を通して成立してきたが、それはまたそれなりに、叙事詩から悲劇へという変革をも意味していたわけである。叙事詩の主題とその主題の扱い方はどこまでも叙事詩のそれであって、悲劇のそれではない。むろん、叙事詩としての語り物の展開のなかでも既に変化はあった。舞台化への条件――普通いわれる写実的な場面描写の発展ということなぞも、その一つである。素朴乍らも人形と結びついたこと、三味線楽器と共に節廻しが次第に複雑化していったこと、或は歌舞伎の場面表現の影響なぞが考えられる。ただ、こうした発展の傍ら、『平家物語』にみられたような、叙事詩としての高さを失っていったことも争えない。だから、近世悲劇は、古浄瑠璃や舞曲の成果を生かし乍らも、同時に、叙事詩的な高さをもう一度新しい場でとらえ直さねばならない。そして、新しい場でそれを達成しようとするとき、前にもふれたように、謡曲『景清』や『大仏供養』なぞが、一つの主要な媒介をなしたとも考えられる。

いったいに広末保の近松論は、筋のちがった読みすぎといった見当はずれの恣意的な解釈づけにみちている。これなぞもそのひとつだ。広末の「叙事詩」という概念が、『古事記』も叙事詩、『平家物語』も叙事詩といった無茶苦茶のものであるとおなじように、浄瑠璃も悲劇、ギリシャ悲劇も悲劇といったすこぶるあいまいな概念で「悲劇」という言葉がつかわれている。そして『平家物語』を、叙事詩的な語り物の元祖とかんがえ、その流れから浄瑠璃までひっぱってこようとする論にもなににもなっていない出鱈目なものだから、近世浄瑠璃が『平家物語』のような叙事詩としての高さ（高さとはなんのことだ？）を失っているなどという馬鹿気たことをいっている。

もちろん、『平家物語』と浄瑠璃をむすびつけることはできない。なぜならば、室町期に謡曲狂言のかたちで、劇的なものの発生は確乎としており、近世の過渡期には隆達節のような俗謡の流布もあり、琵琶歌のかたちで流布された歌祭文、語り祭文もあるからだ。近世悲劇などといいだしたいとすれば、もちろん謡曲や狂言と浄瑠璃のかかわりはなにか、というふうに問題をたてるほかはないのだ。

問題をほんとうにつきつめてゆけば、謡曲の思想である中世的なもの、いいかえれば仏教的なものが、なぜに浄瑠璃の思想である世話的なもの、いいかえれば遊廓、私娼窟の倫理である〈情死〉や、それを媒介にせずにはうまれなかった〈不義〉〈密通〉の倫理に移行したのかというふうに立てるよりほかありえない。また、狂言的なフォルムはなぜ歌舞伎的なフォルムに移行したか、というようになっていくはずだ。

この中心のまわりに、語り物の思想である仏教的なものが附着し、近世武家層の中心的な思想である儒教的なものが滲み透っているところに浄瑠璃や歌舞伎の総体のもんだいがあらわれる。

さきにものべたように劇が成立するためには、現実の空間と、そこから手のとどく物語の空間と、第二の架空間（舞台）とのあいだを、自在に通れるくらいに表現の意識が飛躍できることが必要な条件になる。つまり演者、言語としての劇の作者、観客は、それぞれちがった仕方で、かならずこのような〈飛躍〉の過程を通らなくてはならないのだ。かれが演者であれば、社会生活をしているなまみの人間としては、河原者、放浪芸人、遊女の綿々とした古代からの流れにありながら、しかもこの高度な〈飛躍〉を観念のうえではなしとげなければならない。かれが言語としての劇の作者であれば、たとえ社会的なまみは、座付の書割作者であり、役者にあわせて筋がきをつくろうとするたいこもちであっても、観念をそとに表現する世界では、おなじように高度な〈飛躍〉ができなければならない。観客は、手ぶらで筋書きにひかれてやってきても、ひいき役者の顔をみたさにやってきても、劇をほんとうの意味で観賞するかぎり、おなじ追体験なしには、充分なことにならない。

こういう劇のほんとうの**構成**のすすみかたに耐えうるものはたれか？

社会的身分は河原者同然でありながら、観念の世界ではとても高度な飛躍にたえる条件をもったものはたれか？

それは武家層、ことに中、上層の武家たちではなかった。かれらは倫理として儒教の世界にあり、経済的には町人層に牛耳られていても、身分制として支配属僚だった。また、町人社会ことに中、上層の町人層ではなかった。儒教の世界にこそあまり馴染まなかったろうが、潜在的には社会ぜんたいの経済的な制覇をなしとげていた。

ここではじめて遊廓、私娼窟の人物、そこにあつまり足をふみいれる人物、その特殊な世界の倫理的宗教を背負う人物たちが登場するのだ。そこには隆達節に集成され流れくだる洗練された土俗歌謡と語りの世界があり、河原者のように社会から法的にも経済的にもはじきだされた境涯がなまみにまといついていた。だから浄瑠璃、歌舞伎の劇としての構成が成り立ったのは、この世界とこの世界の倫理とにいちばん身近な鏡をみたといえる。散文芸術や詩文学は、ほかのどの部分社会ともむすびつき、うまれる可能性をもっていたが、近世劇の**構成**が成り立ち完成されたすがたをみせるには、遊廓、私娼窟の財のみじめさと昇華された倫理との矛盾を、どこか中心の部分にみちびきいれ、またそれと干渉させることであった。

浄瑠璃、歌舞伎が奇妙な世界だということは、たれでも感じることができよう。どんな主題もみんな遊廓、私娼窟の世界にむすびつけられてしまう。それはたんに世俗的な趣向に投じやすいためという以上に、世界の中心にかかわりをもっていることを、信じないわけにいかない。

元和三年、幕府法により「傾城町の外、傾城商売致すべからず。」にはじまる五ヶ条がきめられ、制度としての遊廓がうまれた。そのときからすくなくとも男女間の遊びの意味はかわった。歌舞音曲と女色とを売ることが未分化であったものが、ここでは分化することになった。それといっしょにある局所に、この分化された実状は集中してあらわれた。私娼窟はもちろん、この公娼街のもんだいを、もっと貧しいかたちで模倣したものだ。浄瑠璃の成立は、歌舞音曲と女色をうることとの分化と、それを意識してむすびつけることが**構成**のもとにおかれたことを意味する。ひとつは素材をつらぬく思想として、ひとつは音曲言語をつらぬく**構成**の単位としてだ。公制度としての遊廓の成立と遊女の系列化は、この意味では近世浄瑠璃によって劇の表現が完結したということとひとつのことを意味している。

4　構成の思想（Ⅱ）

近世の浄瑠璃は、劇の言語としては、謡曲と狂言を鏡にもつだけだった。俗謡、語り祭文のたぐいは、いわば詩の言語、物語の言語であって、浄瑠璃にたいしては、たんに語りの連環と音曲の単位として構成に入りこんでいるにすぎない。

この意味では、浄瑠璃の劇としての本質は謡曲的なものが下降してゆき、狂言的なものが上昇してゆき、そのふたつがたまたま合流した帯域に位置づけられる。近世浄瑠璃の成り立ちは、たとえ人間の演者よりも人形操りとむすびついたものであっても、劇の総過程が、言語としての劇から演ぜられる劇にいたるすべてにわたって成立したことを意味する。それはまず、読まれ語られる劇としての首尾ができあがった点からはじまって、その場所から演ぜられる劇を想定できるものだった。

浄瑠璃を語り物の系譜に位置づけて、近世悲劇という概念でとらえる広末保のような見解は、この意味でもまったくまとはずれなものだ。浄瑠璃言語の本質は劇的なもので、祭文、俗謡、古典物語がはさみこまれてくるのは、ただ構成のうえの挿花のようなものだといっていい。広末保のような見解は、劇の言語を、物語の言語からの飛躍としてとらえられないため、いまある表現形式のあらゆるものを、雑炊のように投げ込んでいるようにみえる浄瑠璃の本質を、どうとらえてよいかわからないところからきている。一方ではこの雑炊的な性格を『平家物語』のような「叙事詩」（広末の言葉—註）から「高さ」を失ったものとかんがえ、一方では浄瑠璃の言語を、物語そのものとして理解するという錯誤におちいっている。

言語としての浄瑠璃は、謡曲と狂言を劇の言語のベースとしてかんがえることができる。この意味では、すべての浄瑠璃は、謡曲的であるか狂言的であるか、そのいずれかにわけられるものだ。

たとえば、近松の処女作「世継曾我」は、謡曲「夜討曾我」の浄瑠璃としての改作だ。浄瑠璃としての改作とはどんな意味だろうか？

「五月闇峰にともしの狩衣、裾野の草の葉末まで、なびかぬ方もあらざりし源氏の御代こそめでたけれ……」というように、はじめ「世継曾我」の劇の世界は謡曲的に展開される。この劇の世界には、すべての浄瑠璃、歌舞伎とおなじように時称がない。ただモチーフだけがはっきりしているのだ。曾我兄弟の敵討のあとのことがとられていても、すべて、現在物の世界で、時称は現在にあつまっている。登場人物も現在の言葉で、現在のように語る。この無茶苦茶な時称は、かならずしも、韜晦やフィクションのためではなく、どんなものでもやみくもに投入できる浄瑠璃の劇としての性格に根ざしている。だからここではどんな浄瑠璃にも共通しており、はっきりしたモチーフがいちばんたいせつなのだ。謡曲の展開は、やがて遊女たちの世界が登場することで、浄瑠璃世界にうつってゆくのだ。「世継曾我」では、十郎の馴染んだ遊女「虎」と五郎の馴染んだ遊女「少将」の登場をしおにして、一種の遊女の〈心中立て〉の語りうたいにうつりかわる。ここから、浄瑠璃のほんとうの世界がはじまる。たれの眼にも、主人公は「虎」と「少将」であり、曾我兄弟の夜討はいわば後景にすぎないことがわかるはずだ。これを史劇だなどとかんがえたら、だまされるだけなのだ。一篇の構成の中心は、曾我兄弟が敵討をとげ死んだのちに、兄弟の馴染の白拍子「虎」と「少将」とが、亡き兄弟への〈心中立て〉をまっとうするところにおかれる。

十郎、五郎をまちわびて病みふせっている母に、「虎」と「少将」が十郎、五郎の夜討の出立ちをして、十郎、五郎が只今本懐をとげてもどったといつわり、二人して夜討の模様を語ってきかせる「虎少将十番斬」の場面は、いわば「虎、少将」によって語られる謡曲「夜討曾我」であり、謡曲の〈間〉に相当している。「虎」と「少将」という遊女が、変身してじぶんの〈心中立て〉した十郎、五郎になりすますというこの場面の意味は、前シテと後シテとが謡曲で現在的夢幻と過去的現身とのあいだで変換することにそのまま対応している。もちろん近松はそれを意識して模倣したとおもえる。

そして、この「虎、少将」の変身が浄瑠璃の変身の本質をあらわしているのは、謡曲では前シテと後シテとのあいだの変身が同一主人公の現在的亡霊と過去的現身のあいだで行われるのにたいし、この浄瑠璃では〈心中立て〉をした遊女が、亡くなった馴染の男に変身するという点にある。この意味で近松の処女作「世継曾我」ほどあざやかに、浄瑠璃的な世界とはなにか、浄瑠璃的なものと謡曲的なものとの劇の本質のちがいとはなにかをしめすものはない。

もうひとつの浄瑠璃的なものへのうつりかえを語っているのは、その表現の思想が、仏教的なものから儒教的なものへかわっていることだ。

たとえば謡曲「夜討曾我」で、夜討のまえに、十郎、五郎が郎党団三郎と鬼王に、母への形見をたくす場面は、

さる程に兄弟、文こまごまと書きをさめ、これは祐成が今はの時に書く文の文字消えて薄くとも形見に御覧候へ。皆人の形見には手跡にまさるものあらじ、水茎の跡をば心にかけて問ひ給へ。老少不定と聞く時は若き命も頼まれず老いたるも残る世の習ひ、飛火落葉の理とおぼしめされよ。(団三郎、十郎から文を受け取る。) そのとき時致も肌の守を取り出だし、これは時致が形見に御覧

候へ。形見は人の亡き跡の、思ひの種と申せども、せめて慰む習ひなれば、時致は母上に添ひ申したるとおぼしめせ。今まではその主を、守り仏の観世音、この世の縁なくとも来世をば助け給へや。

（鬼王シテから守を受けとる。）

というようになっている。中世仏教的なものは、それが意匠にすぎなくても、謡曲の首尾を構成している思想だ。

近松の浄瑠璃「世継曾我」が、謡曲的な構成のふかい影響下にあっても、なお表出の根源をべつにしているのは、たとえば、頼朝の御台からせがまれたかたちで終末をしめくくる「虎、少将」の「風流の舞」の場面が、「筆の山、誓紙千束に積れども、浮気の雲の定めなく……」という謡いからはじまり、「かくてお暇賜はりて親子ともなひ立ちかへり、富貴の家となりにけりげにありがたき忠孝の、威徳は千秋万々歳めでたかりともなか〳〵申すばかりはなかりけり。」という儒教倫理的なものでおわるところにある。

近松にとって劇的という概念がなにを意味したかはあきらかだ。それはひと口にいって「世話的なもの」を意味した。それは遊廓倫理であり、下層町人における現実と観念の分裂がいちばん集中してあらわれた特殊宗教的な世界にほかならなかった。**構成**としては謡曲や古浄瑠璃のかたちをかりながら、これを〈世話的〉な世界へと下降させたところに、近松がいだいた劇概念が成立してゆく萌芽があった。

近松が竹本座義太夫のためにかいた最初の浄瑠璃とされている「出世景清」もまた、このもんだいをはらんで生みだされた。

謡曲の〈間〉とおなじような景清の由来譚からはじまるこの浄瑠璃は、すぐに第二段で、景清の馴染んだ遊女「阿古屋」と「阿古屋」のうんだ景清の子「弥石」と「弥若」を設定することで〈世話的〉な世界へかわってゆくのだ。このうつりかわりは、もちろん広末保のいうように、『平家物語』の流れをひく史劇的なものが、高さをうしなって近世悲劇に転換するといったものではない。劇の思想が**構成**としての原型をまっとうするのに、謡曲的、仏教的なものが、浄瑠璃的、世話的な世界へかわるのは必須の条件だったのだ。

浄瑠璃が近世になって成立したことで、すくなくとも言語としての劇という概念は完結される。たれも世阿弥の謡曲を、演ぜられる劇をかんがえにいれないで、完結した劇として読むことはできない。しかし、近松の初期の浄瑠璃は、演ぜられる姿や、謡い、俗謡、鳴物の音曲をかんじょうにいれなくても、劇として読むことができるのだ。言語としての劇の完結ということは、いいかえれば演ぜられる劇にいたるまでの劇の総過程が完結したということを意味している。

「出世景清」の中心的な思想は、わかりやすくいえばふたつある。

ひとつは、六波羅が景清を捕えるために、景清にとって恩義のある小野の大宮司父娘をとらえてむごいあつかいをして景清をおびきだそうとするとき、景清が恩義ある大宮司をギセイにして落ちのびることはできないという儒教的な倫理から、じぶんで名告りでて捕えられるところにある。この人間関係と景清の心におこる葛藤は、あくまでも儒教的なものだ。

もうひとつは、景清の馴染んだ遊女阿古屋が、小野の姫から景清へきた手紙をみて、嫉妬にかられて動揺し、兄の十蔵からそそのかされて景清を訴人するのに同意してしまうところに発端があらわれる。この場合、〈嫉妬〉は、〈心中立て〉の裏面にあるこころの倫理（反倫理）で、近世の下層町人社会のじっさいの生活の煉獄がさかだちしてできあがった宗教倫理のすがただといっていい。だからここまでは、どんな浄瑠璃作者でも**構成**をひっぱってゆくことができた。

近松の近松であるゆえんは、自首して入牢した景清に詫びても詫びてもゆるされず、景清の面前で阿古屋が、じぶんの生んだ景清の子を殺し、じぶんも自害してしまう無類の場面にまでこの作品のクライマックスをひっぱっていった点にある。

なうもはやながらへていづかたへ帰らうぞ。やれ子共よ母があやまりあればこそかく詫言いたせども、つれなき父御の言葉を聞いたか。親や夫に敵と思はれおぬしらとても生きがひなし。この上はて丶親もつたと思ふな母ばかりが子なるぞや。みづからもながらへて非道のうき名流さんこと未来をかけてなさけなや。いざもろ共に死出の山にて言ひわけせよ。いかに景清殿。わらはが心底これまでなりと弥石を引きよせ守刀をずはと抜き、南無阿弥陀仏と刺し通せば、弥若おどろき声を立て、いや〳〵我は母様の子ではなし。父上助け給へやと、牢の格子へ顔をさし入れさし入れ逃げ歩く。エ丶卑怯なりと引きよすればわつというて手を合せ、許してたべこらへてたべ。明日からはおとなしう月代も剃り申さん。灸をもすゑませう。さても邪慳の母上様や。助けてたべ父上様といきをばかりに泣きわめく。オ丶ことわりよさりながら、殺す母は殺さいで助くる父御に殺さる丶ぞ。あれ見よ兄もおとなしう死したれば、お事や母も死なでは父への言ひわけなし。いとしいものよう聞けと、す丶め給へば聞入れてあ丶それならば死にませう。父上さらばと言ひすてて、兄が死骸によりかゝりうちあふのきし顔を見ていづくに刀を立つべきと、阿古屋は目もくれ手もなえて、まろび、伏して歎きしが、エ丶今はかなふまじ必ず前世の約束と思ひ母をばしうらむるな。おつつけ行くぞなむあみだと心もとを刺し通し、さあ今はうらみをはらし給へ迎へ給へやみ仏と、刀をのどにおしあて兄弟が死骸の上にかつぱと伏し、共に空しくなり給ふさてもぜひなき風情なり。景清は身をもだえ泣けどさけべどかひぞなき。神や仏はなき世かのさりとては許してくれよ。やれ兄弟よ我が妻よと鬼をあざむく景清も、声をあげてぞ泣きゐたり。

阿古屋の〈嫉妬〉はとことん地上的で卑小にみえる。そのためにかえって近世の下層の男女関係がさかだちして映った鏡としての倫理（反倫理）だといえる。この倫理（反倫理）を普遍的な原理として、劇の思想ははじまった。阿古屋はおおきな悲劇の思想を背負って死ぬのではない。儒教的な倫理を背負ってうごかない景清の理念においつめられて、いわば仕方なしに子供を殺し死ぬのだ。景清のまもっている倫理をみとめ、それに服従して死ぬのではなく、「殺す母は殺さいで助くる父御に殺さる丶ぞ」と卑小な恨みがましいおもいで死ぬのだ。阿古屋の子殺しと自殺とは、あくまでも近世の卑小な地上的な世界のもので、卑小なゆえにかえってうごかせない近世町人の倫理の普遍的な核にふれえている。理念によって死ぬようにみえるのは阿古屋と、あすからは言うことをきいて月代も剃るし、お灸もすえるから殺さないでと泣きわめきながら母親に殺される弥若である。もちろんこの母親と弥若の卑小さは、景清の儒教的倫理と葛藤して、この場面で勝利している、というふうにえがかれている。町人社会でこの卑小な倫理が普遍的だということが、あざやかに告知される。

近松の優れている点は、まさにこの卑小さの倫理を普遍なものとしてとらえ、これが近世の人間関係にとってほんとうのもので、とても重要なのだということをえがききったことにあった。劇という概念は、このとき完結したすがたで成り立ったといってよい。

これは近松の浄瑠璃をどんなばあいでもつらぬいている根ぶかい劇の思想だった。

「曾根崎心中」などでも徳兵衛が、それを主人に返せば気に染まぬ養子縁組をやめて、馴染の遊女お初とわかれなくてもすむという僅かの金を、友人九平次に泣きつかれて貸し、踏みたおされるというささいなことが発端になっている。それがお初との心中にまでつきすすむ。のっぴきならない契機は、ただ友人だとおもって金を貸した相手の九平次が、紛失届のすんだ印で証文をつくり、それをたてにして返済しようとしなかった、という点だけにある。継母が徳兵衛に内証で養子縁組の費用を主人から受けとってしまったという前提があるだけだ。

ここで徳兵衛は主人の店へもどることもできず、また主人に金をかえして養子縁組をとりけすこともできない。また、九平次からは、遊女屋で、徳兵衛が偽印をつかったという作り話を吹聴される。

もちろん、これは語り筋のなかで、徳兵衛とお初とが心中にまでゆきつく小さな歯車のようなものにちがいない。現実の下層の町民がこんな契機で心中を択ぶものかどうかとは別問題だし、近松自身がそうかんがえていたということも意味していない。しかし、近松がここで卑小な契機こそが心中という男女関係のきりつめられた矛盾の頂きへみちびく普遍的なものだと認知したとき、言語としての劇の概念は完結したといっていいのだ。

「堀川波鼓」のようないわゆる〈不義〉〈密通〉をあつかったばあいでもこれはかわらない。

お種は、夫の江戸づめのあいだに熱愛する男ができたから死罪を覚悟のうえ密通したというようには、けっして描かれない。夫の相役床右衛門から横恋慕を仕かけられ、これを逃れようとして、その場の手段から日をあらためて会う約束をしているのを、義子の鼓の師匠源右衛門に聴かれ、源右衛門の口を封じる手段から茶碗酒をくみかわすうちに、密通にたちいたるのだ。卑小な言い逃れの手段の積みかさねが〈不義〉〈密通〉という事実に進展し、夫に問いつめられてお種は自害する。したがって夫も、お種に憎しみをいだくこともできずに妻のお種を自害に追いやり、女敵打にでかけて源右衛門を斬りころす。いわばお種の作為の偶然性のつみかさねが、きりをもむようにお種の自害、女敵打の殺し場までつれていってしまう。

お種は侍の女房として設定されているが、その遣り口は徹底的に町家的に、そしてあるばあいには遊女的にえがかれている。お種は、一時の言いのがれのための行為をつぎつぎに背負いこまされるので、行為するから悲惨だというようにえがかれていない。こういうときのお種の卑小な言動は勝利者のものであり、こういうお種の卑小な言動を発端として、つぎつぎに破壊されてゆくお種をふくめた周囲の人間関係、お種みずからをも自害にみちびき、夫彦九郎の一族を女敵打に追いつめる儒教的な武家の倫理が敗残するのだ。お種の卑小な言動のうえで、もろくも重大な結果へもみこまれてゆく武家社会の倫理が、じつは悲劇だし、また喜劇だということが、近松によってとらえられる。近松が愛惜し、劇の根本にしているのは、この卑小な町家的な人間の関係意識で、これがほんとにたいせつだとみなすのが近松の劇の思想だといってよい。

広末保は『近松序説』のなかでこうかいている。

夫彦九郎の留守を狙って、床右衛門はお種を口説こうとしている。お種はこの床右衛門の横恋慕を振るため咄嗟に嘘を巧む。その巧んだ嘘から姦通という不慮の不幸があらわれる。この構想は、お種の姦通を、文字通りの姦通劇として追求するという立場からみれば、邪道である。近松は他の多くの作品と同様、『堀川波鼓』の素材を実話からとっていた。姦通事件としての実話である。だから、近松がこの作品を作品として意図したとき、姦通はあくまで中心的な事件でなければならなかった。しかし、近松がこの事件を作品化するとき、彼は姦通という事件をふまえ乍らも、別のところにそのモチーフを発見した。姦通という事件をふまえ乍らも、あくまで、夫の彦九郎を恋い慕うお種の悲劇。従って、姦通事件はお種の意志に反して起らねばならない。そういう構想をすすめるための最初の契機として、床右衛門が設定されるのである。そこに端的な意味がある。

とんだ読みちがえというべきだ。近松が意図したのは、町家的な、ある意味で遊女的なお種の卑小な作為が、じぶんでころがるように展開して、武家的な倫理や慣行法にふれるとき、無惨な殺し場までいってしまい、まわりの人間関係まで破滅に追いやる悲喜劇なのだ。ここでたいせつなのは、お種のつまらぬ作為のつみかさねという一点に近松が着目したことだ。そこに南北朝から室町期にかけて謡曲と狂言として成立した劇の理念が、近世になって浄瑠璃として完結した、普遍的な意味があらわれる。「碁盤太平記」は、近松の作品のなかで、謡曲的な影響よりも狂言的な影響がつよく、したがって、竹田出雲らの「仮名手本忠臣蔵」をへて、歌舞伎劇へゆく通路をつくった特異な作品だとみられる。

ここでもまた、近松の浄瑠璃の思想の根本はよくあらわれる。中間岡平の挙動をあやしんで大星力弥が手討にすると、斬られた息の下で、岡平は、敵師直の間諜にはいりこみ、油断させるため大星父子の放蕩ぶりを内通していたが、じつは、塩冶判官の家人の息子であると名告って、大星父子に師直方の屋敷の見取図をおしえて死ぬ。この岡平のどんでんがえしの仕方は、近松の浄瑠璃概念にとって本質的なものだ。すでに斬り殺されてゆく息の下でしか、間諜の二重性を名告れない岡平の設定は、これと対照的に、大星父子の敵討をはげますために、自害する由良之介の母と妻の設定に呼応している。岡平の卑小な悲劇は町家的であり、由良之介の母と妻の武家的倫理と対照になっている。自害をしって「ア、これでこそわが女房、これこそわが母なれ命をすててわれわれが、心に勇みつけられしはもっともかうこそあるべけれ。」と由良之介がいうとき、作者のほうはこの悲惨さに象徴される武家の倫理を冷たい眼でつきはなしている。手討にあった岡平は、その卑小な敵討への加担の仕方を、劇的な**構成**のさかだちした契機とすることで、近松の思想からは肯定されている。卑小さは卑小さの事実によって、現実構成の普遍的な要素としてかんがえられている。

竹田出雲らの浄瑠璃「仮名手本忠臣蔵」が、近松の「碁盤太平記」におよばないとすれば、このどんでん返しが思想の契機になっておらず、戯作的な型にしかすぎないことにある。たとえば、勘平が、お軽の父をあやまって鉄砲で殺し、お軽の身代金を奪ったとおもって死にぎわのとき、じつは父を殺したのは定九郎であったというどんでん返しは、通俗的な悲劇、泣かせ所にしかなっていない。近松のばあいは卑小な契機が人間関係をこわし、死にいってしまうことが、じっさいにもありうるし、また理念としても正当だということがふまえられている。この近松の思想原理なしには、劇の構成が完結することはありえなかった。

たとえば、「仮名手本忠臣蔵」で岡平が力弥に手討にされる「碁盤太平記」の場面から暗示をうけ、それに照応するものとして設定されたのは、加古川本蔵が、力弥に討たれる場面だ。語り筋は、「碁盤太平記」の場面より、はるかに手がこんでいるが、劇の理念としては、ずっと駄目になっている。

加古川本蔵は、塩冶判官の刃傷のときに、判官を組みとめた人物で、その娘は、大星力弥の許婚というように設定されている。母親と娘とは、とう悔して住んでいる大星の住家をたずね、夫婦の式をあげてくれとせがむ。力弥の母、お石は、加古川は敵の家来であり、その娘とは息子を一緒にできないといいはる。虚無僧姿の加古川がこの場面にやってきて、主君の仇も討たず放蕩三昧にその日をくらしている腰抜けには、俺は討てまいと、故意に罵ってお石を瞋らせ、息子の力弥にわざと討たれて死ぬ。お馴染の「忠臣蔵」の場面だ。しかし、ここには武家的な倫理のやるせなさにたいする讃美はあっても、近松が劇的理念としてかんがえた思想はないのだ。一見すると卑小にみえ、武家の儒教的倫理に追いつめられて死んでゆく町家の倫理こそが、近世社会における人間の存在の仕方の普遍的なすがたであり、死に追いつめられるものにじつは勝利があるという理念は薬にしたくもなくなっている。ただ、町人観客たちに喝采を博しそうな、いわば観客の上昇感性にこびた通俗的な泣かせ場に変質している。これが泣かせ場になりうるとすれば、町家の倫理によるのではなく、町家的感性の弱さにひきこまれるためだ。演じられる劇の場面、いわば所作事をぬきにすれば、本質的な意味で劇（言語としての劇）とはいえない。

このようにして「碁盤太平記」から「仮名手本忠臣蔵」へのうつりゆきは、言語の劇としての本質が演ぜられる劇へとかかわってゆく過程をあざやかにしめしている。

5　展開の特質

まえにいったように近世の浄瑠璃が成立したことは、たんに言語としての劇が構成のうえで完結したことではなくて、劇の総過程が完結したことを象徴していた。

このことでは近松の「碁盤太平記」はたいせつな意味をもっていた。成立期の浄瑠璃の言語が、そのままでどこまで散文化のほうへ下降できるものかをしめすはじめの徴候だった。近松は、もちろんこの作品で意識して狂言の方法をつかっている。またそこからみれば狂言のフォルムが、どこまで上昇できるかをしめすはじまりの象徴的な浄瑠璃だったといってよい。

物まうどなたぞ頼みましよ。頼みませう物まう〳〵と引きごゑも、長路地の裏座敷浪人住まひ奥深し。折ふし嫡子の力弥は碁盤引きよせ片手ざし、三つ目がかりの大ゆびひしぎ腕先ためしてゐたりしが、そこに岡平はをらぬか。物まうがあるうけ取れ。岡平〳〵と呼びければどれいとこたへ出でにける。これは承り及ぶ塩冶殿浪人初の名は八幡太郎、今は大星由良之介殿と申す御方の御宿はこれか。なか〳〵由良之介借宅なりといひければ、愚僧は関東の所化、用事あつて昨日京着いたせしが、鎌倉の町大鷲文吾殿と申す、これも塩冶殿浪人より御状一通ことづかり、急用なり大事の用たしかに届けてくれとのこと、お届け申すと出しける。

このはじまりの出だしは、狂言のはじめを頭においてかかれたものだ。音数をつかった語り連環や道行文からはじまる近松のふつうの作品にくらべれば、ここで言語そのものを意識して散文化してゆき、そうすることで構成を語りのほうに下降させようとしている。もうここまで浄瑠璃の言いまわしを下降させれば、登場人物の説白のやりとりのうちに構成がすすんでゆく演劇の脚本をおもいおこすことができるほどだ。ここまでくれば、浄瑠璃は、謡い、音曲などをぬきにしても、語ることができている。言語そのものとして浄瑠璃と演ぜられる劇とは、音曲のなかだちなしにもむすびつけてかんがえることができる。

演ぜられる劇を、この浄瑠璃のうしろにおもいえがくとすれば、演者は〈人形〉ではなく〈人間〉をかんがえるほかはないようにつくられている。

浄瑠璃が人形操りとむすびつくためには、浄瑠璃は、現世の人間関係を外におくほど、言語そのものが観念と現実とが分裂したひとつの極をはしりつづけなければならない。浄瑠璃の言語が「碁盤太平記」のように、現実がさかだちしたフォルムの象徴だというとき、そこにおもいえがく演者とは、人形ではなく人間で、また言語の中心は演者である人間の中心にうつされるほかにない。

浄瑠璃が歌舞伎に影響をあたえたか、あるいはその逆だったかといういいかたは、ほんとうには意味をなさない。浄瑠璃の言語が、自己表出として時代の観念の頂きをはしりつづけたとき、それを演じるのは〈人形〉でなければならなかった。しかし、浄瑠璃の言語が、指示表出を拡大し、構成の展開を複雑にし、語り言語のほうへ下降していったとき、それを演じるものは〈人間〉でなければならなかった。たとえば、謡曲に対応する演者は、人形化した人間だ。狂言に対応する演者は人間化した人形だ。おなじことは、浄瑠璃の言語のうつりゆきについてもあてはまる。近世浄瑠璃のうつりゆきは、言語の自己表出としてそれほどのあたらしさをもたなかったが、指示表出として拡大していった。そして、こういうかわり方は、そこにおもいえがかれる演者を、〈人形〉から〈人間〉へかえてゆくどうしてもそうなるほどの契機をもったのだ。

近松の「碁盤太平記」は、このもんだいをはらんだ注目すべき作品だった。「碁盤太平記」からおおよそ四十年後に、竹田出雲らは、この作品を原型にえがいて「仮名手本忠臣蔵」をつくった。このふたつを比較すればあきらかなように、浄瑠璃が散文の語り言語へ下降してゆくすがたはさらに徹底している。劇の進行をつかさどる登場人物たちの対話は、もう**くくり出され**、地の文はそれをむすびつける位置におちる。

いうまでもないことだが、浄瑠璃の言語で対話がくくり出されたということは、この対話を演じるものが〈人形〉ではなくなまみの〈人間〉でありうることを象徴している。人形あやつり、ノロマ人形というものを折口学のように人形に呪術的な意味をあたえて宗教起源としてかんがえても、そうでなくても、人間が人形をあやつりながらうしろで対話し、その対話を人形が表現したものとみなすという二重の意味をもっている。このためには、対話そのものが言語としての劇が流れてゆく要素になり、それだけで完結した世界を構成していかなければならない。この完結した言語の世界をなまみの人間が音声で語り、それを人形に移入する。けれどももう浄瑠璃の言語が、それだけで対話をカッコにくくりだせるような表現になったとき、演じるものは人形ではなく、人間であり、このなまみの演者が登場することではじめて劇は総体性をもつほかはないのだ。これが近松の浄瑠璃概念が、半世紀をへないうちにたどりついた終着点だった。この終着点は、歌舞伎劇への乗りかえの意味をはらんでいた。

親子ははっとさしうつむき、途方に暮れし折柄に、『加古川本蔵が首進上申。お受取なされよ』と表にひかへし薦僧の、笠脱捨て徐々と、内へ這入は、小浪『ヤアお前は爺様』となせ『本蔵様、爰へどふして此形は、合点がいかぬこりやどふじや』と、咎る女房、本『ヤアざはざはと見苦しい、始終の子細皆聞た。そち達にしらさず、爰へ来た様子は追て。先黙れ。其元が由良之介殿御内証お石殿よな。今日の時宜斯あらんと思ひ、妻子にも知らせず、様子を窺ふ加古川本蔵、案に違はず拙者が首、聟引出に欲しいとな、ハハハハ、いやはやそりや侍のいふ事。主人の怨を報はんといふ所存もなく、遊興に耽り、大酒に性根を乱し、放埒成身持日本一の阿房の鏡、蛙の子は蛙に成、親に劣ぬ力弥めが大だはけ、狼狽武士のなまくら鋼、此本蔵が首は切ぬ、馬鹿尽でな』と踏砕く……。

近松の「碁盤太平記」では、まだ登場人物たちの対話と、それをつなぐ地の文とはひとつの構成の流れのなかにあり、そのために一人物の説白とそれをほかの人物につなぐ地の文と、それにつづくほかの人物の対話との関係は、持続した表出のうつりかわりの意味をたぶんにのこしていた。しかし「仮名手本忠臣蔵」では、説白はカッコでくくったほうが妥当なほどに、構成のうつりかわりの意味をうしない、構成の流れのそとにおかれている。この登場人物の説白が、浄瑠璃の言語の持続性からそとにおかれている特質は、言語の表現のそとの第二の構成空間のなかの登場人物（演者）にそとにおかれた説白をおしつけることが想定されてよい。この第二構成空間の演者がいることで構成の流れは、はじめて完結したうつりかわりの意味をもつようになる。もう「仮名手本忠臣蔵」のところまでくれば、浄瑠璃の言語は、演ぜられる劇の台本としても機能し、そこで二重の意味をはらむようになる。ちなみに出雲らの浄瑠璃「仮名手本忠臣蔵」と、歌舞伎劇の台本として流布されている「仮名手本忠臣蔵」とをくらべてみれば、そのちがいは演じやすさをかんがえた修正という範囲をけっしてでていないことがわかる。

たとえば、仮名手本の歌舞伎台本の「山崎街道の場」をとってくらべてみる。これは浄瑠璃第五の段にあたっている。

与一兵衛が、お軽の身代金の手付五十両を一文字屋からうけとったかえり道、斧定九郎に出あう。浄瑠璃では、一筋道のうしろから定九郎が、与一兵衛に声をかけ、この物騒な街道を老人がひとりで行くのはあぶないからつれになろうと誘いかけ、老人も内心はびくびくしながらも、定九郎にむかって若いにに（ママ）ず御奇特なことだ、年貢の金につまって借りにいったが、才覚ができず、すごすごもどるところだとこたえる。定九郎はそこできゅうに居なおって、ふところに金があるのを見つけてきたのだから、見こまれたとおもっておれに貸せといいながら縞の財布をひきずりだす。

歌舞伎台本では、与一兵衛が一文字屋から五十両借りてきた理由が、与一兵衛の独白として語られ、首にかけた財布をだしてみてから、説白で思いいれたとき、掛け稲のあいだから突然定九郎が手をだし、財布をひったくるのだ。そのあとの与一兵衛殺しの場面をくらべてみれば、

（i）　浄瑠璃

……と、懐へ手を指入、引ずり出す島の財布。与「アア申し夫は」定「夫はとは。是程爰に有物」と、引たくる手に縋り付、「イエイエ此財布は跡の在所で草鞋買迚、端銭を出しましたが、跡に残るは昼食の握飯、霍乱せん様にと娘がくれた和中散、反魂丹でござります。お赦しなされて下さりませ」とひつたくり、逃行先へ立廻り、定「是ヱ、聞分のない。むごい料理をするがいやさに、手ぬるういへば付上る。サア其金爰へ蒔出せ。遅いとたつた一討」と、二尺八寸拝打、与「なふ悲しや」という間もなく、から竹割と切付る、刀の廻りか手の廻りか、はづれる抜身を両手にしつかと摑付、「どふでもこなた殺さしやるの」定「ヲ、知た事。金の有のを見てする仕事、小言吐かずとくたばれ」と、肝先へ指付れば、与「マ、、、、マア待て下さりませ。ハア是非に及ばぬ、成程〳〵、是は金でござります。けれども此金は、私がたつた一人の娘がござる、其娘が命にも替へぬ大事の男がござりまする。其男の為に入金。……マア一里行ば私在所。金を聟に渡してから殺されましよ。申々娘が悦ぶ顔見てから死たうござります。コレ申アアあれ〳〵〳〵」と呼はれど、跡先遠く山彦の、谺に哀催せり。定「ヲヲ悲しいこつちやは、まつととこぼへ。ヤイ耄め、其金でおれが出世すりや、其恵でうぬがせがれも出世するはやい。人に慈悲すりや悪うは報はぬ。ア、かはいや」とぐつと突く。「うん」と手足の七顚八倒、のたくり廻るを脚にて蹴返し、「ヲ、いとしや、痛からうけれどおれに恨はないぞや。金がありやこそ殺せ、金が無けりや何のいの。金が敵じやいとしぼや。南無阿弥陀、南無妙法蓮華経、何方へ成とうせおろ」と、刀も抜かぬ芋ざし抉り、草葉も朱に置露や、年も六十四苦八苦、あへなく息は絶にけり。仕済したりと件の財布、暗がり耳の摑読、定「ヒヤ五拾両。ヱ、久しぶりの御対面、忝し」と首に引かけ、……

(ii)　歌舞伎台本

……この時、掛け稲の間より、手を出し、財布を引ッたくる。与一兵衛びつくりして、

与ヤアこりや財布を。

ト立ち上る。この時、白刃出て、与一兵衛を貫く。これにて、ワッと苦しむ。時の鐘、凄き合ひ方、日暮し笛になり、掛け稲を押分け、定九郎、好みの拵らへにて出で来り、刀を抜く。与一兵衛バッタリ倒る、、定九郎、思ひ入れあつて、財布を取り、口に啌へ、血刀を拭ふ。この見得、時の鐘、忍び三重。白刃を鞘に納め、財布の金を見て、ニッタリ思ひ入れあつて、首に掛け、死骸を上の方へ蹴込み、

定九五十両、忝ない。

ふたつをくらべればわかるが、与一兵衛が殺されるまでの浄瑠璃のなかの与一兵衛と定九郎のやりとりは、歌舞伎台本のなかでは削られており、定九郎の一突きで、あとは定九郎の見せ場の所作になっている。

この個所は典型的な例のひとつだが、この場合でも、浄瑠璃の言語と歌舞伎の言語とは、べつに本質的なちがいがあるのではなく、所作ごとを念頭におけば、この程度の変更はいちばん初歩的なものだとおもえるていどに修正されているだけだ。つまり浄瑠璃を読みドラマの原型として、対話のやりとりを所作ごとにかえた言語の表現から演技の表現へなおすための最小限の修正がおこなわれているだけだといっていい。浄瑠璃に登場しない副人物を設定している場面もあるが、それはただ言語の場面を演技の場面に転換したばあいにかんがえられる最小限のそえ役として設定されているだけで、ほんらいの変化はない。浄瑠璃の表現は、もうそのまま歌舞伎の表現の原本として意味をもてるまでになっている。

近松の浄瑠璃「碁盤太平記」から、出雲らの浄瑠璃「仮名手本忠臣蔵」まで、ほぼ四十年たっている。それから一年あとには歌舞伎「仮名手本忠臣蔵」が上演された。

たいせつなことは、近松の「碁盤太平記」にある浄瑠璃の狂言への表出の下降が、どうしても人形劇から歌舞伎劇へかわることをうながさずにおかぬものをもっていたという点にあった。そして、この段

階では、浄瑠璃語りのいたるところに**構成**の流れとしてはさまれていた音曲節、俗謡のたぐいは、劇的な**構成**にとって欠かせないユニットという意味をはなれて、いわば音曲効果という意味に分離した。それによって、歌舞伎劇から自立した俗謡節として流派をうみ、音曲としての発展にはいったといってよい。

いままで劇が**構成**として完結した世界となるために、なにが条件になるかかんがえてきた。そのひとつは、社会から法的にも財からもらち外におかれたものがつくる特殊な社会が、逆に観念のうえで昇華した美をえがくまでになった。そういうぎりぎりの矛盾が成り立ったとき、その世界とむすびつくことで劇は完成されたすがたをもったということだ。また、べつのひとつは、人間と人間との関係で倫理として卑小なことが、じつはたいせつな人間の存在の条件だという思想とむすびついたとき劇は理念として完結されたということだ。

いいかえれば、言語の表現が人間の観念と現実とのあいだに、また規範と現実とのあいだに**逆立**した契機を自覚しはじめるまで高度になったとき、劇ははじめて完結したすがたをもった。近世の浄瑠璃の世界まできて、劇は言語としての劇と演ぜられる劇とをあわせて、ひとつにしたといってよい。

第Ⅵ章　内容と形式

1　芸術の内容と形式

いままでに作品を具体的にあつかうために、理論として飛躍しなくても不自由を感じないですむところまでたどりついた。それはこの稿の目標だったが、同時にここまできたとき目的の喪失だともいえる。理論ができることの爽快さと、理論がいつも感じる空しさのようなものが、わたしをきゅうにとらえるような気がする。ともあれなにか壁をとおりぬけたときの安堵と〈書く〉ということのやりきれない気分のようなものが、妙なしたしさで襲ってくるのを感じる。この感じのさきには、またべつの課題が横たわっている。それは文学の理論が歴史的につみかさねてきた因襲のようなものだ。

たんなる理論的な因襲も、歴史的につみかさねられたものとしてみるかぎり、なにかわからぬ重みとしておかれている。この重みが無意味かどうかを判断するまえに、すでに重みは重みとして問いかけてくる。眼のまえにおかれているすべての因襲は、この意味でだけ、わたしたちのこころをひきつける。わたしたちがまったく無意味に到達するかもしれないのに、あるスコラ的な主題へちかづくのはそのためだ。いま、ここでとりあげたい芸術の**内容**と**形式**という主題も、スコラ的なものの象徴で、創造するものに役だたないだけでなく、研究者以外の理論にとってもなにものもあたえない。わたしが、ちかづくのは、その主題がひとつの過去の因襲としてそこにあるため、その過去がなにか意味ありげに問いかけてくるからだ。

すでにできあがった芸術の作品については、**内容**と**形式**という区別はなんの意味もない結果だし、これから創られようとする作品にとっては、それは創作するとちゅうの作者と作品のあいだに橋をかける過程に、眼にみえない根拠をおいている。これをとりあげても誰もよろこばないのだ。

ここで芸術の**内容**と**形式**にふれるのは、これからつくられようとする作品の過程を、ひとつの〈架橋〉作業とかんがえ、幻想の表出としての作品と、原因としての作者と、根源としての現実とが、ある角度からはまったく無関係のようにみえ、ある角度からは関係があるかのようにみえるという構造にすこしでもちかづきたいためだ。

ヘーゲルにおいては、それぞれの範疇がそれぞれ哲学史の一段階を代表しています（彼自身の方でも、大抵、そういうものを範疇として立てています）から、『哲学史講義』（最も天才的な述作の一つ）を参照されるがよいと思います。休養のために（傍点─引用者）読まれるのには、『美学』をおすすめします。もし、一奮発して多少とも精読されるならば、驚嘆の念を新にされるでしょう。
（「エンゲルスからコンラート・シュミットへの手紙」滝崎安之助訳）

わたしたちの時代は、エンゲルスの時代ほど〈学〉そのものがスコラ的でなくなったせいで、「休養」のためにヘーゲルの『美学』をよむことはできなくなっている。「休養」のためにはじっさいの睡眠をねがうほど、現実そのものがスコラ的に煩雑をきわめているのだ。なにごとでもあれ、古典時代とはせん望にたえない時代にたいする名辞だ。わたしたちは、現在ヘーゲルの『美学』を難解きわまる古典としてよむことになっている。

しかし、わたしがたしかめえた範囲では、芸術の**内容**と**形式**についてのスコラ的な論議のうちで、ヘーゲルほど透徹しているものも、これの限度を踏破したものもない。ばあいによっては、わたしたちはひとつのすでに存在してしまった系譜をこう呼んでいい。ヘーゲリアン・ベリンスキイ、ヘーゲリアン・プレハーノフ、ヘーゲリアン・ルナチャルスキイ、ヘーゲリアン・ルカーチ、ヘーゲリアン・ルフエーヴル、ヘーゲリアン・蔵原惟人、ヘーゲリアン・わがプチ〈マルクス主義〉文学者等々……。どれもこれも美について俗化したヘーゲリアンであるにすぎない。

後ほど、これらのいくつかにふれることになるが、ただこれらが美における〈マルクス主義〉者と自称する俗化したヘーゲリアンの誤解を示していることをとりあげるのだ。

ヘーゲルは『美学』のなかで、美とか芸術とかいうものの概念には、二重の面がみつけられるとして、つぎの点をあげている。

第一には内容や目的や意味。

つぎにはこの内容の表現や現象や実在相。

第三にはこの両面がたがいに浸透しあって、外面や特殊相がもっぱら内面性の表現としてのみ現象するようになること。

そして、芸術品のうちには、**内容**への本質的関係をもち、**内容**を表出するもの以外のなにものもないとのべている。

ヘーゲルの『美学』では、**内容**と**形式**はつぎのようにかんがえられている。


われわれが内容とか意味とかよんだものは、本来的に単純なものであり、作品を細部にわたって外面的に形成するしあげ（Ausführung）とはちがって、きわめて単純な、しかも包括的な諸規定に帰せられる事柄そのものである。たとえば書物のばあいでも一つの書の内容は二三の言葉または命題にまとめて提示されうるもので、その書には内容のうちに一般的な概要としてすでにあたえられているもの以外のなにものもでてきてはならない。この単純なもの、この主題ともいうべきものこそ、細部のしあげのための基盤をなすもので、それはなお抽象的なものであり、これに対して細部のしあげのみが具体的なものである。（竹内敏雄訳）

二、三の言葉または命題にまとめて提示できるものとかんがえられているものが、ヘーゲルによる**内**

容の本性で、細部の仕上げ、具体的な形成としているものが**形式**の本性とかんがえられているものだ。

ここまでは、彫刻家が筋金をつかって骨ぐみをつくり、そのうえに粘土をもりあげて具体的な塑像を形成する、といった比喩をかんがえればよい。しかし、もろもろの〈マルクス主義〉美学と称する俗化したヘーゲル主義を蹉跌させるその〈美学〉の中枢は、ここからあとではじまる。つまり、悲劇は、第一幕をあけるのだ。

ヘーゲルは、ひとつの比喩を、芸術の**内容**と**形式**についてあてはめている。もし、芸術の**内容**と**形式**との関係が、筋金でつくりあげられた骨ぐみと、それにもりあげられる粘土の関係にすぎないならば、それは、三角形とか楕円とかいった単純な内容として数学的な図形とおなじになる。このばあいは、三角形や楕円が、どんなおおきさであるか、あるいはどんな色であるかということは、もんだいにならず、ただ三角形とか楕円とかいう外面現象（形式）の一特性だけが、もんだいになる。しかし、芸術の**内容**と**形式**の関係は、それとはちがう。**内容**にすみずみまで浸透せられ、それ以外には動かしようもないものとしてしか芸術の**形式**は存在しない、と。

この芸術の**内容**と**形式**とのぬきさしならない契機をときあかすとき、エンゲルスのいわゆる「驚嘆の念を新にされる」ヘーゲルの〈美学〉の片鱗があらわれる。

ヘーゲルによれば、**内容**は、はじめはたんに主観的であり内面的なものであって、これにたいして客観的なものが対立しているが、この対立の不満はその対立を止揚するという欲求の方向へむかい、はじめに主観的な内面的な**内容**としてあったものを、客観的なかたちをつうじて実現され、完全な定在によって充たそうとする要求をもつようになる。これは弁証法的な過程として本質的必然というべきものだ。そこで、ヘーゲルの見事さは、つぎのようにあらわれる。

内容は最初にはただ主観性の一角にかたまった形式においてあたえられており、そしてその一面性は一種の制限であることをまぬかれないから、この欠陥は実は同時に不安や苦痛であり、ある否定的なものであることがわかる。が、否定的といっても、単なる否定態としての自己を止揚すべきものであり、したがってまた、そこに感じられた欠陥を除去し、そこに意識され思考された限界を超越しようとする衝動をもつものである。しかもこのことは一般に主観的なものが他の一面たるべき客観的なものを欠いているというだけの意味においていわれるのではなく、もっと明確な関聯のもとにあるのであって、この主観面そのものに存する、それにとっての欠如は、これをふたたび否定しようとする努力をふくんだ否定や欠陥として主観自身に内在している。というのは、主観はそれ自体において、その概念上（本質上）、ひとつの総体をなすものであり、ただ単に内面的なものではなくて、同時にまたこの内面を外面に即して、外面のうちに実現するのである。（竹内敏雄訳）

わたしは、ヘーゲルの『美学』にこだわりすぎているかもしれない。しかし、ここに芸術の**内容**と**形式**のもんだいの中枢はすべて露出している。後世のいわゆる〈マルクス主義〉美学と称するものが、現在にいたるまで、これ以上のどんな概念（出来栄えはいうまでもない）をも提出していないことをしるには、この程度にはヘーゲルの規定に固執したほうがいいのだ。

ヘーゲルの見解をさらっと読みながすと、芸術が客観化された主観であり、客観化の根拠は、主観そのものの総体性のなかに、その限界を超えようとする衝動として内在するという印象をうける。このばあい、**内容**は主観的な状態に根拠をもち、**形式**は客観化に拠点をもつようにかんがえられてくる。これをさらに通俗化してみると、**内容**となるべきものが、はじめに、主観的にあって、それがしだいにあるひとつのたしかになった**形式**のなかに実現するところに、芸術の**内容**と**形式**の関係があると主張されているようにみえてくる。ここにヘーゲルの『美学』の危ない個処が、いわばつよい毒性があるといっていい。

ヘーゲルの『美学』のこの毒性が、どれだけ強烈で、持続的であり、免れがたい見事さをもっているかをしるために、たとえばルフェーヴルの『美学入門』から、おなじ課題をあつかった個処を引用してみよう。

それとは逆に（カントからはじまる講壇批評とは逆にという意味——註）われわれは、内容の優越性から発すると同時に、おなじく形式と内容との本質的な統一から出発しよう。明確にしておきたいのは、この本質的な統一は、価値ある、成功せる、感動的な「美しい」作品にみられるということだ！そうでない作品には、逆に、形式と内容との相違、両者のくいちがい、前者の後者にたいする遅れなどがあらわである。

この立場から出てくるのは、内容が形式そのものを決定するということである。内容が形式を「条件づける」。もっともこの条件づけには機械的、宿命的な性格はないけれども。形式は内容の「仕上げ」〔琢磨〕から出てくる。この内容は生きている、それは一定時期の生活にほかならぬのだから。で、内容は、多少ともふかい多少とも本質的な潮流、つまり諸傾向をあらわしている。それは意識にむかってゆく。それは形をとる、つまり「自分に形を与える」。そして形式による仕上げとは、内容が意識のなかに自分の姿を映そうとする傾向の一様相にほかならない。美的形式とは意識の形式であって、内容のもつ本質的諸傾向をもっとも具体的に捉え、そしてそれらを、他の何より豊かで何より意味ぶかいもの、つまり芸術作品のうちに現実化せんとする。形式は「条件づけられ」ており、諸傾向に忠実であるかぎりにおいて必然的である。しかし同時に、一個人の労作、創造、自覚、現実の反映、表現欲求の反映として、形式は、とりわけ自由な探求、自由な活動の所産である（周知のごとく、自由とは、一般的に、必然性の認識と、この必然性にくわえられる能力として、弁証法的に規定される）。

この立場の言外の意は、リアリズムの優越性ということにとどまらず、もっと一般的にリアリズムそのもの、つまり芸術の基礎として現実を把握することである。(多田道太郎訳)

あまりながくなるため、ルフェーヴルがこの個処の直前で、カントを滑稽化してあしらってみせながら、ヘーゲルを滑稽化してはいないことをみせられないのは残念だ。かれ自身が、俗化した、しかも、意識が、意識せられた現実であるというマルクスの定在から類推して、芸術の内容が優越性であるとか、芸術の内容が「一定時期の生活にほかならぬ」とかいう出鱈目を信じこんでしまった滑稽な芸術上の小ヘーゲリアンにすぎない。もちろんルフェーヴルには、カントの『判断力批判』をあしらってみせる根拠などはないのだ。

この無駄話のなかには、言葉のくせをのぞけば、ルフェーヴルの独創はひとかけらもないといっていい。ヘーゲルの『美学』のなかの**内容**と**形式**との相互過程についての独創性は俗化され、いっぽうでベリンスキイ以後、プレハーノフの『芸術論』いらいの〈マルクス主義〉美学と称するものの悪しきロシア的伝統はカクテルされていきている。いうまでもなく、こういう見解は、はじめに二、三の言葉で要約される主観性があるというヘーゲルの内容論を、さらにヘーゲル化して、この内容性のうしろには「生活」があるといっているにすぎない。マルクスの見解を仮装したいちばん悪しき小ヘーゲル! しかも、ヘーゲルにあっては、主観性がやがて対立していた客観性との矛盾を止揚しようとする傾向へむかうというかたちであったはずのはっきりした〈過程〉の意識は、あとかたもなくたちきられ、俗になった見方にかわっている。

いうまでもなく、芸術・宗教・法・国家といった幻想性についての観念論は、じっさいには逆に唯物的仮装であらわれる。そこでは観念的な唯物論者は、たちまちはじめからしゃちこばった規範にかなしばりになった性格を露出してしまって、唯物論的な単語で芸術等々の幻想性を飾ろうとするのだ。

ベリンスキイにあっては、「才能者は常にあった、しかし以前は彼らは自然を装飾し、現実を理想化していた、すなわち存在しないものを描き出し、あったことのないことについて物語っていた。ところが今では彼等は実生活および現実をその真実において再現する。このことからして文学は社会の眼中において重要な意義をえて来た。」(「一八四六年のロシヤ文学観」除村吉太郎訳)というような言葉が、十九世紀半ばのロシア文学の情況論として生々とした見解をつたえていた。しかし、ロシア〈マルクス主義〉芸術理論がやったことは、情況を規範にかえてわい小化し、流動を政策によって固定化することだった。

わが国で、いちばんはやくベリンスキイの影響を手中におさめ、しかも『小説神髄』以後の第二番目の文学理論上の労作であった二葉亭四迷の短い「小説総論」から、この伝統のはじめを引いてみる。

> 凡そ形(フォーム)あれば茲に意(アイデア)あり。意は形に依つて見(あら)はれ、形は意に依つて存す。物の生存の上よりいはば、意あつての形、形あつての意なれば、孰(いづれ)を重とし、孰を軽ともしがたからん。されど其持前の上よりいはば、意こそ大切なれ(傍点―引用者)。意は内に在ればこそ外に形(あら)はれもするなれば、形なくとも尚在りなん。されど形は意なくして片時も存すべきものにあらず。意は己の為に存し形は意の為に存するものゆゑ、厳敷(いかめしく)いはば形の意にはあらで、意の形をいふべきなり。夫の米(ベー)リンスキー(魯国の批評家)が、世間唯一意匠ありて存すといはれしも、強(あなが)ちに出放題にもあるまじと思はる。

すでに、ここにはベリンスキイをまねた二葉亭の内容優先論が、はっきりとのべられていて、わが昭和の蔵原惟人や中村光夫をたじろがせるほどだ。これは記憶していてよいことだ。

ところでわたしはまったくべつのことを主張する。芸術の**内容**も**形式**も、表現せられた芸術(作品)そのもののなかにしか存在しないし設定されない。そして、これを表現したものは、じっさいの人間だ。

それは、さまざまの生活と、内的形成をもって、ひとつの時代のひとつの社会の土台のなかにいる。その意味では、もちろんこのあいだに、橋を架けることができる。この橋こそは不可視の〈かささぎのわたせる橋〉（自己表出）であり、芸術の起源につながっている特質だというべきだ。ルフェーヴルは、これほどはっきりしたことを、そういいえていない。芸術の**内容**が「生活」のなかにあるというのだ。**内容**や目的や意味が、はじめにあるというヘーゲルの第一前提は、俗化されてルフェーヴルのような小ヘーゲリアンのなかによみがえる。

この系譜は「思想的内容なくして芸術的作品はあり得ない」（「芸術と社会生活」）というプレハーノフにさかのぼることもできるし、さらにベリンスキイにさかのぼることもできよう。

かれらは、〈かささぎのわたせる橋〉（自己表出 Selbstausdrückung）が、芸術の特質であり、この構造を無視して芸術が語りえないことも、芸術の**内容**と**形式**という概念が、この〈架橋〉の構造に視えない根拠をおき、表現せられた芸術そのもののなかにしか成立しないことをもしろうとはしない。

もうひとりの小ヘーゲリアンが〈マルクス主義〉芸術論と称して登場するばあいをみよう。ルカーチは「上部構造としての文学」のなかでこういっている。

偉大な芸術作品はその時代の土台、生産関係および基本的社会関係を範例的に反映する。これらの作品が存続する内容的基礎は、その点に、すなわち、すでに力説したように、人間関係の「古典的」性格が――エンゲルスの意味での「古典的」――ともにふくまれている点にある。（中略）それでは形式はどうか？　レーニンが論理学において、論結形式について分析したように、芸術的形式を――内容的反映にくらべると、より抽象的な反映ではあるが――客観的現実の反映とみなすものにとっては、この点になんら不可解なものはないとおもう。芸術的形式は、ある具体的な土台（それがかたちづくる人間関係）のもっとも本質的・法則的な諸状態を、具体的な、つまり個性化された人間の人間的形象化と、有機的にむすびつければむすびつけるほど、それだけ完全になる。芸術的形式賦与が、それによってかたちづくられ、そのうちにえがかれた具体的な人間関係を、われわれが直接体験するような状態にさそいこむことができるほど、当の芸術作品の存続はそれだけ確実になる。いいかえれば、それだけ遠い未来の人間も、芸術的にえがかれた人間、人間の運命、この人間の運命を媒介する対象的世界から、直接自分自身で、かれ自身の過去を人類の過去のうちにみとめるような状態に入るだろう。（針生一郎訳）

こういう芸術についての、芸術の本質をわきにおいた見解からわたしたちはなにをみちびきだせばいいのか。**内容**が「その時代の土台、生産関係および基本的社会関係を範例的に反映する」とか、**形式**が「ある具体的な土台（それがかたちづくる人間関係）のもっとも本質的・法則的な諸状態を、具体的な、つまり個性化された人間の人間的形象化と、有機的にむすびつければむすびつけるほど、それだけ完全になる」といったルカーチの論議は、人間も生物であり、蛇も生物であるから、人間と蛇とは関係があるというのとおなじようにおろかだ。ここでは、芸術の特質が〈かささぎのわたせる橋〉（自己表出）の構造にあることは、まったく除去され、芸術以前の現実が、ヘーゲル美学の内容の第一前提とおなじ位相で、弁証法的にではなく対応論理的に「反映」という概念でむすびつけられる。そして、芸術の**内容**とか**形式**とかが、直接土台を反映するのではなくて、この〈かささぎのわたせる橋〉（自己表出）を介してしか、現実を反映したり、とりこんだりしないということは、ルカーチの理解のそとにおかれるのだ。

ルカーチは、ここでは、芸術について何も云わないのに、すべてを云っているつもりになったヘーゲリアンだといっていい。

ヘーゲルの『美学』では、観念の絶対相が、その哲学のなかに前提されているため、文字通り観念のうみだすものである芸術の構造について近似的にちかづくことができているのだが、ルカーチは、ヘーゲルのつかわなかった土台と上部構造というような概念を覚えこんだヘーゲリアンであるため、芸術の理論についてかたればかたるほど、芸術じたいをわきにそらしてしまうといった弁証法のなかにいる。もちろんルカーチが観念論者にすぎないのは、スターリンの土台概念の物神化と機能化を模倣したすべての古典マルクス主義者が観念論者にすぎないのとおなじだ。かれらは人間の存在する全現実と、人間のうちに宿り、人間が外化する全幻想から出発したマルクスと反対に、じつに土台から幻想性をみちびきだそうとする倒錯をやってのけたのだ。

わたしたちは、これらの〈マルクス主義〉を擬装した俗流ヘーゲリアンとちがって、芸術について語れば語るほど土台や上部構造といったような周辺概念をわきにはずして、芸術そのものの本質がのこるという方法をえらぶのだ。

わたしのいわゆる〈架橋〉〈自己表出〉をはずしては、芸術の本質が語りえないこと、この〈架橋〉の連続性は、いやおうなしに時代的と個性的との刻印をうける**現存性**の構造をもっていること、などは、芸術の表現と表現者と現実とのあいだの、さまざまな属性を削りとったあとに、わたしたちの方法がのこす最終の項だ。

こんなふうにわたしたちは、ひとつの定義にたどりつく。芸術の**形式**は、〈架橋〉〈自己表出〉の連続性からみられた表現それじたいの拡がりであり、芸術の**内容**は〈架橋〉〈自己表出〉の時代的、個性的な刻印からみられた表現それじたいの拡がりである、というように。

2　文学の内容と形式

わたしは、しだいにスコラ的な論議にまきこまれるときのにがにがしさを感じるが、それに耐えることになる。ひとつの文学作品を〈芸術〉であるというとき、はたしてどんなことをいっているのだろうか。そこには、文字や音声のある流れがある。これは、文字をしり、語義を解しているものにとって、たれでも理解できるものだ。

たとえば、ここにひとつの文学作品がある。これは文字をしり、文章の語義がわかるなら、誰でも〈意味〉の流れとしてたどることができるものだ。でもこういうたどり方からは、どんな作品も文学としては成り立たない。文学が一定の水準の鑑賞力を必要とし、また鑑賞力をうみだすことは、作品をたんに〈意味〉の流れ以上のものとしてとらえていることを意味している。

文学の**内容**と**形式**を、まさにそこにかかれた作品の**内容**と**形式**以外のところにもとめることはできないことは、文学もまた芸術であるという意味でさけられないことだ。しかも、作品を文字による意味の流れの展開以上のものとして、**内容**と**形式**概念をかんがえなければならない。芸術としての文学作品が、辞書にある語義とちがって、作者のある意識状態から表出されたものとして、〈架橋〉せられていることが、この原因のひとつだ。ヘーゲルが芸術の**内容**を、はじめに人間の主観的な存在の状態から発したとかんがえたのは、けっして根拠のないことではない。ただ、そのことから、**内容**を作品以外のところにもとめ得ないだけだ。

ここでもういちど、ヘーゲルの『美学』や、芸術は土台のうえにたつ上部構造であるというような、ヘーゲルのしらなかった言葉をつかいこんだヘーゲリアンの**内容**と**形式**論を転倒するために、いくつかのことを確認しておく。

第一に、芸術の**内容**と**形式**は、表現せられた芸術（作品）以前にも、以外にももとめることはできない。それ以前または以外に**内容**と**形式**の論議をつなぐことは、たとえ〈現実〉の土台とつなぐばあいでも観念的なスコラ主義にしかすぎない。

第二に、芸術の特質は、表現する者と、表現せられた芸術のあいだの〈架橋〉（自己表出）の、芸術発生の起源からの連続したうつりゆきのなかにある。この〈架橋〉の特質が、自然物に手を加え、これを変え、なにかをつくりだし、これから逆に人間の存在がおしつぶされたりする物質性と、精神のそれとを区別するものだ。芸術が〈労働〉や〈労働時間〉に等価還元できない特質はこの構造のなかにしかありえない。

第三に、この〈架橋〉は、自動的ではなく表現する者の社会性、土台とのかかわりによって、時代的な、個性的な刻印をうける。

何故に？　それは表現するものが、じぶんの意志とはべつに、ある時代に生きて存在してしまったところからくるし、個性的な刻印は、じぶんの意志とはべつに、ある社会の、ある生活共同体のなかに存在してしまい、自己形成されたという点に由来している。

もしも、現実の人間が、じぶんの意志通りに（近く）生誕し、じぶんの意志どおりじぶんを実現できるばあいを仮定すれば、時代的、個性的な刻印を無視してもしなくても、いっこうにさしつかえないはずだ。

文学が芸術であるかぎり、この一般的な刻印をまぬかれない。わたしたちは、文学の**内容**と**形式**とを、この一般性としての特質のなかで想定できるだけだ。

優れた文学者はいつの時代でもいいものだ。かれはスコラ的な論議についても、ほとんど直感的に、ひとつの正当性をさしだす。

芥川龍之介は「文芸一般論」（『文芸的な、余りに文芸的な』所収）のなかで、文学の**内容**についてつぎのようにかいている。

今第三の要素——即ち文字の形だけは主として支那の文芸に限られてゐるものでありますから、少時不問に附することにすると、言語の意味と言語の音とは常に全体として活動しなければならぬ、又全体として活動しなければ、到底生命を伝へることは出来ない——と言ふことになるのであります。現に短歌に徴すれば、一首の意味と一首の音とは常に微妙にからみ合つてゐます。たとへば「足びきの山河(やまかは)の瀬の鳴るなべに弓月(ゆづき)が嶽(たけ)に雲立ち渡る」と言ふ人麻呂の歌を御覧なさい。この雄渾な景情はこの雄渾な調子を待たずに現はされるものではありません。或はこの一首の短歌から我々の心に伝はる感銘——如何にも雄渾を極めた感銘は景情と調子との一つになつた「全体」からばかり生れて来るのであります。勿論比較的聴覚的効果を重んじない形式——即ち散文は短歌のやうに言語の音に負ふ所は多くはないのに違ひありません。しかし何よりも早い話が、夏目先生の「坊ちやん」や「吾輩は猫である」を御覧なさい。あの軽妙な文章の調子はあの軽妙な作品の効果を少からず扶けてゐます。すると散文にも短歌のやうに、言語の意味と言語の音との一つになつた「全体」は存在すると言はなければなりません。わたしの内容と名づけるのはこの「全体」に外ならぬのであります。

言語の意味と音との一つになった「全体」を、**内容**とかんがえている芥川は、第一段でのヘーゲル的誤解からはまぬかれている。文学の**内容**を作品の表現そのもののうえにかんがえているという意味で。そして芥川が言語の音というあいまいな言葉でいっているものの本質をかんがえれば、この理解は、きわめて正確だということもできる。

おなじように、芥川は**形式**についてつぎのようにのべる。

度たび繰り返すのは恐縮でありますが、文芸は言語或は文字を表現の手段にする芸術であります。が、文芸上の作品は常に幾つかの言葉から成り立つてゐます。たつた一つの言葉から成り立つてゐる作品などはまづないと言つても差支へありません。たとへばあらゆる韻文の中でも、一番短い俳句さへ、十七音に相当する幾つかの言葉を含んでゐます。すると等閑に附せられないのはその作品を組み立ててゐる幾つかの言葉の並べかたであります。勿論「本を持つて来い」と言ふことでも出たらめに言葉を並べれば、――「来いを本持つて」とか何とか並べれば、ちよつと他人には通じないでせう。わたしの並べかたと言ふのはさう言ふことを言ふのではない。「秋深き隣は何をする人ぞ」と言ふか、「秋暮るる隣は何をする人か」と言ふか、或は又「何をする人と隣りて暮の秋」と言ふか、――と考へる時の並べかたであります。つまり辞の達するか達しないかと言ふ並べかたではない、生命を伝へられるか伝へられないかと言ふ（傍点―引用者）並べかたであります。この又幾つかの言葉の並べかたを不問に附することは出来ないとすれば、その幾つかの言葉から成り立つた一句とか一節とか一章とかの並べかたもやはり不問に附することは出来ないのに違ひありません。いや、更に三部作の長篇小説などを考へれば、幾つかの句から成り立つた一節、――その又幾つかの節から成り立つた一章、――その又幾つかの章から成り立つた一篇、――さう言ふ手数のかかつた一篇の並べかたもやはり不問に附することは出来ないのに違ひありません。即ち文芸上の作品は小は十七音に相当する幾つかの言葉の俳句から大は何千句、何百節、何十章に相当する何万かの言葉の長篇小説まで、悉く或並べかたに、――或はその作品を支配する或構成上の原則に従つてゐます。この構成上の原則に従はない限り、如何なる内容も一足飛びに文芸上の作品となることは出来ません。単なる内容は――この構成上の原則を欠いた内容は机の形を成さない机とか、椅子の形を成さない椅子とか言ふやうに要領を得ないものに了るだけであります。つまり文芸上の作品は一方に内容を持つてゐると同時に、他方にはその内容に形を与へる或構成上の原則を持つてゐなければなりません。上に述べた内容に対し、わたしの形式と名づけるのは実にこの構成上の原則を指してゐるのであります。

この**形式**の説き方は、内容の論議ほど立派なものではないとおもえる。**内容**が生命をもって実現されたときの構成の原則を**形式**といっている。とくに不都合だといえなくても、無意識のうちに内容は内在的、形式は外在的な言葉の生命をつたえる並べ方というかんがえにとらえられている。芥川が生命をつたえる形式とか、言葉の意味と音とが一つになった「全体」とかいっているものは、文学を芸術としてみるばあい、すでに並べられた言葉をそのようにかんがえることを前提としているのだから、スコラ的なせんさく（同義反覆）というべきだ。たとえばヴァレリイは『文学論』で、こんなせんさくがスコラ的であることを嫌悪してつぎのような言い方をしている。

できるだけ読者の分け前を少なくしようとする関心から、人は形式に到達するのである――極言するなら、自分自身に対しても最小限度の不定な部分と任意な部分とを残そうとするのである。悪い形式というのは、吾等が変える必要を感じそして自ら吾等が変える形式のことである。また善い形式というのは、それ以上に改良することができずに、吾等がくり返し模倣する形式のことである。形式は本質的に反覆と結びつけられている。だから新しさの偶像は当然の結果として、形式の関心とは相容れないものである。（堀口大学訳）

才人のいいまわしとは、こういうものだが、これは芥川とちがったことをすこしもいっていない。その規定はヘーゲル的だ。

文学の**内容**と**形式**は、それ自体としてきわめて単純に規定される。**文学（作品）を言語の自己表出の展開（ひろがり）としてみたときそれを形式といい、言語の自己表出の指示的展開としてみるときそれを内容という。**もとより、**内容**と**形式**とが別ものでありうるはずがない。あえて文学の**内容**と**形式**という区別をもちいるのは、スコラ的な習慣にしたがっているだけだ。しかし企図がないわけではない。文学の**形式**という概念の本質をしることとは、じつに文学表現を文学発生の起源から連続してきたうつりゆきとしてみようとする特別な関心につながる。また、文学の**内容**という概念には、文学を時代的な激変のなかに、いいかえれば時代の社会相とのかかわりあいのうえにみようとする特別な関心につながっている。

◎　灰と化したばかりの紙片は、本物の灰よりはいくらか黒みがかつて、ち切れた黒蝶の羽のやうに舞ひ上つた。コスモスの葉と茎は、焼けた紙片をしなやかにうけとめた。老人臭い楓の枝は、骨ばつた掌に黒い断片を附着させられては、気むづかしくそれを払ひ落した。ひそやかに湿地帯にたむろしてゐた風は、焚火に吸ひ寄せられたやうに、庭の片隅から起ちはじめた。（武田泰淳「風媒花」）

たとえば、この一節を**内容**としてみるということは、燃やして灰になった紙片が舞いあがって、コスモスや楓にくっつき、また落ちかかって焚火でおこされた風が、庭隅から吹きあがるという言語の指示性が展開してゆくさまを、そこにふくまれている像といっしょにみることを意味している。これはヘーゲルの『美学』がいう二、三の言葉または命題にまとめて提示されるものとはちがって、言語の表現をひとつの自己表出の〈架橋〉からみるという前提をふくむために、当然、自己表出性と指示表出性の交点にむすばれる像を、わたしのいう**内容**の概念はふくまざるをえない。

また、この一節を、**形式**としてみることとは（この一節の形式とは）、灰になった紙片が黒蝶の羽のように舞いあがり、つぎにコスモスの葉と茎が、その紙片をしなりながらうけとめ、……というように作者がそのとおり文字がつくりだす順序と像にしたがって展開されている言語の自己表出の拡がりとしてみることを意味している。このいいかたが難解だとすれば、単純化していいなおすことができる。

あるひとりの人間が〈海〉と表現したとする。このとき〈海〉という表現の**内容**とは〈海〉という言語の指示性に、それがふくむ〈海〉の像をくわえた総体のことであり、この表現の**形式**とは、〈海〉という言語をその人間の自発的な契機による自己表出としてかんがえたものに〈海〉の像をくわえた総体を意味する。このようにして**内容**と**形式**とは、いつもおなじ総体をゆびさすことになる。つまり表現の総体へむかってゆくのだ。

この人間は〈海〉という表現の即自としての海の概念から、対自的な〈海〉という表現に〈架橋〉し、これを対他的な存在までもってゆく。この過程のなかに〈海〉という表現の**内容**があらわれる。そして、この人間が、なぜ〈山〉という概念ではなく〈海〉という概念を意識したか、というもんだいからはじまり、これを〈山〉と表現せずに、〈海〉と表現するばあい、意識がどれだけのうちからでたつよさと撰びとりで〈海〉と表現したか、いいかえれば意識の自己表出としての面から〈海〉という表現をかんがえるとき、**形式**としてみているのだ。

もちろんわたしたちは、この場合〈海〉という表現を、**内容**と**形式**とのわかたれない全体性としてみる。そしてこの全体は、ベクトルに分解してみれば、言語の自己表出と指示表出とにわかれる。これをはっきりさせるため、もう一歩だけ複雑にしてみる。

a　海だ。

b　海である。

aとbとは、ヘーゲル的にみれば、おなじようにある対象が海だという概念をあらわしていて、**内容**がおなじであるとかんがえられる。そして、**形式**のちがいは、単純にかんがえれば、aでは「海」という名詞に、助動詞の「だ」がつき、bでは「である」がやってくるところがちがう、ということになる。しかし、すこし本質的にみれば、aとbは**内容**も**形式**もちがっているのだ。

aでは、海という対象の指示性にあるひとつの強調がくわわっている。これがaの**内容**であり、この海という対象にむかってつよい意識の自己表出性がくわえられたものが、aの**形式**である。

bのばあい、**内容**は、海という対象の指示性が、助詞「で」によってある客観性を帯び、そのあとに「ある」という助動詞によって海の指示性が完了するものをさしている。bの**形式**とは、自己表出としての「海」という言語が「で」という助詞に接続されて持続し「ある」という助動詞によってひとつの完結感となっておわる言語の自己表出の展開をさしている。

aとbとを、たんに文章の意味としてかんがえるのではなく、表現としてかんがえるばあいaの「海だ」は、あるとっさのするどくよびおこされた〈海〉を想起させ、bではあるゆとりの像をあたえる、というようにちがっている。

こんなふうに単純に説明される**内容**と**形式**論は、散文が小説体をとり、プロットや構成の波をもち、また、長編小説のように発端があり、説明があり、物語性の展開があり、高調や完結があるといったばあいでもかわらない。

わたしたちは、ここでヘーゲルや〈マルクス〉主義者と称するヘーゲリアンが、人間の主観的態度やその社会的基礎に、文学（芸術）の根源をみとめた誤解について、もうすこしふみこんでみる。はじめにおおざっぱないい方をすれば、**形式**は人間の意識体験が自己表出として拡がり持続されてゆく、その仕方に、ある間接的な基盤をもっており、**内容**は人間の意識体験が社会にたいしてもつ対他的な関係に根拠をもつとおもう。

だからヘーゲルののべている意味では、人間の意識は、ある時代のある社会的なさまざまな関係と、意識発生のはじめからつみかさねられた厚みによって、それぞれにきまってくるものだといっていい。

言語の表出としての文学を、人間の意識の歴史的な厚みに還元できるとすれば、もちろんヘーゲルは『美学』によって、ほとんどいうべきことを最高の段階で言いつくしたのであり、後世〈マルクス〉主義芸術理論として流布されてきたものは、ただ意識の発生と展開のもとに社会の土台があるということをつけくわえただけのわい小化されたヘーゲリアンの理論にしかすぎないとおもう。

けれどわたしどもがかんがえるには、芸術としての言語の表出は、ヘーゲルのいうように意識内容の歴史性に還元することができない。還元（reduzieren）にたいして、創出（produzieren）が芸術としての言語の表出の性格に対応している。これを〈架橋〉するものが、わたしのいう自己表出にほかならないのだ。

なぜ、文学作品が書かれるか、という問いにたいして唯一のほんとうの答えは、気がついたときすでに言語の表現が、眼のまえに歴史的につみかさねられて存在していたから、ということだ。なぜ、あるものは文学作品を書き、あるものはそれを生涯書かないのか、という問いにたいする唯一のほんとうの答えは、言語の自己表出への欲求が、指示表出への欲求とまじわる**契機**を創出（produzieren）として展開する理由を、たまたまあるものはもつことになり、あるものはもたなかった、ということだ。この**契機**はたくさんのじっさいの偶然と必然にあざなわれてたしかに存在している。そこであるものが文学の表現者で、あるものが文学の非表現者だという区別がうまれる。

わたしたちは、文学者であることも、非文学者であることもできる。しかし、かれが芸術としての文学の表現者であるかぎり、意識するかどうかとかかわりなく、また欲求するかどうかにかかわらず、この**契機**に参加して言語芸術が発生していらいの拡がりと、じぶんのそとにある時代の現在に参加しているのだ。

3　註

文学の**内容**と**形式**の概念は混乱しているため、個性的であってもあまり意味のないカテゴリィをたくさんつくりださせている。註のつもりで、一、二ふれておきたい。

ハーバート・リードの『現代詩論』は、形式についてつぎのようにかいている。

有機的形式――一つの芸術作品がそれ自身固有の法則をもち、創造的につくられ、構造と内容の両面を一つのいきいきとした統一体として融合する場合、その結果としての形式は有機的として規定されてよい。

抽象的形式――有機的形式が固定化し、一つの形式として繰返されているうちに、芸術家の意図が、もはや創造的な行為を生みだすもちまえのダイナミズムには関係がなくなり、既にきめられた構造に内容を適合させようとするようになった場合、その結果としての形式は抽象的として規定されてよいであろう。(和田徹三訳)

ここでいわれている有機的、抽象的形式という概念は、なんの意味もなさない。構造と内容がいきいきとした統一体となっていない文学(芸術)はただ出来のわるい芸術とよばれるだけだ。また、リードが抽象的形式とよび、すでにきめられた構造に内容を適合させようとするようになった場合(そんなことは実際にありえないことは、わたしがのべてきた形式概念と内容概念からあきらかなことだ)というのを、たとえば、短歌や俳句のような定型詩をさすとしよう。ちょっとかんがえると、ここでは、リードのいうように五・七・五・七・七や五・七・五の音数構造がすでにきめられていて、そこに内容を適合させているようにみえるが、これはリードの形式概念の誤りにもとづいている。言語の音韻は抽出された自己表出であり、韻律は抽出された指示表出であり、等時拍音を特徴とする日本語は、これを音数律にしてリズムのぬきさしならないかたちをつくる。だから五・七・五・七・七や五・七・五は、日本語の表現の歴史のつづまりとしてみれば、それじたいがじゅうぶんに眼にみえない**内容**と**形式**の根源になっている。短歌や俳句の音数律は、リードのいうような抽象的形式でなく、それ自体が不可視の文学（芸術）として可視的な文字の表現をつよめる地下水があふれるところだ。

この意味では、ヴォリンゲル『抽象と感情移入』の抽象概念のほうが、もっとよくかんがえられている。

> 感情移入衝動が、人間と外界の現象との間の幸福な汎神論的な親和関係を条件としているに反して、抽象衝動は外界の現象によって惹起される人間の大きな内的不安から生れた結果である。またそれは宗教的な関係においては、あらゆる観念の強い超越的な調子に一致するものである。吾々はこのような状態を異常な精神的空間恐怖と呼びたい。（中略）
>
> むしろ吾々は次のように考える方が合理的である。即ちこの場合主要なものは純粋の本能的創造力であって、抽象衝動はこの形式を知性の介入を排した本然的な必然性をもって創造したのであると（傍点―引用者）。知性がまだ本能を衰退せしめていなかったというあたかもその理由によって、究極的にすでに芽胞のうちに含まれている合法則性へ向う素質がその抽象的表現を見出すことができたのである。（草薙正夫訳）

ヴォリンゲルが感情移入衝動とよんでいるものは、自己表出によってそとにあらわされる意識が、〈事物〉をかりてあらわれるばあいをさしている。たとえば、わたしたちがすでに叙景詩の発生のところでのべたこととおなじだ。また、かれが抽象を、知性とは逆に「本然的な必然性」とかんがえているのは卓見というべきだ。それは意識の自己表出そのものの拡がりをさしているので、すでにわたしたちが抒情詩の発生のところでとりあげたことと対応している。詩としていえば律と喩の本来の性質にかかわるといっていい。

いま詩のひとつずつの句ぎりで、共時的にひろがっている文学の**形式**のうつりゆきの仕方をかんがえてみる。

(1)あちらでは
焼酎はのめますか
透明で、強烈なのが。
（浜田知章「クルク・ダリア」）

(2)おれは何も怖れはしなかった。
両手で硫酸をすくいあげるほどの
勇気がある、と思っていた。
（北村太郎「地の人」）

(3)運命は
屋上から身を投げる少女のように
僕の頭上に落ちてきたのである
（黒田三郎「もはやそれ以上」）

(4)二十世紀なかごろの　とある日曜日の午前
愛されるということは　人生最大の驚愕である
かれは走る
かれは走る
そして皮膚の裏側のような海面のうえに　かれは
かれの死後に流れるであろう音楽をきく
（清岡卓行「子守唄のための太鼓」）

これらの断片は、いま文学の**形式**の本質がどこにあるのか、みるためにならべた。⑴から⑷のほうへ、自己表出性のアクセントは高まってゆく。⑴では、「透明で、強烈なのが」という焼酎の形容が、自己表出性にふくまれる作者の意識のつよさを象徴している。⑵では、勇気があるという意味の自己表出をたかめるために「両手で硫酸をすくいあげるほどの」という喩がつかわれている。⑶では、運命という抽象的な概念をあらわす表現が、「頭上に落ちる」と暗喩することで、じぶんにひとつのじっさいの事件がおこったことが強調されている。⑷は、文脈では意味のかかわりがたどれないが、自己表出そのものの拡がりによって、エロスの愛を死につなげる無意識のこころの状態が暗喩されている。

こういった自己表出のうつりゆきは、文学の**形式**とはなにか、現在では**形式**の概念はどの範囲にまでカテゴリィを拡張されているかを語っている。**形式**はいまでは表現された意味のわくをこえて意識のうちがわの共時的なひろがりをふくむようになっている。

4 形式主義論争

昭和三年、横光利一の「文芸時評」は、形式論争をさそいだす契機になった。そして、この論争は、文学（芸術）の**内容**と**形式**について、当時としてはかんがえられるいちばん高度な論議を展開することになった。この論議が、現在ではとりあげるに価するものを、ほとんどのこしていないとしても、ひとつの歴史の重みとして、かえりみるだけの価値をもっている。横光は、ここでベリンスキイのあとでてきた、プレハーノフからルナチャルスキイにいたるロシアの〈マルクス主義〉的なヘーゲリアンたちを、わが国に移植した蔵原惟人の**内容**優先論につぎのような反措定をもちだした。

元来唯物論は、客観あつて主観が発動すると云ふ原則をもつてゐる。しかしながら、マルクス主義の文学理論は、形式が内容によつて決定せられると断定する。文学の形式とは文字の羅列である。文字の羅列とは、文字そのものが容積を持つた物体であるが故に、客観物の羅列である。客観があつて主観が発動するものであるならば、即ち、文学の形式は文学の主観を決定してゐる筈ではないか。主観とは、客観からなる形式が、読者に与へる幻想であることは、前に述べた。そこで、蔵原惟人氏、此の優秀なるマルクス主義者はマルクス主義の原則たる唯物論に、一大革命を与へたのだ。曰く。『主観が客観を決定する。』と。

横光利一の反措定は、すくなくともただひとつの点では、いまでも検討にたえるだけの正当性をもっていた。文学の**内容**と**形式**が、表現せられた文学（作品）そのもののなかでしか、存在しないという前提がはっきりされていること、表現以前には、規定そのものが無意味であるといっていることだ。これは文学の**形式**という概念がどれだけいままでは拡張されているかということとかかわりなくいえることだったといってよい。文学の**形式**が、文字の羅列だとか、客観物の羅列だとか、**形式**が**内容**に優先するとかいう考えまでくれば、ただこの優れた作家の不得手な論理を語るだけだった。

横光利一の反措定のただひとつの正当さは、これまた、つぎの一点でだけ正当性をもち、そのほかではまったく論じるほどのことでもない中河与一の形式論によって、展開の感じをあたえられている。

即ち作品以前に、作者がどんなに優れた思想を持つてゐても、又生活を持つてゐても、それが作者の技術によつて形式を与へられねば、即ち作品にまで出て来なければ——吾々はそれを作品の内容とは呼べない。そして作品以前の思想に何の価値をも認めるわけにはゆかない。即ち内容とは形式の後に初めて生れるものである。即ち内容とは形式を通して後、吾々が触れ得る思惟の対象である。かくて内容とは、形式によつて初めて決定され、生かされるものである。即ち作品の以前にあるものは、決して作品の内容とは云へない。形式を通さずして内容が生れると信ずるのは、恰も交合なくして出産を夢みる伝説である。形式と内容とに就いて俚諺は云ふ。

播かぬ種は生えぬ。

（「鼻歌による形式主義理論の発展」）

もちろん、その時期にすぐれた時評家であった小林秀雄が、この論争がどこかスコラ的な性格をもっていることといっしょに、蔵原たちのヘーゲル的な観念性や、横光、中河たちの擬似形式主義のまずさを見やぶれなかったはずがなく「終りに私は明瞭に言ふが、芸術は物質の創造であり、形式以前に内容はないといふ事は、今から百年前、エドガア・ポオが身をもつて語つた真実であると。」（「アシルと亀の子」）と時評の文章のなかで裁断した。

小林秀雄もふくめ、形式の優位論者たちは、どこかで文学の**内容**と**形式**について、はっきりした概念をもてないところがあった。それはかれらの直観のどこかに、形式がどこまでもひろがってゆく西欧の新文学の像があって、形式とはのこされた残骸だという常識に拠ったためだとおもえる。かれらは、それぞれの陰影をこめて、いわゆるロシア〈マルクス主義〉芸術論でわが国にうつされた**形式**にたいする**内容**優先論が、ヘーゲルの『美学』の観念的な変種にすぎないという一点を察知して、そこを集中して衝いたのだといえる。

蔵原が「形式の問題」で、横光利一の「文芸時評」にこたえたところは、つぎのように要約される。ひとつは、芸術の**内容**も**形式**も、物質的なもの――社会の物質的生活の反映であって、物質的なもの自体ではない。

第二に、**内容**と**形式**との不可分な統一が芸術である。

第三に、芸術は自然発生的なものでなく、人間によってつくられる。そして人間に芸術をつくらせるものは人間の生活の必要であり、芸術の**内容**は人間の生活そのものである。人間の生活の必要は人間の生活がもっとも高い表現形式を見出すことを、いいかえれば、芸術作品の**内容**はつねに最高の**形式**へと努力する。**形式**が反対に**内容**に影響することはありえても、最後の決定的要因はつねに**内容**――生活である……。

こういう蔵原の主張は生活の必要とか、物質的生活の反映とかいうヘーゲルがつかわなかった言葉をつかってはいても、ヘーゲルの美学的な模写にすぎなかった。この美学上のヘーゲリアンの源流は、蔵原が口写しにした、ベリンスキイからあとのロシア〈マルクス〉主義芸術理論の伝統にほかならなかった。

蔵原のこういう観点は、「プロレタリア芸術の内容と形式」で、いちばん整理されたかたちであらわれた。

ここでは、ある時期にさまざまな階級がどうしても負わされる社会的な課題はさまざまであるが、それをいちばんしめくくりのところでものをいうのは生産力（技術）の発達と、それによってきまってくる階級関係で、これが芸術をふくめた人間の社会活動の客観的**内容**になるのだとかんがえられている。そしてこういう**内容**が形象として表現されるためにいる特殊な**形式**が、芸術の**形式**で、それはいいかえれば、**内容**が形象としてあらわされるための手段で、具体的にいうと題材、取扱い（構図、韻律、階調、均斉等）それから表現の材料（言語、色彩、音響等）の総和だとみなされている。

この形式を規定している無茶苦茶な混乱はともかくとして、蔵原が主張している**内容**と**形式**論とは、ここまできて、一応、ゆきつくところまではゆきついたといっていい。

わたしは過去にこれについて一、二度ふれたことを記憶している。

蔵原はここでヘーゲルの**内容**論の第一の前提を、社会の生産のさまざまな関係に左右されてかわる階級のさまざまな関係とじかにむすびつけるやり方で、ヘーゲルの美学を模写し、その模写のあいだに「驚嘆すべき」ヘーゲルの観念の弁証法を、いいかえれば主観が客観と対立し、その対立が人間の存在をおびやかし、この対立を止揚しようとする傾向性のうちに外に表現されるという弁証法を通俗にしてしまったといえよう。

このちょっと見には唯物論の仮装をとった蔵原の観念的な**内容**と**形式**論は、芸術の**内容**と**形式**にたいして、じっさいの社会のさまざまな関係と、それが網状になった社会の経済的なさまざまな構成が、芸術に影響をあたえうるのは、表現する以前の土砂のなかにふくまれた現実の要素のかけらによってではなくて、ただ表現するものと表現せられた芸術〈作品〉をむすぶ幻想の〈架橋〉〈自己表出〉を介してのみじっさいにあらわれることを、まったく考慮のほかにはじきだしてしまった。

蔵原のかんがえに象徴されるベリンスキイからこのかた、じっさいにはプレハーノフからあとのロシア〈マルクス〉主義芸術論は、たとえてみればブロック材がじっさいの生産と、社会の破片からできていれば、それをつかってつくられたブロック建築は、おなじくこの破片からできているというにひとしい。

これはまったくのうそだといっていい。社会のじっさいの経済的な破片は、建築者がブロック材をつかってブロック建築をつくろうとすると、そのとたんにつくる手つきの幻想過程〈自己表出〉を介してのみブロック建築にふくまれるとわたしたちは主張してきた。いいかえれば、わたしたちがじっさいに身にあびている社会的なさまざまな関係のなかで、つくられた意識がどんなふうであれ、ブロック建築をつくろうとする過程でよけいな現象はふるいおとされ、つくる手つき〈〈架橋〉〉にとってはさけられないような現実の要素だけが、できあがったブロック建築のなかにのこされるということだ。

だからこの手つき〈〈架橋〉自己表出〉でつくられた芸術〈作品〉のなかに、土台からの影響があるとすれば、あるばあいには眼に見えるもので、主題や登場人物や構成のなかにあらわれるが、ある場合には眼に見えないかたちで、たとえばたんに花や鳥をうたったり、私生活を描写しているだけであったり、こころのうちのうごきがえがかれるだけであったり、超現実的であったり、抽象的であったり、といったかたちであらわれる。ちょうど光があるばあいに粒子だとみなされ、あるばあいに波動だとかんがえられるようなものだ。ロシア〈マルクス〉主義芸術理論が、どんなヴァリエーションをつくっても素材主義や主題主義をのがれえないのは、ちょっとかんがえると唯物論のように仮装されてはいるが、ほんとうは観念的だというところからきている。この意味で、いわゆる〈マルクス〉主義美学と自称するできそこないの芸術理論は、ルフェーヴルにいたるまで、ヘーゲルの『美学』の範疇をのがれえないということができる。

現在までのわが日本の〈マルクス〉主義芸術論とそのヴァリエーションは、とりあげるまでもなく通俗化されたヘーゲルを、そのうえまたおろかに模写したもので、いまでも蔵原惟人のような観念性をのがれていない。

勝本清一郎は、この昭和初年の形式論争で蔵原よりも自由な誤解を提出した（「形式主義文学説を排す」）。その主張したもののうち取りだすべきなのはつぎのことだ。

ひとつは、芸術の対象にできるものは「この宇宙に於けるあらゆる物、人、観念及びそれらの組合せ」だが、そのなかからすでにある「素材」がえらばれたとき、芸術的活動の過程にはいっているので、形式優位論者がいうように「素材」は創作以前にあるものではない。

第二に、すでに芸術活動の過程にはいることによって得られた「素材」が「内容」そのものであり「素材」と「内容」とは同一物を外延的にみたのと、内延（内包？——註）的にみたのとのちがいにすぎない。

勝本清一郎のこの理解は、芸術の「素材」をえらぶことが、それだけで芸術の活動の過程にはいっていることを指摘した面で、形式主義者の虚をつく適切なものだった。

けれど「素材」が芸術の対象を客観的にあるものとしてみたものをいい、「内容」がそれとおなじものを作者の表象のうちに、観念としてとりこんだものだというとき、まったくへーゲリアンの理解におちこんでいったといえる。

だいたい文学（芸術）作品で**内容**と**形式**とは、どちらが優先的で、決定権をもつか、というかたちでやられたひとつながりの論争は、それじたいが、まったく無意味にひとしかった。文学（芸術）を、表現史の連続性や普遍性としてみるのと、個性が時代によりうつりかわったものとしてみるのとは、どちらがいいかというのとおなじだった。

内容と**形式**とのあいだには、どちらが優先的で、決定権をもつか、という問いがはいってくる余地はもともとない。いいかえれば、芸術がいままで存在してきた根拠を、まったくよそにおいたところでしか、おこりようがない論議だといえる。それはたとえば、馬子にも衣裳という俚諺と、腐っても鯛は鯛という俚諺とはどちらが優先するかというように、ごく俗な効用論のところでしか、問題にならない。

こういう意味で、論争にふくまれている曖昧さを、よくみぬいたのは文学的哲学者として出発した谷川徹三であった（「文学形式問答」）。かれは、まず論者たちの形式概念のあいまいさをただすというところからはじめる。

谷川は、横光利一のいう「文字の羅列」がたんなる物質の羅列ではなく、「意味を即ち内容」をもった文字の羅列であることを指摘する。

つぎに、論者たちの〈形式〉概念の混乱をただそうとして〈形式〉を「絶対的形式」と「相対的形式」のふたつにわける。絶対的形式とは、たとえば文字の羅列が、必然的に〈意味〉をともなうという意味での、**内容**とはなれられない**内容**との相関概念としての**形式**をさす。

相対的形式というのは、整ったとか、整わないとか、美しいとか美しくないとかいう性質の区別をつけて、**内容**とか素材とかと対立させた意味での**形式**のことをさす。

こういった整理を前提にして、谷川徹三は第三の〈形式〉として「内面的形式」という概念を提出する。

しかるに僕のいふ内面的形式はさうではなくて、形式の第二の概念を通して来てゐる。つまりすべての作品に見られるものではなくて、特定の作品にのみ見られるものである。それは素材に適合した形式、或は内容を最もよく生かす形式と言つてもよい。

谷川徹三が〈形式〉を「絶対的形式」と「相対的形式」にわけて、論者たちの混乱を整理することになったのは、かれが「意味を即ち内容」とかんがえたからだとおもえる。べつのいい方をすれば、言語の指示性が展開されたものを**内容**とかんがえたため、どうしてもあまりを「相対的形式」として、この「相対的形式」がいちばん美しく**内容**をいかした**形式**を、第三の「内面的形式」ということになった。このやり方は現在までのプラグマチズムの意味論の方法をほうふつとさせる。そして、この方法からはつぎつぎに、第四、第五……の形式が想定されることになり、いつまでも近似的に形式のもとにちかづいてゆくほかかない。けれどどこまでいっても近似の解決がえられるだけだ。

論者たちはどれも、文学（芸術）の**内容**と**形式**について、どんな正当なことも語っているとはいえなかった。

表現する人間とその社会的土台とのあいだに、文学（芸術）の**内容**と**形式**の源泉をもとめた〈マルクス〉主義芸術論者も、羅列された文字のなかに**内容**と**形式**の根拠をもとめた形式の優先論者も、羅列された文字は、いつも意味をともなうものだとのべた谷川徹三も、文学の**内容**と**形式**の本質を逸したとおもえる。またヘーゲルの『美学』よりももっと以前にさかのぼる感じで、ヘーゲルの「驚嘆」すべき弁証法を通俗にしてしまったといえる。

それらの論議はどれも文学（芸術）の**内容**と**形式**が、表現するものと表現せられた文学（芸術）作品のあいだの〈架橋〉（自己表出）に根拠をもつもので、表現する人間のじっさいの存在と社会の土台には、この〈架橋〉（自己表出）を介して濾過されることによってしか、文学の**内容**と**形式**に滲入することはないことを勘定にいれられなかった。ここにはひとつの歴史的な制約ともいうべきものがあった。

もともとただの規定だけなら一、二行で片がつく文学（芸術）の**内容**と**形式**について論争がおこったのは、形式のあとに内容があるか、内容があって形式がくるかをきめることに、論者たちが思想の命運を左右するような倫理感をかけたからだった。かれらはこういう論議を決着することにじっさいの倫理がはいりこんでくると信じたのだ。でもどうかんがえても文学（芸術）の**内容**と**形式**をどう規定するかは理論のもんだいではあっても、倫理のもんだいにはならない。文学についての考察を、ひとつの普遍理論としてさしだすモチーフのないところでは、**内容**と**形式**を定義することがそれだけで、スコラ的な無意味なものにすぎない。

たんにじぶんを表現するという一般的なことではなくて、書くという紙とインクとペンとが、いわば物理的な作業として、この〈架橋〉（自己表出）にかかわるのは、この物理的な過程が、記憶の便、内省と再検討の手段として、鏡の役割をはたすことにかかっている。そして、この役割は、いったん鏡になってしまうと、とどまるところをしらないで〈架橋〉（自己表出）の高度化をたすけ、とうとう今世紀にはいって、超現実主義や抽象主義をうみだすまでにいたった。それはすぐに作品の価値の高度化を意味するわけではなかった。〈架橋〉（自己表出）の構造が高度に、緊密に複雑になったというだけだ。これは表現行為のうちがわでいえばどうしてもそうなるべきだといえた。だから書くという行為の以前にある表出（話術）もまた、現在なお芸術の価値としてありうる根拠をもっている。

第Ⅶ章　立場

第Ⅰ部　言語的展開（Ⅰ）

1　言語の現代性

あるひとつの言語観は、そのうしろにひとつの思想を背おっている。これは、言語がもともと思想を招待する性質をもっているかどうかとはあまりかかわりがないはずだ。言語はただ概念を対象的に指示し、感じたことを表出する完結性があればたりる。

しかし、言語そのものを対象として言語について論ずることは、たとえ言語をつかってやられても論者を言語のそとにおく。この間の事情をはっきりさせようとするとかなり複雑で難解なことになる。言語を対象としてじぶんのそとにおき、じぶんを言語のそとにおくという表出にまつわる事情を**立場**として想定してみる。

わたしは言語学者や言語哲学者がやったとおなじように、言語とはなにかという問いからはじめた。この問いは、**立場**の発生であって、言語とはなにかを、問おうが問うまいが、言語はたれによっても書かれ、話されている当体だという〈事実〉へのある位相をもっている。わたしたちは、本稿で言語学者たちが言語について、気づいていないひとつの現代的徴候に気づいていた。

現代では、人間がある言語を話そうとおもったり、または書こうとおもったばあい、そのじっさいの条件やじっさいの必要性と、それだから人間が言葉を発し、あるいは書くのだという行為とは、はっきりと水準を区別しなければならない。

人間が生活のうえで他人との交通の必要がうまれたために、かれは、たとえば〈わたしに食物をください〉とか〈きみのいうことは間違っている〉とか喋言るものだ、ということをおおくの言語哲学はうたがっていない。しかし、わたしのかんがえでは、人間がある現実の場面で他人と交通する必要がうまれたことと、かれが、たとえば〈わたしに食物をください〉とか〈きみのいうことは間違っている〉と喋言ることとは、まったく別のことだ。それは因果関係でもなければ、欲求が内面から言葉へ連続しておしだされたことでもない。ふたつの水準には乖離がある。そして言語はこの乖離を**構造**としてあつかわなければならない。

わたしは、それを言語の自己表出の機軸としてかんがえてきた。

いまわたしたちからみればエンゲルスにもとがある古典マルクス主義の言語観は、言語についてのこの乖離や距離をかんがえなくてすんだ幸福な時代の言語観だといえる。そして論理実証主義やプラグマチズムの言語観は、現代を幸福な時代とみなしたいために、忘れる必要のあるものを忘れた言語観だといっていい。

わたしたちが、現代の社会的な徴候をふかく身にあびていればいるほど、表出される言語は内在だけでひとりでに夢遊病者のように遊行し、これをつなぎとめるには、ただ一本の現実の糸ではたりず、よじれて逆さまになった糸やら、言語が遊行しようとする高みには、どこまでも延びてゆく眼にみえない伸縮性をもった糸によって、じっさいの指示性につなぎとめていなくてはならない。そんな像をおもいうかべられる。これが言語の自己表出にかかわる現在の問題だといっていい。

わたしがこの本でとってきた言語観に**立場**が象徴されているとすれば、そのいちばんおおきいのは、言語の内部に自己表出を想定することで、言語をひとつの内的な構造とみなしたという点に帰せられる。これを言語学者は、言語の情動的な表現法とみなし、人間の心的な状態にのみ帰着させているが、わたしのかんがえではけっして正当とはいえない。

シャルル・バイイの『言語活動と生活』にはつぎのようにのべたところがある。

言語活動はその根原において知的なものであるから、情緒を写し出すにはこれを内顕的聯合の働きによつて移転せしめるほかはない。言語の記号はその形態——能記——においても、その価値——所記——においても恣意的なものであるから、聯合は或は能記に結ばれ、以てそれから感覚的印象を湧き出さしめ、或は所記に結ばれ、以て概念を変じて想像的表象となす。これらの聯合は、感覚的知覚なり想像的表象なりが思惟の情緒的内容と一致する程度に応じて、表現性を発揮するのである。（小林英夫訳）

ここで言語の情緒にまつわる表現を、思惟の情緒的内容とむすびつけてかんがえていることをのぞけば、正当なことがいわれているようにみえる。文学のような「情緒を写し出す」とみられやすい言語表現では、その原因を「思惟の情緒的内容」とむすびつけるのが、いちばんわかりやすい。そして一般に言語学者はあまり単純なところで文学を論じるために、文学の表現を誤解しているとおもえる。文学の表現、いいかえれば言語の芸術性は、情緒にあるのではない。言語の行為は「根原において知的なもの」であるともおもえない。言語の芸術性は、その自己表出性が指示表象と交錯するところにもとがあるのだし、言語は「知的」なものではなく、普遍性を獲取しているという、その度合におうじて抽象的なだけだといえる。わたしのかんがえでは、言語が情緒を表現しているようにみえるばあい、その理由を、こころの態度のなかの情緒におわせるのは誤解だとおもえる。おなじように言語の指示性におわせることもできない。ただ言語の自己表出性におわせられるだけだ。自己表出性といえば、ひとつの架橋（Brücke）だから、言語とこころの態度の両端にまたがり、そのどちらにも足をかけているようにみえる。でもひとたび表現芸術である作品をかんがえるばあいは、こころの態度と表出された言語とのあいだのかけ橋とかんがえるより、表現された言語のもつ構造とみたほうがいいのだ。

この**立場**は、ひろくいえば幻想性と現実性のあいだのくいちがいや、質のちがいをはっきりあつかうべきだというかんがえに根ざしている。

なぜ、わたしたちの時代は、そういうことをしいるのだろうか?

わたしたちは、言語が、機能化と能率化の度合をますますふかめてゆく事態にであっている。生産力は高度になり、生産関係はますます複雑になってゆくにつれて、言語の指示機能もまた高度になり能率化されてくる。そのためにはまた明晰だということをもとめられる。これは言語では語彙が多様化してゆき、個々の語彙には、ますます単一の明晰さをもとめられることを意味する。あるひとつの概念をあらわす語彙はふえる一方だが、それといっしょに個々の語彙は、あるひとつの概念と一対一で対応する記号化の作用をますますつよくされてゆく。

だがこれが言語が現代的になることのすべてではない。この語彙が多様になり明晰になるというのは、言語の内の構造を歪ませ、しまいに分裂させて、一方では、幻想性はますます言語の内でこの機能化と能率化からとおくへだたったすがたを抽出してゆくことになる。はじめは、言語を自己表出と指示表出の構造をもった球面として想定できるとすれば、この言語の現在性は、自己表出と指示表出との分裂した歪みとしてかんがえられるようになる。これをくらべて比喩的に示せば、第12図のようになる。

産業語・事務語・論理の言葉、そして日常生活語のある部分で、言語が機能化してゆけばゆくほど、わたしたちのこころの内で、じぶんがこころの奥底にもっている思いは、とうてい言葉ではいいあらわせないという感じはつよくなってゆく。言葉が機能から遠ざかり、沈黙しようとするのだ。こういう言語の現代的な分裂が、生産力が高度になったり、生活が簡便化したといったような、それ自体が誰にもおしとどめえない方位によって救抜されるとはかんがえられない。それは幻想の共同性すべてにわたる根源からの隔たりと遠ざかりを問題にするほかはない。

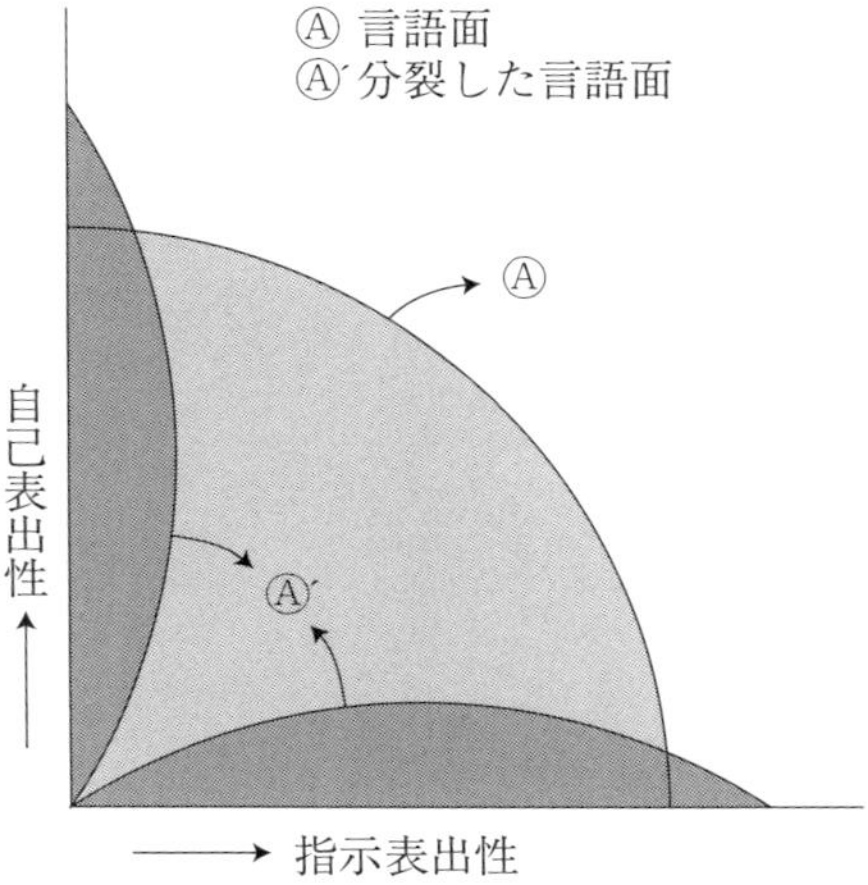

第 12 図

こういう言語の現代での分裂のすがたを、言語そのものの内でとらえるために、いままで言及しないですんできた自己表出の機軸をみちびきいれるほかはない。なぜならば、自己表出の極限で言語は、沈黙とおなじように表現することがじぶんの意識にだけ反響するじぶんの外へのおしだしであり、指示表出の極限で言語はたんなる記号だと想定することができる。そして人間の言語はどんな場面でつかわれても、このふたつの極限のすがたがかさなって存在している。

こういう言語の現代における分裂のすがたを戦後の詩の作品で象徴させてみる。

歯車が夥しくおちてゆく
神の掌より
杳なところ波があがる

笛を吹けよ
雨にぬれた青い葦の葉
羊たちはのびたり縮んだり
廃園への道が見えなくなる
洋灯の内側を拭き
重つてくる蝶の翅をめくる
遅刻した短剣が月へ刺さり
花びらがしきりに溢れた

（吉岡実「牧歌」）

こういう詩を喩だけでできた詩とかんがえると、表現としてどうしてもとりあげるべきものとおもえる。ここではただ「笛を吹けよ」という第四行目をとりあげる。

Ⓐ　笛を吹けよ（言語原型）

Ⓐ′　笛を吹けよ（「牧歌」四行目）

たんに、「笛を吹けよ」という言語の表現を想定しよう（Ⓐ）。これは正常な言語球面では〈笛を吹きなさい〉という表出を意味している。これが指示対象からどれだけのレベルにある表現かを問わなくても、はっきりとある正常な言語水準を想定できるものだ。

ところで「牧歌」の第四行にある「笛を吹けよ」（Ⓐ′）は、対象を指示するものとしては〈笛を吹きなさい〉という意義しかもちえない。でも表現の総体の意味は、まったくちがっている。それは意識のとおいところに起る原像（この詩の場合フロイト的にいえば青春体験の記憶とでもいおうか）を、突然に現在の意志で破ろうとする自己表出を意味している。この自己表出と対象指示性としての〈笛を吹きなさい〉とが分裂してつくりだす雰囲気の総体をつかまえたとき、わたしたちは「牧歌」の第四行の「笛を吹けよ」の言語の球面をつかみとったことになるのだ。

こういう表現のうえの分裂が、芸術的にどんなことなのかを、ヘーゲルの『美学』の嫡流たちは形式と内容との分裂とみなして時代的に位置づけようとした。このかんがえは巨視的には不当ではないともえる。またその程度の意味しかもっていない。でもこの分裂を倫理とじかにむすびつけるのはまったく誤解でしかない。

或る階級に於いて波打つてゐる思想及び情緒的内容が、それに相当する形式的表現を見出す時代がある。(それは丁度、或る階級の全盛期に相当する)。その時芸術は、内容と形式との斯かる一致によつて平静なものとなる。芸術家は自分の作品が大切であるといふこと、又その作品が同国民の一定の部分に受け容れられるであらうといふことを確信する。同時に彼は、この内容を社会に伝ふべき形式を所有してゐるといふことを確信する。その時所謂クラシック時代が来るのである。しかしクラシック時代の来るまでは、当然思想と感情とが未だ充分の具現を見出すことの出来ない時代がなければならぬ。斯かる時代は政権に対する或る階級の擡頭と一致するが故に、又この階級は同時に自己の階級的利益のために政治的形式を見出すことに努力するが故に、斯かる時代は攻勢的で、荒々しく、その形式は不安である。芸術家は、自己の空想を緊張させながら自分にとつて未だ捕捉されない形式を捕捉しようとして模索する。その上、彼を指導する思想も未だ幾分不明瞭で、感情のみ激烈である。芸術上のロマンチック的機構と称せられるものが其処から来る。最後に階級がその全盛期を通過した時、その階級は最早や社会にとつて必要でなくなり、彼に対して新しい勢力が進出する。そこで彼は自信がなくなり、自己の理想を失ひ、その感情は粉微塵に砕け、一個の密集隊から個人主義的砂礫に変ずる。その時、これが芸術の上にも反映して、芸術の精神たる思想と感情とは萎縮し、間もなく発散し尽すのである。そして、アカデミーズムに変質した一つの冷たい形式的技巧のみが残る。しかし我々がこの美しい死骸を自分の前に見るのは長い間ではない。その死骸は間もなく解体し始める。そして芸術家は形式に対しても軽率な態度をとり始める。即ち、驚異を求めたり、又は自己の芸術の或る一面を特に誇張したりする。この場合、我々は頽廃的芸術に直面してゐるのである。（ルナチャールスキイ『マルクス主義芸術論』昇曙夢訳）

以上ロシヤ文学の発達に於ける重大な時期の変遷は極めて大マカに説明した。これに依ると、それ等の各々の傾向の中には、夫々の社会性が含蓄されてゐる。その社会性は其等の作品の題目や、主題や、作中の人物の活動の中に刻印されてゐる。内容は、形式派的意味に於ける言語の主題から離れて社会問題に一致してゐる。時代と階級とその社会観とは、社会小説と無主題の抒情詩とに拘らずその中に表示されてゐる。

次は形式に就ての問題であるが、形式は――一定の限度内に於て――総ての技術と同じ様にそれ自体の法則に従つて発展するものである。新しいいづれの文学系統も――それが気まぐれな芽生でなく、本当の流派である以上――既成の発達段階から発し、既に技巧化された言語と色彩とから生れるものである。そして更に、既に到達した岸辺からより新しい要素の獲得の為めに衝き離れるのである。

其処に行われる発達状態は弁証論的（ディアレクチツク）に進むものであつて、新興の芸術的傾向は、既成のそれを否定する――如何なる理由で？　勿論、思想にとつても、感情にとつても、それを盛るに旧式の枠は余りに窮屈であるからである。けれども、それと同時に、その硬化した旧い芸術の中にも、何等かの要素を見出すことが出来る。即ち、それ等の要素は将来の進歩に際して、進歩的分子を含む所の其等の要素の名に於て、適当な言葉——全く「旧きもの」に反対して反旗が揚げられたにも拘らず——を彼等に与ふることが出来るのである。あらゆる文学上の系統は潜在的に過去のもの、中に含まれて居るが、各々過去のものから離反したのである。そして形式と内容との関係（単に主題のみでは芸術でなく、芸術的表現として評価される為にはその雰囲気と理想の有機的融合が必要である）は次の事実によつて決定される。即ち新形式が、如何にして社会的栄冠を把握せる団体の綜合的心理（それは凡ての人間的心理のやうに）の内的衝動の下に、発表され、宣言され、展開されるかによつてである。（トロツキイ『文学と革命』茂森唯士訳）

後者のほうがいいかんがえをのべているが、ふたつともヘーゲルの『美学』の嫡流のかんがえだということにかわりない。

こういった論議の主題では、たいせつなところは社会のじっさいのすがたにたいして芸術の表現はどんな位相をとっているか、また人間が観念でつくりだす芸術は共通な時代のすがたにたいしてどんな表現の位相をとるかということだけだ。現代ではおなじ個人のこころの内でも、また時代の共通したすがたの内でも分裂し、乖離することがある。これがどこからくるのかについて、ヘーゲルの『美学』の嫡流たちがいうほど、たしかなきまりがみつかるわけではない。おおざっぱにいえば、芸術の表現というものは、時代の社会のじっさいの構成にも、また、時代の幻想の共通なすがたにも関係したいと願いながら、しかもこのどちらにも身をよせようとはしない矛盾した領域だけを、いつの時代でも択びたがる性格をもっていることだけがたいせつなのだ。芸術の内容が時代の社会的な内容に一致するとかんがえることは、芸術が幻想の博物館の陳列された歴史にのみ関わるとかんがえることとおなじようにおおざっぱすぎる誤解にしかすぎない。

ベリンスキイの理論的な嫡子であるルナチャルスキイの見解が、ヘーゲルの『美学』の展開部に〈階級〉という言葉をつけただけのものだったのは当然としても、〈革命〉前に光彩陸離とした文学と思想の批判を展開していたトロツキイが、ロシア・ソヴィエト権力の座につくとたんに芸術の内容を社会的な内容にすぐ帰着しているのをみるのは、さくばくとした感じがしないでもない。

トロツキイがしめしたかわり方は、トロツキイの内戦体験を経なくては理解しにくいものだろう。かれの眼のまえで芸術インテリゲンチャがどんな悲喜劇を演じたか。ロシア・ソヴィエト権力はなにを成就し、なにを成就しなかったか。そしてなにを土砂に埋め、なにを掘りおこしたか。こういったことは歴史の記述のなかにはいままで登場したことはない。〈革命〉をはさんだ前後のソヴィエト文学の体験は、いずれにせよソヴィエトの政治体験に根ざしている。このドラマは歴史が繰返すように繰返され、歴史が繰返さないように繰返されないだけだ。

現在のような時代に、ある表現の幻想部がその現実部と乖離し、分裂したがるのは、個人の表出意識のうちで、それが引き裂かれていることの表象ではありうる。自己表出力は、表出の関係としてある表現を統覚しようとする無意識をかきみだし、それは言語の表出のうちにある歪みをひきおこすといっていい。

言語を対象までつくられた意識としてみるのではなく、つくられた表現としてみるには言語をうちなる自己表出で、そとなる指示表出だというようにみなすのが有利だ。そしてこの言語のうちの本質は、言語表現の歴史のうちでは連続してうつりかわるといっていい。けれどそとなる本質は、各時代を通じて断続する激変をうける。それは個人を介してだけ時代の現実にむかっているとみていいからだ。

言語を表出しようとする意識に歪みがあるということは、表現のうちでは、言語の構造が乖離してくることだ。こういう乖離の状態では、自己表出は自己表出の固有性にそってあつかわねばならないし、指示表出は指示表出の固有性にそって、べつべつにあつかわねばならない。

そこでいえば指示表出は、時代の高度な能率化や機能化の影響をうけとりながら、自己表出としては太古から連続している表現のつみかさなりを背おっているといったことが、おなじ言語のうちでおこりうるといってよい。たとえてみれば、高度な文明社会のなかで古代遺制をとてもおおきく背おった政治権力が実在できるようなものだ。

2　自己表出の構造

このもんだいをもっと具体的に追ってゆくために、言語に自己表出の機軸を導くことが、どれだけ作品の理解をふかめるかという例を二、三とりあげてみる。

(一)　対象指示性の歪み

自己表出が言語に作用する仕方は、**話体**では、意識の強弱がそとにあらわれたアクセントということができよう。このアクセントという意味は有声音か無声音かにかかわらない意識の強弱のリズムをさしている。ただ、書き言葉としての話体か、話し言葉としての話体かが、有声と無声を区別するだけだ。「静かにしてください」という話体の表現は、指示性としては〈静かにしてください〉という意味しかもたない。しかし総体的な表出としては、さまざまにちがった意味をもつ。たとえば〈静かにして〉に強調がくわわり〈ください〉に弱調がくわわれば、この指示性は、たしなめや懇請のアクセントをもった総体的な意味になる。

逆に〈静かにして〉に弱調がくわわり〈ください〉に強調がくわわれば、叱責、非難のアクセントをはらんだ総体的意味になる。こういった微細な変化は、それぞれの形容詞・動詞・助詞のアクセントをかえていくことで微妙にかわることがわかる。ここには自己表出のひとつの**構造**があらわれる。

なぜ、たとえば〈静かにしてください〉という叱責、非難のアクセントをはらんだ表現が〈静かにしろ〉という不定強命令形にうつらず、それとはべつに独立して存在できるのだろうか？

このちょっとかんがえるとささいな問いのなかに、自己表出という軸をみちびき入れることではじめてわかってくる言語の問題をみることができる。

たとえばいま喧騒をしずめるため〈静かにしてください〉と〈静かにしろ〉というふたつのいい方がすぐおもいうかぶ。そしてこのふたつのいい方のあいだは隣接しているとみなされる。ところでこれを隣接したいい方だとかんがえずに、そのあいだに指示としてのあらわれをかえずに、無数の意味のうつりゆきがありうるとかんがえたらどうなるか。（このことは、〈静かにしてくれろ〉とか〈静かにせい〉とかいう言いまわしの多様性があるということとべつの問題で、ただ〈静かにしてください〉と〈静かにしろ〉という言葉のままで、無数に意味がうつりゆくことがあるということだ）。

けれど言語を対象指示の機能としてみるかぎり、ある言葉を指示したいとかんがえたためにある表現がうまれたので〈静かにしてください〉と〈静かにしろ〉とは、おなじ指示性として隣接するとかんがえるほかはない。そしてこのあいだに介在する語義をかんがえようとすれば、言葉をかえて〈静かにしてくれろ〉とか〈静かにせい〉とかいうべつの表現をとることになる。それは言語を置きかえの技術とかんがえるところにゆきつく。

こういう言語観には、指示性としての言語には、それを表出したじっさいの人間があり、この人間に表出したい欲求を生じさせたじっさいの環境体験があるから、このじっさいの環境体験のもんだいがうつってゆくとき、そのうつりゆきに応じて言語の表現もうつってゆくという原理がうちにかくされている。

けれどいままでみてきたわたしどもの言語観では、これは言語のたんにひとつの決定因だということになる。

言語はこういう対象指示のうごきと、その時代の共同の幻想が表出されるうごきとによってはさまれている。だから言語を決定しているもうひとつのうごきは、歴史的につみかさねられてきた共同の意識の現在のすがただといえる。これは自己表出の現在のすがただといってもよい。言語は指示する対象にかこまれていると同時に表出された現在の幻想にもかこまれている。じつは、これが〈静かにして(弱調)ください(強調)〉と〈静かにしろ〉とのあいだに無数の総体的な意味の移行がかんがえられるもとになっているのだ。

このことは、**文学体**の言語では、喩のうつりゆきとしてあらわれている。

ここでは表出は〈書く〉表現だということが前提なので、アクセントは無声音であって、そういいたければ要素として微弱だというい方もできる。

A1　きみの舌は沈黙して苦痛にたえている

A2　きみは沈黙によって苦痛をあらわしている

A3　きみの沈黙は苦痛を象徴している

A4　きみの沈黙からは苦痛が滲みでている

A5　きみの沈黙の舌からおちてくる痛苦（田村隆一「帰途」より）

最後（A5）だけが、現代詩の作品にじっさいにある一行だ。どの言いまわしも、言語を対象指示性とかんがえれば〈苦痛のために沈黙している状態〉の概念を言語に定着したものだ。A1からA5のほうへだんだんと煮つまってゆくうつりゆきとみなせば、おわりのところでは（A4・A5）喩の表現があらわれる。喩は、概念の意味としては余計なものか、または短絡か、どちらかだといえる。この余剰または短絡は、文学体のばあいに言語の自己表出がたどる決定因になっている。もし、表出のうしろに、じっさいの人間のじっさいの表出の条件をかんがえるだけなら、喩はまったく不可解なものだ。なぜかといえば喩は現実にむかう態度よりも、じぶんの幻想にたいするじぶんの態度によって、無数の喩がおなじ概念にたいして想定できるし、じっさいにみちびきだすことができるからだ。

わたしたちは、ここでも文学体のばあいの言語観のあらわれをみているのだ。

言語の現実にたいする態度の確定とおなじように、言語の幻想にたいする態度の確定ということが、言語の本質にとって必要だというわたしどもの言語観が、ここでもあらわになる。

(二) なぜある表現は像をよびおこし、ある表現は概念をよびおこすか

これは、けっして学術論文のなかの言語と、文学の作品のなかの言語とのちがい、ということではない。

言語学の本をみると言語が理知的につかわれるばあいと、情動をふくめてつかわれるばあいとのちがいとして、非文学的な表現と文学的な表現とを区別しようとしている。しかし、文学的な表現の内部でも、あるばあいには言葉がある概念に対応してつかわれており、あるばあいには像をよびおこすようにつかわれている。そんな場面にであうことはごくふつうのことだ。そしてこれをこころの状態がととのっているか、混沌としているかによるのだとかんがえるわけにはいかない。それはすこしでも創造の立場にたてばはっきりわかることだ。

創造のばあい、これはつぎのように体験される。

たとえば、ある情景が像として鮮明にあり、その情景にまつわるじっさいの体験があって、これにもとづいて一篇の詩をかこうとする。このばあい、情景の像がこころの状態として鮮明であればあるほど、言語で表現されたものは像をよびおこす可能性がおおいという保証がないことに気づく。そしてこころにはっきりと像の状態があれば、表現のうえで像をよびおこせるものかどうかは、表現する過程で、言語に収斂されるこころの像が、とても持続して言語に定着される時間まで存在できたかどうかに、ある

かかわりをもつようにかんがえられる。こころの像は、表現されるとすぐこころの状態に還元されて消失する。と同時に言語は像としての構造をもつようになる。

だからなぜ、あるばあいに言語はつよい像をよびおこし、あるばあいによりよわい像がよびおこされるか、といいなおすべきかもしれない。こういったことにとてもちかい問題にふれた例がひとつある。コードウェル『廿世紀作家の没落』には、言語の性格についてふれた唯一つの個所でこうかかれている。

芸術家は、言語と現実との間のこの矛盾（言語が現実の過程とは何の関係もなく、論理学の法則にしたがって象徴過程自体の性質を表現するということ―註）を次のように体験する。彼はバラというものに関して、強烈な体験をして、それをまわりの者たちに、言葉で伝えたいと思う。彼は〈僕はバラを見た〉といおうと思う。だが〈バラ〉は一定の社会的意味、あるいは一群の意味をもっている。今のわれわれの仮定では、社会が今までに体験し、その言葉や歴史の中に表現したいかなるバラとも違うバラに関して、彼は体験したのである。そこで、彼のバラの体験は〈バラ〉なる言葉の否定である。それは〈バラに非ざるもの〉、つまり彼の体験において、社会に流通している〈バラ〉なる語の意味にあらわされていない一切のもの、である。そこで彼はいう――〈私は……のようなバラを見た〉そして比喩が用いられる。または形容詞を用いて――〈神々しいバラ〉とか、婉曲語法によって――〈私は花のはじらいを見た〉そしてどの場合にも統合がおこなわれている。というのは、彼の新しい体験は、社会の古い経験に社会的に融合され、どちらもこの間に変化したからである。彼自身の体験は〈バラ〉という言葉の在来のすべての意味からそのニュアンスを得たのである。なぜなら、人々が彼の詩をよむときには、心にそれらの意味を思いうかべるだろうから。また〈バラ〉という語は、彼の体験から新しいニュアンスを得たことになろう。なぜなら彼の詩は、人々が

〈バラ〉という言葉にぶつかるたびに思い出されるだろうから。(増田義郎・平野敬一訳)

ここでコードウェルが「彼」のバラの体験が〈バラ〉なる言葉の否定で、社会に流通している〈バラ〉なる語の意味にあらざるものであるとかいているのは、たんにつじつまあわせだといっていい。このつじつまあわせは、もちろん、言葉が現実を恒久化するものだとか、芸術が社会的機能のひとつだとかかんがえるコードウェルのような古典マルクス主義者の言語観や芸術観が、文学表現について立ちいった解析をくわえようとして、当然うみだした矛盾だといっていい。

わたしどものかんがえでは、コードウェルはここで言語の自己表出の**構造**にふれたかったのだ。いま「彼」がバラについて強烈な体験をうちに保存していた。「彼」はそれを言語にあらわしたかった。「彼」の体験は、まさしく「彼」のものだという意味で、時間としても表現としてもあたらしいといえる。しかし体験があたらしいことと表現があたらしくなるかどうかとは、コードウェルのかいているようには一致しない。「彼」の表現があたらしいためには、バラをみた体験の言語表現がとるすべての定常性を歪めるだけの自己表出力があらわれねばならない。そして、この問題は㈠でかんがえたことにゆきつく。

ここでは、つぎのことが問題になる。

なぜ、ある言語表現は像をよぶが、ある表現は概念の外指性としての意味しかもたないか?

わたしたちの創造の体験を反すうしてみても、こんどは巧くかきえたとか、どうも巧くいかないとかいう結果的な反省しかよみがえってこない。よほど意識的な創造家にとってもこの事情はあまりかわらないはずだ。ただ、うまくいったとおもえる言語表現には像がつきまとい、この像は、けっして現実の体験の強弱によるものではなく、創造の過程でどれだけ表現の世界に没入できたか、という感じとパラレルな関係があるのではないか、ということだ。

わたしの理論的な想定では、この問題はつぎのようになる。

表出された言語の自己表出力の対象指示性との交点が、言語の現在の帯域のそとにあるとき、その表現は像をよび、そのうちにあるときは概念の外指性しかもたないというように。そして、コードウェルのいう論理学の法則にしたがうのは、言語がこの現在の帯域のうちにあるときだけだ。これを図示すればば第13図のようになる。

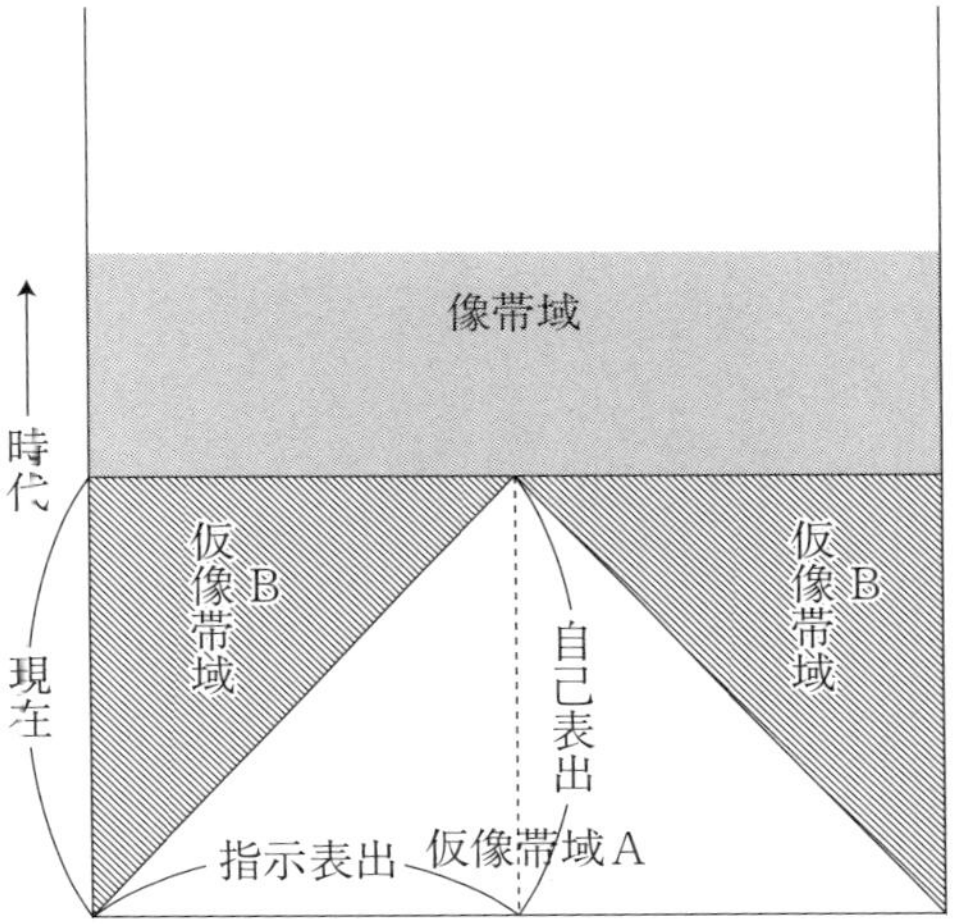

第 13 図

こういう想定は、古典時代の文学作品でさえも、わたしたちに像をよぶではないか？　それはあきらかに言語の現在の水準より以前にあるはずではないか？　という疑問をよびおこす。たしかにちょっとみると不都合にかんがえられる。しかし不都合なわけではない。たとえば、わたしたちが『万葉集』の歌から像をよびおこされるとき、わたしたちは観念のうえでその時代にうつっていると同時に、わたしたちの現在からそれをみているという二重性をふまえているのだ。この二重性によって言語は仮像をよびおこすことができる。そして古典主義者は、図の仮像帯域Aのなかで古典作品の仮像をみており、モダニストは仮像帯域Bのなかで古典作品の仮像をみている。わたしどもは、このふたつの帯域の二重性のところで古典作品の言語表現の仮像をみている。

この問題は、思想としてなにを意味するだろうか?

わたしたちは、幻想の共同性がつみかさねられてきた現在と、社会のじっさいのすがたが発展してきた現在とが乖離しているという意識を、じぶんの意識がそとにあらわれたものとして、言語の表出のばあいにねじあわせようとしているといえる。このねじあわせがじぶんの意識のなかで可能だとおもえたとき、そこでの捩れの緊迫性が、言語に現在的な像をよびおこすとみられる。

㈢　倒語的な気質について

ある個人的な体験の例だが、かれは倒語をまったく自然とかんがえている。かれは、ひとびとが〈感受性〉というとき〈受感性〉という。そしてこのような倒語がいくつかかれにつきまとっている。たとえば〈剰余〉は〈余剰〉だし、〈轗軻〉は〈軻轗〉だ。かれの告白するところでは、たとえば〈余るもの〉という概念を〈剰余〉というか〈余剰〉というかとかんがえるときある種の不安があり、ついに確定することができない。そしてじぶんが云い易いとかんがえるのと反対のいい方をすると、大抵のばあいまとにあたっているという。かれによれば、この倒語は漢語だけにあるのではなく、外国語にもあてはまる。たとえば〈スラローム(Slalom)〉(スキー回転競技)は、〈スローラム(Slolam)〉だ。かれは子供のとき〈有頂天〉を〈有天頂〉といって嗤われたことを記憶している。かれの語るところでは、はじめてのむつかしい成語が耳にはいったとき、じぶんにとって熟さないとかんがえる音列をいうとたいていは正しい成語になっている。

こういう倒語的な気質は、なにを意味するのだろうか？　そして、これは言語の表現にとってなんであろうか？

フロイトは『日常生活における精神病理』のなかで、言いちがえの例として倒語をあげている。けっして珍しいものではない。フロイトが言いちがえの機作としてあげている二つのうちの第一は、その表現の前響又は後響とか、前後の文脈の関係からおこるということだ。第二は、言葉、文章その前後の文脈以外の要素からおこる。この第二の場合について、なにかの意味でこころに障害があつまる作業があると認めている。

ここであげた倒語の例は、これとはちがっている。かれに倒語がおこるのは、かならず耳なれない外国語の名詞であるか、あるいは日本語（漢語）の抽象的な名詞だ。ここで共通性をぬきだしてみれば、ふたつかんがえられる。

ひとつは、倒語が、本来、対象指示的であるはずなのに像をよびにくい抽象名詞、あるいは、抽象名詞でなくとも、抽象名詞と等価にかんがえられる外国語の名詞である。

もうひとつは、かれの主観にとっては、いずれも熟さず、耳なれない言葉だということだ。

かれにとっては〈感受〉であっても〈受感〉であっても、それが〈物事を感じとる能力〉という概念に誤解の余地がないかぎり等価なものだ。おなじように〈剰余〉であっても〈余剰〉であっても〈余り〉という概念として誤解する余地がない等価な表現になる。そしてこれを普遍化していえば、かれにとって慣習にたいする無関心、約定にたいする嫌悪があることが象徴されている。かれにはもともと像をよぶべき言語が、像をよばない帯域で流通するのをさけたい抑制がある。かれの倒語のくせは、造語のくせとかかわりがあるようにおもえる。

想像力のうちでは〈感受〉や〈剰余〉は、さかさまでもそうでなくても、おなじ概念でありうるわけだ。それが言語の表現にうつるときに、言語としてのまえからの約束が規制力になってしまう。かれの表出する意識のうちがわで、あるひとつの概念をそのままそとにあらわしたいという欲求と、それをやるとどうしても言語の習慣になってきた約束におちてしまうという予望とが葛藤している。この矛盾が一連の倒語になってあらわれるようにおもえる。かれにとって倒語になってあらわれる言語は、像をよびにくい言葉にかぎられるにちがいない。これは自己表出の力能を吸収してしまうような言語にだけおこる現象ではないか。倒語的なくせがあることは、言語の自己表出が**構造**としてあることを暗示している。言語が現実にたいして生きるものと、幻想にたいして生きるものとのあいだで矛盾をうみ、矛盾としてじぶんの意識のうちがわに集中しているとき、倒語があらわれる。

フロイトならば、かれの倒語のくせに幼時体験の障害をみとめるかもしれない。ここでは、言語がもんだいなのだからべつのことをいうべきだ。かれの倒語の障害は、かれが言語を表出するのに、言語体験の歴史の幼年期の状態でやりたい欲求を語っている。つまりかれは、言語を自己表出がまだ共同体の宗教の憑依とまじわっていた時代のようにあつかいたいと願い、その願望に障害のもとがあるとかんじているのだ。かれに、こういう言語の障害をあたえるものは、言語の現在の水準を無意識にもせよわかっていることとふかくつながっている。かれのなかで言語は、幻想としての個別意識と、じっさいの社会での共同性の意識との乖離として体験されている。

3　文学の価値（Ⅰ）

文学（一般には芸術）の**価値**とはなにかという問いは、たくさんの理論家たちにとってたいへんな誘惑で、また躓きの石だった。この問いにたいして理論家たちがとってきた態度は、じぶんの主観、思想、創造と現実のうえの体験などにかえって、たとえばトルストイのように極端な迫力でおなたをふるって、あらゆる近代文学の傾向に強大な鉄つい
いをくだすという態度になるか、はてしなく美学の迷路にさ

迷いこんでゆくか、現代になっては、政策やじっさいの欲求に還元するか、社会の土台の発展という一見すると疑いようもなくみえるものに類推の基盤をもとめるか、といったさまざまな傾向をみせてきた。

体験は個別的であり、要請は共同理念的なのがこういった傾向の特徴だといえよう。また、現実社会の土台がどう発展してゆくかということと文学（芸術）の価値をむすびつけようとするのは、ある客観的な装いをみせているようで、まるで時間の尺度がちがうことをくらべている。文学（一般には芸術）は、残念なことに、こういったすべてに気をもたせはするのだが、どれにも身を寄せない。そんな矛盾した幻想のそとからみえる領域でだけ文学（芸術）とよばれている。文学の**価値**とはなにかと問う危険は、そこにあらわれるといってよい。しかし、文学についての理論が、どんな精緻な理論を展開しても、ある作品とべつの作品とがあって、どちらを価値ありとするかという単純な質問をだして、それに体験が個別的だというところからくる評価の個別性によるか、政策的な共同の要請かのどちらかでしか答えられないとすれば、文学の理論は理論じたいを失望させるにちがいない。

言語学者として、この本で恩恵をうけたI・A・リチャーズは『文芸批評の原理』で、こういうことに気づいていて、まず冒頭のところでこうかいている。

ある詩を読むという経験に価値を与えるものは何か？　この経験が他の経験よりもすぐれたものであるとはどういうことか？　なぜあの絵よりもこの絵が好ましいと思えるのか？　最も価値ある瞬間をもつためにはどんな音楽のきき方をすればよいのか？　芸術作品についてのある見解がもう一つの見解に及ばないのはなぜか？　こういった問題が、批評に課せられた基本的な問題である。そしてまた、これらの問題を検討するに先立って考えておかねばならぬ予備的な問題がある。絵とは、詩とは、また音楽とは何であるか？　経験はどのようにして比較されうるか？　価値とは何で

あるか？（岩崎宗治訳）

そして、もっともすぐれた知性がそこから得た収穫は、ほとんど空っぽの穀倉である、とのべている。当然、I・A・リチャーズは、**文学の価値**とはなにか、というおおくの文学理論がどうしても危険を感じてはっきりふれたがらない問題に無謀にも言及することになる。そして、この無謀さは、芸術の価値について論じられた白痴的なガラクタ山のなかで賞讃されてよいものだ。ぼろをだすにきまっていることをさけないでいう大胆さは、だれにでも真似できるものではないからだ。

あらゆる体制化は、その安定度に従ってある程度の犠牲を伴うものである。しかし、犠牲にされ実現されずじまいになった場合に支払われるべき価は、衝動によって必らずしも一定していない。その失われたものの程度によって、つまり、妨げられ挫折させられた衝動の範囲と、それらの重要度に従って、ある体制化の価値が判断される。人間の可能性を最小限にしか無駄にしないような体制化が、要するに最善なのである。悪徳あるいは美徳にとりつかれ、それらに伴うべき適度の満足をさえ収益逓減の法則によって奪われてしまっているほどの人は、いつまでたっても体制化をしなおすことができない。（岩崎宗治訳）

ところで、最も価値ある精神状態とは、いろいろな活動を最も広く最も包括的に統合する精神状態、しかも、それによる犠牲、葛藤、挫折、制限などを最も少ししか伴わないもの、である。（岩崎宗治訳）

つまり、芸術作品とは、たいていの人の心の中ではまだ無秩序であるものの秩序づけである。芸術家が混乱から秩序をひき出すことに失敗するとする。その失敗が他の人たちの失敗よりもはっきり目だつのは、少なくとも一つには彼の方がより大胆だからである。失敗が目だったということは、大きい野心を抱いたための結果である。また、彼が他の人よりも大きい適応性をもっているための結果である。しかし、成功した場合には、彼がつくり上げたものの価値は、常に他の人よりも完全な体制化を示している。つまり、反応とか活動とかのもついろいろな可能性を、より多く役立たせるような体制化を示している。(岩崎宗治訳)

やさしくいいなおせば、芸術をつくるということは、人間の心のなかにあって混沌とした無秩序のままのものを、秩序化することだ。そしてこれは人間の活動や反応を体制化することと対応しているということになる。

ここから価値のある芸術作品は、人間のさまざまな活動をいちばんひろくつつみこみ、精神の体制化にどうしてもつきまとってくる犠牲とか葛藤とか制限とかを、いちばんすくなくなるようにして秩序化をなし遂げている作品だといわれている。

リチャーズの論議でいちばん気になるのは、かれが人間の精神状態、行動と芸術をひとつの糸で無造作につなげていることだ。芸術作品についていわれていることと、精神状態についていわれていることと、行動についていわれていることが、混淆してひとつにされている。これはどうしても精神を倫理としてかんがえるところにゆきつく。犠牲、制限、葛藤といった倫理の言葉が、芸術の価値をめぐってとびだしてくる。価値という表象の次元は、論理からいってじっさいの精神倫理とはじかにむすびつかないはずなのだ。

リチャーズが大胆に素直な言葉でいいきっている芸術の価値についての考察が、どこで、どんなばあいに駄目になるか深いりするまでもない。ひとびとが、いままで読んできた作品について、さまざまな活動とか反応とかの可能性をこころにあたえたとき、価値ある作品とおもったかどうか、精神の状態に犠牲や苦痛や制限をあたえるような作品を、価値のすくない作品とおもったかどうか、といった芸術作品の鑑賞の体験だけでかんがえても、リチャーズの価値概念は、すでに危うくなることがわかる。ただ、リチャーズは、そうだとおもった主観的な倫理を、論理の言葉で芸術作品の評価にあたえただけだ。千差万別の主張のなかのひとつを説いているにすぎない。

こういう枝葉に深いりしないで、ここではリチャーズのかんがえから、ただ**表現**という思想がないことだけを問題にすえれば充分だとおもう。リチャーズの論議では、芸術は倫理にむすびつき、精神状態や活動とじかにかかわりをもつことになる。芸術は、それだけでそとに対象化する過程をふくむからじかにはどんな表象ともむすびつかないはずなのだ。

表現という表象は、リチャーズのように芸術を精神状態の秩序化（体制化）とかんがえても、そうでなくても、精神状態を精神状態の方へ、また行動の意識を行動の意識のほうへ、創造の意識を創造の意識の方へ押しかえすことで、じぶんじしんは精神状態のそとにあらわれるのだ。だから、倫理や活動の精神状態とそのままの糸で、芸術の表現とむすびつけることはできない。

さきに、わたしたちは言語の価値についてかんがえてきた。

言語の価値という概念は、そのまま文学の価値（芸術の価値）というかんがえにひろげられるだろうか？

もちろん、できるはずだ。しかし、**言語の価値**という概念は、意識を意識の方へかえすことによってはじめて言語のうちがわで成り立つ概念で、その意味では言語は意識に還元される。しかし、言語の芸術的な表現である**文学の価値**は、意識に還元されない。意識のそとへ、そして表現の内部構造へとつきすすむ。そこでは、言語の指示表出は、文学の構成にまで入りくんだ波をつくり、言語の自己表出は、この構成の波形をおしあげたり、おしさげたりして、これにつきまとうインテグレーションをつくっている。だから**言語の価値**を還元（reduzieren）という概念から、表出（produzieren）という概念の方へ転倒させることで、**文学の価値**はただ言葉のうえからは、とても簡単に定義することができる。**自己表出からみられた言語表現の全体の構造の展開を文学の価値とよぶ。**

ひとびとは、定義らしくのべると、ひどく簡単にみえるこのような言い方にとまどうかもしれない。しかし、このいい方の個々の言葉にわたしがいままでやってきた考察と観察をまちがいなくこめれば、これが**文学の価値**とはなにかについていえるすべてをふくんでいることがわかるはずだ。

文学はかくあらねばならぬという主観的な先入見をもっていると、文学の価値は創造者だけではなく読者の立場をかんがえにいれるべきだというようなわかっていない論議をよびこむことになる。たとえてみれば、それは商品の価値そのものをかんがえずに、現実の社会で需要と供給の関係をかんがえなくては、価値はきめられないというようなものだ。

文学の価値は、それぞれの鑑賞者にとっては、いつも個別的なものだ。だからこの個別性は読みこんでゆくかぎり文学表現の価値に収斂するほかに収斂の方向はかんがえられない。

ここで定義された**文学の価値**の概念は、かりにその概念のもっている次元をくずしてしまうと、さまざまなじっさいのうえの主張ともんだいにぶつかる。わたしたちがみている集団政策の倫理も、美的体験の理念も、倫理主義も、百花のように、そこではじぶんを主張するし、現にしているのだ。そして、わたしたちも現実のうえの効用についての主観と決意の次元では、この百花のなかの一つにくわわって乱戦者のひとりになる。しかし、かれらとわたしとは**ひとつのことがちがっている**、といえば充分だとおもう。なぜならばその**ひとつ**のちがいこそ、すべてのちがいとおなじだからだ。

昭和三十四年九月号『現代詩手帖』に清岡卓行は「デッサンから完成まで」という自作の技術的な註釈をかいている。これは、自己表出としての像的な喩をならべておいて作品の総体がつくりあげられる例で、作品の成立までを作者じしんがあかしたものとして、構成の過程を知ることができるため、貴重な意味をもっている。

ぼく自身にとつて例外的であつた試作の場合について、書いてみます。それは、ぼくにとつて、デッサンなしに書かれた唯一の作品です。書くのに要した時間は約二十分。

しかし、デッサンにかわるものがあつたのは、当然の話で、それは、数年間、頭の中で練られていたものです。

映画におけるカメラ・アイというものは、極めて独特な形で、映画作家の眼と一致していますが、そのように立体化されたカメラ・アイの機能、それを通じて、ぼくは自分のある衝動を表現したいと思いました。今、表現されようとした衝動をxとします。それは、衝動的であるが、同時に受動的で、どのように具体的な形で表現すればよいのか、要するにわからなかつたxです。

ぼくの頭の中では、次第に、次のような方程式が育つて来ました。もちろん、この方程式というのは、今、便宜的な比喩として書いているわけで、とにかく、そのような図式が生じて来たということです。

$$ax + bx + cx + dx + \cdots\cdots = 0$$

この場合、xとはある生きた衝動ですから、それはゼロではありません。従つて、a + b + c + d + ……＝0となるように、具体的なa, b, c, d,……を発見することが、ぼくの頭脳の中で、長い間、しかし断続的に、繰返されていた仕事です。

結論を先に書きます。出来上つた詩は次のようなものです。これは、今年のはじめに出た「現代批評」第2号に出したものです。

愉快なシネカメラ

a

かれは眼をとじて地図にピストルをぶつぱなし
穴のあいた都会の穴の中で暮す

b

かれは朝のレストランで自分の食事を忘れ
近くの席の　ひとりで悲しんでいる女の
口の中へ入れられたビフテキを追跡する

c

かれは町が半世紀ぶりに洪水になると
水面からやつと顔を突き出している屋根の上の
吠える犬のそのまた尻尾のさきを写す

d

しかし　かれは日頃の動物園で気ばらしができない
檻からは遠い　とある倉庫の闇の奥で
剝製の猛獣たちに優しく面会するのだ

e

だからかれは　わざわざ戦争の廃墟の真昼間
その上を飛ぶ生き物のような最新の兵器を仰ぐ

f

かれは競技場で　黒人ティームが
白人ティームに勝つバスケット・ボールの試合を
またそれを眺める黄色人の観客を感嘆して眺める

g

そしてかれは　濁つた河に浮んでいる
恋人たちの清らかな抱擁を間近に覗き込む

h　かれは夕暮の場末で親を探し求める子供が
　　群衆の中にまぎれこんでしまうのを茫然と見送る
　　かれにはゆつくりとしやべる閑がない
i　かれは夜　友人のベッドで眠つてから
　　寝言でストーリーをつくる

種明しをします。地図の件がaです。その昔フェーデとスパークが、先ず地図を眺めて映画を考えたというエピソードからの連想。ビフテキの件がbです。クルーゾーが食べる女の口の中をチラリと撮したことがあります。洪水と犬がcです。ニュース映画でそうした犬を眺め、ぼくなら尻尾のさきをクローズ・アップすると思いました。動物園の剝製の猛獣の件がdです。動物園について優れた記録映画を作つた羽仁進の著書に、「演技しない主役たち」というのがあり、その中で、この剝製のことが書かれています。(映画では画面になつていません。)戦争の廃墟と最新の兵器という件がeです。パラマウント・ニュースで、イタリーの軍隊行進が写されていたとき、ぼくを異常に刺戟したのは、歓呼する群衆の足もとがまだ廃墟であつたことです。恐らく、カメラマンはそのことを意識していなかつたかもしれませんが、そこからの抽象です。バスケット・ボールがfです。これは、ぼくが実際にハーレム・グローブ・トロッターズの興行を見ながら、こういう画面をニュースにとれば面白いな、と思つたことです。濁つた河と清らかな抱擁がgです。これは、エプスタンの古い映画「まごころ」のスチールからの連想。そこでは、一人の女の顔だけしか写つていませんでしたが。子供と群衆がhです。クレマンの「禁じられた遊び」やデ・シーカの「自転車泥棒」のラストなどからの連想です。最後の、ベッドと寝言のストーリーの件がiです。これは、ぼく自身がニュース映画社に勤めていた頃の、仕事に熱中した体験です。

作者じしんが説明しているように、この作品のぜんたいは、自己表出としての像的な喩a・b・c・d・e・f・g・h・iをならべておくことからできている。そして、これらの喩の意味は、a＝b＝c＝d＝……であるようなひとつの実体だといっていい。それは作者がじぶんの存在を負とかんがえようとする倫理にほかならない。aでは、都会の空孔のようなところで生きているじぶんという設定がそれであり、bではレストランでじぶんの食事をわすれて、近くの席の女のビフテキをおうというように、じぶんへの倫理よりも他者への関心でいきるという生活の空虚、存在の空虚をあらわしているという具合に。したがってこの作品における表現の差は、意味x（作者のいうある生きた衝動）でそれがおなじように9回くりかえされる喩のうつりゆきとかわりかたにかかっている。だからこの作品の価値は、（喩a又はb又はc又は……又はi）x9と、喩の9回のかわりめとうつりゆきであらわすことができる。「しかし」「だから」「そして」などの接続語と、そして「かれ」という代名詞のくりかえしが、このうつりゆきとかわりめをたすけている。

ここでa・b・c・d……iというううつりゆきが作品の価値にかかわるのは、そこにえらぶこととつなげることがやられているからだ。なぜaのつぎにbが、bのつぎにcが択ばれたかという自己表現のうつりゆきのありさまが、価値にかかわっている。そしておなじようにa・b・c・d……iというつりゆきは、aとbとcと……iのあいだにかわりめがあることをおしえる。そしてかわりめからみられたa・b・c・d……iは、指示の表現のすがただ。うつりゆきa・b・c・d……iからみられたかわりめa・b・c・d……iは、わたしたちが**構成**とよんでいるものにあたっている。

このようにうつりゆきa・b・c・d……iとかわりめa・b・c・d……iが総体としてかかわるかどうかで、言語表出としてみられたこの作品と文学表現としてみられたこの作品とのちがいがあらわれる。

もちろん、ここでこの一篇の詩について語られた文学作品の価値という概念は、すべての文学作品についてあてはまるものだ。

第Ⅱ部　言語的展開（Ⅱ）

1　文学の価値（Ⅱ）

ひとつの作品をまえにして、鑑賞者がかんじる感銘の強弱は、もし鑑賞者に一定の水準の鑑賞力があることを前提にすれば、ある共通さと差異とが同時にあることがわかる。そしてこの感銘の共通さと差異とのからみあった綜合的な感度にともなって、反省や倫理的判断や思想的な裁断があらわれて、感銘がつよければつよいほど反撥し否定するとか、感銘がよわいがために無視するとか、感銘がつよいがゆえに肯定するとか、それぞれの**嗜好**がやってくる。

ひとつの作品がそれぞれの人間にあたえる感銘の共通さと差異とのみなもとは、あらためていうまでもなく、文学（一般には芸術）作品がどれも、言語の現在とその歴史のつみかさなりの交錯したうねりからできていることにある。そして個々の鑑賞者もまた現在と歴史をじぶんのなかに鑑賞する意識としてもっているるとみなされる。こうしてうみだされる個別性はさけられないことで、さけられないという理由で、どんな強制と教育（教育というのは対象をみんな実効あるものとしてみよと教えることだ）をやっても、共通さに統合することも、差異だけに解体させることもできない。このさけられなさは、きゅうきょくにはそれぞれの個人の生いたちや生活環境やそこから生みだされたじぶんの意識が、ひととして、交換できない核をもちながら、しかもおなじ時代に現に生きていることからうけとる綜合的な意識として、共通なことからやってくる。

ひとつの作品をまえにして、それぞれの鑑賞者が、わたしはこの作品をよいとおもうが（価値あるとおもうが）否定する、あるいはこの作品はよくない（価値がよりひくい）とおもうが肯定するといったとすれば、この態度はへまな分裂にしかすぎない。たとえわが国の古典理論がやったように、政治的価値と芸術的価値に分裂させても、プラグマチズムや論理実証主義のように価値の多元的な目録に分解しても、へまな分裂にはちがいない。また、社会的等価や思想的等価だけに還元するのは、このへまな分裂の裏目にすぎないから、逆立ちした分裂とよぶべきだとおもえる。

ただ、こういう分裂はつぎのばあいだけは、それぞれの個性のうちで成り立つ。つまり作品の資質（その作品を創った作者の資質）と、鑑賞者じしんの資質がどうしてもおりあえない矛盾のところまでつきつめられたときだ。これは、ただ創造者と鑑賞者が、じぶんのじっさいの生き方がもっている現在と歴史的な由緒を、摩擦がおこるまでちかづけたときにだけは意味をもっている。だから、政治と文学、芸術的価値と政治的価値、現実的価値と美的価値との分裂とか統一とかといった芸術理念のうえのふるぼけた争点は、どんな装いをこらしてもそれじたいが無意味だといえよう。

現在でも、一連の無能な理念は、文学作品をまえにして価値に感染せずに、商品性や政策に感染する。そしてこの次元でわたしたちが主張できるただひとつのことは、きみたちの好む作品の存在を存在するものとして認めるから、わたしたちの好む作品の存在も、きみたちは存在として認めねばならぬ、ということだけだ。

文学（一般には芸術）作品の**価値**は、はっきりと自己表現と指示表現がまじわる表現の意識の相乗空間が、時間の流れにそって変化してゆくインテグレーションによって確定される。それはたれにも疑うことができない性格をもっている。たんに疑えないというだけでは物たりないとすれば、逆立ちしたその像を、あたかも現実の事象をのぞくのと逆の視点でのぞいてみればよい。みえることを媒介にしたその空間は眼にみえない、だが疑えないかたちでみえるはずだ。

こういった問題について、ひとびとが現在までどんな態度をとってきたかをかんがえてみるのはけっして興味のないことではない。

でもこの種の問題について文学（芸術）の理論がとってきた見解の範囲は、わたしたちにはどんな未知数もふくんでいない。問題をだす仕方をかえないかぎり、いままでに文学（芸術）の理論が、文学（芸術）にあたえた価値や、狙いは、ある幅のなかに包括させることができる。それだからほんとうにこの課題にせまる前提は、文学（芸術）についての問題の提出の仕方であり、この仕方だけが、理論にとってはいつも未知数のものとしてあるといってよい。もしもわたしたちの企てに、他とちがう特徴があるとすれば、すでに既知の幅のなかにある問題の提出の仕方をとらなかったという前提だけだといっていい。たれがかんがえても、ただそれだけのもので、どうということもないといった既知の範囲におさまっている理論的労作などはありえないのだ。

わたしたちがプロレタリア文学運動とその理論の批判的な検討という課題から、表現の理論の創設へと課題をすすめたとき、すでにあるきまったかたちの文学の理論範囲をこえたところに根拠をおいた。わたしたちは、たしかにいくつかの未知の課題につきあたり、まがりなりにもこの壁をつきやぶってきた。わたしたちのはたしてきた課題が何であったかをはっきりさせるには、すでにある文学についての考察の範囲がどこにきわまるかをとりあげてみればよい。

2　理論の空間

その思想がどんな批判に価するものであれ、思想的な根拠をもって主張せられた文学（芸術）の考察のうち、鮮明な極としてうかびあがってくるのは、社会主義リアリズムとシュルレアリスムであろう。これらは、いずれも原型ともいうべき論理をもっている。

いま任意の書物からこの原型の論理の幅を想定してみよう。これらは理論の狙いが具体性をもって提起されているかぎりではふたつの極を象徴している。

A

しかし、芸術はまず第一に芸術たらねばならぬことをまったくみとめつつ、われわれは、それにもかかわらず、自分自身の範囲のなかに生き、人生の他の諸方面となんらの共通点ももっていないところの、ある純粋な、きりはなされた芸術についての思想は抽象的な、空想的な思想であるとかんがえる。かかる芸術はいかなるとき、いかなる場所にもなかったのである。なんらのうたがいもなく、人生は、自己の独立性をもっているところの数多の方面にわかれ、さらにまたわかれている。しかしこれら諸方面は一つが他のものと生きたつながりによって合流しており、それらのあいだにはそれらをわかつところのきわだった線はないのである。いかに人生を細分しても、それはつねに統一しており、完全である。人はいう、——科学のためには知力と判断が必要であり、創造のためにはファンタジーが必要である、と。そしてこれによってことをすっかり決したので、それを記録保存所にわたしてもよいとかんがえている。だが、芸術のために知力と判断が不必要であろうか？そして学者はファンタジーなしにことをすますことができるであろうか？　うそである！　真理は、芸術においてはファンタジーがもっとも活動的な、そして首位的なやくわりをえんじ、科学においては知力と判断がそれをえんずるということにある。（ベリンスキー『ロシヤ文学評論集』除村吉太郎訳）

功利に宿る最も原始的な美は、適当に整理せられたる手段及目的の総体たる限りに於て、就中此功利性がより明白なる場合、及び功利的なる対象が、活用せられて、吾人の眼前に直接にその用途を明示する場合に特に著しく現れる。矢を発せんとして引き絞られたる弓の形は美である。

之を要するに、功利は認知せらるゝ目的と言ふ知性的要素と、並に前以て感ぜらるゝ満足と云ふ感性的要素を通じてのみ美となり得るのである。故にそは其目的に向つてよく整理せられたる手段の総体を知覚する事によりて、一種の快を予感することに外ならない。されば、そは尚、知性と意志とを満足せしめ又其結果感性をも満足せしむる事が出来る。此三重の結果の現はるゝ時、即ち、功利が予め吾人を拉してその将来と目的とに到達せしむる時、そこに目的性が、初めて美となるのである。

功利は一般に社会的側面を有すること、及びこれに由りて又初発的程度の美を贏(か)ち得ることを注意しなければならぬ。蓋し、吾人は総じて社会的、人類的目的を有する全てのもの及び人間生活、就中(なかんづく)集合的生活を目的として整理せられた全てのものに対して特に共感するからである。(ギュイヨー『社会学上より見たる芸術』大西克礼・小方庸正訳)

B

芸術作品とは、それに近づいてくる者の余力を惹きつけ、吸収する力なのである。ここには結婚に似たものが存在していて、愛好者はそこで妻の役を演じる。役は意志によって選ばれ、扶養される必要があるのだ。それ故創造においては意志が主要な役割を演じるのであって、残りは罠の前の餌に過ぎない。意志の方法の選択にしかその力を及ぼすことができない、芸術作品とは方法の一つの総計に過ぎないからなのだ。そこでわれわれは芸術に対しては、私が文体(スティル)に関して与えておいた定義に到達する。すなわち、芸術とは選ばれた方法によって自分を外部に表現しようとする意志である、と。かくして、二つの定義は合致し、芸術は形式(スティル)に外ならなくなる。(中略)

主体の活動が大であればあるほど、客体によって与えられる感動は増大するだろう。従って、芸術作品は主体から離れていなければならない。それ故、芸術作品は、位置づけされていなければな

らない。（中略）

作品の文体と作品の位置とを区別しよう。文体あるいは意志は創造する、すなわち、分離する。位置は遠ざける、すなわち、芸術的感動へと誘う。われわれは作品が閉じられたものという感じを与える点において、又作品が、われわれがそれから受ける小さな衝撃に、あるいはまたそれをとり囲んでいる余白に、それが動きまわる特殊な雰囲気に位置づけされていることを認める。（マックス・ジャコブ「骰子筒・序文」高橋彦明訳）

1　詩の優劣を人間の魂を喜ばす程度により決定することとは、幸福主義の理論であって主観的である。（カントの実行的フェアヌンフトの批判参照）しかしもっと合理的に詩の優劣を認知せんと企てた時には、一つのテオリ即ち一つの仮定を設ける必要がある。そうしてこの仮定を正義の原則として立法者の如くドンドン法律を制定することである。

2　仮定――詩の世界が無限に拡大して遂に消滅する。この仮定の系として即ち当然の理由（イプソファクトー）として次の規定を生ず。

「最も広大なる最も前進した詩の形態は消滅に最も近き形態である。」

3　詩の芸術としての消滅は表現意志の表示がない時である。表示とは簡単に説明すれば表現行為である。表現行為があっても表現する意志が無かった場合は芸術としての表現でない。（西脇順三郎「詩の消滅」）

Aは純化されてゆく過程で、大なり小なり社会主義的リアリズムに収斂する原型であり、Bは、大なり小なりシュルレアリスムに収斂する原型である。

これらが、文学（一般には芸術）の価値についてどんなかんがえにたどりついているか、またたどりつくにいたるかは、はっきりとのべられている。

きりはなせない芸術と生活、別物ではない芸術と科学という考察も、功利が結果と目的とのイメージをもつとき、美となりうるという考察も、そこに論者の強力な現実の意志をおもいみれば、その考えが展開されてゆく過程を推定することは難しいことではない。ようするに、それだけのことは主張されているのだ。

文体と表現の位置とを区別しなければならず、文体は芸術であるが、芸術の**価値**は主体から遠ざかる表現の位置にあるという考えも、詩（文学）の**価値**づけを、人間のこころを感銘させる程度できめてはならないという考えも、もし文学の歴史的なつみかさなりが、表現行為そのものをしだいに一つの極の方へ登高させていった現実的な要因をおもいみれば、充分に存在を主張できる考えだといえる。ようするに、だが、ただそれだけのことだ。これらのふたつの極を象徴する文学（芸術）についての考えは、さまざまな自覚的な理論を原型としてはらんでいるようにみえても、ただの**自然過程の理論**にすぎないのだ。社会主義リアリズムとシュルレアリスムとは、いうまでもなく特殊に純化されていった**自然過程の理論**にほかならない。この自然過程の性格のなかに、これらの考えが、ただそれだけのスコラ的な、創造に役立たない理論とみなされるほんとの理由がある。

文学（芸術）が狙うものの空間を、この二つの極のあいだにはさまれた領域に位置づけ、そこを戦場として見解の場を競うということにどんな意味があろうか？　そこでは理論はすべてみえすいている。不毛な荒野があるだけだ。いかなる文学（芸術）も**価値**という概念がかかわるときは根拠の深さを問われるという意味でだけ、これらの極のあいだに位置することに正当さが認められるだけだ。

だがわたしたちは、ここで文学（芸術）が現実の総体と混沌とした関係をむすぶことを否定しようとするのでもなければ、二十世紀の文学（芸術）が現実の諸体験を外化の領域で意志的に遠ざけうる能力の極点に、**価値**をみとめようとする傾向をうみだすまでになった意義を否定しようとするのでもない。

ただ、これらのふたつの極に象徴された空間にはさまれた文学（芸術）についての見解が、たんなる自然な過程としてとうぜんでてきたものにすぎないこと、しかもこのたんなる自然過程にすぎないものが、それぞれの創造の理論家、あるいは共同政策が、意識的に構成した方法、理論、芸術についての世界観であるかのように錯覚してきたという矛盾を指摘しようとしているのだ。

わたしたちがどんなふうに主張しようと、文学（芸術）がひとりひとりの創造家の力量以上のものをうみだすはずはないし、また、どんなに総括しても時代的刻印と制約のなかをでることはできない。だからこそ、たんなる自然の過程にすぎない個体の理論を、個体の理論としての自意識をぬいてしまって、普遍的な真理、方法であるかのようにさしだす理論の世界に身をおくことは、まったく無意味だと主張するのだ。

わたしたちが**立場**というとき、それは世界をかえようという意志からはじまって世界についてさまざまな概念をかえようとするまでの総体をふくんでいる。文学（芸術）についてのさまざまな概念をかえるためにも、**立場**はなければならないし、またどうしてもあることになってしまう。文学（芸術）についての理論は、すべて無意味なスコラ的なものにすぎないという見解は、たんに創造家の側だけからばかりではなく、理論じしんのがわからもたえずいわれている。その理由は、文学の理論がほんとうは個体の理論であるにすぎないのに、普遍的であり共同的であるかのように振舞い、また、たんに主観であり政策であるにすぎないのに**立場**であるかのように振舞ってきたからだ。そのようなところでは、理論はたえず不安感にさらされて、創造そのものに近づきえないのではないかという危惧を、こころのなかで自問自答しながら展開されてきたのだ。

しかし、すくなくとも、わたしたちはここではそんな危惧をかんじなかった。理論は創造をはなれることによって**立場**と化し、はなれることによって創造そのものに近づくという逆立した契機をものにしようとしていた。それがどの程度に実現されているかはじぶんでいうべきではないとしても、だ。

3　記号と像

わたしは言語を記号としてみずに、構造とみなしてきた。記号性はただたんに言語の構造に包まれて存在しうるだけである。しかし混乱は言語と像についてたくさんの不明晰なものをのこしている。まだ、この領域では、それぞれが任意の出発点からちがった終点にむかって走っているだけの段階にしかない。確定したものは、なにひとつない。

わたしたちは、言語を表現の対象とみなしてきた。また言語の像を、自己表出と指示表出のまじわる場面として表現の像のなかにかんがえてきた。この考えの方法はわたしたちに固有なものであることが、さまざまな理由から想定できる。

サルトルは『想像力の問題』のなかで、わたしたちとはまったくべつな考えをしめしている。その考えが、どれだけちがっているかをはっきりさせるために、かれの記号と像の考察をすこしみてみる。

記号の素材は意味される対象物に対して、全く何であろうとかまわない。《事務室》という文字、白い紙片の上の黒い線、と、単に物的であるのみならず、また社会的な意味ももつ複雑な対象物たる現実の《事務室》との間には如何なる関係もない。その因果関係の起りは約束事である。次いでその関係は習慣によつて強化される。文字が知覚されるや否や、意識の或る一態度を動機づける習慣の力なくしては、《事務室》という言葉は決してその対象物を喚起するにはいたらぬことであろう。（平井啓之訳）

《事務室》という文字、白い紙片の上の黒い線というとき、すでにサルトルは、わたしたちから千里もへだたっている。意外に機能的なサルトルの〈記号〉の概念は、それがじっさいの〈事務室〉とはなんのかかわりもない形象代理物にまでおしやり、それでもじっさいの〈事務室〉とつなげたいために〈習慣〉の力をかりる。これは、鉛筆の片側を極端に切りこんでしまったために、もう一方の側も極端に切りこまねばならなくなった作業の性格ににている。

サルトルによれば、意味的意識はなにも措定しないので、たとえば、人が《事務室》という文字をよんだとき、措定的な意識はなにもないのである。そして意味的な意識が断定をともなって、たとえば《事務室》という文字をよんで〈これは事務室だな〉という断定がおこったとき、それを判断とよぶ。

すでに、わたしたちの考察がこれと逆になることはあきらかだ。わたしたちのかんがえでは、〈事務室〉という文字がかかれていれば、書き手の自己表出と指示表出の錯合なのだ。

そして〈事務室〉とかかれている文字をよむものは、その文字を構造としてよむので、この文字によって喚起される事務室の像は、甲と乙と丙とではちがった無数の多様さでありうる。この多様さをみちびきだすのは、体験的な記憶であるとよんでもおおざっぱにいえばいいとしても、けっして〈習慣〉の力などではない。

〈事務室〉という文字をまえにして、甲と乙と丙とが、それぞれ無数の事務室の像をおもいうかべられるものとすれば、甲と乙と丙との体験的な記憶の強さによるとかんがえられそうだが、げんみつにいえば、甲と乙と丙とが現在までできた自己史のちがいによっている。

わたしたちがサルトルのいうような習慣的な記号として文字をよむばあいに似た体験をもっているのは事実だが、それは、その文字が現在までの自己史として死物となっているばあいにかぎられる。そこでは、わたしたちは、ちょっとかんがえるとじぶんの現在という反省的意識なしに、その文字をよむことができるからだ。

部屋の扉のまえに〈事務室〉という文字がかかれている。この文字を自己表出と指示表出の構造としてよむのは、不合理のようにみえるかもしれない。そしてサルトルのいうように記号としてよむことに正当性があるかのようにかんがえられる。しかしこれは、ほんの見かけだけのことだ。多元方程式の各項の係数がゼロとなり、ただ記号性だけが消去されずにのこされた、といった比喩によってあたえられるものが、このばあいの〈事務室〉という表現だといえる。だからひとたび反省的な意識をもって〈事務室〉という文字をかくばあいも、それをよむばあいも、じつは無数の事務室の像をよびおこすことができるのだ。

　サルトルは、言語の固定された表現を、極端に抽象的な機能性に転化させてしまったため、像的意識の媒介として、ついに言語表現を対象とすることが難しくなっている。そこで、かれは像をみちびくのに絵画を、それも極端にありきたりの対象にすることになる。

> たとえば、私がフロレンスの美術館で、シャルル八世の肖像を眺めるとする。私がそれがシャルル八世、すなわち死んだ人の肖像であることを知つている。その死んだ人の肖像であるということの意味が私の現在のすべての態度に影響する。しかし、他方、その曲つた肉感的な脣やせまい迫つた額は直接に私の心の中に或る感情的な印象を挑発し、そしてこの印象の方からも画面に見られる通りの、その脣に話しかける。かくてその脣は同時に二重の機能を果している。つまり、一方では、久しい以前に塵となつてしまつている、現実にあつた脣の方へ向い、そのことのみによつて意味をもつ。しかし、また一方、その脣は私の感受性に直接働きかける、何故ならそれは絵とはいうものの実物と見まがうばかりであり、画面の彩色された斑点は、額のように、また脣のように、眼に映ずるからである。最後にはこの二つの機能は融け合つて、私たちは像（イマージュ）的状態をもつことになり、すなわち、死んだシャルル八世が、そこに、つまり私たちの前に現存することになる。そのとき私たちが見るのはシャルル八世であり、絵画ではないのであるが、しかも一方、私たちは彼を其所に

いないものとして措定している。私たちはただ《像（イマージュ）としての》シャルル八世に、絵画の《仲介を通して》達するのみである。（平井啓之訳）

サルトルは、ここで特徴的である。
ひとつは、もちろん言語としての〈シャルル八世〉をえらばずに、絵画としてのシャルル八世をえらんでいることだ。もうひとつは、絵画シャルル八世を眺めたときから、像の概念をみちびきだそうとしていることだ。

しかし、それを描いたもの、描かれたものに像意識の表出がないところで、眺めたときの像を想定することは、はじめから不可能なのだ。これは、いうまでもなく、たんなる事例のとりかたのもんだいではなく、サルトルの機能的な像意識の概念にとって必然的な意味をもっている。もし、必要なばあいには、サルトルは絵画といえども〈記号〉性としてかんがえたいわけであり、そうすることによって像意識と記号意識とをしいて区別したがっている。

わたしたちは、容赦なく問題をすすめることにしよう。

ここに、言語表現として〈シャルル八世〉という言葉がある。サルトルによれば、それはたんなる文字の羅列であり、白紙に塗られた黒い線であり、歴史的存在としての〈シャルル八世〉とは無関係な記号である。

いま〈シャルル八世〉という言語表現を、サルトルが、絵画〈シャルル八世〉の肖像にたいしてくわえている像概念とおなじようにとりあつかったとする。

〈シャルル八世〉という言語表現は、まずもう死んでしまった人物の名称であるという概念をあたえる。それといっしょに曲った肉感的な脣やせまい迫った額のかわりに与えられるのは、〈シャルル八世〉と白い紙にかかれた文字であろうか、それとも〈シャルル八世〉についてそれぞれの個人がもっている印象であろうか?
サルトルは、もちろん〈シャルル八世〉とかかれた文字の記号性とかんがえたために、絵画〈シャルル八世〉を対象にえらんで像を考察したのだ。しかし、わたしたちは、そうはかんがえてこなかった。言語表現〈シャルル八世〉は、シャルル八世という歴史上の人物を指示するとともに、それぞれがもっているシャルル八世についての印象の総和をあたえるものとかんがえてきた。しかし、ここまではサルトルのいう記号のもつ習慣の力とか、印象の綜合とかいう概念で問題にすることができるものだ。だがわたしどものかんがえでは、言語表現〈シャルル八世〉は、それぞれの個人がもっている印象の像から離脱して、表現したものの〈シャルル八世〉についての像意識に収斂してゆくものだ。この像意識は、表現者の歴史的な現在の構造のうえにたっており、そこに言語の普遍的な問題があらわれる。サルトルのように像意識が、人間の自由にかかわるというならば、像は人間の**自立**の構造にかかわるのだ。

わたしどもの表現という概念は、この人間の歴史的な現在の構造にかかわりながら、この構造を人間の現実的な存在の方へおしかえすことによって、みずからは言語表現そのものの構造に転位したものをさしている。

いま、甲が〈シャルル八世〉と文字に表現した。おなじように乙も〈シャルル八世〉と文字に表現した。サルトルの記号概念からはこのふたつは、まったく等価でなければならない。この〈シャルル八世〉を白い紙にかかれた黒い線としてかんがえるかぎり、この記号はたんに論理学の法則にしたがうだけであり、それ以外の関係はもとめられないからである。わたしたちの考察してきたところでは、甲の表現した〈シャルル八世〉と、乙の表現した〈シャルル八世〉は、けっして等価ではない。なぜならば、それは自己表出と指示表出の根拠から逆方向に転位された、**表現の構造**だからである。

どのようにして、なぜ、甲の〈シャルル八世〉と乙の〈シャルル八世〉とを区別し、**価値**としてちがった〈シャルル八世〉をみちびけるのか?

この表現が音声であるばあいには、抑揚の多様性がそれを根拠づけるだろうし、文字であったばあいには、〈シャルル八世〉という表現が、それを中心にしてえがく前後の表現の拡がりが、言葉〈シャルル八世〉の**価値**にむかって集中するだろう。

わたしたちは像を言語の構造にくっつけてかんがえてきた。それは、まず像を表出の概念として意識にむすびつけることによって、つぎに表出を還元から生成へと逆立ちさせることでできるとしてきた。わたしたちは、こころの構造とそのさまざまな現象について、たくさんの考察をのこしているが、表現の構造についておもな原理のうえの問題は提出してきた。

あとがき

本稿は、一九六一年九月から一九六五年六月にわたって、雑誌『試行』の創刊号から第十四号まで連載した原稿に加筆と訂正をくわえたものである。この雑誌は半ば非売品にちかい直接購読制を主な基盤にしているので、連載中、少数のひとびとのほか眼にふれることはなかった。わたしは少数の読者をあてにしてこの稿をかきつづけた。その間、わたしの心は沈黙の言葉で〈勝利だよ、勝利だよ〉とつぶやきつづけていたとおもう。

なにが〈勝利〉なのか、なににたいしてなぜ〈勝利〉なのか、はっきりした言葉でいうことができない。それはわたし自身にたいする言葉かもしれないし、また本稿をかきつづけた条件のすべてにたいする言葉であるかもしれない。ただなにものかにうち克ってきたという印象をおおいえなかっただけである。

いままでいくつかの著書を公刊しているので、つながりをもった小さな出版社もひとつふたつないではなかった。しかし本稿はみすみす出版社に損害をあたえるだけのような気がして、わたしのほうからはなじみの出版社に公刊をいいだせなかった。それでいいとおもったのである。最少限『試行』の読者がよみさえすればわたしのほうにはかくべつの異存はなかった。

たまたま筑摩書房の編集者がきてよかったら出版したいとおもうから連載雑誌をみせてもらえないかという申入れがあった。ふだんのわたしなら、何をぬかすかきみたちにわかるものかと居直るところだが、本稿にかぎっては、その商品性に自信がなかったので、わたしはきわめて慎重で謙虚であった。そこで、よくよんだうえでほんとうに出版してもよいとおもったらそうしたらよいとおもうと答えて、連載雑誌を借した。やがて筑摩書房からは出版する気がない旨の返答があった。ようするにこの出版社は独り角力したわけで、わたしのほうはとうてい本稿の試みが理解されるとはおもっていなかったので、その独り角力の結末には動かされなかった。

つぎに、勁草書房の阿部礼次氏から本稿を出版したいという申入れがあった。わたしはこのときも、よくよんだうえで本気でよいとおもったならば出版するように求めたとおもう。阿部氏はよほど非常識だったらしく、やがて本稿を出版することに決めたという返事があり、わたしのほうもそれではと快諾した。校正の過程でも、怠惰と加筆で散々な迷惑をかけたが不満らしいことは、わたしの耳にははいらなかった。阿部氏がいなかったら、本稿は陽の目をみることはなかっただろう。未知のまえで手さぐりするといったあてどないわたしの作業の労苦よりも、阿部氏のような存在や、本稿を連載中のわたしの周辺の労苦のほうが、この社会では本質的に重たいものにちがいない。わたしは本稿にたいして沈黙の言葉で〈勝利だよ〉とつぶやくささやかな解放感をもったが、阿部氏やわたしの周辺は本稿の公刊からはどんな解放感もあたえられないだろうからである。

一九六五年七月

著　者

角川文庫版のためのあとがき

　この本の内容を手がけはじめたときから、もう二十年もへだたってしまった。ことこまかなことは覚えてはいないが、たいへん孤独なあてのない作業の感じと、こんなことをしていてよいのだろうかという切迫感とが、重層しておおいかぶさってきて、けわしい緊張を強いられた。そういう全体の記憶だけは、あざやかにのこっている。

　この間に支えになったのは、おわりまで展開しきればわたしたちを律している近代批評の方法的な概念は変わるはずだという確信であった。また他方では、展開しきれずに中途で放棄してしまったら、役にも立たない概論をもてあそんだということになってしまう。そうなってはならないという思いであった。この孤立した環境のために、たいして気にする必要がない見解にかかわりすぎたり、反撥するほどもない見解を否認するのに、余計な力こぶがはいることにもなった。こういう無用なエネルギー消費がなかったなら、この本はもっとさきのところまで手が届いていたかもしれぬ。これは現在あらためて読みかえしてみて、いくらか残念な気がする点である。

　けれど一方では、べつの思いもやってくる。未知の領域へすこしでも足を踏みいれるときには、まず場をきりひらくのに、周囲の重圧をはねのけ、そのあとではじめて本来的な作業にとりかからねばならない。これはわたしたちをとりまく宿命のようなものである。その意味ではこの本が、一種の眼に視えない論争の本の性格を背負わされていることに、かくべつの不服がない。この本の試みの意味は、はじめに自身で予感したように長い年月をかけて、すこしずつ理解されるようになった。それと平行してわたし自身にとっては、すこしずつ不満なところが眼につくようになった。わたしはもっとすすんだ足場のうえに綜合された言語の芸術論を展開してみたい衝迫をおぼえるが、現在のわたしの力量では、まだこの本の内容を全面的に超えることができないでいる。もちろんわたし以外の人がそうしてくれてもいいのである。

二十年まえも現在も、わたしたちの文学や芸術は、さまざまな迷妄にとり囲まれている。そしてそれとおなじくらいのさまざまな信仰にとり囲まれている。文学や芸術はそれ自体が迷妄や信仰と異質なそれと独立した領域であり、なによりも自由に入りそして自由に出ることができるものだ。そのあいだに捨てるもの、拾うもの、洗滌されるもの、積もるもの、などさまざまな体験が言語やイメージの領域を通りすぎる。この眼に視えない受容の体験のメカニズムを、ただ言語ということだけから始めて、解き明かそうと企てたのがこの本である。これはじっさいは無謀な企てに似て、しばしば立ち竦んだが、それだけに終ったとき達成感もおおきかった。はじめてこの本を手にされる読者を想定してこの達成感まで伝えられたらと願う。

一九八一年十一月二十五日

著者

角川ソフィア文庫版あとがき

この本は『言語にとって美とはなにか』の後半のいわば各論に当たっている。たぶん日本語で日本文学の表現としてはじめての、通史になっているとおもう。

「表現としての」というのは、表現史と文学史とは必ずしも同じではないからだ。たとえば「物語のはじめ」と呼ばれている『竹取物語』は表現としてたいへん整っていて、文学史でいえば遥か後代の物語に対応する。また平安期の『源氏物語』は表現史としてみれば、近代小説としてのすべての条件を具えている。だから現代語訳で読んでも少しも不都合ではないし、逆にして言えば現代語訳で読んでも内容を誤解することはありえない。『源氏物語』は「原文」で読まなければと称している米英系の日本学者（日本文学研究者）の文章を読んで、思わず噴き出しそうになったのを記憶している。近代以後の文学表現の特徴は、作者と独立に作品表現を扱えること、物語性の構成要素の全部または一部をはぶく（解除する）ことが自由なこと、作者の直接主観をあたかも地の文とおなじように（しかも区別して）作品のなかに登場させうること、などを可能にし、また実現していることだと言えよう。『源氏物語』は完全にこの条件を具えている。だから「原文」でなく現代語訳で読んでも誤読の余地はない。むしろ『源氏物語』を専門としている古典学者のほうが、近代以後の文学作品の構造を知らないために、誤読または読みきれていないばあいが多いと言えよう。わたしは微妙なところまでぬかりなく『源氏物語』を読んでいる古典学者を、折口信夫以外に知らない。

この本の後半の特徴をもう一つ挙げれば言語表現としての、「能」や「狂言」が、「劇作」のはじめであり、江戸期の近松まで、その系統的な流れと特徴を指示している。これも折口信夫の『日本芸能史ノート』を除いて類似のことを成し遂げているものは無く、唯一この本の後半のために参考になった。わたしが何を成しえたかについて、これ以外に自分で言うべきことはない。文学作品の批評について、このほかにわたしは次に挙げる著書で触れている。関心があれば読んでくれたらと願っている。

『初期歌謡論』（ちくま文庫）
『詩人・評論家・作家のための言語論』（メタローグ社）

二〇〇一年八月三十日

吉本　記

「吾輩は猫である」　185, 193, 198, 200, 210, 492
「別れた妻に送る手紙」　202, 203
ワキ　420, 421, 431〜434
脇能　422, 423, 426, 429〜431, 434
話術　510
話体　156〜161, 163, 165〜169, 171〜182, 184, 194, 200〜203, 207〜210, 217, 218, 220, 237, 240, 244, 245〜253, 255, 257, 264, 275, 279, 290, 293, 294, 296, 298, 301〜303, 523
話体言語　218, 249
話体連環　209, 279
私意識　223, 226, 228, 235〜239, 241, 243, 245, 251, 252, 256, 265, 266, 269, 270
私小説　203, 208, 231, 249〜251, 284, 285, 290
「私小説の二律背反」　203
「私の国語教室」　87
「私の東京地図」　287, 288
「悪い仲間」　293
「われらにとって美は存在するか」　289

吉岡実　518
吉田精一　158, 177
吉野秀雄　139
吉行淳之介　293

「謡曲選集」　423
幼時体験　532
「夜討曾我」　433, 434, 459, 460
寿詞（呪言）（よごと）　330, 331, 335
「吉野葛」　244
余剰　525
「吉原かはり名よせたゞのり」　439
「吉原はやり小歌そうまくり」　438, 446
「世継曾我」　459〜461

ラ

ランガー, S.K.　24〜27, 31, 32, 39, 87

「癩」　240
落語　250
「羅生門」　217

リ

リード, ハーバード　499
リチャーズ, I.A.　35〜37, 39, 533〜536
龍胆寺雄　232, 235

リアリスト　17
リアリズム　16, 129
リズム　48, 49, 105, 106
律言　335
理念宗教　372
隆達節　440, 443, 456, 457
了解不可能　285
理論の空間　545

ル

ルカーチ　18, 151〜155, 159, 245, 487〜489
ルナチャルスキイ　502, 520, 521
ルフェーヴル　18, 76, 77, 154, 484, 485, 487, 507

類概念　38, 40〜42, 45, 54
類推的　33, 34, 47
「流亡記」　301

レ

レーニン　487

励起（言語の自己表出意識の）　64, 65, 159, 185, 203, 230, 237, 308
「冷笑」　202
歴史かなづかい　89
歴史小説　209, 217, 218
「歴史小説論」　152
歴史性　157
連合　110, 115
「恋慕ながし」　181

ロ

労働　21, 24, 29〜31, 76, 491
労働起源説　323
労働時間　491
労働者　243
ロシア・マルクス主義芸術（理）論　504〜507
「ロシヤ文学評論集」　546
「路傍の石」　244
ロマン主義者　17
論理実証主義　82, 514, 544

ワ

和田徹三　499

「和解」　220

「明治大正文学史」　158, 177
迷信　25

モ

森鷗外　167, 171〜173, 177, 200〜204, 207〜210, 217, 218, 220
森田草平　195〜198

「毛沢東」　127
「盲目物語」　244
文字　86, 87〜89, 103, 104
「文字」（シャルル・イグーネ）　336
模写　506, 507
モチーフ　15, 18, 86, 171, 217, 222, 256, 313, 341, 342, 345〜347, 349, 355, 356
物語　362
「物語戦後文学史」　270
物語（的，の）言語帯　368, 374, 379, 390, 401, 434, 435
物語的言語面　368
物語的時間　432
物語の位相　367
物語のなかの歌　379
物語文学　366, 367, 375, 453
「もはやそれ以上」　121, 501
模倣　177, 363, 458, 494
「門」　204
「紋章」　239, 252
問題の所在（物語）　**362**
問答対　347, 349〜351

ヤ

矢島文夫　336
安岡章太郎　293
矢田部達郎　57, 70
柳田学　427, 429
柳田国男　328, 330〜332, 335, 339, 358, 427
矢野万里　24
山岸外史　210
山口雅子　135
山口茂吉　139
山下陸奥　109
山田美妙　163
山村房次　152
山本有三　244, 246, 247, 249

「焼跡のイエス」　264, 279, 283
「夜行巡査」　179
「大和物語」　386, 387
「鑓権三重帷子」　452

ユ

喩　101, 114, 120, 121, 123〜128, 130〜140, 142〜146, 243, 345, 347, 518, 525, 526, 541
唯物論　503, 506, 507
唯物論的　69, 485
遊廓　435, 437, 438, 440〜443, 446〜448, 452, 453, 456, 457
遊戯　31
「幽鬼の街」　253
有節音声（有節音）　31, 32, 38〜41, 47, 49, 50
「愉快なシネカメラ」　539
「湯島詣」　181
喩の本質　121
夢　22, 23, 25
「夢の通路ひらくひらくずし」　438
夢の像　23
「夢の中での日常」　63, 64, 143

ヨ

除村吉太郎　486, 546
横光利一　224, 226, 228〜230, 235, 237〜240, 245, 252, 253, 502〜504, 508

堀辰雄　240, 253, 256
本多秋五　270

母音　34
法　448, 452, 485
「崩解感覚」　271
「幇間」　206
「防雪林」　233
方法意識（方法）　238, 250, 253, 270, 283
「放浪時代」　232, 234
保守的　16, 45
「牡丹灯籠」　157
「牧歌」　518
「坊つちやん」　185, 198, 492
「不如帰」　181
「堀川波鼓」　452, 465, 466
本縁譚　313, 314

マ

牧野信一　252
正宗白鳥　74, 175, 208, 230
増田義郎　528
松尾芭蕉　229, 308, 309
松浪信三郎　85
マリノウスキー　35～37
マルクス　26～28, 31, 76, 83, 86, 107, 108, 154, 489
丸山真男　262～264

間　431～434
「舞姫」　167, 169～173, 200, 201, 210
「枕草子」　54, 376
「真知子」　232, 234
「蝮のすゑ」　264, 268
マルクス主義芸術（理）論　18, 97, 154, 487
「マルクス主義芸術論」（ルナチャルスキイ）　520
マルクス主義美学　482, 483, 485
「マルクスの審判」　224
「満願」　250, 251
「卍」　247
「万葉集」　53, 54, 67, 71
「万葉集選」　53

ミ

三浦つとむ　14, 47, 48, 50, 68～70, 72
三島由紀夫　287, 293, 294, 299～301, 303
源順　376
源為憲　376
宮柊二　130, 131
宮本百合子（中条百合子）　226, 230, 232, 264, 274

巫女　369, 375～377
「道草」　204, 210～217
密通　451～453, 456, 465
民謡　311

ム

無　269
無意識　77～79, 441
「昔話採集者の為に」　370
「麦と兵隊」　252
無言語（の）原始人　25, 29, 37
「無限抱擁」　230
「武蔵野」（山田美妙）　163
「武蔵野」（国木田独歩）　181, 182
「武蔵野夫人」　287, 289, 291, 292
「虫のいろいろ」　264
「むらぎも」　294, 298

メ

「明暗」　210～212, 217, 218～220
名詞　54, 55, 57, 58, 91
明治初期　156

物質的生活の反映　504, 505
「風土記」　382
「蒲団」　186, 187, 190, 191, 204
「文づかひ」　172
「冬の宿」　252
プラグマチズム　66, 69, 78, 509, 514, 544
「俘虜記」　287, 291, 292
ブルジョア文学　231, 232
「無礼な街」　224, 225
プロセスの美　397
「プロレタリア芸術の内容と形式」　505
プロレタリア芸術論　18
プロレタリア文学　230〜233, 240
プロレタリア文学運動　13, 236, 240
文　49
文学　15, 32, 33, 96, 97, 153〜156, 178
「文学形式問答」　508
文学語　54
文学作品　44, 126, 150, 151, 156, 307, 308
文学作品の構成　397
文学史　155, 177, 184. 308
文学者　75, 95, 185, 209, 222, 286
「文学序説」　366, 372
文学体　156〜158, 160, 161, 166〜169, 171〜173, 175〜177, 179〜182, 190, 194, 195, 200, 203〜205, 209, 218, 220, **232**, 237, 239, 240, 244, 245, 252, 253, 256, 257, 264〜266, 268, 274, 275, 279, 286, 289〜294, 296〜299, 301〜304, 525, 526
文学的表現（文学表現）　44, 96, 103, 274, 304
「文学と革命」　521
「文学に現はれたる国民思想の研究」　421, 425
文学の価値Ⅰ　**532**, 533, 534, 536, 537
文学の価値Ⅱ　**543**
文学の空間　264
文学の成立　73
文学の内容と形式　**489**
文学の変革　232
文学の理論（文学理論）　13〜15, 17, 18, 96, 97, 154, 191, 307, 545
文学（の）表現の内部　16, 304
文学論　191
「文学論」（ヴァレリイ）　15, 150, 494
「文芸一般論」　491
「文芸時評」（横光利一）　502
「文芸的な、余りに文芸的な」　491
文芸批評史　13
「文芸批評の原理」　533
文体　181, 238, 266
「文体論」（ギロー）　77, 118, 140
「糞尿譚」　252
分離　88, 96, 161, 194, 245, 281, 345
分裂した言語面　517

へ

ヘーゲル　104, 105, 480〜485, 487〜490, 495, 497, 498, 504〜507, 509, 519, 521
ベリンスキイ　485〜487, 502, 505, 506, 521, 546

「平家物語」　378, 455, 456, 459
「平凡」　187
部民層　339, 375, 377
「変目伝」　179
弁証法　506
変身　460

ホ

北条民雄　252
ポオ, エドガア・アラン　504
堀田善衛　294, 298
堀口大学　15, 150, 494

被支配者　428
卑小な契機　465, 467
ひだ　126, 138, 153
必然　93, 103, 107, 158, 159, 173, 303, 363, 367, 371, 498
必然環のうつりゆき　270
必然性　125, 156, 500
必然的　61, 70, 134, 240, 323, 554
「火の鳥」　294
批評家　151～153
表意論者　86
表音論者　86
表現（produzieren）　43, 77, 78, 88, 96, 98～100, 103
表現思想　443
表現者　103, 168, 498
表現的時間　258
表現転移論　147
表現する過程　526
表現の構造　555
表現の内部　90
表現の理論（表現理論）　13, 21, 545
表現論　161
表出（ausdrücken）　30, 73, 88, 96, 103, 157, 208, 216, 537, 556
表出史　156, 158, 173, 177, 181, 190, 204, 206～210, 214, 215, 226, 239, 265, 304, 308
表出史の概念　149
表出と表現という二重の分化　73
表出の価値　307, 308
「評伝夏目漱石」　213
「広場の孤独」　298
品詞　46, 57

フ

ブイコフスキー　27～29
フォイエルバッハ　27, 28
深沢七郎　208, 294, 301
福田栄一　130
福田恆存　87～89, 403, 407, 408, 421
藤井紫影　437
藤沢古実　107
二葉亭四迷　163, 165, 166, 172～175, 180, 187～190, 486
舟橋聖一　264
古川久　414
プレハーノフ　322
ブレヒト　402, 405～409, 411
フロイト　21～23, 518, 531, 532
フンボルト　56

V（ファウ）-見解（V-効果）　407, 411
不安　218, 293
風化　251～253, 263
「風姿花伝」　412
「風媒花」　286, 287, 495
「風流仏」　167
「風流微塵蔵」　167, 173, 175
「笛吹川」　301
「富嶽百景」　245
不関的（inert）　270
不義　450～453, 456, 465
副詞　54, 56～58, 91
含み　80, 115, 196, 246, 248, 281
「普賢」　283
不在　237
「不在地主」　244
巫師　315, 330, 331
巫女（ふじょ）→巫女（みこ）
舞台　403, 404, **405**, 406, 408～410, 456
「二つの庭」　264
「二葉亭四迷の一生」　163
「二人女房」　173
「復活」（トルストイ）　337
仏教　176, 371

野間宏　264, 266, 270, 271, 274, 275, 278, 286, 287, 289, 292, 344

能　411, 412, 414, 420〜422
「野火」　291, 292
「伸子」　226, 228

ハ

バイイ，シャルル　515
萩原朔太郎　256
服部達　289, 291, 292
埴谷雄高　271, 274, 275
浜田知章　501
ハヤカワ，S.I.　41, 42, 44, 69, 70, 72
林屋辰三郎　454, 455
原民喜　274, 278, 287
針生一郎　488
ハリソン　319〜323

場　35, 336, 348
「煤煙」　195〜198, 203
俳句　76, 106, 129, 130
俳優　404, 405, 406〜408
「蠅」　224
「破戒」　185〜191
「白痴」　274, 276〜278
「白描」　112
「歯車」　240
「走れメロス」　250
「八年制」　244, 246, 248, 249
発生の機構　21, 317
発生論の前提　309
花　412〜414
「鼻」　217
「鼻歌による形式主義理論の発展」　504
「花の店」　123
「妣が国へ・常世へ」　332〜334
場面　48, 49
場面（の）転換　99, 140〜142, 145
場面の撰択　145
「はやり唄」　182
「春」（島崎藤村）　194
「春さきの風」　233
「春は馬車に乗つて」　226
反映　32, 36, 91, 92, 451
反射　31, 32, 40, 41, 92
反射（的）音声　75, 92
「播州平野」　264
「判断力批判」　93, 485
「半人間」　294
「氾濫」　299

ヒ

ピエロン，アンリ　259
樋口一葉　172, 177
火野葦平　252
平井啓之　551, 554
平野敬一　528
平野謙　186, 187, 190, 198, 203, 211, 212, 230
平林たい子　233
広末保　455, 458, 461, 466
広津柳浪　177, 179

美　16, 32, 136
美意識　243, 301
美化　446
「美学」（ヘーゲル）　104, 480, 481, 483〜485, 488, 490, 495, 497, 504, 507, 509
「美学入門」（ルフェーヴル）　76, 484
「彼岸過迄」　209
「ひきよく」　438
非芸術　84
非劇的　411
非言語時代　49
「飛行機小僧」　244

ナ

永井荷風　183, 194, 202, 283
中河与一　503, 504
長沢一作　137
中城ふみ子　113
中田薫　447, 449
長塚節　208
中野重治　232, 233, 240, 253, 256, 264, 294, 296, 298
中村真一郎　388
中村光夫　172, 177, 178, 190, 204, 206, 486
中山義秀　252
名古屋山三　454
夏目漱石　185〜187, 193, 198, 200, 204, 206, 209, 210, 214, 217〜220, 492

内容と形式　477, 479〜483, 485〜487, 490, 491, 494〜499, 502〜506, 508〜510
「夏の花」　275, 277
「夏目漱石」（山岸外史）　210
「夏目漱石」（平野謙）　198, 211
「夏目漱石」（江藤淳）　214
「ナポレオンと田虫」　224, 225
「波」　244
「楢山節考」　294

ニ

ニイチェ　229
西尾実　402
西脇順三郎　548
丹羽文雄　264, 280

二極化（dipolarization）　70
「肉体の門」　264, 279
「虹」　294
二重分化をふくんだ表出（produzieren）　73
「廿世紀作家の没落」　527
「日常生活における精神病理」　531
日常的（の）時間　212, 216, 217, 219
日記文学言語面　390, 401
日記文学の性格　389
日記物語性　400
「日本芸能史ノート」　418, 420, 422
日本現代詩　118
「日本語」　105
「日本古代文学史」（改稿版）　312, 344, 352, 364
「日本語の起源」　54
「日本語はどういう言語か」　14, 47, 50, 68
日本自然主義　186, 187
「日本書紀」　310, 338
「日本の近代小説」　172, 177, 204
「日本の祭」　328
「日本文学の発生」　376
女房　375
人形　469〜471
人間　23, 24, 26, 120, 121, 370, 371, 469〜471
人間関係　444〜446, 451, 453, 462, 464
「人間・この劇的なるもの」　403, 408
「人間失格」　252, 285, 293
人間的（の）意識　27, 31, 40, 41, 73, 81
認識　68, 218, 223, 224

ネ

「眠れる美女」　261
念仏踊り　419

ノ

野上豊一郎　423
野上弥生子　226, 230, 232
昇曙夢　520

ツ

塚本邦雄　114，115，133，138
津田左右吉　421，425，426
土橋寛　310，311，313，343
坪内逍遥　157，160〜163，165，166，171，172，401
坪野哲久　133

対句　160，349〜351
通俗小説　247，297，303
通俗マルクス主義（者）　26，32，66，159
「月に吠える」　256
「土」　208
「堤中納言物語」　396
「露団々」　167
「徒然草」　54

テ

寺山修司　114，116，135

定型詩　106
定型の古典詩　130
テーマ　424
デカダンス　244，396
哲学　23，70，85
「デッサンから完成まで」　537
「鉄の話」　240
「照葉狂言」　177，179，180
転移　159，163
転位　555
「田園の憂鬱」　217，220，221
転化　112，353，355
展開の特質　468
展開論　435
田楽　419〜422
転換　101，103，106〜110，114，115，137，140〜142，145，196，303，308，341
典型論　16
転向期　112，274
「天正狂言本」　414，416，421
天皇（帝）　371，375，383〜385，396

ト

土居光知　366，372
東海散士　157〜159
時枝誠記　47，48，50，66〜70，88，89，105
徳田秋声　194
徳富蘆花　181
徳永直　244，246，248，249
トムソン　322〜324
豊川昇　22
豊田三郎　259
トルストイ　151〜153，337，532
トロツキイ　521，522

「ドイツ・イデオロギー」　26〜28，30
道具（劇）　405，409，410
倒語的な気質　530，531
動詞　46，55，57，58
等時的（な）拍音形式　105，106
「当世書生気質」　157，162〜167
「東北」　433
「都会の憂鬱」　226，227
「徳川時代の文学に見えたる私法」　447
「徳川時代平民的虚無思想」　435
「徳川時代平民的理想」　435
「土左日記」　373，389〜392，396
土俗共同体　335
土俗的　332，424，446，447
「富岡先生」　182
土謡詩　338〜340，347
「とりかへばや物語」　396
「泥人形」　208
「遁走」　293〜295

田村泰次郎　264, 279
田村隆一　525
田山花袋　182, 190, 193, 194, 204

田遊　419, 421, 422
対応（性）　22, 47, 157, 304
体験　15, 258, 262, 270, 274, 292, 532, 533
対自　32, 37, 44, 180, 183
大衆　427
大衆化（演劇の）　410
大衆層　371
対象　30, 33, 34, 40, 41, 45, 184, 208, 258, 268, 269, 272, 273, 277〜279, 283, 290, 296, 298, 299, 301
対象化する過程　536
対象指示性　54
対象像　39, 263
対象としてつくられた像意識　93
対象としての客観性　14
対象領域　45
対他（的）意識（対他）　25, 27, 32, 37, 44, 104, 180, 183, 187, 350
「第二芸術論」　129
大脳生理的機能　40
代名詞　55, 57, 58
「鷹」　294
「竹取物語」　376, 379, 380, 382〜386
「太宰治」　249
他者（他人）　31, 78, 208
「多情仏心」　230
「忠直卿行状記」　218
立場　511, 513, 514, 516
「谷崎潤一郎論」　206
短歌　106, 109, 110, 113〜116, 136, 137, 379〜381, 385, 386, 389
短歌的表現　103
短歌的喩　128
単語　49, 54
男女（の）関係　441〜443, 452, 453, 463, 465
弾性的（rigid）　279
断絶的な表出体　264, 265
断絶的表現の頂点　299
断絶的表現の変化　286
断絶の表現　262
耽美小説　207
短絡　40, 151, 155, 525

チ

近松秋江　202, 203
近松門左衛門　437, 443, 449, 450, 452, 459〜462, 464〜471, 474

「ちいさな瞳」　123
知覚　43, 92
「近松序説」　455, 466
知識人（知識層）　166, 194, 210
「痴人の愛」　226
知的大衆　423, 427
知的大衆（知識層）へのうつりゆき　435
「千鳥」　191, 192
「地の人」　501
註（内容と形式）　498
抽出過程（抽出）　88, 159, 165, 173, 181, 323, 328, 499
抽象　41, 159, 321
抽象語　112
「抽象と感情移入」　500
「中世的なものとその展開」　402
「中世文学の達成」　425
「中世文化の基調」　454
超現実主義　64, 510
町人社会　435, 439, 448, 452
直喩　119, 122, 123, 221, 242

〜417，425，471，472
「施療室にて」　233，234
「セルロイドの矩形で見る夢」　124
世話的なもの　456
先験的　120，130
戦後　258，262〜266，270，279，283，286，287，290，293，298，299
戦後（の）表出史　258，262，274，286，287，290〜293，298，299，304
戦後表出史論　258
戦後（の）文学体　265，266，270，271，275，286，299
戦後話体　279
戦前マルクス主義　269
「戦争と平和」　152，153，337
撰択　101，103，141，145
前提（詩）　307
「一八四六年のロシヤ文学観」　486

ソ

ソシュール　79〜81，84，85

像　14，21〜23，67，74，86，90〜96，98〜100，315，335，421，495，496，526〜532，551〜556
ソヴィエト芸術認識論　18
「ソヴェート言語学」　27
創出（produzieren）　498
相乗（Synergie）　126
「漱石文学入門」　211
創造　526，528，549
想像力　93，94
「想像力の問題」　92，551
像帯域　529
像的（な）喩　121，123〜127，131，143，144，219，221，541
相補的（komplementär）　84
相聞　387，388，393，394，396，397，453
相聞歌　388
疎外　17，97，180，331，420
即自　32，269
俗謡　437〜447
素材　180，212，214，218，277，281，287，310，507
素材主義　216，507
「曾根崎心中」　450，464
「其面影」　189，190
「天うつ浪」　181
「それから」　195，197〜200
「存在と無」　85

タ

高木弘　27
高橋彦明　548
高見順　240，252，293
滝井孝作　230
滝崎安之助　480
滝沢亘　137
竹内敏雄　104，481，483
竹内好　287
竹田出雲　467，470，474
武田泰淳　216，264，266，269，271，274，275，278，286，289，292，495
武田祐吉　62，343
武田麟太郎　240，244
太宰治　150，245，249〜252，255，264，279，283〜285，293
多田道太郎　76，485
田中香涯　450，451
田中英光　293
谷川雁　127
谷川徹三　508，509
谷崎潤一郎　204，206〜209，226，244，246，248，294
谷宏　425，426
田宮虎彦　264，287

「死霊」 270, 271
「白い巨大な」 126
「寝園」 239
進化 24
進化の特性 33
新感覚の安定（文学体） 232
新感覚の安定（話体） 244
新感覚の意味 222
新感覚の尖端 252
新感覚派 221, 226, 229, 230, 233, 235, 236, 240
「真空地帯」 286, 344
「真景累ケ淵」 157, 158
信仰起源説 375, 377, 378, 418, 420
「真実一路」 244
心中立て 447, 449, 450
「心中天網島」 450
「心中二枚絵草紙」 450
心的な状態 514
神道 371
シンボル →象徴
シンボル化 25
「シンボルの哲学」 24, 32
「深夜の酒宴」 264, 267
真理 16, 23

ス

末広鉄腸 167
鈴木三重吉 190, 193
スターリン 26〜28, 32, 66, 489
スタンダール 292
ストリンドベルヒ 229
スペルベル 21

「水彩画家」 181, 183
粋と俠の位相 435
推論 42
「粋を論じて伽羅枕に及ぶ」 435

セ

世阿弥 402, 412〜414, 431, 433, 462
清少納言 376
千田是也 402

「生」（田山花袋） 194
「聖家族」 240
生活 151, 180, 429, 505
生活語 43, 44, 89
生活思想 136, 138
生活者的 274
「生活の探求」 252
生活の必要 505
生活民 429, 430, 446
政策文学論 14
政治 304
「青春」 185
精神分析学 23
「精神分析入門」 21
生成（produzieren） 97
「青年」（森鷗外） 204
「青馬館」 293
「静物」 97
「生物祭」 253, 254
「西洋道中膝栗毛」 157
成立の外因（物語） 371
成立論（劇） 399
「世相」 264, 279〜282, 290
摂関制 363〜365, 367, 369, 371
接続詞 50
絶対的矛盾 285
「雪中梅」 167
説話系 379, 380, **382**, 393, 394
説話性 392, 400
説話物語言語面 390, 401
狭い意味での表出（ausdrückung） 73
説白（台詞、せりふ） 404, 407〜409, 415

詩的表現　117
史伝（史伝小説）　201，209，220
詩としての本質　130
「詩の消滅」　548
詩の発生　309，**328**，337
支配層　427，429，430
「渋江抽斎」　201，209
社会　17，31，43〜45，117，126，128，149，151，152，189，192，245，304，351，352
「社会学上より見たる芸術」　547
社会主義（的）リアリズム　545，548，549
「社会主義リアリズム論批判」　13
社会的秩序　286
捨象　264
「斜陽」　279，283〜285
自由　16，85，223，224，451〜453，555
「重右衛門の最後」　182
宗教　485
「自由の彼方で」　286，287
儒教　457
主題　173，425，479，506
主題主義　430，507
主体的表現　50
主題と構成　387
「酒中日記」　182
「出世景清」　461，462
シュルレアリスト（シュルレアリスム）　67，119，121，545，548
「春琴抄」　244，246，247
「純粋小説論」　239
純文学にして通俗小説　239，240，243
序　13
止揚　316，482，485，506
昇華　203，327，335，337，348，349，360，361，378，423，430，440，443，447，449，457
昇華された幻想　406
情況　75，76，486
情死　447，449，450，453，456
常識　77，365
「小銃」　293，295
上昇　169，190，200，292〜294，296，298，299，302，303，345，346，352，363，367，384，390，431，434，443
「小説神髄」　160，161，165，486
「小説総論」　486
小説の時間　212
「小説の方法」　177
「上代日本文学」　343
象徴　22，25，35〜39，91，441
象徴的　25，33，34，36，47，81
情動　78，175，208
「唱導文学」　377
上部構造　153，154，191，489
「上部構造としての文学」　487
常民の意識　361
省略　130〜132，136
浄瑠璃　437，443，447，448，450，452，453，455〜462，464，466〜472，474，475
「昭和文学史」　231
初期言語　35
叙景詩　338，339，345〜347，352，355，358，367，372，388
初原仮構線　368
助詞　51，53，54，57，58，91
叙事詩　338，339，345〜352，358，367，378，380
抒情歌　379，380，385，386
抒情詩　338，339，351〜353，355，356，358，367，368，372，380，386〜389
助動詞　50，53，54，57，58，91
庶民　272〜274，287
庶民劇　409，411
自立　555
自立感　107
自立性　130

庄野潤三　97

詩　48, 118, **307**, 309〜312, 314〜318, 321〜324, 328, 330〜332, 335〜339, 342, 362, 363, 368, 372, 378, 379
詞　50, 58
死　209, 269, 270, 274
辞　50, 58
「誣ひ語りから咄へ」　369
「飼育」　142, 143, 299
子音　34
「潮騒」　294
自我　56
自壊（自殺）　249, 252, 285
時間　258〜262, 265, 266, 268〜275, 278〜280, 286, 290, 300
「時間」（堀田善衛）　294, 297, 298
死語　46, 62, 63, 85
自己意識　31, 43
嗜好　543
「思考と行動における言語」　41, 69
「地獄の花」　**181**, 183
自己表現　544
自己表出（Selbstausdrückung）　28, 30〜32, 37〜41, 43〜45, 47, 49, 50, 53, 55, 57, 62, 64, 65, 72〜74, 81〜86, 89, 91〜95, 98〜100, 120, 121, 125, 128, 132, 150, 155〜157, 160, 161, 168, 169, 173, 176, 185, 189, 192, 194, 200, 358, 368, 488〜490, 494〜502, 506, 510, 514, 516, 517, 519, 522〜525, 528, 532
自己表出語　53, 54, 89
自己表出性　37, 38, 40, 41, 57, 73, 75, 150, 317, 368, 390, 423, 515, 517
自己表出としての言語　155, 156, 161, 173, 185, 189, 293
自己表出としての言語の連続性の内部　308
自己表出の構造　**523**, 528
しこり　31
指示　30, 35, 36
指示意識　130, 187, 189, 218, 277, 278
指示性　74, 86, 129〜132, 134, 169, 515, 523
事実　219, 312, 513
指示表現　544
指示表出　37〜39, 43〜45, 63〜65, 72〜74, 81, 83, 84, 89〜95, 128, 168, 516, 517, 522, 529
指示表出語　89, 90
指示表出性　37, 57, 72, 75, 317, 368, 390, 423, 517
指示物　35〜37
「死者の奢り」　299
私小説（ししょうせつ）→私小説（わたくししょうせつ）
「刺青」　**204**, 206, 208, 209
自然　221, 323〜329, 352, 418〜420
「自然科学とスターリン言語学」　26
自然過程の理論　549
自然宗教　372
自然主義　185, 187, 193, 194, 200, 201, 230, 278
自然主義と浪漫主義の意味　**185**
自然主義の一般化　204
思想　138, 152〜154, 175, 285, 303, 513
思想家　186, 202
思想者　166
思想小説　207
時代　43〜45
実在　42, 43, 283, 296
実存主義的　69
嫉妬　462, 463
実用　28
シテ　420, 424, 428〜433
詩的言語帯　368

古代歌謡の原型　337
「古代歌謡論」　311
「古代芸術と祭式」　319
個体的　412
個体の理論　17, 550
「蝴蝶」　163
国家　485
古典詩（古典詩型）　62, 63, 106, 129, 130
古典主義者　17
古典マルクス主義運動　274
「この神のへど」　293
「碁盤太平記」　466～472, 474
「昆布柿」　414～416, 428, 429
コミュニケーション　66, 79
「子守唄のための太鼓」　128, 500
固有な（eigentlich）　72, 106
「コンクリイトの男」　122
根源的現実　200, 220, 262
根源的な意識　171, 281
根源の時間　216, 217
「今日の世界は演劇によって再現できるか」　402

サ

西郷信綱　312, 343, 344, 351, 358, 364, 365, 372, 381
斎藤史　132
坂口安吾　274, 287
佐々木理　319
佐多稲子　233, 252, 287, 290
佐藤佐太郎　130
佐藤信夫　42, 77, 78, 118
佐藤春夫　190, 220, 224, 226, 230
里見弴　230
サルトル　85, 92, 93, 95, 551～555
三遊亭円朝　157～159, 208

「細君」　163
「骰子筒・序文」　548
祭式　25, 31, 49, 320, 321, 360
祭式起源説　310, 322, 323
サイン　25
作品　13, 96, 130, 149～156, 233, 308, 309, 479, 480, 486
「桜島」　274, 276
「狭衣物語」　396
作家　149, 221
「作家は行動する」　13
「讃岐典侍日記」　371, 396
「淋しき二重」　127
「さようなら」　293
「更級日記」　396
猿楽　420
「申楽談儀」　412
「猿の人類化への労働の関与」　29
さわり　31, 32
「山家鳥虫歌」　440, 444, 446
産出（produzieren）　154
「三四郎」　198
「三人百しやう」　414～416
散文　106, 117, 129, 219, 308, 309, 362, 366, 367
散文的表現　140

シ

椎名麟三　264, 266, 269, 272, 274, 275, 278, 286, 287
志賀直哉　204～206, 220, 232, 281
茂森唯士　521
島尾敏雄　63, 143, 301, 302
島木健作　240, 252
島崎藤村　181, 185, 186, 188～190, 204, 230
島崎敏樹　259
ジャコブ，マックス　548
シャルル八世　553～556

現実的意識（現実意識）　27, 232, 241, 245, 253, 270, 286, 301
現実的な条件　30
現実の要因　303
「源氏物語」　54, 374, 393, 394, 396, 397
源氏物語の意味　393
「源氏物語の研究」　364
源氏物語の構成　393, 396
「源氏物語の方法」　381
現象学　66, 69
「原色の街」　293, 296
懸垂　116, 130, 138
現世放棄（現実放棄）　283, 303
幻想　30, 44, 123, 125, 153, 171, 260, 262, 369, 406, 480, 489, 506, 521, 522, 524, 526, 530
幻想の共同性　516, 530
現存性　489
現代　303
「現代演劇論」　402
現代かなづかい　89
「現代詩作法」　118
「現代詩手帖」　537
「現代詩論」　499
「現代批評」　13, 538
現代表出史　223
現代表出史論　222
権力　384

コ

幸田露伴　163, 167, 172〜176, 180, 181
コーズィブスキィ　42, 44
コードウェル　527〜529
小島信夫　293
小杉天外　182
五島美代子　130
小林多喜二　232, 233, 240〜244
小林英夫　80, 515
小林秀雄　235, 236, 238, 504
小宮曠三　406
小宮豊隆　211
近藤洋逸　24
近藤芳美　130, 131, 133

「恋の座」　388
「業苦」　232
高次の文学体　303
「口承文学と文書文学と」　370
「行人」　212
構成（komposition）　104, 308〜310, 328, 331, 332, 335〜337, 341〜343, 346, 348〜351, 353, 355, 356, 358, 361, 363, 365〜368, 372, 378, 380, 382, 384〜390, 392, 393, **396**, 397, 541
構成的時間をうしなう　286
構成的な話体　251
構成の思想Ⅰ　452
構成の思想Ⅱ　458
構成論　305
構造　510, 523, 527, 528, 532
講談本　250
交通　27, 28, 32
「高野聖」　63
「氷つた焔」　64
「故旧忘れ得べき」　240
「古今集」　372
「国劇要覧」　401
〈国語改革〉論争　86
「国語学原論」　47, 50, 66, 88, 105
「国文学の発生」　314, 332
語源　42
「こころ」　209, 211〜213
「古事記」　62, 310, 352
「五勺の酒」　264
「五重塔」　173, 175
「古代歌謡」　310

形式　236, 479～492, 494～510
形式主義　235
「形式主義文学説を排す」　507
形式主義論争　240, **502**
芸術　15, 96, 97, 140, 153, 154, 479, 480, 482～492, 494, 504～508
芸術家　423
芸術大衆化論（争）　240, 244
「芸術と社会生活」　487
芸術の内容と形式　**479**
芸術の本質　489
「芸術論」（プレハーノフ）　322, 485
継続的な表出体　264, 265
継続的な文学体　264
「経哲手稿」　76, 83
形容詞　55, 57, 58
「外科室」　177
劇　**399**, 400～411, 414～417, 421～428
劇的言語帯　**399**, 400, 404, 431, 435
劇的言語帯にはいってくる物語性　431
劇的言語の成立　**411**
劇的言語面　401
劇的（の）構成　**428**, 431, 432, 434
劇的時間　432, 434
劇的（の）本質　**418**, 460
劇の原型　**422**
劇の思想　**447**, 462
劇文学の完結　452
欠如を蒙むる全体　85
「言語」（カッシラア）　33, 46, 56, 70
言語学　91, 95, 526
「言語学原論」　79
言語学者　14, 21, 24, 82, 86, 91, 513～515
「言語学におけるマルクス主義について」　26
言語活動　24
「言語活動と生活」　515
言語観　22, 23, 29, 33, 88, 513, 514, 524, 526, 528
言語空間　146, 190, 193
言語芸術　308, 498
言語（の）実用説　24, 26
言語進化の過程　33, 35
言語的展開Ⅰ　**513**
言語的展開Ⅱ　**543**
言語哲学　23, 514
言語としての劇　400, 404～412, 414～417, 422, 423, 432～435, 465, 468, 475
言語の価値　77, 78, 536
言語の芸術　18, 32, 82
言語の現代性　**513**
言語の構造　57, 522, 551, 556
言語の自己表出　30, 363, 379
言語の水準（言語水準）　30, 43, 44, 85, 112, 125, 135, 379, 518
言語の像　14, 21, 91, 92, 551
言語の属性　**59**
言語の美　32, 58, 66, 96, 100, 358, 405
言語の表現の時間　262
言語の表現理論　21
言語の本質　**19**, 28, 30～33, 37, 40, 71, 72, 78, 100, 122, 526
言語発生の機構　24, 26, 29, 33
言語表現　73, 83, 103, 417, 553, 554
言語表現における像　**95**
言語表現の空間　177
言語（の）表出　103, 336
言語面　517
原始擬態的段階　33
「原始言語における意味の問題」　35
現実　17, 33, 145, 150, 185, 186, 223, 224, 260, 274, 301, 327, 393, 405, 406, 475
現実界　34, 38
現実（の）対象　38, 45

記紀歌謡　146, 310〜312, 314, 316, 336〜339
記紀歌謡圏　317
戯曲　399, 400, 404, 405, 407〜409, 411
「戯曲作法」　403
記号　32, 515, 551〜555
記号と像　550
儀式　419
儀式歌　311, 313, 358, 360, 361, 367, 368, 379, 380
儀式詩　338, 339, 356, 361, 367
儀式能　→脇能
擬事実　64, 65
きしみ　209, 452
記述　42
貴種流離譚　377, 379, 382, 391, 392, 396
機制　298, 370
擬声的　33
擬態的　33, 36, 47
「吃音学院」　293
「帰途」　525
機能　24, 25, 39
「城の崎にて」　220
規範　324, 475, 485
客体的表現　50
逆立した契機　369
「伽羅枕」　172, 173
「キャラメル工場から」　233
「牛肉と馬鈴薯」　181, 182
侠　435〜437
教育　543
狂言　411, 412, 414〜417, 420〜424, 426, 430〜434, 439
狂言の構成　428
「狂者のまなび」　301
共鳴（Resonanz）　126
教養人　201, 210, 240
「虚構のクレーン」　141, 145
「清経」　431, 432
「ギリシャ古代社会研究」　322, 324
「霧の中」　264
「麒麟」　206
「金閣寺」　299〜301
「銀座八丁」　240, 242
「禽獣」　240
「近代歌謡集」　437
近代（の）表出史　157, 184, 222〜224, 226, 230, 239, 245, 263
近代表出史論Ⅰ　149
近代表出史論Ⅱ　185

ク

草薙正夫　500
葛原妙子　114, 115
国木田独歩　181, 182
窪田空穂　53
窪田章一郎　131
倉橋由美子　78, 299
蔵原惟人　486, 502〜507
黒田三郎　121, 122, 126, 501
桑原武夫　129

空間　261, 264〜266
空間の表現　34
「空想家とシナリオ」　265
「草枕」　187
「邦子」　232
「虞美人草」　187
久米歌　343, 344
「暗い絵」　264, 267, 268
「クルク・ダリア」　501
「くれなゐ」　252
「黒蜥蜴」　179

ケ

契機　498

496, 498, 506, 510, 515
書く　75, 96, 168, 251, 303, 304, 479, 510
拡散　237, 240
「賭け」　122
「駈込み訴へ」　250
「かげろふの日記」　391〜394, 396
下降　168, 182, 190, 200, 275, 292, 303, 443, 474
仮構　367〜370, 391, 400
仮構線　363, 368, 378, 379, 383, 387, 390, 397
「佳人之奇遇」　157, 158
「風」　244, 246
「風立ちぬ」　253, 255
仮像　530
仮像帯域　529, 530
「家族会議」　239
可塑的（plastisch）　279
語り言葉　88
語部　330
語りもの　156, 251
価値　**75**, 77〜86, 95〜100, 117, 120, 125, 128, 133, 397, 533〜537, 544, 545, 549, 555, 556
価値としての言語　104, 140
過程　160, 161, 397, 435
「仮名手本忠臣蔵」　466〜468, 470, 472, 474
「仮名発達史序説」　373
仮名文字　371, 373, 374, 390
「蟹工船」　240, 241
「可能性の文学」　281
「蛾はどこにでもゐる」　226
歌舞伎　437, 443, 448, 450, 452〜454, 456, 457, 459, 466, 470, 474, 475
下部構造　232
「壁」　293
神語（かみごと）　315, 331
神を演ずる人　330
「仮面の告白」　287, 288
「鷲毛」　264
歌謡　311〜313, 336, 338, 340
「かはりぬめり歌」　440
「雁」　208
「感覚」（アンリ・ピエロン）　259
「感覚活動」　228
観客　404, **405**, 409, 410
関係　24, 26, 28, 31, 46, 57, 68, 69, 74, 83, 400, 416, 428, 480
還元（reduzieren）　154, 177, 270, 304, 337, 498, 536, 556
感情　45, 57, 108
感情移入　167, 193, 284
鑑賞力　490
感動詞　50, 53, 54, 58, 104
観念　236, 417, 435
観念語　50, 383
観念の崩壊　235, 236

キ

菊池寛　218
菊池幽芳　181
貴志謙二　24
岸田国士　402
北村太郎　123, 501
北村透谷　435〜438, 440, 442, 445
北杜夫　99
紀貫之　389, 390
木原孝一　122
ギュイヨー　547
清岡卓行　64, 124, 128, 501, 537
ギロー，ピエール　42, 77〜79, 81, 82, 118, 121
金田一春彦　105

「機械」　237〜240, 253

オ

大江健三郎　142, 143, 299
大岡昇平　287, 291, 292
大久保忠利　41
大住杉子　137
大田洋子　294
大塚金之助　107
大西克礼　94, 547
大野晋　54
大野誠夫　113, 133
岡井隆　114, 133, 135, 137
小方庸正　547
オグデン　35〜37, 39
阿国　454
小栗風葉　181, 185
尾崎一雄　264
尾崎紅葉　163, 167, 172, 173, 177
小山内薫　403, 421
小田切秀雄　211
織田作之助　264, 279, 281, 290
折口信夫　314, 315, 328〜332, 334〜336, 339, 342, 358, 369〜372, 375〜379, 382, 388, 391, 394, 404, 418〜422, 430

「王朝の求道と色好み」　372
応答詞　50
「大岡昇平論」　291
「大塩平八郎」　209
「おかめ笹」　220
「興津弥五右衛門の遺書」　209
「翁」　429
落ち　250
「己が罪」　181
「重い肩車」　301, 302
折口説（折口学）　**375**, 377, 378
音韻　**46**, 47, 49,
「恩讐の彼方に」　218
音数律　49, 105〜107, 129〜131, 134〜136
音声　33, 34, 37〜41, 77
「婦系図」　187, 190〜192
「女の決闘」　250

カ

開高健　301
柿本人麿　55, 492
柏原千恵子　138
春日政治　373, 374
カッシラア　33, 34, 36, 39, 46, 49, 57, 70, 71
勝本清一郎　507
仮名垣魯文　157
嘉村礒多　232
亀井勝一郎　372
川上眉山　166
川端康成　232, 240, 261
カント　93〜95, 484, 485, 548

外化　27, 48, 489
階級　17, 236, 243, 519, 520
「邂逅」　271, 272
「海上の道」　332
「海神宮考」　332
「海神丸」　226
概念　42, 67, 68, 70, 78, 90, 91, 153, 419, 483, 508, 509, 513, 526, 528〜532
「貝のなか」　78, 80, 84, 299
乖離　153, 440, 452, 514, 521, 522, 530
「カインの末裔」　**217**, 220
「花影」　292
「花間鶯」　167
「鍵」　294
書き言葉　89, 90, 156
書きもの　156
架橋（Brücke）　479, 487, 489〜491, 495,

伊藤整　177, 238, 239, 249, 250, 253, 265, 277, 294, 296, 299, 301
井上光晴　141, 145
井原西鶴　173, 308, 309, 440
井伏鱒二　296
今井源衛　364, 365, 369
岩崎宗治　534, 535

「家」　204
「如何なる星の下に」　252
「異形の者」　271
意識　23, 26～28, 30～34, 37～49, 61, 67, 99, 100, 260, 318, 324, 325, 496～498, 536
衣裳　409
「伊豆の踊子」　232
「和泉式部日記」　394
「伊勢物語」　376, 379, 385, 386, 397
「ヰタ・セクスアリス」　195, 200～203, 207, 210
一義的（eindeutig）　40
「一口剣」　173
一般化　17, 204
「一兵卒」　193～196
イデオロギー　151, 153, 155, 159, 236, 240
「今戸心中」　177, 178～181
意味　61, 62, 65～75, 81～85, 91, 95～99, 131, 132, 145, 146, 261, 487
意味がわからない　62, 65
意味的な喩　121, 122, 131～133, 137, 142
意味と価値との関係　82
「意味の意味」　35
「意味論」　78
イメージ　→像
「厭がらせの年齢」　262
「入江のほとり」　74
「色懺悔」　167
異和　349
「岩尾根にて」　99
隠喩　118～121
韻律　46, 47～49, **101**, 103～107, 110, 130, 132, 136, 139, 140, 145

ウ

ヴァレリイ　15～17, 33, 150, 494
ヴォリンゲル　500
内田魯庵　163, 164, 166
梅崎春生　274, 278, 287, 292

「ヴィヨンの妻」　252, 264, 279, 283, 285
「浮雲」　163～167, 169, 171～178, 180, 187, 188
「うたかたの記」　172, 200
「歌のわかれ」　253, 255
歌物語系　382, 385
歌物語言語面　390, 401
「宇津保物語」　387, 393, 396
「腕くらべ」　220
「生まざりしならば」　230
「運命論者」　182

エ

江藤淳　13, 214
エンゲルス　29～31, 39, 40, 480, 482, 487, 514
円朝　→三遊亭円朝

「永遠なる序章」　271
エトヴス　205, 209, 220, 265
「江戸時代の男女関係」　450
「縁」　204
演技論　412, 414
演劇　399～402, 410, 411
「演劇論」　406, 407
「エンゲルスからコンラート・シュミットへの手紙」　480

索　引

人名索引
1．著訳者をふくめほとんどすべての人名について初出ページを示す。
2．引用文等のあるものについては重ねて掲出する。
件名索引
1．目次の見出し語を太字で示す。
2．重要とおもわれる件名を示す。
3．引用された書名作品名（カギカッコは「　」で統一）を掲出する。

ア

青木ゆかり　137
明石海人　110
芥川龍之介　217, 229, 240, 252, 491, 492, 494
安部公房　293
阿部知二　252
鮎川信夫　118, 121, 127
新井貞子　137
荒正人　213, 214
有島武郎　206, 220, 221, 224, 230
在原業平　385
安西均　123

「愛の渇き」　287
「青い石を拾つてから」　224
アクセント　50, 77
「安愚楽鍋」　157
「浅草紅団」　242
「足迹」　208
「蘆刈」　244
「足摺岬」　287
「アシルと亀の子」　504
「安宅」　433
「頭ならびに腹」　224
当たり　134
「厚物咲」　252
アド　419～421
「網走まで」　**204**, 205, 206
「阿部一族」　209
天語歌　311, 312
「あめりか物語」　194
「アメリカン・スクール」　293
アモルフな（に）　266, 269, 273
「新世帯」　194
「或る実験報告」　150
アンビバレント　212, 394, 396
「暗夜行路」　206, 220
暗喩　114～117, 119, 122～124, 341, 347

イ

イグーネ，シャルル　336
池上保太　24
池田薫　322
石川淳　264, 279, 283, 294, 296
石橋幸太郎　35
石浜知行　29
石母田正　364, 365
泉鏡花　63, 166, 177～181, 187, 190, 193, 194, 204
イタール　25

解題

この巻には、著者と谷川雁、村上一郎によって創刊され、第一一号から著者の単独編集となった『試行』に、一九六一年九月の第一号から一九六五年六月の第一四号まで連載発表され、同六五年五月、一〇月に二分冊で単行本化された『言語にとって美とはなにか』を収録した。

単行本化に際して著者は、「序」の冒頭で、「もうかなりまえのことになるが、少数の仲間とやっていた雑誌『現代批評』に、「社会主義リアリズム論批判」という文章をかいたころから、わたしは数年のあいだやってきたプロレタリア文学運動と理論を批判的に検討する仕事に、じぶんで見きりをつけていた。そこで生みだされた少数の作品をのぞいては、この対象から摂取するものがなく、批判的にとりあげることが、いわば対象として不毛なことに気づきはじめたのだ。もうじぶんの手で文学の理論、とりわけ表現の理論をつくりだすほかに道はないとおもった。」と、簡潔にこの論考の執筆のモチーフを記している。表題の命名自体にそのことが端的にこめられており、『試行』を創刊することと「言語にとって美とはなにか」を書き始めることは、著者にとってほとんど同義のことであったと思われる。

この長編評論へと接続してゆく前段階の主な論考を掲げておく（第五、六巻に収録）。

芸術大衆化論の否定（『現代批評』一九五九年四月）
近代批評の展開（『岩波講座日本文学史』一九五九年五月）
社会主義リアリズム論批判（『現代批評』一九五九年一一月）
文学的表現について（『思想』一九五九年一二月）
詩人論序説（『現代詩手帖』一九五九年一二月、一九六〇年一月、三月、五月、一一月）
短歌的表現の問題（『短歌研究』一九六〇年二月）
言語の美学とは何か（『理想』一九六〇年三月）
芸術論の構図（『早稲田大学新聞』一九六〇年五月）
短歌的喩について（『短歌研究』一九六〇年六月）
短歌的喩の展開（『短歌研究』一九六〇年一一月）
想像力派の批判（『群像』一九六〇年一二月）
政治と文学の背理（『日本女子大学生新聞』一九六〇年一二月）
詩とはなにか（『詩学』一九六一年七月）
マルクス主義文学とは何か（『国文学　解釈と鑑賞』一九六一年九月）

また、著者は、この連載の間を縫って、あるいは併行して数多くの著作を発表している。『丸山真男論』、「いま文学に何が必要か」、「日本のナショナリズム」、「マルクス伝」、「自立の思想的拠点」などそれらの著作は、本全集の第六、七、九巻に収録されている。

なお、後述の文庫版、選書版などにあらたに付されたまえがき、あとがきの類いもこの巻に併せて収録した。

初出から文庫版にいたるまでの書誌を中心に、以下に順を追って記す。

一、初出

初出の「言語にとって美とはなにか」は、『試行』（一九六一年九月二〇日　第一号、試行社発行、同年一二月一五日　第二号、『試行』同人会発行、一九六二年一月三〇日　第三号、『試行』同人会発行、同年四月三〇日　第四号、『試行』同人会発行、同年七月三一日　第五号、『試行』同人会発行、同年一〇月三一日　第六号、『試行』同人会発行、一九六三年二月二〇日　第七号、『試行』同人会発行、同年六月二五日　第八号、『試行』同人会発行、同年一〇月二五日　第九号、『試行』同人会発行、一九六四年二月二〇日　第一〇号、試行同人会発行、同年六月三〇日　第一一号、試行社発行、同年一一月一〇日　第一二号、試行社発行、一九六五年三月七日　第一三号、試行社発行、同年六月一〇日　第一四号、試行社発行）に十四回にわたって連載発表された。連載表題のほかは、各節の通し番号が順次「1」から「70」まで振られた。第三、八、十回の一部またはすべてでのみ、通し番号の後に現在の節題におおむね該当する小見出しが掲げられ、第十一～十四回のみ冒頭に「――劇（Ⅰ）――」、「――劇（Ⅱ）――」、「――立場（Ⅰ）――」、「――立場（Ⅱ）――」の表題が掲げられた。第三回の末尾にあった「〔註記〕」は第七巻に収録している。各回末尾には「（つづく）」ないし「（以下次号）」とあり、最終回には「（了）」とあった。

二、単行本

単行本の『言語にとって美とはなにか』は、第Ⅰ巻が、一九六五年五月二〇日に、第Ⅱ巻が、同年一〇月五日に、勁草書房から刊行された。初出にたいして全体的に大幅な加筆と手直しがなされ、図を一つ補い（第６図）、章立て、構成が作られ、節が初出の通し番号にほぼ即して定められた。執筆の都合で先に発表されたとおもわれる第十回（第Ⅵ章）のみ、第十一、十二回（第Ⅴ章の第Ⅲ部「劇」）の後へ配置されたほかは、連載の順序通りに構成された。第Ⅱ巻に「あとがき」と「索引」が付された。

各章と初出の連載回と通し番号との対応を以下に記す。

第Ⅰ巻

序（第一回　無題の序）

第Ⅰ章　言語の本質（第一回　1～3）

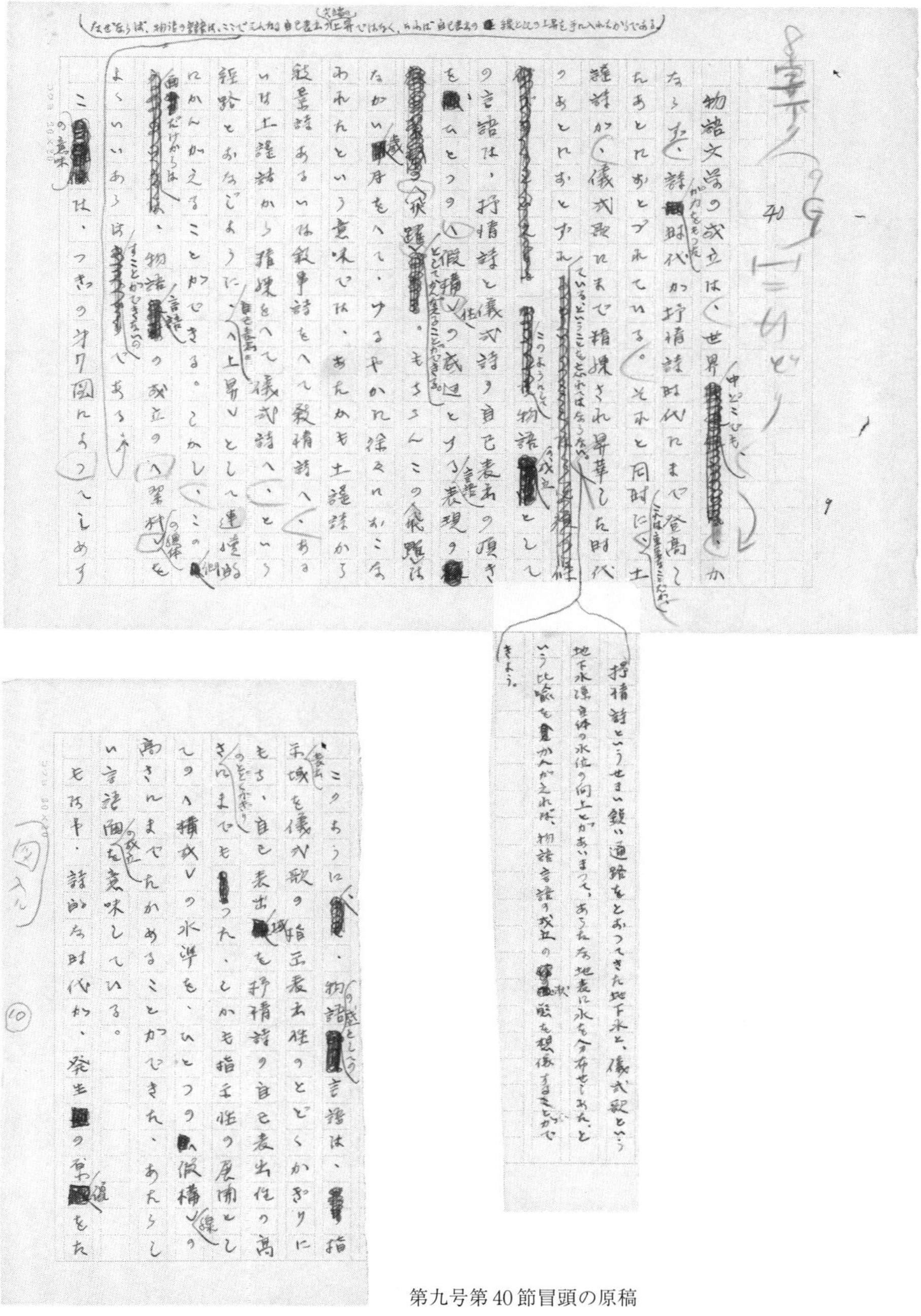

第九号第40節冒頭の原稿

第Ⅱ章　言語の属性（第二回　4〜6）
第Ⅲ章　韻律・撰択・転換・喩（第三回　7〜10）
第Ⅳ章　表現転移論
第Ⅰ部　近代表出史論（Ⅰ）（第四回　11〜15）
第Ⅱ部　近代表出史論（Ⅱ）（第五回　16〜19）
第Ⅲ部　現代表出史論（第六回　20〜23）
第Ⅳ部　戦後表出史論（第七回　24〜29）
第Ⅱ巻
第Ⅴ章　構成論
第Ⅰ部　詩（第八回　30〜38）
第Ⅱ部　物語（第九回　39〜48）
第Ⅲ部　劇
第Ⅰ篇　成立論（第一一回　53〜58）
第Ⅱ篇　展開論（第一二回　59〜64）
第Ⅵ章　内容と形式（第一〇回　49〜52）
第Ⅶ章　立場
第Ⅰ部　言語的展開（Ⅰ）（第一三回　65〜67）
第Ⅱ部　言語的展開（Ⅱ）（第一四回　68〜70）

単行本で定められた章・部・篇・節の構成は、その後の版でもそのまま踏襲された。

著者は他の多くの著者の本の帯に推薦の文章をよせているが、自身の本に推薦文を受けることはきわめて例外的なことであった。その例外の一つが第Ⅰ巻の帯の「本書によせて」と題する数学者・遠山啓の文章である（もう一つの例外は『模写と鏡』における三島由紀夫）。それを掲げておく。

「言語というものの表現力、伝達力を追求することは、数学のなかの「基礎論」に相当する仕事だろうと思うが、気の遠くなるような厄介な仕事になるだろう。それはたぶん、「厄介だからおれはやるのだ」というモットーを心秘かにかかげているらしい吉本君だけが手をつける仕事だろう。これまで書いた分を読んだだけでもひどく興味を覚えた。というより理論的興奮を与えられたといったほうが正確だろう。どこまで続くか知らないが、とことんまで追いつめてもらいたいものだ。」

三、全著作集

全著作集版の『言語にとって美とはなにか』は、単行本を一巻本にまとめ『吉本隆明全著作集6』として、一九七二年二月二五日に、勁草書房から刊行された。第九回配本であった。著者の本文の手直しはごくわずかであったが、編者の川上春雄によって、引用文についてのていねいな照合・校訂作業が加えられ、「索引」が増補改訂された。

四、角川文庫

角川文庫版の『改訂新版 言語にとって美とはなにか』は、単行本と同じ構成の二分冊で、ⅠⅡとも、一九八二年二月二八日に、角川書店から刊行された。あらたに「角川文庫版のためのあとがき」が付された。本文は全体的に多少の手直しが加えられ、読点の加除などわずかな補訂がなされた。「索引」も補訂された。

五、角川選書

角川選書版の『定本 言語にとって美とはなにか』は、単行本、角川文庫と同じ構成の二分冊で、Ⅰが、一九九〇年八月七日に、Ⅱが、同年九月一〇日に、角川書店から刊行された。「序」の前にあらたに「選書のための覚書」が付された。（本全集では「角川選書のための覚書」とした。）本文は全体的に漢字を平仮名にひらき、漢語脈の語彙を柔らかくするなど「言いまわしを改め」、単行本に際しての初出の手直しに匹敵する大幅な改稿とあらたな加筆がなされた。節題もわずかに直され、「索引」も補訂された。単行本、角川文庫のあとがきは省かれた。

六、角川ソフィア文庫

角川ソフィア文庫版の『定本 言語にとって美とはなにか』は、角川選書と同じ二分冊で、Ⅰが、二〇〇一年九月二五日に、Ⅱが、同年一〇月二五日に、角川書店から刊行された。あらたにⅠに、「文庫版まえがき」が、Ⅱに「文庫版あとがき」が付された。（本全集ではそれぞれ「角川ソフィア文庫版まえがき」、「角川ソフィア文庫版あとがき」とした。）

本全集は角川ソフィア文庫版を底本としたが、文庫であらたに付されたルビは適宜省いた。角川ソフィア文庫版とそれが底本とした角川選書版との間にある異同も含め、疑問箇所は初出およびそれ以降の版すべてを校合し、あらたに本文を確定した。

表記の混在は統一しなかったが、近傍で入り乱れる場合は、後からの表記にそろえた。本全集での全体の表題は、初出から全著作集版までのものに戻し、ただ「言語にとって美とはなにか」とした。

引用文は可能な限り原文に当たり校訂した。

第Ⅰ章第２節のマリノウスキーの引用文は角川選書の際に著者の手入れがされたが、元に戻し引用邦訳原文に当たって校訂した。第Ⅰ章第３節の『万葉集』からの引用は窪田空穂の『万葉集選』からのものであることが全著作集版から出典註として加えられているので、それによって校訂した。（角川選書版まで残されている表記の不統一はおおむね引用原文自体による。）第Ⅳ章の「表現転移論」の近現代および戦後初期のその時点では旧仮名遣いで発表された引用原文は、それぞれ発表年代が記されていることを考慮し、新仮名遣いで引用されていたものも旧仮名遣いの版で校訂した。また引用原文にあるルビを適宜補った。

索引は角川ソフィア文庫版の「索引」をもとに、不要とおもわれる項をかなり省いたほかは、わずかな修正をするにとどめた。

前述のように、単行本と角川選書の際に、大幅な加筆・改稿がなされており、すべての校異を記すことはむずかしいが、どのように加筆・改稿がなされたかの事例を以下に記しておく。いずれも初出にはなく、単行本の際にあらたに加筆された節で、角川選書の際に改稿された。　は削除された箇所、〔　〕は手直し・挿入された箇所を示す。

◎本文三〇ページ

「この人間が何ごとかを言〔い〕わねばならないまでにいた〔な〕った現実的な与件〔の条件〕と、その与件〔条件〕にうながされて自発的に言語を表出することとのあいだに存在する〔ある〕千里の径庭〔距たり〕を〔、〕言語の**自己表出**（Selbstausdrückung）として想定することができる。自己表出は現実的な与件〔条件〕にうながされた現実的な意識の体験が累積して〔つみ重なって〕、もはや意識の内部〔うち〕に幻想の可能性として想定できる〔かんがえられるよう〕にいた〔な〕ったもので、これが人間の言語の〔が〕現実〔を〕離脱の〔してゆく〕水準をきめる〔ている。それ〕とともに、ある時代の言語の水準の上昇度をしめす尺度と〔に〕なることができ〔ってい〕る。言語はこのように〔、〕対象にたいする指示と〔、〕対象にたいする意識の自動的水準の表出という二重性として言語本質をなし〔つくっ〕ている。」

◎本文八八ページ

「ここで、〔もうすこし〕**文字**の成立は〔が〕なにを意味するか〔したのか〕はっきりさせておかなければならない〔おきたいとおもう〕。

文字の成立によってほんとうの意味で、表出は、意識の表出と表現とに分離する。あるいは、表出過程が、表出と表現との二重の過程をもつ〔ようになった〕といってもよい。言語は意識の表出であるが、言語表現が意識に還元できない要素は、**文字**によってはじめて完全な〔ほんとうの〕意味でうまれるのである〔たのだ〕。**文字**にかかれることによって〔で〕言語〔の〕表出は、対象化された〔になった〕自己像が、自己〔じぶん〕の内ばかりではなく外に自己〔じぶん〕と対話するという〔をはじめる〕二重の要素〔こと〕が可能と〔できるように〕なる。」

（間宮幹彦）

吉本隆明全集 8　一九六一―一九六五

二〇一五年三月二五日　初版

著　者　吉本隆明

発行者　株式会社晶文社

東京都千代田区神田神保町一－一一
郵便番号一〇一－〇〇五一
電話番号〇三－三五一八－四九四〇（代表）
〇三－三五一八－四九四二（編集）
URL http://www.shobunsha.co.jp

印刷・製本　中央精版印刷株式会社

ISBN978-4-7949-7108-1　printed in japan

落丁・乱丁本はお取替えいたします。